ज्ञान गरिमा के
70 वर्ष

भारतीय ज्ञानपीठ

णाणं
पयासयं
वीर नि.सं.
2470
भारतीय ज्ञा

तीजा जगार

गुरुमायँ सुकदई द्वारा प्रस्तुत

बस्तर (छत्तीसगढ़) अंचल के नारी-लोक की महागाथा

तीजा जगार

गुरुमायँ सुकदई द्वारा प्रस्तुत

बस्तर (छत्तीसगढ़) अंचल के नारी-लोक की महागाथा

हरिहर वैष्णव

भारतीय ज्ञानपीठ

लोकोदय ग्रन्थमाला : ग्रन्थांक : 1209

ISBN 978-93-263-5235-2

तीजा जगार

(लोक महागाथा)

हरिहर वैष्णव

दूसरा संस्करण : 2016

मूल्य : 490 रुपये

प्रकाशक : **भारतीय ज्ञानपीठ**

18, इन्स्टीट्यूशनल एरिया, लोदी रोड, नयी दिल्ली–110 003

मुद्रक : विकास कम्प्यूटर ऐंड प्रिंटर्स, शाहदरा, दिल्ली

आवरण–सज्जा : महेश्वर

TEEJA JAGAAR
(Oral Epic)
by Harihar Vaishnav

Published by
Bharatiya Jnanpith
18, Institutional Area, Lodi Road, New Delhi-110 003
Ph. : 011-24698417, 24626467; 23241619 (Daryaganj)
Mob. : 9350536020; e-mail : bjnanpith@gmail.com
sales@jnanpith.net; website : www.jnanpith.net

Second Edition : 2016
Price : Rs. 490

पूज्य बाबूजी
और
दोनों माताओं को

हरिहर वैष्णव
खेम वैष्णव

आमुख

छत्तीसगढ़ के बस्तर अंचल में आयोजित होनेवाला 'तिजा जगार' अर्थात् 'तीजा जगार' भी 'लछमी जगार' की ही तरह विभिन्न संस्कारों से आबद्ध अनुष्ठान है। ये अनुष्ठान महिलाओं द्वारा ही पूरे किये जाते हैं। पुरुष इस आयोजन में अपवाद-स्वरूप जगार-गायक के रूप में सहभागी होते हैं। इस आयोजन को 'तीजा जगार' के अलावा कोंडागाँव और इसके आसपास इसमें प्रयुक्त वाद्य 'धनकुल' के कारण 'धनकुल' भी कहा जाता है। यह 'अमुस तिहार' के बाद आयोजित होता है, जो भादों महीने के शुक्ल पक्ष तृतीया तक चलता है और चतुर्थी तिथि को सम्पन्न हो जाता है। यदि 'अमुस तिहार' यानी हरियाली अमावस्या से इसका आयोजन हो तो एक माह चलता है, रक्षाबन्धन के दिन आरम्भ हो तो 15 दिन और श्रीकृष्ण जन्माष्टमी को आरम्भ होने पर यह 10 दिवसीय आयोजन होता है। इन तीनों ही प्रकरणों में यह भादों महीने की शुक्ल पक्ष तृतीया तिथि तक ही आयोजित होता है तथा चतुर्थी (गणेश चतुर्थी) को अनिवार्यतः इसका समापन हो जाता है। यह वस्तुतः बस्तर अंचल का लोक-महोत्सव है जिसके अन्तर्गत 'धनकुल' गीत गाये जाते हैं। इसमें गाये जानेवाले गीत की प्रवृत्ति लोक-महाकाव्य की है इसीलिए इसे लोक-महाकाव्य कहे जाने में कोई संशय नहीं होना चाहिए। इस लोक-महाकाव्य को 'तीजा जगार' के नाम से जाना जाता है। यह लोक-महाकाव्य बस्तर की समृद्ध वाचिक परम्परा का एक अत्यन्त महत्त्वपूर्ण अंग है, जिसे यहाँ की लोक-गायिकाओं ने बड़े ही यत्नपूर्वक जीवित रखा है। इन लोक गायिकाओं को 'गुरुमायँ' (गुरुमाता) कहा जाता है।

इस लोकोत्सव के आयोजन-स्थल प्रायः देवगुड़ी अर्थात् मन्दिर होते हैं। आयोजन-स्थल को लीप-पोतकर सुन्दर ढंग से सजाया

जाता है। दीवार पर भित्तिचित्र अंकित किए जाते हैं। इन चित्रों में 'तीजा जगार' की कथा संक्षेप में अंकित होती है। चित्रांकन का कार्य लोक चित्रकारों द्वारा किया जाता है। इन चित्रों को 'गड़' तथा चित्रांकन करने की प्रक्रिया को 'गड़ लिखतो' कहा जाता है। इसी तरह चित्रकार को 'लिखनकार' या 'चितरकाल'।

इन जगारों में मूल कथा-गायन के साथ-साथ अनुपूरक गायन के रूप में 'चाखना' गाने की भी परम्परा है। 'चाखना' हल्बी-भतरी का शब्द है, जिसका अर्थ चटनी तो नहीं किन्तु लगभग वैसा ही है। मदिरा या सल्फी जैसे मादक पेय के साथ 'चखनेवाला हल्का भोज्य पदार्थ' चाखना कहलाता है। इसी तर्ज पर मूल गायन के बीच-बीच में रस-परिवर्तन के उद्देश्य से 'चाखना गीत' गाये जाते हैं। इन गीतों में हास्य-रस का पुट भी होता है तथा देवी-आराधना के स्वर भी। देवी-आराधना के चाखना गीत 'देव चाखना' कहे जाते हैं। यह गीत गाये जाने पर देवी प्रसन्न होकर नृत्य करती हैं।

भादों महीने की शुक्ल पक्ष तृतीया को महिलाओं द्वारा रखा जानेवाला व्रत हिन्दी परिवेश में 'हरितालिका', छत्तीसगढ़ी परिवेश में 'तीजा' और हल्बी-भतरी परिवेश में 'तिजा' कहलाता है। हिन्दी और छत्तीसगढ़ी परिवेश में यह व्रत जहाँ कुँआरी कन्याओं द्वारा मनवांछित पति की कामना या विवाहिताओं द्वारा पति के सुदीर्घ जीवन की कामना से रखा जाता है, वहीं हल्बी-भतरी परिवेश में इसका सम्बन्ध कुँआरी कन्याओं द्वारा पति की कामना, विवाहिताओं द्वारा अपने सुहाग की रक्षा और सन्तान-प्राप्ति की कामना से भी। हिन्दी और छत्तीसगढ़ी परिवेश में यह व्रत पार्वती द्वारा शिव की प्राप्ति हेतु की गयी तपस्या से अनुप्राणित लगता है तो हल्बी-भतरी परिवेश में पूर्णतः सन्तान-प्राप्ति की कामना से किया जानेवाला अनुष्ठान। यह तथ्य इस 'जगार' की कथा में स्पष्टतः उभरकर सामने आता है। इस महाकाव्य की सम्पूर्ण कथा से यही ध्वनित होता है कि सन्तान के बिना नारी अपूर्ण है। उसकी सबसे बड़ी और उत्कट अभिलाषा है, सन्तान-प्राप्ति। दुनिया में उसे सन्तान-सुख के अतिरिक्त कोई और सुख नहीं चाहिए।

बस्तर में इस 'जगार' के विविध स्वरूप हैं जो अलग-अलग गुरुमायों द्वारा गाये जाते हैं। गुरुमायँ सुकदई द्वारा प्रस्तुत इस गाथा में बाँजिनरानी, माहापातरिन रानी और जानादई द्वारा सन्तान-प्राप्ति के

लिए विविध अनुष्ठान और उद्योग किये जाते हैं। इनमें तुलसी-रोपण, कुआँ-बावली और सरोवर का उत्खनन तथा 'तीजा जगार' के आयोजन प्रमुख हैं।

भँवरानँगर के सन्तानहीन राजा-रानी अपनी सन्तानहीनता के कारण ही बाँजाराजा और बाँजिनरानी (बाँझ राजा-रानी) कहलाते हैं। राजा तो अपने राजकाज में व्यस्त होने के कारण सन्तानहीनता के दु:ख को लगभग भुला देता है, किन्तु नारी सुलभ स्वभाववश रानी इस दु:ख को पल-पल भोगती रहती है। सारे यत्न करने के बावजूद वह सन्तान-सुख से वंचित ही रहती है। वह विचार करती है कि जब तक जीवन है तब तक तो घर-द्वार, राजपाट सब कुछ है किन्तु इन सबके बावजूद कोख सूनी है। ऐसे में मृत्यु के बाद उन्हें कौन याद रखेगा? उसे यही चिन्ता सताती रहती है। एक दिन वह बाँजाराजा से कहती है कि वह 'धनकुल' का आयोजन करना चाहती है ताकि उसे सन्तान की प्राप्ति हो और उसकी मृत्यु के बाद भी लोग उसे याद रखें। बाँजाराजा उससे सहमत होता है। वह अपने महल में 'धनकुल' का आयोजन करती है। इसके बावजूद उसके अभीष्ट की सिद्धि नहीं होती और उसका मन नहीं मानता तब वह अपने महल में तुलसी रोपती है कि सम्भवत: ऐसा करने पर देव उस पर प्रसन्न हों और उसे सन्तान-सुख दें। किन्तु इस उद्योग से भी उसे वांछित फल नहीं मिलता तब प्यासे लोग अपनी प्यास बुझाएँ और उसे आशीर्वाद दें ताकि उनके आशीर्वाद से उसे सन्तान की प्राप्ति हो, इस विचार से वह सरोवर खुदवाती है, फल-फूल के बाग-बगीचे लगवाती है। किन्तु कई यत्न करने के बावजूद सन्तानहीनता का दंश भोगते अपने मन को वह ढाढ़स नहीं बँधा पाती। राजमहल की चहारदीवारी के भीतर रहते-रहते उसका मन क्लान्त हो उठता है तब वह एक दिन राजा की आज्ञा लेकर राज्य की आम महिलाओं के साथ काँदा (कन्द) खोदने के लिए जंगल जाती है। वहीं काँदा खोदते हुए सौभाग्य से उसे जमीन के भीतर एक शिशु प्राप्त होता है। बाँजिनरानी उसी शिशु (डाहाँकरैया) को भगवान का प्रसाद समझकर अपना पुत्र मान लेती है।

इसी तरह माहापातरिन रानी भी सन्तान-प्राप्ति के लिए सबसे पहले तुलसी रोपती है फिर सरोवर और कुआँ खुदवाती है, पेड़-पौधे रोपती है। इसके बाद उसकी कोख से एक पुत्री (जानादई)

का जन्म होता है। बड़ी होने पर जब जानादई का विवाह डाहाँकरैया के साथ होता है तब वह भी सन्तान-प्राप्ति के लिए तुलसी रोपती है, 'तीजा' का उपवास रखती है और सरोवर तथा कुआँ खुदवाती है, पेड़-पौधे लगाती है। इतने उद्योग के बाद उसे सन्तान का सुख प्राप्त होता है। वह तब अपने आप को सम्पूर्णता में देख पाती है।

'तीजा जगार' का आयोजन छत्तीसगढ़ प्रान्त के अन्तर्गत अविभाजित बस्तर जिले के जगदलपुर एवं कोंडागाँव तहसीलों में, तथा नारायणपुर, दन्तेवाड़ा और बीजापुर तहसीलों के कुछ भागों में किया जाता है। यह अनुष्ठान बस्तर की वाचिक परम्पराओं का ही एक अंग है, जिसमें अन्य चीजों के साथ ही शीतऋतु में धान के पकने के साथ ही सम्पन्न होनेवाला एक अन्य वाचिक लोक महाकाव्य 'लछमी जगार', श्री कृष्ण जन्माष्टमी के अवसर पर आयोजित होनेवाला 'आठे जगार' और ग्रीष्मऋतु में सम्पन्न होनेवाला 'बाली जगार' भी सम्मिलित है।

'तीजा जगार' लोक महाकाव्य का गायन प्रमुखतः महिलाओं द्वारा किया जाता है। प्रमुख गायिका 'पाट गुरुमायँ' कहलाती है। उसकी एक या दो सहायिकाएँ होती हैं, जिन्हें 'चेली गुरुमायँ' कहा जाता है। प्रायः पाट गुरुमाएँ दादी या नानी की उम्र की होती हैं जबकि चेली गुरुमाएँ माँ की उम्र की। ये गुरुमाएँ प्रायः 30 वर्ष की आयु से, जब उनके बच्चे बड़े होते हैं तथा घर-गृहस्थी के उनके उत्तरदायित्व प्रायः कम हो जाया करते हैं, गायन सीखना आरम्भ करती हैं। यहाँ यह उल्लेख अनिवार्य होगा कि जगार-गायन किसी समुदाय या जाति विशेष की विशेषज्ञता नहीं होती। ये गायिकाएँ किसी भी समुदाय या जाति से हो सकती हैं। उदाहरण के तौर पर जगदलपुर क्षेत्र में धाकड़, मरार, केंवट, माहरा, भतरा, बैरागी और कलार; कोंडागाँव क्षेत्र में गाँडा, घड़वा, बैरागी, मरार, कलार आदि जातियों की गुरुमाएँ जगार-गायन करती दिखलाई पड़ती है। इन गुरुमाँओं को उनके गायन के लिए कोई धनराशि नहीं दी जाती अपितु उसकी जगह आयोजक द्वारा 'जगार' की समाप्ति पर सामर्थ्यानुसार ससम्मान भेंट दी जाती रही है।

प्रस्तुत गाथा की गायिका सुकदई गुरुमायँ संगीतकार/ग्राम प्रहरी (कोटवार) समुदाय से सम्बद्ध हैं और कोंडागाँव कस्बे के सरगीपालपारा नामक मोहल्ले में रहती हैं। यह समुदाय यहाँ का मूल निवासी है।

संगीत-साधना (वादन) इस समुदाय के पुरुषों को विरासत में मिली है और उन्हीं तक सीमित भी है। वे तीन से पाँच के समूह में होते हैं तथा विवाह और अन्य धार्मिक अनुष्ठानों के अवसर पर वादन करते हैं। पहला व्यक्ति 'मोहरी' (शहनाईनुमा वाद्य), दूसरा 'निसान' या 'नँगारा' (नगाड़ा), तीसरा 'टुड़बुड़ी' (एक छोटा ताल वाद्य), चौथा 'ढोल' तथा पाँचवाँ 'ढपरा' (ढपली) बजाता है। इस समुदाय के लोग, जैसा कि ऊपर कहा गया है, कोटवार तथा चरवाहे के रूप में भी अपनी सेवाएँ समाज को देते आ रहे हैं। इस समुदाय के लोगों के पास अपनी कृषि-भूमि थी किन्तु धीरे-धीरे इनमें से अधिकांश लोगों ने अपनी भूमि बाहर से यहाँ आ बसे लोगों के हाथों बेच डाली। यह स्थिति प्राय: गाँव से कस्बे में परिवर्तित होते स्थानों में, उदाहरण के तौर पर, कोंडागाँव (सरगीपालपारा) आदि में बनती गयी है। आज इनकी आजीविका का साधन दैनिक मजदूरी रह गयी है। जहाँ तक जगार-गायन से जुड़ने का सवाल है, अपवाद स्वरूप ही सुकदई जैसी महिलाएँ गायिका बन पाती हैं। पितृसत्तात्मक समाज में ऐसी कोई व्यवस्था नहीं कि महिलाएँ अपने किसी ज्ञान या विज्ञान को धरोहर के रूप में आगे ले जा सकें। हाँ, विवाहिताएँ अपने पति के कौटुम्बिक क्रिया-कलापों में अवश्य सहभागी होती हैं।

सुकदई के परिवार में उनके पिता की बहिन दुआरी के पहले कोई भी जगार गायिका नहीं हुई थी। दुआरी ने जगार-गायन निकटस्थ गाँव बम्हनी की पनका जाति की एक महिला से सीखा था। सुकदई और उनकी तीन चचेरी बहिनों ने दुआरी से। सुकदई की चाची आयती ने भी दुआरी से ही जगार-गायन की शिक्षा ली तथा अपनी बहिन की तीन बेटियों को सिखाया। इस तरह सुकदई और उनकी निकट सम्बन्धियाँ जगार-गायिका बनीं। गुरुमायँ सुकदई 'लछमी जगार' एवं 'तीजा जगार (धनकुल)' दोनों ही लोक महाकाव्यों का गायन करती हैं; साथ ही अनेक लोक-गीत और लोक-गाथाएँ भी गाती हैं, जिनका सम्बन्ध पूरी तरह मनोरंजन से है। वे कोंडागाँव की शीर्षस्थ जगार-गायिकाओं में गिनी जाती हैं। कोंडागाँव में दर्जन भर से अधिक गुरुमाँएँ हैं, किन्तु सम्भवत: इनकी सही गणना कर पाना बहुत ही कठिन होगा। कारण, बस्तर के जन-जीवन में लोक-गीत का गायन सहज एवं स्वाभाविक है और प्राय: प्रत्येक महिला किसी-न-किसी स्तर पर लोक-गीत-गायिका है।

उल्लेखनीय है कि सुकदई गुरुमायँ द्वारा गाये जानेवाले 'लछमी जगार' में 30,931 तथा 'तीजा जगार' में 24,182 गीत पंक्तियाँ हैं। इसी तरह अन्य गुरुमायों द्वारा गाये जानेवाले 'जगार' भी हजारों गीत पंक्तियों वाले हैं। ये सभी 'जगार' इन गुरुमायों को आश्चर्यजनक ढंग से कंठस्थ हैं। यह पूछे जाने पर कि इतनी गीत पंक्तियाँ उन्हें कैसे याद रहती हैं? सुकदई गुरुमायँ कहती हैं, ''जिस तरह आप पढ़े-लिखे लोग भूल जाते हैं।''

कोंडागाँव एवं इसके आसपास 'धनकुल' नामक इस वाद्य-यन्त्र के विभिन्न उपकरणों यथा, धनुष को 'धनकुल डाँडी', डोरी को 'झिकन डोरी', बाँस की कमची को 'छिरनी काड़ी', हंडी को 'घुमरा हाँडी', हंडी के मुँह पर ढँके जाने वाले सूपा को 'ढाकन सुपा', हंडी के आसन को 'आँयरा' या 'बेंडरी' तथा मचिया को 'बैठक माची' कहा जाता है। 'घुमरा हाँडी' 'आँयरा' या 'बेंडरी' के ऊपर तिरछी रखी जाती है। 'आँयरा' या 'बेंडरी' धान के पैरा (पुआल) से बनी होती है। तिरछी रखी 'घुमरा हाँडी' के मुँह को 'ढाकन सुपा' से ढँक दिया जाता है। इसी 'ढकान सुपा' के ऊपर 'धनकुल डाँडी' का एक सिरा टिका होता है तथा दूसरा सिरा जमीन पर। 'धनकुल डाँडी' की लम्बाई लगभग 2 मीटर होती है। इसके दाहिने भाग में लगभग 1.5 मीटर पर 8 इंच की लम्बाई में हल्के खाँचे बने होते हैं। गुरुमाएँ दाहिने हाथ में 'छिरनी काड़ी' से 'धनकुल डाँडी' के इसी खाँचेवाले भाग में घर्षण करती हैं तथा बाएँ हाथ से 'झिकन डोरी' को हल्के-हल्के खींचती हैं। घर्षण से जहाँ छर-छर-छर-छर की ध्वनि नि:सृत होती है वहीं डोरी को खींचने पर 'घुम्म-घुम्म' की ध्वनि 'घुमरा हाँडी' से निकलती है। इस तरह ताल वाद्य और तत वाद्य का सम्मिलित संगीत इस अद्‌भुत लोक वाद्य से प्रादुर्भूत होता है।

यद्यपि इसके विपरीत ओड़िसा के नवरंगपुर जिले में प्रयुक्त 'धनकुल' वाद्य का धनुष अपेक्षाकृत बड़ा होता है तथा इसके वादन में भी भिन्नता है, किन्तु यह अतिरंजित नहीं कि दंडकारण्य के पठार में प्रचलित यह वाद्य अपने आप में मौलिक एवं अनूठा है। दक्षिण तमिलनाडु में भी यद्यपि धनुस्संगीत का प्रचलन पाया जाता है किन्तु वहाँ इसका स्वरूप भिन्न है। भारत में धनुस्संगीत के अन्य रूपों की भी थोड़ी-बहुत जानकारी मिलती है किन्तु उदाहरण कम ही देखने

में आये हैं। इस आयोजन के समय प्रमुख गायिका एवं कई बार उसकी सहायिकाओं पर भी पुरखों की आत्मा अथवा देवी-देवताओं का प्रभाव होने लगता है, जिनका वे आह्वान कर रही होती हैं। जगार-गायन की अवधि में कुछ महिलाएँ ऐसे प्रभाव में दिखलाई पड़ती हैं किन्तु आयोजन के अन्तिम दिन तो यह प्रभाव विभिन्न आयु-वर्ग की बहुत-सी महिलाओं और बालिकाओं पर दिखाई पड़ता है।

सुनने या गानेवाले पर क्या इस 'धनकुल' वाद्य का वाकई कोई प्रभाव होता है? इस प्रश्न के उत्तर में यदि कहा जाये कि हाँ, होता है; तो सम्भवतः यह अधिकांश लोगों को न रुचे। किन्तु सच यही है कि इस वाद्य के वादन तथा गायन के साथ ही वहाँ उपस्थित कई महिलाओं पर विभिन्न देवियों का प्रभाव होने लगता है और वे उसके प्रभाव में आकर अपना आपा खो बैठती हैं। इसे यहाँ 'मचतो' या 'मोचतो' कहा जाता है। जापान में भी इसी तरह धनुस्संगीत के प्रभाव में लोग आ जाते हैं। किन्तु जापान और बस्तर में मूलभूत अन्तर यह है कि बस्तर में जहाँ महिलाओं पर इस संगीत का प्रभाव अधिक होता है, वहीं जापान में महिलाओं की बजाय पुरुषों पर। इसके साथ ही, जापान में इस संगीत का प्रयोग तान्त्रिक करते हैं जबकि बस्तर में गुरुमाँएँ, यानी जगार-गायिकाएँ। सुप्रसिद्ध नृतत्त्वशास्त्री सी. ब्लैकर 1992 में जापान से प्रकाशित अपनी पुस्तक 'द कैटेल्पा बो : ए स्टडी ऑव शैमनिक प्रैक्टिसेज इन जापान' में इस सम्बन्ध में कहते हैं : "धनुष जितना एक शस्त्र के रूप में प्रयुक्त होता रहा है वहीं वह संगीत में एक वाद्य-उपकरण के रूप में भी उपयोगी रहा है। यह एकल डोर वाला वह वाद्य है, जिसके बजने पर उसका स्वर आत्माओं की दुनिया में जा पहुँचता है तथा उन महिलाओं को, जो इसके प्रभाव में आ जाती हैं, आत्माओं की उस दुनिया से सम्पर्क करने की क्षमता प्रदान करता है। एक तान्त्रिक के लिए पुरातन काल से लेकर, आज तक धनुष का संगीत कुछ इसी तरह प्रभावोत्पादक रहा आया है और आत्माओं को अपने निकट आने को विवश करता रहा है।"

प्रत्येक गायिका की अपनी अलग गायन-शैली है जिससे वे अलग से ही पहचानी जाती हैं। इस गीत की काव्यात्मकता और संगीतात्मकता के कारण कथा का विकास अत्यन्त मन्थर किन्तु रसमय

गति से होता है। प्रस्तुत गद्यात्मक रूपान्तर अपने उस मूल सौन्दर्य (सांगीतिकता) से अलग हटकर यद्यपि छायारूप में ही आ पा रहा है, किन्तु इसकी कथात्मकता, वाचिकता एवं रोचकता यथावत् है। इस आयोजन के सभी संस्कारों में प्राय: महिलाएँ ही सहभागी होती हैं। पुरुष संगीतकार, पुजारी और केन्द्रीय भूमिका निभानेवाले पात्रों के रूप में सहभागी होते हैं।

यह महाकाव्य तीन स्पष्ट खंडों में संयोजित है। पहला खंड बाँजिनरानी खंड' है (अध्याय 1 से 7) जिसमें बाँजिनरानी और बाँजाराजा की कथा है। खंड 2 'माहापातरिन-जानादई खंड' (अध्याय 8 से 19) में माहापातरिन रानी, उसकी बेटी जानादई और बाँजाराजा के बेटे डाहाँकरैया की कथा है जबकि खंड 3 'बाली गौरा खंड' (अध्याय 20 से 25) में बाली गौरा और पारबती रानी की। प्रथम दो खंडों में कथा व्याख्यायित और प्रवाहित होती है जबकि अन्तिम खंड (खंड 3 : 'बाली गौरा खंड' : अध्याय 20 से 25) में कथा-वस्तु का विकास, चरमोत्कर्ष, निर्गति तथा परिणाम या फलागम सम्मिलित हैं। इस महागाथा का फलागम सुखान्तक होने के बजाय दुखान्तक है।

यह कथा इसकी गायिकाओं के जीवन-मूल्यों का उद्घोष करती है किन्तु इन मूल्यों को उनकी सम्पूर्णता में जानने के लिए मूल संस्करण का विश्लेषण अत्यन्त आवश्यक है। विभिन्न व्यवसाय-समूहों के आपसी सम्बन्ध समानता के सिद्धान्तों से संचारित होते हैं। इस लोक महाकाव्य में पत्नी-पीड़क प्रसंग नहीं हैं किन्तु अनेक प्रकरणों में पत्नी या आयु अथवा रिश्ते में छोटे लोगों को अपनी बात मनवाने के लिए भूख हड़ताल पर जाते देखा जा सकता है। 'लछमी जगार' की ही तरह इस महाकाव्य में भी स्त्री की फलदायकता (उत्पादकता) एवं फलहीनता या अनुत्पादकता (बाँझपन) के बीच का संघर्ष केन्द्रीय मूल्य के रूप में उभरकर सामने आया है। इस कथा में स्त्री मुख्यत: नकारात्मक मूल्यों की स्थिति से सही संस्कारित व आनुष्ठानिक कृत्यों के द्वारा सकारात्मक मूल्यों की स्थिति तक पहुँचती दिखलाई पड़ती है। यहाँ उसका लक्ष्य न केवल सन्तान-प्राप्ति है अपितु जलाशयों के निर्माण और पेड़-पौधे रोपकर मानवता की सहायता करना तथा इसके द्वारा अपनी कीर्ति-पताका युग-युग तक फहराना भी है। वह परोपकार के मार्ग में आनेवाले किसी भी

संकट से पूरी जीवटता के साथ जूझ सकती है, किसी भी तरह के कष्ट उठा सकती है किन्तु वह पीड़ित होती है तो केवल एक ही प्रसंग से। और वह है सौतन का प्रसंग। वह अपने पति की दूसरी पत्नी को किसी भी स्थिति में स्वीकार नहीं कर सकती। इस महाकाव्य में पारबती द्वारा महादेव की दूसरी पत्नी बाली गौरा को इसी सौतियाडाह के चलते नाना प्रकार के कष्ट दिये जाते हैं। ऐसे समय में विभिन्न पशु-पक्षी एवं जीव-जन्तुओं द्वारा बाली गौरा की सहायता की जाती है।

बस्तर की वाचिक परम्परा की इस तथा अन्य तीनों धरोहरों ('लछमी जगार', 'आठे जगार' और 'बाली जगार') के ध्वन्यांकन, लिप्यन्तरण और अनुवाद का विचार वर्षों पूर्व मेरे मस्तिष्क में आया था। 'बस्तर सम्भाग हल्बी साहित्य परिषद्' के गठन के साथ ही 1985 और उसके बाद भी इस विषय में परिषद् के अध्यक्ष श्रद्धेय लाला जगदलपुरीजी से भी मेरी कई बार चर्चा होती रही। 1991 में आस्ट्रेलिया में अपने मित्र डॉ. क्रिस ग्रेगोरी से भी इस सम्बन्ध में चर्चा हुई और निकट भविष्य में इस परियोजना पर कार्य करना भी लगभग तय था किन्तु विभिन्न कारणों से इसे कार्यरूप में परिणत करने का योग ही नहीं बन पा रहा था। इसके आयोजन और ध्वन्यांकन हेतु आर्थिक सहयोग की अपेक्षा में मैंने 1993 से 1995 के बीच मध्यप्रदेश आदिवासी लोककला परिषद् तथा मानव संसाधन विकास मन्त्रालय से भी लगातार पत्राचार किए। कारण, इनके आयोजन और ध्वन्यांकन में एक बड़ी धनराशि व्यय होना था। किन्तु कहीं से भी कोई सकारात्मक उत्तर प्राप्त न होते देखकर मैं निराश हो गया। ऐसे समय में मुझे ढाढ़स बँधाया मेरी जीवनसंगिनी श्रीमती मायावती जी ने और कहा कि मैं अपने भविष्य निधि से अग्रिम लेकर इस कार्य को पूरा करूँ। तब मैंने ऐसा ही किया और अन्ततः 1996 में सबसे पहले 'तीजा जगार' का आयोजन हुआ। इसी आयोजन में मैंने इस सम्पूर्ण लोक महाकाव्य को ध्वन्यांकित किया। इसके बाद अन्य जगारों को भी।

यह प्रस्तुति 1996 में ध्वन्यांकित उसी 24,182 पंक्तियोंवाले मूल लोक- महाकाव्य का लिप्यन्तरित एवं संक्षेपीकृत गद्यात्मक रूप है। इस महाकाव्य को टेप से लिप्यन्तरित करने में जहाँ मुझे छः महीने से अधिक का समय लगा वहीं इसके गद्यात्मक संक्षेपीकरण

और हिन्दी अनुवाद में पूरा डेढ़ वर्ष। मूल संस्करण के अनुवाद का इससे भी अधिक श्रम-साध्य कार्य अभी शेष है।

मैं इस प्रस्तुति के लिए अनेक व्यक्तियों एवं संस्थानों का ऋणी हूँ। ऑस्ट्रेलियन रिसर्च काउंसिल और एएनयू (ऑस्ट्रेलियन नेशनल यूनिवर्सिटी) की फैकल्टी रिसर्च स्कीम ने शोध अनुदान देकर बस्तर और पश्चिमी ओड़िसा की वाचिक परम्पराओं पर केन्द्रित हमारी इस परियोजना को सफल बनाने में महत्त्वपूर्ण योगदान दिया है। इसके लिये मैं उनका आभारी हूँ। मैं इस महाकाव्य की गायिका, हमारी 'बुबू' गुरुमायँ सुकदई कोराम का चिर-ऋणी हूँ, जिन्होंने न केवल बोझिल कर देनेवाले मेरे कई-कई प्रश्नों के उत्तर बड़े ही धैर्यपूर्वक दिए अपितु बस्तर की वाचिक परम्परा से सम्बन्धित कई महत्त्वपूर्ण जानकारियाँ भी मुझे दीं। अनुज श्री खेम वैष्णव ने इस प्रस्तुतीकरण के रेखांकन तैयार किये जो मूलकथा की उनके द्वारा की गयी दृश्यात्मक व्याख्या है। मैं इस जगार की सहगायिकाओं (चेली गुरुमायँ) सुश्री सोमारी कोराम एवं सुश्री गागरी कोराम, आस्ट्रेलियन नेशनल यूनिवर्सिटी के डॉ. क्रिस ग्रेगोरी, सुप्रसिद्ध घड़वा शिल्पी डॉ. जयदेव बघेल, सुप्रसिद्ध चित्रकार-मूर्तिकार सुश्री नवजोत अल्ताफ, आलोचना के शिखर-पुरुष प्रो. (डॉ.) धनंजय वर्मा, फ्रेंच फिल्म अभिनेत्री सुश्री सोफी कैंडाव्रोफ, स्विस छायाकार श्री क्रिस्चन डुप्रे, यशस्वी सम्पादक एवं आलोचक डॉ. प्रभाकर श्रोत्रिय, आस्ट्रेलियन संगीत विश्लेषक श्री पीटर टोनर और इन्दिरा गाँधी राष्ट्रीय कला केन्द्र के डॉ. आर. के. भट्टाचार्य तथा डॉ. कैलाश कुमार मिश्रा और जर्मन साउंड रिकार्डिस्ट रोल्फ किल्यूस तथा सुश्री युता विंकलर के विभिन्न सहयोग के लिए भी उनका आभारी हूँ। मैं विशेष रूप से आभारी हूँ स्विट्जरलैंड स्थित 'लेडिग-रोव्होल्ट फाउंडेशन' तथा 'रॉकेफेलर फाउंडेशन' (न्यू यॉर्क, सं. रा. अमेरिका) के बेलाजो (इटली) स्थित 'स्टडी ऐंड कॉन्फ्रेन्स सेंटर' का जिन्होंने मुझे प्रवास पर आमन्त्रित कर मेरे इस कार्य में सहयोग किया।

इसी तरह मैं आदरणीया श्रीमती अनिता नन्दी (भा.व.से.), वन संरक्षक और आदरणीय श्री एम.टी. नन्दी (भा.व.से.), वन संरक्षक का भी उनके द्वारा पल-प्रतिपल दिये गये प्रोत्साहन और अविस्मरणीय सहयोग के लिए आभारी हूँ। मैं अपने पुत्र चि. नवनीत, दोनों बेटियों सौ. सारिका और सौ. शैली तथा अनुजवत् विनोद ए.एस.

का विशेष आभारी हूँ, जिन्होंने कम्प्यूटर एवं अन्य तरह का सहयोग मुझे दिया। साहित्य के प्रति मनसा-वाचा-कर्मणा समर्पित बस्तर के तपस्वी और यशस्वी साहित्यकार गुरु-तुल्य श्रद्धेय श्री लाला जगदलपुरीजी से सदैव प्राप्त मार्गदर्शन और आशीर्वाद के लिए उनका कोटिशः विनम्र आभार।

अपनी जीवन-संगिनी श्रीमती मायावती जी का तो मैं सदा की तरह चिरऋणी हूँ ही, जिन्होंने मेरे मन में बस्तर की वाचिक परम्पराओं के प्रति वर्षों पहले न केवल अनुराग पैदा किया अपितु जो इस दिशा में काम करते रहने के लिए मुझे लगातार प्रोत्साहित और भरपूर सहयोग भी करती आ रही हैं। पुस्तक के मुख-पृष्ठ के लिए बेटी रागिनी का आभार।

मैं उन सबके प्रति भी आभारी हूँ जिनका प्रत्यक्ष-परोक्ष सहयोग मुझे इस सन्दर्भ में मिलता रहा है किन्तु शीघ्रता में जिनका नामोल्लेख यहाँ नहीं हो सका है। मैं उनके प्रति भी अपना विनम्र आभार प्रदर्शित करना अपना कर्तव्य समझता हूँ, जिन्होंने मेरे इस कार्य के दौरान पग-पग पर न केवल रोड़े अटकाए अपितु व्यंग्य-बाणों से मुझे वेधते भी रहे। कारण, यदि वे ऐसा न करते तो मेरी सामान्य इच्छा उत्कट अभिलाषा और दृढ़ निश्चय में न बदलती और इस कार्य की पूर्णता कदापि सम्भव नहीं होती।

देश के अत्यन्त प्रतिष्ठित संस्थान 'भारतीय ज्ञानपीठ' का आभार व्यक्त करने के लिए तो मेरे पास शब्द ही नहीं हैं। मैं 'अबोला' हो गया हूँ। साहित्य के मुझ 'अनाम' विद्यार्थी के इस तुच्छ प्रयास को गरिमामय प्रकाशन देकर इस संस्थान ने मुझ पर और समूचे बस्तर अंचल पर जो उपकार किया है, वह प्रणम्य है।

—हरिहर वैष्णव

अनुक्रम

खँड–2 : माहापातरिन–जानादई खँड / खंड–2 : माहापातरिन–जानादई खंड

खँड-3 : बाली गौरा खँड / खंड-3 : बाली गौरा खंड

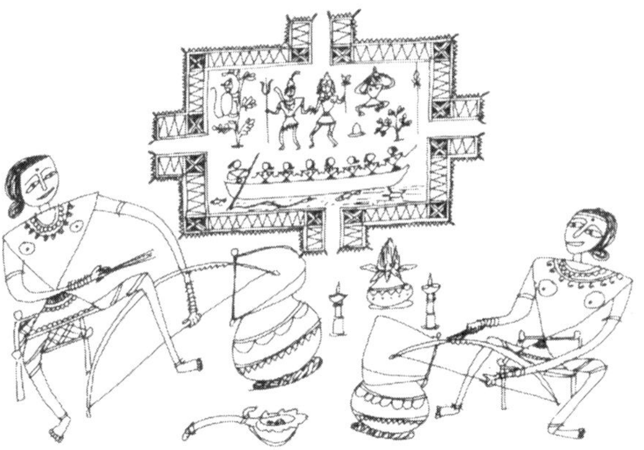

तीजा जगार

बस्तर अंचल के नारी-लोक की महागाथा

अधया–1

बाँजाराजा आउर बाँजिनरानी चो गोठ–बात

भँवरा नँगर चो बाँजाराजा आउर बाँजिनरानी भँवरा नँगर ने काय मँजा राज करुन खासोत। हुन थाने राजा चो नवखँड माहाल, मुँडा माहाल आसे मने। गँगा–जमुना नाँव [1] चो जोड़ी गदेया [2] मन आसोत मने। दुठान तिजरी–बिजरी बले आसे। कासा–तामा आसे। हुसन राज ने राजा–रानी काय मँजा राज धरुन खासोत मने। हुनचो साले–सुआ, मैना–मँजुर, बाँदे माकड़, जँवरा–भँवरा कुकुर, दानी–पुनी नाँव चो हाँसा–परेवाँ मन आसोत। बाली मोंगरा आसे, डाँक डाली आसे, गोहा फर आसे। कदम रुक [3] बले आसे मने आरु जानू बेल–बगेचा, लिमऊ बगेचा, ठोटा बगेचा, आमा बनवाड़ी बले आसे। कुआँ–बावली आसे। जनत बानी आसे मने। हुन राज ने ए राजा–रानी मन काय मँजा राज करुन खासोत मने।

हारक रानी मने–मन बिचार करली। दिले धोका करली। 'ए राम भगवान!' बलेसे रानी, 'मोके पेटे पुतुर निंहाय, पाटे भाई निंहाय। मयँ अरग बाँजिन आयँ।

अध्याय-1

बाँजाराजा और बाँजिनरानी की बातचीत

भँवरा नँगर के बाँजाराजा और बाँजिनरानी भँवरा नँगर में बहुत ही आनन्दपूर्वक राज-काज करते हुए जीवन बिता रहे थे। वहाँ राजा के नौ खंडा महल थे। गंगा-जमुना नाम के दो राजकोष थे। दो तिजोरियाँ भी थीं। काँसा-ताम्बा था। ऐसे राज्य में राजा-रानी बहुत सुखपूर्वक जीवन बिता रहे थे। उनके तोता-मैना, मयूर, बाँदे नामक बन्दर, जँवरा-भँवरा नामक दो कुत्ते, दानी-पुनी नाम के हंसों और कबूतरों की जोड़ी भी थी। बाली-मोंगरा नामक फूल, डाँक और दाड़िम के पेड़-पौधे, गोहा-फल के पेड़ थे। कदम्ब का पेड़ था, बेल के बाग, नीबू के बगीचे, ठूँटा बगीचा और अमराइयाँ भी थीं। कुआँ-बावली थे। सभी प्रकार की चीजें थीं। उस राज्य में राजा-रानी हर्षोल्लास के साथ जीवन व्यतीत कर रहे थे।

एक बार रानी ने मन-ही-मन विचार किया। वह दिल में चिन्ता करने लगी। 'हे राम भगवान!' वह सोचने लगी 'न तो मेरी कोई सन्तान है और न ही कोई

मयँ निरा मुँहिन आयँ। मयँ काय नईं काय माँगुन इले जाले! सारी राज के भगवान पुतुर देयसे आरु जानू मोके काय काजे नीं देय जाले?' बलते रानी धोका करेसे मने।

तेबे असने-असने गोटोक दिन राजा-रानी दुनों झन खटेया[4] ने बसलो बेरा रानी बाँजाराजा के बलेसे, "ए राजा! तुमी मोचो[5] गोठ के सुना। मोचो गोठ के माना।" बलतो के राजा बलेसे, "आले काय गोठ आय, रानी? तुय साँग। मोके जाले डर लागेसे!"

बलतो के रानी बलेसे, "नईं राजा! डरा-डरी चो गोठ नोहाय। हामचो काहीं नामना निंहाय, राजा। काहीं किरती निंहाय। मोके हुनचोय धोका धरलिसे। दखा नू[8], गुलाय राज के भगवान-महाप्रु पुतुर देयसे, मान्तर[9] मोके नीं देय। मयँ नाना पयकार होले, बाना-बिसा होले जाले बले मोके नीं देय। कोन जाने मोचो भाग कसन आय की? मयँ काय माँगुन इले भगवान घर ले काय नईं। जिव रत ले तो खावाँ राजा मान्तर मरुन गेले हामचो काईं नाँव नीं रहेदे। हामचो नाँव बुड़ुन जायदे, राजा। एचोय काजे मयँ बिचार करेंसे की गोटोक किरती करुन दिले जुग-जुग हामचो नाँव रती कायनू! हामचो पदबी बाड़ुन[10] जाती।"

बलतो के राजा बलेसे, "आले काय किरती आय, रानी? तुय मोके साँग नू!"

बलतो के रानी बल्ली, "तुमी मोके धनकुल-जोड़ा जोड़ुन दिया, राजा। मयँ जानू धनकुल मँडायँदे। हामचो जुग-जुग नाँव रहेदे, राजा। हामचो किरती बाड़ुन जायदे।" असन बलुन रानी टेक मताउक धरली। तिरी-हट, बाल-हट मताली रानी। दतुन करे नईं ना अन खाये नईं। भुके-भुके आसे मने। तेबे हुनचो चरितर के दखलो राजा आरु लगे जाउन बल्लो, "ए रानी, तुय तिनपुर टेकही आस। बड़ा उपई बायले आस, तुय। दतुन नीं चाबिस ना अन नीं खाइस। भुके-भुके आसिस[11]। तुय भुक ने मरुन जासे, रानी। जा दतुन चाब, अन खा। मयँ तुके धनकुल मँडातो जोड़ा जोड़ुन देयँदे।"

सन्दर्भ

1. नाँव : अन्य ध्वनि 'नाव'।
2. गदेया : अन्य ध्वनियाँ 'गदया', 'गदिया'।
3. रुक : अन्य ध्वनि 'रुख'।
4. खटेया : अन्य ध्वनियाँ 'खटया', 'खटिया'।
5. मोचो : अन्य ध्वनि 'मचो'।
6. राजा : पत्नी द्वारा पति को 'राजा' का सम्बोधन 'प्रियतम' का अर्थ देता है, न कि किसी देश के राजा का। पति ही पत्नी के हृदयरूपी राज्य का स्वामी अर्थात् राजा है। आज भी प्यार से पत्नी अपने पति को चाहे वह कंगाल ही क्यों न हो, अन्तरंग क्षणों में राजा ही कहती है। यद्यपि सामान्य अवसर पर यह सम्बोधन दूसरों के सामने नहीं किया जाता किन्तु जब पति की मृत्यु हो जाती है तो पत्नी के रुदन (शोक गीत) में यह सम्बोधन सार्वजनीन हो ही जाता है।

भाई। मैं निरी बाँझ हूँ। लोग मेरा मुँह देखना भी दोष समझते हैं। पता नहीं भगवान से मैं क्या माँग आयी! वह सारे संसार को सन्तान देता है किन्तु मुझे क्यों नहीं देता, पता नहीं!' ऐसा सोचती हुई रानी चिन्ता करने लगी।

तब एक दिन जब राजा-रानी दोनों पलंग पर बैठे थे, रानी ने बाँजाराजा से कहा, "हे राजा[6]! आप मेरी बात सुनें। मेरा कहा मानें।"

उसके ऐसा कहने पर राजा ने कहा, "अच्छा, कौन-सी बात है, रानी[7]? तुम बताओ। मुझे भय लग रहा है!"

रानी ने कहा, "नहीं राजा! डर-भय की कोई बात नहीं है। हमारा कोई नाम नहीं है, राजा। कोई कीर्ति नहीं है। मुझे उसी की चिन्ता लगी है। देखिए न, सारे संसार को भगवान सन्तान देता है किन्तु मुझे नहीं देता। मैंने नाना उपाय किए, कई कष्ट सहे किन्तु तो भी मुझे नहीं देता। पता नहीं मेरा भाग्य कैसा है? मैं क्या माँगकर आयी भगवान के घर से, नहीं मालूम। हम जीवित रहते तक तो सुख-भोग करेंगे किन्तु हमारी मृत्यु के बाद हमारा नाम नहीं रहेगा। हमारा नाम डूब जाएगा, राजा। इसलिए मैं विचार कर रही हूँ कि यदि हम एक काम कर जाएँ तो शायद युगों-युगों तक हमारा नाम बना रहता। हमारा पद बढ़ जाता।

राजा ने कहा, "अच्छा, कौन-सा ऐसा काम है, रानी? तुम मुझे बताओ तो!"

रानी ने कहा, "आप मेरे लिए धनकुल की सामग्री तैयार कर दें, राजा। मैं धनकुल का आयोजन करूँगी। युगों-युगों तक हमारा नाम रहेगा, राजा। हमारी कीर्ति बढ़ जाएगी।" ऐसा कह रानी हठ करने लगी। तिरिया हठ, बाल-हठ मचाने लगी रानी। वह न दतौन करती न अन्न ही खाती। भूखी रहने लगी। तब उसके ऐसे हठ को देखकर राजा उसके पास गया और बोला, "हे रानी, तुम बहुत ही हठी हो। बड़ी चंचल हो तुम। तुम न तो दतौन करती न अन्न ही खाती। भूखी हो। भूख से तुम्हारी मृत्यु हो जाएगी। जाओ, जाकर दतौन करो। अन्न ग्रहण करो। मैं तुम्हारे लिए धनकुल-आयोजन की सामग्री मँगवा दूँगा।

7. रानी : पति द्वारा पत्नी को 'रानी' का सम्बोधन 'प्रियतम' का अर्थ देता है, न कि किसी देश की रानी का। पत्नी ही पति के हृदयरूपी राज्य की स्वामिनी अर्थात् रानी है। आज भी प्यार से पति अपनी पत्नी को चाहे वह कंगाल ही क्यों न हो, अन्तरंग क्षणों में रानी ही कहता है। सामान्य अवसर पर यह सम्बोधन दूसरों के सामने नहीं किया जाता किन्तु जब पत्नी की मृत्यु हो जाती है तो पति के रुदन (शोक गीत) में यह सम्बोधन सार्वजनीन हो ही जाता है।

8. नू : अन्य ध्वनियाँ 'नूँ', 'नुँ', 'नुँ'।

9. मान्तर : यह शब्द भतरी परिवेश में 'माँतर' भी उच्चरित होता पाया गया है।

10. बाडुन : अन्य ध्वनि 'बाढुन'।

11. आसिस : अन्य ध्वनि 'आसित'।

अधया–2

बाँजिनरानी चो धनकुल मँडातो

राजा चो गोठ के सुनुन रानी खँड मुचकी मारली। मुचमुच–मुचमुच हाँसुक धरली। उठली आरु जानू दतुन–पतर चाबली। अन खादली। असने–असने हुनचो दतुन–पतर चाबलो आरु अन खादलो एक ले दुय, दुय ले तिन आरु असने–असने तिन ले चार, पाँच होते–होते आँट[1] दिन होली मने।

तेबे रोजे चो असन गोटोक दिन खटेया ने बसलो दायँ रानी पुने फेर बल्ली, ''ए राजा! मोके धनकुल मँडातो जोड़ा जोड़ुन दिया।''

रानी चो गोठ के सुनुन राजा झोलू पाइक के हाक दिलो आरु बल्लो, ''जा बाबू, झोलू पाइक! तुय मुठाएक रुपया धर आरु कुमार–माहाले जा, पारदी–माहाले जा। रानी खुबे टेक मतायसे, बाबू। हुता ले जोड़ी नाँद आउर जोड़ी सुपा आन। रानी धनकुल मँडायँदे बलेसे, बाबू। बड़ई[2]–माहाले जा आरु हुन थान ले दुठान[3] माची आन। तेली–माहाले जाउन हुता ले तेल पेराउन आन। हल्बा–माहाल जा

अध्याय-2

बाँजिनरानी द्वारा धनकुल का आयोजन

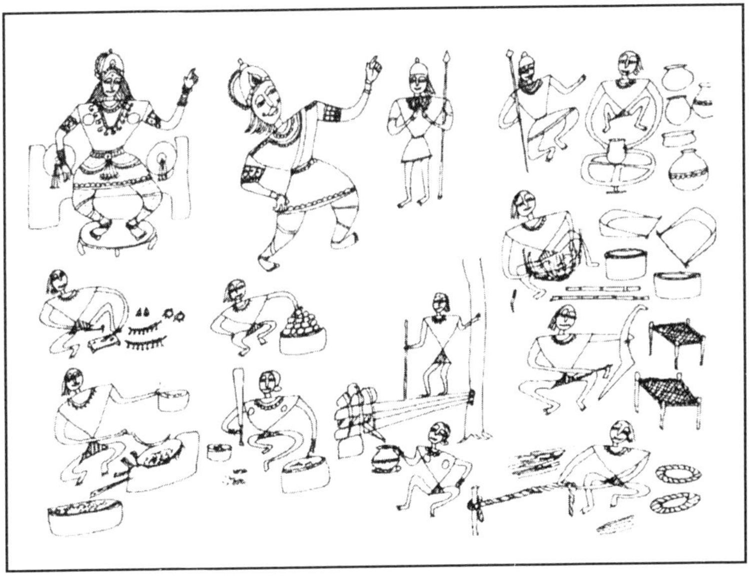

राजा की बात सुनकर रानी हौले से मुस्कराई। वह मन्द-मन्द मुस्कराने लगी। उठकर दतौन आदि से निवृत्त हुई। अन्न ग्रहण किया। इस तरह उसे दतौन किए और अन्न खाये एक से दो, दो से तीन-चार-पाँच होते-होते आठ दिन बीत गये।

तब एक दिन जब वे पलंग पर यों ही बैठे हुए थे, रानी ने राजा से फिर कहा, "हे राजा! मेरे लिए धनकुल-आयोजन की सामग्री जुटा दें।"

रानी की बात सुनकर राजा ने झोलू पाइक[4] को बुलाया और कहा, "जा बाबू, झोलू पाइक! तू मुट्ठी भर रुपये लेकर कुम्हार के महल में जा। पारदी[5] के महल में जा। रानी बहुत ही हठ कर रही है, बाबू। वहाँ से दो हंडियाँ और दो सुपा[6] लेकर आ। रानी धनकुल का आयोजन करना चाहती है, बाबू। बढ़ई के महल में जा और वहाँ से दो माचियाँ[7] ले आ। तेली के महल जाकर वहाँ से तेल निकलवाकर ला। हल्बा[8] के महल में जा और वहाँ से लाई-चिवड़ा[9] ला।

बाबू आरु हुन थान ले लाई-चिवड़ा आन। बनिया-माहाल जा आरु हुन थान ले नरेर-सुपारी आन, जात लाली आन। अगरबती बले आन।''

झोलू पाइक सुनलो आरु हरबर-हरबर तियार होलो। टाँगी धोती मारलो। खाकी कमिंज पिंदलो आरु उल्टा बुलबुल कोरुन भाती मुठाएक रुपया धरलो। पाँय ने खड़ऊ पिंदलो आरु टिपनी छाता धरुन घर से बाहिर निकरलो। सिंग-डेवड़ी ने गेलो बाबू। हुन थान ले फेर सिंग-दुआरे उबलो आरु आका-बाका दखलो। पाछे फेर सिंग-दुआर के छाँडुन रेंगते रेंगलो। जाऊ-जाऊ जायसे मने। असने-असने कोसक-दापक रेंगलो। एक कलाट मारलो बाबू। टिपनी छाता के टाँगलो। हुन छाता उपरे भँवरा लुरे। बाबू उलटुन-पुलटुन दखलो आरु फेर जाते जायसे। जायसे मने-जायसे मने। जाऊ-जाऊ कुम्हार-माहाले जायसे। कुमार-माहाले अमरलो। माँडो-मोंगरा खाले उबलो आरु 'दादा' बलुन हाक दिलो। हाक देतो के दादा सुनलो आरु घर ले बाहिर निकरलो। झोलू पाइक के पुछेसे, ''सुन बाबू, तुय झोलू पाइक! तुय काय काम ने इलिस, बाबू? तुय मोके साँग। मोके डर लागेसे।''

बलतो के झोलू पाइक बल्लो, ''सुन दादा, कुमार लोग[12]! रानी हट मतायसे, दादा। तुय मोके जोड़ी नाँद देस।''

बलतो के कुमार 'देयँदे बाबू' बल्लो आउर हरबर तियार होउन खाँदे कोड़की, हाते टुकना धरुन घर ले बाहिर निकरलो। कुमार पुने गेलो माटी खनुक। माटी खनुन आनलो। माटी दुहारुन हुनके भिजालो। भिजाउन भाती खुँदलो-चुँदलो आरु जोड़ी नाँद गड़लो। नाँद गड़ुन आवाँ दिलो आरु आवाँ ले हिटाउन झोलू पाइक के दिलो। झोलू पाइक जोड़ी नाँद धरलो आरु कुमार के मुठाएक रुपया देउन बाट रेंगते रेंगलो। जायसे मने, जायसे मने। झटाझट रेंगेसे। एक कलाट मारेसे झोलू पाइक आउर जानू हरदी नँगर जायसे। हरदी नँगर ने पारदी-माहाले जायसे। गाड़ा-बाट के छाँडलो, सड़क-बाट के छाँडलो आरु जानू कानी मारगे जायसे मने। सेतबन-हेतबन-बिन्दराबन काजे जायसे मने। बाबू के उपरे घाम छेकेसे, मँजी भुक लागेसे आरु झालिपिली पसना फुटेसे। मान्तर बाबू बाट रेंगतो के नीं छाँडे। रेंगेसे चे मने रेंगेसे चे मने। हरदी नँगर जायसे मने। जाऊ-जाऊ पारदी-माहाले अमरलो। माँडो मोंगरा ने उबुन 'दादा' बलते हाक दिलो। हाक देतो के दादा सुनलो आरु घर ले बाहिर निकरुन[13] पुछेसे, 'तुय काय काम ने इलिस, बाबू? मोके साँग। मोके जाले डर लागेसे।''

बलतो के झोलू पाइक बल्लो, ''डरा-डरी चो गोठ नोहाय, दादा। तुय मोके जोड़ी सुपा देस[15]। मयँ धनकुल मँडाउआयँ। रानी टेक मतायसे।''

बलतो के पारदी 'देयँदे बाबू' बल्लो आउर हरबर तियार होउन खाँदे टैंगा[16] धरुन घर ले बाहिर होलो। जाते-जाते गेलो। कोसक-दापक हिंडलो आरु एक

बनिया के महल में जा और वहाँ से नारियल-सुपारी ला, शुद्ध लाली ला। अगरबत्ती भी ला।''

झोलू पाइक ने सुना और जल्दी-जल्दी तैयार होने लगा। उसने टाँगी धोती[10] पहनी। खाकी कमीज पहनी और कंघी कर उल्टी जुल्फें बनाकर मुट्ठी भर रुपये लिये। पाँवों में खड़ाऊँ पहने और छाता लेकर घर से बाहर निकला। सिंह-ड्योढ़ी में पहुँचा। वहाँ थोड़ी देर रुककर इधर-उधर देखा। फिर सिंह-द्वार छोड़कर चलता चला। चलते-चलते चला। कोस-दाब[11] भर चला। जल्दी-जल्दी चलने लगा। छाता टाँगा। उस छाते के ऊपर भौंरा मँडरा रहा था। बाबू ने इधर-उधर देखा और आगे बढ़ गया। जाने लगा। चलते-चलते कुम्हार के महल की ओर जाने लगा। वहाँ जा पहुँचा। मोगरा-मंडप के नीचे खड़ा हुआ और 'दादा...ऽ' कहकर पुकार लगायी। पुकारने पर दादा ने सुना और घर से बाहर निकल आया। झोलू पाइक से पूछने लगा, ''सुन बाबू, हे झोलू पाइक! तू किस काम से आया है, बाबू? मुझे बतला। मुझे डर लग रहा है।''

झोलू पाइक ने कहा, ''सुनो हे कुम्हार दादा! रानी हठ कर रही है, दादा। तुम मुझे दो हंडियाँ दो।''

उसके ऐसा कहने पर कुम्हार ने 'दूँगा बाबू' कहा और जल्दी तैयार होकर कंधे पर कुदाली, हाथ में टोकरी लेकर घर से निकला। गया माटी खोदने। माटी खोदी और लाकर भिगाया। भिगाकर गूँथा और दो हंडियाँ गढ़ दीं। हंडियाँ गढ़कर उन्हें भट्टी में पकाया और पक जाने पर भट्टी से निकालकर झोलू पाइक को दिया। झोलू पाइक ने हंडियाँ लीं और कुम्हार को मुट्ठी भर रुपये देकर वहाँ से आगे बढ़ गया। वह जल्दी-जल्दी चलने लगा। लम्बे डग भरता वह चला हरदी नँगर की ओर। हरदी नँगर में वह पारदी के महल की ओर जाने लगा। उसने बैलगाड़ी वाला रास्ता छोड़ा, पक्की सड़क छोड़ी और पैडगरी पर चलने लगा। सेतबन-हेतबन-बिन्दराबन[14] होता हुआ जाने लगा। सिर पर तेज धूप तप रही थी, बीच में पेट को भूख लग आयी थी और सारे शरीर से पसीना बहा जा रहा था। किन्तु फिर भी बाबू ने आगे बढ़ना नहीं छोड़ा। चलता चला जा रहा था, चलता चला जा रहा था। हरदी नँगर जा रहा था। इस तरह चलते-चलते वह पारदी के महल में जा पहुँचा। मोगरा-मंडप के नीचे खड़ा होकर 'दादा' कहकर पुकार लगायी। पुकार सुनकर दादा घर से बाहर आया और पूछने लगा, ''तू किस काम से आया है, बाबू? मुझे बतला। मुझे भय लग रहा है।''

झोलू पाइक ने कहा, ''डरने की कोई बात नहीं है, दादा। तुम मुझे दो सुपा दो। मैं धनकुल का आयोजन करने वाला हूँ। रानी हठ मचा रही है।''

उसके ऐसा कहने पर पारदी ने 'दूँगा बाबू' कहा और जल्दी तैयार हो कन्धे

कलाट मारुन बाँवस-पटाड़े अमरलो। हात ने टैंगा धरलो आरु बाँवस गोंदलो। गोंदुन भारी गोंदा-गोंदा करलो आरु खाँदे बोहुन भाती बाँवस-पटाड़ छाँडलो। जाते-जाते जायसे। कोसक-दापक हिंडलो आरु आपन माहाले अमरलो। अमरुन भाती बाँवस के कचाड़लो, खापलो आरु हाते छुरी धरुन सरा हेड़लो, बिरला उरल्लो। सरा के जुरालो आरु जोड़ी सुपा गाथलो।

सुपा गाथुन सारलो आरु झोलू पाइक के दिलो। झोलू पाइक सुपा मन के धरलो आरु पारदी के मुठा रुपया दिलो। पारदी-माहाल छाँडलो आरु जायसे मने। जाते-जाते जायसे। कोसक-दापक रेंगलो। एक कलाट मारलो। राजा-घरे अमरलो आरु जोड़ी नाँद, जोड़ी सुपा के ठोउन दिलो।

फेर हरबर-हरबर तियार होलो आरु बड़ई-माहाले जायसे। जाऊ-जाऊ बड़ई-माहाले अमरलो। माँडो-मोंगरा खाले उबलो आरु 'दादा' बलते हाक दिलो। हाक देतो के दादा सुनुन भाती घर ले निकरलो आरु पुछेसे, "सुन बाबू झोलू पाइक! तुय काय काम ने इलिस, बाबू? तुय मोके साँग। मोके डर लागेसे।"

बलतो के झोलू पाइक बल्लो, "सुन दादा, बड़ई लोग! तुय मोके जोड़ी माची देस, दादा। रानी हट मतायसे। रानी टेक मतायसे। धनकुल मँडातो आय, दादा।"

बलतो के दादा सुनलो आरु 'देयँदे बाबू' बलुन हरबर-हरबर तियार होलो। खाँदे टैंगा धरलो आरु घर ले निकरलो। जाऊ-जाऊ जायसे मने। सेतबन-हेतबन ने गेलो। रुख गोंदलो आरु घरे आनलो। घरे आनुन रुख के कचाड़ुन दिलो। टैंगा धरलो आरु रुख के गोंदा-गोंदा करलो। हाते बारस-बिंदना धरलो आरु माची बनाउक मुरयालो। जोड़ी माची गड़ेसे। माची गड़लो आरु बाबू के धराउन दिलो। झोलू पाइक माची मन के धरलो आरु पारदी के मुठा रुपया देउन बाट रेंगते रेंगलो। राजा माहाले अमरलो आरु जोड़ी माची मन के ठोउन दिलो। डँडिक नीं बिसाय। फेर हरबर-हरबर तियार होलो। टाँगी धोती मारलो, खाकी कमिंज पिंदलो, टेड़ी पगड़ी बाँदलो आरु पाँय ने खड़ऊ पिंदुन मुठा रुपया धरलो। सरसौं निकरालो आउर कावड़ ने बोहुन घर ले निकरलो। तेली-माहाले जायसे मने। जाते-जाते जायसे मने। कोसक-दापक रेंगलो, एक कलाट मारलो आरु तेली-माहाल अमरलो। माँडो-मोंगरा ने उबलो बाबू आरु 'दादा' बलते हाक दिलो। दादा सुनलो आरु घर ले निकरुन बलेसे, "सुन बाबू, झोलू पाइक! तुय काय काम ने इलिस, बाबू? मोके तुय साँग। मोके डर लागेसे, बाबू।"

बलतो के झोलू पाइक बल्लो, "डरा-डरी चो गोठ नोहाय, दादा। तुय मोके तेल पेरुन दे[18]। रानी टेक मतायसे, दादा। जगार मँडातो आय।" दादा सुनलो आरु 'देयँदे बाबू' बलते घानी समरालो। तिल रिकालो, सरसौं रिकालो आरु बैला

पर टँगिया[17] लेकर घर से बाहर निकला। चलता चला गया। कोस–दाब भर चलकर वह लम्बे डग भरता हुआ जा पहुँचा बाँस के जंगल में। हाथ में कुल्हाड़ी ली और बाँस काट डाला। उसके टुकड़े-टुकड़े कर वह उन्हें कन्धे पर लेकर बाँस का जंगल छोड़ चल पड़ा। कोस–दाब भर चलकर अपने महल आ पहुँचा। पहुँचकर बाँस को नीचे रखा, उसे चीरा और हाथ में छुरी ले बाँस की पतली कमचियाँ निकालीं। उन्हें आग में सेंका और दो सुपा बनाये।

सुपा बनाकर उसने झोलू पाइक को दिये। झोलू पाइक ने सुपा लेकर पारदी को मुट्ठी भर रुपये दिये। पारदी-महल छोड़ा और चल पड़ा। चलता चला गया। कोस–दाब भर चला। लम्बे डग भरे। राजा के घर पहुँचा और दोनों हंडियाँ तथा दोनों सुपा रख दिये।

फिर जल्दी-जल्दी तैयार हुआ और चल पड़ा बढ़ई के महल की ओर। चलते-चलते बढ़ई के महल में जा पहुँचा। मोगरा-मंडप के नीचे खड़ा हुआ और 'दादा' कहकर पुकार लगायी। पुकार सुनकर दादा घर से निकला और पूछने लगा, "सुन बाबू झोलू पाइक! तू किस काम से आया, बाबू? तू मुझे बता। मुझे डर लग रहा है।"

झोलू पाइक ने कहा, "सुनो दादा, बढ़ई! तुम मुझे दो मचिया दो, दादा। रानी हठ कर रही है। धनकुल रखना है, दादा।"

उसके ऐसा कहने पर दादा ने 'दूँगा बाबू' कहा और झटपट तैयार हो गया। कन्धे में कुल्हाड़ी रखी और घर से निकल पड़ा। चलता चला गया। सेतबन-हेतबन में गया। लकड़ी काटी और घर ले आया। घर में लाकर रख दिया। कुल्हाड़ी लेकर उसके टुकड़े-टुकड़े किये। बारस-बिंधना लेकर मचिया बनाना शुरू किया। वह दो मचिया बनाने लगा। मचिया बनायी और बाबू को दे दिया। झोलू पाइक ने मचिया ली और पारदी को मुट्ठी भर रुपये देकर अपनी राह चला गया। राजा के महल में पहुँचा और दोनों माचियाँ रख दीं। उसने थोड़ी देर भी आराम नहीं किया। फिर से झटपट तैयार हो गया। टाँगी धोती पहनी, खाकी कमीज पहनी, टेढ़ी पगड़ी बाँधी और पाँवों में खड़ाऊँ पहनकर मुट्ठी भर रुपये लिये। सरसों निकाला और काँवर में उठाकर घर से निकल पड़ा। तेली के महल के लिए चल पड़ा। कोस–दाब भर चला, लम्बे डग भरे और जा पहुँचा तेली के महल में। मोगरा-मंडप के नीचे खड़ा होकर 'दादा' की पुकार लगायी। दादा सुनकर घर से बाहर आया और पूछने लगा, "सुन बाबू, हे झोलू पाइक! तू किस काम से आया है, बाबू? तू मुझे बता। मुझे डर लग रहा है, बाबू।"

झोलू पाइक ने कहा, "डरने की कोई बात नहीं है, दादा। तुम मुझे तेल निकालकर दो। रानी हठ मचा रही है, दादा। जगार रखना है।" दादा ने सुनकर 'दूँगा बाबू' कहा और घानी ठीक की। तिल डाला, सरसों डाला और बैल जोते।

फाँदलो। बैला के कापा बाँदलो आरु घानी किंजराउन तेल पेरेसे। पिपा-पिपा तेल पेरलो आरु झोलू पाइक के दिलो। झोलू पाइक धरलो आरु तेली के मुठा रुपया देउन बाट रेंगलो। जाते-जाते बनेया-माहाले जायसे। बनेया-माहाले अमरलो आरु माँडो-मोंगरा ने उबुन 'दादा' बलते हाक दिलो। दादा सुनलो आरु घर ले बाहिर निकरुन पुछलो, "तुय काय काम ने इलिस, बाबू? मोके साँग।"

बलतो के झोलू पाइक बल्लो, "सुन दादा, बनेया लोग! मोके नरेर-सुपारी देस, दादा। मोके अगरबती आरु जात लाली बले दे। धनकुल मँडातो आय।"

बलतो के बनेया सुनलो आरु 'देयँदे बाबू' बलते आपलो माहाल भितरे ओयल्लो आरु सब जोड़ा आनुन बाबू के धराउन दिलो। झोलू पाइक धरलो आरु बनेया के मुठा रुपया देउन बनेया-माहाल छाँडलो।

बाबू झटाझट रेंगते रेंगलो। एक कलाट मारलो आरु हल्बा-माहाले जायसे। जाते-जाते हल्बा-माहाल अमरलो आरु माँडो मोंगरा ने उबुन 'बाई' बलते हाक दिलो। हाक देतो के बाई सुनली आरु घर ले बाहिर निकरुन पुछेसे, "तुय काय काम ने इलिस, बाबू? आले मोके साँग।"

बलतो के बाबू बल्लो, "सुन बाई हल्बिन! तुय मोके लाई फोड़ुन दे, बाई। मोके चिवड़ा बले कुटुन दे। रानी हट मतायसे, बाई। धनकुल मँडातो आय।"

सुनुन हल्बिन बाई 'देयँदे बाबू' बल्ली आरु लाई फुटाली, चिवड़ा कुटली आरु झोलू पाइक के दिली। झोलू पाइक हुनके खेजा धराउन दिलो आरु लाई-चिवड़ा धरुन हल्बा-माहाल छाँडलो।

जाते-जाते जायसे बाबू। कोसक-दापक रेंगेसे। हरना उचाट मारेसे आरु राजा-माहाल जायसे। राजा-माहाले अमरुन सब जोड़ा के ठोउन देयसे आरु खाँदे टैंगा धरुन फेर घर ले निकरेसे। जाते-जाते जायसे। बाँवस-पटाड़े जायसे। जाऊ-जाऊ बाँवस-पटाड़े अमरलो। हाते टैंगा धरलो आरु बाँवस गोंदुन गेलो। गोंदा-गोंदा करलो आरु बोहुन घरे आनलो। फेर गेलो सोनार-घरे। 'दादा' बलते हाक दिलो। हाक देतो के सोनार घर ले निकरलो आरु बाबू के पुछलो, "तुय काय काम ने इलिस, बाबू? आले मोके साँग।"

बलतो के झोलू पाइक बल्लो, "सुन दादा, सोनार लोग! तुय मोके सोन चो सुतरी दे, दादा। धनकुल मँडातो आय।"

तेबे सोनार सुनलो आरु 'देयँदे बाबू' बलते झोलू पाइक के सोन चो सुतरी दिलो। झोलू पाइक सोन चो सुतरी धरलो आरु मुठा भर रुपया देउन सोनार-माहाल छाँडुन रेंगते रेंगलो। जाते-जायसे मने। हरना उचट मारलो झोलू पाइक आरु कोसक-दापक रेंगलो। राजा-माहाल अमरलो। पोलँग बाँवस चो धनकुल-डाँडी, काटा बाँवस चो छिरनी काड़ी आरु सोन चो सुतरी बनालो। मुठा रुपया

बैलों की आँखों में पट्टी बाँधी और घानी घुमाकर तेल पेरने लगा। कई कनस्तर तेल निकालकर झोलू पाइक के हवाले किया। झोलू पाइक ने लिया और तेली को मुट्ठी भर रुपये देकर अपनी राह ली। चलता-चलता वह बनिया के महल की ओर चला। वहाँ पहुँचकर मोगरा-मंडप के नीचे खड़ा हुआ और 'दादा' की हाँक लगायी। हाँक सुनकर बनिया घर से बाहर निकला और पूछने लगा, "तू किस काम से आया है, बाबू? मुझे बता।"

झोलू पाइक बोला, "सुनो, हे बनिया दादा! मुझे नारियल-सुपारी दो, दादा। मुझे अगरबत्ती और शुद्ध लाली भी दो। धनकुल रखना है।"

सुनकर बनिया 'दूँगा बाबू' कह अपने घर के भीतर गया और सारी सामग्री लाकर बाबू को थमा दी। झोलू पाइक ने सारी सामग्री ली और बनिया को मुट्ठी भर रुपये देकर बनिया-महल छोड़ा।

बाबू झटपट चलने लगा। लम्बे डगे भरे और चलने लगा हल्बा-महल की ओर। चलते-चलते वह हल्बा के महल में पहुँचा और मोगरा-मंडप के नीचे खड़ा होकर 'बाई[19] की पुकार लगायी। बाई ने सुना और घर से बाहर आकर पूछने लगी, "तू किस काम से आया है, बाबू? तनिक मुझे बता।"

बाबू ने कहा, "सुनो बाई हल्बिन! तुम मुझे लाई फोड़कर दो, बाई। मुझे चिवड़ा भी कूटकर दो। रानी हठ मचा रही है, बाई। धनकुल रखना है।"

हल्बिन बाई ने सुनकर 'दूँगी बाबू' कहा और लाई फोड़ी, चिवड़ा कूटा और झोलू पाइक को दिया। झोलू पाइक ने उसे खेजा[20] थमाया और लाई-चिवड़ा लेकर हल्बा-महल छोड़ा।

बाबू चलता चला गया। कोस-दाब भर चला। हिरनों-सी चौकड़ी भरी और चल पड़ा राजा के महल की ओर। पहुँचकर सारी सामग्री वहाँ रखी और कन्धे पर कुल्हाड़ी ले फिर घर से निकल पड़ा। चलता चला गया। बाँस के जंगल में गया। वहाँ पहुँचकर हाथ में कुल्हाड़ी ली और बाँस काटा। टुकड़े-टुकड़े किये और उठाकर घर ले आया। फिर गया सोनार के घर। 'दादा' कहकर पुकारा। पुकारने पर सोनार दादा ने घर से निकलकर पूछा, "तू किस काम से आया है, बाबू? तनिक मुझे बता।"

झोलू पाइक ने कहा, "सुनो दादा सोनार! तुम मुझे सोने की सुतली दो, दादा। धनकुल रखना है।"

सोनार ने सुना और 'दूँगा बाबू' कहकर झोलू पाइक को सोने की सुतली दी। झोलू पाइक ने सोने की सुतली ली और उसे मुट्ठी भर रुपये देकर सोनार-महल छोड़ अपनी राह बढ़ चला। चलता चला गया। हिरनों-सी चौकड़ी भरी झोलू पाइक ने और कोस-दाब भर चलकर पहुँच गया राजमहल में। फिर उसने खोखले बाँस का धनुष, काँटेदार बाँस की छिरनी काड़ी[21] और सोने की सुतली

धरलो आरु मुरेया-माहाले गेलो। मुरया-माहाले अमरुन माँडो-मोंगरा ने उबलो। 'दादा' बलते हाक देतो के मुरया दादा सुनलो आरु घर ले बाहिर निकरुन पुछलो, ''तुय काय काम ने इलिस, बाबू? आले मोके साँग।''

बलतो के बाबू बल्लो, ''मोके तुय जोड़ी आँयरा दे, दादा।''

दादा सुनलो आरु 'मयँ देयँदे, बाबू' बलुन पैरा निकरालो। बेट मारलो आरु जोड़ी आँयरा बनालो। झोलू पाइक के दिलो। देतो के झोलू पाइक धरलो आरु दादा के मुठा रुपया देउन आपलो बाट रेंगते रेंगलो। जाऊ-जाऊ मरार-माहाले जायसे। मरार-माहाल अमरलो आरु माँडो मोंगरा ने उबुन 'दादा' बलते हाक दिलो। हाक देतो के दादा सुनलो आरु घर ले बाहिर निकरुन बाबू के पुछेसे, ''तुय काय काम ने इलिस, बाबू? मोके साँग। मोके डर लागेसे।''

झोलू पाइक बल्लो, ''डरा-डरी चो गोठ नोहाय, दादा। मोके भेला गुर दे। रानी हट मतायसे, दादा। धनकुल मँडातो आय।''

मरार दादा सुनलो आरु 'देयँदे बाबू' बलते आपन माहाले गेलो आरु भेला गुर आनुन बाबू के धराउन दिलो। बाबू भेला गुर धरलो आरु दादा के मुठा रुपया देउन बाट रेंगते रेंगलो। हरबर-हरबर हिंडेसे। जाऊ-जाऊ राजा-माहाले अमरलो। भेला गुर के ठोवलो, जोड़ी आँयरा के ठोवलो आरु राजा-रानी लगे गेलो। हुन मन लगे जाउन बल्लो, ''सुना राजा! सुना रानी! मयँ सब जोड़ा जोड़ले, राजा-रानी। आउर काय-काय जोड़ा लागुआय जाले हुनके तुमी मोके साँगा। मयँ जोड़ी नाँद, जोड़ी सुपा आनले राजा। जोड़ी माची आनले। जोड़ी आँयरा आनले। भेला गुर, पिपा तेल, लाई-चिवड़ा, नरेर-सुपारी, जात लाली आनले। पोलँग बाँवस चो धनकुल-डाँडी, काटा बाँवस चो छिरनी काड़ी, सोनर सुतरी बले आनले राजा-रानी।''

राजा-रानी सुनला। रानी पुने राजा के बल्ली, ''सुना राजा, राजरपती! तुमी गाँयतिन-माहाल, पुजारिन-माहाल जाहा। हुन मन के साँगुन दियास। राँडी-लेड़ी, गरिब-दुखी सबय एओत। सब के धान नापुन दिया। काँडा दिया सब के। धनकुल मँडातो आय, राजा।''

राजा सुनलो आरु बाबू के बल्लो, ''सुन बाबू झोलू पाइक! तुय हरबर तियार हो आरु गाँयतिन-माहाले पुजारिन-माहाले जा। राँडी-लेड़ी, गरिब-दुखी सब लोग एओत। काँडा झोकुन नेदे, बाबू।''

बलतो के झोलू पाइक सुनलो आरु हरबर तियार होलो। आपलो साजू के पिंदलो। टाँगी धोती मारलो, खाकी कमिंज पिंदलो। उल्टा बुलबुल कोरलो, टेड़ी पगड़ी बाँदलो, हाते बेद धरलो, टिपनी छाता धरलो आरु पाँये खड़ऊ पिंदुन राजा-माहाल छाँडलो। सिंग-दुआरे गेलो बाबू आरु हुता उबुन आका-बाका दखलो। फेर सिंग-दुआर छाँडुन बाट के धरलो। जायसे मने। काला छाता के टाँगलो। छाता

बनायी। मुट्ठी भर रुपये लिये और गया मुरिया[22] के महल में। मोगरा-मंडप के नीचे खड़ा होकर 'दादा' कह पुकारा। हाँक सुनकर दादा घर से निकला और पूछा, "तू किस काम से आया है, बाबू? तनिक मुझे बता।"

बाबू ने कहा, "मुझे तुम दो आँयरा[23] दो, दादा।"

दादा ने सुना और 'मैं दूँगा, बाबू' कहकर पैरा[24] निकाला। बेंट[25] बनायी और उससे दो आँयरा बनाकर झोलू पाइक को दिये। झोलू पाइक ने उन्हें लिया और बदले में दादा को मुट्ठी भर रुपये देकर अपनी राह चल दिया। चलता-चलता मरार[26] महल जा पहुँचा। मरार-महल पहुँचकर मोगरा-मंडप के नीचे खड़ा हुआ और 'दादा' कह पुकारा। दादा उसकी पुकार सुनकर घर से निकला और बाबू से पूछने लगा, "तू किस काम से आया है, बाबू? तनिक मुझे बता। मुझे डर लग रहा है।"

झोलू पाइक बोला, "डरने की कोई बात नहीं है, दादा। मुझे तुम गुड़ की भेलियाँ दो। रानी हठ कर रही है, दादा। धनकुल रखना है।"

मरार दादा ने सुना और 'दूँगा बाबू' कह अपने महल से गुड़ की भेलियाँ लाकर बाबू को दीं। बाबू ने गुड़ की भेलियाँ लीं और दादा को मुट्ठी भर रुपये देकर अपनी राह ली। वह जल्दी-जल्दी चलने लगा। राजमहल जा पहुँचा। गुड़ की भेलियाँ रखीं, दोनों आँयरा रखे और गया राजा-रानी के पास। उनके पास जाकर कहने लगा, "सुनिये राजा! सुनिये रानी! मैंने सारी सामग्री का प्रबन्ध कर दिया है, राजा-रानी। और कौन-कौन-सी सामग्री लगेगी, आप बताएँ। मैं दो हंडियाँ और दो सुपा ले आया हूँ, राजा। दो माचियाँ ले आया हूँ। दो आँयरा ले आया हूँ। गुड़ की भेली, कनस्तरों में तेल, लाई-चिवड़ा, नारियल-सुपारी, शुद्ध लाली ले आया हूँ। खोखले बाँस का धनुष, काँटेदार बाँस की छिरनी काड़ी, सोने की सुतली भी ले आया हूँ, राजा-रानी।"

राजा-रानी ने सुना। रानी ने राजा से कहा, "सुनिए राजा, राज्य के स्वामी! आप गाँयतिन-पुजारिन के महल में जाइए। उन्हें बता दीजिए। राँडी-लेड़ी[27], गरीब-दुखी सभी लोग आएँ। सबको धान नाप कर दें। धान कूटने को दें सब को। धनकुल रखना है, राजा।"

राजा ने सुना और बाबू से कहा, "सुन बाबू, हे झोलू पाइक! तू जल्दी तैयार हो और गाँयतिन-पुजारिन के महल में जा। राँडी-लेड़ी, गरीब-दुखी सभी लोग आएँ। वे कूटने के लिए धान ले जाएँगी, बाबू।"

झोलू पाइक ने सुना और झटपट तैयार हो गया। अपने वस्त्राभूषण पहने। टाँगी धोती और खाकी कमीज पहनी। कंघी की, टेढ़ी पगड़ी बाँधी, हाथ में बेंत और छाता लिया, पाँवों में खड़ाऊँ पहने और राजमहल छोड़ा। सिंह-द्वार में जाकर

उपरे पुने भँवरा लुरे। उलटुन-पुलटुन दखलो ता बाबू आरु बाट रेंगते जायसे। पारा-परोसे गेलो, गाँयतिन-माहाले गेलो। गाँयतिन-माहाले अमरुन बाबू माँडो मोंगरा ने उबलो आरु 'बाई' बलते हाक दिलो। हाक देतो के बाई सुनली आरु घर ले बाहिर निकरुन बाबू के पुछली, "तुय काय काम ने इलिस, बाबू? आले मोके साँग। मोके डर लागेसे।"

बलतो के बाबू बल्लो, "सुना बाई गाँयतिन! सुना बाई पुजारिन! राजा-घरे बलाव आय, बाई। धनकुल मँडातो आय। तुमी काँडा झोकुकलाय जावँ।"

गाँयतिन-पुजारिन बाई मन सुनला आरु 'हामी एउँदे, बाबू' बल्ला। बाई-नोनी मन सुनला आरु हरबर-हरबर तियार होला। कोन-कोन तो गपा धरला, कोन-कोन तो टाकरा धरला। आपलो माहाल छाँडला बाई मन आरु राजा-माहाले जासोत। हरबर-हरबर रेंगसोत बाई मन। जाऊ-जाऊ राजा-माहाले अमरला। अमरुन भारी परछी ने जाउन बसला। अरछी-परछी। भरली। ओना-कोना भरली। राजा-घरे समाव नीं होय असन फाउद रला। फउद के दखुन रानी राजा के बल्ली, "ए राजा! तुमी सुना। फउद अमरुन गेलासोत, राजा। तुमी धान हेड़ुन जाहा।"

बलतो के राजा सुनलो आरु बाबू के बल्लो, "सुन बाबू तुय झोलू पाइक! काँडा लोग अमरुन गेलासोत, बाबू। तुय धान हेड़। उड़िद-मूँग निकराव बाबू, राहेड़, बदई, चना-बडरा बले निकराव।"

झोलू पाइक सुनलो आरु झारी ने पानी धरुन पाँय धोवलो। आरती-आइग, घिंव-गुर धरलो आरु नवखँड माहाले गेलो। नवखँड माहाल खोलुन बारा भँडार ने ओल्लो। गँगा-जमुना जोड़ी गदिया ने गेलो आरु होम-आरती देउन पाँय पड़लो। हात ने गपली धरलो आरु गँगा-जमुना के खोलुन धान निकरालो। धान निकरालो पाछे उड़िद-मुँग, चना-बडरा, राहेड़, बदई निकरालो। धान नापलो। बाई के बल्लो, "सुन बाई, गाँयतिन! सुन बाई, पुजारिन! तुय आगे काँडा झोक बाई पाछे फेर दुसर-तिसर के देयँदे।"

बलतो के गाँयतिन बाई—पुजारिन बाई मन आगे काँडा झोकला। हुन मन चो पाछे हुन राँडी-लेड़ी, गरिब-दुखी के काँडा दिलो। धान नापुन सारलो। उड़िद-मुँग नापलो, राहेड़-बदई, चना-बडरा नापलो आरु बाई मन के बल्लो, "सुना बाई! सुना नोनी! अछा चाउर छड़ा बाई। राजा-घरो गोठ आय।"

बाई मन काँडा धरुन राजा-माहाल छाँडला आरु आपलाहान[34] घरे-घरे गेला। धान कँडेया मन धान काँडसोत, दार दरेया दार दरसोत, पिसान पिसया पिसान पिससोत। पेट काजे खाओत नईं ना निंद काजे सोओत नईं। चाउर निमड़ाला। निमड़ाउन भाती 'राजा-माहाले नेउन देऊँ', बल्ला आरु चाउर नेउन देसोत। आपलो माहाल छाँडला बाई मन आरु राजा-माहाल जासोत। कोसक-दाबक रेंगला। एक

वहाँ थोड़ी देर खड़ा हुआ, इधर-उधर देखा। फिर सिंह-द्वार छोड़कर अपनी राह ली। चलता चला गया। काला छाता टाँगा। छाता के ऊपर भौंरा मँडराने लगा। उसने पलटकर भौंरे को देखा और फिर चल पड़ा। अड़ोस-पड़ोस में गया, गाँयतिन के महल में गया। गाँयतिन के महल पहुँचकर मोगरा-मंडप के नीचे खड़ा हुआ और 'बाई' की हाँक लगायी। हाँक सुनकर बाई घर से बाहर आयी और पूछने लगी, "तू किस काम से आया, बाबू? तनिक मुझे बता। मुझे डर लग रहा है।"[8]

बाबू ने कहा, "सुनो बाई गाँयतिन! सुनो बाई पुजारिन! राजा के घर बुलावा है, बाई। धनकुल रखना है। तुम सब काँडा[28] लेने के लिए चलो।"

गाँयतिन-पुजारिन ने सुना और 'हम आएँगी, बाबू' कहा। बाकी बाई-नोनी[29] ने भी सुना और सब जल्दी-जल्दी तैयार होने लगीं। किसी ने गपा[30] लिया तो किसी ने टाकरा[31]। बाई-नोनी ने अपना महल छोड़ा और चलीं राजमहल को। वे जल्दी-जल्दी चलने लगीं। चलते-चलते जा पहुँचीं राजमहल में। वहाँ पहुँचकर बरामदे में जा बैठीं। बरामदा भर गया। सारा कमरा भर गया। इतनी महिलाएँ वहाँ थीं कि राजा के घर में जगह ही नहीं रह गयी थी। उन्हें देखकर रानी ने राजा से कहा, "हे राजा! आप सुनिये। सारी महिलाएँ आ गयी हैं, राजा। आप धान निकाल दें।"

राजा ने सुना और बाबू से कहा, "सुन बाबू, झोलू पाइक! काँडा ले जाने वाली महिलाएँ आ पहुँची हैं, बाबू। तू धान निकाल। उड़द-मूँग निकाल बाबू, अरहर-बदई, चना-मटर भी निकाल।"

झोलू पाइक ने सुना और झारी[32] में पानी लेकर पाँव धोये। आरती ली, घी-गुड़ लिया और गया नौ खंडा महल में। नौ खंडा महल को खोलकर वह बारह भंडारों में गया। गंगा-जमुना दोनों भंडारों में गया और होम-आरती कर उन्हें प्रणाम किया। हाथ में गपली[33] ली और गंगा-जमुना भंडारों को खोलकर वहाँ से धान निकाला। धान निकालने के बाद उड़द-मूँग, चना-मटर, अरहर-बदई निकाला। धान नापा। बाई से कहा, "सुनो बाई, गाँयतिन! सुनो बाई, पुजारिन! तुम पहले काँडा लो तब फिर मैं दूसरों को दूँगा।"

ऐसा कहने पर गाँयतिन और पुजारिन ने पहले काँडा लिया। उनके बाद उसने राँडी-लेड़ी, गरीब-दुखियों को काँडा दिया। धान नापा। उड़द-मूँग नापा, अरहर-बदई नापा, चना-मटर नापा और महिलाओं से बोला, "सुनो बाई! सुनो नोनी! चावल अच्छे से कूटो, बाई। राजा के घर की बात है।"

महिलाओं ने काँडा लेकर राजमहल छोड़ा और अपने-अपने घर गयीं। धान कूटनेवालियाँ धान कूटने लगीं, दाल दलनेवालियाँ दाल दलने लगीं, दाल पीसने वालियाँ दाल पीसने लगीं। वे न भर पेट खातीं न नींद भर सोतीं। चावल तैयार

कलाट मारला बाई मन आरु राजा-माहाले अमरला। परछी ने जाउन बसला। राजा-रानी दखला। बाबू के बल्ला राजा-रानी, "सुन बाबू, झोलू पाइक! चाउर आनुन दिला, बाबू। तुय चाउर नापुन जा।"

झोलू पाइक सुनलो आरु झारी पानी धरुन पाँय धोवलो। हाते पयली धरलो आरु चाउर नापलो। दार नापलो, पिसान नापलो आउर सब बानी के ठोउन दिलो। बाई मन आपलाहान घरे-घरे गेला।

असने-असने जोड़ा जोड़लो एक दिन ले दुय दिन, दुय दिन ले आट[36] दिन होली। राजा-रानी सेज ने बसलासोत। तेबे रानी बल्ली राजा के, "सुना राजा, राजरपती! हामी जोड़ा तो जोड़लू राजा मान्तर कोन हामके गाउन देदे? कोन थाने गुरुमायँ आसोत, राजा?" असन बलते रानी दिले धोका करेसे। फेर खुदे होउन राजा के बलेसे, "इथा[37] गुरुमायँ निंहात, राजा। तुमी उपरपुरे जाहा। हुता सोनादई-गँगादई गुरुमायँ मन आसोत। जोड़ी गुरुमायँ आना, राजा। हुन मन हामके गिद गाउन देदे।"

राजा सुनलो आरु बाबू के बल्लो, "सुन बाबू, झोलू पाइक! तुय उपरपुरे जा, बाबू। हुता सोनादई आरु गँगादई गुरुमायँ मन आसोत। तुय हुन दुनों गुरुमायँ मन के हाक देउन आन। धनकुल मँडातो आय, बाबू। हुन मन हामके गिद गाउन देदे।"

झोलू पाइक सुनलो आरु हरबर-हरबर तियार होयसे। आपन साजू के पिंदलो। आपलो जाक के धरलो। पाँय ने खड़ऊ पिंदलो। हात ने बेद धरलो आरु घर ले बाहिर निकरलो। जाते-जाते जायसे। झटाझट रेंगेसे। पारा-परोसे गेलो। पारा-परोस ने अमरुन बाई मन के पुछलो, "बाई, मोकोड़ी-माहाल कोन आय? तुमी मोके साँगा।"

बाई मन बल्ला, "सुन बाबू, झोलू पाइक! गोठ सुनुन जा। जे घर ने काँदा-लाटे माकड़ झुलेसे, जँवरा-भँवरा कुकुर आसोत, रुमझुम भँवरा आसे हुनी माहाल आय।"

बाबू सुनलो आरु पारा-परोस छाँडलो। झटके-झटके रेंगते रेंगलो। हरना उछट मारते मोकोड़ी-माहाल जायसे। मोकोड़ी-माहाल अमरलो आरु माँडो-मोंगरा ने उबुन 'बाई' बलते हाक दिलो। बाई सुनली आरु घर ले बाहिर निकरली। "काय काम ने इलिस, बाबू?" बलते पुछतो के झोलू पाइक बल्लो, "मयँ उपरपुरे जायँदे, बाई। तुय मोके सुत लमाउन दे"

पदमकड़ी सुनली आरु बल्ली, 'सुन बाबू, झोलू पाइक! मयँ कसन करुन सुत लमायँदे? मोचो लोलो-बालो, बाल-बचा गागसोत।"

बलतो के झोलू पाइक बल्लो, "मयँ तुचो पिला मन के लाई देयँदे, बाई। मयँ तुचो लोलो-बालो के खेलाते रहेंदे। तुय मोके सुत लमाउन दे।"

बलतो के बाई भँवरा नँगर ले धरुन उपरपुर ले सरसर-सरसर सुत लमाउन

किया। तैयार कर 'राजा के घर पहुँचा आएँ' कह चावल पहुँचाने चलीं। महिलाएँ अपने घर छोड़कर राजा के घर चलीं। कोस-दाब भर चलीं। लम्बे डग भरे और जा पहुँचीं राजमहल में। जाकर बरामदे में बैठ गयीं। राजा-रानी ने उन्हें देखा और बाबू से कहा, "सुन बाबू, झोलू पाइक! चावल ले आयी हैं, बाबू। तू चावल नाप ले।"

झोलू पाइक ने सुना और झारी में पानी लेकर पाँव धोये। हाथ में पायली[35] ली और चावल नापा। दाल नापा, आटा नापा और सारी सामग्री रख दी। महिलाएँ अपने-अपने घर चली गयीं।

इस तरह सारी सामग्री का प्रबन्ध किये एक से दो दिन, दो से आठ दिन बीते। राजा-रानी सेज पर बैठे। तब रानी ने राजा से कहा, "सुनिये राजा, राज्य के स्वामी! हमने सारी सामग्री का प्रबन्ध तो कर लिया राजा किन्तु हमारे लिए गीत कौन गा देगा? कहाँ पर गुरुमायँ हैं, राजा?" ऐसा कह रानी मन-ही-मन चिन्ता करने लगी। फिर स्वयं ही बोली, "यहाँ पर गुरुमायँ नहीं हैं, राजा। आप ऊपरपुर[38] जाएँ। वहाँ सोनादई-गंगादई गुरुमाँएँ हैं। उन दोनों गुरुमाँयों को लेकर आएँ, राजा। वे हमें गीत गाकर सुनाएँगी।"

राजा ने सुना और बाबू से कहा, "सुन बाबू, झोलू पाइक! तू ऊपरपुर जा, बाबू। वहाँ सोनादई और गंगादई गुरुमायँ हैं। तू उन दोनों गुरुमाँयों को बुलाकर ला। धनकुल रखना है, बाबू। वे हमें गीत गाकर सुनाएँगी।"

झोलू पाइक ने सुना और जल्दी-जल्दी तैयार होने लगा। अपने साज पहने। अपने सामान लिये। पाँवों में खड़ाऊँ पहने। हाथ में बेंत लिया और घर से बाहर निकला। चलता चला गया। जल्दी-जल्दी चलने लगा। अड़ोस-पड़ोस में गया। वहाँ पहुँचकर महिलाओं से पूछा, "बाई, मकड़ी का महल कौन-सा है? आप मुझे बताएँ।"

महिलाओं ने कहा, "सुन बाबू, झोलू पाइक! हमारी बात सुन। जिस घर में काँदा[39] की लाठी पर बन्दर झूल रहा है, जहाँ जँवरा-भँवरा नामक कुत्ते हैं और जहाँ रुमझुम भँवरा है; वही महल मकड़ी का है।"

बाबू ने सुना और अड़ोस-पड़ोस छोड़कर जल्दी-जल्दी चलने लगा। हिरनों-सी चौकड़ी भरता मकड़ी के महल की ओर चला। कुछ ही देर में वहाँ जा पहुँचा और मोगरा-मंडप के नीचे खड़ा होकर 'बाई' की पुकार लगायी। पुकार सुनकर बाई घर से बाहर आयी। "किस काम से आया है, बाबू?" कहकर पूछा तो झोलू पाइक ने कहा, "मैं ऊपरपुर जाऊँगा, बाई। तुम मेरे लिए धागा तान दो।"

मकड़ी ने सुना और बोली, "सुन बाबू, झोलू पाइक! मैं किस तरह सूत तानूँ? मेरे बाल-बच्चे रो रहे हैं।"

दिली आरु बाबू के बल्ली, ''सुन बाबू, झोलू पाइक! तुय झटके बस।''

तेबे झोलू पाइक सुत चो ताग ने बसलो। बसुन तागे-ताग जायसे मने। झटके-झटके जायसे। एक कलाट मारेसे मने। बाबू के उपरे घाम छेकेसे, मँजी भुक लागेसे आरु जानू झालिपिली पसना फुटेसे। बाबू बाट रेंगेसे चे मने। भँवरा नँगर के छाँडलो बाबू आउर उपरपुरे जायसे। सुत चो ताग ने जाय मने। जाऊ-जाऊ उपरपुरे अमरलो। हुता जाउन सुत चो ताग ले उतरलो आरु कोसक-दापक रेंगुन पारा-परोसे गेलो। बाई मन के पुछलो, ''सुना बाई! गुरुमायँ-माहाल कोन आय, तुमी मोके साँगा।''

बाई मन बल्ला, ''सुन बाबू, झोलू पाइक! रनकाकन दिया, तारामँडल घर, माँडो मोंगरा, रुमझुम भँवरा, बाँदे माकड़, जँवरा-भँवरा कुकुर आसे जे हुनी माहाल आय।''

तेबे बाबू पारा-परोस छाँडलो मने आरु जाते-जाते गेलो। झटके-झटके रेंगलो। एक कलाट मारलो आरु गुरुमायँ-माहाले अमरलो। माँडो-मोंगरा ने उबलो आरु 'बाई' बलते हाक दिलो। ''सुन बाई, सोनादई गुरुमायँ! केंव गेलास बाई?'' बलेसे बाबू।

तेबे बाई सुनली आरु घर ले बाहिर निकरुन पुछली, ''सुन बाबू, झोलू पाइक! तुय काय काम ने इलिस, बाबू? मोके तुय साँग मोके डर लागेसे, बाबू।''

बलतो के झोलू पाइक बल्लो, ''सुन बाई, सोनादई गुरुमायँ! रानी टेक मतायसे, बाई। धनकुल मँडातो आय। तुय हरबर तियार हो। राजा-घरे बलाव आय, बाई। गिद गावतो आय।''

हुनचो गोठ के सुनुन सोनादई गुरुमायँ बल्ली, ''सुन बाबू, झोलू पाइक! तुय डँडिक एई लगे रा, बाबू। मयँ गँगादई गुरुमायँ लगे जायँसे।'' असन बलुन हुन गँगादई गुरुमायँ लगे गेली आरु बल्ली, ''सुन नोनी, गँगादई गुरुमायँ! तुय हरबर तियार हो, नोनी। भँवरा नँगर जावाँ, नोनी। हामके राजा-घर बलाव होलिसे। धनकुल मँडातो आय, नोनी। हुता गिद गाउन देवाँ।''

हुनचो गोठ के सुनुन गँगादई गुरुमायँ बल्ली, ''सुन बाई, सोनादई गुरुमायँ! 'हामी नीं एऊँ' बल। खुबे सएन आसोत, बाई। 'हामी नहीं एऊँ' बल। खुबे सउन आसोत, बाई। हामी कसन करुन जावाँ?''

तेबे सोनादई गुरुमायँ बल्ली, ''कसन ने हामी नईं बलवाँ, नोनी? ए तो राजा-घरो गोठ आय। बड़े घरो गोठ आय। हामी बागमुँई कपाट के ढाकवाँ नोनी आरु सएन के लामटी धरवाँ। तुय झपके तियार हो, नोनी।''

सोनादई गुरुमायँ चो गोठ के सुनली गँगादई गुरुमायँ आरु बुता-भयना करली। दुनों गुरुमायँ मन पानी तपाला आरु सेदा-भेदा करुन मन्दन-सिले निला।

झोलू पाइक ने कहा, ''मैं तुम्हारे बच्चों को लाई दूँगा, बाई। मैं तुम्हारे बच्चों को खेल खिलाता रहूँगा। तुम मेरे लिए सूत तान दो।''

उसके ऐसा कहने पर बाई ने भँवरा नँगर से लेकर ऊपरपुर तक फटाफट सूत तान दिया और बाबू से बोली, ''सुन बाबू, झोलू पाइक! तू जल्दी बैठ जा।''

तब झोलू पाइक सूत पर जा बैठा। बैठकर धागे के सहारे चलने लगा। जल्दी-जल्दी चलने लगा। लम्बे डग भरे। उसके सिर पर तेज धूप तप रही थी, बीच में पेट को भूख लग आयी थी और वह पसीने से तर-ब-तर हो रहा था। बाबू अपनी राह चला जा रहा था। भँवरा नँगर छोड़कर बाबू ऊपरपुर चला जा रहा था। सूत के सहारे चला जा रहा था। चलते-चलते वह ऊपरपुर जा पहुँचा। वहाँ जाकर वह धागे से नीचे उतरा और कोस-दाब भर चलकर अड़ोस-पड़ोस में गया। महिलाओं से पूछा, ''सुनो बाई! गुरुमायँ का महल कौन-सा है, आप मुझे बताइये।''

महिलाओं ने कहा, ''सुन बाबू, झोलू पाइक! जिस घर में रनकाकन दीया[40] हो, जो घर तारामंडल की तरह दमक रहा हो, जहाँ मोगरा-फूल का मंडप हो, गुंजार करता भौंरा, बाँदे नामक बन्दर और जँवरा-भँवरा नामक कुत्ते हों, वही घर गुरुमायँ का है।''

तब बाबू अड़ोस-पड़ोस छोड़कर आगे बढ़ा। जल्दी-जल्दी चलने लगा। लम्बे डग भरे और जा पहुँचा गुरुमायँ के घर। मोगरा-मंडप के नीचे खड़ा होकर 'बाई' की आवाज लगायी। ''सुनो बाई, सोनादई गुरुमायँ! कहाँ चली गयी हो, बाई!'' उसने पुकारा।

तब बाई सुनकर घर से बाहर आयी और पूछने लगी, ''सुन बाबू, झोलू पाइक! तू किस काम से आया है, बाबू? मुझे तू बता। मुझे डर लग रहा है, बाबू।''

झोलू पाइक ने कहा, ''सुनो बाई, सोनादई गुरुमायँ! रानी ने हठ मचा रखी है, बाई। धनकुल रखना है। तुम जल्दी तैयार हो जाओ। राजा के घर बुलावा है, बाई। गीत गाना है तुम्हें।''

उसकी बात सुनकर सोनादई गुरुमायँ ने कहा, ''सुन बाबू, झोलू पाइक! तू थोड़ी देर यहीं पर रह, बाबू। मैं गंगादई गुरुमायँ के पास जाती हूँ।'' ऐसा कह वह गंगादई गुरुमायँ के पास गयी और उससे बोली, ''सुन नोनी, गंगादई गुरुमायँ! तू झटपट तैयार हो, नोनी। भँवरा नँगर जाएँगी, नोनी। हमें राजा के घर से बुलावा आया है। धनकुल रखना है, नोनी। वहाँ हम गीत गा देंगी।''

उसकी बात सुनकर गंगादई गुरुमायँ कहने लगी, ''सुन बाई, सोनादई गुरुमायँ! 'हम नहीं आएँगी' कह। हमारी बहुत-सी सामग्री है, बाई। हम कैसे जा पाएँगी?''

तब सोनादई गुरुमायँ ने कहा, ''इस तरह भला हम कैसे कहेंगी, नोनी?

झारी कसेला निला, कपुर-दतुन धरला आरु मन्दन-सिले जाउन हुता उबला। कपुर-दतुन धरला, सुरिज-भेट करला आरु मुखारी करला। मुखारी करुन काय मँजा नाहा-खोरा करला। ओधा कपड़ा खाले गिरली। सुका कपड़ा पिंदला। कपड़ा निचाला आरु झारी ने पानी धरुन तुलसी-चँवरा ने गेला। तुलसी-सेवा करला, पानी रिकाला। तुलसी के बल्ला, ''बाड़-बाड़ बाई, हे कारी तुलसी! तुय अगास मेलान बाड़। फकिर पाना फेक। तुय-मयँ बाँहा-जोरी आवँ, बाई। तुय-मयँ हन्सा-जोरी आवँ। मोके जिव भर तुचो सेवा करुक मिरो, बाई।'' असन बलते दुनों सेवा-पुजा करुन होम-आरती करला आरु पाँय पड़ला। सरसती अगिया माँगला। सरसती बरदान माँगला गुरुमायँ मन। पाँय पड़ला, हात जोड़ला। सरसती मायँ के गुहार करला, ''सुन हे रानी, सरसती! हामी भँवरा नँगरे जाउँसे, रानी। तुय हामके तुचो डामुर बाजा के दे। संखे-धुनी के दे। तिलक-चन्दन के दे, राम-रतन के दे, रानी। हामके जोतिस-रमायन के दे। तुचो कठुवाफारा के दे। हामचो कंठे बसुन जा, रानी। हामचो हिरदे ने लुरते जा। हामके धनकुल मँडातो आय, रानी। हामके गिद गावतो आय।'' असन बलते सरसती अगिया माँगसोत। फेर आपन माहाले गेला गुरुमायँ मन आउर बाजे जाउन बसला। तेल-फुल घसला, कोरी-सारी होला। नव सै गाहना पिंदला, नव सै हार पिंदला। अलंकार पिंदला। सोन चो तड़हा पिंदला। दुनों गुरुमायँ मन काय मँजा सुँदर दखोत मने। अती सुँदर दखोत। हुन मन पुने आपलो जाक के धरला आरु बागमुँई कपाट ढाकुन सएन लामटी धरला आरु घर ले बाहिर निकरला। जाते-जाते जासोत मने। कोसक-दापक रेंगला गुरुमायँ मन। मोकोड़ी-माहाले गेला। माँडो मोंगरा ने उबला आरु 'बाई' बलते हाक दिला। हाक देतो के पदमकड़ी सुनली आरु घर ले बाहिर निकरली। पुछली, ''काय काम ने इलास बाई, तुमी? मोके साँगा।''

गुरुमायँ मन बल्ला, ''सुन रे बाई, पदमकड़ी! हामी भँवरा नँगरे जाउँसे, बाई। हामके राजा-घरो बलाव आय। हुन थाने धनकुल मँडातो आय आरु गिद गावतो आय। तुय हामके सुत लमाउन देस, बाई।''

बाई सुनली आरु बल्ली, ''एसू चो बरसा तो अदिक पातर आय। सुत नीं लमे। मयँ कसन करुन सुत लमायँदे।'' बलुन फेर पाछे सरसर-सरसर ताग लमाउन दिली। उपरपुर ले भँवरा नँगर ले लमाउन दिली आरु बल्ली, ''सुना बाई, तुमी जोड़ी गुरुमायँ! झपके बसा, बाई। पातर बरसा आय।''

बलतो के दुनों गुरुमायँ मन सुत चो तागे बसला आरु झपके-झपके रेंगुक धरला। एक कलाट मारला। जाते-जाते जासोत गुरुमायँ मन। हुन मन के उपरे घाम छेकेसे, खाले भुबुर तपेसे, मँजी भुक लागेसे आरु झालिपिली पसना फुटेसे मने। तेबे ले बले हुन मन सुत चो ताग ने रेंगसोत चे। रेंगु-रेंगु भँवरा नँगर अमरला।

यह तो राजा के घर की बात है। बड़े घर की बात है। हम बागमुँई कपाट[41] ढँकेंगी और सारा सामान लेकर जाएँगी। तू जल्दी तैयार हो जा, नोनी।''

सोनादई गुरुमायँ की बात सुनकर गंगादई गुरुमायँ ने घर का काम-काज किया। दोनों गुरुमायों ने पानी गरम किया और उसमें ठंडा पानी मिलाकर स्नान-गृह में ले गयीं। झारी पात्र और दतौन लेकर स्नानगृह में गयी। सुगन्धित दतौन लिये, सूर्य को नमस्कार कर दतौन किये। स्नान कर सूखे कपड़े पहने और गीले कपड़े निचोड़कर झारी में पानी ले तुलसी-चौरा में गयीं। तुलसी की सेवा की, पानी डाला। तुलसी से बोलीं, ''बढ़ो-बढ़ो बाई, हे कारी तुलसी! तुम आकाश का स्पर्श करो। नयी कोंपलें निकलें। तुम-मैं दो बाँहों की जोड़ी-सी हैं। तू-मैं हँसों की जोड़ी-सी हैं। मुझे जीवनभर तुम्हारी सेवा करने का अवसर मिलता रहे, बाई।'' इस तरह दोनों गुरुमायँ ने तुलसी की पूजा की और प्रणाम किया। सरसती[42] से प्रार्थना की। उनसे स्वर-लय का वरदान माँगा गुरुमायों ने। हाथ जोड़कर प्रणाम किया और सरसती माता से गुहार की, ''सुनो हे रानी सरसती! हम दोनों भँवरा नँगर जा रही हैं, रानी। तुम हमें अपना डमरू बाजा दो। शंख की ध्वनि दो। तिलक-चन्दन दो, राम-रत्न दो, रानी। हमें जोतिस-रमायन[43] दो। अपनी ग्रन्थ-आसनी दो। हमारे कंठ में वास करो, रानी। हमारे हृदय में रमण करो। हमें धनकुल रखना है, रानी। हमें गीत गाना है।'' ऐसा कह सरसती से वरदान माँगा। फिर अपने महल में गयीं गुरुमाँएँ और खाट पर जा बैठीं। तेल-फूल लगाया, कंघी की। नौ सौ गहने पहने, नौ सौ हार पहने। अलंकार पहने। सोने का तड़ा पहना। दोनों गुरुमाएँ बहुत सुन्दर दिखलायी पड़ने लगीं। फिर वे दोनों बागमुँई कपाट ढँककर अपने सामान ले घर से चल पड़ीं। वे चलती चली गयीं। मकड़ी के महल जा पहुँचीं। मोगरा-मंडप के नीचे खड़ी होकर 'बाई' की हाँक लगायी। पुकार सुनकर मकड़ी घर से बाहर आयी। उसने उनसे पूछा, ''किस काम से आयी हो बाई, तुम? मुझे बताओ।''

गुरुमाँयों ने कहा, ''सुन री बाई, पदमकड़ी! हम भँवरा नँगर जा रही हैं, बाई। हमें राजा के घर से बुलावा आया है। वहाँ हमें धनकुल रखना है और गीत गाना है। तुम हमारे लिए सूत तान दो, बाई।''

बाई सुनकर बोली, ''इस साल की वर्षा तो बड़ी ही कमजोर है। सूत नहीं तनेगा। मैं किस तरह सूत तानूँ!'' कहकर उसने फटाफट धागा तान दिया। ऊपरपुर से भँवरा नँगर तक लम्बा कर दिया और बोली, ''सुनो बाई, ओ दोनों गुरुमाँयों! जल्दी बैठ जाओ, बाई। कमजोर वर्षा है।''

उसके ऐसा कहने पर दोनों गुरुमाँएँ सूत पर जा बैठीं और जल्दी-जल्दी चलने लगीं। लम्बे डग भरे। चलती चली गयीं दोनों गुरुमाँएँ। उनके सिर पर तेज धूप चिलक रही थी, नीचे धरती तप रही थी, बीच में पेट को भूख लग आयी थी और

सुत चो ताग ले उतरला आरु पारा-परोस ने गेला। पारा-परोस के नाहकला आरु राजा-माहाले गेला। रानी दखली आरु नोनी के बलेसे, ''सुन नोनी, रुपनथँवरा! जोड़ी गुरुमायँ इला, नोनी। तुय झारी पानी धर, आरती-आइग धर आरु गुरुमायँ मन के पाँय धुआव। हुन मन के चाउर-टिका दे; होम-आरती कर, नोनी। पाँय पड़।''

रुपनथँवरा सुनली आरु हरबर तियार होउन थारी ने चाउर, आरती-आइग, घिंव-गुर धरली आरु घर ले बाहिर निकरुन चन्दन-काट मँडाली।

दुनों गुरुमायँ मन चन्दन-काट ने ढँग् नाय ठाड़े होला। नोनी हुन मन चो पाँय धुआली, चाउर-टिका दिली, होम-आरती करली, पाँय पड़ली-हात जोड़ली। तेबे गुरुमायँ मन नोनी चो टोंड चुमला। नोनी गुरुमायँ मन चो हात के धरुन नवखँड माहाल भितरे निली आरु सेज ने बसाली। राजा-रानी बले बसला। तेबे गुरुमायँ मन बल्ला, ''सुना राजा! सुना रानी! काय बलाव आय, राजा-रानी? तुमी हामके साँगा। हामके डर लागेसे।''

बलतो के रानी बल्ली, ''सुना आया, जोड़ी गुरुमायँ! हामचो गोठ के सुना। मयँ नाना पयकार होले, आया। बाना-बिसा होले जाले बले मोके भगवान नीं देय। गुलाय राज के भगवान देयसे आरु जानू मोकेय काय काजे नीं देय जाले! मयँ काय माँगुन इले जाले, आया। मयँ निरने बाँजिन आयँ। मयँ निरा मुँहिन आयँ। जिव रत ले खाएँदे मान्तर मरले जाले मोचो काहीं नाँव नीं रहेदे बे। मोचो नामना डुबुन जायदे, आया। मोचो किरती बुड़ुन जायदे। एचोय काजे मयँ बिचार करले की गोटोक किरती करले जाले काहीं बले मोचो नाँव रती कायनू। मयँ धनकुल मँडाउआयँ, आया। काय-काय जोड़ा लागुआय जाले तुमी साँगा।''

जोड़ी गुरुमायँ सुनला आरु बल्ला, ''सुन हे राज चो रानी! जोड़ी नाँद लागुआय, रानी। जोड़ी सुपा, जोड़ी माची, जोड़ी आँयरा, पिपा तेल, भेला गुर, नरेर-सुपारी, अगरबती, लाई-चिवड़ा लागुआय। पोलँग बाँवस चो धनकुल-डाँडी, काटा बाँवस चो छिरनी काड़ी आउर सोन चो सुतरी लागुआय। इतरोय [46] जोड़ा आय।''

रानी बल्ली, ''मयँ सब जोड़ा जोड़लेसे, आया। तुमी गिद गाउन दिया''।

दुसर दिन होली। तेबे राजा-रानी हरबर-हरबर होउक धरला। रानी पुने नोनी के बल्ली, ''सुन नोनी, रुपनथँवरा! धनकुल मँडातो आय, नोनी। तुय धनकुल-सारे जा नोनी आरु लिपा-पोता कर।''

बलतो के नोनी सुनली आरु हाते पोतनी धरुन धनकुल-सार के लिपा पोता करली। नोनी हरबर-हरबर बुता करली आरु नवखँड माहाले बोहड़ली। रानी नाहातो काजे हुनके पानी तपाउक तियारली। तेबे नोनी पानी तपाली आरु सेदा-भेदा करुन मन्दन-सिले नेउन भारी [47] राजा-रानी के बल्ली, ''तुमी नाहावा राजा-

सारी देह पसीने से तर-ब-तर थी। तब भी वे सूत पर चलती चली जा रही थीं। चलते-चलते वे भँवरा नँगर जा पहुँचीं। सूत पर से उतरकर अड़ोस-पड़ोस में गयीं। अड़ोस-पड़ोस को पीछे छोड़ आगे बढ़ीं और जा पहुँची राजा के महल में। रानी ने उन्हें देखा और नोनी से कहने लगी, ''सुन नोनी, रूपनथँवरा[44]! दोनों गुरुमाँएँ आ पहुँची हैं, नोनी। तू झारी में पानी ले, आरती-आग ले और गुरुमाँयों के पाँव धुला। उन्हें चावल का टीका लगा, उनकी आरती कर नोनी। उनके पाँव छू।''

रुपनथँवरा ने सुना और जल्दी तैयार होकर थाली में चावल, आरती-आग घी-गुड़ आदि लेकर घर से बाहर निकली और चन्दन का पीढ़ा रखा।

दोनों गुरुमाँएँ चन्दन के पीढे पर खड़ी हो गयीं। नोनी ने उनके पाँव धुलाए, चावल का टीका लगाया, होम-आरती की, प्रणाम किया। गुरुमाँयों ने नोनी का मुख चूमा। नोनी गुरुमाँयों के हाथ पकड़कर उन्हें नौ खंडा महल के भीतर ले चली और शय्या पर बिठाया। राजा-रानी भी बैठे। तब गुरुमाँएँ बोलीं, ''सुनिये राजा! सुनिये रानी! किसलिए बुलवाया, राजा-रानी? आप हमें बताएँ। हमें डर लग रहा है।''

रानी ने कहा, ''सुनो माता, हे दोनों गुरुमाँयों! हमारी बात सुनो। मैंने कई उपाय किये, आया[45]। कई कष्ट सहे किन्तु तो भी भगवान मुझे सन्तान नहीं देता। भगवान सारी दुनिया को सन्तान देता है किन्तु मुझे क्यों नहीं देता, पता नहीं! मैं पता नहीं क्या माँगकर आयी, आया। मैं बाँझ हूँ। मेरा मुँह देखना भी लोग दोष मानते हैं। जीवन रहते तक तो सुख भोगूँगी किन्तु मृत्यु के बाद दुनिया में मेरा कोई नाम नहीं रहेगा। मेरा नाम डूब जाएगा, आया। मेरी सारी कीर्ति डूब जाएगी। इसलिए मैंने विचार किया कि एक काम कर दूँ तो सम्भवत: मेरा नाम बना रहे। मैं धनकुल रखूँगी, आया। क्या-क्या सामग्री लगेगी, उसे आप लोग बताएँ।''

दोनों गुरुमाँयों ने सुना और बोलीं, ''सुन हे राज्य की रानी! दो हंडियाँ लगेंगी, रानी। दो सुपा, दो माचियाँ, दो आँयरा, कनस्तर भर तेल, नारियल-सुपारी, अगरबत्ती, लाई-चिवड़ा लगेगा। खोखले बाँस का धनुष, काँटेदार बाँस की छिरनी काड़ी और सोने की डोरी लगेगी। इतनी ही सामग्री लगेगी।''

रानी ने कहा, ''मैंने सारी सामग्री जुटा ली है, आया। आप लोग गीत गा दें।''

अगले दिन राजा-रानी जल्दी मचाने लगे। रानी ने नोनी से कहा, ''सुन नोनी, रुपनथँवरा! धनकुल रखना है, नोनी। तू धनकुल-शाला में जा और लिपाई-पोताई कर।''

सुनकर नोनी ने हाथ में पोतनी लेकर धनकुल-शाला की लिपाई-पोताई की। नोनी ने जल्दी-जल्दी घर के सारे काम किये और नौ खंडा महल में लौटी। रानी ने नहाने के लिए पानी गरम करने को कहा। तब नोनी ने

रानी।'' असने जोड़ी गुरुमायँ मन लगे बले गेली आरु हुन मन के बले नाहातो काजे बल्ली। झारी कसेला दिली। कपुर दतुन दिली। राजा-रानी सुनला। जोड़ी गुरुमायँ सुनला। हुन मन मन्दन-सिले गेला आरु कपुर दतुन करला, सुरिज-भेट करला आरु काय मँजा आँग धोवला। नाहा-खोरा करुन काय मँजा तियार होला। सुका कपड़ा पिंदला आरु आपलो माहाल ने गेला। जाउन भारी सेज ने बसला राजा-रानी। राजा पुने झोलू पाइक के बल्लो, ''सुन बाबू, झोलू पाइक! तुय गाँयता-माहाले जा बाबू, पुजारी-माहाले जा। गाँयता-पुजारी के बलाउन आन।''

झोलू पाइक सुनलो आरु हरबर तियार होलो। आपलो सज के पिंदलो। आपलो जाक के धरलो। पाँय ने खड़ऊ पिंदलो, हाते बेद धरलो बाबू आरु राजा-माहाल छाँडलो। जाते-जाते गेलो। झपके-झपके रेंगेसे बाबू। गाँयता-माहाले गेलो, पुजारी-माहाले गेलो आरु माँडो मोंगरा ने उबुन 'दादा' बलते हाक दिलो। दादा सुनलो आरु घर ले बाहिर निकरुन पुछलो, ''काय काम ने इलिस, बाबू? तुय मोके साँग।''

बलतो के बाबू बल्लो, ''तुमके राजा-घरे बलाव आय, दादा। हरबर तियार होउन जावँ।''

गाँयता-पुजारी सुनला आरु 'एउँदे बाबू' बल्ला। दुनों झन हरबर-हरबर तियार होला। आपलाहान साजू के पिंदला। आपलाहान जाक के धरला आरु घर ले बाहिर निकरला। जाते-जाते गेला। कोसक-दापक रेंगला आउर राजा-माहाले जासोत। जाऊ-जाऊ अमरला। लगे गेला आरु राजा के सलाम झोकला। लाफी जाउन बसला। राजा-रानी के बल्ला, ''ए राजा-रानी! आले काय बलाव आय जाले, हामके साँगा।''

राजा-रानी बल्ला, ''सुना दादा! हामी धनकुल मँडाउँसे। एचोय काजे बलाव करलुसे।'' राजा-रानी चो गोठ के सुनुन दादा मन ओरी-चो-ओरी बसला।

तेबे राजा-रानी मन आपन साजू के पिंदला। आपलो जाक के धरला। जोड़ी गुरुमायँ बले पिंदा-ओड़ा करला। गुरुमायँ मन रुपनथँवरा आरु झोलू पाइक के बल्ला, ''सुन नोनी! सुन बाबू! तुमी जमाय जाक के धरा नू। धनकुल-सारे निंया।''

बलतो के रुपनथँवरा आउर झोलू पाइक जमाय जाक के धरला आरु धनकुल-सार ने निला। राजा-रानी बले हुताय गेला। जोड़ी गुरुमायँ बले गेला। राजा पुने नोनी के बल्लो, ''सुन बाबा, रुपनथँवरा! तुय पिसान निकराउन जा, नोनी।''

बलतो के रुपनथँवरा सुनली आरु थारी ने पिसान निकराली। गुरुमायँ मन गेला। नोनी झारी ने पानी धरली आरु धनकुल-सारे निली। गाँयता दादा दखलो, पुजारी दादा दखलो। दादा पुने थारी ने पिसान घोरलो, जोड़ी नाँद मँडालो, जोड़ी

पानी गरमकर उसमें ठंडा पानी मिलाया और स्नानगृह में पहुँचाकर राजा-रानी से बोली, "आप लोग नहा लें, राजा-रानी।" इसी तरह वह दोनों गुरुमाँयों के पास गयी और उनसे भी नहाने को कहा। झारी पात्र दिया। सुगन्धित दतौन दिये। राजा-रानी ने सुना। दोनों गुरुमाँयों ने भी सुना। वे सब स्नानगृह में गये और सूर्य-नमस्कार कर दतौन-स्नान किया। स्नानादि से निवृत्त होकर वे तैयार हो गये। सूखे कपड़े पहने और अपने महल में गये। राजा-रानी सेज पर जा बैठे। फिर राजा ने झोलू पाइक से कहा, "सुन बाबू, झोलू पाइक! तू गाँयता[48] के महल में जा बाबू, पुजारी[49] के महल में जा। गाँयता-पुजारी को बुला ला।"

झोलू पाइक ने सुना और झटपट तैयार हो गया। अपने साज पहने। अपने सामान लिये। पाँवों में खड़ाऊँ पहन हाथ में बेंत लिया और राजमहल छोड़ दिया। चलता चला गया। जल्दी-जल्दी चलने लगा। गाँयता-पुजारी के महल में गया और उन्हें 'दादा' कह आवाज दी। दादा सुनकर घर से बाहर आये और पूछने लगे, "किस काम से आया है, बाबू? तू मुझे बता।"

बाबू ने कहा, "आप लोगों को राजा के घर बुलाया गया है, दादा। आप जल्दी तैयार होकर चलें।"

गाँयता-पुजारी ने सुना और 'आएँगे बाबू' कह अपने सामान लिये और घर से निकल पड़े। चलते चले गये। कोस-दाब भर चलकर वे राजमहल की ओर जाने लगे। राजमहल पहुँचकर राजा को सलाम किया और थोड़ी दूरी पर जाकर बैठ गये। राजा-रानी से पूछा, "हे राजा-रानी! हमें किसलिए बुलवाया है, बताइए।"

राजा-रानी ने कहा, "सुनो दादा! हम धनकुल रख रहे हैं। इसीलिए आपको बुलवाया है।" राजा-रानी की बात सुनकर दादा पंक्तियों में बैठ गये।

तब राजा-रानी ने अपने साज पहने। अपने सामान लिये। दोनों गुरुमाँयों ने भी वस्त्राभूषण धारण किए। फिर गुरुमायों ने रुपनथँवरा और झोलू पाइक से कहा, "सुनो नोनी! सुनो बाबू! तुम सारी सामग्री धनकुल-शाला में ले चलो।"

सुनकर रुपनथँवरा और झोलू पाइक सारी सामग्री धनकुल-शाला में ले चले। राजा-रानी भी वहीं गये। दोनों गुरुमाँएँ भी गयीं। राजा ने नोनी से कहा, "सुन बाबा[50], रुपनथँवरा! तू आटा निकाल ले, नोनी।"

ऐसा कहने पर रुपनथँवरा ने सुना और थाली में आटा निकाला। गुरुमायँ गयीं। नोनी ने झारी में पानी लिया और धनकुल-शाला में ले गयी। गाँयता

सुपा मँडालो, जोड़ी माची मँडालो। आरती-आइग धरलो दादा, घिंव-गुर धरलो आरु होम-आरती करलो। धरती माता के सुमरलो दादा, जागा रानी के सुमरलो। चार खुट पाँय पड़लो, चार खुट हात जोड़लो। हुता ले थारी ने पिसान धरलो आरु राजा चो हात के धरुन नाँद ने हाता दियालो। जोड़ी सुपा ने हाता दियालो, जोड़ी माची, छिरनी-काड़ी, धनऊ-डाँडी आउर कलसा ने हाता दियालो। राजा सबय ने हाता दिलो। सब ने लाली टिकलो। नरेर-सुपारी मँडालो राजा आरु होम-आरती करलो, पाँय-पटा पड़लो।

हुता ले राजा जोड़ी आँयरा मँडालो, आँयरा उपरे जोड़ी नाँद मँडालो। नाँद मन उपरे जोड़ी सुपा ढाकलो। कलसा मँडालो। असन जानू राजा-रानी धनकुल मँडाला। नोनी के बल्ला राजा-रानी, ''सुन नोनी, रुपनथँवरा! तुय हामके सेवा-जोड़ा, पूजा-जोड़ा दे नोनी। हामी धनकुल-सेवा करुँदे।''

बलतो के रुपनथँवरा सेवा-जोड़ा धरली आरु राजा-रानी के दिली। जोड़ी गुरुमायँ के दिली। राजा-रानी सेवा-जोड़ा के धरला आरु झारी पानी छिचला। जात लाली टिकला, अगरबती धराला, होम-आरती करला। राजा-रानी दुनों झन भगवान नाँव धरला, पाँय पड़ला-हात जोड़ला। असने-असने धनकुल सेवा करला राजा-रानी। जोड़ी गुरुमायँ बले धनकुल-सेवा करला। तेबे पाछे रानी बल्ली, ''सुन बाबा, रुपनथँवरा! तुय राजा-भोग हेड़ नोनी आरु जोड़ी गुरुमायँ के खाउक देस।''

बलतो के रुपनथँवरा सुनली आरु राजा-भोग हेड़ली। अतिस अलन हेड़ली, बतिस भोजन हेड़ली आरु जानू जोड़ी गुरुमायँ के खाउक दिली। राजा-रानी आरु जोड़ी गुरुमायँ के झारी पानी दिली। राजा-रानी आरु जोड़ी गुरुमायँ झारी पानी धरला आरु हात अचाला।

राजा-रानी चन्दन-काट ने खाउक बसला। गुरुमायँ मन बेल-काट ने। नोनी पुने भोग मँडाउन दिली, साग मँडाउन दिली। राजा-रानी खाउक बसला, जोड़ी गुरुमायँ खाउक बसला। राजा-रानी अढ़ई कँवरा खादला आरु थारी के सरकाउन दिला। हात अचाला। बाजे जाउन बसला। नोनी के बल्ली रानी, ''सुन नोनी, रुपनथँवरा! तुय तिल-तिल बाट नोनी आउर आपन बले जेवनार कर।''

बलतो के नोनी माहाल ने जितरो लोग रहोत सब के तिल-तिल बाल-बाल बाटली आरु आपन बले जेवनार करली। सबय खाउन-पिउन तियार होला। नोनी बरतन-भाँडा सकल्ली, बड़ा-ओंडा करली आरु झोलू पाइक के बल्ली, ''सुन बाबू झोलू पाइक! तुय बिड़ा भाँज आरु राजा-रानी के देस, जोड़ी गुरुमायँ के देस।''

बलतो के झोलू पाइक बिड़ा भाँजलो आरु राजा-रानी के दिलो। जोड़ी

दादा ने देखा, पुजारी दादा ने देखा। दादा ने थाली में आटा घोला, दोनों हंडियाँ रखीं, दोनों सुपा रखे, दोनों माचियाँ रखीं। आरती-आग, घी-गुड़ लिया और होम-आरती की। धरती माता का स्मरण किया। चारों दिशाओं में प्रणाम किया, हाथ जोड़े। फिर थाली में घोला हुआ आटा लेकर राजा का हाथ पकड़ा और राजा से हंडियों में हाता[51] दिलवाया। दोनों सुपों में, दोनों माचियों, छिरनी काड़ी, धनुष और कलश पर हाता दिलवाया। राजा ने सभी पर हथेलियों की छाप लगायी। सब पर लाली का टीका लगाया। नारियल-सुपारी रखे और होम-आरती की, प्रणाम किया।

फिर राजा ने दोनों आँयरा रखकर उनके ऊपर दोनों हंडियाँ रखीं। हंडियों के मुँह पर सुपा ढँका। कलश रखा। इस तरह धनकुल रखा गया। फिर राजा-रानी ने नोनी से कहा, ''सुन नोनी, रुपनथँवरा! तू हमें सेवा-सामग्री, पूजा-सामग्री दे नोनी। हम धनकुल की सेवा करेंगे।''

ऐसा कहने पर रुपनथँवरा ने सेवा-सामग्री ली और राजा-रानी को दिया। दोनों गुरुमाँयों को दिया। राजा-रानी ने सेवा-सामग्री लेकर उन पर झारी से पानी छिड़का। शुद्ध लाली का टीका लगाया, अगरबत्ती जलायी और होम-आरती की। राजा-रानी दोनों ने भगवान का नाम लिया, प्रणाम किया। इस तरह राजा-रानी ने धनकुल की सेवा की। दोनों गुरुमाँयों ने भी धनकुल की सेवा की। फिर रानी बोली, ''सुन बाबा, रुपनथँवरा! तू राज-भोग निकाल और दोनों गुरुमायों को परोस, नोनी।''

सुनकर रुपनथँवरा ने राज-भोग निकाला। इकतीस व्यञ्जन निकाले, बत्तीस भोजन निकाले और दोनों गुरुमायँ को परोसा। राजा-रानी और दोनों गुरुमाँयों को झारी में पानी दिया। राजा-रानी और दोनों गुरुमाँयों ने झारी के पानी से हाथ धोये।

राजा-रानी चन्दन के पीढ़ों पर भोजन करने बैठे। गुरुमाँएँ बेल के पीढ़ों पर बैठीं। नोनी ने भोग परोस दिया, साग परोस दिया। राजा-रानी भोजन करने बैठे। दोनों गुरुमाँएँ भी भोजन करने बैठीं। राजा-रानी ने थोड़ा-सा भोजन किया और थाली सरका दी। हाथ धोये। सेज पर जा बैठे। नोनी से कहा रानी ने, ''सुन नोनी, रुपनथँवरा! तू सभी को भोजन परोस और खुद भी खा ले।''

नोनी ने महल के सभी लोगों को भोजन परोसा और अन्त में स्वयं भी खाने बैठी। सब लोगों ने भोजन कर लिया। नोनी ने तब बरतन-भाँडे समेटे, झाड़ू-पोंछा किया और झोलू पाइक से बोली, ''सुन बाबू, झोलू पाइक! तू पान का बीड़ा लगाकर राजा-रानी और दोनों गुरुमाँयों को दे।''

ऐसा कहने पर झोलू पाइक ने बीड़े लगाकर राजा-रानी तथा दोनों गुरुमाँयों

गुरुमायँ के दिलो। सब झन बिड़ा खादला। गुरुमायँ मन नोनी के बल्ला, ''अगास-दिया बार, नोनी। सेवा-जोड़ा धर। धनकुल-सारे ने, नोनी। हामी नाँदे बसवाँ। गिद बड़ावाँ।''

रुपनथँवरा सुनली आरु अगास-दिया बारली, सेवा-जोड़ा पुजा-जोड़ा धरली आरु निली धनकुल-सार ने। जोड़ी गुरुमायँ दखला आरु हरबर तियार होला। तेल-फुल घसला। कोरी-सारी होला। झारी पानी धरला आरु पाँय धोउन धनकुल-सारे गेला। नाँद बसला आरु नित गाउक मुरयाला :

''सुन आया तुय दुरगा माता
सुना परभू तुमी राम भगवान
हरि-हरि बोली जागो आया
राम बोली बैठो
हरि-हरि बोली जागी गले
राम बोली बैठी गले
घिंवर होम मयँ देयँ आया
राजर होम देयँ
धनकुल मँडाउन जायँ आया
मयँ सब के नेओता[52] देयँ।

सुना परभू तुमी बजरँगबली
सुना भगवान बिरे हनुमान
हरि-हरि बोली जागो बाबा
राम बोली बैठो
हरि-हरि बोली जागी गले
राम बोली बैठी गले
घिंवर होम मयँ देयँ बाबा
राजर होम देयँ
धनकुल मँडाउन जायँ परभू
मयँ सब के नेओता देयँ।

काय देयँ मयँ काय ठोयँ
काय देयँ मयँ काय ठोयँ
गुर-घिंव चो होम आया

को दिये। सब लोगों ने बीड़े खाये। तब गुरुमाँयों ने नोनी से कहा, ''आकाश-दीप जला नोनी और सारी सामग्री धनकुल-शाला में ले चल। हम अपने आसन पर बैठेंगी। गीत गाएँगी।''

रुपनथँवरा ने सुना और आकाश-दीप जलाया और सेवा-सामग्री ले चली धनकुल-शाला में। दोनों गुरुमाँयों ने देखा और वे झटपट तैयार हो गयीं। तेल-फूल लगाये। कंघी की। झारी में पानी लेकर पाँव धोये और धनकुल-शाला में गयीं। अपने आसन पर बैठकर गीत गाना आरम्भ किया :

''सुनो माता तुम दुरगा माता
सुनो प्रभु आप राम भगवान
हरि-हरि बोलते जागो हे माता
राम बोलते बैठो
हरि-हरि बोलते जागने पर
राम बोलते बैठने पर
घी का होम मैं दूँ माता
राज्य का होम दूँ
धनकुल रख जाती हूँ माता
मैं सबको न्योता देती हूँ।

सुनो प्रभु आप बजरंगबली
सुनो भगवान वीर हनुमान
हरि-हरि बोलते जागो बाबा
राम बोलते बैठो
हरि-हरि बोलते जागने पर
राम बोलते बैठने पर
घी का होम मैं दूँ बाबा
राज्य का होम दूँ
धनकुल रखती हूँ मैं प्रभु
मैं सबको न्योता देती हूँ।

क्या दूँ मैं क्या रखूँ
क्य दूँ मैं क्या रखूँ
गुड़-घी का होम माता

गुर-घिंव चो होम
होम देउन जायँ आया
मयँ जग देउन जायँ।

इतिर[54] कथा बले इती रओ
इतिर कथा इती रओ
आउर गिद बाड़ो आया
आउर गित बाड़ो।''

सन्दर्भ

1. आँट : अन्य ध्वनि 'आँठ', 'आठ', 'आट'।
2. बड़ई : अन्य ध्वनि 'बढ़ई'।
3. दुठान : अन्य ध्वनियाँ 'डुठान', 'दुय ठान'।
4. पाइक : राजकीय कर्मचारी। आज भी शासकीय कर्मचारी को ग्रामीण अंचल में पाइक कहा जाता है। झोलू नामवाची संज्ञा है किन्तु आगे के अध्यायों में अन्य राजाओं के यहाँ भी इस नाम का कर्मचारी आता है, जिससे यह प्रतीत होता है कि झोलू किसी पाइक का नाम नहीं अपितु एक कर्मचारी का ही पद है। गुरुमायँ स्वयं भी इस तथ्य से अपरिचित हैं। पूछने पर उनका कथन है कि जैसा हमने सुना है, वैसा ही गाती हैं।
5. पारदी : बँसोड़। बाँस का काम करने वाली एक जाति। इस जाति को 'नाहार' के नाम से भी जाना जाता है। वैसे पारदी का शाब्दिक अर्थ है, 'आखेटक' (पारद : आखेट)। सम्भवत: बाँस का काम करने वाली यह जाति आखेटक भी रही हो। आज भी इस जाति के लोग आखेट करते रहते हैं।
6. सुपा : चावल फटकने के लिये बाँस से बना उपकरण।
7. माची : मचिया।
8. हल्बा : एक जन-जाति। कहा जाता है कि हल्बा जनजाति वारंगल से 1313 ई. में चक्रकोट (बस्तर) आये राजा अन्नमदेव के साथ ही यहाँ आयी थी (बस्तर : इतिहास एवं संस्कृति, लाला जगदलपुरी, 1994)। कुछ लोगों के अनुसार यह जनजाति ओड़िसा से तो कुछ के अनुसार महाराष्ट्र से बस्तर में आयी थी (स्रोत : जयराम पात्र, बड़े डोंगर, 2003), किन्तु वस्तुस्थिति स्पष्ट नहीं है। कोंडागाँव, जगदलपुर, नारायणपुर, दन्तेवाड़ा तथा बीजापुर तहसीलों में हल्बा, धाकड़ और केंवट जाति के लोग लाई फोड़ने और चिवड़ा कूटने के कार्य में संलग्न रहे हैं।
9. लाई : चावल को भूनने पर वह लाई बन जाता है। चिवड़ा : पोहा। धान को उबाल कर उसे 'ढेकी' (धान कूटने का ग्रामीण पारम्परिक उपकरण) में कूटा जाता है। कूटने के बाद धान के छिलके अलग किए जाते हैं। यही चिवड़ा कहलाता है।
10. टाँगी धोती : घुटने से थोड़ा नीचे तक पहनी जानेवाली धोती। छोटी-सी धोती।
11. कोस-दाब : कोस-दो कोस।
12. लोग : भतरी परिवेश में यह 'लोक' उच्चारित होता है।
13. निकरुन : समानार्थी 'निसकुन'।
14. सेतबन-हेतबन-बिन्दराबन : तीन वनों के नाम।

गुड़-घी का होम
होम दे जाती हूँ माता
मैं जग[53] दे जाती हूँ।

यहाँ की कथा यहीं पर रहे
यहाँ की कथा यहीं पर रहे
दूसरा गीत चले हे माता
दूसरा गीत चले।''

15. देस : समानार्थी 'दे'।
16. टैंगा : अन्य ध्वनियाँ 'टँगेया', 'टँगिया'।
17. टँगिया : कुल्हाड़ी।
18. दे : समानार्थी 'देस'।
19. बाई : उम्र में बड़ी महिलाओं के लिए यह सम्बोधन है। बड़ी बहिन के लिए भी 'दिदी' के अलावा 'बाई' सम्बोधन प्रयोग में लाया जाता है।
20. खेजा : बस्तर अंचल में लाई या चिवड़ा अथवा दतौन व पत्तों के लिए अथवा किसी काम की मजदूरी के एवज में रुपये-पैसे देने की प्रथा नहीं रही है। यहाँ लाई या चिवड़ा के लिए धान तथा दतौन व पत्तों के लिये कनकी (चावल के टूटे दाने) दिए जाते रहे हैं। इसी तरह कराए गये काम की मजदूरी के रूप में धान देने की परम्परा रही है। इस तरह वस्तु विनिमय होता रहा है। इसी वस्तु विनियम के अन्तर्गत खरीदने वाले के द्वारा बेचनेवाले को दी जाने वाली सामग्री तथा कराए गये काम के बदले दी जाने वाली मजदूरी को 'खेजा' कहा जाता है।
21. छिरनी काड़ी : बाँस की बनी कमची। इसमें कंघी जैसी पतली फाँकें बनायी जाती हैं। इसी से धनुष के काँटेदार भाग में घर्षण करने पर 'छर-छर-छर-छर' की मोहक ध्वनि निःसृत होती है। यह 'धनकुल' वाद्य का ही एक उपकरण है।
22. मुरिया : एक आदिम जन-जाति। वस्तुतः 'मुरिया' अलग से कोई जाति नहीं अपितु 'गोंड' जनजाति की ही एक शाखा है। किन्तु यहाँ जिन्हें गोंड कहा जाता है, वे दरअसल अपने को गोंड कहते ही नहीं। वे अपने आप को 'कोयतुर' या 'कोयतोर' कहते हैं। पहाड़ों में रहनेवाले 'मेटा कोयतुर' (मेटा कोयतोर) और मैदानों में रहनेवाले 'कोयतुर' (कोयतोर। डड्डे बुरका-कोवासी इनके आदि जनक एवं जननी हैं।) वस्तुतः नृ-विज्ञान के अनुसार ये हैं तो 'गोंड' ही, किन्तु अपने आप को 'गोंड' नहीं कहते। कोंडागाँव तहसील के वृत्त में ये 'मुरिया', नारायणपुर, जगदलपुर एवं दन्तेवाड़ा तहसीलों के भागों में माड़िया एवं 'डंडामी माड़िया' तथा कोंडागाँव तहसील के फरसगाँव से कांकेर की ओर 'गोंड' तथा कांकेर एवं भानुप्रतापपुर तहसीलों में 'गोंड़' कहलाते हैं। 'मुरिया' एवं 'माड़िया' कही जानेवाली जनजातियाँ अपने को 'कोयतुर' (कोयतोर) कहती हैं। रशल और हीरालाल (1935) के अनुसार 'कोय' का अर्थ 'मनुष्य' तथा 'कोयतोर' का अर्थ 'वनमानुष' या 'बन्दर' की संतान' बतलाते हैं।
23. आँयरा : हंडी को रखने के लिए धान के पैरा (पुआल) से बने बेंट (रस्सी) से बना गोलाकार उपकरण।
24. पैरा : धान की पुआल।

25. बेंट : धान की पुआल से ऐंठ कर बनाई गयी मोटी रस्सी।
26. मरार : एक जाति। इसे 'पनारा' भी कहा जाता है। छत्तीसगढ़ी और ओड़िया परिवेश में इसे 'माली' भी कहते हैं। कहा जाता है कि वर्षों पूर्व यह जाति छत्तीसगढ़ से बस्तर में आयी थी। (स्रोत : डिबूश्वर कौशिक, ग्राम पटेल, मरार पारा, कोंडागाँव : 1999)
27. राँडी-लेड़ी : विधवा-परित्यक्ताएँ। यों परित्यक्ता के लिए मूल शब्द है 'छाँडरी'। लेड़ी का मूल अर्थ है : असहाय। यहाँ वाच्यार्थ से इसका अर्थ हुआ है परित्यक्ता। लेड़ी शब्द लेड़गी से बना है, जिसका अर्थ है दुर्वला।
28. काँडा : 'काँडतो' क्रिया से बना शब्द है 'काँडा'। 'काँडतो' का अर्थ है कूटना। धान कूटना। यहाँ काँडा का अर्थ है, कूटने के लिए धान, या दलने के लिए दाल, अथवा पीसने के लिए दाल या चावल ले जाना। काँडने के एवज में काँडनेवालों को रुपये-पैसे नहीं दिये जाते। काँडनेवाली स्वयं ही उस सामग्री में से अपना पूर्व निर्धारित हिस्सा रख लेती है।
29. बाई : उम्र में बड़ी महिलाओं के लिए यह सम्बोधन है। बड़ी बहिन के लिए भी 'दिदी' के अलावा 'बाई' सम्बोधन प्रयोग में लाया जाता है। नोनी : उम्र में छोटी (बेटी या बहिन जैसी) लड़कियों या महिलाओं के लिए यह सम्बोधन है।
30. गपा : बाँस से बना बड़ा-सा टोकरा। इसकी चौड़ाई टोकरा की तुलना में कम होती है जबकि ऊँचाई टोकरा से अधिक।
31. टाकरा : बाँस से बना बड़ा-सा टोकरा। यह गपा की तुलना से अधिक चौड़ा किन्तु ऊँचाई में गपा से कम होता है।
32. झारी : मुहाने पर छिद्रों वाला पात्र जिसमें से होकर पानी फुहार के रूप में आता है।
33. गपली : छोटी टोकरी।
34. आपलाहान : अन्य ध्वनियाँ 'आपलाहाँग', 'आपलान', 'आपलाँग'।
35. पायली : धान-चावल नापने का एक मापक। यह उपकरण लोहे का बना होता है। एक पायली में 4 सोली यानी 2 किलोग्राम अन्न आता है।
36. आट : अन्य ध्वनियाँ 'आँट', 'आठ', 'आँठ'।
37. इथा : अन्य ध्वनियाँ 'इता', 'एथा', 'एता'।
38. ऊपरपुर : ऊर्ध्व लोक।
39. एक ऐसा कान्दा जिसकी बेल को लाठी पर टिका दिया जाता है। इससे लता उस लाठी पर लिपटती आगे बढ़ती चली जाती है। इसलिए इसे 'लाटी काँदा' या 'डाँग काँदा' कहते हैं। 'लाटी' (लाठी) या 'डाँग' का अर्थ लाठी या लकड़ी होता है।
40. रनकाकन दीया : लोहे से बने इस दीपक को रायकाकन दीया भी कहा जाता है। देउरगाँव (जगदलपुर तहसील) के श्री गागरा लोहार के अनुसार रनकाकन (रायकाकन) दीपक पाँच बातियों वाला होता है। पहले विवाह में इसकी आवश्यकता होती थी। श्री गागरा ने आगे बताया, ''जब हम इस दीया को बनाकर ले जाते थे तो हमें एक गाय और एक कपड़ा मिलता था। रसोई-चावल तो देते ही थे। इसका उपयोग अधिकतर हल्बा, बाम्हन, पनारा जातियों में चलता था।''
41. बागमुँई कपाट : बाघ के मुखाकृति वाला किवाड़।
42. सरसती : सरस्वती।
43. जोतिस-रमायन : धार्मिक ग्रन्थ, ज्ञान का भंडार।
44. रुपनथँवरा : एक दासी। यह नामवाची संज्ञा है किन्तु आगे के अध्यायों में अन्य राजाओं के यहाँ भी इस नाम की दासी आती है, जिससे यह प्रतीत होता है कि रुपनथँवरा किसी दासी का नाम नहीं अपितु दासी का पद ही है। गुरुमायँ स्वयं भी इस तथ्य से अपरिचित हैं। पूछने पर उनका

कथन है कि जैसा हमने सुना है, वैसा ही गाती हैं।

45. आया : माँ।
46. इतरोय : अन्य ध्वनि 'इतरय'।
47. भारी : अन्य ध्वनि 'भाती'।
48. गाँयता : गाँव को बसानेवाला या बसानेवाले के परिवार से सम्बन्धित व्यक्ति ही 'गाँयता' के पद पर सुशोभित होता है। यह गाँव का धार्मिक प्रमुख एवं 'माटी' का पुजारी होता है। गाँव के किसी भी धार्मिक या मांगलिक कार्य में माटी की पूजा इसी के द्वारा सम्पन्न की जाती है। इसीलिए इसे 'माटी गाँयता' भी कहा जाता है।
49. पुजारी : बस्तर में तैंतीस कोटि देवी-देवताओं की कल्पना की गयी है। प्राय: अलग-अलग देवियों के पुजारी अलग-अलग होते हैं। किन्तु कई बार एक ही व्यक्ति कई देवियों का पुजारी भी हो सकता है। यहाँ पुजारी का तात्पर्य 'माता-पुजारी' (शीतला माता के पुजारी) से है। यद्यपि सभी देवियाँ माता के रूप में ही पूजी जाती हैं किन्तु मात्र 'माता' कहे जाने पर 'सितला माता (शीतला माता)' का अर्थ ग्रहण किया जाता है।
50. बाबा : शाब्दिक अर्थ 'पिता' किन्तु पिता के अलावा भी पिता-तुल्य लोगों को तथा पुत्र-पुत्रियों या छोटे भाई-बहिनों या उन जैसे ही उम्र में छोटे लोगों के लिए प्यार भरा सम्बोधन।
51. हाता : हथेली की छाप। शुभ अवसर पर हथेली को चावल के आटे या हल्दी के आटे के घोल में डुबाकर उसकी छाप दीवार, सूपों, हंडी, लोगों की पीठ आदि पर तथा 'दियारी' नामक त्यौहार और कृषि-कार्य आरम्भ करने के पूर्व गाय-बैलों की पीठ एवं कृषि उपकरण आदि पर लगायी जाती है। यह शुभ का प्रतीक होता है। यह भी पूजा का एक अन्य विधान है। इसे 'हाता देतो' कहा जाता है। इसे लोक चित्र के अन्तर्गत रखा जा सकता है।
52. नेओता : मूल ध्वनि 'नेवता'।
53. जग : आरती। जग देना : आरती करना।
54. इतिर : यहाँ का/यहाँ की। 'इतिर' शब्द भतरी जनभाषा का है। हल्बी में 'इथा चो', 'एथा चो'।

अधया-3

बाँजिनरानी चो तुलसी-बुटा मँडातो

एक दिन ले दुय दिन, दुय दिन ले आँट दिन होली मने धनकुल मँडालो। रानी काय मँजा धनकुल-सेवा करे। असने-असने आँट दिन ले पँदरा दिन, पँदरा दिन ले मयना दिन होली। होऊ-होऊ छय मयना होली, साल-डेड़ साल होली मने। रानी मने-मन बिचार करुक धरली। हुनके धोका धरली। 'ए राम भगवान!' बलेसे रानी। 'बाप रे दइया!' बलेसे। 'मयँ नाना पयकार होले, बाना-बिसा होले। जाले बले मोचो काहीं किरती निंहाय। काहीं नामना निंहाय। मयँ जिव रत ले खायँदे मान्तर मरले नाँव निंहाय', बलेसे। फेर बलेसे, 'गोटोक किरती करले जाले मोचो जुग-जुग नाँव रहेदे। मोचो किरती बाड़ुन जायदे।' असने-असने गोटोक दिन राजा-रानी दुनों सेज ने बसलो बेरा रानी बल्ली राजा के, "सुना राजा, राजरपती! मोचो गोठ के सुना, मोचो बात के माना। हामचो काहीं नामना निंहाय, राजा। गोटोक किरती करलो ने हामचो नाँव जुग-जुग रती।"

अध्याय-3

बाँजिनरानी का तुलसी-पौधा रोपना

धनकुल रखे एक से दो और दो से आठ दिन बीते। रानी बहुत ही आनन्दपूर्वक धनकुल-सेवा कर रही थी। इसी तरह आठ से पन्द्रह दिन और पन्द्रह दिन से एक महीना बीता। समय आगे बढ़ता गया। एक से छह महीने बीते फिर साल-डेढ़ साल बीत गया। रानी अब मन-ही-मन विचार करने लगी। उसे चिन्ता हो गयी। 'हे राम भगवान!' रानी कहने लगी। 'बाप रे दइया!' कहने लगी। 'मैंने नाना प्रकार के उपाय किये, कई कष्ट सहे। किन्तु इसके बावजूद मेरी कोई कीर्ति नहीं है। कोई नाम नहीं है। मैं जीवन रहते तक को सुख भोगूँगी किन्तु मृत्यु हो जाने पर कोई नाम नहीं रहेगा।' वह सोचने लगी। फिर सोचा, 'एक काम कर जाऊँ तो सम्भवत: मेरा नाम युगों-युगों तक बना रहे। मेरी कीर्ति बढ़ जाये।' तब एक दिन जब वे सेज पर बैठे थे, रानी ने राजा से कहा, "सुनिए राजा, राज्य के स्वामी! मेरी बात सुनें, मेरा कहा मानें। हमारा कोई नाम नहीं है, राजा। एक

तेबे राजा बल्लो, ''आले काय किरती आय, रानी? तुय मोके साँग।''

बलतो के रानी बल्ली, ''तुमी मोके तुलसी मँडाउन दिया, राजा। मयँ तुलसी-सेवा करेंदे। काहीं बले तो नाँव रहेदे हामचो।'' बल्ली आरु रानी पुने टेक मताली। हुन दतुन करे ना पतर करे। पेज खाय न पसया [1]। भुके-भुके आसे मने। तेबे बाँजाराजा दखलो रानी चो चरितर के आरु रानी के बल्लो, ''तुय माहा टेकही आस, रानी। बड़ा उपई आस। तिनपुर टेक मतासिस। दतुन करिस नईं ना अन खाइस नईं। तिनपुर रोना रोसिस [2]। जा उठ, दतुन-पतर कर। अन खा। मयँ तुके तुलसी मँडाउन देयँदे।''

बलतो के रानी सुनली आरु मुचमुच-मुचमुच हाँसते उठली। दतुन-पतर करली, नाहा-खोरा करली आरु काय मँजा भात-पेज खादली।

असने हुनचो दतुन चाबलो, अन खादलो एक दिन ले दुय दिन होली। दुनों सेज ने बसलो बेरा रानी फेर बल्ली राजा के, ''ए राजा,तुमी पँजेआर-माहाले जाहा आरु पँडित के बलाउन आना। हुन मोके तुलसी मँडाउन देयदे।''

राजा सुनलो आरु बाबू के हाक देउन बल्लो, ''जा रे बाबू, झोलू पाइक! तुय उपरभुवने जा आरु साहादेव पँडित के हाक देउन आन। हुन आपलो जाक के धरो आरु एक डँडिक एओ। हुन मोके तुलसी मँडाउन देयदे। रानी आकट टेक मतायसे, बाबू।''

झोलू पाइक सुनलो आरु हरबर-हरबर तियार होलो। आपलो साजू के पिंदलो, जाक के धरलो आरु हाते बेद धरुन पाँये खड़ऊ पिंदुन राजा-माहाल छाँडलो। जाते-जाते जायसे। रुमझुम-रुमझुम रेंगलो बाबू। एक कलाट मारलो आरु मोकोड़ी-माहाले अमरलो। माँडो-मोंगरा उबलो आरु 'बाई' बलते हाक दिलो। हाक देतो के पदमकड़ी घर ले बाहिर इली आरु पुछली, ''काय काम ने इलिस, बाबू? तुय मोके साँग।''

बलतो के झोलू पाइक बल्लो, ''सुन बाई, पदमकड़ी! तुय मोके सुत लमाउन दे, बाई। मयँ उपरभवने जायँसे।''

पदमकड़ी बल्ली, ''मयँ कसन करुन सुत लमाएँदे, बाबू? मोचो बाल-बचा गागसोत।''

बलतो के बाबू बल्लो, ''मयँ तुचो पिला के लाई-चिवड़ा देयँदे, बाई। तुचो पिला मन के खेलाते बले रहेंदे। जाले बले तुय मोके ताग लमाउन देस।''

बलतो के मोकोड़ी पुने भँवरा नँगर ले आरु उपरपुर ले सरसर-सरसर सुत लमाउन दिली आरु बाबू के बल्ली, ''बाबू, झोलू पाइक! तुय झटके बस।''

बलतो के बाबू पुने सुत चो ताग ने तड़ाक् नाय बसते बसलो। सुत चो तागे-ताग जाते गेलो। हुनके उपरे घाम छेके, मँजी भुक लागे आरु जानू झालिपिली

काम करने पर हमारा नाम युगों-युगों तक बना रहेगा।"

तब राजा बोला, "ऐसा कौन सा काम है, रानी? तुम मुझे बताओ।"

रानी ने कहा, "आप मेरे लिए तुलसी रोप दें, राजा। मैं तुलसी की सेवा करूँगी। कुछ तो नाम रहेगा हमारा। ऐसा कह रानी फिर से हठ करने लगी। वह दतौन करती ना कुछ। पेज[3] पीती न पसिया[4]। भूखी रहने लगी। तब बाँजाराजा ने देखा रानी के इस हाल को और रानी से बोला, "तुम बहुत ही हठी हो, रानी। बड़ी ही चंचल हो। तुम न दतौन करती न अन्न खाती। बहुत रो रही हो। उठो, दतौन आदि करो। अन्न खा लो। मैं तुम्हारे लिए तुलसी रोप दूँगा।"

ऐसा कहने पर रानी ने सुना और मन्द-मन्द मुस्कराती हुई उठी। दतौन-स्नानकर आनन्दपूर्वक भोजन किया।

इस तरह उसे दतौन किये, अन्न खाये एक दिन से दो दिन बीते। दोनों सेज पर बैठे थे कि रानी ने राजा से फिर कहा, "हे राजा, आप पँजेआर[5] के महल में जाएँ और पंडित को बुला लाएँ। वह मेरे लिए तुलसी रोप देगा।"

राजा ने सुना और बाबू को बुलाकर बोला, "जा रे बाबू, झोलू पाइक! तू ऊपरभुवन जा और साहादेव पंडित को बुलाकर ला। वह अपने सामान ले और थोड़ी देर के लिए आये। वह मेरे लिए तुलसी रोप देगा। रानी बहुत ही हठ कर रही है, बाबू।"

झोलू पाइक ने सुना और जल्दी-जल्दी तैयार हुआ। अपने साज पहने, सामान लिए और हाथ में बेंत लेकर पाँवों में खड़ाऊँ पहन राजा का महल छोड़ा। चलता चला गया। जल्दी-जल्दी चलने लगा बाबू। लम्बे डग भरे और मकड़ी के महल में जा पहुँचा। मोगरा-मंडप के नीचे रुका और 'बाई' कहकर आवाज दी। पुकार सुनकर मकड़ी घर से बाहर आयी और पूछा, "किस काम से आया है, बाबू? तू मुझे बता।"

ऐसा कहने पर झोलू पाइक ने कहा, "सुनो हे बाई, मकड़ी! तुम मेरे लिए सूत तान दो, बाई। मैं ऊपरभुवन जा रहा हूँ।"

मकड़ी बोली, "मैं किस तरह सूत तानूँगी, बाबू? मेरे बाल-बच्चे रो रहे हैं।"

सुनकर बाबू ने कहा, "मैं तुम्हारे बच्चों को लाई-चिवड़ा दूँगा, बाई। तुम्हारे बच्चों को मैं खेल भी खिलाता रहूँगा। लेकिन तुम मेरे लिये धागा तान दो।"

तब मकड़ी ने भँवरा नँगर से ऊपरपुर तक फटाफट सूत तान दिया और बाबू से बोली, "बाबू, झोलू पाइक! तू जल्दी बैठ जा।"

सुनकर झोलू पाइक जल्दी से धागे पर जा बैठा। सूत के सहारे चलने लगा। सिर पर तेज धूप चिलक रही थी, बीच में पेट को भूख लग आयी थी और सारा शरीर पसीने से तर-ब-तर हो रहा था किन्तु बाबू ने राह चलना नहीं छोड़ा। वह

पसना फुटे मान्तर बाबू बाट रेंगतो के नीं छाँडलो। जाऊ-जाऊ उपरभवने अमरलो। सुत चो ताग ले उतरलो आरु पारा-परोसे गेलो। हुता अमरुन बाई मन के पुछेसे, "ए बाई पारा-परोसिन, ए बाई माहाल बिती मन! साहादेव पँडित चो घर कोन लगे आसे बाई?"

तेबे बाई मन बल्ला, "सुन बाबू, झोलू पाइक! रनकाकन दिया, तारामँडल घर, बाँदे माकड़, जँवरा-भँवरा कुकुर, रुमझुम भँवरा बिती आय साहादेव पँडित चो घर।"

बलतो के झोलू पाइक पारा-परोस छाँडलो आरु साहादेव पँडित घरे गेलो। माँडो मोंगरा ने उबुन 'दादा' बलते हाक दिलो। हाक देतो के साहादेव पँडित घर ले बाहिर इलो आरु पुछलो, "तुय काय काम ने इलिस, बाबू? मोके साँग।"

बलतो के बाबू बल्लो, "सुन दादा साहादेव पँडित! तुय हरबर तियार हो दादा आरु तुचो जाक के धर। राजा-घरे बलाव आय, दादा। भँवरा नँगरे जावँ।"

दादा सुनलो आरु 'हव बाबू, मयँ एयँदे' बलुन आपलो रानी के पानी तपाउक तियारलो। पँजेआरिन पानी तपाउन देतो के पँडित पुने दतुन-पतर चाबलो, नाहा-खोरा करलो आरु सुका कपड़ा पिंदुन झारी पानी धरलो। तुलसी-चौंरा ने गेलो आरु तुलसी ने पानी रिकाउन सेवा-पुजा करलो, "बाड़-बाड़ रे बाई, कारी तुलसी! अगास मेलान बाड़, फकिर पाना फेक। तुय-मयँ बाँहा-जोरी आवँ, बाई। मोके जिव भर सेवा मिरो, मोचो जान सुकी रहो।" बलते पाँय-पटा पड़लो आरु होम-आरती देउन आपलो माहाले गेलो। बाजे जाउन बसलो आरु पँजेआरिन के बँधेया झापी माँगलो। पँजेआरिन बँधेया झापी देतो के हुन झापी के उघड़ालो आरु नव सै गाहना निकराउन पिंदलो। नव सै हार पिंदलो, अलंकार पिंदलो। केऊ-फुल धोती मारलो बाबू, केऊ-फुल कमिंज पिंदलो। सिरे पगड़ी बाँदलो, मुँडे सुरई खोचलो। तिलक-चन्दन लगालो, नवगुन पयता फेकलो। रामरतन धरलो, जोतिस-रमायन धरलो, कठुआ-फारा धरलो, पाँजी-खुट धरलो। पाँये खड़ऊ पिंदलो आरु हाते बेद धरुन घर ले निकरतो काजे होलो। फेर पँजेआरिन के बल्लो, "सुन रानी पँजेआरिन! मयँ भँवरा नँगर राजा-घरे जायँसे, रानी। तुय बाड़ी-बकरी के दख, घर-दुआर के दख। मयँ कोन दिने फिरुन एयँदे कोन दिन नईं। राजा-घरो बलाव तो आय।" बल्लो आरु घर ले निकरलो। जाते-जाते जायसे। जाऊ-जाऊ मोकोड़ी-माहाले गेलो। माँडो मोंगरा उबलो आरु 'बाई' बलते हाक दिलो। हाक देतो के पदमकड़ी घर ले बाहिर इली आरु 'काय काम ने इलिस, बाबू?' बलते पुछली। तेबे साहादेव पँडित बल्लो, "सुन बाई, पदमकड़ी! तुय मोके सुत लमाउन दे, बाई। मयँ भँवरा नँगरे जायँसे, बाई। मोके राजा-घरे बलाव होलिसे।"

तेबे पदमकड़ी बल्ली, "एसू चो बरसा पातर बरसा आय, बाबू। सुत नीं

चलते-चलते ऊपरभुवन जा पहुँचा। धागे पर से उतरा और अड़ोस-पड़ोस में गया। वहाँ पहुँचकर महिलाओं से पूछने लगा, ''हे बाई पड़ोसिनों, हे बाई महल वालियों! साहादेव पंडित का घर किस जगह है, बाई?

महिलाओं ने कहा, ''सुन बाबू, झोलू पाइक! जिस घर में रनकाकन दीया हो और जो तारामंडल की तरह दमक रहा हो, जहाँ मोगरा-फूल का मंडप हो, गुंजार करता भौंरा, बाँदे नामक बन्दर और जँवरा-भँवरा नामक कुत्ते हों, वही घर साहादेव पंडित का है।'

ऐसा कहने पर झोलू पाइक अड़ोस-पड़ोस छोड़कर साहादेव पंडित के घर गया। मोगरा-मंडप के नीचे रुककर 'दादा' की पुकार लगायी। पुकार सुनकर साहादेव पंडित घर से बाहर आया और पूछने लगा, ''तू किस काम से आया है, बाबू? मुझे बता।''

सुनकर बाबू बोला, ''सुनो दादा साहादेव पंडित! तुम जल्दी तैयार हो जाओ दादा और अपने सामान ले लो। राजा के घर बुलावा है, दादा। भँवरा नँगर चलें।''

दादा ने सुनकर 'हाँ बाबू, मैं आऊँगा' कहा और अपनी रानी से पानी गरम करने को कहा। पँजेआरिन ने पानी गरम कर दिया तब पंडित ने दतौन आदि किया, नहाया और सूखे कपड़े पहन झारी पानी लिया। तुलसी-चौरा में गया और तुलसी में पानी डालकर सेवा-पूजा की, ''बढ़ो-बढ़ो बाई, हे कारी तुलसी! आकाश का स्पर्श करो, नयी कोंपलें निकलें। तुम-मैं बाँहों की जोड़ी जैसे हैं, बाई। मुझे तुम्हारी सेवा करने का अवसर जीवन भर मिले। मेरे प्राण सुखी रहें।'' कहते हुए प्रणाम किया और होम-आरती कर अपने महल में गया। खाट पर जा बैठा और पँजेआरिन से बँधेया झापी[6] माँगी। बँधेया झापी देने पर उसने झापी खोली और नौ सौ गहने निकालकर पहने। नौ सौ हार पहने, अलंकार पहने। केऊ-फूल[7] जैसी धोती और केऊ-फूल जैसी ही कमीज भी पहनी। सिर पर पगड़ी बाँधी और उसमें तुर्रा खोंसा। तिलक-चन्दन लगाया, नौगुना जनेऊ धारण किया। रामरत्न लिया, जोतिस-रमायन लिया, कठुआ-फारा और पोथी-पत्तर लिया। पाँवों में खड़ाऊँ पहने और हाथ में बेंत लेकर घर से निकलने को हुआ। फिर पँजेआरिन से बोला, ''सुन रानी पँजेआरिन! मैं भँवरा नँगर जा रहा हूँ, राजा के घर। तुम बाड़ी-बखरी का ध्यान रखो, घर-द्वार को देखो। मैं पता नहीं किस दिन वापस आऊँगा! राजा के घर का बुलावा तो है।'' ऐसा कहकर चल पड़ा। जाते-जाते मकड़ी के महल में गया। मोगरा-मंडप के नीचे रुका और 'बाई' कहकर पुकारा। पुकार सुनकर मकड़ी घर से बाहर आयी और 'किस काम से आया, बाबू?' कह पूछा। तब साहादेव पंडित बोला, ''सुनो बाई, पदमकड़ी! तुम मेरे लिये धागा तान दो, बाई। मैं भँवरा नँगर जा रहा हूँ। मुझे राजा के घर बुलाया गया है।''

लमे। मयँ कसन करुन सुत लमायँदे, बाबू?'' बल्ली आरु सरसर-सरसर सुत लमाउन भारी बाबू के बल्ली, ''तुय जल्दी बसुन जा, बाबू। पातर बरसा आय।''

बलतो के बाबू सुनलो आरु सुत चो ताग ने बसलो। रुमझुम-रुमझुम जायसे बाबू। एक कलाट मारलो आरु भँवरा नँगर गेलो। अमरलो हुता आरु पारा-परोसे गेलो। हुता ले राजा-माहाले गेलो। हुनके दखली राज चो रानी आरु नोनी के बल्ली, ''पँजेआर अमरलो, नोनी। तुय सेवा-जोड़ा, पुजा-जोड़ा धर आरु हुनचो पाँय धुआ[8]। चाउर-टिका देस।''

बलतो के नोनी रुपनथँवरा सुनली आरु सेवा-जोड़ा, पुजा-जोड़ा धरली आरु सिंग-दुआरे चन्दन-काट मँडाली। मँडातो के पँडित हुता उबलो। नोनी हुनचो पाँय धुआली, चाउर-टिका दिली, होम-आरती दिली आउर पाँय पड़ली। बाबू हुनचो टोंड के चुमलो। नोनी पुने बाबू चो हात के धरली आरु भितरे नेउन बाजे बसाली। राजा-रानी बले बाज ने बसला। बाबू पुछलो, ''आले काय बलाव आय, राजा-रानी? आले मोके साँगा। मोके डर लागेसे।''

बलतो के राजा बल्लो, ''सुन बाबू, साहादेव पँडित! मोके तुय तुलसी मँडाउन दे, बाबू। मयँ तुलसी-पूजा करेंदे। कोन दिन तुलसी मँडातो आय जाले, हुनके तुय साँग।''

साहादेव पँडित बल्लो, ''सुना राजा! तुलसी खेलघरो नोहाय। ए मँजपुर चो नोहाय। भगवान-दुआर चो आय। उपरपुर चो आय। सोमार दिन छाँडुन कोनी दुसर दिन नीं मँडावा।''

तेबे राजा-रानी सोमार दिन चो बाट दखसोत। असने-असने सोमार अमरली। अमरतो के रानी कुकड़ाबासी उठली आरु फापड़ झुड़ा बाँदली[11]। रुपनथँवरा के चेताली आरु बुता-भयना करुक तियारली। रुपनथँवरा तड़बड़ाउन उठली आरु फापड़ झुड़ा बाँदुन[12] घर ले बाहिर निकरली। ठोटी बाहरी धरली आरु बड़ा-ओंडा करली। निरमल कुँडरी निकराली आरु निरमल घोरुन छड़ा-छाट दिली। हाते पोतनी धरली आरु नवखँड माहाल के लिपा-पोछा करली। तुलसी-चौंरा के लिपली। हरबर-हरबर बुता करली नोनी। बुता-भयना करुन, लिपा-पोछा करुन तियार करली। तेबे बाबू राजा के बलेसे, ''आले राजा! कोन लगे चँवरा रहेदे? मोके तुमी साँगा। मयँ चँवरा बेचेंदे।''

बलतो के राजा पुने रानी के पुछलो। तेबे रानी बल्ली, ''नईं राजा, चँवरा असन नापित रहो जेमे की घर चो दिया चँवरा ने जाओ आरु जानू चँवरा चो दिया घरे।''

सुनलो राजा आरु साहादेव पँडित के हुसने साँगलो आरु ठान दखाउन दिलो।

पदमकड़ी ने कहा, ''इस वर्ष की वर्षा कमजोर है, बाबू। ऐसे में धागा नहीं तनेगा। मैं किस तरह धागा तानूँ, बाबू?'' कहकर उसने झटपट सूत तान दिया और बाबू से कहा, ''तू जल्दी बैठ जा, बाबू। कमजोर वर्षा है।''

ऐसा कहने पर बाबू ने सुना और सूत पर जा बैठा। जल्दी-जल्दी चलने लगा। लम्बे डग भरे और चला भँवरा नँगर। वहाँ पहुँचकर अड़ोस-पड़ोस में गया। वहाँ से राजा के महल में। उसे देखा राज्य की रानी ने और नोनी से कहा, ''पँजेआर आ पहुँचा है, नोनी। तू सेवा-सामग्री, पूजा-सामग्री ले और उसके पाँव धुला। चावल का टीका लगा।''

सुनकर नोनी रुपनथँवरा सेवा-सामग्री, पूजा-सामग्री ले सिंह-द्वार में गयी और चन्दन का पीढ़ा रखा। पंडित उस पीढ़े पर खड़ा हो गया। तब नोनी ने उसके पाँव धुलाए, चावल का टीका लगाया, होम-आरती की और पाँव छुए। बाबू ने उसके मुँह पर चुम्बन दिया[9]। नोनी उसका हाथ पकड़कर भीतर ले गयी और खाट पर बिठाया। राजा-रानी भी खाट पर जा बैठे। बाबू ने पूछा, ''किसलिए बुलवाया है, राजा-रानी? मुझे बताएँ। मुझे डर लग रहा है।''

राजा ने कहा, ''सुनो बाबू, साहादेव पंडित! तुम मेरे लिए तुलसी रोप दो, बाबू। मैं तुलसी की पूजा करूँगा। किस दिन तुलसी रोपना है, उसे तुम बताओ।''

साहादेव पंडित बोला, ''सुनिए राजा! तुलसी खेल-खिलौना नहीं है। यह मँजपुर[10] की नहीं है। यह भगवान-द्वार की है। ऊपरपुर की है। सोमवार के अलावा और किसी दिन न रोपें।''

तब राजा-रानी सोमवार की प्रतीक्षा करने लगे। और फिर सोमवार आ पहुँचा। सोमवार की सुबह रानी मुर्गे की बाँग के साथ ही उठी और फापड़ झुड़ा[13] बाँधा। रुपनथँवरा को जगाया और कामधाम करने को कहा।

रुपनथँवरा हड़बड़ा कर जागी और फापड़ झुड़ा बाँधकर घर के बाहर निकली। ठूँठी बुहारी लेकर झाड़ू-बुहारी की। गोबर की कुँडरी[14] निकालकर उसमें गोबर घोला और छिटका दिया। हाथ में पोतनी[15] लेकर नौ खंडा महल की लिपाई-पोताई की। तुलसी-चौरा लीपा। जल्दी-जल्दी काम-धाम किए। तब बाबू ने राजा से कहा, ''अच्छा राजा! किस जगह पर तुलसी का चौरा रहेगा? आप मुझे बताएँ। मैं चौरा बना दूँगा।''

उसके ऐसा कहने पर राजा ने रानी से पूछा। तब रानी बोली, ''हे राजा! चौरा ऐसी जगह पर रहे जिससे घर का प्रकाश चौरा में जाए और चौरा का प्रकाश घर में।''

तेबे पँडित नोनी के माटी आनुन खुँदतो काजे तियारलो। नोनी पुने हाते टुकना आरु खाँदे कोड़की धरुन माटी खनुक गेली। माटी खनुन आनली आरु भिजाउन, खुँदुन दुहारुन दिली। तेबे पँडित चँवरा बेचुन दिलो। तेबे राजा झोलू पाइक के बल्लो, ''जा रे बाबू, झोलू पाइक! तुय रोसई-चाउर धर, मुठा रुपया धर आरु तुलसी-बुटा काजे जा। तुलसी-बुटा आन।''

बलतो के झोलू पाइक हरबर-हरबर तियार होलो। सेवा-जोड़ा धरलो, मुठा रुपया धरलो, पाँय ने खड़ऊ पिंदलो [16] आरु राजा-माहाल छाँडलो। कोसक-दापक रेंगलो झोलू आरु पिल बगेचा ने गेलो। पिल बगेचा ने अमरुन तुलसी-बुटा खोजलो। भेट पावलो आरु सेवा-जोड़ा के हुनी लगे मँडालो। अजिक असन जतनालो आरु झारी पानी छिचलो, काचा गोरस छिचलो, जात लाली टिकलो, अगरबती धरालो। फुल-चाउर चेघालो [17], होम-आरती दिलो, हात जोड़लो आरु तुलसी-बुटा झिकलो। रोसई-चाउर के मँडालो, मुठा रुपया दिलो हुन लगे आरु तुलसी-बुटा के ओधा कपड़ा ने धरुन पिल बगेचा छाँडलो। जाते-जाते गेलो। रुमझुम-रुमझुम रेंगलो। हरना उचाट मारलो बाबू आरु राजा-माहाले अमरलो। हुता अमरुन तुलसी-बुटा के ठोवलो।

हुनके दखुन राजा-रानी रुपनथँवरा के पानी तपातो काजे बल्ला। नोनी पुने पानी तपाउन दिली। सेदा-भेदा करली आरु मन्दन-सिले नेउन दिली। कपुर दतुन दिली, झारी कसेला नेउन दिली तेबे राजा-रानी मन्धन सिले [18] गेला। जोड़ी गुरुमायँ बले गेला। राजा-रानी सुरिज-भेट करला, दतुन-पतर करला आरु नाहा-खोरा करला। सुका कपड़ा पिंदला। जोड़ी गुरुमायँ बले सुरिज-भेट करला, दतुन-पतर करला आरु नाहा-खोरा होला। सब झन नाहा-खोरा होउन तियार होला। राजा-रानी आपन माहाले गेला। जाउन सेज ने बसला। राजा बल्लो झोलू पाइक के, ''जा रे बाबू, झोलू पाइक! तुय गाँयता-माहाले पुजारी-माहाले जा। हुन मन के बलाउन आन।''

'हव' बल्लो झोलू पाइक तियार होलो। आपलो साजू के पिंदलो, हरबर तियार होलो आरु गेलो गाँयता-बलाव पुजारी-बलाव। राजा-माहाल छाँडलो झोलू आरु जायसे। गाँयता-माहाले गेलो आरु दुआरे उबुन 'दादा' बलते हाक दिलो। हाक देतो के गाँयता दादा निकरलो, पुजारी दादा निकरलो आरु पुछलो, ''तुय काय काम ने इलिसिस, बाबू?''

बलतो के झोलू पाइक बल्लो, ''तुय हरबर तियार हो, दादा। राजा-घरे बलाव आय।''

गाँयता दादा सुनलो, पुजारी दादा सुनलो आरु हरबर-हरबर तियार होला। आपलाहान साजू के पिंदला आरु आपलाहान जाक के धरुन घर ले निकरला। जाते-जाते गेला। राजा-

राजा ने सुना और साहादेव पंडित से वैसा ही कहा और जगह दिखा दी। तब पंडित ने नोनी को माटी लाकर उसे गूँथने को कहा। नोनी हाथ में टोकरी और कन्धे पर कुदाली लेकर माटी खोदने गयी। माटी खोदकर लायी और उसे भिगाया, गूँथा और पहुँचा दिया। तब पंडित ने चौरा बना दिया। राजा झोलू पाइक से बोला, ''जा बाबू, झोलू पाइक! तू रसोई-चावल ले, मुट्ठी भर रुपये ले और तुलसी-बूटा के लिए जा। तुलसी का पौधा लेकर आ।''

सुनकर झोलू पाइक झटपट तैयार हो गया। सेवा-सामग्री ली, मुट्ठी भर रुपये लिये, पाँवों में खड़ाऊँ पहने और राजमहल छोड़ा। कोस-दाब भर चलकर झोलू नन्हें बगीचे में जा पहुँचा। वहाँ पहुँचकर तुलसी-बूटा खोजने लगा। खोजकर वहीं सेवा-सामग्री रखी। थोड़ा-सी सफाई की और झारी से पानी छिटका, कच्चा दूध छिटका, शुद्ध लाली का टीका लगाया, अगरबत्ती जलायी। फूल-चावल चढ़ाया, होम-आरती की, हाथ जोड़े और तुलसी का पौधा उखाड़ा। रसोई-चावल रखा, मुट्ठी भर रुपये रखे वहीं पर और तुलसी के पौधे को गीले कपड़े में लेकर नन्हा बगीचा छोड़ा। चलता चला गया। जल्दी-जल्दी चला। हिरनों-सी चौकड़ी भरी और जा पहुँचा राजमहल में। वहाँ पहुँचकर तुलसी का पौधा रख दिया।

उसे देखकर राजा-रानी ने रुपनथँवरा को पानी गरम करने के लिए कहा। नोनी ने पानी गरम कर दिया। उसमें ठंडा पानी मिलाया और स्नानगृह में ले गयी। सुगन्धित दतौन दिया, झारी पात्र पहुँचाया। तब राजा-रानी स्नानगृह में गये। दोनों गुरुमाँएँ भी गयीं। राजा-रानी ने सूर्य-नमस्कार किया, दतौन कर स्नान किया। सूखे कपड़े पहने। दोनों गुरुमाँयों ने भी सूर्य-नमस्कार किया, दतौन कर स्नान किया। सब लोग स्नानादि से निवृत्त होकर तैयार हो गये। राजा-रानी अपने महल में गये। पलंग पर जा बैठे। राजा ने कहा झोलू पाइक से, ''जा हे बाबू, झोलू पाइक! तू गाँयता-महल, पुजारी-महल जा। उन्हें बुलाकर ला।''

'हाँ' कहा झोलू पाइक ने और तैयार हो गया। अपने साज पहने, जल्दी तैयार हो गया और गाँयता-पुजारी को बुलाने चला। राजमहल छोड़कर झोलू जाने लगा। गाँयता के महल में गया और द्वार पर खड़ा होकर 'दादा' कह आवाज दी। पुकार सुनकर गाँयता दादा घर से निकला, पुजारी दादा भी निकला और पूछने लगे, ''तू किस काम से आया है, बाबू?''

झोलू पाइक ने कहा, ''तुम लोग जल्दी तैयार हो जाओ, दादा। राजा के घर बुलावा है।''

गाँयता-पुजारी ने सुना और वे जल्दी तैयार हो गये। अपने साज पहने और अपने सामान लेकर घर से निकल पड़े। चलते-चलते चले गये। राजमहल पहुँचे।

माहाले अमरला। लगे गेला आरु सलाम झोकुन लाफी जाउन बसला।

राजा-रानी पुने हरबर-हरबर होसोत। नोनी के बल्ली रानी, "तुय हाते पोतनी धर नोनी आउर तुलसी-चँवरा के लिप। मँजगते बाना लिख, अगास-दिया बार।"

रुपनथँवरा सुनली आरु हाते पोतनी धरली। चार खुटेया लिपली, मँजी बाना लिखली आरु अगास-दिया बारली। तेबे राजा पुने धँगड़ा रासी के बल्लो, "तुमी कथा-परसाद भाँजा बाबू, धँगड़ा रासी। तुलसी मँडातो आय, बाबू।"

बलतो के धँगड़ा रासी सुनला आरु कथा-परसाद भाँजला। नोनी पुने सेवा-जोड़ा धरली आरु तुलसी-चँवरा ने निली। राजा-रानी हुताय गेला। गाँयता-पुजारी बले गेला। तुलसी-बुटा के धरला आरु राजा-रानी हुनचो उपरे झारी पानी छिचला। काचा गोरस छिचला, जात लाली टिकला। अगरबती धराला। होम-आरती दिला राजा-रानी आरु भगवान नाँव धरुन चार खुट पाँय पड़ला। चार खुट हात जोड़ला। तेबे गाँयता-पुजारी राजा चो हात के धरला आरु तुलसी मँडाउक लागला। तुलसी-बुटा मँडाला आरु राजा-रानी झारी पानी रिकाला।

तुलसी-बुटा मँडालो एक दिन ले दुय दिन आरु दुय दिन ले आट दिन, पँदरा दिन होली। रानी पुने तुलसी-सेवा करेसे। साल-डेड़ साल होली रानी तुलसी-सेवा करेसे मने।

सन्दर्भ

1. पसया : अन्य ध्वनि 'पसेया'। छत्तीसगढ़ी परिवेश में 'पसिया'।
2. रोना रोसिस : नगरीय प्रभाव स्पष्ट है। मूल ध्वनि 'गगई गागसिस'।
3. पेज : पेय। अन्न के टूटे दानों (कनकी) को पकाकर बनाया गया पेय। चावल या चावल के टूटे दानों (कनकी) से बनाये गये पेज को 'कनकी पेज' तथा इसी में मंडिया नामक अन्न का घोल मिलाकर पकाये जाने पर 'मंडिया पेज' तथा जोंदरा (भुट्टे) के दानों को कूटकर पकाये जाने पर इसे 'जोंदरा पेज' कहा जाता है। पेज वनवासियों का प्रमुख भोजन है।
4. पसिया : भात का माड़।
5. पँजेआर : पाँजी (पंचांग) देखने वाला, ज्योतिषी।
6. बन्धेया झापी : बाँस से बनी गोलाकार सन्दूक 'झापी' कही जाती है। इसी सन्दूक में कुन्दे लगा देने पर यह 'बन्धेया झापी' कहलाती है। बाँस से बने इस सन्दूक को हल्बी-भतरी परिवेश में 'झापी' तथा छत्तीसगढ़ी परिवेश में 'झाँपी' कहा जाता है। यों तो इसका उपयोग दैनिक उपयोग की वस्तु की तरह होता है किन्तु लोक संस्कृति में यह बेटी के विवाह के अवसर पर अत्यन्त महत्त्वपूर्ण भूमिका निभाता है। बेटी को दिये जानेवाले कपड़े-लत्ते आदि इसी झापी में भरकर दिये जाते हैं। अन्य वस्तुओं के साथ 'झापी' का दिया जाना भी अनिवार्य माना जाता रहा है। अन्य ध्वनि 'बन्धिया झापी'।
7. केऊ-फूल : केऊ नामक एक जंगली कन्द का फूल। यह झक सफेद होता है किन्तु इसका किनारा लालिमायुक्त होता है। यह पेट के विकार तथा सिर के दर्द में औषधि का काम करता है। इसकी सब्जी बनाई-खाई जाती है। एक लोक गीत में इसके और नीबू के विषय में कहा भी गया है : 'पेट दुखा काजे लिमऊ-टिमऊ, मुँड दुखा काजे केऊ' यानी पेट दर्द हो तो नीबू तथा सिर दर्द हो तो केऊ काम आता है।

पास जाकर सलाम किया और दूर जाकर बैठ गये।

राजा-रानी जल्दी मचाने लगे। नोनी से कहा रानी ने, "तू हाथ में पोतनी ले नोनी और तुलसी-चौरा लीप। बीच में बाना[19] लिख, आकाश-दीप जला।"

रुपनथँवरा ने सुनकर हाथ में पोतनी ली। चारों कोने लीपे, बीच में बाना लिखा और आकाश-दीप जलाया। तब राजा ने युवकों से कहा, "तुम कथा-प्रसाद भूनो, बाबू। तुलसी रोपना है।"

ऐसा कहने पर युवकों ने कथा-प्रसाद भूना। नोनी सेवा-सामग्री तुलसी-चौरा के पास ले गयी। राजा-रानी वहीं पर गये। गाँयता-पुजारी भी गये। राजा-रानी ने तुलसी का पौधा लेकर उस पर झारी से पानी छींटा। कच्चा दूध छींटा, शुद्ध लाली लगायी। अगरबत्ती जलायी। होम-आरती की राजा-रानी ने और भगवान का नाम लेकर चारों दिशाओं में प्रणाम किया। चारों दिशाओं को हाथ जोड़े। तब गाँयता-पुजारी ने राजा का हाथ पकड़ा और उसे तुलसी रोपने में सहायता की। तुलसी रोप कर राजा-रानी ने उस पर पानी डाला।

तुलसी का पौधा रोपे एक से दो दिन और दो से आठ-पन्द्रह दिन बीते। रानी तुलसी की सेवा करने लगी। इस तरह उसे तुलसी की सेवा करते साल-डेढ़ साल बीत गये।

8. धुआ : अन्य ध्वनि 'धुआव'।
9. मुँह पर चुम्बन देने का अर्थ जिसे चुम्बन देना हो उसकी ठुड्डी को अपने हाथ की उँगलियों से स्पर्श कर अपने उसी हाथ को चूमना है।
10. मँजपुर : बीच का लोक। मृत्युलोक।
11. बाँदली : अन्य ध्वनि 'बाँधली'।
12. बाँदुन : अन्य ध्वनि 'बाँधुन'।
13. फापड़ झुड़ा : बिना कंघी किए बालों को झटककर जूड़े की शक्ल में बाँध लेना फापड़ झुड़ा कहलाता है। फापड़तो : झटकना। झुड़ा : जूड़ा।
14. कुँडरी : छोटी हँडिया।
15. पोतनी : पोताई एवं पोछाई करने के लिये कपड़े का टुकड़ा।
16. पिंदलो : अन्य ध्वनि 'पिंधलो'।
17. चेघालो : अन्य ध्वनियाँ 'चेगालो', 'चगालो', 'चघालो'।
18. मन्धन सिले : अन्य ध्वनि 'मन्दन सिले'।
19. बाना : चावल और हल्दी के आटे से जमीन पर की गयी चित्रकारी। यह चित्रकारी प्राय: महिलाओं द्वारा मंगल प्रसंगों पर की जाती है। इसे छत्तीसगढ़ी परिवेश में चउक, ओड़िसा में बाधा, बंगाल और आसाम में अल्पना, बिहार में अरिबाना, राजस्थान में मंडाना, दक्षिण भारत में कोलम, कुमाऊँ क्षेत्र में एयपाना तथा मध्य प्रदेश और उत्तर प्रदेश में रंगोली के नाम से जाना जाता है। यह कलाकारी महिलाओं द्वारा की जाने वाली लोक चित्रकारी की सर्वोत्तम अभिव्यक्ति कही जा सकती है।

अधया 4

बाँजिनरानी चो तरई-बावली खनतो

रानी मने मन बिचार करुक धरली। दिले धोका करे, 'ए राम भगवान! मयँ जिव रत ले तो खायँदे, मान्तर मरले मोचो काहीं नाँव नीं रहेदे। मोचो नाँव डुबुन जायदे, भगवान! गोटोक किरती करले कोन जाने मोचो नाँव रहेदे कायनू! जुग-जुग नाँव रहेदे।' असने बिचार करते गोटोक दिन दुनों बाज ने बसलो बेरा रानी पुने राजा के बल्ली, "सुना राजा, बाँजाराजा! मोचो गोठ के सुना राजा, मोचो गोठ के माना।"

राजा बल्लो, "काय गोठ आय, रानी? तुय मोके साँग। मोके डर लागेसे, रानी।"

रानी बल्ली, "दखा नू राजा। हामी जानू नाना पयकार होलू। बाना-बिसा होलू जाले बले हामचो काहीं नामना निंहाय। काहीं किरती निंहाय। धनकुल मँडाउन गेले राजा, मयँ धनकुल-सेवा करले। तुलसी मँडाउन गेले राजा आरु जानू

अध्याय-4

बाँजिनरानी द्वारा सरोवर एवं बावली खोदना

रानी मन-ही-मन विचार करने लगी। वह चिन्ता करने लगी, 'हे राम भगवान! मैं जीवन रहते तक तो सुख भोगूँगी, किन्तु मृत्यु के बाद मेरा कोई नाम नहीं रहेगा। मेरा नाम डूब जाएगा, भगवान! मैं एक काम कर दूँ तो सम्भवतः मेरा नाम बना रहे! युगों तक नाम रहे!' ऐसा विचारती रानी एक दिन जब वे दोनों पलंग पर बैठे हुए थे, राजा से बोली, "सुनिए राजा, बाँजाराजा! मेरी बात सुनें राजा, मेरा कहा मानें।"

राजा ने कहा, "क्या बात है, रानी! तुम मुझे बताओ। मुझे डर लग रहा है, रानी।"

रानी बोली, "देखिए तो राजा। हमने कई यत्न किये। कई कष्ट सहे किन्तु फिर भी हमारा कोई नाम नहीं है। कोई कीर्ति नहीं है। धनकुल रखा हमने राजा, मैंने धनकुल की सेवा की। तुलसी रोपा और उसकी भी पूजा की किन्तु इसके

तुलसी-सेवा बले करले मान्तर तेबे ले बले मोचो काहीं नामना निंहाय। काहीं किरती निंहाय। गोटोक किरती आउर काय करुन दखतू, राजा।''

राजा बल्लो, ''आले काय किरती आय जाले, साँग नूँ।''

बलतो के रानी बल्ली, ''नईं राजा, हामी गोटोक तरई खनाउन दखूँ आरु जानू गोटोक बावली खनाऊँ। एई बले तो हामचो नाँव रहेदे।'' असन बलते रानी टेक मताली। दतुन चाबे ना अन खाये, ना पानी ढुके। भुके-लाँघने आसे। हुनके दखलो बाँजाराजा आरु रानी लगे जाउन बल्लो, ''तुय तिनपुर टेकहिन आस, रानी। अटपट टेक मतासिस। उठ आरु दतुन-पतर चाब। अन खा। मयँ तरई बले कोड़ाउन देयँदे आरु जानू बावली बले खनाउन देयँदे।''

बलतो के रानी खँड मुचकी मारली। मुचमुच-मुचमुच हाँसली आरु उठुन काय मँजा दतुन-पतर चाबली, भात-पेज खादली। असने-असने पाछे फेर बाजे बसलो दाँय रानी राजा के सुरता कराली, ''ए राजा! तुमी सागरपुरे जाहा। हुता ले नव सै ओड़या नव सै ओड़िन के आना। हुन मन हामके तरई-बावली खनुन देदे।''

बाँजाराजा सुनलो आरु झोलू पाइक के तियारलो, ''जा रे बाबू, झोलू पाइक! तुय हरबर तियार हो आरु सागरपुरे जा। नव सै ओड़या के आन, बाबू। रानी हट मतायसे। तरई-बावली खनातो आय।''

सुनलो झोलू पाइक आरु हरबर तियार होलो। आपन साजू के पिंदलो, आपलो जाक के धरलो। टाँगी धोती मारलो, खाकी कमिंज पिंदलो। उल्टा बुलबुल कोरलो आरु टेड़ी पगड़ी बाँदुन हाते बेद धरलो। तिंग-तियार होउन पाँये खड़ऊ पिंदलो आरु टिपनी छाता टाँगुन घर ले बाहिर निकरलो। जाते-जाते जायसे। रुमझुम-रुमझुम रेंगेसे बाबू। कोसक-दापक रेंगलो आरु पारा-परोसे गेलो। पारा-परोस के जितलो आरु गाड़ा-बाट, सड़क-बाट के छाँडुन कानी मारग के धरलो। सेतबन-हेतबन-बिन्दराबन काजे गेलो। बाबू के तले[1] भुबुर तपे, उपरे घाम छेके, मँजी भुक लागे आरु झालिपिली पसना फुटे मान्तर बाबू बाट रेंगे चे मने। सागरपुर जायसे। जाऊ-जाऊ सागरपुरे अमरलो आरु पारा-परोसे गेलो। बाई मन के पुछलो, ''सुना बाई पारा-परोसिन! सुना बाई माहाल बिती! बड़े ओड़या चो घर कोन लगे आसे, बाई?''

बलतो के हुन मन बल्ला, ''सुन बाबू, झोलू पाइक! रुमझुम भँवरा, माँडो मोंगरा आसे। काँदा लाटे माकड़ झुलेसे, जँवरा-भँवरा कुकुर आसोत जे हुनी घर आय।''

बलतो के झोलू पाइक गेलो। जाऊ-जाऊ बड़े ओड़या घरे अमरलो। माँडो मोंगरा ने उबलो बाबू आरु 'दादा ना...ऽ...' बलते हाक दिलो। हाक देतो के सुनुन 'कोन हाक पाड़ेसे?' बलते दादा घर ले बाहिर निकरलो आरु पुछलो, ''काय

बावजूद हमारा कोई नाम नहीं है। कोई कीर्ति नहीं है। हम एक और काम कर के देख लें, राजा।''

राजा ने कहा, ''अच्छा कौन-सा काम है, बताओ तो भला।''

रानी ने कहा, ''हे राजा! हम एक सरोवर खुदवाकर देखें और एक बावली भी। इससे हमारा नाम होगा।'' ऐसा कह रानी हठ करने लगी। वह न दतौन करती न अन्न खाती और न पानी ही पीती। भूखी रहने लगी। यह देखकर बाँजाराजा रानी के पास गया और बोला, ''तुम बहुत ही हठी हो, रानी। उठो और दतौन आदि करो। भोजन कर लो। मैं सरोवर और बावली खुदवा दूँगा।''

ऐसा कहने पर रानी हौले से मुस्करायी। मन्द-मन्द मुस्कराने लगी और उठ कर दतौन आदि से निवृत्त हुई। भोजन किया। फिर जब वे पलंग पर बैठे थे तब रानी ने राजा को याद दिलाया, ''हे राजा! आप सागरपुर जाएँ। वहाँ से नौ सौ ओड़या और नौ सौ ओड़ियों को लाएँ। वे हमारे लिए सरोवर और बावली खोद देंगे।''

बाँजाराजा ने सुना और झोलू पाइक से कहा, ''जा हे बाबू, झोलू पाइक! तू जल्दी तैयार हो और सागरपुर जा। नौ सौ ओड़यों को ला, बाबू। रानी हठ मचा रही है। सरोवर और बावली खुदवाना है।''

झोलू पाइक सुनकर तैयार हो गया। अपने साज पहने, अपने सामान लिये। टाँगी धोती पहनी, खाकी कमीज पहनी। कंघी कर जुल्फें सँवारी और टेढ़ी पगड़ी बाँधकर हाथ में बेंत लिया। तैयार होकर पाँवों में खड़ाऊँ पहन टिपनी छाता टाँगकर घर से बाहर निकला। चलता चला गया। जल्दी-जल्दी चलने लगा बाबू। कोस-दाब भर चला और अड़ोस-पड़ोस में गया। अड़ोस-पड़ोस से आगे बढ़कर बैलगाड़ी वाला रास्ता और पक्की सड़क छोड़कर पैडगरी पर चला। सेतबन-हेतबन-बिन्दराबन होते जाने लगा। जमीन तप रही थी, सिर पर तेज धूप लग रही थी, बीच में पेट को भूख लग आयी थी और शरीर पसीने से तर-ब-तर हो चला था किन्तु बाबू राह चलता ही चला जा रहा था। सागरपुर जा रहा था वह। थोड़ी देर में वह सागरपुर जा पहुँचा और अड़ोस-पड़ोस में गया। वहाँ की महिलाओं से पूछा, ''सुनो बाई मोहल्ले वालियो! सुनो बाई महल वालियो! बड़े ओड़या का घर किस जगह है, बाई?''

उन्होंने बतलाया, ''सुन बाबू, झोलू पाइक! जिस घर में गुंजार करता भौंरा, मोगरा का मंडप है, काँदा-लाठी पर बन्दर झूल रहा है, और जहाँ जँवरा-भँवरा नामक कुत्ते हैं, वही घर उसका है।''

झोलू पाइक गया। चलते-चलते वह पहुँचा बड़े ओड़या के घर। मोगरा-मंडप के नीचे रुका और 'दादा' की पुकार लगायी। पुकार सुनकर 'कौन बुला

काम ने इलिस, बाबू? तुय मोके साँग।''

झोलू पाइक बल्लो, ''सुन दादा, बड़े ओड़या! तुय हरबर तियार हो। राजा-घरे बलाव आय। तरई-बावली खनतो आय मने।''

बड़े ओड़या सुनलो आरु बल्लो, ''तुय डँडिक एई लगे रा, बाबू। मयँ नव सै ओड़या लगे जायँदे ता।'' आरु आपन नव सै ओड़या लगे गेलो। नव सै ओड़या घरे अमरलो आरु दुआरे उबुन 'बाबू' बलते हाक दिलो। हाक देतो के बाबू मन 'कोन आय?' बलते आपलाहान घर ले बाहिर निकरला। तेबे बड़े ओड़या बल्लो, ''सुना बाबू, सुना बाई! तुमी हरबर तियार होआ बाबू-बाई मन। भँवरा नँगरे जावाँ। राजा-घरे बलाव होलिसे। तरई खनतो आय मने, बावली खनतो आय मने।''

सुनुन सब झन हरबर तियार होउक धरला। कोन तो मुँड रेतेसे, कोन तो कपड़ा काचेसे, कोन तो राँदा-बाटा[2] करेसे। असने-असने सब झन तियार पड़ला। खना-पिना करला। आपन साजू पिंदला, आपलाहान जाक मन के धरला आउर बागमुँई कपाट ढाकुन बड़े ओड़या लगे इला। बड़े ओड़या बले हरबर-हरबर तियार होलो। खाना-पिना खादलो आरु आपन जाक के धरुन बागमुँई कपाट ढाकलो। घर ले बाहिर निकरलो। सब झन सागरपुर छाँडुन भँवरा नँगर चो बाट के धरला। रुमझुम-रुमझुम रेंगसोत। एक कलाट मारला आरु जासोत। हुन मन के तले भुबुर तपेसे, उपरे घाम छेकेसे, मँजी भुक लागेसे आरु झालिपिली पसना फुटेसे। तेबे ले बले हुन मन बाट रेंगसोत चे। जाऊ-जाऊ भँवरा नँगर अमरला। पारा-परोसे गेला। पारा-परोस छाँडला आरु गेला राजा-माहाले। अमरला आरु लगे जाउन राजा के सलाम झोकला, लाफी जाउन बसला आरु पुछला, ''आले राजा! हामके काय काजे हाक दिलास?''

राजा बल्लो, ''सुना बाबू, नव सै ओड़या! सुना बाई नव सै ओड़िन! रानी टेक मतायसे, बाबू-बाई। तुमी मोके तरई खनुन दिया[3], बावली खनुन दिया।''

नव सै ओड़या बल्ला, ''आले जानू राजा। हामी तरई खनुन देउँदे, बावली खनुन देउँदे। तुमी हामके भतेया जोड़ुन दिया।''

बलतो के राजा 'हव' बल्लो आरु झोलू पाइक के भतेया जोड़तो काजे तियारलो। झोलू पाइक सुनलो आरु झारी पानी धरुन हात-पाँय धोवलो। नवखँड माहाल ने ओल्लो आरु बारा भँडारे गेलो। दार-चाउर, लोन-मिरी जोड़ुन नव सै ओड़या के दिलो। नव सै ओड़या धरला आरु राजा के बल्ला, ''तुमी एदायँ हामके कोड़की-गयँती निकराउन दिया, राजा।''

बलतो के राजा फेर झोलू पाइक के तियारलो। तियारतो के झोलू पाइक फेर गेलो नवखँड माहाल ने आरु रापा-कोड़की, गयँती निकराउन नव सै ओड़या

रहा है?' कहता दादा घर से बाहर निकला और पूछा, ''किस काम से आया है, बाबू? तू मुझे बता।''

झोलू पाइक ने कहा, ''सुनो दादा, बड़े ओड़या! तुम झटपट तैयार हो जाओ। राजा के घर बुलावा है। वहाँ सरोवर और बावली खोदना है।''

यह सुनकर बड़े ओड़या बोला, ''तुम थोड़ी देर यहीं रुको, बाबू। मैं नौ सौ ओड़या के पास जाता हूँ।'' ऐसा कह वह नौ सौ ओड़या के पास गया। वहाँ पहुँचकर 'बाबू' की हाँक लगायी। हाँक लगाने पर बाबू 'कौन है?' कहते अपने घरों से निकले। तब बड़े ओड़या ने कहा, ''सुनो बाबू, सुनो बाई! तुम सब झटपट तैयार हो जाओ, बाबू-बाई। भँवरा नँगर जाना है। राजा के घर बुलावा है। सरोवर और बावली खोदना है।''

यह सुनकर सब लोग जल्दी-जल्दी तैयार होने लगे। कोई सिर धोने लगा तो कोई कपड़े और कोई भोजन तैयार करने लगे। इस तरह सब-के-सब तैयार हो गये। भोजन किया। अपने साज पहने, अपने सामान लिए और बागमुँई कपाट ढँककर बड़े ओड़या के पास पहुँच गये। उन्हें देखकर बड़े ओड़या भी जल्दी-जल्दी तैयार हो गया। भोजन कर बागमुँई कपाट ढँका। घर से बाहर निकला। सब ने सागरपुर छोड़कर भँवरा नँगर की राह ली। जल्दी-जल्दी चलने लगे। लम्बे डग भरे और चलने लगे। उनके सिर पर तेज धूप चिलक रही थी, नीचे पाँवों को धरती की तपन जला रही थी, बीच में पेट को भूख लग आयी थी और बदन पसीने से तर-ब-तर हुआ जा रहा था। फिर भी वे चलते चले जा रहे थे। चलते-चलते भँवरा नँगर पहुँचे। अड़ोस-पड़ोस छोड़कर जा पहुँचे राजा के महल में। पास जाकर राजा को सलाम किया और दूरी पर जाकर बैठ गये और राजा से पूछा, ''अच्छा राजा! हमें आपने किसलिए बुलवाया है?''

राजा ने कहा, सुनो बाबू, नौ सौ ओड़या! सुनो बाई नौ सौ ओड़िन! रानी हठ कर रही है, बाबू-बाई। तुम मेरे लिए सरोवर और बावली खोद दो।''

नौ सौ ओड़यों ने कहा, ''ठीक है, राजा। हम सरोवर और बावली खोद देंगे। आप हमें भतेया[4] दीजिए।''

सुनकर राजा ने 'हाँ' कहा और झोलू पाइक को भोजन-सामग्री का प्रबन्ध करने को कहा। झोलू पाइक ने सुना और झारी में पानी लेकर हाथ-पाँव धोये। नौ खंडा महल में जाकर बारह भंडार खोले। उनमें से दाल-चावल, नमक-मिर्च आदि लेकर नौ सौ ओड़यों को दिया। नौ सौ ओड़यों ने भतेया लेकर राजा से कहा, ''अब आप हमें कुदाली-गैंती आदि दें, राजा।''

ऐसा कहने पर राजा ने फिर से झोलू पाइक से कहा। झोलू पाइक फिर से नौ खंडा महल में गया और फावड़े-कुदालियाँ, गैंती आदि निकालकर नौ सौ

के बाटुन दिलो। नव सै ओड़या रापा-कोड़की, गयँती धरला आरु राजा के फेर बल्ला, ''आले राजा! कोन लगे तरई रहेदे आरु कोन लगे बावली रहेदे जाले तुमी हामके ठान दखाउन दियास।''

बलतो के राजा पुने फेर झोलू पाइक के बल्लो, ''जा बाबू, पिल बगेचा ने जा आरु एमन के ठान दखाउन देस।''

बलतो के झोलू पाइक नव सै ओड़या नव सै ओड़िन सँगे पिल बगेचा ने गेलो आरु अली मैदाँग डेंगभाटा के दखाउन बल्लो, ''एई लगे तरई रहो दादा, एई लगे बावली रहो। इथाय काय मँजा सुँदर दखा देयदे।''

तेबे नव सै ओड़या आरु नव सै ओड़िन ठान के दखला आरु हुनी लगे आपलो डेरा-बासा बनाला। झोलू पाइक के बल्ला, ''बाबू, झोलू पाइक! तुय गाँयता-माहाले जा बाबू, पुजारी-माहाले जा आरु हुन मन के हाक देउन आन। हुनी मन चो माटी-गोटी आय। हुन मन चो बिगर हामी खोड़ुक नीं सकूँ। हुन मन रापाएक बले खोड़ला जाले फेर हामी खोड़वाँ।''

बलतो के झोलू पाइक 'हव' बल्लो आरु पिल बगेचा छाँड़ुन गाँयता-पुजारी के हाक देउक गेलो। कोसक-दापक रेंगलो। हरना उछट मारलो बाबू आरु अमरलो गाँयता-पुजारी घरे। माँडो मोंगरा ने उबलो आरु 'दादा' बलते हाक दिलो। हुनचो हाक देतो के सुनला गाँयता-पुजारी आरु घर ले बाहिर निकरुन पुछला, ''तुय काय काम ने इलिस, बाबू? तुय हामके साँग, हामके डर लागेसे।''

झोलू पाइक बल्लो, ''सुना दादा! तरई खनतो आय दादा, बावली खनतो आय। तुमचोय माटी-गोटी आय, दादा। तुमचो बिगर खनुक नीं होय। तुमी हरबर तियार होआ। डँडिक जावँ।''

दादा मन सुनला आरु आपलो साजू के पिंदला, आपन जाक के धरला आरु खाँदे टैंगा धरुन घर ले बाहिर निकरला। जाते-जाते गेला। पिल बगेचा ने अमरला। नव सै ओड़या नव सै ओड़िन लगे गेला। नव सै ओड़या के पुछला, ''आले बाबू, नव सै ओड़या। आले काय बलाव आय?''

बड़े ओड़या बल्लो, ''सुना दादा, गाँयता-पुजारी! तरई खनतो आय दादा, बावली खनतो आय। मान्तर तुमचो बिगर तो नीं होय, दादा। तुमचोय माटी आय, तुमचोय गोटी आय। तुमी एक रापा खनुन दियास।''

बलतो के गाँयता दादा सुनलो पुजारी दादा सुनलो। होम-आरती, घिंव-गुर, जात लाली, अगरबती धरलो आरु अली मैदाँग डेंगभाटा ने गेलो। हुता अजिक असन जतनालो आरु झारी पानी छिचलो। होम-आरती करलो, पाँय पड़लो, जात लाली टिकलो, अगरबती धरालो आरु धरती माता के सुमरलो, ''सुन आया तुय जागारानी! सुन आया, धरती माता! तरई खनतो आय, बावली खनतो आय मायँ।

ओड़्यों में बाँट दिया। नौ सौ ओड़्या फावड़े-कुदाली, गैंती आदि लेकर राजा से बोले, ''अच्छा राजा! किस जगह सरोवर और किस जगह बावली रहेगी, आप हमें वह जगह दिखा दें।''

सुनकर राजा ने फिर से झोलू पाइक से कहा, ''जा बाबू, नन्हे बगीचे में जा और इन्हें जगह दिखा दे।''

सुनकर झोलू पाइक नौ सौ ओड़्या नौ सौ ओड़िनों को साथ लेकर नन्हें बगीचे में गया और बड़ा-सा खुला मैदान दिखाकर कहा, ''इसी जगह सरोवर रहे दादा, इसी जगह बावली रहे। यहीं पर बहुत सुन्दर दिखलायी पड़ेगी।''

तब नौ सौ ओड़्यों और नौ सौ ओड़िनों ने जगह देखकर वहीं पास में अपना डेरा-बासा बनाया। झोलू पाइक से कहा, ''बाबू, झोलू पाइक! तू गाँयता के महल में जा बाबू, पुजारी के महल में जा और उन्हें बुलाकर ला। उन्हीं की माटी है। उनके बिना हम नहीं खोद सकते। वे एक फावड़ा भी खोद देंगे तो फिर उसके बाद हम खोदेंगे।''

सुनकर झोलू पाइक ने 'हाँ' कहा और नन्हा बगीचा छोड़कर गाँयता-पुजारी को बुलाने चल पड़ा। कोस-दाब भर चला। हिरनों-सी चौकड़ी भरी और जा पहुँचा गाँयता-पुजारी के महल में। मोगरा-मंडप के नीचे खड़ा होकर 'दादा' कह हाँक लगायी। पुकार सुनकर गाँयता और पुजारी घर से बाहर निकले और पूछा, ''तू किस काम से आया है, बाबू? तू हमें बता। हमें डर लग रहा है।''

झोलू पाइक ने कहा, ''सुनो दादा! सरोवर खोदना है दादा, बावली खोदना है। तुम्हारी ही माटी है, दादा। तुम्हारे बिना खोदना सम्भव नहीं। तुम जल्दी तैयार होकर थोड़ी देर चलो।''

दोनों ने सुना और अपने साज पहने, अपने सामान लिये और कन्धे पर कुल्हाड़ी लेकर घर से निकल पड़े। चलते चले गये। नन्हें बगीचे में पहुँचे। नौ सौ ओड़्या नौ सौ ओड़िनों के पास गये और उनसे पूछा, ''अच्छा बाबू, नौ सौ ओड़्या। किसलिए बुलवाया है?''

बड़े ओड़्या ने कहा, ''सुनो दादा गाँयता-पुजारी! सरोवर खोदना है दादा, बावली भी खोदना है। किन्तु यह काम तुम्हारे बिना नहीं होगा। तुम्हारी ही माटी है। तुम एक फावड़ा चला दो।''

गाँयता और पुजारी दादा ने सुना। होम-आरती, घी-गुड़, शुद्ध लाली, अगरबत्ती लेकर गाँयता गया उस बड़े से खुले मैदान में। वहाँ थोड़ी-सी सफाई की और झारी से पानी छिटका। होम-आरती की, प्रणाम किया, लाली लगायी, अगरबत्ती जलायी और धरती माता का स्मरण किया, ''सुन हे आया, जगह रानी! सुन आया, हे धरती माता! बावली खोदना है, माता! सरोवर खोदना है, बावली खोदना है आया। माटी उठ जाये पानी निकल आये।'' ऐसी विनती कर चारों

माटी उठुन जाओ पानी फुटुन जाओ।'' असन सुमरुन चार खुट पाँय पड़लो चार खुट हात जोड़लो आरु गोटोक रापा खनुन दिलो। पाछे फेर नव सै ओड़्या मन खनुक धरला। हुन मन तरई खनसोत, बावली खनसोत। घुटका भर खनला, पिंडरी भर खनला। असने-असने माँडी भर खनला जाले बले माटी नीं उठे ना पानी नीं फुटे। फेर खनसोत। जाँग भर खनला, पेट भर खनला, छाती भर खनला। तेबे ले बले माटी उठे ना पानी फुटे। तेबे मुँड भर खनला, हाता चापड़ेक खनला। मान्तर तेबे ले बले माटी नीं उठे, पानी नीं फुटे। तेबे मुँड भर खनला, हाता चापड़ेक खनला। मान्तर तेबे ले बले माटी नीं उठे, पानी नीं फुटे। तेबे नव सै ओड़्या गेला बड़े ओड़्या लगे आरु बल्ला, ''सुन दादा, बड़े ओड़्या! छय महेना होली दादा हामी खनुँसे, मान्तर माटी उठे ना पानी फुटे। काय गोठ होली जाले, दादा! हामी गोटकी काम ने रलू जाले तो हामचो लोलो-बालो भुके मरदे। हामी एदायँ नीं खनूँ।''

बड़े ओड़्या बल्लो, ''नई बाबू, हामी असन नीं बलूँ। राजा-घरो गोठ आय, बाबू। बड़े घरो गोठ आय। जावँ, राजा लगे जावाँ राजा के साँगुन देवाँ।''

तेबे सब झन तियार पड़ला आरु पिल बगेचा छाँडला। राजा-घरे गेला। लगे जाउन सलाम झोकला आरु लाफी जाउन बसला। राजा हुन मन के दखलो आरु पुछलो, ''कसन बाबू, काय होली गुने? काय गोठ आय, तुमी मोके साँगा।''

बलतो के बड़े ओड़्या बल्लो, ''सुना राजा, बाँजाराजा! हामी छय महेना होली तरई खनुँसे, बावली खनुँसे। हाता चापड़ेक खनलू राजा मान्तर तेबे ले बले माटी नीं उठे ना पानी नीं फुटे। हामी गोटकी काम ने रलू जाले हामचो पिला-झिला भुके मरदे, राजा। हामी एदायँ नीं खनूँ।''

रानी सुनली आरु आपलो कपार के पेटी होली। मुँड आपटी होली। 'ए राम भगवान!' बल्ली रानी, 'मयँ तरई खनाउन गेले, बावली खनाउन गेले मान्तर माटी नीं उठे ना पानी नीं फुटे। काय गोठ होली भगवान?' बलते बिचार करुक धरली। हुनके धोका धरली। फेर बिचार करली आरु राजा के बल्ली, ''नईं राजा, हामचो इतरो मसागत काय काजे बाहदा जायदे ता! तुमी असन करा। गोबिंदपुर जाहा आरु हुता ले बुदू पँजेआर के हाक देउन आना। हुन पाँजी दखुन देयदे।''

राजा सुनलो आरु झोलू पाइक के बल्लो, ''जा रे बाबू, झोलू पाइक! तुय हरबर तियार हो आउर गोबिंदपुर जा। बुदू पँजेआर के हाक देउन आन। हुन आपलो जाक के धरो आउर एक डँडिक एओ। पाँजी दखुन देयदे, बाबू।''

झोलू पाइक सुनलो की हरबर-हरबर तियार होलो। पाँय ने खड़ऊ पिंदलो आउर हाते बेद धरुन राजा-माहाल छाँडलो। जाते-जाते गेलो। गाड़ा-बाट के छाँडलो, सड़क-बाट के छाँडलो आरु कानी मारगे गेलो। सेतबन-हेतबन काजे गेलो। तले भुबुर तपे, उपरे घाम छेके, मँजी भुक लागे आरु जानू झालिपिली पसना

दिशाओं में प्रणाम किया और एक फावड़ा खोद दिया। तब फिर नौ सौ ओड़या खोदने लगे। वे सरोवर खोदने लगे, बावली खोदने लगे। टखनों तक खोदा, पिंडलियों के बराबर खोदा। इस तरह घुटने भर खोद डाला किन्तु न तो माटी कम होती न पानी ही निकलता। वे फिर खोदने लगे। जाँघ के बराबर खोदा, पेट के बराबर खोदा, छाती के बराबर खोदा। तब भी न तो माटी कम होती और न पानी ही फूटता। तब सिर के बराबर खोदा, सिर के ऊपर तक खोदा किन्तु तब भी न तो माटी कम हुई न पानी निकला। तब नौ सौ ओड़या गये बड़े ओड़या के पास और बोले, ''सुनो दादा, बड़े ओड़या! छह महीने बीत गये दादा हमें खोदते किन्तु न तो माटी कम होती और न पानी ही निकलता। पता नहीं क्या बात हो गयी, दादा! हम यदि एक ही काम में लगे रहे तो हमारे बाल-बच्चे भूखों मर जाएँगे। हम अब नहीं खोदेंगे।''

बड़े ओड़या ने कहा, ''नहीं बाबू, हम ऐसा न कहें। राजा के घर की बात है, बाबू। बड़े घर की बात है। चलो, राजा के पास जाएँगे। राजा को बता देंगे।''

तब सारे लोग तैयार हो गये और नन्हा बगीचा छोड़ा। राजा के घर गये। पास जाकर सलाम किया और दूर जाकर बैठ गये। राजा ने उन्हें देखा और पूछा, ''कैसे बाबू, क्या हो गया भला? क्या बात है, तुम मुझे बताओ।''

सुनकर बड़े ओड़या ने कहा, ''सुनिए राजा, बाँजाराजा! हम छह महीने से सरोवर और बावली खोद रहे हैं। सिर के ऊपर तक हमने खोद डाला राजा किन्तु तब भी न तो माटी कम होती न पानी ही फूटता। हम एक ही काम में लगे रहे तो हमारे बाल-बच्चे भूखों मर जाएँगे, राजा। अब हम नहीं खोदेंगे।''

रानी ने यह सुनकर अपना माथा पीट लिया। सिर पटक डाला। 'हे राम भगवान!' रानी सोचने लगी, 'मैंने सरोवर खोदवाया, बावली खोदवायी किन्तु न तो माटी कम होती और न पानी ही फूटता। यह क्या हो गया भगवान?' उसे चिन्ता हो गयी। उसने फिर कुछ विचार किया और राजा से बोली, ''हे राजा! हमारी इतनी मेहनत क्या यों ही व्यर्थ हो जाएगी? आप ऐसा करें। गोबिंदपुर जाएँ और वहाँ से बुदू पँजेआर[5] को बुलाकर लाएँ। वह पंचांग देखेगा।''

राजा ने सुना और झोलू पाइक से कहा, ''जा बाबू, झोलू पाइक! तू जल्दी तैयार हो और गोबिंदपुर जा। बुदू पँजेआर को बुला ला। वह अपने सामान ले और थोड़ी देर के लिए आये। पंचांग देखकर बताएगा, बाबू।''

झोलू पाइक सुनते ही जल्दी-जल्दी तैयार हो गया। पाँवों में खड़ाऊँ पहने और हाथ में बेंत लेकर राजमहल छोड़ा। चलता चला गया। बैलगाड़ी वाला रास्ता छोड़ा, पक्की सड़क छोड़ी और पैडगरी से होता जाने लगा। सेतबन-हेतबन होता चला। नीचे धरती तपती थी, ऊपर धूप चिलकती, बीच में भूख लगती और बदन पसीने

फुटे मान्तर बाबू बाट रेंगे चे मने। हुसने जाऊ-जाऊ बाबू गोबिंदपुर अमरलो। पारा-परोसे गेलो आरु बाई मन के पुछलो, "सुना बाई पारा-परोसिन, सुना बाई माहाल बिती! बुदू पँजेआर चो घर कोन आय, बाई?"

बाई मन साँगला, "जे घरे माँडो मोंगरा आसे आउर रुमझुम भँवरा आसे हुनी घर आय बुदू पँजेआर चो।"

बलतो के झोलू पाइक हिंडते हिंडलो। जाऊ-जाऊ अमरलो बुदू पँजेआर घरे आरु माँडो मोगरा ने उबुन 'दादा' बलते हाक दिलो। हाक देतो के बुदू पँजेआर घर ले बाहिर निकरलो आरु 'काय काम ने इलिस, बाबू?' बलते पुछलो। पुछतो के झोलू पाइक बल्लो, "सुन दादा, बुदू पँजेआर! तुचो जाक के धर दादा आउर राजा-घरे जावँ। तुके राजा-घरे बलाव होलिसे। एक डँडिक जावँ। पाँजी दखुन देसे।"

दादा 'हव, मयँ एयँदे बाबू' बल्लो आरु हरबर-हरबर तियार होउक धरलो। आपलो बायले के पानी तपातो काजे बल्लो। बाई पुने पानी तपाउन दिली तेबे दादा दतुन-पतर चाबलो आरु आँग धोवलो। ओधा कपड़ा खाले गिरली, सुका कपड़ा पिंदलो। चँवरा ने पानी रिकालो दादा आरु तुलसी-सेवा करलो। तुलसी-सेवा करुन दादा आपलो माहाल ने गेलो आउर पँजेआरिन के बँधेया झापी माँगलो। बँधेया झापी देतो के बुदू पँजेआर नव सै गाहना हिटालो आरु पिंदलो। जोतिस-रमायन धरलो, कठुआ-फारा धरलो आरु पाँय ने खड़ऊ पिंदुन हाते बेद धरुन जातो काजे तियार होलो। आपलो रानी के बल्लो, "तुय घर-दुआर, बाड़ी-बकरी के दख रानी। मयँ भँवरा नँगर जायँसे। राजा-घरो गोठ आय। कोन जाने कोन दिन फिरुन एयँदे की!" बल्लो आरु घर ले निकरलो। जाते-जाते जायसे। रुमझुम-रुमझुम रेंगलो बाबू। एक कलाट मारलो आरु गोबिंदपुर छाँड़ुन भँवरा नँगर चो बाट के धरलो। जाऊ-जाऊ भँवरा नँगर अमरलो। पारा-परोसे गेलो। पारा-परोस छाँडलो आरु राजा-माहाल अमरलो। हुनके दखली रानी आरु नोनी के बल्ली, "पँजेआर अमरलो, नोनी। तुय सेवा-जोड़ा पुजा-जोड़ा धर आरु हुनके पाँय धुआव। चाउर-टिका दे।"

रुपनथँवरा सुनली आरु सेवा-जोड़ा, पुजा-जोड़ा धरली। आरती-आइग धरली, घिंव-गुर धरली आरु दुआरे चन्दन-काट मँडाली। बुदू पँजेआर चन्दन-काठे उबलो। नोनी हुनके पाँय धुआली, चाउर-टिका दिली आउर पाँय पड़ली। बुदू पँजेआर नोनी चो टोंड चुमलो। नोनी हुनचो हात के धरली आरु नवखँड माहाले निली। नेउन बाजे बसाली। राजा-रानी बले बसला। बाबू बल्लो, "आले काय काम काजे हाक दिलास, राजा-रानी? आल मोके साँगा।"

बलतो के राजा बल्लो, "सुन बाबू, बुदू पँजेआर! मयँ तरई खनुन गेले बाबू, मयँ बावली खनुन गेले। मान्तर हुन थाने माटी नीं उठे ना पानी नीं फुटे। काय

से तर-ब-तर हो रहा था किन्तु बाबू ने राह चलना नहीं छोड़ा। वह चलते-चलते गोबिंदपुर जा पहुँचा। अड़ोस-पड़ोस में गया और वहाँ की महिलाओं से पूछा, ''सुनो बाई पड़ोसिनों, सुनो बाई महल वालियो! बुदू पँजेआर का घर कौन-सा है, बाई?''

महिलाओं ने बताया, ''जिस घर में मोगरा का मंडप और गुंजार करता भौंरा है, वही है बुदू पँजेआर का घर।''

सुनकर झोलू पाइक आगे बढ़ गया। जा पहुँचा बुदू पँजेआर के घर और मोगरा-मंडप के नीचे खड़ा होकर 'दादा' कह आवाज दी। सुनकर बुदू पँजेआर घर से बाहर निकला और 'किस काम से आया है, बाबू?' कह पूछा। उसके पूछने पर झोलू पाइक ने कहा, ''सुनो दादा, बुदू पँजेआर! अपने सामान लो दादा और राजा के घर चलो। तुम्हें राजा के घर बुलाया गया है। थोड़ी देर चलो। पंचांग देखकर बताओगे।''

दादा ने 'हाँ, मैं आऊँगा बाबू' कहा और जल्दी-जल्दी तैयार होने लगा। अपनी पत्नी से पानी गरम करने को कहा। बाई ने पानी गरम कर दिया तब दादा ने दतौन आदि से निवृत्त हो स्नान किया। सूखे कपड़े पहने। चौंरा में पानी डाला और तुलसी की सेवा की। तुलसी-सेवा कर दादा अपने महल में गया और पँजेआरिन से बँधेया झापी माँगी। झापी देने पर वहाँ से उसने नौ सौ गहने निकालकर पहने। जोतिस-रमायन लिया, ग्रन्थ आसनी ली और पाँवों में खड़ाऊँ पहन कर हाथ में बेंत ले, जाने को तैयार हो गया। अपनी पत्नी से कहा, ''तुम घर-द्वार, बाड़ी-बखरी का ध्यान रखो रानी। मैं भँवरा नँगर जा रहा हूँ, राजा के घर की बात है। कौन जाने कब वापस लौटूँ!'' ऐसा कह घर से निकला। चलता चला गया। जल्दी-जल्दी चला बाबू। लम्बे डग भरे और गोबिंदपुर छोड़कर भँवरा नँगर की राह ली। थोड़ी देर में भँवरा नँगर पहुँच गया। अड़ोस-पड़ोस में गया और वहाँ से जा पहुँचा राजा के महल में। उसे देख रानी ने नोनी से कहा, ''पँजेआर आ पहुँचा है, नोनी। तू सेवा-सामग्री ले और उसके पाँव धुला। चावल का टीका लगा।''

रुपनथँवरा ने सुना और सेवा-सामग्री, आरती आग, घी-गुड़ लेकर द्वार पर चन्दन का पीढ़ा रखा। बुदू पँजेआर चन्दन के पीढ़े पर जा खड़ा हुआ। नोनी ने उसके पाँव धुलाये, चावल का टीका लगाया और पाँव छुए। बुदू पँजेआर ने नोनी का मुख चूमा। नोनी उसका हाथ पकड़कर नौ खंडा महल में ले गयी। ले जाकर पलंग पर बिठाया। राजा-रानी भी बैठे। बाबू ने कहा, ''आपने मुझे किस काम से बुलाया, राजा-रानी? मुझे बताएँ।''

राजा ने कहा, ''सुन बाबू, बुदू पँजेआर! मैंने सरोवर खुदवाया, बावली खुदवायी किन्तु वहाँ से न तो माटी कम होती न पानी ही निकलता। पता नहीं क्या बात हो गयी है, बाबू? तुम यही बात पंचांग देखकर बताओ।''

होली जाले बाबू? तुय एई पाँजी के दख।''

पँजेआर सुनलो आउर नोनी के बल्लो, ''तुय मोके सेवा-जोड़ा दे, नोनी।''

बलतो के नोनी सेवा-जोड़ा दिली। तेबे पँजेआर पुने नवा सरकी ओछालो, झारी पानी छिचलो, काचा गोरस छिचलो। रमाएन के भुँये मँडालो आरु जात लाली टिकलो, अगरबती धरालो। खालामाती बसुन रमाएन के कोरा धरलो आउर पाँजी दखुक मुरयालो। पतालबारु पकालो, अगासतारा दखलो। पाँजी-खुट दखते गेलो। असने-असने डँडिक रहुन पाँजी पड़ली। तेबे बाबू राजा के बल्लो, ''सुना राजा, बाँजाराजा! हुता तो सात आगर सात कोड़ी कैनाकोडो आसोत। तुमी कैना-पुजा दिया, राजा। सेंदुर-काजर, जातलाली, करेया चुड़ी, चुड़ी-फुँदड़ी, नवा लिमई-भरती लिमई दिया, राजा। आँवरा-मुँदी, बोथा चुड़ी, अरगफुली दिया। ए पुजा दिलो नाहलो माटी नीं उठे ना पानी नीं फुटे।'' पँजेआर साँगलो आरु आपलो पाँजी-खुट के सकलते सकल्लो। तेबे रानी पुने नोनी के बल्ली, ''सुन बाबा, रुपनथँवरा! तुय पँजेआर-बिदा के दे।''

बलतो के नोनी रोसई-चाउर जोड़ली, मुठा रुपया धरली आरु पँजेआर-बिदा दिली। देतो के पँजेआर मोडरी बाँदलो, आरु आपलो माहाले गेलो। राजा झोलू पाइक के बल्लो, ''तुय मुठा रुपया धर बाबू आउर कैना-पुजा चो जोड़ा के जोड़। सात आगर सात कोड़ी कैनाकोडो आसोत, बाबू। तुय आँवरा-मुँदी, बोथा चुड़ी, चुड़ी-फुँदड़ी, सेंदुर-काजर, जातलाली, करेया चुड़ी, काचा लिमई आरु अरगफुली आनुन नव सै ओड़्या नव सै ओड़िन के देस। हुन मन कैना-पुजा देदे। तेबे माटी उठेदे बाबू, तेबे पानी फुटेदे।''

झोलू पाइक सुनलो। हरबर-हरबर तियार होउन मुठा रुपया धरलो आरु पाँये खड़ऊ पिंदलो, हाते बेद धरलो आरु राजा-माहाल छाँडलो। रुमझुम-रुमझुम रेंगलो बाबू आरु गेलो पारा-परोसे। कैना-पुजा चो जोड़ा जोड़ते गेलो। जमाय बानी जोड़ुन पिल बगेचा ने गेलो नव सै ओड़्या लगे। हुता जाउन कैना-पुजा, चो जोड़ा के हुन मन के दिलो आरु बल्लो, ''सुना दादा, नव सै ओड़्या! इथा सात आगर सात कोड़ी कैनाकोडो आसोत, दादा। तुमी कैना-पुजा दिया तेबे माटी उठेदे आरु पानी बले फुटेदे। एदे मयँ जोड़ा जोड़ुन दिलेसे।''

दादा मन सुनला हुनचो गोठ के आरु बल्ला, ''दख बाबू, झोलू पाइक! तुय गाँयता-माहाले जा बाबू आरु हुनके हाक देउन आन। हुनचोय तो माटी-गोटी आय। हुनी होले कैना-पुजा देयदे। हामी देउक नीं सकूँ।''

तेबे झोलू पाइक गेलो गाँयता के हाक देउक। जातो के गाँयता पुछलो, ''कसन बाबू, काय काम ने इलिस?''

तेबे झोलू पाइक सब गोठ के साँगलो। सुनुन गाँयता दादा बल्लो, ''आले

पँजेआर ने सुना और नोनी से कहा, ''तू मुझे सेवा-सामग्री दे, नोनी।''

ऐसा कहने पर नोनी ने पूजा की सामग्री दी। तब पँजेआर ने नयी चटाई बिछायी, झारी से पानी छिटका, कच्चा दूध छिटका। रमायन को जमीन पर रख उस पर लाली लगायी, अगरबत्ती जलायी। फिर पालथी मारकर बैठा और रमायन को गोद में लेकर पंचांग देखने लगा। पोथी-पत्तर देखता चला गया। थोड़ी देर बाद उसे समस्या का समाधान मिल गया। तब उसने राजा से कहा, ''सुनिये राजा, बाँजाराजा! वहाँ तो एक सौ सैंतालीस जलकन्याएँ हैं। आप उन जलकन्याओं की पूजा कीजिये, राजा। सिन्दूर-काजल, शुद्ध लाली, काली चूड़ी, चूड़ी-फुँदना, नीबू और अंडा दीजिये, राजा। आँवले की पत्तियों से बनी अँगूठी, बोथा नामक घास से बनी चूड़ी और अरगफुली[6] दीजिये। इन सामग्रियों के साथ पूजा-अर्चना न करने पर न तो माटी कम होगी और न पानी ही फूटेगा।'' पँजेआर ने बताया और अपने पोथी-पत्तर समेटे। तब रानी ने नोनी से कहा, ''सुन बाबा, रुपनथँवरा! तू पँजेआर को विदाई दे।'

सुनकर नोनी ने रसोई-चावल तैयार किया, मुट्ठी भर रुपये लिये और पँजेआर को विदाई दी। विदा पाकर पँजेआर ने गठरी बाँधी और अपने महल के लिए चल पड़ा। राजा ने झोलू पाइक से कहा, ''तू मुट्ठी भर रुपये ले बाबू और कन्या-पूजन की सामग्री जुटा। वहाँ एक सौ सैंतालीस जलकन्याएँ हैं, बाबू। तू आँवले की पत्तियों से बनी अँगूठी, बोथा घास से बनी चूड़ी, चूड़ी-फुँदड़ी, सिन्दूर-काजल, शुद्ध लाली, काली चूड़ी, नीबू और अरगफुली लाकर नौ सौ ओड़या नौ सौ ओड़िनों को दे। वे कन्या-पूजा करेंगे। तब माटी उठेगी और पानी फूटेगा।''

झोलू पाइक ने सुना। वह जल्दी-जल्दी तैयार हो मुट्ठी भर रुपये ले और पाँवों में खड़ाऊँ पहन तथा हाथ में बेंत लेकर राजमहल से चला। जल्दी-जल्दी चला बाबू और गया अड़ोस-पड़ोस में। कन्या-पूजा की सामग्री जुटाता चला गया। सारी सामग्री जुटाकर नन्हें बगीचे में गया नौ सौ ओड़यों के पास। वहाँ जाकर कन्या-पूजा की सारी सामग्री उन्हें दी और कहा, ''सुनो दादा, नौ सौ ओड़या! यहाँ एक सौ सैंतालीस जलकन्याएँ हैं, दादा। तुम कन्या-पूजन करो तभी माटी उठेगी और पानी भी निकलेगा। यह लो, मैं सारी सामग्री ले आया हूँ।''

दादा-बाबू ने सुना और उससे कहा, ''देख बाबू, झोलू पाइक! तू गाँयता के महल में जा और उसे बुला ला। उसी की माटी है। वही कन्या-पूजन कर सकता है। हम नहीं कर सकते हैं।''

तब झोलू पाइक गया गाँयता को बुलाने। जाने पर गाँयता ने पूछा, ''कैसे बाबू, किस काम से आया है?''

तब झोलू पाइक ने सारी बात बतायी। सुनकर गाँयता दादा बोला, ''अच्छा

जानू, मयँ एयँदे।'' असन बलुन हुन हरबर तियार होलो। खाँदे टैंगा, हाते बड़गी धरलो आरु घर ले निकरलो। रुमझुम-रुमझुम रेंगलो आरु गेलो पिल बगेचा ने नव सै ओड़या लगे। जाउन पुछलो, ''आले बाबू, काय काजे हाक दिलास मोके?''

नव सै ओड़या बल्ला, ''इथा सात आगर सात कोड़ी कैनाकोडो आसोत, दादा। तुय कैना-पुजा देस। तुचोय माटी तुचोय गोटी आय।''

बलतो के गाँयता दादा कैना-पुजा चो जमाय जोड़ा के धरलो आरु गेलो तरई-मँजी। अजिक असन जतनालो, झारी पानी छिचलो, काचा गोरस छिचलो, जातलाली टिकलो, अगरबती धरालो, फुल-चाउर चेघालो आउर होम-आरती देउन सुमरना करलो, ''सुना सुना कैनाकोडो! ए सात आगर सात कोड़ी कैनाकोडो! मयँ तुमचो पुजा देयँसे। माटी उठुन जाओ, पानी फुटुन जाओ।'' बल्लो आरु कैना-पुजा दिलो। आँवरा-मुँदी, बोथा-चुड़ी दिलो। नवा लिमई फोड़लो, भरती लिमई फोड़लो। अरगफुली थिपालो आरु करेया चुड़ी, सेंदुर-काजर, होम-आरती दिलो। भगवान चो नाँव धरलो दादा आरु चारों खुट पाँय पड़लो। चार खुट हात जोड़लो। तेबे जलथल पानी फुटली। तरई झलकली। तेबे दादा डुबकी मारुन तरई थान ले निकरलो। हुनके दखुन दादा-बाई खँड मुचकी मारला। तेबे नव सै ओड़या मन झोलू पाइक के बल्ला, ''एदायँ पानी फुटली रे बाबू। तुय हामके छुटी दे।''

झोलू पाइक बल्लो, ''तरई मेला आसे, दादा। बावली मेला आसे। तरई एक भुँआर बावली एक भुँआर बागे-बगेचा लगाउन दिया, दादा। फुल-फुलवारी रहो, केकती-केंवरा रहो, बाली-मोंगरा रहो। तेबे तो तरई फोबेदे, तेबे तो बावली फोबेदे।''

बलतो के नव सै ओड़या तरई-बावली चो एक भुँआर बागे-बगेचा, फुल-फुलवारी रोपुन दिला। तरई-बावली काय मँजा सुँदर दखा दिली। झोलू पाइक बल्लो, ''एदायँ तरई फोबली दादा, एदायँ बावली फोबली।''

तेबे नव सै ओड़या सब जोड़ा के धरला आरु तरई-पार छाँडला। जाते-जाते गेला। राजा-माहाले अमरला। लगे जाउन सलाम झोकला लाफी जाउन बसला। राजा के बल्ला, ''तरई-बावली ने पानी फुटली राजा, माटी बले उठली। एदायँ हामके छुटी दिया।''

हुन मन चो गोठ के सुनुन राजा झोलू पाइक के बल्लो, ''सुन बाबू, झोलू पाइक! तुय रापा-गैंती गन बाबू।'' बलतो के झोलू पाइक राप-गैंती गनलो आउर नवखँड माहाल भितरे नेउन सँगालो। तेबे फेर राजा ओड़या-बिदा दिलो। बिदा धरुन नव सै ओड़या आपलाहान घरे-घरे गेला।

ठीक है, मैं आऊँगा।'' ऐसा कह वह जल्दी-जल्दी तैयार हो गया। कन्धे पर कुल्हाड़ी और हाथ में लाठी लेकर घर से चल पड़ा। जल्दी-जल्दी चलते हुए नन्हें बगीचे में नौ सौ ओड़यों के पास जा पहुँचा। उनसे पूछा, ''अच्छा बाबू, मुझे तुम लोगों ने किसलिए बुलवाया?''

नौ सौ ओड़यों ने कहा, ''यहाँ एक सौ सैंतालीस जलकन्याएँ हैं, दादा। तुम उन कन्याओं की पूजा करो। तुम्हारी माटी है।''

ऐसा कहने पर गाँयता दादा ने कन्या-पूजा की सामग्री ली और सरोवर के बीच गया। वहाँ थोड़ी-सी सफाई की, झारी से पानी छिटका, कच्चा दूध छिटका, लाली लगायी, अगरबत्ती जलायी, फूल-चावल चढ़ाया और होम-आरती कर जलकन्याओं की स्तुति की, ''सुनो सुनो हे जल-कन्याओं! हे एक सौ सैंतालीस जल-कन्याओं! मैं तुम्हारी पूजा कर रहा हूँ। माटी उठ जाए, पानी निकल आए।'' ऐसा कह कन्याओं की पूजा की। आँवले की पत्तियों से बनी अँगूठी, बोथा घास से बनी चूड़ी अर्पित की। नीबू काटा और अंडा फोड़ा। अरगफुली टपकायी और काली चूड़ी, सिन्दूर-काजल दिया, होम-आरती की। भगवान का नाम लेकर दादा ने चारों दिशाओं में प्रणाम किया। तब सरोवर और बावली में पानी फूट निकला जिससे सरोवर और बावली भर गये। सरोवर जलमय हो उठा। तब दादा डुबकी लगाकर सरोवर से बाहर आया। उसे देखकर दादा-बाई हौले से मुस्काये। नौ सौ ओड़यों ने झोलू पाइक से कहा, ''अब पानी फूट निकला है, बाबू। तू हमें छुट्टी दे।''

झोलू पाइक ने कहा, ''सरोवर खाली है, दादा। बावली भी खाली है। सरोवर के चारों ओर बावली के चारों ओर बाग-बगीचे लगा दो, दादा। फूल-फुलवारी रहें, केकती-केंवरा रहें, बाली-मोंगरा रहें। तभी तो सरोवर अच्छा दिखेगा और बावली भी।''

ऐसा कहने पर नौ सौ ओड़यों ने सरोवर और बावली के चारों ओर बाग-बगीचे, फूल-फुलवारी रोप दिये। सरोवर और बावली बहुत सुन्दर दिखलायी पड़ने लगे। झोलू पाइक ने कहा, ''अब सरोवर अच्छा दिखने लगा दादा, बावली अच्छी दिखने लगी।''

तब नौ सौ ओड़यों ने सारी सामग्री ली और सरोवर छोड़कर चल पड़े। राजमहल पहुँचे। पास जाकर सलाम किया और दूर जाकर बैठ गये। राजा से कहा, ''सरोवर और बावली में पानी निकल पड़ा है राजा और माटी भी उठ गयी है। अब आप हमें जाने दें।''

उनकी बात सुनकर राजा झोलू पाइक से बोला, ''सुन बाबू, झोलू पाइक! तू फावड़े और गैंती की गिनती कर।'' ऐसा कहने पर झोलू पाइक ने फावड़े और गैंती की गिनती की और ले जाकर नौ खंडा महल में रखा। तब राजा ने नौ सौ ओड़यों को विदाई दी। विदा पाकर वे अपने-अपने घर चले गये।

सन्दर्भ

1. तले (भतरी) : मूल ध्वनि 'खाले'।
2. राँदा-बाटा : अन्य ध्वनियाँ 'राँधा-बाटा', 'राँदा-बाड़ा', 'राँधा-बाड़ा'।
3. दिया : अन्य ध्वनि 'दियास'।
4. भतिया : चावल, दाल, तेल, नमक, मिर्च आदि भोजन सामग्री। इसे 'भाता' भी कहा जाता है।
5. बुदू (बुद्धिमान) : एक व्यक्ति का नाम। पँजेआर, पँजेयार, पँजिहार या पँजेहार : ज्योतिषी। बस्तर में प्रचलित किंवदन्ती के अनुसार बुदू नामक यह ज्योतिषी धरती पर स्वर्ग से आनेवाले प्रथम दो ज्योतिषियों में से एक था। इसके तथा साहादेव के आने के बाद धरती पर ज्योतिष-विद्या का प्रसार हुआ।

6. अरगफुली : महुआ का शुद्ध अर्क। शुद्ध मदिरा जिसमें कोई मिलावट न हो। महुआ से बनी मदिरा की पहली धार को अरगफुली कहा जाता है। अरगफुली में थोड़ा और आवश्यक पानी मिला देने पर यही मदिरा 'फुली' कहलाती है जबकि अधिक और अनावश्यक पानी मिलायी गयी मदिरा 'रासी' कहलाती है। प्रायः लोग 'फुली' (फुली मँद) तथा 'रासी' ही पीते हैं। 'अरगफुली' औषधि के रूप में थोड़ी-सी गटकी जाती है। देवी-देवताओं को भी 'अरगफुली' की ही कुछ बूँदें अर्पित की जाती हैं।
7. बाँदलो : अन्य ध्वनि 'बाँधलो'।

अधया-5

बाजिनरानी चो काँदा खनुक जातो आउर बारो भेटतो

तरई खनलो एक दिन ले दुय दिन, दुय ले आट, आट ले पँदरा दिन आरु होऊ-होऊ एक महेना होली। फेर एक ले दुय, दुय ले तिन, तिन ले चार-पाँच-छय महेना, साल भर होली। रानी मने-मन बिचार करेसे। दिले धोका करेसे।

तेबे गोटोक दिन बाजे बसलो बेरा रानी राजा के बलेसे, "सुना राजा, मोचो राजा! मोचो गोठ के धरा, राजा। मोचो बात के माना। मयँ नाना पयकार होले, राजा। बाना-बिसा होले। तरई खनाउन गेले, बावली खनाउन गेले। मोचो जुग-जुग नाँव रहेदे, बल्ले राजा। किरती बाड़ुन जायदे, बल्ले। मान्तर मयँ काय माँगुन इलेसे की! कितरोय करले बले मोचो काहीं किरती निंहाय। काहीं नामना निंहाय। जनत बानी करले, जाले बले मोके भगवान नीं च्चे नीं देय जे! मयँ अरग बाँजिन आयँ, राजा। मयँ निरा मुँहिन आयँ। मयँ काँदा कोड़ुक जायँदे, राजा। तुमी गाँयतिन-पुजारिन के बलाउन दियास।" बलते रानी टेक मताली। हुन ना दतुन-पतर चाबे,

अध्याय-5

बाँजिनरानी का काँदा[1] खोदने जाना और शिशु की प्राप्ति

सरोवर खोदे एक से दो, दो से आठ, आठ से पन्द्रह दिन और इसी तरह एक महीना बीत गया। फिर होते-होते एक से दो, दो से तीन-चार-पाँच-छह महीने बीते, एक साल बीत गया। रानी मन-ही-मन विचार करने लगी। वह चिन्ता करने लगी।

तब एक दिन जब वे दोनों पलंग पर बैठे थे, रानी ने राजा से कहा, ''सुनिए राजा! मेरा कहा मानें, राजा। मेरी बात मानें। मैंने कई उपाय किये, राजा। कई कष्ट सहे। सरोवर खुदवाया, बावली खुदवायी। मेरा नाम अमर रहेगा, सोचा राजा। कीर्ति बढ़ जाएगी, सोचा। किन्तु न जाने मैं कैसा भाग्य लेकर आयी हूँ कि इतना सब करने के बाद भी मेरी कोई कीर्ति नहीं है। कोई नाम नहीं है। नाना प्रकार के यत्न मैंने किये किन्तु तब भी भगवान मुझे सन्तान नहीं देता। मैं निरी बाँझ हूँ, राजा। मेरा मुँह देखना भी लोग दोष मानते हैं। मैं काँदा खोदने जाऊँगी, राजा। आप गाँयतिन-पुजारिन को बुलावा दीजिए।'' कह रानी हठ मचाने लगी। वह

ना पेज-पसेया खाये; ना अन खाये। भुके-भुके आसे मने।

बाँजाराजा दखलो हुनचो टेक के आरु हुनचो लगे जाउन बल्लो, ''ए रानी! तुय बड़ा टेकहिन आस। तुय दतुन नीं चाबिस ना अन नीं खाइस। भुके-भुके आसिस, रानी। आले मयँ गाँयतिन-पुजारिन के बलाउन देयँदे। तुय हुन मन सँगे काँदा खनुकलाय जा।'' बल्लो आरु झोलू पाइक के तियारलो, ''जा रे बाबू, झोलू पाइक! गाँयतिन-पुजारिन, पारा-परोसिन सब के हाक देस। चुकता लोग एओत। रानी सँगे काँदा खनुक जादे।''

बलतो के हरबर-हरबर तियार होलो झोलू पाइक। आपन साजू के पिंदलो, आपलो जाक के धरलो। टाँगी धोती मारलो, खाकी कमिंज पिंदलो। उल्टा बुलबुल कोरलो आरु टेड़ी पगड़ी बाँदुन हाते बेद धरलो। तिंग-तियार होउन पाँये खड़ऊ पिंदलो आरु टिपनी छाता टाँगुन घर ले बाहिर निकरलो। जाते-जाते जायसे। रुमझुम-रुमझुम रेंगेसे बाबू। जाऊ-जाऊ गेलो गाँयतिन-पुजारिन घरे आरु माँडो मोंगरा खाले उबुन 'बाई' बलते हाक दिलो।

हाक देतो के गाँयतिन-पुजारिन घर ले निकरला आरु पुछला, ''तुय काय काम ने इलिस, बाबू?''

झोलू पाइक बल्लो, ''ए बाई, गाँयतिन-पुजारिन! तुमी पारा-परोसिन सब के धरुन राजा-घरे जावँ मने। रानी सँगे काँदा खनुक जाहासे। राजा असने बल्लोसे।''

तेबे गाँयतिन-पुजारिन 'हव बाबू, एउँदे' बल्ला आरु तियार होसोत। तेबे फेर झोलू पाइक पारा-परोसे गेलो आरु पारा गुलाय बुलुन-बुलुन बाई-नोनी के बले साँगलो। साँगतो के सब झन हरबर-हरबर तियार होला। खाना-पिना करला आरु हाते गपली मन धरुन राजा घरे इला। लगे जाउन सलाम झोकला आरु लाफी जाउन बसला। राजा के पुछला, ''आले काय काम ने हाक दिलासाहास, राजा?''

बलतो के राजा बल्लो, ''नईं बाई मन! रानी जानू काँदा खनुक जातो काजे हरबर होलिसे। भारी टेक मतायसे। तुमी हुनके सँग लागा।''

सुनला गाँयतिन-पुजारिन, पारा-परोसिन आरु 'हव राजा, हामी जाउँदे' बल्ला। राजा-रानी खाना-पिना करला। रानी मुरिन भेस बाँदली, खाके गपली धरली, कुस धरली। सब झन मिसुन काँदा खोड़ुक[2] गेला। जाते-जाते सेतबन-हेतबन ने गेला। रानी के खाले भुबुर तपे, उपरे घाम छेके, मँजगते भुक लागे। झालिपिली पसना फुटे रानी के मान्तर हुन नीं थेबे काहाँय। जाये चे मने। असने-असने बिन्दराबन ने अमरला। रानी काँदा-बुँद खोजे। बाई मन बले खोजोत। बाई मन काँदा खोड़सोत[3] मान्तर रानी के काँदा-बुँद नीं मिरे। बिहान बेरा चो गेलो लोग आत। पनिहारी बेरा होली, पेज बेरा होली जाले बले रानी काँदा-बुँद के नीं भेटे। हुन पुने हरबर-

न दतौन करती न भोजन। भूखी रहने लगी।

बाँजाराजा ने उसका हठ देखा और उसके पास जाकर कहने लगा, ''हे रानी! तुम बहुत हठी हो। तुम न तो दतौन करती न भोजन ही। भूखी ही रहने लगी हो, रानी। अच्छा, मैं गाँयतिन-पुजारिन को बुलवा दूँगा। तुम उनके साथ काँदा खोदने जाओ।'' कहकर झोलू पाइक से कहा, ''जा बाबू झोलू पाइक! गाँयतिन-पुजारिन, अड़ोसिन-पड़ोसिन सब को बुला ला। सभी लोग आएँ। रानी के साथ काँदा खोदने जाएँगी।''

ऐसा कहने पर झोलू पाइक जल्दी-जल्दी तैयार हो गया। अपने साज पहने, अपने सामान लिए। टाँगी धोती पहनी, खाकी कमीज पहनी। जुल्फें सँवारी और सिर पर टेढ़ी पगड़ी बाँधकर टिपनी छाता और बेंत लिया। तैयार होकर पाँवों में खड़ाऊँ पहन छाता तानकर वह घर से निकल पड़ा। चलता चला गया। जल्दी-जल्दी चलने लगा बाबू। चलते-चलते वह गाँयतिन-पुजारिन के घर पहुँचा और मोगरा-मंडप के नीचे खड़ा होकर बाई को पुकारा।

पुकारने पर गाँयतिन-पुजारिन घर से निकलीं और पूछने लगीं, ''तू किस काम से आया है, बाबू?''

झोलू पाइक ने कहा, ''हे बाई, गाँयतिन-पुजारिन! तुम लोग अड़ोसन-पड़ोसन को लेकर राजा के घर चलो। रानी के साथ काँदा खोदने जाओगी। राजा ने ऐसा ही कहा है।''

सुनकर गाँयतिन-पुजारिन ने 'हाँ बाबू, आएँगी' कहा और तैयार होने लगीं। तब झोलू पाइक अड़ोस-पड़ोस में गया और सारे मोहल्ले में घूम-घूमकर बाई-नोनी को बताया। बताने पर सभी जल्दी-जल्दी तैयार हो गयीं। भोजन किया और हाथ में गपली लेकर राजा के घर आ पहुँचीं। पास आकर सलाम किया और दूर जा बैठ गयीं। राजा से पूछा, ''अच्छा राजा! हमें आपने किस काम से बुलाया है?''

राजा ने कहा, ''देखो बाई! रानी काँदा खोदने के लिए जाने को जल्दी मचा रही है। वह बहुत हठ कर रही है। तुम लोग उसके साथ जाओ।''

गाँयतिन-पुजारिन और अड़ोसन-पड़ोसन ने सुना और 'हाँ, राजा हम जाएँगी' कहा। राजा-रानी ने भोजन किया। रानी ने मुरिन का वेश बनाया, काँख में गपली ली, सब्बल लिया। तब सब मिलकर काँदा खोदने गयीं। चलते-चलते सेतबन-हेतबन में गयीं। रानी के पाँव धरती की तपन से जलने लगे, सिर पर तेज धूप चमकने लगी थी और भूख भी लग आयी थी। पूरी देह पसीने से तर-ब-तर हो रही थी किन्तु वह कहीं भी नहीं रुकी। चलती ही जा रही थी। इस तरह वे बिन्दरावन में जा पहुँचीं। रानी काँदा का पौधा खोजने लगी। साथ गयी महिलाएँ भी खोजने लगीं। बाकी महिलाएँ काँदा खोदने लगीं किन्तु रानी को काँदा का पौधा ही नहीं मिलता।

हरबर काँदा-बुँद खोजे। गाँयतिन बाई खनली, पुजारिन बाई खनली, गुलाय गाँवकारिन मन खनला मान्तर रानी नीं चे भेटे। होऊ-होऊ पेज बेरा ले मुँड बेरा मुँड बेरा ले आड़ बेरा होली आउर बेर बले बसली, जाले बले रानी नीं चे भेटे। सब झन एक-एक गपली काँदा खोड़ला [4] मान्तर रानी गोटोक के बले नीं पाय। तेबे बाई मन रानी के बल्ला, "सुन रानी, राजरपती! एदायँ तो दिन बुड़ली, रानी। एदायँ घरे जावँ।"

बलतो के रानी गपली के धरली आरु बाई मन के बल्ली, "सुना बाई, गाँयतिन-पुजारिन! सुना बाई, गाँवकारिन! मोके तो गोटोक बले काँदा निंहाय, बाई। मयँ जाले खोजुन-खोजुन थकले, बाई। मयँ काँदा-बुँद के नीं भेटले।"

बलतो के गाँयतिन बाई हुनके खोजुक लागली। खोजू-खोजू गोटोक के भेटली आरु रानी के बल्ली, "एदे रानी, राजरपती। एई तो आय काँदा-बुँद। एकेय खन।"

बलतो के रानी हाते कुस धरली आरु खनुक मुरयाली। काँदा-बुँद के खनू-खनू रानी के झालिपिली पसना फुटली। हुन खनेसे चे। घुटका भर खनली, पिंडरी भर खनली फेर माँडी भर खनली मान्तर हुनके काँदा दखा नीं देय। हुसने-हुसने जाँग भर खनली, जाँग भर ले पेट भर आउर पेट भर ले छाती भर खनली। तेबे ले बले काँदा दखा नीं देय। तेबे टोडरा कटार खनली, मुँड भर खनली। पाछे हरयान होउन बल्ली, "दखा बाई, गाँयतिन-पुजारिन! मयँ मुँड भर खनले बाई मान्तर तेबे ले बले मोके काँदा नीं दखा देय।"

बलतो के गाँयतिन-पुजारिन बल्ला, "अजिक आउर खन ता, रानी।"

बलतो के रानी फेर खनुक धरली। हाता चापड़क खनतो के रानी झुरमुर-झुरमुर दखे। हुन काँदा-खोदरा ने गोटोक बारो पिला रहे। रानी हुनके दखली आरु गाँयतिन-पुजारिन के हाक दिली आरु साँगली, "सुना बाई, गाँयतिन-पुजारिन! ए खोदरा भितरे काँदा तो निंहाय बाई मान्तर गोटोक काय सुँदर बारो पिला आसे। एके मोके नेउक लागा, बाई।"

गाँयतिन सुनली आरु बारो के धरुन निकराली। गपली ने जोड़ली आरु मुँडे बोहली। सब इन बिन्दराबन छाँडला, हेतबन-सेतबन छाँडला आरु जासोत। जाऊ-जाऊ राजा-माहाले अमरला। नवखँड माहाल ने ओल्ला। बारो के धरली रानी आरु राजा के बल्ली, "सुना राजा, बाँजाराजा! मयँ काँदा खनुक गेले राजा मान्तर दखा नू, हुता ए बारो पिला के भेटले। काय मँजा सुँदर बारो आय, राजा। तुमी सुइन बलावा, राजा। नार छिंदुन देयदे।" फेर गाँयतिन-पुजारिन के बल्ली, "तुमी काकेय नीं साँगा, बाई।" गाँयतिन-पुजारिन मन 'हव' बल्ला आरु आपलाहान घरे-घरे जाते गेला।

वे सवेरे गयी थीं और अब पनिहारी वेला[5] हो गयी किन्तु तब भी उसे काँदा का पौधा न मिला। पेज-पानी का समय भी हो चला किन्तु रानी को पौधा मिला ही नहीं। वह परेशान होकर काँदा का पौधा खोजती फिर रही थी। गाँयतिन-पुजारिन और गाँव की बाकी सभी महिलाओं ने काँदा खोदा किन्तु रानी को पौधा ही नहीं मिलता। इस तरह दोपहर हो गयी, फिर दोपहर भी ढल गयी और साँझ भी हो गयी किन्तु रानी को काँदा का पौधा न मिला तो न मिला। सभी महिलाओं ने गपली भर-भर काँदा खोदे लेकिन रानी को एक भी न मिला। तब महिलाओं ने रानी से कहा, "सुनो रानी, राज्य की स्वामिनी! अब तो दिन भी डूब चुका, रानी। अब घर चलें।"

ऐसा कहने पर रानी ने गपली उठायी और महिलाओं से कहा, "सुनो बाई, गाँयतिन-पुजारिन! सुनो बाई, गाँववालियो! मुझे तो एक भी काँदा नहीं मिला, बाई। मैं खोज-खोजकर थक गयी। मुझे काँदा का पौधा ही नहीं मिला।"

ऐसा कहने पर गाँयतिन बाई ने खोजने में उसकी सहायता की। खोजते-खोजते गाँयतिन बाई ने एक पौधा देखकर रानी से कहा, "यह देखो, रानी। यही तो काँदा का पौधा है। इसे ही खोदो।"

ऐसा कहने पर रानी ने हाथ में सब्बल लिया और खोदने लगी। काँदा का पौधा खोदते-खोदते रानी का शरीर पसीने से तर-ब-तर हो गया। वह खोदती ही जा रही थी। टखनों तक खोदा फिर पिंडलियों और घुटनों तक किन्तु उसे काँदा दिखलायी ही नहीं पड़ा। फिर उसने जाँघ तक, पेट तक और फिर छाती तक खोदा तब भी काँदा दिखलायी नहीं पड़ा। तब उसने गले के बराबर खोदा, सिर के बराबर खोदा। फिर परेशान होकर बोली, "देखो बाई, गाँयतिन-पुजारिन! मैं सिर के बराबर खोद चुकी हूँ किन्तु तब भी मुझे काँदा दिखलायी नहीं पड़ा।"

सुनकर गाँयतिन-पुजारिन ने कहा, "थोड़ा और खोदो, रानी।"

ऐसा कहने पर रानी फिर से खोदने लगी। सिर से एक हाथ और ऊपर तक खोदने के बाद रानी का बदन कुम्हला गया। उस गड्ढे में एक शिशु था। रानी ने उसे देखा और गाँयतिन-पुजारिन को बुलाकर बताया, "सुनो बाई, गाँयतिन-पुजारिन! इस गड्ढे के भीतर काँदा तो नहीं है बाई किन्तु एक बहुत सुन्दर शिशु है। इसे ले जाने में मेरी सहायता करो।"

गाँयतिन ने सुना और शिशु को उठाकर बाहर निकाला। गपली में रख कर सिर पर उठा लिया। सब लोगों ने बिन्दराबन छोड़ा, हेतबन-सेतबन छोड़ा और चलने लगीं। चलते-चलते सब जा पहुँचीं राजा के महल में। नौ खंडा महल में सबने प्रवेश किया। रानी ने शिशु को अपने हाथ में लेकर राजा से कहा, "सुनिए राजा, बाँजाराजा! मैं काँदा खोदने गयी राजा किन्तु देखिए तो, वहाँ मैंने यह शिशु पाया। कितना सुन्दर शिशु है, राजा। आप सुईन[6] को बुलवाएँ राजा। वह नाल काट देगी।" फिर उसने गाँयतिन-पुजारिन से कहा, "तुम लोग किसी से भी मत कहना,

राजा सुनलो आरु झोलू पाइक के बल्लो, "जा रे बाबू, झोलू पाइक! तुय सुइन के बलाउन आन।"

बलतो के झोलू पाइक हरबर-हरबर तियार होलो। आपलो साजू के पिंदलो, आपलो जाक धरलो आरु घर ले निकरलो। रुमझुम-रुमझुम रेंगते पारा-परोसे गेलो आरु 'सुइन घर कोन आय?', बलते बाई-नोनी के पुछलो। पुछतो के साँगला, "काँदा-लाटे बाँदे माकड़ झुले, जँवरा-भँवरा कुकुर भुकसोत जे हुनी माहाल आय।"

बलतो के झोलू पाइक पारा-परोस छाँडलो आरु जाते जायसे। जाऊ-जाऊ सुइन-माहाल अमरलो। माँडो मोंगरा ने उबलो आरु 'बाई' बलते हाक दिलो। हाक देतो के सुइन डोकरी घर ले निकरली आरु पुछली, "तुय काय काम ने इलिसिस, बाबू? मोके साँग। मोके डर लागेसे।"

झोलू पाइक बल्लो, "डरा-डरी चो गोठ नोहाय। रानी दुखा खायसे। तुय हरबर तियार हो। राजा-घरे बलाव आय। तुय जावँ मने।"

बलतो के सुइन 'हव एयँदे, बाबू' बल्ली आउर हरबर तियार होउन आपलो जाक-जमक के धरली। घर ले निकरली आरु राजा-घरे जायसे। एक कलाट मारली सुइन आउर राजा-घरे अमरली। राजा लगे गेली आरु पुछली, "काय बलाव आय, राजा? तुमी मोके साँगा।"

राजा बल्लो, "सुन आया, सुइन! तुय रानी लगे जा। रानी दुखा खायसे।"

सुनली सुइन आरु रानी लगे गेली। सुइन के दखली आरु रानी बल्ली, "सुन आया, सुइन! मोचो गोठ के सुन। मयँ बारो पिला पावले, आया। तुम नार छिंदुन देस।"

रानी चो गोठ के सुनली सुइन आउर राजा के बल्ली, "सुना राजा, बाँजाराजा! तुमी मोके सोन चो छुरी, मुठा मोहर आउर अजिक सुत दिया। मयँ नार छिंदुन देयँदे।"

राजा सुनलो आरु सोन चो छुरी, मुठा मोहर आउर अजिक असन सुत सुइन के दिलो। देतो के सुइन सुत के धरली आरु नार ने गुँडयाली। हाते छुरी धरली, मुठा मोहर धरली आरु नार छिंदली। नार छिंदुन राजा के बल्ली, "ए राजा! तुमी जोड़ी खोदरा खना। मयँ नार-बोमली के गाड़ुन देयँदे।"

राजा सुनलो आरु हाते कुस धरुन बाड़ी बाटे गेलो। जोड़ी खोदरा खनुन दिलो। तेबे सुइन नार-बोमली के धरली आरु हुन खोदरा ने गाड़ुन भाती नोनी के बल्ली, "नोनी रुपनथँवरा! तुय मोके तपलो पानी दे।"

सुनली रुपनथँवरा आउर पानी तपाउन नवा हाँडी ने निली आउर बोमली खोदरा लगे मँडाउन दिली। सुइन बारो के हात ने धरली आउर बोमली-खोदरा

बाई।'' गाँयतिन-पुजारिन ने 'हाँ' कहा और अपने-अपने घर चली गयीं।

राजा ने सुनकर झोलू पाइक से कहा, ''जा बाबू, झोलू पाइक! तू सुईन को बुलाकर ला।''

ऐसा कहने पर झोलू पाइक जल्दी-जल्दी तैयार होने लगा। अपने साज पहने, अपने सामान लिए और घर से निकल पड़ा। जल्दी-जल्दी चलता वह अड़ोस-पड़ोस में गया और 'सुईन का घर कौन-सा है?' कह महिलाओं से पूछा। महिलाएँ बोलीं, ''जहाँ काँदा की लता पर बाँदे नामक बन्दर झूल रहा है और जहाँ जँवरा-भँवरा नाम के दो कुत्ते भौंक रहे हैं, वही घर है।''

सुनकर झोलू पाइक अड़ोस-पड़ोस छोड़कर आगे बढ़ चला। चलता-चलता वह जा पहुँचा सुईन के घर। मोगरा-मंडप के नीचे खड़ा होकर बाई को पुकारा। पुकार सुनकर सुईन घर से निकली और पूछने लगी, ''तू किस काम से आया है, बाबू? मुझे बता। मुझे डर लग रहा है।''

झोलू पाइक ने कहा, ''डरने की कोई बात नहीं है। रानी को पीड़ा हो रही है। तुम जल्दी से तैयार हो जाओ। राजा के घर बुलावा है। तुम चलो।''

ऐसा कहने पर सुईन ने 'हाँ आऊँगी, बाबू' कहा और जल्दी तैयार होकर अपने साजो-सामान लिये। घर से निकली और राजा के घर जाने लगी। लम्बे डग भरे सुईन ने और राजा के घर जा पहुँची। राजा के पास जाकर पूछा, ''किस काम से बुलवाया, राजा? आप मुझे बताएँ।''

राजा ने कहा, ''सुनो आया, सुईन! तुम रानी के पास जाओ। रानी को पीड़ा हो रही है।''

सुईन ने सुना और रानी के पास गयी। सुईन को देखकर रानी बोली, ''सुन माता, सुईन! मेरी बात सुन। मैंने बच्चा पाया, माता। तुम नाल काट दो।''

रानी की बात सुनकर सुईन ने राजा से कहा, ''सुनिए राजा, बाँजाराजा! आप मुझे सोने की छुरी, मुट्ठी भर मोहरें और थोड़ा-सा धागा दीजिए। मैं नाल काट दूँगी।''

राजा ने सुना और सोने की छुरी, मुट्ठी भर मोहरें और थोड़ा-सा धागा सुईन को दिया। सुईन ने धागा लेकर उसे नाल से लपेटा। हाथ में छुरी ली, मुट्ठी भर मोहरें लीं और नाल काट दिया। नाल काटकर राजा से बोली, ''हे राजा! आप दो गड्ढे खोदें। मैं नाल गाड़ दूँगी।''

राजा ने सुना और हाथ में सब्बल लेकर पिछवाड़े की ओर गया। दो गड्ढे खोद दिये। तब सुईन ने नाल गाड़ दिया। नाल गाड़कर नोनी से बोली, ''नोनी रुपनथँवरा! तू मुझे गरम पानी दे।''

रुपनथँवरा ने सुना और पानी गरमकर नयी हंडी में भरकर नालवाले गड्ढे

ने गेली। हरदी-मुँदा धरली, लवनी-मुँदा धरली आरु जानू खिकसा लगड़ुन दिली। खिकसा लगड़ुन बारो के नाहाउन दिली। आपन बले नाहा-खोरा करली आरु नवखँड माहाल ने गेली। नोनी के बल्ली, ''नोनी रुपनथँवरा! तुय मोके आइग निकराउन दे। तेल निकराउन दे। मयँ बारो के पेट छेकेंदे।''

सुनली रुपनथँवरा आरु आइग निकराउन दिली, तेल निकराउन दिली। सुइन बारो के तेल घासली, पेट छेकली आरु रानी के बल्ली, ''सुन रानी, राजरपती! तुय हात-गोड़ के धो, रानी। बारो के कोरा धर।''

बलतो के रानी बोमली-खोदरा ने गेली आउर हात-गोड़ धोउन नवखँड माहाले गेली। बाजे जाउन बसली। तेल-फुल घसली। तेबे सुइन राजा के बल्ली, ''सुना राजा, बाँजाराजा! तुमी मोके झमझम साड़ी दिया। मयँ बारो के कोरा धरेंदे।''

बलतो के बाँजाराजा सुनलो आरु बँधेया झापी उघाड़ुन हुन थान ले झमझम साड़ी निकराउन सुइन के दिलो। तेबे सुइन बारो के धरली आरु रानी चो कोरा ने देउन बल्ली, ''रानी! तुय बारो के कोरा धर। बारो के पना पिआव।''

बलतो के रानी बारो के कोरा धरली आरु पना पिआली। सुइन बल्ली, ''बारो के अछा सुआव, रानी। मयँ आपन माहाले जायँदे।'' बल्ली सुइन आरु आपन माहाले गेली। राजा-रानी आसोत।

के पास रख दिया। सुईन ने बच्चे को हाथ में लिया और उस गड्ढे के पास गयी। उबटन लेकर बच्चे को लगाया और नहला दिया। स्वयं भी स्नान किया और नौ खंडा महल में गयी। नोनी से कहा, ''नोनी रुपनथँवरा! तू मुझे आग निकालकर दे। तेल भी निकाल दे। मैं बच्चे का पेट सेंक दूँगी।''

रुपनथँवरा ने सुना और आग निकाल दिया, तेल निकाल दिया। सुईन ने बच्चे को तेल चुपड़ा, पेट सेंका और रानी से बोली, ''सुन रानी, राज्य की स्वामिनी! तू हाथ-गोड़ धो, रानी। बच्चे को गोद में ले।''

ऐसा कहने पर रानी नालवाले गड्ढे में गयी और हाथ-गोड़ धोकर नौ खंडा महल में गयी। पलंग पर जा बैठी। तेल-फूल लगाया। तब सुईन ने राजा से कहा, ''सुनिए राजा, बाँजाराजा! आप मुझे दमकती साड़ी दीजिए। मैं बच्चे को गोद में लूँगी।''

बाँजाराजा ने सुना और बँधेया झापी खोल कर वहाँ से चमचमाती साड़ी निकालकर सुईन को दी। तब सुईन ने बच्चे को रानी की गोद में देकर रानी से कहा, ''हे रानी! तुम बच्चे को गोद में लो। बच्चे को दूध पिलाओ।''

ऐसा कहने पर रानी ने बच्चे को गोद में लिया और दूध पिलाने लगी। सुईन ने कहा, ''बच्चे को ठीक से सुलाओ, रानी। मैं अपने महल जाऊँगी।'' ऐसा कह सुईन अपने महल चली गयी। राजा-रानी रहने लगे।

सन्दर्भ

1. काँदा : कन्द।
2. खोड़ुक : अन्य ध्वनि 'कोड़ुक'।
3. खोड़सोत : अन्य ध्वनि 'कोड़सोत', 'खोड़सत', 'कोड़सत'।
4. खोड़ला : अन्य ध्वनि 'कोड़ला'।
5. पनिहारी वेला : पानी लाने, स्नान करने का समय 9-10 बजे दिन।
6. सुईन : दाई, धाय।

अधया 6

बारो चो तिल-गुर, छटी-बरई

बारो चो जनम करलो एक ले दुय, दुय ले तिन दिन होली। राजा-रानी सेज ने बसलासोत। तेबे रानी पुने राजा के बल्ली, ''सुना राजा, बाँजाराजा! बारो चो जनम करलो दुय दिन होली। तुमी सिंद-गोका आना, राजा। जड़ी-बुटी आना। तिल खातो आय, राजा। पानी पिवतो आय।'

तेबे राजा सुनलो आरु झोलू पाइक के बल्लो, ''जा रे बाबू, झोलू पाइक! तुय झटके तियार हो आउर सेतबन-हेतबन ने जा। सिंद-गोका, बेल-पाना, ककई-डारा आन। जड़ी-बुटी आन। तिल खातो आय, पानी पिवतो आय मने।''

बलतो के झोलू पाइक सुनलो आरु हरबर-हरबर तियार होउन आपलो साजू के पिंदलो, आपन जाक के धरलो। पाँये खड़ऊ पिंदलो, खाँदे कोड़की हाते टुकना धरलो आरु राजा-माहाल छाँडलो। जाते-जातो गेलो। रुमझुम-रुमझुम रेंगलो।

अध्याय-6

शिशु की छठी-बरही

बच्चे के जन्म को एक से दो, दो से तीन दिन बीते। राजा-रानी शय्या पर बैठे थे। तब रानी राजा से कहने लगी, "सुनिए राजा, बाँजाराजा! बच्चे को जन्म लिये दो दिन हो गये। आप सिंद-गोका[1] लाएँ, राजा। जड़ी-बूटी लाएँ। तिल खाना है, राजा। पानी[2] पीना है।"

तब राजा ने सुना और झोलू पाइक से बोला, "जा बाबू, झोलू पाइक! तू जल्दी से तैयार होकर सेतबन-हेतबन में जा। सिंद-गोका, बेल की पत्तियाँ, ककई-डारा[3] ला। जड़ी-बूटी ला। तिल खाना है, पानी पीना है।"

ऐसा कहने पर झोलू पाइक ने सुना और जल्दी-जल्दी तैयार होकर अपने साज पहने, सामान लिये। पाँवों में खड़ाऊँ पहन, कन्धे पर कुल्हाड़ी, हाथ में टोकरी ले राजमहल छोड़ा। चलता चला गया। जल्दी-जल्दी चला। सेतबन-हेबतन में गया। इस तरह वह बिन्दराबन में गया। वहाँ पहुँचकर हाथ में कुल्हाड़ी ली और

सेतबन-हेतबन ने गेलो। असने-असने बिन्दराबन ने गेलो। हुता अमरुन हाते कोड़की धरलो आरु सिंद-गोका खनलो, बेल-पाना टुटालो, ककई-डारा टोड़लो[4], जड़ी-बुटी खनलो आउर फुलर दँवड़ी ने धरुन बिन्दराबन छाँडलो। कोसक-दापक रेंगलो। कदली-कछारे गेलो आरु हुता सिंद-गोका के धोवलो, जड़ी-बुटी के धोवलो। धोउन फुलर दँवड़ी ने धरलो आरु कदली-कछार छाँडलो। जाते-जाते जायसे। राजा-माहाल अमरलो। सिंद-गोका, जड़ी-बुटी, बेल-पाना, ककई-डारा के ठोवलो आउर राजा-रानी लगे जाउन बल्लो, ''मयँ सिंद-गोका आनले राजा-रानी। बेल-पाना आनले आरु ककई-डारा आनले; जड़ी-बुटी बले आनले।''

राजा-रानी सुनला आरु नोनी के बल्ला, ''तुय नवा हाँडी आन नोनी आरु आइग बार। हरवाँ निकराव नोनी आउर तुला। गोका मँडा।''

नोनी सुनली आउर हरवाँ निकराली, तुलाली। नवा हाँडी आनली आरु हुता गोका के भरली, बेल-पाना के भरली, हरवाँ रिकाली। आइग बारली आरु गोका के मँडाली। रात भर चुड़ाली। बड़े बिहान होतो के राजा-रानी उठला। रानी बल्ली, ''सुना राजा! तिन दिन होली। तुमी सगा नेवतुक जाहा। तिनपुर के नेवता। तिल खाउक एदे, पानी पिउक एदे।''

तेबे राजा सुनलो आउर झोलू पाइक के तियारलो, ''जा रे बाबू, झोलू पाइक! तुय हरबर तियार हो आरु नँगारची-माहाले जा। घड़ी भर नँगारा देओ। तिनपुर के नेवतो। तिल खातो आय पानी पिवतो आय, बलो।''

झोलू पाइक सुनलो आरु हरबर तियार होलो। पाँये खड़ऊ पिंदलो, हाते बेद धरलो आरु रुमझुम-रुमझुम रेंगलो। एक कलाट मारलो आरु गेलो नँगारची-माहाले। माँडो मोंगरा ने उबलो आरु 'दादा' बलते हाक दिलो। हाक देतो के दादा सुनलो आउर घर ले बाहिर निकरलो। ''काय काम ने इलिस, बाबू?'' बलते पुछलो।

झोलू पाइक बल्लो, ''राजा-घरे बाबू होली, दादा। तिल खातो आय, पानी पिवतो आय। तुय डँडिक तिनपुर नेवता देउन देस। सब लोग सनकारी-सनकारी एओत।''

दादा सुनलो आरु 'हव, मयँ नँगारा देयँदे' बल्लो। बाँडी घोड़ी कसलो, जोड़ी नँगारा चेघालो, हाते काड़ा धरलो आउर घर ले बाहिर होलो। कोसक-दापक रेंगलो बाबू। एक कलाट मारलो आरु गेलो पारा-परोसे। बुलुन-बुलुन नँगारा दिलो, ''सुना बाई, सुना नोनी! राजा-घरे बाबू होली। तिल खातो आय, पानी पिवतो आय। सब झन सनकारी-सनकारी जाहा मने।'' माटी नँगारा धमधम करे, तमई झनकार देय। नँगारची नँगारा दिलो आउर आपन माहाले गेलो। बाई-नोनी मन सुनला आउर हरबर-हरबर तियार होसोत। आपलाहान साजू के पिंदला,

सिंद-गोका खोदा, बेल के पत्ते तोड़, ककई-डारा तोड़ा, जड़ी-बूटी खोदी और फूलों की दँवड़ी में लेकर बिन्दराबन छोड़ा। कोस-दाब भर चला। कदली-कछार[5] में गया और वहाँ सिंद-गोका धोया, जड़ी-बूटी धोयी। धोकर फूलों की दँवड़ी[6] में रखा और कदली-कछार छोड़ा। चलता चला गया। राजमहल जा पहुँचा। सिंद-गोका, जड़ी-बूटी, बेल-पत्ते, ककई-डारा रखा और राजा-रानी के पास जाकर बोला, ''मैं सिंद-गोका, बेल-पत्ते, ककई-डारा और जड़ी-बूटी भी ले आया हूँ, राजा-रानी।''

राजा-रानी ने सुना और नोनी से कहा, ''तू नयी हंडी ला नोनी और आग जला। कुल्थी निकाल नोनी और साफ कर। गोका उबाल।''

नोनी ने सुना और कुल्थी निकालकर साफ किया। नयी हंडी लाकर उसमें गोका, बेल-पत्ते और कुल्थी डाली। आग जलायी और गोका उबालने के लिए रख दिया। सारी रात उबाला। सवेरा होने पर राजा-रानी चेते। रानी ने कहा, ''सुनिए राजा! तीन दिन हो गये। आप सगे-सम्बन्धियों को न्योता देने जाएँ। तीनों लोकों को न्योता दें। सब लोग तिल खाने, पानी पीने आएँगे।''

तब राजा ने सुनकर झोलू पाइक से कहा, 'जा बाबू, झोलू पाइक! तू जल्दी तैयार हो और नगारची के महल में जा। वह थोड़ी देर मुनादी कर देगा। तीनों लोकों में मुनादी कर दे। तिल खाना है, पानी पीना है, कहे।''

झोलू पाइक ने सुना और जल्दी तैयार हो गया। पाँवों में खड़ाऊ पहने, हाथ में बेंत लिया और जल्दी-जल्दी चलने लगा। लम्बे डग भरे और जा पहुँचा नगारची के महल में। मोगरा-मंडप के नीचे खड़ा हुआ और दादा को पुकारा। पुकार सुनकर दादा घर से बाहर आया। ''किस काम से आया है, बाबू?'' उसने पूछा।

झोलू पाइक बोला, ''राजा के घर में राजकुमार का जन्म हुआ है, दादा। तिल खाना है, पानी पीना है। तुम थोड़ी देर तीनों लोकों में न्योता दे दो। सभी लोग जल्दी-जल्दी आएँ।''

दादा ने सुना और 'हाँ, मैं मुनादी कर दूँगा' कहा। उसने अपनी बाँडी घोड़ी[7] कसी, उस पर दो नगाड़े चढ़ाए, हाथ में काड़ा[8] लेकर घर से बाहर निकल पड़ा। कोस-दाब भर चला बाबू। लम्बे डग भरे और पहुँच गया अड़ोस-पड़ोस में। घूम-घूम कर मुनादी करने लगा, ''सुनो बाई, सुनो नोनी! राजा के घर राजकुमार का जन्म हुआ है। तिल खाना है, पानी पीना है। सब लोग जल्दी-जल्दी जाएँ।'' उसका माटी-नगाड़ा धमधम करता था और तमई झंकृत होती थी। नगारची मुनादी कर अपने घर चला गया। बाई-नोनी ने सुना और वे जल्दी-जल्दी तैयार होने लगीं। अपने-अपने साज पहने, अपने सामान लिये और घर से बाहर निकल पड़ीं। जल्दी-जल्दी चलकर वे राजा के महल की ओर जाने लगीं। तीनों लोकों के लोग

आपलाहान जाक के धरला आरु घर ले बाहिर निकरला। रुमझुम-रुमझुम रेंगला आरु राजा-माहाले जासोत। तिनपुर चो लोग एसोत। चाटी चो धार असन लोग लामलासोत। जाऊ-जाऊ सब झन राजा-माहाले अमरला। हुन मन के दखली रानी आरु नोनी के बल्ली, ''फउद अमरुन गेला, नोनी। तुय झारी पानी धर आरु हुन मन के पाँय धुआव। आरती-आइग धर, थारी ने चाउर धर। होम-आरती दे।''

बलतो के रुपनथँवरा सुनली आरु हरबर-हरबर जोड़ा जोड़ली। सेवा-जोड़ा पुजा-जोड़ा धरली। चन्दन-काट मँडाली, बेल-काट मँडाली। सब फउद उबला। नोनी झारी पानी धरली आरु सब के पाँय धुआली। चाउर-टिका दिली, होम-आरती दिली आउर पाँय पड़ली। बाई मन नोनी के चुमा दिला। नोनी हुन मन के नवखँड माहाल ने निली। सब झन परछी ने दड़पूनाय बसला। अरछी-परछी भरली। राजा-घरे समाव नीं होय हुसन फउद रला। राजा-रानी दखला आउर झोलू पाइक के बल्ला, ''बाबू, झोलू पाइक! फउद अमरला, बाबू। जा नू। तिल-गुर निकराउन दे, लसुन आउर घिंव निकराउन दे।''

झोलू पाइक सुनलो आरु झारी पानी धरलो, पाँय धोवलो। नवखँड माहाल ने जाउन बारा भँडार उघाड़लो। भितरे गेलो आरु पाँच पँयसरी तिल, दुय पँयसरी गुर, एक पँयसरी लसुन आरु गुमा घिंव निकराउन फउद पुरे मँडाउन दिलो। तेबे राजा-रानी बल्ला, ''सुना बाई, सुना नोनी! तिल भाँजा, तिल काँडा।''

बलतो के तिल फुनया तिल फुनला, तिल भँजेया तिल भाँजला, तिल काँडेया तिल काँडला। लसुन छिलया लसुन छोल्ला आरु पानी बघारला। तिल काँडुन सारला। रानी पुने नोनी के बल्ली, ''सुन नोनी, रुपनथँवरा! तुय पानी तपाव, नोनी। हामी नाहा-खोरा करुँदे।''

बलतो के नोनी पानी तपाउन दिली, सेदा-भेदा करली आरु बोमली खोदरा ने नेउन दिली। मन्दन-सिले नेउन दिली। झारी कसेला दिली, कपुर दतुन दिली। तेबे राजा गेलो मन्दन-सिले, रानी गेली बोमली खोदरा ने। गेला आरु कपुर दतुन धरला, सुरिज-भेट करला आरु मुखारी चाबला। रानी पुने लिमऊ-चानी धरली, माथ मिंजली, बाल बोहराली आरु लदा झुड़ा बाँदली। फेर हरदी-मुँदा धरली, लवनी-मुँदा धरली आरु खिकसा लगड़ली। दुनों काय मँजा नाहा-खोरा करला। सुका कपड़ा पिंदला, ओधा कपड़ा खाले गिरली। दुनों आपलो माहाले गेला। जाउन सेज ने बसला। बाई मन दखला आरु अजिक तिल धरला, अजिक पानी धरला आरु राजा के बल्ला, ''जाहा राजा, तुमचो देबी-दुरगा ने अजिक तिल आरु पानी थिपाउन दियास।''

बाँजाराजा सुनलो आरु देबी-दुरगा ने गेलो। हुन लगे अजिक असन जतनालो आरु बिनती करलो, ''सुना, सुना मोचो पुरखा चो देबी! मयँ तिल छिटकुन जायँसे,

आने लगे। चींटी की धार की तरह लोगों का रेला दिखलायी पड़ता था। चलते-चलते सब लोग राजमहल में जा पहुँचे। उन्हें देखकर रानी ने नोनी से कहा, "लोग आ पहुँचे हैं, नोनी। तू झारी में पानी ले और उन सबके पाँव धुला। आरती-आग ले, थाली में चावल ले और उनकी आरती उतार।"

ऐसा कहने पर रुपनथँवरा ने सुना और जल्दी-जल्दी सारी सामग्री तैयार की। सेवा सामग्री ली। चन्दन का पीढ़ा रखा, बेल का पीढ़ा रखा। सब लोग बारी-बारी से उस पर खड़े होते गये। नोनी ने झारी में पानी लेकर सब के पाँव धुलाए। उन्हें चावल का टीका लगाया, उनकी आरती उतारी और प्रणाम किया। बाई-नोनी ने उसे चुम्बन दिया। तब नोनी उन सब को नौ खंडा महल में ले चली। सभी महिलाएँ परछी में जाकर बैठ गयीं। अरछी-परछी भर गयी। राजा के घर में जगह का टोटा पड़ गया। राजा-रानी ने यह देखा और झोलू पाइक से कहा, "बाबू, झोलू पाइक! लोग आ पहुँचे हैं, बाबू। जाकर तिल-गुड़ निकाल दे, लहसुन और घी निकाल दे।"

झोलू पाइक ने सुना और झारी में पानी ले पाँव धोये। नौ खंडा महल में गया और बारह भंडार खोलकर भीतर घुसा। वहाँ से पाँच पँयसरी[9] तिल, दो पँयसरी गुड़, एक पँयसरी लहसुन और शुद्ध घी निकालकर लोगों के सामने रख दिया। तब राजा-रानी ने कहा, "सुनो बाई, सुनो नोनी! तिल भूनो, तिल कूटो।"

ऐसा कहने पर कुछ महिलाओं ने तिल साफ किया, कुछ महिलाओं ने उसे भूना और कुछ महिलाएँ कूटने लगीं। कुछ महिलाओं ने लहसुन छीले और पानी को छौंका लगाया। तिल कूट डाले। रानी ने नोनी से कहा, "सुन नोनी, रुपनथँवरा! तू पानी गरम कर, नोनी। हम स्नान करेंगे।"

ऐसा कहने पर नोनी ने पानी गरम कर उसमें ठंडा पानी मिलाया और रानी के लिए नालवाले गड्ढे के पास पहुँचा आयी। राजा के लिए स्नानगृह में ले गयी। उन्हें झारी पात्र और सुगन्धित दतौन दिये। तब राजा गया स्नानगृह में और रानी गयी नालवाले गड्ढे के पास। जाकर दोनों ने सूर्य-नमस्कार कर दतौन किये। रानी ने नीबू का टुकड़ा लेकर सिर साफ किया और बड़ा-सा जूड़ा बाँधा। फिर उबटन लेकर शरीर पर लगाया। दोनों ने स्नान किया। सूखे कपड़े पहने, गीले कपड़े नीचे गिर गये। दोनों अपने महल में गये। जाकर पलंग पर बैठे। महिलाओं ने देखा और थोड़ा-सा तिल और पानी लेकर राजा से कहा, "हे राजा! आप अपने देवी-देवताओं के आसन में जाकर उन्हें तिल और पानी अर्पित करें।"

बाँजाराजा ने सुना और देवी-देवताओं के आसन में गया। वहाँ जाकर थोड़ी-सी सफाई की और विनती करने लगा, "सुनो, सुनो मेरे पुरखों के देवी-देवताओं!

पानी थिपाउन जायँसे। मोचो बारो के साहा होआ।'' बिनती करुन होम-आरती दिलो। पाँय पड़लो हात जोड़लो आरु तिल छिटकलो, पानी थिपालो। सेवा-पुजा करुन राजा माहाले गेलो आरु सेज ने बसलो। तेबे बाई मन अजिक पानी आरु तिल धरला आउर रानी के बल्ला, ''ए रानी! तुय बोमली खोदरा ने जा आउर अजिक पानी आरु तिल जँवरा डोकरी के देस।''

बलतो के रानी तिल आउर पानी धरली आरु बोमली-खोदरा ने जाउन जँवरा डोकरी के बिनती करली, ''सुन आया, जँवरा डोकरी! मयँ तिल छिटकुन जायँसे, आया। मयँ पानी थिपाउन जायँसे, आया। तुय बारो ने नीं गगाव। हुनके तुय खेलाव।'' बल्ली आउर गेली आपलो माहाले। गेली आउर बाजे बसली। गाँयतिन-पुजारिन दखला आउर सात भेली तिल, आधा कोपरा पानी दिला रानी के आरु बल्ला, ''तुय आधा भेली गुर आरु गोटकाहान तिल के सात दिन ले खा रानी।''

रानी सुनली आरु तिल के खादली, पानी के पिवली। बाई-नोनी मन के बल्ली, ''सुना बाई-नोनी! तुमी बले बाटुन-बिरजुन खाहा। मयँ एचो ले आगर देउक नीं सकें। मयँ गरिब रानी आयँ।''

बलतो के बाई-नोनी मन बल्ला, ''इतरोय तो देतो आय, रानी। एचो ले आगर कोन फेर देसोत ता!'' फेर तिल बाटेया मन तिल बाटला, पानी बाटेया पानी बाटला। सब झन काय मँजा बाटुन-बिरजुन खादला। खाना-पिना करला आरु रानी के बल्ला, ''सुन रानी, राजरपती! तुय बारो के कोरा धर। हामी बारो के बोमली ने तेल-हरदी लगाउन देउँदे।''

बलतो के रानी बारो के कोरा धरली। बाई-नोनी मन बारो के बोमली ने तेल-हरदी लगाउन दिला आउर आपलाहान घरे-घरे जाते गेला। राजा-रानी घरे आसोत। असने-असने तिन-दिन ले चार दिन, चार दिन ले पाँच दिन होली। होऊ-होऊ छय दिन होली। तेबे राजा-रानी बाजे बसला। रानी बल्ली, ''सुना राजा! तुमी मोचो गोठ के सुना। बारो चो जनम करलो छय दिन होली, राजा। छटी-जोड़ा के जोड़ा।''

राजा सुनलो आरु झोलू पाइक के बल्लो, ''बाबू, झोलू पाइक! तुय गाँयतिन-पुजारिन माहाले जा आउर छटी-काँडा नेतो काजे हाक देस। राँडी-लेड़ी, गरिब-दुखी सब एओत। छटी-काँडा नेदे।''

तेबे 'हव' बल्लो झोलू पाइक आउर हरबर-हरबर तियार होलो। पाँय ने खड़ऊ पिंदलो, हाते बेद धरलो आउर घर ले बाहिर निकरलो। जाते-जाते जायसे। रुमझुम-रुमझुम रेंगलो। एक कलाट मारलो आउर गेलो गाँयतिन-पुजारिन माहाले। माँडो मोंगरा उबलो बाबू आरु 'बाई' बलते हाक देतो के बाई घर ले निकरली। पुछली, ''तुय काय काम ने इलिस, बाबू? मोके साँग। मोके डर लागेसे।''

मैं तिल और पानी अर्पित करता हूँ। मेरे बच्चे की सहायता करो।'' ऐसी विनती कर उसने आरती की। प्रणाम कर तिल छिटका और पानी टपकाया। फिर सेवा-पूजा कर राजा महल में जाकर शय्या पर बैठ गया। तब महिलाओं ने थोड़ा-सा पानी और तिल लेकर रानी से कहा, ''हे रानी! तुम नालवाले गड्ढे में जाकर जँवरा डोकरी[10] को थोड़ा-सा पानी और तिल अर्पित कर दो।''

ऐसा कहने पर रानी तिल और पानी लेकर नालवाले गड्ढे के पास गयी और ''सुनो माँ, जवँरा डोकरी! मैं तिल अर्पित करती हूँ, माता। पानी अर्पित करती हूँ, माता। तुम बच्चे को मत रुलाना। तुम उसे खेल खिलाना।'' कहा रानी ने और अपने महल में गयी और पलंग पर जा बैठी। गाँयतिन-पुजारिन ने देखा और सात भेली तिल, आधा कोपरा पानी रानी को देकर बोलीं, ''तुम आधा भेली गुड़ और एक भेली तिल को सात दिनों तक खाओ रानी।''

रानी ने सुना और तिल खाकर पानी पिया। महिलाओं से बोली, ''सुनो बाई, सुनो नोनी! तुम सब भी मिल-बाँटकर खाओ। मैं इससे अधिक नहीं दे सकती। मैं गरीब रानी हूँ।''

सुनकर महिलाएँ बोल उठीं, ''इतना ही तो दिया जाता है, रानी। इससे अधिक भला कौन देता है!'' फिर तिल बाँटनेवालों ने तिल बाँटा, पानी बाँटने वालों ने पानी। सब लोगों ने मिल-बाँटकर खाया-पिया। खा-पीकर रानी से बोलीं, ''सुनो रानी, राज्य की स्वामिनी! तुम बच्चे को गोद में लो। हम बच्चे की नाभि में तेल-हल्दी लगा देंगी।''

रानी ने सुना और बच्चे को गोद में ले लिया। महिलाओं ने बच्चे की नाभि में तेल-हल्दी लगायी और अपने-अपने घर चली गयीं। राजा-रानी महल में रह गये। इस तरह तीन से चार दिन, चार से पाँच दिन बीत गये। छठवाँ दिन आया। तब राजा-रानी पलंग पर बैठे हुए थे कि रानी कहने लगी, ''सुनिए राजा! आप मेरी बात सुनें। बच्चे के जन्म को आज छठवाँ दिन हो गया है, राजा। छठी की तैयारी करें।''

राजा ने सुना और झोलू पाइक से बोला, ''बाबू झोलू पाइक! तू गाँयतिन-पुजारिन के महल में जा और छठी-काँडा ले जाने के लिए उन्हें बुला ला। राँडी-लेड़ी, गरीब-दुखी सभी आएँ। वे छठी-काँडा ले जाएँगी।''

तब झोलू पाइक 'हाँ' कह जल्दी-जल्दी तैयार होने लगा। पाँवों में खड़ाऊ पहने, हाथ में बेंत लिया और घर से बाहर निकल पड़ा। चलता चला गया। जल्दी-जल्दी चलने लगा। लम्बे डग भरे और गया गाँयतिन-पुजारिन के महल में। मोगरा-मंडप के नीचे खड़ा होकर बाई को पुकारा। पुकार सुनकर बाई घर से बाहर आयी और पूछने लगी, ''तू किस काम से आया है, बाबू? मुझे बता। मुझे डर

झोलू पाइक बल्लो, ''सुन बाई गाँयतिन! सुन बाई पुजारिन! तुय हरबर तियार हो, बाई। झटके तियार हो। राजा-घरे बलाव आय, बाई। छटी-काँडा आनासे मने।''

बलतो के बाई 'हव एयँदे, बाबू' बल्ली। तेबे झोलू पाइक गाँव गुलाय बुलुन-बुलुन बाई-नोनी के साँगलो। बाई-नोनी मन सुनला आरु हरबर तियार होउक धरला। कोन तो गपा धरली, कोन तो टाकरा धरला आउर घर ले निकरला। रुमझुम-रुमझुम रेंगला आरु जासोत राजा-घरे। एक कलाट मारला आरु अमरला। जाउन परछी ने बसला। अरछी-परछी भरली। ओना-कोना भरली। राजा-रानी दखला आरु बाबू के बल्ला, ''बाबू, झोलू पाइक! फउद अमरुन गेला, बाबू। तुय धान निकराव, राहेड़-बदई, उड़िद-मुँग निकराव। काँडा नापुन देस।''

झोलू पाइक सुनलो आरु झारी पानी धरुन पाँय धोवलो। नवखँड माहाल खोल्लो [11]। आरती-आइग धरलो, घिंव-गुर धरलो बाबू आउर गँगा-जमुना ने गेलो। होम-आरती करलो, पाँय पड़लो आउर हाते गपली धरुन जोड़ी गदेया के उघाड़लो [12]। धान निकरालो, उड़िद-मुँग, राहेड़-बदई, चना-बडरा निकरालो आउर नापुन दिलो। गाँयतिन-पुजारिन के बल्लो, ''आले बाई, तुय आगे काँडा झोक। पाछे आउर लोग के देयँदे।''

बलतो के गाँयतिन-पुजारिन बाई आगे काँडा झोकला। तेबे फेर गरिब-दुखी, राँडी-लेड़ी के काँडा दिलो आरु बल्लो, ''अछा चाउर छड़ा बाई। राजा-घरो गोठ आय।'' सब झन 'हव' बल्ला आउर काँडा धरुन आपलाहान घरे-घरे गेला। धान कँडेया धान काँडसोत, दार दरेया दार दरसोत, पिसान पिसेया पिसान पिससोत। चाउर निमड़ाउन दिला आरु 'आले जावँ बे राजा-घरे, चाउर नेउन देऊँ' बल्ला। धरला चाउर-चुन के आउर गेला राजा-घरे। परछी ने जाउन बसला। राजा-घरो ओना-कोना, अरछी-परछी, अगवाड़-पिछवाड़ भरली। दखली रानी आरु बाबू के बल्ली, ''सुन बाबू, झोलू पाइक! चाउर आनुन दिला, बाबू। तुय चाउर नापुन जा।''

बलतो के बाबू पाँय धोवलो आउर हाते पयली धरुन चाउर नापुन दिलो। दार के नापलो, पिसान के नापलो। दखसोत जे सबय बानी उरली। सब झन बल्ला, ''दखा नू, सब बानी उरली जे। अछा बारो आय।'' हुन पुने सब बानी के माहाले ठोउन दिलो। हरबर-हरबर होलोसे छटी जोड़ा जोड़तो काजे। असने-असने सात दिन होली। राजा-रानी बाजे बसलासोत। रानी बल्ली, ''ए राजा! धोबी-माहाले जाहा। धोबी के हाक दियास। हुन छटी-कपड़ा नेयदे। सोहोड़ कपड़ा नेयदे।''

राजा सुनलो आरु बाबू के धोबी के हाक देतो काजे तियारलो। बाबू सुनलो आरु हरबर-हरबर तियार होलो। पाँये खड़ऊ पिंदलो, हाते बेद धरलो आउर राजा-माहाल छाँडुन धोबी-माहाले गेलो। 'दादा' बलते हाक देतो के धोबी निकरलो

लग रहा है।''

झोलू पाइक ने कहा, ''सुनो बाई गाँयतिन! सुनो बाई पुजारिन! तुम दोनों जल्दी तैयार हो जाओ, बाई। राजा के घर बुलावा है, बाई। छठी-काँडा लाओगी।''

ऐसा कहने पर बाई ने 'हाँ आऊँगी, बाबू' कहा। तब झोलू पाइक ने सारे गाँव में घूम-घूमकर सब लोगों को बताया। महिलाओं ने सुना और जल्दी तैयार होने लगीं। किसी ने गपा रख लिया तो किसी ने टाकरा और सब-की-सब घर से निकल पड़ीं। जल्दी-जल्दी चलकर राजा के घर जाने लगीं। लम्बे डग भरे और जा पहुँचीं। जाकर परछी में बैठ गयीं। अरछी-परछी भर गयी। कोना-कोना भर गया। राजा-रानी ने देखा और बाबू से कहा, ''बाबू, झोलू पाइक! महिलाएँ आ गयीं, बाबू। तू धान निकाल, अरहर-बदई, उड़द-मूँग निकाल। नाप कर कूटने-दलने के लिए दे।''

झोलू पाइक ने सुना और झारी में पानी लेकर पाँव धोये। नौ खंडा महल खोला। आरती-आग, घी-गुड़ लेकर बाबू गया गंगा-जमुना नामक दोनों भंडारों में। होम-आरती की, प्रणाम किया और हाथ में गपली लेकर दोनों भंडार खोले। धान निकाला, उड़द-मूँग, अरहर-बदई, चना-मटर आदि निकाले और नाप दिया। गाँयतिन-पुजारिन से बोला, ''अच्छा बाई, तुम पहले काँडा लो। दूसरे लोगों को बाद में दूँगा।''

ऐसा कहने पर गाँयतिन-पुजारिन ने पहले काँडा लिया। तब बाबू ने गरीब-दुखी, राँडी-लेड़ी को काँडा दिया और कहा, ''चावल अच्छे से साफ करना, बाई। राजा के घर की बात है।'' सुनकर सभी ने 'हाँ' कहा और काँडा लेकर अपने-अपने घर चली गयीं। धान कूटनेवाले धान कूटने लगे, दाल दलनेवाले दाल दलने लगे और दाल पीसनेवाले दाल की पिसाई करने लगे। चावल आदि तैयार कर वे राजा के घर पहुँचाने चलीं। राजमहल पहुँचकर जा बैठीं परछी में। राजा के घर की अरछी-परछी, कोना-कोना, अगवाड़ा-पिछवाड़ा सब लोगों से भर गया। रानी ने उन्हें देखा और झोलू पाइक से बोली, ''सुन बाबू, झेलू पाइक! चावल ले आयी हैं, बाबू। तू चावल नाप दे।''

ऐसा कहने पर बाबू ने पाँव धोये और हाथ में पायत्नी लेकर चावल नापा। दाल नापा, आटा नापा। सबने देखा कि सारी चीजें अनुमान से अधिक निकलीं। सब कहने लगीं, ''बच्चा बहुत ही शुभ लक्षणों वाला है।'' तब बाबू ने सारी सामग्री महल में रख दी। वह छठी की तैयारी में लग गया। इस तरह सात दिन बीत गये। राजा-रानी पलंग पर बैठे थे। रानी बोली, ''हे राजा! आप धोबी के महल में जाएँ। धोबी को बुला लाएँ। वह छठी के कपड़े ले जाएगा। छूत के कपड़े ले जाएगा।''

राजा ने सुना और बाबू से कहा कि वह धोबी को बुला लाये। बाबू ने

आरु 'काय काम ने इलिस, बाबू?' बलते पुछलो।

पुछतो के झोलू पाइक बल्लो, "हे दादा, धोबी लोग! राजा-घरे बलाव आय, दादा। तुय एक डँडिक जावँ।"

बलतो के धोबी 'हव बाबू, मयँ एयँदे' बल्लो आरु हरबर तियार होलो। आपन माहाल छाँडलो आरु जायसे। जाऊ-जाऊ राजा-घरे अमरलो। लगे जाउन राजा के सलाम झोकलो आरु लाफी जाउन बसलो। 'काय काम ने हाक दिलास, राजा?' बलते पुछतो के राजा बल्लो, "तुय रानी लगे जा बाबू आउर छटी-कपड़ा माँग।"

तेबे धोबी रानी लगे गेलो आरु बल्लो, "मोके छटी-कपड़ा दिया, रानी।"

रानी सुनली आरु रुपनथँवरा के तियारली, "नोनी रुपनथँवरा! तुय धोबी के कपड़ा दे।"

बलतो के नोनी कपड़ा निकराउन दिली। धोबी कपड़ा-मोडरा बाँदलो, नवा हाँडी धरलो आरु राजा-माहाल छाँडलो। जाते-जाते गेलो। कोसक-दापक रेंगलो आरु बन्धा-पारे अमरलो। तरई-पारे अमरुन बाबू कपड़ा मोडरा मँडालो। आइग बारलो, पानी तपालो। कपड़ा डोबलो। कपड़ा काचलो आरु निचाउन सुकालो। आपन बले नाहा-खोरा करलो। सुका कपड़ा पिंदलो, काचा कपड़ा के निचालो-सुकालो। डँडिक रहुन सुकलो कपड़ा मन के सकल्लो आरु मोडरी बाँदुन तरई-पार छाँडलो। रुमझुम-रुमझुम रेंगलो बाबू आरु राजा-माहाले गेलो। राजा-माहाले अमरुन रानी के कपड़ा सुपरित करलो। तेबे रानी बल्ली रुपनथँवरा के, "नोनी रुपनथँवरा! तुय मुठा रुपया धर, रोसई चाउर धर नोनी आउर धोबी-बिदा के दे।"

रुपनथँवरा मुठा रुपया, रोसई-चाउर जोड़ली आरु धोबी के बिदा दिली। धोबी पुने मोडरी बाँदलो आरु आपन माहाले गेलो। हुनचो गेलो पाछे राजा बल्लो झोलू पाइक के, "तुय एदायँ नाऊ-माहाले जा रे बाबू आउर हुनके हाक देउन आन। छटी-बाल बनाउन देयदे।"

झोलू पाइक सुनलो आरु तियार होउन गेलो नाऊ-माहाले। अमरलो आरु 'दादा' बलते हाक दिलो। हाक देतो के नाऊ दादा घर ले बाहिर निकरलो आरु पुछलो, "काय काम ने इलिस, बाबू? तुय मोके साँग।"

बलतो के झोलू पाइक बल्लो, "सुन दादा, नाऊ लोग! तुचो जाक के धर दादा। डँडिक काजे राजा-घरे जावँ। राजा-घरे बलाव होलिसे।"

सुनलो नाऊ आउर हरबर तियार होउन आपलो जाक के धरलो आरु आपलो माहाल छाँडलो। जायसे राजा-घरे। कोसक-दापक रेंगलो आरु अमरलो। लगे जाउन सलाम झोकलो आउर लाफी जाउन बसलो। "काय बलाव आय, राजा?" बलते पुछतो के राजा बल्लो, "सुन बाबू, नाऊ लोग! तुय बारो के बाल बनाव,

सुना और जल्दी-जल्दी तैयार हो गया। पाँवों में खड़ाऊँ पहन, हाथ में बेंत ले राजमहल छोड़कर धोबी के महल में गया। दादा को पुकारा तो दादा घर से बाहर निकला और पूछने लगा, ''किस काम से आया, बाबू?''

पूछने पर झोलू पाइक ने कहा, ''हे धोबी दादा! राजा के घर बुलावा है, दादा। तुम थोड़ी देर के लिए चलो।''

ऐसा कहने पर धोबी ने 'हाँ बाबू, मैं आऊँगा' कहा और जल्दी तैयार हो गया। अपना महल छोड़ा और चल पड़ा। चलता-चलता राजा के महल में जा पहुँचा। पास जाकर राजा को सलाम किया और दूर जाकर बैठ गया। 'किस काम से बुलवाया, राजा?' कह पूछने पर राजा ने कहा, ''तू रानी के पास जा बाबू और उससे छठी के कपड़े माँग।''

तब धोबी रानी के पास गया और बोला, ''मुझे छठी के कपड़े दें, रानी।''

रानी ने सुनकर रुपनथँवरा से कहा, ''नोनी रुपनथँवरा! तू धोबी को कपड़े दे।''

सुनकर नोनी ने कपड़े निकालकर धोबी को दिये। धोबी ने कपड़ों की गठरी बाँधी, नयी हंडी ली और राजमहल छोड़ चला। चलता चला गया। कोस-दाब भर चला और तालाब जा पहुँचा। तालाब की मेड़ पर उसने कपड़ों की गठरी रखी। आग जलायी और पानी गरम किया। कपड़े डुबाये। कपड़े धोये और निचोड़ कर सुखाया। खुद भी स्नान किया। सूखे कपड़े पहने, कच्चे कपड़ों को निचोड़ कर सुखाया। थोड़ी देर बाद सूखे कपड़े समेटे और गठरी बाँधकर तालाब से चल पड़ा। जल्दी-जल्दी चला बाबू और राजमहल जा पहुँचा। वहाँ पहुँचकर रानी को कपड़े सौंपे। तब रानी ने रुपनथँवरा से कहा, ''नोनी रुपनथँवरा! तू मुट्ठी भर रुपये ले और रसोई-चावल देकर धोबी को विदा कर।''

रुपनथँवरा ने मुट्ठी भर रुपये, रसोई-चावल आदि देकर धोबी को विदा किया। धोबी ने गठरी बाँधी और अपने महल चला गया। उसके जाने के बाद राजा ने झोलू पाइक से कहा, ''तू अब नाई के महल में जा बाबू और उसे बुला ला। वह छठी के बाल बना देगा।''

झोलू पाइक ने सुना और तैयार होकर नाई के महल गया। वहाँ पहुँचकर नाई दादा को पुकारा। पुकारने पर नाई दादा घर से बाहर आया और पूछने लगा, ''किस काम से आया, बाबू? तू मुझे बता।''

झोलू पाइक ने कहा, ''सुनो नाई दादा! तुम अपने सामान ले लो। थोड़ी देर के लिए राजा के घर चलो। राजा के घर बुलावा हुआ है।''

सुनकर नाई जल्दी से तैयार हो अपने साजो-सामान ले घर से चल पड़ा। राजा के घर जाने लगा। कोस-दाब भर चलकर राजमहल जा पहुँचा। पास जाकर राजा को सलाम किया और दूर जाकर बैठ गया। ''किस काम से बुलवाया,

बाबू।''

बाबू सुनलो आरु नोनी के बल्लो, ''आले नोनी, तुय मोके अजिक पानी तपाउन दे नू। अजिक सितर पानी बले दे। मयँ बारो के बाल बनायँदे।''

रुपनथँवरा सुनली आरु तपलो पानी-सितर पानी दिली। तेबे नाऊ दादा बल्लो रानी के, ''बारो के कोरा धरा, रानी। मयँ बारो के बाल बनाउन देयँदे।''

रानी सुनली आरु बारो के कोरा धरली। तेबे नाऊ बल्लो राजा के, ''सुना राजा, राजरपती! तुमी मोके छुरा ने अजिक थिपानी दियास।''

राजा सुनलो आरु अरग फुली दिलो। नाऊ छुरा ने थिपालो आरु बारो के बाल बनाउन दिलो। नवखँड माहाल चो जितरो लोग रहोत हुन सब के बले बाल बनालो। तेबे रानी बल्ली रुपनथँवरा के, ''सुन नोनी, रुपनथँवरा! तुय नाऊ के बिदा देस।''

रुपनथँवरा सुनली आरु रोसई-चाउर जोड़ली, मुठा रुपया धरली आरु नाऊ के बिदा दिली। नाऊ दादा मोडरी बाँदलो आरु राजा-माहाल छाँडलो। गेलो आपलो घरे। तेबे राजा झोलू पाइक के बल्लो, ''सुन बाबू, झोलू पाइक! तुय नँगारची-माहाले जा। हुन डँडिक नँगारा देओ। तिनपुर नेवता देओ। आज छटी आय, बाबू। एई नेवता देओ। सब झन सँजकारी-सँजकारी [14] एओत।''

झोलू पाइक सुनलो आरु हरबर-हरबर तियार होउन निकरलो राजा-माहाल ले। गेलो नँगारची-माहाले। अमरलो आरु माँडो मोंगरा ने उबुन 'दादा' बलते हाक दिलो। हुनचो आरो के सुनुन नँगारची घर ले बाहिर निकरलो आरु पुछलो, ''तुय काय काम ने इलिस, बाबू? आले मोके साँग।''

बाबू बल्लो, ''आज छटी आय, दादा। तुय घड़ी भर नँगारा देउन देस। तिनपुर नेवता देस।''

बलतो के नँगारची 'हव बाबू, देयँदे' बल्लो आरु हरबर तियार होलो। आपन साजू के पिंदलो, आपलो जाक के धरलो, बाँडी घोड़ी कसलो आरु हुनचो उपरे जोड़ी नँगारा चेघालो। हाते काड़ा धरलो आरु हुनचो उपरे जोड़ी नँगारा चेघालो। हाते काड़ा धरलो। आरु खोरे-डाँडे गेलो। आरा-पारा बुल्लो आरु नँगारा दिलो, ''सुना बाई, सुना नोनी! हरबर तियार होआ, नोनी-बाई। झटके तियार होआ। आज छटी आय। राजा-घरे बलाव आय। सँजकारी-सँजकारी जाहा बाई-नोनी।'' बुलुन-बुलुन, गिंजरुन-गिंजरुन साँगलो दादा आउर आपलो माहाले गेलो। बाई-नोनी मन सुनला आरु तियार होउक धरला। कोन तो कपड़ा काचेसे मने, कोन तो मुँड रेतला, कोन तो दादा-बाई मन नाहा-खोरा होसोत। रलो बिता मन कपड़ा पिंदला, तेल घसला। नीं रलो लोग पुने धड़का पिंदला आउर पानी के घसला। हाती चेगेया मन हाती चेगला, घोड़ा चेगेया मन घोड़ा चेगला। गरीब-धुरिब मन

राजा?'' उसने पूछा तो राजा बोला, ''सुन बाबू, नाई! तू बालक के बाल बना दे, बाबू।''

बाबू ने सुना और नोनी से कहा, ''अच्छा नोनी, तू मुझे थोड़ा-सा गरम पानी दे। थोड़ा-सा ठंडा पानी भी दे। मैं बालक के बाल बनाऊँगा।''

रुपनथँवरा ने सुना और गरम तथा ठंडा पानी दिया। तब नाई ने रानी से कहा, ''बालक को गोद में ले लें, रानी। मैं बालक के बाल बना दूँगा।''

रानी ने बालक को गोद में ले लिया। तब नाई ने राजा से कहा, ''सुनिए राजा, राज्य के स्वामी! आप मुझे छुरे को अर्पित करने के लिए थोड़ा-सा थिपानी[13] दें।''

राजा ने सुना और उसे अरगफुली दी। नाई ने छुरे पर टपकाया और बालक के बाल बनाये। नौ खंडा महल में जितने लोग थे, उन सबके बाल भी बनाये। तब रानी ने रुपनथँवरा से कहा, ''सुन नोनी, रुपनथँवरा! तू नाई को विदा कर।''

रुपनथँवरा ने सुना और रसोई-चावल लिया, मुट्ठी भर रुपये लिये और नाई को विदा किया। नाई दादा ने गठरी बाँधी और राजमहल से चल पड़ा। गया अपने घर। तब राजा ने झोलू पाइक से कहा, ''सुन बाबू, झोलू पाइक! तू नगारची-महल जा। वह थोड़ी देर मुनादी कर दे। तीनों लोकों में न्योता दे। आज छठी है, बाबू। यही न्योता दे। सब लोग जल्दी-जल्दी आएँ।''

झोलू पाइक ने सुना और जल्दी-जल्दी तैयार होकर राजमहल से निकल पड़ा। गया नगारची के महल में। वहाँ पहुँचकर मोगरा-मंडप के नीचे खड़ा होकर दादा को पुकारा। उसकी पुकार सुनकर नगारची घर से बाहर निकला और पूछा, ''तू किस काम से आया है, बाबू? तनिक मुझे बता।''

बाबू ने कहा, ''आज छठी है, दादा। तुम थोड़ी देर मुनादी कर दो। तीनों लोकों में न्योता दो।''

ऐसा कहने पर नगारची ने 'हाँ बाबू, मुनादी कर दूँगा' कहा और जल्दी तैयार हो गया। अपने साज पहने, अपने सामान लिये, बाँडी घोड़ी कसी और उस पर दोनों नगाड़े रखे। हाथ में काड़ा लिया और अली-गली में गया। अड़ोस-पड़ोस में घूमा और मुनादी की, ''सुनो बाई, सुनो नोनी! जल्दी तैयार होओ, नोनी बाई। जल्दी-जल्दी जाओ बाई-नोनी।'' उसने घूम-घूमकर मुनादी की और अपने महल वापस हो गया। बाई-नोनी ने सुना और तैयार होने लगीं। कोई कपड़े धोने लगी तो कोई सिर धोने लगी। कोई स्नानादि करने लगी। सक्षम लोगों ने नये कपड़े पहने, तेल चुपड़ा। गरीब-दुखी लोगों ने फटे-पुराने कपड़े पहने और पानी चुपड़ा। जिनके पास हाथी-घोड़े थे वे हाथी-घोड़ों पर सवार

पैंदल गेला। रुमझुम-रुमझुम रेंगला दादा-बाई मन आउर राजा-माहाले अमरला। अमरतो के रानी हुन मन के दखली आरु नोनी के बल्ली, ''फउद अमरुन गेला, नोनी। तुय पाँय धुआव, चाउर-टिका दे। होम-आरती कर नोनी आउर पाँय पड़।''

बलतो के रुपनथँवरा सुनली आरु झारी पानी धरली, आरती-आइग धरली। थारी ने चाउर धरली आउर सिंग-दुआरे गेली। सब के पाँय धुआली, चाउर-टिका दिली, होम-आरती करली आरु पाँय पड़ली, हात जोड़ली। दादा-बाई मन नोनी चो टोंड चुमला। नोनी बाई-नोनी मन चो हात धरली आरु निली नवखँड माहाले। बाई-नोनी मन परछी ने जाउन बसला। अरछी-परछी भरली। रानी दखली आरु राजा के बल्ली, ''सुना राजा! फउद अमरुन गेला। तुमी धँगड़ा रासी छाटा राजा। हुन मन झोका मारदे। राँदा राँददे [15]। हामी छटी-माँदी देवाँ।''

राजा सुनलो आरु बाज ले उठुन धँगड़ा रासी लगे गेलो आरु बल्लो, ''सुना बाबू, धँगड़ा रासी! तुमी झोका मारा, राँदा मँडावा। छटी-माँदी देवाँ।''

बलतो के धँगड़ा रासी मन तियार पड़ला। झोका मारला। आइग बरेया मन आइग बारला, पानी आनेया पानी आनला। धँगड़ी मन गेला आरु पान आनला, डोकरी मन दोना खिल्ला। धँगड़ा रासी राँदा राँदला। राँदा-बाटा करुन तियार होला। रुपनथँवरा पानी तपाउन सेदा-भेदा करली आरु मन्दन-सिले अमराउन दिली। कपुर दतुन दिली, झारी कसेला दिली। राजा-रानी गेला आउर सुरिज-भेट करला, कपुर दतुन करला आरु नाहा-खोरा होला। सुका कपड़ा पिंदला, ओधा कपड़ा खाले गिरली। नाहा-धोआ होउन आपलो माहाले गेला। हरबर-हरबर तियार होसोत। सुइन पुने बारो के नाहाउन दिली। तेल-फुल घसली आरु पेट-पाट के छेकुन दिली। राजा-रानी नव सै गाहना पिंदला। अलंकार पिंदला। सोन चो तड़हा पिंदला। काय मँजा दखा दिला हुन मन। रानी बल्ली नोनी के, ''नोनी रुपनथँवरा! तुय हाते पोतनी धर आरु चार खुटेया लिप। मँजी बाना लिख, अगास दिया बार। छटी-जोड़ा आन नोनी, हामी छटी बसवाँ।''

बलतो के रुपनथँवरा सुनली आरु हाते पोतनी धरली, चार खुटेया लिपली, मँजी बाना लिखली, अगास दिया बारली आरु सेवा-जोड़ा आनुन बाना ने मँडाउन दिली। राजा-घरे एकिस कोटी बाजा बाइस कोटी मोहरी बाजुक धरली। धँगड़ा माँदर मारसोत, धँगड़ी रिलो गावसोत। राजा गेलो आरु बाना ने उबलो। राजा-रानी नोनी के बल्ला, ''जोड़ी पतरी आन, नोनी। हामी छटी बसवाँ।''

बलतो के नोनी गेली आरु जोड़ी पतरी आनुन हुन लगे ओछाउन दिली। तेबे राजा बसलो। बसतो के रानी बारो के हाते धरली आरु राजा चो कोरा ने

हुए, जिनके पास कुछ नहीं था वे पैदल चल पड़े। जल्दी-जल्दी चलकर वे सब राजमहल जा पहुँचे। रानी ने उन्हें पहुँचा देखकर नोनी से कहा, ''लोग आ पहुँचे हैं, नोनी। तू उनके पाँव धुला, चावल का टीका लगा। होम-आरती कर और पाँव छू।''

सुनकर रुपनथँवरा ने झारी में पानी लिया, आरती-आग ली। थाली में चावल लेकर सिंह-द्वार पर गयी। सबके पाँव धुलाए, चावल का टीका लगाया, होम-आरती की और पाँव छुए, हाथ जोड़े। दादा-बाई ने नोनी का मुख चूमा। नोनी उनके हाथ पकड़कर उन्हें नौ खंडा महल के भीतर ले गयी। बोई-नोनी परछी में जाकर बैठ गयीं। अरछी-परछी भर गयी। रानी ने देखा और राजा से कहा, ''सुनिए राजा, लोग आ गये हैं। आप नवयुवकों को छाँटें। वे झोका[16] बनाएँगे। भोजन तैयार करेंगे। हम सब को छठी का भोजन कराएँगे।''

राजा यह सुनकर पलंग पर से उठा और नवयुवकों के पास जाकर उनसे बोला, ''सुनो बाबू, नवयुवकों! तुम लोग झोका बनाओ, भोजन तैयार करो। हम छठी का भोजन कराएँगे।''

ऐसा कहने पर नवयुवक तैयार हो गये। झोका बनाया। कुछ लोगों ने आग जलायी, कुछ पानी ले आये। नवयुवतियाँ जंगल से पत्ते ले आयीं, बुढ़ियों ने दोने सिये। नवयुवकों ने भोजन पकाया। भोजन तैयार हो गया। रुपनथँवरा ने पानी गरम कर उसमें ठंडा पानी मिलाया और स्नानगृह में पहुँचा दिया। सुगन्धित दतौन दिया, झारी पात्र दिया। राजा-रानी ने स्नानगृह में जाकर सूर्य नमस्कार किया, दतौन कर स्नान किया। सूखे कपड़े पहने, गीले कपड़े नीचे गिर गये। स्नानादि से निवृत्त होकर वे अपने महल में गये। जल्दी-जल्दी तैयार होने लगे। सुईन ने बालक को नहला दिया। तेल-फूल चुपड़ा और पेट-पीठ की सेंकाई की। राजा-रानी ने नौ सौ गहने पहने। अलंकार पहने। सोने के तड़े पहने। वे बहुत सुन्दर दिखलायी पड़ने लगे। रानी ने नोनी से कहा,''नोनी रुपनथँवरा! तू हाथ में पोतनी ले और चारों चौखाने लीप। बीच में बाना लिख, आकाश-दीप जला। छठी की सामग्री ला नोनी, हम छठी में बैठेंगे।''

ऐसा कहने पर रुपनथँवरा ने सुना और हाथ में पोतनी लेकर चारों चौखाने लीप डाला, बीच में बाना लिखा, आकाश-दीप जलाया और पूजा की सामग्री लाकर बाना के ऊपर रख दी। राजा के घर में इक्कीस कोटि बाजे[17] और बाईस कोटि मोहरियाँ[18] बजने लगीं। नवयुवक माँदर बजाने लगे, नवयुवतियाँ रिलो[19] गाने लगीं। राजा जाकर बाना के ऊपर खड़ा हो गया। राजा-रानी ने नोनी से कहा, ''दो पत्तलें ले आ, नोनी। हम छठी में बैठेंगे।''

सुनकर नोनी ने दो पत्तलें लाकर वहाँ पर बिछा दीं। तब राजा उस पर जा

दिली। आपन बले बसली। तेबे जागा रानी इली आउर छटी टिकली। धरती माता इली छटी टिकली, आइँख फुकुन दिली। गाँवकारिन देबी इली आरु छटी टिकली। असने-असने जिमिदारिन, घरगोसिन, जमाय नेवतारी देबी मन, माता-मावली, दन्तेसरी, बरमा-बिसनू, महेसर भगवान सब देव गन मन एउन बारो के छटी टिकला। राम-लखन, अजगलभिमा, बावड़ाभिमा, बली भिमसन, माहादेव-पारबती, गोकुल-नकुल, पाँचे पँडवा, गाँयता-पुजारी, बजरँगबली, बिरे हनुमान, राम भगवान बले इला आरु छटी टिकला। पाछे फेर तिनपुरेया-तिनपुरिन इला आरु छटी टिकला, आइँख फुकला। छटी टिकुन पुराला आरु राजा के पुछला, ''बारो चो काय नाँव रहेदे, राजा? तुमी हामके साँगा। हामी चाउर रिकावाँ, नाँव ठोवाँ।''

तेबे बाँजाराजा बारो के रानी चो कोरा ने दिलो आरु आपन छटी ले उठुन पँजेआर लगे गेलो आरु बल्लो, ''बारो चो काय नाँव ठोवाँ बाबू? तुय पाँजी दखुन साँग।''

बलतो के बुदू पँजेआर पाँजी-खुट दखलो, जोतिस-रमायन दखलो। होम-आरती दिलो आरु बल्लो, ''मोचो पाँजे बसली, राजा। बारो तो काँदा-खोदरा चो आय। एक काँदा-खोदरा ने जनम करली। एचो नाँव डाहाँकरैया रओ। एई नाँव ठोवा।''

सुनलो बाँजाराजा आउर बाई मन लगे जाउन बाई मन के बल्लो, ''काँदा-खोदरा चो जनम करलो आय, बाई मन। एचो नाँव डाहाँकरैया रओ मने।''

बलतो के बाई-नोनी सुनला आरु चाउर रिकाला। डाहाँकरैया नाँव ठोवला। 'बाड़-बाड़ बारो डाहाँकरैया, मोचो इदलो बाड़' बलते चाउर रिकाला, हाँडी छियाला। फेर सात बिजा चाउर बाछला बाई मन आरु रानी के धराउन बल्ला, ''तुय कलसा उठाव आरु बोमली-खोदरा ने ने।''

रानी सुनली आरु चाउर के बिगराली, बारो के सुआली आरु सात बिजा चाउर आउर कलसा उठाउन बोमली-खोदरा ने निली। हुता सात बिजा चाउर फिंगली। कलसा के मँडाली। हुता ले फेर आपन माहाले गेली। राजा-रानी छटी ले उठला। आरु सब के हात जोड़ुन बल्ला, ''सुना दादा, सुना बाई! हामी छटी ले उठुन गेलू, दादा-बाई। हामी सब के पाँय पड़ुँसे। सब के हात जोड़ुँसे।''

दादा-बाई आसिरबाद दिला, ''उठा राजा, उठा रानी! तुचो चुड़ी अमर रहो, रानी। सिरे सेन्दूर रहो, कपारे टिकली रहो। माथे तिलक रहो राजा, सिरे पगड़ी रहो। सुक-सनपती ने राहा राजा-रानी। तुमी जिव रत ले खाहा।''

नोनी पुने सब जोड़ा के धरली आरु नवखँड माहाले निली। राजा-रानी बसला। तेबे छटी-माँदी देतो काजे राजा के रानी बल्ली। राजा सुनलो आरु धँगड़ा

बैठा। उसके बैठने पर रानी ने बालक को हाथ में लेकर राजा की गोद में दे दिया। स्वयं भी बैठ गयी। तब धरती माता ने आकर छठी का टीका लगाया, आँखें फूँकी[20]। गाँवकारिन[21] देवी ने भी आकर छठी का टीका लगाया। इस तरह जिमिदारिन[22], घरगोसिन[23], सारे आमन्त्रित देवी-देवता, माता-मावली[24], दन्तेसरी[25], बरमा-बिसनू, महेसर भगवान आदि सभी देवताओं ने आकर बालक को छठी का टीका लगाया। राम-लखन, अजगलभिमा, बावड़ाभिमा, बली भिमसन, माहादेव-पारबती, गोकुल-नकुल, पाँचों पँडवा, गाँयता-पुजारी, बजरंगबली, बिरे हनुमान, राम भगवान भी आये और छठी का टीका लगाया। उनके बाद तीनों लोकों के नर-नारी ने आकर छठी का टीका लगाया और आँखें फूँकीं। छठी का टीका लगा राजा से पूछा, ''बच्चे का नाम क्या होगा, राजा? आप हमें बताएँ। हम चावल डालेंगी[26], नाम रखेंगी।''

तब बाँजाराजा ने बच्चे को रानी की गोद में दिया और स्वयं उठकर पँजेआर के पास गया और बोला, ''बच्चे का नाम क्या रखें बाबू? तुम पंचांग देखकर बताओ।''

ऐसा कहने पर बुदू पँजेआर ने पोथी-पत्तर देखे, ज्योतिष आदि देखे। होम-आरती की और बोला, ''मेरे पंचांग में नाम दिख गया है, राजा। बच्चा तो काँदा वाले गड्ढे का है। इसने काँदा के गड्ढे में जन्म लिया है। इसका नाम डाहाँकरैया रहे। यही नाम रखें।''

बाँजाराजा ने सुना और महिलाओं के पास जाकर उनसे कहा, ''काँदावाले गड्ढे में इसने जन्म लिया है, बाई। इसका नाम डाहाँकरैया रखें।''

ऐसा कहने पर महिलाओं ने सुना और बच्चे के आगे चावल डाला। डाहाँकरैया नाम रखा। 'बढ़ो-बढ़ो डाहाँकरैया, मेरे बराबर बढ़ो' कहते हुए बच्चे के आगे चावल डाला, हंडी छुआई[27]। फिर चावल के सात दाने छाँटकर रानी को पकड़ाए और कहा, ''तुम कलश उठाओ रानी और नालवाले गड्ढे में ले जाओ।''

रानी ने सुनकर चावल बिखेरा, बच्चे को उस पर सुलाया और चावल के सात दाने तथा कलश उठाकर नालवाले गड्ढ़े के पास ले गयी। वहाँ उसने चावल के सात दाने अर्पित किये। कलश रखा और अपने महल में चली गयी। राजा-रानी छठी से उठ गये और सबको हाथ जोड़कर प्रणाम किया तथा विनती की, ''सुनो दादा, सुनो बाई! हम छठी से उठ गये, दादा-बाई। हम आप सबको प्रणाम करते हैं।''

दादा-बाई ने उन्हें आशीर्वाद दिये, ''उठिए राजा, उठिए रानी! तुम्हारी चूड़ी अमर रहे, रानी। सिर में सिन्दूर रहे, माथे पर बिन्दिया रहे। माथे पर तिलक रहे राजा, सिर पर पगड़ी बनी रहे। सुख-सम्पत्ति मिले राजा-रानी। तुम लोग जीवन भर सुख भोगो।''

नोनी सारी सामग्री नौ खंडा महल में ले गयी। राजा-रानी बैठे। तब रानी

रासी लगे जाउन बल्लो, ''सुना बाबू, धँगड़ा रासी! तुमी सब के पानी दिया, बाबू। सब के हात धोआवा। तिल-तिल बाटा बाबू।''

बलतो के धँगड़ा रासी सब के पानी दिला, हात धोआला। सब झन ओरी-चो-ओरी बसला। पतरी बटेया पतरी बाटला, दोना बटेया दोना, भात बटेया भात बाटला, दार बटेया दार। सब झन के तिल-तिल बाल-बाल बाटला। सब के पुरली। सब खाउन-पिउन तियार होला। राजा-रानी बले खादला। पाछे फेर सब झन आपलाहान घरे-घरे गेला।

दुसर दिन होली। राजा-रानी बाजे बसलासोत। रानी बल्ली, ''सुना राजा! तुमी गाँयतिन-माहाले, पुजारिन-माहाले जाहा। गाँयतिन-पुजारिन के बलाउन आना। खोदरा के बुजुन देयदे।''

सुनलो राजा आउर झोलू पाइक के तियारलो, ''जा रे बाबू, झोलू पाइक! तुय गाँयतिन-पुजारिन के बलाउन आन। खोदरा मेला आसे। हुनके बुजुन देदे।''

बलतो के झोलू पाइक तियार होलो आरु गेलो गाँयतिन-पुजारिन लगे। अमरलो आरु माँडो मोंगरा ने उबुन 'बाई' बलते हाक दिलो। हाक देतो के बाई घर ले बाहिर निकरली आरु 'काय काम ने इलिस, बाबू?' बलते पुछली। पुछतो के झोलू पाइक बल्लो, ''तुमी झपके तियार होआ, बाई। राजा-घरे बलाव आय। एक डँडिक जावँ।''

गाँयतिन-पुजारिन 'हव बाबू, एउँदे' बल्ला आरु हरबर तियार होला। आपन साजू के पिंदली बाई, आपन जाक के धरली आरु राजा-माहाले जायसे। रुमझुम-रुमझुम रेंगली बाई आरु राजा-माहाले अमरली। राजा के पुछली, ''आले काय बलाव आय, राजा? तुमी मोके साँगा।''

राजा बल्लो, ''तुमी रानी लगे जाहा, बाई। खोदरा के बुजुन दियासे मने।''

बलतो के गाँयतिन-पुजारिन गेला रानी लगे। रानी बल्ली, ''मेला खोदरा आसे, बाई। तुमी हुनके बुजुन दियास।''

गाँयतिन-पुजारिन सुनला आरु हाते कोड़की धरला, अरगफुली धरला आरु गेला बोमली-खोदरा ने। अरगफुली थिपाला। रानी हुन थाने सात बिजा चाउर फिंगली। बाई पुने कोड़की धरली आउर खोदरा के बुजुन दिली। फेर राजा-माहाले गेला। रानी बल्ली नोनी के, ''सुना नोनी, रुपनथँवरा! तुय रोसई-चाउर, मुठा रुपया जोड़ नोनी आरु गाँयतिन-बिदा के देस।''

नोनी सुनली आरु रोसई-चाउर, मुठा रुपया धरली आरु गाँयतिन-पुजारिन के बिदा दिली। बिदा धरला आरु गाँयतिन-पुजारिन आपलाहान घरे-घरे गेला।

असने-असने सात ले आट, आट ले नव दिन होली बारो चो जनम करलो। होऊ-होऊ पँदरा दिन होली। हुता ले महेना, सवा महेना होली। राजा-रानी बाजे

ने छठी का भोज देने को कहा। राजा ने सुना और नवयुवकों के पास जाकर बोला, ''सुनो बाबू, नवयुवकों! तुम सब लोगों को पानी दो, बाबू। सबके साथ धुलाओ। सबको भोजन परोसो।''

सुनकर नवयुवकों ने सबको पानी दिया, हाथ धुलाए। सब लोग पंक्तियों में बैठ गये तब कुछ युवकों ने पत्तल बाँटे, कुछ ने दोने, कुछ ने भात और कुछ ने दाल बाँटे। सभी को भोजन परोसे गये। सभी को भोजन मिला। सब खा-पीकर तैयार हो गये। राजा-रानी ने भी भोजन किया। फिर सब लोग अपने-अपने घर चले गये।

अगला दिन हुआ। राजा-रानी पलंग पर बैठे थे। रानी ने कहा, ''सुनिये राजा! आप गाँयतिन-महल जाएँ, पुजारिन के महल में जाएँ। गाँयतिन-पुजारिन को बुला लाएँ। वे गड्ढे को पाट देंगी।''

राजा ने सुना और झोलू पाइक से कहा, ''जा बाबू झोलू पाइक! तू गाँयतिन-पुजारिन को बुला ला। गड्ढा खुला पड़ा है। वे उसे पाट देंगी।''

ऐसा कहने पर झोलू पाइक तैयार हो गया और गया गाँयतिन-पुजारिन के पास। वहाँ पहुँचकर मोगरा-मंडप के नीचे खड़ा हुआ और बाई को पुकारा। पुकार सुनकर बाई घर से बाहर आयी और 'किस काम से आया है, बाबू?' कहकर पूछा। झोलू पाइक ने कहा, ''तुम जल्दी से तैयार हो जाओ, बाई। राजा के घर से बुलावा है। थोड़ा देर चलो।''

गाँयतिन-पुजारिन ने 'हाँ बाबू, आएँगी' कहा और जल्दी तैयार हो गयीं। अपने साज पहने और अपने सामान लेकर राजा के महल की ओर जाने लगीं। जल्दी-जल्दी चलकर जा पहुँचीं राजा के महल में। राजा से पूछा, ''अच्छा राजा! किसलिए बुलवाया? आप मुझे बताएँ।''

राजा ने कहा, ''तुम लोग रानी के पास जाओ, बाई। खुले गड्ढे को पाट देना।''

ऐसा कहने पर गाँयतिन-पुजारिन गयीं रानी के पास। रानी ने कहा, ''गड्ढा खुला पड़ा है बाई, तुम लोग उसे पाट दो।''

सुनकर गाँयतिन-पुजारिन ने हाथ में कुदाली ली, अरगफुली ली और गयीं नालवाले गड्ढे के पास। वहाँ अरगफुली टपकायी। रानी ने उसमें चावल के सात दाने अर्पित किये। तब बाई ने कुदाली ली और गड्ढा पाट दिया। फिर सब राजमहल में गयीं। रानी ने नोनी से कहा, ''सुन नोनी, रुपनथँवरा! तू रसोई-चावल, मुट्ठी भर रुपये ले और गाँयतिन को विदा कर।''

नोनी ने सुना और रसोई-चावल, मुट्ठी भर रुपये देकर गाँयतिन-पुजारिन को विदाई दी। वे विदा लेकर अपने-अपने घर चली गयीं।

बसू[28] रला। रानी बल्ली, ''सुना राजा, बाँजाराजा! बारो चो जनम करलो सवा महेना होली, राजा। तुमी धोबी-माहाले जाहा राजा आरु हुनके हाक देउन आना। हुन बोहरेया कपड़ा नेयदे। मयँ नवखँड माहाले ओलेंदे।''

बलतो के राजा सुनलो आरु झोलू पाइक के तियारलो। तियारतो के झोलू पाइक हरबर-हरबर तियार होलो आरु धोबी-माहाले जाउन हुनके हाक देउन आनलो। धोबी इलो आरु लगे जाउन सलाम झोकलो, लाफी जाउन बसलो आउर राजा के पुछलो, ''आले काय बलाव आय, राजा? तुमी मोके साँगा।''

राजा बल्लो, ''तुय रानी लगे जा, बाबू। बोहरेया कपड़ा-छुआ कपड़ा माँग।''

धोबी सुनलो आरु रानी लगे गेलो। ''मोके कपड़ा दिया, रानी।'' बल्लो रानी के। तेबे रानी हुनके बोहरेया कपड़ा दिली। धोबी कपड़ा-मोडरा बाँदलो आरु राजा-माहाल छाँडलो। जाते-जाते गेलो धोबी बन्धा सागर के अमरलो। कपड़ा-मोडरा मँडालो, आइग बारलो आरु पानी तपालो। कपड़ा डोबलो आरु काचुन-काचुन सुकालो। आपलो नाहालो। सुका कपड़ा पिंदलो, ओधा कपड़ा के निचाउन सुकाउन दिलो। डँडिक रहुन सुका कपड़ा मन के सकल्लो, मोडरा बाँदलो आरु राजा-घरे गेलो। कोसक-दापक रेंगलो। आरु अमरलो, राजा-घरे। रानी के कपड़ा सुपरित करलो। नोनी पुने रोसई-चाउर, मुठा रुपया धरली आरु धोबी के बिदा दिलो! धोबी मोडरी बाँदलो आरु आपलो घरे गेलो। तेबे रानी बल्ली रुपनथँवरा के, ''सुन नोनी, रुपनथँवरा! तुय पानी तपाव नोनी। सेदा-भेदा कर। मयँ आँगे असनाँद करेंदे।''

रुपनथँवरा सुनली आरु पानी तपाउन सेदा-भेदा करली आरु मन्दन-सिले नेउन दिली। झारी कसेला दिली, कपुर दतुन दिली। रानी गेली मन्दन-सिले आरु कपुर दतुन धरली, सुरिज-भेट करली। मुखारी करली। लिमऊ-चानी धरली आरु माथ मिंजली। लदा झुड़ा बाँदली। लवनी-मुँदा धरली हरदी-मुँदा धरली आरु सिकसा[29] लगड़ली। नाहा-खोरा करली आरु सुका कपड़ा पिंदुन नवखँड माहाले गेली। जाउन बाजे बसली। नोनी के बल्ली, ''सुन बाबा, रुपनथँवरा! तुय मोके तेल निकराउन दे, नोनी। मयँ तेल घसेंदे।''

बलतो के नोनी तेल निकराउन दिली। तेबे रानी तेल घसली आरु नोनी के बल्ली, ''नोनी! मोके तपलो पानी दे। मयँ बारो के नाहाउन देयँदे।''

बलतो के नोनी तपलो पानी दिली। पानी देतो के रानी बारो के नाहाउन दिली। तेल घसुन दिली आरु पेट छेकली। बारो के कोरा धरली आरु राजा-रानी बसला। रानी बल्ली, ''सुना राजा! सवा मेहना होली। तुमी गाँडा-माहाले जाहा, राजा। बय डोरी आना। बारो के डोरी पिंदावाँ।''

इस तरह सात से आठ, आठ से नौ दिन बीते बच्चे के जन्म को। होते-होते पन्द्रह दिन बीते फिर एक महीना बीता। राजा-रानी पलंग पर बैठे थे। रानी बोली, ''सुनिए राजा, बाँजाराजा! बच्चे के जन्म को सवा महीना बीत गया, राजा। आप धोबी के महल में जाएँ राजा और उसे बुला लाएँ। वह छूत के कपड़े ले जायेगा। मैं नौ खंडा महल में प्रवेश करूँगी।''

ऐसा कहने पर राजा ने सुना और झोलू पाइक से कहा। कहने पर झोलू पाइक जल्दी-जल्दी तैयार होकर गया धोबी ने महल में और उसे बुला लाया। धोबी ने पास जाकर राजा को सलाम किया और दूर बैठकर राजा से पूछा, ''किस लिये बुलवाया, राजा? आप मुझे बताएँ।''

राजा ने कहा, ''तू रानी के पास जा, बाबू। उससे छूत के कपड़े माँग।''

धोबी ने सुना और गया रानी के पास। ''मुझे कपड़े दें, रानी।'' कहा रानी से। तब रानी ने उसे छूत के कपड़े दिये। धोबी ने कपड़ों की गठरी बाँधी और राजमहल से चल पड़ा। वह तालाब में जा पहुँचा। कपड़ों की गठरी रखी, आग जलायी और पानी गरम किया। कपड़े डुबाये और धो-धो कर सुखाये। स्वयं भी स्नान किया। सूखे कपड़े पहने और गीले कपड़े निचोड़कर सुखाये। थोड़ी देर बाद सूखे कपड़े समेटे और गठरी बाँधकर राजा के घर गया। कोस-दाब भर चलकर जा पहुँचा राजमहल। रानी को कपड़े सौंपे। नोनी ने उसे रसोई-चावल और मुट्ठी भर रुपये देकर विदा किया। धोबी ने गठरी बाँधी और अपने घर चला गया। तब रानी ने रुपनथँवरा से कहा, ''सुन नोनी, रुपनथँवरा! तू पानी गरम कर नोनी। उसमें ठंडा पानी मिला। मैं स्नान करुँगी।''

रुपनथँवरा ने सुना और पानी गरमकर उसमें ठंडा पानी मिलाया और स्नानगृह में पहुँचा आयी। झारी पात्र दिया, सुगन्धित दतौन दिया। रानी स्नानगृह में गयी और सुगन्धित दतौन लेकर सूर्य नमस्कार किया। दतौन किया। नीबू के टुकड़े से सिर धोया। बड़ा-सा जूड़ा बाँधा। उबटन लेकर शरीर पर लगाया। स्नान कर सूखे कपड़े पहन नौ खंडा महल में गयी और पलंग पर जा बैठी। नोनी से कहा, ''सुन बाबा[30] रुपनथँवरा! तू मुझे तेल निकालकर दे, नोनी। मैं तेल लगाऊँगी।''

ऐसा कहने पर नोनी ने तेल निकाल दिया। तब रानी ने तेल चुपड़ा और नोनी से बोली, ''नोनी! मुझे तू गरम पानी दे। मैं बच्चे को नहला दूँगी।''

सुनकर नोनी ने गरम पानी दिया। पानी देने पर रानी ने बच्चे को नहला दिया। तेल लगा दिया और पेट सेंका। बच्चे को गोद में लेकर राजा-रानी बैठे। रानी बोली, ''सुनिये राजा! सवा महीना बीत गया। आप गाँडा[31] महल जाएँ, राजा। बय डोरी[32] लाएँ। बच्चे को डोरी पहनाएँगे।''

राजा सुनलो आरु झोलू पाइक के तियारलो, ''जा रे बाबू, झोलू पाइक! तुय मुठा रुपया धर आरु गाँडा-माहाले जा। बय डोरी आन। बारो के पिंदावाँ।''

झोलू पाइक सुनलो आरु हरबर तियार होलो। मुठा रुपया धरलो आरु गेलो-गाँडा-माहाले। रुमझुम-रुमझुम रेंगलो, एक कलाट मारलो आरु अमरलो। माँडो मोंगरा उबलो आरु 'दादा' बलते हाक दिलो। हाक देतो के दादा घर ले निकरलो आरु 'काय काम ने इलिस, बाबू?' बलते पुछलो। तेबे झोलू पाइक बल्लो, ''मोके बय डोरी दे, दादा। बारो के डोरी पिंदातो आय।''

दादा सुनलो आरु 'हव बाबू, मयँ देयँदे' बल्लो। आपलो माहाले गेलो आरु पाजन पाई थान ले बय डोरी हेड़ुन बाबू के धराउन दिलो। झोलू पाइक पुने हुनके मुठा रुपया दिलो आरु गाँडा-माहाल छाँडलो। कोसक-दापक रेंगलो आरु अमरलो राजा-घरे। राजा-रानी लगे गेलो आरु बय डोरी धराउन दिलो। राजा डोरी धरलो आरु बाबू के बल्लो, ''सुन बाबू, झोलू पाइक! तुय आरती-आइग आन, घिंव-गुर आन। मयँ बारो के डोरी के पिंदायँदे[33]।''

झोलू पाइक सुनलो आरु आरती-आइग, घिंव-गुर आनलो। राजा चार खुट होम-आरती दिलो आरु चार खुट पाँय पड़लो। रानी बारो के कोरा धरली। राजा बारो के डोरी पिंदाउन दिलो। बारो काय मँजा दखा देय। रानी खँड मुचकी मारली। मुचमुच-मुचमुच हाँसली। मने मन बिचार करेसे, 'मयँ नाना पयकार होले, बाना-बिसा होले। मोके भगवान दिला'। तेबे फेर रानी नवखँड माहाले ओयल्ली। राजा-रानी खाना-पिना खादला। असने रते-रते आसोत।

राजा ने सुना और झोलू पाइक से कहा, ''जा बाबू, झोलू पाइक! तू मुट्ठी भर रुपये ले और गाँडा-महल जा। वहाँ से बय डोरी ला। बच्चे को पहनाएँगे।''

झोलू पाइक ने सुना और जल्दी तैयार हुआ। मुट्ठी भर रुपये लिये और गया गाँडा के महल में। जल्दी-जल्दी चला, लम्बे डग भरे और जा पहुँचा। मोगरा-मंडप के नीचे खड़ा होकर दादा को पुकारा। सुनकर दादा घर से निकला और 'किस काम से आया, बाबू?' कह पूछा। तब झोलू पाइक ने कहा, ''मुझे बय डोरी दे, दादा। बच्चे को डोरी पहनाना है।''

दादा ने सुना और 'हाँ बाबू, मैं दूँगा' कहा। अपने महल में गया और पाजन पाई[34] में से बय डोरी निकालकर बाबू को दी। झोलू पाइक ने उसे मुट्ठी भर रुपये दिये और गाँडा-महल छोड़ चला। कोस-दाब भर चलकर जा पहुँचा राजा के घर। राजा-रानी के पास गया और बय डोरी थमा दी। राजा ने डोरी ली और बाबू से कहा, ''सुन बाबू, झोलू पाइक! तू आरती-आग ला, घी-गुड़ ला। मैं बच्चे को डोरी पहनाऊँगा।''

झोलू पाइक ने सुना और आरती-आग, घी-गुड़ ले आया। राजा ने चारों दिशाओं में होम-आरती की और प्रणाम किया। रानी ने बच्चे को गोद में लिया। राजा ने बच्चे को डोरी पहना दी। बच्चा बहुत सुन्दर दिखलायी पड़ने लगा। रानी हौले से मुस्करायी। वह मन्द-मन्द मुस्कराने लगी। वह मन-ही-मन विचार करने लगी, 'मैंने नाना उपाय किये, कई कष्ट सहे तब कहीं भगवान ने मुझे सन्तान दी'। फिर रानी ने नौ खंडा महल में प्रवेश किया। राजा-रानी ने भोजन किया। वे इस तरह जीवन व्यतीत करने लगे।

सन्दर्भ

1. सिंद-गोका : खजूर प्रजाति के 'छींद' नामक एक पौधे का कन्द।
2. पानी : औषधियुक्त पानी।
3. ककई-डारा : ककई नामक पौधे की पत्तों-युक्त शाख। इस पौधे की पत्तियों का आकार ककई (विशेष प्रकार की कंघी) की तरह होने के कारण इसे ककई कहा जाता है।
4. टोड़लो : मूल ध्वनि 'टुटालो'।
5. कदली-कछार : केले का कछार।
6. फुलर दँवड़ी : फूल रखने की टोकरी।
7. बाँडी घोड़ी : पूँछ कटी घोड़ी।
8. काड़ा : नगाड़ा बजाने का डंडा।
9. पँयसरी : दोनों हथेलियों को मिलाकर फैलाने से बनने वाली मुद्रा, अँजुरी।
10. जँवरा डोकरी : एक देवी जो नवजात शिशुओं की रक्षा करती है तथा उन्हें खेल खिलाती है। जँवरा डोकरी के विषय में धारणा है कि वह बच्चों के गन्दे कपड़े उठाकर उन्हें धोती व सारा दिन सुखाती रहती है। कपड़े सुखाने का उसका यह क्रम सारा दिन चलता रहता है। शाम होने

पर वह 'अरे! यह तो शाम हो गयी, अब कल सुखाऊँगी' कहकर उन्हें समेट लेती है और दूसरे दिन पुनः सुखाने लगती है। इसी से एक मुहावरा 'जँवरा डोकरी असन होतो (जँवरा डोकरी की तरह होना)' भी प्रचलन में है। कोई भी व्यक्ति यदि किसी एक काम को बारम्बार करता रहता है और उसका काम कभी समाप्त नहीं होता तो उसके लिये इसी मुहावरे का प्रयोग किया जाता है। (स्रोत : मायावती वैष्णव)।

11. खोल्लो : इस शब्द में नागरी प्रभाव स्पष्ट है। मूल ध्वनि 'उघड़ालो', अन्य ध्वनि 'उघाड़लो'।
12. उघाड़लो : अन्य ध्वनि 'उघड़ालो'
13. थिपानी : मदिरा। देवता को टपकाकर अर्पित की जानेवाली मदिरा को थिपानी कहा जाता है। थिपानी का शाब्दिक अर्थ है 'वह जो टपकायी जाये'। बस्तर अंचल में प्रायः प्रत्येक वस्तु में देवी-देवता का वास होने की धारणा है। छुरा को मदिरा अर्पित किये जाने के पीछे भी यही धारणा है और यह मंतव्य भी कि छुरा से किसी प्रकार का अनिष्ट न हो और वह सहायक हो।
14. सँजकारी : शब्दार्थ है 'साँझ होने से पहले'।
15. राँदा : मूल ध्वनि 'राँधा : मूल ध्वनि 'राँधदे'।
16. झोका : अन्य ध्वनि 'जोखा'। जमीन को खोदकर बनाया गया बड़ा-सा चूल्हा।
17. बाजे : निसान, तुड़बुड़ी, ढोल एवं ढपरा नामक बाजे।
18. मोहरी : शहनाईनुमा सुषिर वाद्य।
19. रिलो : एक लोक गीत।
20. सुकदई गुरुमायँ के अनुसार, ''सरगी (साल) के दो पत्तों को दीया का आकार दिया जाता है तथा उसमें दो बातियाँ रखी जाती हैं। यही दीये जलाकर उन्हें दोनों हाथों में पकड़कर बच्चे तथा उसकी माँ एवं वहाँ उपस्थित लोगों की आँखों के आगे ले जाकर फूँका जाता है।'' आँख फूँकने की इस रस्म के विषय में राजागाँव की जानकी बाई बतलाती हैं, ''छठी में बच्चे व माँ को मिली भेंट को गिना जाता है। रुपये-पैसे भी गिने जाते हैं। इसके बाद चावल के पिसान तथा गोबर की मलाई बनायी जाती है। फिर उस मलाई और दीपक को सात बार बच्चे के चारों ओर परिक्रमा कराने के बाद दीया बच्चे की आँख के सामने ले जाकर फूँक दिया जाता है। यह कहलाता है आँख फूँकना।'' लोक विश्वास के अनुसार इस रस्म का मतलब है प्रसव से अशुद्ध हुए माँ तथा बच्चे का शुद्धिकरण। जलता हुआ दीपक इस बात का प्रतीक है कि वह अशुद्धि को दूरकर शुद्ध करता है तथा उसे फूँककर बुझाने का अर्थ है अशुद्धता अब समाप्त हो गयी।
21. गाँवकारिन देवी : गाँव की देवी। प्रत्येक गाँव की अपनी अलग देवी होती है। इस देवी को गाँवकारिन देवी कहा जाता है। उदाहरण के तौर पर बेड़ागाँव की गाँवकारिन देवी हिंगलाजिन हैं, बनियागाँव की गाँवकारिन देवी भी हिंगलाजिन हैं। कोंडागाँव की गाँवकारिन देवी शीतला माता हैं।
22. जिमिदारिन : जमीन की देवी।
23. घरगोसिन : घर की देवी। प्रत्येक परिवार की अपनी अलग देवी होती हैं।
24. माता-मावली : माता अर्थात् माँ दन्तेसरी एवं मावली नामक देवी। मावली देवी को माँ दन्तेसरी (दन्तेश्वरी) की छोटी बहिन कहा जाता है।
25. दन्तेसरी : माँ दन्तेश्वरी। वारंगल से बस्तर आये काकतीय राजवंश की इष्ट देवी।
26. चावल डालना : लोक विश्वास के अनुसार शिशु एवं माता के आगे ऊपर से चावल डालना शुभ होता है।
27. हंडी छुआना : शुद्धिकरण।
28. बसू : समानार्थी 'बसुन'।
29. सिकसा : अन्य ध्वनियाँ 'सिगसा', 'खिकसा'।

30. बाबा : शाब्दिक अर्थ 'पिता'। किन्तु यहाँ यह रुपनथँवरा के लिए प्रयोग में आया है। पुत्र-पुत्रियों या छोटे भाई-बहिनों तथा उम्र में छोटे और प्रिय लोगों के लिए भी 'बाबा' सम्बोधन प्रयोग में आता है।

31. बय डोरी : कपड़ा बीनने के यन्त्र में लगी डोरी।

32. पिंदायँदे : अन्य ध्वनि 'पिंधायँदे'।

33. पाजन पाई : बुनकरों का एक यन्त्र।

अधया-7

डाहाँकरैया चो बाड़तो-खेलतो

बारो चो जनम करलो सवा ले डेड़ महेना होली आरु असने-असने डेड़ ले दुय महेना। बारो दिन-दिन बाढ़ेसे। दुय ले तिन महेना होली। बारो मूँ के दखुन हाँसे। चार महेना होतो के बारो उबड़ा[1] पड़े। तिल-तिल बाल-बाल बाढ़ेसे बारो। असने-असने पाँच महेना होली। बारो पिला पेट सलँडा मारुक धरलो। दिन-दिन बाढ़ेसे। असने-असने छय महेना होली। एदायँ कुला मँडाय। सात महेना होतो के माँडी मोड़ुक धरलो। माँडीखुटा देय। आट महेना होतो के तो रनभन खेलुक धरलो। माहाल अँधल[2] होय। नव महेना होली। बारो एदायँ कुड़ के थापुन उबे। रानी पुने राजा के साँगे, "दखलास राजा! बारो कुड़ के थापुन उबेसे।" बले आरु हरिक होय। नव महेना ले दस महेना होतो के बारो डाहाँका पकाये। काय मँजा सुँदर दखे। अती सुँदर दखे बारो पिला। दस ले इगारा महेना चो होलो बारो। हुता

अध्याय-7

डाहाँकरैया का बढ़ना-खेलना

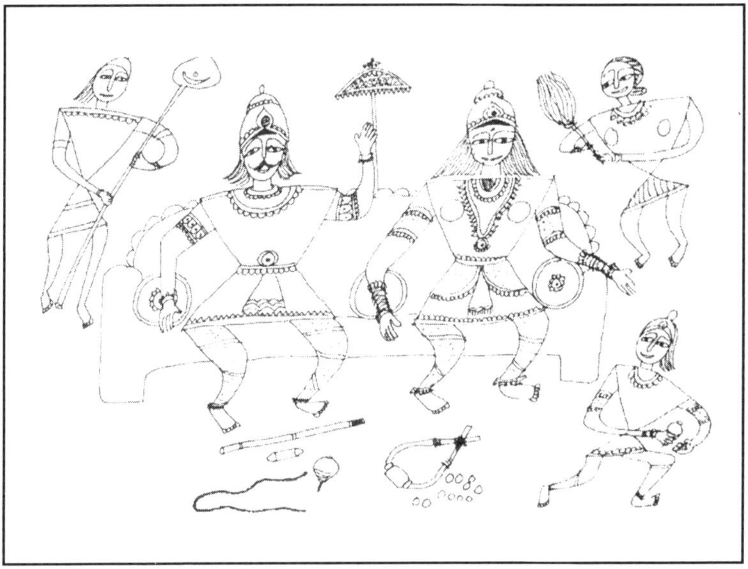

बच्चे के जन्म को सवा से डेढ़ महीने और इसी तरह डेढ़ से दो महीने बीते। बच्चा दिनोंदिन बढ़ने लगा। दो से तीन महीने हो गये। बच्चा मुँह को देखकर हँसने लगा। चार महीना होने पर वह पट पड़ने लगा। वह पल-प्रतिपल बढ़ने लगा। इसी तरह वह पाँच महीने का हो गया। अब वह पेट के बल सरकने लगा। दिन-दिन बढ़ता जा रहा था। इसी तरह छह महीने बीते। अब वह बैठने लगा था। सात महीना होने पर वह घुटने मोड़ने लगा। घुटनों के बल चलने लगा। आठ महीना होने पर वह इधर-उधर चलने लगा। महल में उसका शोर गूँज उठता। वह नौ महीने का हो गया। अब बालक दीवार को थामकर खड़ा होने लगा। रानी राजा से बतलाने लगी, ''देखा राजा! बालक दीवार थामकर खड़ा होने लगा है।'' ऐसा कह वह बहुत प्रसन्न होने लगी। नौ से दस महीने

ले साल भर चो होलो। थुमथाम-थुमथाम रेंगे। चिखला खेले, धुरला खेले। दखलो राजा आरु बलेसे, ''दख नू, रानी। बारो चिखला खेलेसे। ने, धुआउन देस।'' रानी सुनली आरु बारो के पाउन निली। नाहाउन दिली आरु नवखँड माहाले निली।

बारो दिन-दिन बाड़ते गेलो। साल भर ले दुय साल चो होलो, तिन साल चो होलो। काय मँजा सुँदर दखे। गागुक धरलो। तिनपुर गगई गागे। तेबे रानी बल्ली झोलू पाइक के, ''बाबू, झोलू पाइक! दख नू, बारो तिनपुर गगई गागेसे। तुय एके खोरे खेलाउक ने तो।''

झोलू पाइक सुनलो आरु हरबर तियार होलो। पाँये खड़ऊ पिंदलो, हाते बेद धरलो आरु बारो के पाउन खोरे निलो खेलाउक। जाते-जाते गेलो। कोसक-दापक हिंडलो आरु पारा-परोसे अमरलो। हुता नेउन बारो चो जवँरैया पिला मन सँगे खेलतो काजे भेटाउन दिलो। राजा पिला पुने आपलो जवँरैया पिला मन सँगे खेले। किदलदायँ ले खेलते रलो की। पाछे फेर झोलू पाइक पावलो बारो के आरु नवखँड माहाले आनलो। असने-असने रोजे खेलाउक नेय।

राजा-रानी काय मँजा राज धरुन खासोत। राजा-पिला दिन-दिन बाड़ते जायसे। तिन साल ले चार साल, चार साल ले पाँच साल। होऊ-होऊ छय, छय ले सात साल चो होलो। खोरे खेलुक जाय। जवँरैया-जवँरैया खेलोत मने। हुनचो जवँरैया मन बाटी खेलोत। राजा लगे बाटी नीं रहे। तेबे डाहाँकरैया दखलो आरु 'मोचो जवँरैया मन बाटी खेलसोत। मोचो लगे निंहाय। जायँदे ता, आया-बाबा के बाटी घेनुक बलेंदे' बलते पराते-पराते आया लगे गेलो। आया बिती के बलेसे, ''सुन आया, मोचो आया! मोचो गोठ के सुन। मोचो जवँरैया मन बाटी खेलसोत मान्तर मोचो लगे बाटी निंहाय। मोचो काजे बाटी घेनुन दे, आया। मयँ बले बाटी खेलुआयँ।'' बलते घिरलुन-घोंडरुन गागुक धरलो। तेबे रानी गेली राजा लगे आरु बल्ली, ''सुन राजा, बाँजाराजा! बाबू बाटी काजे गागेसे। हुनके बाटी घेनुन दियास''।

तेबे बाँजाराजा गेलो बाबू लगे आरु बल्लो, ''सुन बेटा, डाहाँकरैया! तुय बाटी काजे गागसिस, बेटा। तुय रोना-गाना[4] नीं कर। मयँ तुके बाटी घेनुन देयँदे।'' बल्लो राजा आउर झोलू पाइक के बल्लो, ''जा रे बाबू, झोलू पाइक! तुय मुठा रुपया धर आउर कुमार-माहाले जा। बाटी बनाउन आन। बाबू बाटी काजे गागेसे।

बलतो के झोलू पाइक हरबर तियार होलो आरु मुठा रुपया धरुन गेलो कुमार-माहाले। कोसक-दापक हिंडलो आरु अमरलो। माँडो-मोंगरा उबलो आरु 'दादा' बलते हाक दिलो। हाक देतो के 'कोन हाक देयसे मोके?' बलते दादा घर ले बाहिर निकरलो आरु पुछलो, ''काय काम ने इलिस, बाबू? आले साँग मोके।''

झोलू पाइक बल्लो, ''तुय मोके बाटी बनाउन दे, दादा। डाहाँकरैया खेलुआय।''

सुनलो कुमार दादा आरु 'हव बाबू, मयँ बनाउन देयँदे' बलते माटी खुदँलो,

का होने पर वह पाँव बढ़ाने लगा। बहुत सुन्दर दिखलायी पड़ने लगा था। इस तरह वह दस से ग्यारह महीने का हो गया और फिर एक साल का। वह ठुमक-ठुमककर चलने लगा। कीचड़ से खेलता, धूल खेलता। राजा ने उसे देखा और रानी से कहने लगा, ''देखो तो, रानी! बालक कीचड़ से खेल रहा है। उसे ले जाकर धुलाओ।''

रानी ने सुना और बालक को गोद में उठाकर ले गयी। नहला दिया और नौ खंडा महल में ले गयी।

बालक दिन-ब-दिन बढ़ने लगा। एक साल से दो साल का हो गया, फिर तीन साल का। बहुत सुन्दर दिखने लगा। वह रोने लगा। बहुत रोने लगा। तब रानी ने झोलू पाइक से कहा, ''बाबू, झोलू पाइक! देख तो, बालक बहुत रो रहा है। तू इसे गली में खेल खिलाने ले जा।''

झोलू पाइक ने सुना और जल्दी तैयार हो गया। पाँवों में खड़ाऊँ पहने, हाथ में बेंत लिया और बच्चे को गोद में उठाकर गली में खेल खिलाने ले गया। चलता चला गया। कोस-दाब भर चलकर जा पहुँचा अड़ोस-पड़ोस में। वहाँ ले जाकर उसके हमजोली बच्चों के साथ खेलने को छोड़ दिया। राजकुमार अपने हमजोलियों के साथ खेलने लगा। वह काफी देर तक खेलता रहा फिर झोलू पाइक उसे नौ खंडा महल में ले आया। वह रोज उसे इसी तरह खेल खिलाने ले जाया करता।

राजा-रानी बहुत ही आनन्दपूर्वक राज-काज करते जीवन बिता रहे थे। राजकुमार दिन-ब-दिन बढ़ता जा रहा था। तीन से चार साल, चार से पाँच साल और इस तरह वह पाँच से छह, छह से सात वर्ष का हो गया। वह रोज गली में खेलने जाता। हमजोलियों के साथ खेलता। उसके हमजोली बाटी[3] खेलते किन्तु उसके पास बाटी नहीं थी। तब डाहाँकरैया ने देखा और 'मेरे हमजोली बाटी खेल रहे हैं किन्तु मेरे पास नहीं है। मैं जाकर माता-पिता से बाटी खरीदने को कहूँगा' सोचकर भागता हुआ अपनी माँ के पास गया। माँ से कहने लगा, ''सुन आया, मेरी आया! मेरी बात सुन। मेरे हमजोली बाटी खेल रहे हैं किन्तु मेरे पास बाटी नहीं है। मेरे लिए बाटी खरीद दे, आया। मैं भी बाटी खेलूँगा।'' कह जमीन पर लोट-पोट होता हुआ रोने लगा। तब रानी गयी राजा के पास और बोली, ''सुनिए राजा, बाँजाराजा! बाबू बाटी के लिए रो रहा है। उसे बाटी खरीदकर दीजिए।''

तब बाँजाराजा बाबू के पास गया और कहने लगा, ''सुन बेटा, डाहाँकरैया! तू बाटी के लिए रो रहा है, बेटा। तू रोना-गाना मत कर। मैं तुझे बाटी खरीद कर दूँगा।'' ऐसा कह राजा ने झोलू पाइक से कहा, ''जा बाबू, झोलू पाइक!

चुँदलो आरु बाटी बनाउन आवाँ दिलो। डँडिक रहुन आवाँ हेड़लो आरु झोलू पाइक के धराउन दिलो। तेबे झोलू पाइक हुनके मुठा रुपया दिलो आउर बाटी धरुन कुमार-माहाल छाँडलो। रुमझुम-रुमझुम रेंगलो बाबू। एक कलाट मारलो आरु गेलो राजा-माहाले। अमरलो आरु राजा के धराउन दिलो। तेबे बाँजाराजा बाटी धरुन गेलो डाहाँकरैया लगे आरु बलेसे, ''तुय बाटी काजे गागते रहिस[5], बेटा। एदे धर बाटी। जा खेल एदायँ।''

बलतो के डाहाँकरैया गागा-बोगा के छाँडुन बाटी धरलो आरु गेलो खोरे खेलुकलाय। राजा पिला पुने खोरे-खोर डाँडे-डाँड खेलते बुलेसे। आरा-पारा बुलुन-बुलुन बाटी खेलेसे। जवँरैया-जवँरैया खेलसोत। फेर दखलो डाहाँकरैया, हुनचो जवँरैया मन भँवरा खेलसोत मान्तर हुनचो लगे निंहाय। तेबे फेर बिचारलो, 'मोचो जवँरैया मन भँवरा खेलसोत मान्तर मोचो लगे भँवरा निंहाय। जायँदे ता नू, आया-बाबा लगे। मयँ बले भँवरा घेनुक बलेंदे' बलते पराते-पराते गेलो आपलो माहाले। बाटी के ठोउन दिलो आउर आया लगे जाउन बलेसे, ''आया! आया! तुय सुन तो। मोचो गोठ के सुन। दख नूँ, मोचो जवँरैया मन भँवरा खेलसोत मान्तर मोचो लगे भँवरा निंहाय। तुय मोके बले भँवरा घेनुन देस।'' बलते घिरलुन-घोंडरुन गागुक धरलो। आपटी-कचाड़ी होयसे। तेबे रानी गेली राजा लगे आरु बल्ली, ''सुना हो, बाँजाराजा! तुमी जानू बाबू काजे भँवरा घेनुन आनुन दियास नूँ। बाबू जाले तिनपुर गगई गागेसे।''

राजा सुनलो आरु बाबू लगे गेलो। बाबू के बल्लो, ''सुन बेटा, डाहाँकरैया! तुय भँवरा काजे गागसिस, बेटा। तुय रोना-गाना, गागा-बोगा नीं कर, बेटा। मयँ तुके भँवरा घेनुन देयँदे।'' बलुन झोलू पाइक के बलेसे, ''सुन बाबू, झोलू पाइक! तुय मुठा रुपया धर बाबू आउर बड़ई-माहाले जा। भँवरा बनाउन आन। बाबू भँवरा काजे गागेसे।''

बलतो के झोलू पाइक हरबर तियार होलो। मुठा रुपया धरलो, पाँय ने खड़ऊ पिंदलो, हाते बेद धरलो आरु घर ले बाहिर निकरलो। जाते-जाते जायसे। रुमझुम-रुमझुम रेंगलो। एक कलाट मारलो आरु अमरलो बड़ई-माहाले। माँडो मोंगरा उबलो आरु 'दादा' बलते हाक दिलो। हाक देतो के बड़ई दादा घर ले बाहिर निकरलो आरु पुछलो, ''तुय काय काम ने इलिस, बाबू? मोके साँग। मोके डर लागेसे।''

झोलू पाइक बल्लो, ''ए बड़ई दादा! तुय मोके भँवरा बनाउन दे। डाहाँकरैया खेलुआय, दादा।''

सुनलो बड़ई आउर 'हव बाबू, बनाउन देयँदे' बलते भँवरा बनाउक धरलो। काय सुँदर भँवरा बनालो आउर झोलू पाइक के धराउन दिलो। झोलू पाइक भँवरा धरलो आउर बड़ई के मुठा रुपया देउन बड़ई-माहाल छाँडलो। कोसक-दापक

तू मुट्ठी भर रुपये ले और कुम्हार के महल में जा। बाटी बनवाकर ला। बाबू बाटी के लिए रो रहा है।''

सुनकर झोलू पाइक जल्दी तैयार होकर मुट्ठी भर रुपये ले कुम्हार के महल गया। कोस-दाब भर चलकर जा पहुँचा। मोगरा-मंडप के नीचे खड़ा होकर दादा को पुकारा। पुकारने पर 'मुझे कौन बुला रहा है' कहता कुम्हार दादा घर से बाहर आया और पूछने लगा, ''किस काम से आया है, बाबू? तनिक मुझे बता।''

झोलू पाइक ने कहा, ''तू मुझे बाटी बनाकर दे, दादा। डाहाँकरैया खेलेगा।''

कुम्हार दादा ने सुना और 'हाँ बाबू, मैं बना दूँगा' कहकर माटी तैयार की और बाटी बनाकर भट्ठी में डाला। थोड़ी देर बाद उसे भट्ठी से निकाला और झोलू पाइक को पकड़ा दिया। तब झोलू पाइक ने उसे मुट्ठी भर रुपये दिये और बाटी लेकर कुम्हार-महल से चल पड़ा। जल्दी-जल्दी चलने लगा बाबू। लम्बे डग भरे और जा पहुँचा राजमहल। वहाँ पहुँचकर राजा को दे दिया। तब बाँजाराजा बाटी लेकर डाहाँकरैया के पास गया और कहने लगा, ''तू बाटी के लिए रो रहा था, बेटा। यह ले, बाटी। जा, अब खेल।''

ऐसा कहने पर डाहाँकरैया रोना-गाना छोड़ बाटी लेकर गली में खेलने के लिए गया। राजकुमार गली-गली में अड़ोस-पड़ोस में घूमता खेलने लगा। हमजोलियों के साथ खेलने लगा। फिर देखा डाहाँकरैया ने कि उसके साथी भौंरा खेल रहे हैं किन्तु उसके पास भौंरा नहीं है। तब उसने विचार किया, 'मेरे हमजोली भौंरा खेल रहे हैं किन्तु मेरे पास भौंरा नहीं है। मैं जाऊँ तो आया-बाबा[6] के पास। उनसे भौंरा खरीदने को कहूँ' ऐसा विचार कर वह भागता-भागता चला अपने महल में। बाटी रखकर गया माँ के पास और कहने लगा, ''आया! आया! तू सुन तो। मेरी बात तो सुन। देख ना, मेरे सारे हमजोली भौंरा खेल रहे हैं किन्तु मेरे पास भौंरा नहीं है। तू मुझे भी भौंरा खरीद कर दे।'' कह वह जमीन पर गिरकर रोने लगा। तब रानी गयी राजा के पास और बोली, ''सुनिए राजा, बाँजाराजा! आप बाबू के लिए भौंरा खरीद दें। बाबू बहुत रो रहा है।''

राजा ने सुना और बाबू के पास गया। बाबू से कहा, ''सुन बेटा, डाहाँकरैया! तू भौंरे के लिए रो रहा है, बेटा। तू रोना-गाना मत कर, बेटा। मैं तुम्हें भौंरा खरीद कर दूँगा।'' फिर राजा ने झोलू पाइक से कहा, ''सुन बाबू, झोलू पाइक! तू मुट्ठी भर रुपये ले और बढ़ई-महल जा। भौंरा बनवाकर ला। बाबू भौंरा के लिए रो रहा है।''

ऐसा कहने पर झोलू पाइक जल्दी तैयार हो गया। मुट्ठी भर रुपये लिये,

रेंगलो। एक कलाट मारलो आरु राजा-माहाले अमरलो। राजा लगे गेलो आउर हुनके भँवरा धराउन दिलो। राजा भँवरा धरलो आरु गेलो डाहाँकरैया लगे आउर बल्लो, ''एदे बेटा, भँवरा। एचोय काजे गागते रहिस काय! एदे, जा खेल एदायँ।''

डाहाँकरैया भँवरा के दखलो आरु खँड मुचकी मारते भँवरा के धरलो की खेलुक निकरलो। खोरे-डाँडे गेलो, आरा-पारा गेलो आउर भँवरा खेलेसे। असने खेलते-खेलते दखलो जे हुनचो जवँरैया मन गुलेन खेलते रला। तेबे डाहाँकरैया बिचारलो, 'मोचो जवँरैया मन गुलेन खेलसोत मान्तर मोचो लगे निंहाय। जायँदे ता नू, आया-बाबा के घेनुक बलेंदे' बल्लो आरु बाटी-भँवरा धरुन पराते-पराते गेलो घरे। बाटी-भँवरा के ठोवलो आरु गेलो आया-बाबा लगे आरु बलेसे, ''ए आया-बाबा, तुमी मोचो गोठ के सुना। मोचो जवँरैया मन गुलेन खेलसोत आया, मान्तर मोचो लगे गुलेन निंहाय। मोके बले तुमी गुलेन घेनुन दियास।'' बलते आपटी-कचाड़ी होउन गागेसे। तेबे रानी बल्ली राजा के, ''बाबू काजे गुलेन घेनुन दियास, राजा! दखा नूँ, कसन अरलई-करलई होयसे!''

बलतो के राजा झोलू पाइक के हाक दिलो आरु डाहाँकरैया के बल्लो, ''सुन बेटा, डाहाँकरैया! तुय गुलेन काजे गागसिस, बेटा। तुय रोना-गाना नीं कर। गागा-बोगा नीं कर। मयँ तुके गुलेन घेनुन देयँदे।'' फेर झोलू पाइक के बल्लो, ''सुन बाबू, झोलू पाइक! बाबू गुलेन काजे गागेसे। तुय मुठा रुपया धर आउर गुलेन बनाउन आन।''

बलतो के झोलू पाइक सुनलो आरु हरबर तियार होलो। आपलो जाक के धरलो। मुठा रुपया धरलो, पाँये खड़ऊ पिंदलो, हाते बेद बड़गी धरलो आउर राजा-माहाल छाँडलो। कोसक-दापक रेंगलो, एक कलाट मारलो आरु गेलो आरा-पारा ने। खोरे-डाँडे गेलो आउर गुलेन बनालो। गुलेन बनाउन राजा-माहाले गेलो। जाउन राजा के धराउन दिलो। राजा गुलेन धरलो आरु गेलो डाहाँकरैया लगे। जाउन बल्लो, ''बेटा, डाहाँकरैया! तुय गुलेन काजे गागते रहिस। एदे गुलेन खेल।'' बलते गुलेन धराउन दिलो, तेवे डाहाँकरैया गुलेन धरलो, बाटी-भँवरा धरलो आरु गेलो खोरे-डाँडे खेलुकलाय। आरा-पारा बुलेसे, राज-राज बुलेसे आरु गिंजरुन-गिंजरुन खेलेसे मने। मन भर खेल्लो आरु फेर गेलो आपन माहाले आउर सब जोड़ा के ठोउन दिलो। सात साल ले आट साल चो होलो। दिन-दिन बाढ़ेसे डाहाँकरैया। काय मँजा सुँदर दखा देय। अति सुँदर दखा देय। होऊ-होऊ नव साल चो होलो। नव ले दस, दस ले इगारा आरु इगारा ले बारा साल चो होलो। काय मँजा सुँदर दखेसे। दिन-दिन बाढ़ेसे राजा-पिला। सिग उमर इली, कुमकुम-कुमकुम मेछा फुटली।

राजा-रानी आसोत मने।

पाँवों में खड़ाऊँ पहने, हाथ में बेंत लिया और घर से निकल पड़ा। चलता चला गया। जल्दी-जल्दी चलने लगा। लम्बे डग भरे और जा पहुँचा बढ़ई के घर। मोगरा-मंडप के नीचे खड़ा होकर दादा को पुकारा। पुकारने पर बढ़ई दादा घर से बाहर आया और पूछने लगा, "तू किस काम से आया है, बाबू? मुझे बता। मुझे डर लग रहा है।"

झोलू पाइक ने कहा, "हे बढ़ई दादा! तू मुझे भौंरा बनाकर दे। डाहाँकरैया खेलेगा, दादा।"

बढ़ई ने सुना और 'हाँ बाबू, बना दूँगा' कहकर भौंरा बनाने लगा। बहुत ही सुन्दर भौंरा बनाकर झोलू पाइक को दिया। झोलू पाइक ने भौंरा लेकर बढ़ई को मुट्ठी भर रुपये दिये और बढ़ई के घर से चल पड़ा। कोस-दाब भरा चला। लम्बे डग भरे और जा पहुँचा राजा के घर। राजा के पास गया और उसे भौंरा थमा दिया। राजा भौंरा लेकर डाहाँकरैया के पास गया और बोला, "यह ले बेटा, भौंरा। इसी के लिए रो रहा था, न! यह ले, जा खेल अब।"

डाहाँकरैया भौंरा देखकर हौले से मुस्कराया और भौंरा लेकर खेलने निकल पड़ा। अली-गली में गया, अड़ोस-पड़ोस में गया और भौंरा खेलने लगा। खेलते-खेलते उसने देखा कि उसके हमजोली गुलेल खेलने लगे हैं। तब डाहाँकरैया ने विचार किया, 'मेरे हमजोली गुलेल खेल रहे हैं किन्तु मेरे पास गुलेल नहीं है। जाऊँ तो भला आया-बाबा से खरीदने को कहूँ' और बाटी-भौंरा लेकर भागता हुआ गया घर। बाटी-भौंरा रखकर गया आया-बाबा के पास और कहने लगा, "हे आया-बाबा, आप मेरी बात सुनें। मेरे हमजोली गुलेल खेल रहे हैं किन्तु मेरे पास गुलेल नहीं है। आप मेरे लिए भी गुलेल खरीद दें।" कहता वह जोर-जोर से रोने लगा। तब रानी ने राजा से कहा, "बाबू के लिए गुलेल खरीद दें, राजा! देखिये तो, किस कदर रो रहा है!"

सुनकर राजा ने झोलू पाइक को बुलाया और डाहाँकरैया से कहा, "सुन बेटा, डाहाँकरैया! तू गुलेल के लिए रो रहा है, बेटा। तू रोना-गाना मत कर। मैं तुम्हें गुलेल खरीद दूँगा।" फिर झोलू पाइक से कहा, "सुन बाबू, झोलू पाइक! बाबू गुलेल के लिए रो रहा है। तू मुट्ठी भर रुपये ले और गुलेल बनवा कर ला।"

ऐसा कहने पर झोलू पाइक ने सुना और जल्दी तैयार हो गया। अपने सामान लिये। मुट्ठी भर रुपये ले पाँवों में खड़ाऊँ पहने, हाथ में बेंत लिया और राजमहल से चल पड़ा। कोस-दाब भर चला, लम्बे डग भरे और गया अड़ोस-पड़ोस में। अली-गली में जाकर गुलेल बनाया। गुलेल बनाकर राजा के घर गया। जाकर राजा को दे दिया। राजा गुलेल लेकर गया डाहाँकरैया के पास और बोला, "बेटा डाहाँकरैया! तू गुलेल के लिए रो रहा था, न? यह ले गुलेल, खेल।" कहकर

सन्दर्भ

1. उबड़ा : समानार्थी शब्द 'पाठा'। छत्तीसगढ़ी परिवेश में 'उमठेरा'।
2. अँधल : अन्य ध्वनि 'अँदल'। पर्यायवाची 'कोल्हार'।
3. बाटी : गोली या कंचा।
4. रोना-गाना : समानार्थी 'गागा-बोगा'।
5. रहिस : अन्य ध्वनियाँ 'रइस', 'रलिस'।
6. बाबा : पिता।

गुलेल पकड़ा दिया। तब डाहाँकरैया ने गुलेल लिया, बाटी-भौंरा लिया और निकल पड़ा खेलने के लिए अली-गली में। अड़ोस-पड़ोस में घूमने लगा, अपना राज्य छोड़ दूसरे राज्यों में भी घूमने लगा और घूम-घूमकर खेलने लगा। मन भरकर खेला और वापस हुआ अपने महल में। सारी सामग्री रख दी। दिन-ब-दिन बढ़ने लगा। वह सात से आठ साल का हो गया। बहुत ही सुन्दर दिखने लगा। होते-होते वह नौ वर्ष का हो गया। फिर नौ से दस, दस से ग्यारह और ग्यारह से बारह वर्ष का हो गया। बहुत सुन्दर दिखने लगा। राजकुमार दिन-ब-दिन बढ़ने लगा। किशोरावस्था को प्राप्त हो गया। मूँछें निकलने लगीं।

राजा-रानी का जीवन व्यतीत होने लगा।

अधया-8

माहापातरिन रानी चो तुलसी मँडातो

हरदी नँगर चो राजा-रानी हरदी नँगर ने आसोत। राजा चो नवखँड माहाल आसे, मुँडा माहाल आसे। बागे-बगेचा, फुल-फुलवारी, केकती-केंवरा, बाली-मोंगरा, डाँक-डाली, गोहा फर, लिमऊ-बगेचा, आमा बनवाड़ी, आमा-अमली आसे राजा चो। काय मँजा राज करुन, देस धरुन खासोत राजा-रानी। रते-रते आसोत। रानी चो पेटे पुतुर निंहाय, पाटे भाई निंहाय। अरग बाँजिनरानी आय। रानी मने मने बिचार करे, दिले धोका करे। 'ए राम भगवान! मयँ नाना पयकार होले, बाना बिसा होले जाले बले भगवान मोके नीं देय। राज गुलाय के भगवान देयसे मान्तर मयँ चे काय नसालेसे की, मोकेय नीं देय। मयँ काय माँगुन इले? मोचो लाखड़ी करम आय। मोचो भोंडया तकदिर आय।' बलते रद्-रद्-रद्-रद् गागे रानी। नै-नै आँसू ढाले।

अध्याय-8

माहापातरिन रानी द्वारा तुलसी-पौधा रोपना

हरदी नँगर के राजा-रानी हरदी नँगर में थे। राजा के नौ खंडा महल थे, बड़े-बड़े प्रासाद थे। बाग-बगीचे, फूल-फुलवारियाँ, केकती-केंवरा, बाली-मोंगरा, डाँक-दाड़िम, गोहा फल, नीबू के बगीचे, अमराइयाँ, इमली के बगीचे थे। वे बड़े ही आनन्दपूर्वक राज-काज करते हुए अपना जीवन व्यतीत कर रहे थे। रानी की कोई सन्तान नहीं थी और न ही कोई भाई। निरी बाँझ थी वह रानी। रानी मन-ही-मन विचार करने लगी, दिल में चिन्ता करने लगी, 'हे राम भगवान! मैंने कई उपाय किये, कई कष्ट सहे किन्तु तो भी मुझे भगवान सन्तान नहीं देता। सारी दुनिया को भगवान सन्तान देता है किन्तु न जाने मैंने ही ऐसा कौन-सा अपराध कर दिया है कि भगवान मुझे नहीं देता। पता नहीं मैं क्या माँग आयी? मेरी तकदीर ही खराब है।' ऐसा विचार कर वह फूट-फूटकर रोने लगी। उसकी आँखों से आँसू झरने लगे।

गोटोक दिन राजा-रानी दुनों बाजे बसलो बेरा रानी बल्ली राजा के, ''सुना राजा, माहापातर! मोचो बात के सुना, राजा। मोचो गोठ के धरा।''

बलतो के राजा बल्लो, ''आले काय बात आय, रानी? काय गोठ आय जाले तुय मोके साँग। मोके डर लागेसे रानी, मोके भय लागेसे।''

रानी बल्ली, ''सुना राजा, माहापातर! मयँ निरा मुँहिन आयँ, राजा। मयँ अरग बाँजिन आयँ। मयँ काय माँगुन इले जाले, राजा! गुलाय राज के भगवान देयसे आरु जानू मोकेय नीं देय जे! मयँ नाना पयकार होले, बाना-बिसा होले। मोके पेटे पुतुर निंहाय, पाटे भाई निंहाय, राजा। जिव रत ले तो खावाँ राजा मान्तर मरले हामचो काहीं नाव नीं रहेदे। हामचो नामना डुबुन जायदे, किरती बुड़ुन जायदे। हामी गोटोक किरती करलू जाले हामचो जुग-जुग नाव रहेदे राजा। किरती बाड़ुन जायदे।''

माहापातर राजा बल्लो, ''आले काय किरती आय रानी, तुय मोके साँग।''

माहापातरिन रानी बल्ली, ''नईं राजा! हामी तुलसी मँडाऊँ। तुमी मोके तुलसी मँडाउन दिया। मयँ तुलसी-सेवा करेंदे राजा, तुलसी-पुजा करेंदे। हुनी बले नाव होयदे, राजा। किरती बाड़ुन जायदे, पदबी बाड़ुन जायदे। जुग-जुग नाव रहेदे, राजा।'' बलते रानी हट मताउक धरली। हुन दतुन करे न पतर। पेज खाय ना पसेया। भुके-भुके आसे। हुनचो टेक के दखलो राजा आरु बल्लो, ''सुन रानी, माहापातरिन! तुय तिनपुर टेकही आस, रानी। बड़ा उपई आस। भारी टेक मतासिस, रानी। तुय दतुन चाबिस नईं ना अन खाइस नईं। भुके-भुके आसिस रानी। भुक ने तुचो जिव जायदे। जा, उठ दतुन चाब, अन खा। मयँ तुलसी मँडाउन देयँदे। तुय तुलसी-सेवा कर।''

बलतो के रानी सुनली आरु खँड मुचकी मारली। मुचमुच-मुचमुच हाँसली आरु दतुन चाबली, अन खादली। असने-असने एक दिन ले दुय दिन, दुय दिन ले आट दिन होली। रते-रते आसोत। बाजे बसलो बेरा माहापातर राजा बल्लो, ''ए रानी, माहापातरिन! पँडित काहाँ आसे? तुके कोन तुलसी मँडाउन देदे, रानी?''

रानी बल्ली, ''सुना राजा, माहापातर! तुमी उपरपुरे जाहा, राजा। हुता साहादेव पँडित आसे। हुनके हाक देउन आना। हुन पाँजी-खुट, जोतिस-रमायन धरो आरु एक डँडिक एओ। हुनी हामके तुलसी मँडाउन देयदे।''

तेबे झोलू पाइक हरबर-हरबर तियार होलो। टाँगी धोती मारलो, खाकी कमिंज पिंदलो, उल्टा बुलबुल कोरलो, टेड़ी पगड़ी बाँदलो। पाँये खड़ऊ पिंदलो, हाते बेद धरलो, टिपनी छाता धरलो आरु राजा-माहाल छाँडलो। जाते-जाते जायसे। रुमझुम-रुमझुम रेंगलो। एक कलाट मारलो आरु पारा-परोसे गेलो। मकड़ी-माहाले गेलो आरु माँडो मोंगरा ने उबुन 'बाई' बलते हाक दिलो। हाक देतो के 'कोन

एक दिन जब राजा-रानी दोनों पलंग पर बैठे थे, रानी ने राजा से कहा, "सुनिए राजा, माहापातर! मेरी बात सुनें, राजा। मेरा कहा मानें।"

सुनकर राजा बोला, "अच्छा, क्या बात है, रानी? कौन-सी बात है, उसे तुम मुझे बताओ। मुझे डर लग रहा है, रानी।"

रानी बोली, "सुनिए राजा, माहापातर! मेरा मुँह देखना भी दोष है, राजा। मैं निरी बाँझ हूँ। पता नहीं मैं कैसा भाग्य लेकर आयी हूँ, राजा! सारी दुनिया को भगवान सन्तान देता है किन्तु एक मुझे ही नहीं देता! मैंने नाना उपाय किये, कई कष्ट सहे। मुझे कोई सन्तान नहीं है, मेरे पीछे मेरा कोई भाई भी नहीं है, राजा। जीवन रहते तक तो हम सुख-चैन से रहेंगे राजा किन्तु मर जाने पर हमारा नाम नहीं रहेगा। हमारा नाम डूब जाएगा, हमारी कीर्ति डूब जाएगी। हम एक काम कर जाएँ तो सम्भवत: हमारा नाम युगों-युगों तक बना रहे, राजा। हमारी कीर्ति बनी रहे।"

माहापातर राजा बोला, "अच्छा, वह कौन-सा ऐसा काम है रानी, तुम मुझे बताओ।"

माहापातरिन रानी बोली, "हे राजा! हम तुलसी का पौधा रोपें। आप मेरे लिये तुलसी का पौधा रोप दें। मैं तुलसी की सेवा करूँगी राजा, तुलसी की पूजा करूँगी। इसी से हमारा नाम होगा, राजा। हमारी कीर्ति बढ़ जाएगी। युगों-युगों तक हमारा नाम रहेगा, राजा।" कहती वह हठ करने लगी। वह न दतौन करती न भोजन। भूखी रहने लगी। उसका हठ देखकर राजा ने उससे कहा, "सुनो रानी माहापातरिन! तुम बड़ी हठी हो। बहुत ही चंचल हो। बहुत हठ करती हो, रानी। तुम न दतौन करतीं न अन्न ग्रहण करतीं। भूखी रहने लगी हो। भूख से तुम्हारे प्राण चले जाएँगे। जाओ, उठकर दतौन करो, भोजन करो। मैं तुलसी रोप दूँगा। तुम तुलसी की पूजा करना।"

ऐसा कहने पर रानी हौले से मुस्करायी। मन्द-मन्द मुस्कराती हुई दतौन पर भोजन ग्रहण किया। इस तरह एक दिन से दो दिन, दो से तीन और होते-होते आठ दिन बीत गये। तब एक दिन जब वे दोनों पलंग पर बैठे थे, माहापातर राजा ने रानी से कहा, "हे रानी, माहापातरिन! यहाँ पंडित कहाँ पर है? तुम्हारे लिए तुलसी कौन रोप देगा, रानी?"

रानी ने कहा, "सुनिए राजा माहापातर! आप ऊपरपुर जाएँ, राजा। वहाँ साहादेव पंडित है। उसे बुला लाएँ। वह पोथी-पत्तर, जोतिस-रमायन लेकर थोड़ी देर आये। वही हमारे लिए तुलसी रोप देगा।"

राजा ने सुना और झोलू पाइक से कहा, "सुन बाबू, झोलू पाइक! तू तैयार होकर जा ऊपर भुवन। वहाँ से साहादेव पंडित को बुला ला। वह थोड़ी देर के लिए आये। हमारे लिए तुलसी रोप देगा।"

सुनकर झोलू पाइक जल्दी से तैयार हो गया। उसने टाँगी धोती पहनी, खाकी

हंका मारेसे?' बलते बाई घर ले बाहिर निकरली आरु पुछेसे, ''तुय काय काम ने इलिस, बाबू? तुय मोके साँग। मोके डर लागेसे बाबू, मोके भय लागेसे।''

तेबे झोलू पाइक बल्लो, ''डरा-डरी चो गोठ नोहाय, बाई। तुय मोके सुत लमाउन देस। मयँ उपरपुरे जायँसे बाई।''

पदमकड़ी बल्ली, ''सुन बाबू, झोलू पाइक! मयँ कसन करुन सुत लमायँदे? मोचो तो बाल-बचा गागसोत।''

झोलू पाइक बल्लो, ''मयँ तुचो पिला-झिला के लाई-देयँदे, बाई। मयँ हुन मन के खेलाते रहेंदे। तुय ताग लमाउन दे, बाई।'' बलतो के पदमकड़ी सरसर-सरसर सुत लमाउन दिली आरु झोलू पाइक के बल्ली, ''तुय झपके बस रे, बाबू।''

सुनलो झोलू पाइक आउर झटके जाउन सुत चो ताग ने बसलो। हरदी नँगर छाँडलो आरु सुत चो तागे-ताग जायसे उपरभवन। बाबू के मुँड उपरे घाम छेकेसे, मँजी भुक लागेसे, झालिपिली पसना फुटेसे। सुत चो ताग ने रेंगेसे बाबू। जाते-जाते जायसे बाबू। उपरभवन अमरलो। सुत चो ताग ले उतरलो आरु पारा परोसे गेलो। बाई मन के पुछेसे, ''सुना बाई पारा-परोसिन! साहादेव पँडित चो घर कोन लगे आसे, बाई?''

बाई मन बल्ला, ''सुन बाबू, तुय झोलू पाइक! रनकाकन दिया बाबू तारामँडल घर। हुन घर ने बाबू बाँदे माकड़ आसे, जँवरा-भँवरा कुकुर मन आसोत, काँदा-लाटे माकड़ झुलेसे। माँडो मोंगरा आसे। हुन थाने रुमझुम भँवरा आसे। हुनी माहाल आय।''।

सुनलो झोलू पाइक आउर पारा-परोस छाँडुन कोसक-दापक रेंगलो। रुमझुम-रुमझुम रेंगेसे। एक कलाट मारलो आरु साहादेव पँजेआर-घरे अमरलो। माँडो मोंगरा उबलो आउर 'दादा' बलते हाक दिलो। हाक देतो के दादा घर ले बाहिर निकरलो आरु पुछेसे, ''तुय काय काम ने इलिस, बाबू? आले मोके साँग।''

झोलू पाइक बल्लो, ''सुन दादा, साहादेव पँडित! राजा-घरे बलाव आय, दादा। तुचो जाक के धर। एक डँडिक जावँ। तुलसी मँडाउन देसे।''

सुनलो साहादेव पँडित आरु 'हव एयँदे' बलुन भितरे गेलो आरु आपलो रानी के बलेसे, ''सुन रानी, पँजेआरिन! तुय पानी तपाव, रानी। मयँ आँगे असनाँद होयँदे रानी। हरदी नँगर जातो आय।''

बलतो के पँजेआरिन पानी तपाली, सेदा-भेदा करली आरु मन्दन-सिले नेउन दिली। झारी कसेला दिली, कपुर दतुन दिली। तेबे बाबू मन्दन-सिले गेलो। कपुर दतुन धरलो, सुरिज भेट करलो। मुँहे मुखारी गोबलो। 'हरि-हरि' बलते नाहा-खोरा करलो। सुका कपड़ा पिंदलो, ओधा कपड़ा खाले गिरली। झारी पानी धरलो आरु गेलो, तुलसी-चौंरा ने। तुलसी ने पानी रिकालो आरु बल्लो, ''बाड़-

कमीज पहनी, जुल्फें सँवारी, टेढ़ी पगड़ी बाँधी। पाँवों में खड़ाऊ पहने, हाथ में बेंत लिया, टिपनी छाता ताना और राजमहल से चल पड़ा। चलता चला गया। जल्दी-जल्दी चलने लगा। लम्बे डग भरे और जा पहुँचा अड़ोस-पड़ोस में। मकड़ी के महल में गया और मकड़ी बाई को पुकारा। पुकारने पर मकड़ी घर से बाहर निकली और पूछने लगी, ''तू किस काम से आया है, बाबू? मुझे बता। मुझे डर लग रहा है, बाबू।''

झोलू पाइक बोला, ''डर-भय की कोई बात नहीं है, बाई। तुम मेरे लिये सूत तान दो। मैं ऊपरपुर जाऊँगा, बाई।''

पदमकड़ी ने कहा, ''सुन बाबू, झोलू पाइक! मैं किस तरह सूत तानूँगी? मेरे बाल-बच्चे रो रहे हैं।''

झोलू पाइक ने कहा, ''मैं तुम्हारे बच्चों को लाई दूँगा, बाई। मैं उन्हें खिलाता रहूँगा। तू धागा तान दे, बाई।'' उसके ऐसा कहने पर पदमकड़ी ने सरसर-सरसर धागा तान दिया और झोलू पाइक से बोली, ''तू जल्दी बैठ जा, बाबू।''

झोलू पाइक ने सुना और जल्दी से जाकर धागे पर बैठ गया। हरदी नँगर छोड़कर वह धागे के सहारे ऊपर भुवन जाने लगा। बाबू के सिर पर तेज धूप चिलक रही थी, तेज भूख लग आयी थी और सारा शरीर पसीने से तर-ब-तर हो रहा था। बाबू सूत के सहारे चल रहा था। चलता चला गया। ऊपरभुवन जा पहुँचा। धागे से उतरा और अड़ोस-पड़ोस में गया। महिलाओं से पूछा, ''सुनो बाई, पारा-परोसिन! साहादेव पंडित का घर कौन-सा है, बाई?''

महिलाओं ने सुना और कहा, ''सुन बाबू, तू झोलू पाइक! जिस घर में रनकाकन दीया हो और जो घर तारामंडल की तरह दैदीप्यमान हो, और उस घर में बाँदे नामक बन्दर, जँवरा-भँवरा नामक दो कुत्ते हों, काँदा की बेल पर बन्दर झूल रहा हो, मोगरा का मंडप हो और उस पर गुंजार करता भौंरा हो, वही महल है।''

यह सुनकर झोलू पाइक अड़ोस-पड़ोस छोड़कर आगे बढ़ गया। जल्दी-जल्दी चलने लगा। लम्बे डग भरे और जा पहुँचा साहादेव पँजेआर[1] के घर। मोगरा-मंडप के नीचे खड़ा होकर दादा को पुकारा। पुकार सुनकर दादा घर से बाहर आया और पूछने लगा, ''तू किस काम से आया है, बाबू? तनिक मुझे बता।''

झोलू पाइक ने कहा, ''सुनो दादा, साहादेव पंडित! राजा के घर बुलावा है, दादा। अपने सामान लो और थोड़ी देर के लिए चलो। तुलसी रोप दोगे।''

साहादेव पंडित ने सुना और 'हाँ, आऊँगा' कहकर घर के भीतर गया और अपनी रानी से कहा, ''सुनो रानी, पँजेआरिन! तुम मेरे लिए पानी गरम कर दो, रानी। मैं स्नान करूँगा, रानी। मुझे हरदी नँगर जाना है।''

बाड़ बाई, कारी तुलसी! अगास मेलान बाड़, फकिर पाना फेक। तुय-मयँ बाहाँ-जोरी बाई, तुय-मयँ हन्सा-जोरी। मोके जिव भर सेवा मिरो बाई। मोचो जान सुकी रहो।'' बलते होम-आरती दिलो बाबू आरु भगवान नाँव धरलो। चार खुट पाँय पड़लो, चार खुट हात जोड़लो। आपन माहाले गेलो आरु बाजे बसुन बाई के बँधेया झापी माँगलो। बँधेया झापी देतो के हुन थान ले नव सै गाहना, नव सै अलंकार निकरालो आरु पिंदलो। केऊ-फुल धोती मारलो, केऊ-फुल कमिंज पिंदलो। सिरे पगड़ी बाँदलो, मुँडे सुरई खोचलो। नवगुन पयता फेकलो। तिलक-चन्दन लगालो। जोतिस-रमायन धरलो, कठुआ-फारा धरलो। पाँये खड़ऊ पिंदलो, हाते बेद धरलो आरु बाई के बल्लो, ''सुन रानी, पँजेआरिन! तुय घर-दुआर, बाड़ी-बकरी के दख। मयँ हरदी नँगर जायँसे। कोन दिन फिरुन एयँदे कोन दिन नईं। राजा-घरो बात आय, रानी। बड़े घरो गोठ आय।'' बल्लो साहादेव पँजेआर आरु घर ले बाहिर होलो। जाते-जाते जायसे। रुमझुम-रुमझुम रेंगसे बाबू। एक कलाट मारलो, पारा-परोसे गेलो। मकड़ी-माहाले गेलो। अमरलो आरु माँडो मोंगरा ने उबुन 'बाई' बलते हाक दिलो। हाक देतो के पदमकड़ी घर ले बाहिर निकरली आरु बलेसे, ''तुय काय काम ने इलिस, बाबू? आले मोके साँग। मोके डर लागेसे, बाबू।''

झोलू पाइक बल्लो, ''सुन बाई, पदमकड़ी! मयँ हरदी नँगर जायँसे, बाई। तुय सुत लमाउन दे।''

पदमकड़ी बल्ली, ''एसू चो बरसा पातर बरसा आय। सुत नीं लमे, बाबू। मयँ कसन करुन सुत लमायँदे?'' बल्ली बे आरु पुने सरसर-सरसर ताग लमाउन दिली। उपरपुर ले धरुन हरदी नँगर ले लमाली। बाबू के बल्ली, ''सुन बाबू, साहादेव पँडित! तुय झटके बस। पातर बरसा आय, बाबू।''

तेबे साहादेव पँडित सुत चो ताग ने बसलो आरु जाते जायसे। रुमझुम-रुमझुम रेंगलो। एक कलाट मारलो। उपरे घाम छेकसे, मँजी भुक लागेसे, झालिपिली पसना फुटेसे। बाबू बाट रेंगेसे। आपन बुल ने जायसे बाबू। हरदी नँगर अमरलो आरु सुत चो ताग ले उतरुन रुमझुम-रुमझुम रेंगलो। पारा-परोसे गेलो। जाते-जाते राजा-माहाले अमरलो। हुन के दखली माहापातरिन रानी आरु नोनी के बल्ली, ''सुन नोनी! पँडित अमरुन गेलो। तुय सेवा-जोड़ा धर, चन्दन-काट मँडाव, नोनी। पाँय धुआव। होम-आरती दे।''

रुपनथँवरा सुनली आरु सेवा-जोड़ा धरली, पुजा-जोड़ा धरली। सिंग-दुआरे गेली आरु हुन लगे चन्दन-काट मँडाली। पँडित हुता ढँग् नाय उबलो। नोनी हुनके पाँय धुआली, चाउर-टिका दिली, होम-आरती दिली, हात जोड़ली। तेबे बाबू पुने नोनी चो टोंड चुमलो। नोनी बाबू चो हात के धरली आरु नवखँड माहाले

उसके ऐसा कहने पर पँजेआरिन ने पानी गरमकर उसमें ठंडा पानी मिलाया और स्नानगृह में पहुँचा आयी। उसने झारी पात्र और सुगन्धित दतौन दिया। तब बाबू गया स्नानगृह में। मुखारी की और 'हरि-हरि' कहते हुए स्नान किया। सूखे कपड़े पहने, गीले कपड़े नीचे गिर गये। उसने झारी में पानी लिया और गया तुलसी-चौरा में। तुलसी में पानी डाला और कहने लगा, "बढ़ो-बढ़ो बाई. हे कारी तुलसी! तुम आकाश का स्पर्श करो, नयी कोंपलें निकले। तुम-मैं बाँहों की जोड़ी जैसे बाई, तुम-मैं हंसों की जोड़ी जैसे। मुझे जीवन भर तुम्हारी सेवा करने का अवसर मिले। मेरा जीवन सुखी रहे।" ऐसी विनती कर उसने होम-आरती की और भगवान का स्मरण किया। चारों दिशाओं में प्रणाम कर अपने महल में गया और पँजेआरिन से बँधेया झापी माँगी। बँधेया झापी से नौ सौ गहने, नौ सौ अलंकार निकालकर पहने। केऊ-फूल-धोती पहनी, केऊ-फूल-सी कमीज पहनी। सिर पर पगड़ी बाँधी, उसमें तुर्रा खोंसा। नौ गुना जनेऊ पहना। तिलक-चन्दन लगाया। जोतिस-रमायन लिया, पोथी-पत्तर लिये। पाँवों में खड़ाऊँ पहने, हाथ में बेंत लिया और पत्नी से कहा, "सुनो रानी, पँजेआरिन! तुम घर-द्वार, बाड़ी-बखरी का ध्यान रखो। मैं हरदी नँगर जा रहा हूँ। पता नहीं कब लौटूँगा। राजा के घर की बात है, रानी। बड़े घर की बात है।" कहा साहादेव पँजेआर ने और घर से निकल पड़ा। चलता चला गया। जल्दी-जल्दी चलने लगा। लम्बे डग भरे, अड़ोस-पड़ोस में गया। मकड़ी के महल में गया। वहाँ पहुँचकर मोगरा-मंडप के नीचे खड़ा हो बाई को पुकारा। पुकार सुनकर पदमकड़ी घर से बाहर निकली और पूछने लगी, "तू किस काम से आया है, बाबू? मुझे बता मुझे डर लग रहा है, बाबू।"

झोलू पाइक बोला, "सुन बाई, पदमकड़ी! मैं हरदी नँगर जा रहा हूँ, बाई। तू मेरे लिए सूत तान दे।"

पदमकड़ी ने कहा, "इस वर्ष की वर्षा बहुत ही हल्की है। सूत नहीं तनेगा, बाबू। मैं किस तरह सूत तानूँगी?" और फिर उसने फटाफट धागा तान दिया। ऊपरपुर से हरदी नँगर तक तान दिया। बाबू से कहा, "सुन बाबू, साहादेव पंडित! तू जल्दी बैठ जा। हल्की वर्षा है, बाबू।"

सुनकर साहादेव पंडित सूत पर जा बैठा और चलने लगा। जल्दी-जल्दी चला। लम्बे डग भरे। सिर पर धूप चिलक रही थी, भूख लग आयी थी और सारा बदन पसीने से तर-ब-तर हो रहा था। बाबू राह चलता जा रहा था। वह अपने ध्यान में चला जा रहा था। हरदी नँगर जा पहुँचा और सूत पर से उतर कर जल्दी-जल्दी चलने लगा। अड़ोस-पड़ोस में गया। चलते-चलते वह राजमहल जा पहुँचा। उसे देखा माहापातरिन रानी ने और नोनी से बोली, "सुन नोनी! पंडित आ पहुँचा है। तू सेवा-सामग्री ले, चन्दन का पीढ़ा रख, नोनी। होम-आरती कर।"

रुपनथँवरा ने सुना और सेवा-सामग्री तथा पूजा-सामग्री ली। सिंह-द्वार में

नेउन बाजे बसाली। राजा-रानी बले बसला। पँडित पुछलो, ''सुना राजा, माहापातर! सुना रानी, माहापातरिन! काय बलाव आय, राजा-रानी? तुमी मोके साँगा। मोके डर लागेसे राजा-रानी, मोके भय लागेसे।''

तेबे राजा बल्लो, ''डरा-डरी चो बात नोंहाय, बाबू। रानी हट मतायसे, बाबू। तुय तुलसी मँडाउन दे। मयँ कोन दिने तुलसी मँडायँदे, हुनके बले साँग।''

पँडित बल्लो, ''सुना राजा, माहापातर! एक खेलघरो नोंहाय, राजा। उपरपुर चो आय। भगवान-दुआर चो आय। एके तुमी आउर दिने नीं मँडावा। सोमार दिने मँडावा।''

तेबे राजा-रानी सोमार दिन चो बाट दखसोत। होऊ-होऊ सोमार दिन होली। तेबे रानी कुकड़ाबासी उठली आरु नोनी लगे जाउन हुनके बल्ली, ''उठ नोनी, रुपनथँवरा। चेत। आज सोमार आय, नोनी। तुलसी मँडातो आय। तुय बुता-भयना कर।''

बलतो के रुपनथँवरा तड़बड़ाउन उठली। घर ले निकरली आरु खुटी बाहारी धरुन घर-दुआर के बढ़ा-ओंडा करली। निरमल कुँडरी निकराली आउर निरमल घोरुन छड़ा दिली। हाते पोतनी धरली आरु नवखँड माहाल के लिपली। लिपा-पोता करली, बरतन-भाँडा माँजली। दतुन-पतर चाबली, आँगे असनाँद होली। राजा-रानी उपास आसोत। तेबे पँडित राजा के पुछलो, ''चँवरा कोन लगे रएदे राजा? तुमी मोके साँगा। ठान दखाउन दिया।''

माहापातर राजा सुनलो आरु रानी के बलेसे, ''सुन रानी, माहापातरिन! कोन लगे चँवरा रहेदे रानी, तुय ठान दखाउन देस।''

माहापातरिन रानी बल्ली, ''सुना राजा, माहापातर! चँवरा चो दिया घरे जाओ आरु जानू घर चो दिया चँवरा ने। हुसन नापित रहो।'' बलते ठान दखाउन दिली। तेबे पँडित रुपनथँवरा के बल्लो, ''तुय मोके माटी दुहारुन दे, नोनी। माटी खुँदुन दे। मयँ चँवरा बेचुन जायँदे।''

बलतो के रुपनथँवरा हाते कोड़की धरली, टुकना धरली आरु माटी खनुन आनली। भिजाउन दिली, खुँदुन दिली। तेबे राजा बल्लो साहादेव पँडित के, ''सुन बाबू, साहादेव पँडित! चँवरा चो दिया घर ने जाओ आउर घर चो दिया चँवरा ने। हुसन नापित रहो मने।'' बलते ठान दखाउन दिलो। तेबे पँडित चँवरा बेचुक धरलो। बेचुन सारलो तेबे राजा झोलू पाइक के बल्लो, ''सुन बाबू, झोलू पाइक! आज सोमार आय। तुय आँगे असनाँद हो, हिरदे असनाँद हो। ओधा कपड़ा सँगे जा। सेवा-जोड़ा, पुजा-जोड़ा धर आरु पिल बगेचा ले तुलसी-बुटा आन।''

झोलू पाइक सुनलो आरु दतुन-पतर चाबलो, आँगे असनाँद होलो। ओधा कपड़ा पिंदलो आरु गेलो नवखँड माहाले। सेवा-जोड़ा धरलो, पाँय ने खड़ऊ

जाकर वहाँ चन्दन का पीढ़ा रखा। पंडित उस पर जा खड़ा हुआ। नोनी ने उसके पाँव धुलाए, चावल का टीका लगाया, होम-आरती की, हाथ जोड़े। तब बाबू ने नोनी का मुख चूमा। नोनी बाबू का हाथ थामकर उसे नौ खंडा महल में ले गयी और पलंग पर बिठाया। राजा-रानी भी बैठे। तब पंडित ने पूछा, ''सुनिए राजा, माहापातर! सुनिए रानी, माहापातरिन! किसलिए बुलवाया, राजा-रानी? आप मुझे बताएँ। मुझे डर लग रहा है, राजा-रानी।''

तब राजा बोला, ''डर-भय की कोई बात नहीं है, बाबू। रानी हठ कर रही है, बाबू। तू हमारे लिए तुलसी रोप दे। मैं किस दिन तुलसी रोपूँ, इसे भी बता।''

पंडित ने कहा, ''सुनिए राजा, माहापातर! यह हँसी-खेल नहीं है, राजा। यह ऊपरपुर का है। भगवान-द्वार का है। इसे आप किसी दूसरे दिन न रोपें। सोमवार को ही रोपें।''

तब राजा-रानी सोमवार की प्रतीक्षा करने लगे। होते-होते सोमवार आ पहुँचा। तब रानी मुर्गे की बाँग के साथ उठी और नोनी के पास जाकर उससे बोली, ''उठ नोनी, रुपनथँवरा। जाग। आज सोमवार है, नोनी। तुलसी रोपना है। तू काम-काज कर।''

ऐसा कहने पर रुपनथँवरा हड़बड़ा कर उठी। घर से निकल ठूँठी बुहारी ले घर-द्वार की सफाई की। गोबर की हंडी निकाल उसमें गोबर घोला और छिटका दिया। हाथ में पोतनी लेकर नौ खंडा महल की लिपाई की। बरतन-भाँडे माँजे। दतौन आदि से निवृत्त हुई, स्नान किया। राजा-रानी ने व्रत रखा। तब पंडित ने राजा से पूछा, ''चौरा किस जगह पर रहेगा राजा? आप मुझे बतलाएँ। जगह दिखा दें।''

माहापातर राजा ने सुना और रानी से बोला, ''सुनो रानी, माहापातरिन! चौरा किस जगह रहेगा रानी, तुम जगह दिखा दो।''

माहापातरिन रानी ने कहा, ''सुनिए राजा, माहापातर! चौरा के दीपक का प्रकाश घर में जाए और घर के दीपक का प्रकाश चौरा में। ऐसी जगह रहे चौरा।'' ऐसा कह उसने जगह दिखला दी। तब पंडित ने रुपनथँवरा से कहा, ''तू मेरे लिए माटी ला दे, नोनी। माटी गूँथ दे। मैं चौरा बना दूँगा।''

ऐसा कहने पर रुपनथँवरा ने हाथ में कुदाली ली, टोकरी ली और माटी खोद लायी। भिगाया और गूँथा। तब राजा ने साहादेव पंडित से कहा, ''सुन बाबू, साहादेव पंडित! चौरा के दीपक का प्रकाश घर में तथा घर के दीपक का प्रकाश चौरा में जाये ऐसी जगह चौरा बनाओ।'' और जगह दिखला दी। तब पंडित चौरा बनाने लगा। चौरा बनाने पर राजा ने झोलू पाइक से कहा, ''सुन बाबू, झोलू पाइक! आज सोमवार है। तू स्नान कर और गीले कपड़े में जा। सेवा-सामग्री, पूजा-सामग्री ले और नन्हें बगीचे से तुलसी का पौधा ले आ।''

पिंदलो, हाते बेद धरलो आरु घर ले निकरलो। जाते-जाते जायसे। रुमझुम-रुमझुम रेंगलो। एक कलाट मारलो आरु पिल बगेचा अमरलो। तुलसी-बुटा खोजेसे। खोजू-खोजू भेटलो। अजिक असन जतनालो आरु सेवा-जोड़ा मँडालो। झारी पानी छिचलो, काचा गोरस छिचलो। अगरबती धरालो, होम-आरती दिलो, फुल-चाउर चेघालो। भगवान नाँव धरलो, चार खुट पाँय पड़लो हात जोड़लो आउर तुलसी-बुटा झिकलो। ओधा कपड़ा ने धरलो आरु रुमझुम-रुमझुम रेंगलो। एक कलाट मारलो आरु राजा-माहाले अमरलो। नवखँड माहाले गेलो आरु तुलसी-बुटा ठोवलो। राजा-रानी लगे गेलो आरु बल्लो, ''मयँ तुलसी-बुटा आनले, राजा-रानी। आउर काय-काय जोड़ा लागुआय जाले मोके साँगा।''

बलतो के राजा बल्लो, ''नरेर-सुपारी आन, जात लाली, कथा-परसाद आन। हल्बा-माहाले जा, लाई फोड़ाउन आन। चिवड़ा कुटाउन आन। मरार-माहाले जा आरु भेला गुर आन। कथा सुनतो आय, बाबू। तुलसी मँडातो आय।''

झोलू पाइक सुनलो आरु हरबर तियार होलो आरु मुठा रुपया धरुन राजा-माहाल छाँडलो। रुमझुम-रुमझुम रेंगलो। एक कलाट मारलो आरु अमरलो बनेया-माहाले। 'दादा' बलते हाक देतो के बनेया घर ले निकरलो आरु 'काय काम ने इलिस, बाबू' बलते पुछलो। तेबे झोलू पाइक बल्लो, ''मोके नेरेर-सुपारी, जात लाली दे दादा। अगरबती, कथा-परसाद आउर सवा हात कपड़ा दे। तुलसी मँडातो आय, कथा सुनतो आय।''

बलतो के दादा 'हव बाबू, देयँदे' बलते आपलो माहाले ओल्लो आरु सब जोड़ा धरुन बाबू के दिलो। बाबू पुने सब जोड़ा धरलो आरु बनेया के मुठा रुपया देउन बनेया-माहाल छाँडलो। रुमझुम-रुमझुम रेंगलो आरु गेलो हल्बा-माहाले। अमरलो आरु माँडो मोंगरा ने उबुन 'बाई' बलते हाक दिलो। हाक देतो के हल्बिन बाई घर ले निकरली आरु 'काय काम ने इलिस, बाबू?' बलते पुछली।

तेबे झोलू पाइक बल्लो, ''सुन बाई हल्बिन! मोके लाई फोड़ुन दे बाई, चिवड़ा कुटुन दे। तुलसी मँडातो आय, कथा सुनतो आय।''।

बलतो के हल्बिन बाई सुनली आरु 'हव बाबू, मयँ देयँदे' बलते लाई फोड़ली, चिवड़ा कुटली आरु बाबू के धराउन दिली। बाबू धरलो आरु हुनके खेजा दिलो। हल्बा-माहाल छाँड़ुन मरार-माहाले गेलो। रुमझुम-रुमझुम रेंगलो आरु अमरलो। 'दादा' बलते हाक देतो के मरार दादा घर ले बाहिर निकरलो आरु पुछलो, ''काय काम ने इलिस, बाबू? मोके साँग।''

झोलू पाइक बल्लो, ''सुन दादा, मरार लोग! मोके भेला गुर दे दादा। तुलसी मँडातो आय। कथा सुनतो आय।''

सुनलो मरार दादा आरु बल्लो, ''हव बाबू, मयँ देयँदे।'' बलते आपन

झोलू पाइक ने सुना और दतौन आदि से निवृत्त हो स्नान किया। गीले कपड़े पहने और गया नौ खंडा महल के भीतर। सेवा-सामग्री ली, पाँवों में खड़ाऊँ पहने, हाथ में बेंत लिया और घर से निकल पड़ा। चलता चला गया। जल्दी-जल्दी चला। लम्बे डग भरे और नन्हे बगीचे में जा पहुँचा। वहाँ तुलसी का पौधा खोजने लगा। तुलसी का पौधा पाकर उसने वहाँ थोड़ी-सी सफाई की और सेवा-सामग्री रखी। झारी से पानी छिटका, कच्चा दूध छिटका। अगरबत्ती जलायी, होम-आरती की, फूल-चावल अर्पित किए। भगवान का नाम लिया, चारों दिशाओं में प्रणाम कर तुलसी का पौधा उखाड़ा। गीले कपड़े में लेकर जल्दी-जल्दी चलने लगा। लम्बे डग भरे और जा पहुँचा राजमहल। नौ खंडा महल में जाकर तुलसी का पौधा रख दिया। राजा-रानी के पास गया और बोला, ''मैं तुलसी का पौधा ले आया हूँ, राजा-रानी। इसके अलावा और कौन-कौन-सी सामग्री लगेगी, वह आप मुझे बताएँ।''

राजा ने कहा, ''नारियल-सुपारी, शुद्ध लाली, कथा-प्रसाद की सामग्री ला। हल्बा-महल जाकर वहाँ से लाई फोड़वा कर ला। चिवड़ा कुटवा कर ला। मरार-महल से गुड़ की भेली ला। कथा सुनना है, बाबू। तुलसी रोपना है।''

झोलू पाइक ने सुना और जल्दी तैयार हो मुट्ठी भर रुपये ले राजमहल से चल पड़ा। जल्दी-जल्दी चला। लम्बे डग भरे और जा पहुँचा बनिया के महल में। पुकारने पर दादा घर से बाहर निकलकर पूछने लगा, ''किस काम से आया है, बाबू?'' तब झोलू पाइक ने कहा, ''मुझे नारियल-सुपारी, शुद्ध लाली दे, दादा। अगरबत्ती, कथा-प्रसाद की सामग्री और सवा हाथ कपड़ा दे। तुलसी रोपना है, कथा सुनना है।''

ऐसा कहने पर दादा ने 'हाँ बाबू, दूँगा' कहा और अपने महल से सारी सामग्री लाकर बाबू को दी। बाबू ने सारी सामग्री लेकर बनिया दादा को मुट्ठी भर रुपये दिए और बनिया के महल से चल पड़ा। जल्दी-जल्दी चलकर हल्बा-महल पहुँचा। वहाँ पहुँचकर मोगरा-मंडप के नीचे खड़ा हो बाई को पुकारा। पुकार सुनकर हल्बिन बाई घर से बाहर निकली और पूछने लगी, ''किस काम से आया है, बाबू?''

झोलू पाइक ने कहा, ''सुनो बाई, हल्बिन! मुझे लाई फोड़कर दो बाई, चिवड़ा कूटकर दो। तुलसी रोपना है बाई, कथा सुनना है।''

सुनकर हल्बिन बाई ने 'हाँ बाबू, मैं दूँगी' कह लाई फोड़ी, चिवड़ा कूटा और बाबू को दिया। बाबू ने सारी सामग्री लेकर हल्बिन बाई को खेजा दिया। फिर हल्बा-महल छोड़कर वह मरार-महल के लिए चल पड़ा। जल्दी-जल्दी चलकर जा पहुँचा मरार-महल। वहाँ पहुँचकर दादा को पुकारा। पुकारने पर मरार दादा ने घर से बाहर निकलकर पूछा, ''किस काम से आया है, बाबू? मुझे बता।''

झोलू पाइक ने कहा, ''सुनो हे मरार दादा! मुझे गुड़ की भेली दे, दादा।

माहाले गेलो आउर भेला गुर आनलो। झोलू पाइक के दिलो। झोलू पाइक धरलो आरु हुनके मुठा रुपया दिलो। मरार-माहाल छाँडलो झोलू आउर जायसे। एक कलाट मारलो आरु अमरलो राजा-घरे। सब जोड़ा के ठोवलो आउर राजा-रानी लगे जाउन बल्लो, ''सुना राजा, सुना रानी! मयँ सब जोड़ा आनले, राजा-रानी। एचो छाँड़ुन आउर काय-काय जोड़ा लागुआय जाले, तुमी मोके साँगा।''

राजा-रानी सुनला आरु बाबू के बल्ला, ''सुन बाबू, झोलू पाइक! तुय नँगारची-माहाले जा, बाबू। हुन घड़ी भर नँगारा देओ। तुलसी मँडातो आय, बलो। बजनेया-मोहोरेया, गाँयता-पुजारी, सब लोग सँजकारी-सँजकारी एओत।''

झोलू पाइक सुनलो आरु हरबर-हरबर तियार होलो। पाँये खड़ऊ पिंदलो, हाते बेद धरलो आरु गेलो। एक कलाट मारलो आरु अमरलो नँगारची-माहाले। 'दादा' बलते हाक दिलो। हाक पाड़तो के सुनलो नँगारची दादा आउर घर ले बाहिर इलो। पुछलो, ''तुय काय ने इलिस, बाबू? आले मोके साँग।''

झोलू पाइक बल्लो, ''सुन दादा, नँगारची लोग! तुय घड़ी भर नँगारा देस, दादा। सब झन सँजकारी-सँजकारी राजा-घरे जाओत। तुलसी मँडातो आय, कथा बले सुनतो आय। गाँयता-पुजारी जाओत, बजनेया-मोहोरेया जाओत।''

तेबे दादा सुनलो आरु 'हव, देयँदे' बल्लो आरु हरबर तियार होलो। बाँडी घोड़ी के कसलो, जोड़ी नँगारा चेघालो। हाते काड़ा धरलो आरु खोरे-डाँडे गेलो। आरा-पारा बुल्लो दादा आरु नँगारा दिलो, ''सुना दादा, सुना बाई! बजनेया-मोहोरया सुना, गाँयता-पुजारी सुना! राजा-घरे बलाव आय। तुलसी मँडातो आय, कथा बले सुनतो आय। सब लोग सँजकारी-सँजकारी राजा-घरे जाहा।'' बलते बुलुन-बुलुन नँगारा दिलो। माटी नँगारा धमधम करे, तमई झँजकार देय। नँगारा देउन सारलो दादा आरु आपन माहाले गेलो।

सुनला दादा-बाई आउर हरबर-हरबर तियार होला। कोन तो बाई लुगा काचली, कोन तो नोनी मुँड रेतली, कोन तो दादा-बाई मन असनाँद होला। रलो लोग कपड़ा पिंदला, रलो लोग तेल घसला। गरिब-धुरिब मन धड़का पिंदला, पानी घसला। असने-असने सब झन हरबर-हरबर तियार होला। रलो लोग हाती चेगला, घोड़ा चेघला। गरिब-धुरिब मन पैंदल गेला। चाटी चो धार असन लामला लोग मन। जसन चन्दा-सुरिज दखा देसोत हुसने दखा देओत लोग मन। राजा-माहाले गेला। अमरतो के दखली रानी माहापातरिन आरु नोनी के बल्ली, ''सुन बाबा, रुपनथँवरा! फउद अमरला, नोनी। तुय हुन मन के पाँय धुआव।''

बलतो के रुपनथँवरा सुनली आरु झारी पानी, आरती आइग, घिंव-गुर, फुल-चाउर धरली आरु गेली सिंग-दुआरे। हुता चन्दन-काट मँडाली। दादा-बाई मन हुता ढँग् नाय उबला। तेबे नोनी हुन मन के पाँय धुआली, चाउर-टिका दिली,

तुलसी रोपना है। कथा सुनना है।''

मरार दादा ने सुना और कहा, ''हाँ बाबू, मैं दूँगा।'' और वह अपने महल से गुड़ की भेलियाँ ले आया। झोलू पाइक को दिये। झोलू पाइक ने लेकर उसे मुट्ठी भर रुपये दिये और वहाँ से चल पड़ा। लम्बे डग भरे और जा पहुँचा राजा के घर। सारी सामग्री रखी और राजा-रानी के पास जाकर बोला, ''सुनिए राजा, सुनिए रानी! मैंने सारी सामग्री जुटा ली है, राजा-रानी! इनके अतिरिक्त और किसी सामग्री की आवश्यकता हो तो आप मुझे बताएँ।''

राजा-रानी ने सुना और बाबू से कहा, ''सुन बाबू, झोलू पाइक! तू नगारची के महल में जा। वह थोड़ी देर मुनादी कर देगा। तुलसी रोपना है, बताये। बजनिया-मोहरिया[2], गाँयता-पुजारी सब लोग जल्दी-जल्दी आ जाएँ।''

झोलू पाइक ने सुना और जल्दी-जल्दी तैयार हो गया। पाँवों में खड़ाऊँ पहने, हाथ में बेंत लिया और चल पड़ा। लम्बे डग भरे और जा पहुँचा नगारची के महल में। दादा को पुकारने पर दादा घर से बाहर आया और पूछने लगा, ''तू किस काम से आया है, बाबू? तनिक मुझे बता।''

झोलू पाइक ने कहा, ''सुनो नगारची दादा! तुम थोड़ी देर मुनादी कर दो, दादा। सब लोग जल्दी-जल्दी राजा के घर जाएँ। तुलसी रोपना है, कथा भी सुनना है। गाँयता-पुजारी जाएँ, बजनिया-मोहरिया जाएँ।''

दादा ने सुना और 'हाँ, कर दूँगा' कह जल्दी तैयार हो गया। बाँडी घोड़ी कसी और उस पर दोनों नगाड़े रखे। हाथ में काड़ा लिया और निकल पड़ा अली-गली में। अड़ोस-पड़ोस में घूम-घूमकर मुनादी करने लगा, ''सुनो दादा, सुनो बाई! बजनिया-मोहरिया सुनें, गाँयता-पुजारी सुनें! राजा के घर बुलावा है। तुलसी रोपना है, कथा भी सुनना है। सब लोग जल्दी-जल्दी राजा के घर जाएँ।'' घूम-घूम कर मुनादी की। माटी का नगाड़ा धमधम करता था और तमई झंकृत होती थी। मुनादी कर दादा अपने घर चला गया।

दादा-बाई ने सुना और जल्दी-जल्दी तैयार हो गये। किसी बाई ने कपड़े धोये, किसी ने सिर साफ किया तो किसी ने स्नान। सक्षम लोगों ने नये कपड़े पहने, तेल चुपड़े। गरीब लोगों ने फटे-पुराने कपड़े पहने, पानी चुपड़ा। इस तरह सब लोग जल्दी-जल्दी तैयार हो गये। जिनके पास हाथी-घोड़े थे वे उन पर सवार हुए, गरीब लोग पैदल चलने लगे। चींटी की धार की तरह लोगों का रेला चल पड़ा। सूर्य और चन्द्रमा की तरह लोग दिखने लगे। राजा के महल में गये। उन्हें पहुँचा हुआ देखकर माहापातरिन रानी ने नोनी से कहा, ''सुन बाबा, रुपनथँवरा! लोग आ पहुँचे हैं, नोनी। तू उनके पाँव धुला।''

सुनकर रुपनथँवरा ने झारी में पानी, आरती आग, घी-गुड़, फूल-चावल

होम-आरती करली आरु पाँय पड़ली। तेबे दादा-बाई मन हुनचो टोंड चुमला। नोनी पुने दादा-बाई चो हात के धरली आरु निली नवखँड माहाले। सब लोग ओरी-चो-ओरी धाड़ी-चो-धाड़ी बसला। अरछी-परछी भरली। ओना-कोना भरली। राजा-घरे समाव नीं होय। माहापातरिन रानी दखली आरु नोनी के पानी तपातो काजे तियारली। नोनी रुपनथँवरा सुनली आरु पानी तपाली, सेदा-भेदा करली आरु मन्दन-सिले नेउन दिली। झारी कसेला नेउन दिली, कपुर दतुन नेउन दिली। तेबे राजा-रानी गेला आरु मन्दन-सिले उबुन कपुर दतुन धरला। सुरिज-भेट करला, मुखारी करला आरु आँगे असनाँद होला। सुका कपड़ा पिंदला, ओधा कपड़ा खाले घसरली। नवखँड माहाले गेला राजा-रानी आरु बाजे जाउन बसला। तेबे जोड़ी गुरुमायँ मन बले नाहाला। नाहा-खोरा करुन तियार होला। राजा-रानी बले हरबर-हरबर तियार होला। राजा धँगड़ा रासी के बल्लो, ''सुना बाबू, धँगड़ा रासी! कथा सुनतो आय, बाबू। तुमी कथा-परसाद भाँजा।''

सुनला धँगड़ा रासी आउर कथा-परसाद भाँजला। तेबे राजा-रानी सब जोड़ा के धरला आरु तुलसी-चँवरा ने निला। रानी बल्ली रुपनथँवरा के, ''हाते पोतनी धर नोनी आउर चार खुटेया लिप। मँजी बाना लिख, कलस-दिया बार।''

बलतो के नोनी सुनली आरु हाते पोतनी धरली, चार खुटेया लिपली, मँजी बाना लिखली, कलस-दिया बारली। तेबे राजा बल्लो झोलू पाइक के, ''बाबू, झोलू पाइक! तुय तुलसी-बुटा के आन।''

तेबे झोलू पाइक तुलसी-बुटा के आनुन दिलो। साहादेव पँडित गेलो आरु राजा चो हात के धरलो। राजा-रानी झारी पानी छिचला, काचा गोरस छिचला जात लाली टिकला आरु हात जोड़ला। रानी पुने राजा चो हात के धरली। राजा-रानी झारी पानी छिचला, काचा गोरस छिचला, जात लाली टिकला आरु हात जोड़ला। दुनों झन तुलसी-बुटा के धरला आरु मँडाउन दिला। पानी रिकाला आउर चँवरा के बिनती करला, ''बाड़-बाड़ बाई कारी तुलसी। अगास मेलान बाड़ बाई, फकिर पाना फेक। तुय-मयँ बाँहा जोरी बाई, तुय-मयँ हन्सा जोरी। जिव भर सेवा मिरो बाई। हामचो जान सुकी रहो।'' असन बलते राजा-रानी तुलसी-पुजा करला। नरेर-सुपारी मँडाला। तेबे दादा राजा के बल्लो, ''सुना राजा, माहापातर! सुना रानी माहापातरिन! तुमी तो तुलसी मँडालास, राजा-रानी। एदायँ कथा ने बसा।''

बलतो के रानी बल्ली रुपनथँवरा के, ''सुन नोनी, रुपनथँवरा! तुय जोड़ी पतरी आन, नोनी। हामी कथा बसवाँ।''

बलतो के रुपनथँवरा सुनली आरु जोड़ी पतरी आनुन दिली। तेबे राजा-रानी कथा बसला। पँडित झारी पानी छिचलो, काचा गोरस छिचलो। जात लाली टिकलो, अगरबती धरालो। फुल-चाउर छिचलो, होम-आरती करलो, पाँय पड़लो

लिया और गयी सिंह-द्वार में। वहाँ उसने चन्दन का पीढ़ा रखा। दादा-बाई उस पर बारी-बारी से जा खड़े हुए। तब नोनी ने उनके पाँव धुलाये, चावल का टीका लगाया, होम-आरती की और प्रणाम किया। तब दादा-बाई ने उसका मुख चूमा। नोनी तब दादा-बाई के हाथ पकड़ उन्हें नौ खंडा महल में ले गयी। सब लोग पंक्तियों में बैठ गये। अरछी-परछी भर गयी। महल का कोना-कोना भर गया। राजा के घर में जगह नहीं रह गयी। माहापातरिन रानी ने देखा और नोनी से पानी गरम करने को कहा। नोनी रुपनथँवरा ने सुना और पानी गरम कर दिया, उसमें ठंडा पानी मिलाया और स्नानगृह में पहुँचा आयी। झारी पात्र और सुगन्धित दतौन दिये। तब राजा-रानी ने स्नानगृह में जाकर दतौन और स्नान किया। सूखे कपड़े पहने, गीले कपड़े नीचे गिरे गये। फिर वे नौ खंडा महल में गये और पलंग पर बैठ गये। तब दोनों गुरुमाँयों ने भी स्नान किया। वे स्नानादि से निवृत्त हो तैयार हो गयीं। राजा-रानी भी जल्दी-जल्दी तैयार हो गये। राजा ने नवयुवकों से कहा, ''सुनो बाबू, नवयुवको! कथा सुनाना है, बाबू। तुम कथा-प्रसाद भूनो।''

नवयुवकों ने सुना और कथा-प्रसाद भूना। तब राजा-रानी सारी सामग्री तुलसी-चौरा के पास ले गये। रानी ने रुपनथँवरा से कहा, ''हाथ में पोतनी ले नोनी और चारों चौखाने लीप। बीच में बाना लिखा, कलश-दीप जला।''

नोनी ने सुना और हाथ में पोतनी लेकर चारों चौखाने लीप डाला, बीच में बाना लिखा, कलश-दीप जलाए। तब राजा ने झोलू पाइक से कहा, ''बाबू, झोलू पाइक! तू तुलसी का पौधा ला।''

तब झोलू पाइक तुलसी का पौधा ले आया। साहादेव पंडित ने जाकर राजा का हाथ पकड़ा। राजा-रानी ने झारी से पानी छिटका, कच्चा दूध छिटका और हाथ जोड़े। रानी ने राजा का हाथ थामा। दोनों ने मिलकर तुलसी का पौधा रोपा। पानी डाला और चौरा से विनती की, ''बढ़ो-बढ़ो बाई, हे कारी तुलसी! आकाश का स्पर्श करो बाई, नयी कोंपलें निकलें। तुम-मैं जैसे दो बाँहों की जोड़ी बाई, तुम-मैं जैसे दो हंसों की जोड़ी। जीवन भर तुम्हारी सेवा का अवसर मिले, बाई। हमारा जीवन सुखी रहे।'' ऐसी विनती कर राजा-रानी ने तुलसी की पूजा की। नारियल-सुपारी रखा। तब दादा ने राजा से कहा, ''सुनिए राजा, माहापातर! सुनिए रानी, माहापातरिन! आपने तुलसी तो रोप दिया, राजा-रानी अब कथा सुनने के लिए बैठें।''

सुनकर रानी ने रुपनथँवरा से कहा, ''सुन नोनी, रुपनथँवरा! तू दो पत्तलें ला, नोनी। हम कथा में बैठेंगे।''

आरु खालामाती बसुन रमायन के कोरा ने धरलो। कथा सुनाउक मुरयालो। एक अधया सुनालो हुता ले दुय, दुय ले तिन अधया सुनालो। राजा-रानी कथा सुनसोत। फेर तिन ले चार, चार ले पाँच, पाँच ले छय आउर फेर छय ले सात अधया सुनालो। सात अधया पुराउन दोनी ने परसाद धरलो आरु राजा-रानी के दिलो। ''दुनों झन बसुन खाहा, राजा-रानी। तुमी ए परसाद के काकेय नीं दिया।'' बल्लो पँडित।

राजा-रानी कथा ले उठला आरु पँडित के पाँय पड़ला, हात जोड़ला। पबलित[4] के बले पाँय पड़ला हात जोड़ला। तेबे पबलित लोग बल्ला, ''सुना राजा, सुना रानी! तुमी जिव भर सुकी राहा, राजा-रानी। जिव रत ले खाहा। तुचो चुड़ी अमर रहो रानी, सिरे सेन्दुर रहो, कपारे टिकली रहो। सिरे पगड़ी रहो राजा, माथे तिलक रहो।''

राजा-रानी धँगड़ा रासी के बल्ला, ''तुमी नरेर-सुपारी फोड़ा, बाबू। सब के बाटा।''

धँगड़ा रासी सुनला आउर नरेर-सुपारी फोड़ला। कथा-परसाद बाटला। तेबे रानी बल्ली नोनी के, ''सुन नोनी, रुपनथँवरा! तुय रोसई-चाउर जोड़, नोनी। पँडित बिदा के दे।''

बलतो के नोनी रोसई-चाउर जोड़ली, मुठा रुपया धरली आरु पँडित के बिदा दिली। सब झन आपलाहान घरे-घरे गेला। पँडित बले मोडरी बाँदलो आरु आपलो घरे गेलो।

सन्दर्भ

1. साहादेव (सहदेव) : एक व्यक्ति का नाम। पँजेआर, पँजेयार, पँजिआर, पँजिहार या पँजेहार : ज्योतिषी। बस्तर में प्रचलित किम्वदन्ती के अनुसार साहादेव नामक यह ज्योतिषी धरती पर स्वर्ग से आने वाले प्रथम दो ज्योतिषियों में से एक था। इसी के आने के बाद धरती पर ज्योतिष-विद्या का प्रसार हुआ।
2. बजनिया-मोहरिया : बाजा बजाने और मोहरी फूँकने वाले।
3. दोनी : पत्तों से बना कटोरीनुमा पात्र। छोटे पात्र दोनी तथा बड़े दोना कहलाते हैं। इसके कई प्रकार होते हैं, यथा चोकोनी दोनी, मुँडी दोनी, डोबला, चिपड़ी आदि।
4. पबलित : अंग्रेजी का 'पब्लिक' शब्द इसी अर्थ में इस रूप में आया है।

ऐसा कहने पर रुपनथँवरा दो पत्तलें ले आयी। तब राजा-रानी कथा सुनने बैठे। पंडित ने झारी से पानी छिटका, कच्चा दूध छिटका। शुद्ध लाली का टीका लगाया, अगरबत्ती जलायी। फूल-चावल छिटका, होम-आरती की, प्रणाम किया और पालथी बैठकर रमायन को गोद में लिया। वह कथा सुनाने लगा। एक अध्याय सुनाया फिर दो, दो से तीन, तीन से चार, चार से पाँच और इस तरह सात अध्याय सुनाए। सात अध्याय सुनाकर उसने दोनी[3] में प्रसाद ले राजा-रानी को दिये और कहा, ''दोनों जने बैठ कर खाएँ, राजा-रानी। आप यह प्रसाद किसी को भी न दें।''

राजा-रानी कथा से उठे और पंडित को प्रणाम किया, हाथ जोड़े। वहाँ उपस्थित सारे लोगों को भी प्रणाम किए, हाथ जोड़े। तब लोगों ने कहा, ''सुनिए राजा, सुनिए रानी! आप लोग जीवन भर सुखी रहें, राजा-रानी। जीवन भर सुख भोगें। तुम्हारी चूड़ी अमर रहे रानी, सिर पर सदा सिन्दूर रहे, माथे पर सदा टिकली विराजमान रहे। आपके सिर पर सदा पगड़ी बनी रहे राजा, माथे पर सदा तिलक लगा रहे।''

राजा-रानी ने नवयुवकों से कहा, ''तुम लोग नारियल-सुपारी फोड़ो, बाबू। सभी को दो।''

नवयुवकों ने सुना और नारियल-सुपारी फोड़ा। कथा-प्रसाद बाँटा। तब रानी ने नोनी से कहा, ''सुन नोनी, रुपनथँवरा! तू रसोई-चावल तैयार कर नोनी। पंडित को विदा कर।''

ऐसा कहने पर नोनी ने रसोई-चावल तैयार किया, मुट्ठी भर रुपये लिये और पंडित को देकर विदा किया। सब लोग अपने-अपने घर चले गये। पंडित भी गठरी बाँधकर अपने घर चला गया।

अधया-9

माहापातरिन रानी चो तरई-बावली खनातो

रानी चो तुलसी रोपलो एक दिन ले दुय दिन, दुय ले आट आउर आट ले पँदरा दिन होली। असने-असने महेना दिन होली। होऊ-होऊ एक ले दुय महेना, तिन महेना आउर फेर साल-डेड़ साल होली। रानी मने-मने बिचार करे। दिले धोका करे 'ए राम भगवान!' बले रानी, 'मयँ तुलसी मँडाउन गेले आउर तुलसी-सेवा करले मान्तर तेबे ले बले मोचो काहीं नामना निंहाय। मोचो काहीं किरती निंहाय। मयँ जिव रत ले खायँदे आरु मरले मोचो नाव नीं रहेदे।' फेर बिचार करेसे, 'गोटोक किरती करले जुग-जुग मोचो नाँव रहेदे। मोचो किरती बाडुन जायदे।' बलते बिचार करली आरु राजा के बलेसे, ''सुना राजा, माहापातर! मोचो बात के सुना राजा, मोचो गोठ के माना। मयँ तुलसी मँडाले, तुलसी-सेवा करले राजा मान्तर दखा नूँ तेबे ले बले मोचो काहीं नामना निंहाय। जिव रत ले हामी खावाँ राजा मान्तर मरले हामचो नामना बुडुन जायदे। हामचो किरती बुडुन जायदे। हामी गोटोक

अध्याय-9

माहापातरिन रानी द्वारा सरोवर-बावली खुदवाना

रानी को तुलसी रोपे एक से दो दिन, दो से आठ और आठ से पन्द्रह दिन बीते। इसी तरह एक महीना बीता। फिर एक से दो, दो से तीन होते-होते साल-डेढ़ साल बीत गये। रानी मन-ही-मन विचार करने लगी। दिल में चिन्ता करने लगी, 'हे राम भगवान!' रानी विचारने लगी, "मैंने तुलसी रोपा और तुलसी की सेवा की किन्तु तो भी मुझे भगवान सन्तान नहीं देता। मेरा कोई नाम नहीं है। मेरी कोई कीर्ति नहीं है। जीवन रहते तक तो मैं सुख-भोग करूँगी किन्तु मरने पर मेरा नाम नहीं रहेगा।" फिर वह विचारने लगी, 'एक काम कर जाने पर सम्भवत: मेरा नाम बना रहे। मेरी कीर्ति बढ़ जाये।' ऐसा विचारकर राजा से बोली, "सुनिये राजा, माहापातर! मेरी बात सुनें राजा, मेरा कहा मानें। मैंने तुलसी रोपा और तुलसी की सेवा की किन्तु देखिये तो इसके बाद भी मेरा कोई नाम नहीं है। जीवन रहते तक तो हम सुख-भोग करेंगे राजा किन्तु मर जाने पर हमारा नाम डूब जाएगा।

किरती करले जुग-जुग हामचो नाँव रती।''

राजा बल्लो, ''आले काय किरती आय, रानी? तुय मोके साँग।''

बलतो के रानी बल्ली, ''नईं राजा! मोके तुमी तरई खनुन दिया, बावली खनुन दिया। एई बले तो हामचो नाँव रहेदे। तरई चो पानी के पिवदे राजा आरु काचो तरई आय बल्ले माहापातर राजा चो आय, माहापातरिन रानी चो आय, बलदे। बावली चो पानी खादे राजा आरु माहापातर राजा-माहापातरिन रानी चो आय, बलदे। हामचो नाँव धरदे, राजा। जुग-जुग नाँव रहेदे, राजा। किरती बाडुन जायदे।''

माहापातर राजा सुनलो आरु बलेसे, ''तुय तिनपुर टेकही आस, रानी। बड़े उपई आस। तुय अटपट डोडई धरसिस, रानी।''

बलतो के रानी रिसाली आरु दतुन चाबे नईं ना अन खाये नईं। भुके-भुके आसे। हुनके दखलो राजा आरु बल्लो, ''ए रानी! तुय दतुन नीं चाबिस ना अन नीं खाइस। तुय भुके-भुके आसिस, रानी। भुके मरुन जासे। तुय उठ आरु दतुन चाब, अन खा। मयँ तरई खनाउन देयँदे, बावली खनाउन देयँदे।''

बलतो के माहापातरिन रानी सुनली आरु दतुन चाबली, अन खादली। असने-असने एक दिन ले दुय दिन, दुय दिन ले आट दिन होली। बाजे बसुन गेला राजा-रानी। तेबे रानी बल्ली, ''सुना राजा, माहापातर! मोचो बात के सुना, राजा। मोचो गोठ के माना। तुमी सागरपुर जाहा राजा आउर नव सै ओड़या, नव सै ओड़िन के हाक देउन आना। हुन मन हामके तरई खनुन देदे, बावली खनुन देदे।''

राजा सुनलो आरु झोलू पाइक के तियारलो, ''जा रे बाबू, झोलू पाइक! तुय सागरपुर जा नव से ओड़या-नव सै ओड़िन लगे। हुन मन के हाक देउन आन। हामके तरई खनुन देदे, बावली खनुन देदे। रानी हट मतायसे, बाबू।''

बलतो के झोलू पाइक सुनलो आरु हरबर तियार होलो। टाँगी धोती मारलो, खाकी कमिंज पिंदलो, उल्टा बुलबुल कोरलो, टेड़ी पगड़ी बाँदलो। पाँये खड़ऊ पिंदलो, हाते बेद धरलो, टिपनी छाता धरलो आरु राजा-माहाल छाँडलो। जाते-जाते जायसे। रुमझुम-रुमझुम रेंगलो। एक कलाट मारलो आरु सागरपुरे जायसे। गाड़ा-बाट, सड़क-बाट के छाँडलो बाबू आउर कानी मारगे गेलो। सेतबन-हेतबन-बिन्दराबन काजे जायसे। हुनके तले भुबुर तपे, उपरे घाम छेके, मँजी भुक लागे आउर झालिपिली पसना फुटे। जाले बले बाबू बाट रेंगतो के नीं छाँडे। आपन बुल में जाय। जाते-जाते सागरपुर अमरलो। पारा-परोसे गेलो आरु बाई के पुछलो, ''ए बाई, पारा-परोसिन! बड़े ओड़या चो घर कोन लगे आंसे?''

बाई बल्ली, ''सुन बाबू, झोलू पाइक! माँडो मोंगरा आसे, रुमझुम भँवरा आसे, हुनी माहाल आय।''

हमारी कीर्ति डूब जाएगी। हम एक काम करें तो सम्भवतः हमारा नाम रह जाए।''

राजा बोला, ''अच्छा कौन-सा ऐसा काम है, रानी? तुम मुझे बताओ।''

रानी ने कहा, ''देखिए राजा! मेरे लिये आप सरोवर खुदवा दें, बावली खुदवा दें। इसी से शायद हमारा नाम बना रहे। लोग सरोवर का पानी पीएँगे और किसका सरोवर है कहेंगे तो लोग बताएँगे कि यह माहापातर राजा और माहापातरिन रानी का है। इसी तरह बावली का पानी पीकर पूछेंगे तो उन्हें बताया जाएगा कि यह बावली माहापातर राजा और माहापातरिन रानी की है। इस तरह लोग हमारा नाम लेंगे, राजा। युगों-युगों तक हमारा नाम बना रहेगा। हमारी कीर्ति बढ़ जाएगी।''

माहापातर राजा ने सुना और कहने लगा, ''तुम बड़ी ही हठी हो, रानी। बड़ी ही चंचल हो। तुम बहुत जिद करती हो, रानी।''

ऐसा कहने पर रानी रूठ गयी और वह न तो दतौन करती न अन्न खाती। भूखी ही रहने लगी। उसे देखा राजा ने और कहा, ''हे रानी! तुम न तो दतौन करती हो न भोजन। तुम भूखी ही रह रही हो, रानी। भूख से तुम मर जाओगी। तुम उठकर दतौन करो, भोजन करो। मैं सरोवर और बावली खुदवा दूँगा।''

सुनकर माहापातरिन रानी उठी और दतौन आदि से निवृत्त होकर भोजन किया। इस तरह एक से दो दिन, दो से आठ दिन बीते। राजा-रानी पलंग पर बैठे थे। तब रानी ने राजा से कहा, ''सुनिए राजा, माहापातर! मेरी बात सुनें, राजा। मेरा कहा मानें। आप सागरपुर जाएँ राजा और नौ सौ ओड़यों तथा नौ सौ ओड़िनों को बुला लाएँ। वे हमारे लिए सरोवर और बावली खोद देंगे।''

राजा ने सुना और झोलू पाइक से कहा, ''जा हे बाबू, झोलू पाइक! तू सागरपुर जाकर वहाँ से नौ सौ ओड़यों और नौ सौ ओड़िनों को बुला ला। वे हमारे लिए सरोवर और बावली खोद देंगे। रानी हठ कर रही है, बाबू।''

झोलू पाइक ने सुना और जल्दी तैयार हो गया। टाँगी धोती पहनी, खाकी कमीज पहनी, जुल्फें सँवारी और टेढ़ी पगड़ी बाँधी। पाँवों में खड़ाऊँ पहने, हाथ में बेंत लिया, टिपनी छाता लेकर राजमहल से चल पड़ा। चलता चला गया। जल्दी-जल्दी चलता गया। लम्बे डग भरता सागरपुर जाने लगा। बैलगाड़ी का रास्ता, पक्की सड़क आदि छोड़कर बाबू पैडगरी पर चलने लगा। सेतबन-हेतबन-बिन्दराबन होता जाने लगा। उसके सिर पर तेज धूप चिलक रही थी, भूख लग आयी थी और सारा बदन पसीने से तर-ब-तर हुआ जा रहा था। किन्तु बाबू ने राह चलना नहीं छोड़ा। वह अपने ध्यान में चला जा रहा था। चलते-चलते वह सागरपुर जा पहुँचा। अड़ोस-पड़ोस में गया और बाई से पूछा, ''हे बाई, अड़ोसन-पड़ोसन! बड़े ओड़या का घर कौन-सा है?''

बाई ने कहा, ''सुन बाबू, झोलू पाइक! जहाँ मोगरा का मंडप और गुंजार करता भौंरा है, वही महल है।''

बलतो के झोलू पाइक पारा-परोस छाँडलो आरु गेलो ओड़या-माहाले। अमरलो आरु माँडो मोंगरा ने उबुन 'दादा' बलते हाक दिलो। हाक देतो के दादा घर ले निकरलो आरु पुछलो, ''काय काम ने इलिस, बाबू? तुय मोके साँग।''

झोलू पाइक बल्लो, ''सुन दादा, बड़े ओड़या! हरदी नँगरे जावँ, दादा। राजा-घरे बलाव आय। तरई खनतो आय दादा, बावली खनतो आय। तुय हरबर तियार हो।''

तेबे बड़े ओड़या बल्लो, ''सुन बाबू, झोलू पाइक! तुय एई लगे रा, बाबू। मयँ नव सै ओड़या लगे जायँसे ता।'' बल्लो आरु घर ले निकरलो। रुमझुम-रुमझुम रेंगलो आरु नव सै ओड़या लगे गेलो। अमरलो आरु बाबू मन के बल्लो, ''सुना बाबू, सुना बाई! तुमी हरबर तियार होआ। राजा-घरे बलाव आय। तरई खनुन देतो आय, मने, बावली खनुन देतो आय मने। हरदी नँगर जावँ बाबू-नोनी।''

सुनला दादा-बाई आउर हरबर तियार होउक धरला। कोन तो बाई कपड़ा काचेसे, कोन तो बाई मुँड रेतेसे। कोन तो आँगे असनाँद होसोत, कोन तो हिरदे असनाँद होसोत। सुका कपड़ा पिंदला दादा-बाई, ओधा कपड़ा खाले गिरली। कपड़ा निचाला, सुकाला। राँदा-बाटा करला, खाना-पिना करला। आपलो साजू मन के पिंदला, आपलो जाक धरला, बरतन-भाँडा धरला। बागमुँई कपाट ढाकला आरु गेला बड़े ओड़या लगे आरु बल्ला, ''तुय बले हरबर तियार हो, दादा।''

बलतो के बड़े ओड़या बले हरबर-हरबर तियार होलो। तेबे सब झन घर ले बाहिर होला। जाते-जाते जासोत। रुमझुम-रुमझुम रेंगसोत। चाटी चो धार असन लोहँदर लामला मने। सागरपुर छाँडला आरु गेला हरदी नँगर। अमरला आरु गेला राजा-माहाले। लगे जाउन राजा के सलाम झोकला आउर लाफी जाउन बसला। बड़े ओड़या बल्लो, ''आले राजा, माहापातर! काय बलाव आय, राजा? तुमी हामके साँगा।''

राजा बल्लो, ''सुना बाबू, तुमी नव सै ओड़या! सुना बाई नव सै ओड़िन! रानी हट मतायसे, बाबू-बाई। मोके तुमी तरई खनुन दियास, बावली खनुन दियास।''

तेबे दादा-बाई मन सुनला आरु राजा के बल्ला, ''हव, हामी खनुन देउँदे, राजा। तुमी हामके भतेया जोड़ुन दिया।''

राजा सुनलो आरु झोलू पाइक के तियारलो, ''बाबू, झोलू पाइक! तुय दार-चाउर, लोन-मिरी जोड़ आरु नव सै ओड़या-नव सै ओड़िन के देस।''

सुनलो झोलू पाइक आउर झारी पानी धरलो, पाँय धोवलो आउर नवखँड माहाले ओल्लो। बारा भँडार उघाड़लो आउर दार-चाउर, लोन-मिरी जोड़ुन नव सै ओड़या-नव सै ओड़िन के दिलो। तेबे नव सै ओड़या बल्ला राजा के, ''ए राजा माहापातर! कोन लगे तरई रहेदे आउर कोन लगे बावली, एके तुमी साँगुन

सुनकर झोलू पाइक अड़ोस-पड़ोस छोड़ आगे बढ़ गया। जा पहुँचा बड़े ओड़या के घर और मोगरा-मंडप के नीचे खड़ा होकर दादा को पुकारा। पुकार सुनकर दादा घर से बाहर आया और पूछने लगा, ''किस काम से आया, बाबू? तू मुझे बता।''

झोलू पाइक बोला, ''सुनो दादा, बड़े ओड़या! हरदी नँगर चलो, दादा। राजा के घर बुलावा है। सरोवर और बावली खोदना है, दादा। तुम जल्दी तैयार हो जाओ।''

तब बड़े ओड़या ने कहा, ''सुन बाबू, झोलू पाइक! तू यहीं पर रह, बाबू। मैं नौ सौ ओड़यों के पास जाता हूँ।'' ऐसा कह वह घर से निकला। जल्दी-जल्दी चलकर नौ सौ ओड़यों के पास जा पहुँचा। बाबू लोगों से बोला, ''सुनो बाबू, सुनो बाई! तुम सब जल्दी तैयार हो जाओ। राजा के घर बुलावा है। सरोवर खोदना है, बावली खोदना है। हरदी नँगर चलो बाबू-नोनी।''

दादा-बाई ने सुना और जल्दी तैयार होने लगे। कोई कपड़े धोने लगी तो कोई सिर धोने लगी। कोई स्नान करने लगी। दादा-बाई ने सूखे कपड़े पहने, गीले कपड़े नीचे गिर गये। कपड़े निचोड़े और सुखाए। भोजन तैयार कर खाया-पिया। अपने साजो-सामान लिये, बरतन-भाँडे लिये। बाघ के मुख जैसा किवाड़ ढँका और बड़े ओड़या के पास जाकर उससे कहा, ''तुम भी जल्दी तैयार हो जाओ, दादा।''

ऐसा कहने पर बड़े ओड़या भी जल्दी-जल्दी तैयार हो गया। तब सब लोग घर से बाहर निकले। चलते चले गये। जल्दी-जल्दी चलने लगे। चींटी की धार की तरह उन लोगों का रेला था। सागरपुर छोड़कर हरदी नँगर गये। वहाँ पहुँचकर राजा के महल में गये। पास जाकर राजा को सलाम किया और दूर जाकर बैठ गये। बड़े ओड़या ने राजा से कहा, ''अच्छा राजा, माहापातर! किसलिए बुलवाया, राजा? आप हमें बताएँ।''

राजा ने कहा, ''सुनो बाबू, हे नौ सौ ओड़या! सुनो बाई नौ सौ ओड़िन! रानी हठ कर रही है, बाबू-बाई। मेरे लिए तुम लोग सरोवर और बावली खोद दो।''

तब दादा-बाई ने सुनकर राजा से कहा, ''हाँ, हम खोद देंगे, राजा। आप हमारे लिए भाता[1] तैयार कर दें।''

राजा ने सुना और झोलू पाइक से कहा, ''बाबू, झोलू पाइक! तू दाल-चावल, नमक-मिर्च तैयार कर और नौ सौ ओड़या-नौ सौ ओड़िनों को दे।''

झोलू पाइक ने सुना और झारी में पानी लेकर पाँव धोये और नौ खंडा महल में प्रवेश किया। बारह भंडार खोले और उनमें से दाल-चावल, नमक-मिर्च लेकर नौ सौ ओड़या-नौ सौ ओड़िनों को दिये। तब नौ सौ ओड़यों ने राजा से कहा,

दिया। हामके ठान दखाउन दिया। रापा-गैंती दिया। हामी तरई खनुँदे, बावली खनुँदे।''

तेबे राजा झोलू पाइक के तियारलो। तियारतो के झोलू पाइक नवखँड माहाले गेलो आरु रापा-गैंती निकराउन नव सै ओड़या के दिलो। तेबे राजा बल्लो, ''जा रे बाबू, झोलू पाइक! तुय ए मन के ठान दखाउन देस। पिल बगेचा ने जा आरु हुता अली मैदाँग-डेंगभाटा दख। हुनी लगे तरई रहो बाबू आरु जानू हुनी लगे बावली बले रहो!''

बलतो के झोलू पाइक सुनलो आरु नव सै ओड़या—नव सौ ओड़िन सँगे गेलो। जाते-जाते गेला। रुमझुम-रुमझुम रेंगला आरु पिल बगेचा अमरला। बाबू पुने हुता बुलुन-गिंजरुन दखलो। अली मैदाँग रहे, डेंगभाटा रहे। काय मँजा सुँदर दखे। तेबे नव सै ओड़या के बल्लो झोलू पाइक, ''सुना दादा, सुना बाई! एई तो अली मैदाँग आसे डेंगभाटा आसे। एई लगे तरई रहो दादा-बाई आरु जानू एई लगे बावली बले रहो। खुबे सुँदर दखा दयदे, दादा-बाई।'' बलते ठान दखाउन दिलो।

तेबे दादा बाई मन हुनी लगे आपलो डेरा-बासा बनाला। बड़े ओड़या नव सै ओड़या के बल्लो, ''जाहा बाबू, नव सै ओड़या। तुमी गाँयता-माहाले जाहा, पुजारी-माहाले जाहा। हुन मन के हाक देउन आना। गाँयता-पुजारी बिगर खनुक नीं होय।''

नव सै ओड़या सुनला आरु पिल बगेचा छाँडला। रुमझुम-रुमझुम हिंडला। एक कलाट मारला आरु गेला गाँयता-माहाले पुजारी-माहाले। अमरला आरु 'दादा'-बलते हाक दिला। हाक देतो के गाँयता-पुजारी निकरला आरु पुछला, ''काय काम ने इलास, बाबू? तुमी हामके साँगा। हामके डर लागेसे।''

बलतो के नव सै ओड़या बल्ला, ''डरा-डरी चो बात नोहाय, दादा। तुय हरबर तियार हो। एक डँडिक जावँ।''

तेबे गाँयता-पुजारी 'हव, एउँदे बाबू' बलते हरबर-हरबर तियार होला आरु गेला पिल बगेचा ने। बड़े ओड़या लगे गेला आरु पुछला, ''काय बलाव आय, बाबू? आले हामके साँग।''

बलतो के बड़े ओड़या बल्लो, ''सुन दादा गाँयता, सुन दादा पुजारी! तरई खनतो आय, दादा। बावली खनतो आय। तुमचो बिगर हामके खनुक नीं होय, दादा। तुमचोय माटी आय तुमचोय गोटी आय। तुमी एक रापा खनुन दिया तेबे फेर हामी खनुँदे।''

गाँयता-पुजारी सुनला आरु आरती आइग धरला, घिंव-गुर धरला आरु अली मैदाँग-डेंगभाटा ने गेला। हुता अजिक असन जतनाला आरु होम-आरती देउन चार खुट पाँय पड़ला। जागा रानी के सुमरला, धरती माता के सुमरला, ''सुन आया,

"हे राजा, माहापातर! किस जगह सरोवर रहेगा और किस जगह बावली रहेगी, इसे आप हमें बता दें। हमें जगह दिखा दें। फावड़े और गैंती दें। हम सरोवर और बावली खोदेंगे।"

सुनकर राजा ने झोलू पाइक से कहा। कहने पर झोलू पाइक नौ खंडा महल में गया और वहाँ से फावड़े-गैंती निकालकर नौ सौ ओड़यों को दिये। तब राजा बोला, "जा हे बाबू, झोलू पाइक! तू इन लोगों को जगह दिखला दे। नन्हें बगीचे में जा और वहाँ खुला-ऊँचा मैदान देख। वहीं पर सरोवर रहे और बावली भी।"

ऐसा कहने पर झोलू पाइक नौ सौ ओड़यों और नौ सौ ओड़िनों के साथ गया। वे चलते चले गये। जल्दी-जल्दी चलकर नन्हें बगीचे में जा पहुँचे। बाबू वहाँ घूम-घूमकर देखने लगा। वहाँ खुला और ऊँचा मैदान था। वह बहुत ही सुन्दर दिखलायी पड़ रहा था। तब झोलू पाइक ने नौ सौ ओड़यों से कहा, "सुनो दादा, सुनो बाई! यही तो खुला और ऊँचा मैदान है। यहीं पर सरोवर और बावली रहे। बहुत ही सुन्दर दिखलायी पड़ रहा है, दादा-बाई।" ऐसा कह उसने जगह दिखला दी।

तब दादा-बाई ने वहीं पास में ही अपना डेरा-बासा बनाया। बड़े ओड़या ने नौ सौ ओड़यों से कहा, "तुम लोग गाँयता-पुजारी के महल में जाओ, बाबू। उन्हें बुला लाओ। गाँयता-पुजारी के बिना खोदना नहीं हो पाएगा।"

नौ सौ ओड़यों ने सुना और नन्हें बगीचे से चल पड़े। जल्दी-जल्दी चलने लगे। लम्बे डग भरते चले और जा पहुँचे गाँयता-पुजारी के महल। वहाँ पहुँचकर दादा को पुकारा। पुकार सुनकर गाँयता-पुजारी घर से बाहर आये और पूछा, "किस काम से आये हो, बाबू? तुम लोग हमें बताओ। हमें डर लग रहा है।"

ऐसा कहने पर नौ सौ ओड़यों ने कहा, "डर-भय की कोई बात नहीं है, दादा। तुम जल्दी तैयार होकर थोड़ी देर चलो।"

तब गाँयता-पुजारी 'हाँ, आएँगे बाबू' कह जल्दी तैयार हो गये और चले नन्हें बगीचे में। बड़े ओड़या के पास गये और पूछा, "किसलिए बुलवाया, बाबू? हमें बताओ।"

बड़े ओड़या ने कहा, "सुन दादा गाँयता, सुन दादा पुजारी! सरोवर खोदना है, दादा। बावली खोदना है। तुम्हारे बिना हम नहीं खोद सकते, दादा। तुम्हारी ही माटी है। तुम एक फावड़ा खोद दो फिर हम लोग खोदेंगे।"

गाँयता-पुजारी ने सुना और आरती-आग, घी-गुड़ ले उस मैदान की ओर चले। वहाँ जाकर थोड़ी-सी सफाई की और होम-आरती कर चारों दिशाओं में प्रणाम किया। जागा रानी का स्मरण किया, धरती माता को सुमरा, "सुन माता, जागारानी! सुन माता, धरती माता! सरोवर खोदना है, माता। बावली खोदना है।

जागा रानी! सुन आया, धरती माता! तरई खनतो आय, बावली खनतो आय। मयँ तरई खनेंसें, बावली खनेंसे। माटी उठुन जाओ, पानी फुटुन जाओ।'' बलते भगवान नाँव धरला आरु हाते रापा धरुन एकक रापा खनुन दिला। तेबे फेर नव सै ओड़या तरई-बावली खनुक मुरयाला। नव सै ओड़िन माटी फेकोत। घुटका भर खनला, पिंडरी भर खनला मान्तर माटी उठे ना पानी फुटे। तेबे पिंडरी भर ले माँडी भर, माँडी भर ले जाँग भर, कन्हेया भर, हुता ले पेट भर खनला जाले बले माटी नीं उठे ना पानी नीं फुटे। एक दिन ले दुय दिन, दुय ले आट, पँदरा आरु होऊ-होऊ महेना, दुय महेना, तिन महेना होली खनसोत चे मान्तर ना माटी उठे ना पानी फुटे। पेट भर ले छाती भर, फेर टोडरा भर आरु पाछे हाता चापड़क खनला जाले बले माटी उठा-उठी नईं ना पानी फुटा-फुटी नईं। असने-असने छय महेना होली। तेबे नव सै ओड़या मन बड़े ओड़या के बल्ला, ''सुन दादा, बड़े ओड़या! छय महेना होली दादा हामी खनुँसे मान्तर माटी उठे नईं ना पानी फुटे नईं। काय गोठ होली, दादा? एदायँ हामी नीं खनूँ। एई चे गोटकी काम ने लागू रलो ने तो हामचो बाल-बचा, लोलो-बालो भुके मरदे।''

बलतो के बड़े ओड़या बल्लो, ''नईं बाबू-नोनी! हामी असन नीं बलूँ। राजा-घरो गोठ आय, बाबू-नोनी। बड़े घरो बात आय। आले हामी राजा लगे जावँ। हुनके साँगवाँ।'' तेबे सब झन 'हव' बल्ला आरु पिल बगेचा छाँडला। रुमझुम-रुमझुम रेंगला आउर गेला राजा-माहाले। लगे जाउन सलाम झोकला आरु लाफी जाउन बसला। राजा बल्लो, ''आले काय काम ने इलास, बाबू-नोनी मन? साँगा।''

तेबे बड़े ओड़या बल्लो, ''सुना राजा, माहापातर! हामी छाती भर खनलू राजा, हाता चापड़क खनलू मान्तर माटी उठे ना पानी फुटे। काय गोठ होली की!''

राजा-रानी सुनला आरु कपार पेटी होला। रानी के धोका धरली। 'ए राम भगवान!' बलेसे रानी, 'मयँ काय अकल करें, काय गियान करें? धन-धन रे मोचो तकदिर! धन-धन रे मोचो नसिब! तरई खनाउन गेले, बावली खनाउन गेले मान्तर हुता बले पानी नीं फुटे जे! मोचो किरती बुड़ुन जायदे, मोचो नामना बुड़ुन जायदे बे।' फेर राजा के बल्ली, ''सुना राजा! तुमी गोबिंदपुर जाहा। पँजेआर के हाक देउन आना। हुन पाँजी दखुन साँगेदे। काय गोठ होली काय नईं!''

तेबे राजा झोलू पाइक के तियारलो, ''बाबू, झोलू पाइक! तुय हरबर तियार हो आउर गोबिंदपुर जा। बुदू पँजेआर के हाक देउन आन। पाँजी-खुट धरो आउर एक डँडिक एओ। पाँजी दखुन दयदे।''

सुनलो झोलू पाइक आरु हरबर तियार होलो। टाँगी धोती मारलो, खाकी कमिंज पिंदलो, उल्टा बुलबुल कोरलो, टेड़ी पगड़ी बाँदलो। पाँये खड़ऊ पिंदलो, हाते बेद धरलो, टिपनी छाता धरलो आरु राजा-माहाल छाँडलो। जाते-जाते जायसे।

मैं सरोवर और बावली खोद रहा हूँ। माटी उठ जाये और पानी फूट निकले।'' कहकर भगवान का नाम लिया और हाथ में फावड़ा लेकर एक-एक बार खोद दिया। तब नौ सौ ओड़या सरोवर-बावली खोदने लगे। नौ सौ ओड़िनें माटी फेंकने लगीं। टखने तक खोदा, पिंडलियों तक खोदा किन्तु न तो माटी कम होती न ही पानी फूटता। तब पिंडलियों से घुटने तक, घुटनों से जंघा भर, कमर भर और फिर पेट तक खोदा किन्तु तो भी न माटी उठती न पानी ही फूटता। इस तरह एक से दो दिन, दो से आठ दिन, पन्द्रह दिन और होते-होते एक महीना फिर दो और तीन महीने बीत गये वे खोदते ही चले जा रहे थे किन्तु तब भी न तो माटी कम हुई न पानी ही फूटा। फिर पेट से छाती तक, गले तक और फिर अन्त में सिर से एक हाथ ऊपर तक खोद डाला तब भी वही-की-वही स्थिति। इस तरह उन्हें खोदाई करते छह महीने बीते। तब नौ सौ ओड़यों ने बड़े ओड़या से कहा, ''सुनो दादा, बड़े ओड़या! छह महीने बीत गये दादा हमें खोदते किन्तु न तो माटी उठती, न पानी ही फूटता। क्या हो गया, दादा? अब हम नहीं खोदेंगे। इसी एक काम में लगे रहे तो हमारे बाल-बच्चे भूखों मर जाएँगे।''

उनके ऐसा कहने पर बड़े ओड़या ने कहा, ''नहीं बाबू-नोनी! हम ऐसा न कहें। राजा के घर की बात है, बाबू-नोनी। बड़े घर की बात है। अच्छा चलो, हम राजा के पास जाएँ। उन्हें ही बताएँगे।'' यह सुनकर सब लोगों ने 'हाँ' कहा और नन्हें बगीचे से चल पड़े। जल्दी-जल्दी चलकर वे गये राजमहल में। पास जाकर राजा को सलाम किया और दूर जाकर बैठ गये। राजा ने कहा, ''अच्छा, किस काम से आये, बाबू-नोनी? बताओ।''

तब बड़े ओड़या ने कहा, ''सुनिये राजा, माहापातर! हमने छाती के बराबर खोदाई की राजा, सिर से ऊपर एक हाथ की ऊँचाई तक खोदाई की किन्तु न तो माटी उठती न पानी ही निकलता। पता नहीं क्या बात हो गयी!''

राजा-रानी ने सुनकर अपना माथा पीट लिया। रानी को चिन्ता हो गयी। 'हे राम भगवान!' रानी सोचने लगी, 'मैं कौन-सा उपाय करूँ, कौन-सी युक्ति करूँ? वाह री मेरी तकदीर! धिक्कार है मेरे नसीब को! मैंने सरोवर खुदवाया किन्तु वहाँ भी पानी नहीं फूटता। मेरी कीर्ति डूब जाएगी। मेरा नाम डूब जाएगा।' फिर राजा से बोली, ''सुनिए राजा! आप गोबिंदपुर जाएँ। पँजेआर को बुलाकर लाएँ। वह पंचांग देखकर बताएगा। पता नहीं क्या बात हो गयी!''

तब राजा ने झोलू पाइक से कहा, ''बाबू, झोलू पाइक! तू जल्दी तैयार हो और गोबिंदपुर जा। बुदू पँजेआर को बुला ला। वह अपने पोथी-पत्तर ले और थोड़ी देर के लिए यहाँ चला आये। पंचांग देखकर बतायेगा।''

सुनकर झोलू पाइक जल्दी तैयार हो गया। टाँगी धोती और खाकी कमीज पहनी, जुल्फें सँवारी, टेढ़ी पगड़ी बाँधी। पाँवों में खड़ाऊँ पहने, हाथ में बेंत लिया,

रुमझुम-रुमझुम रेंगलो। एक कलाट मारलो आरु सागरपुरे जायसे। गाड़ा-बाट, सड़क-बाट के छाँडलो बाबू आउर कानी मारगे गेलो। सेतबन-हेतबन-बिन्दराबन काजे जायसे। हुनके तले भुबुर तपे, उपरे घाम छेके, मँजी भुक लागे आउर झालिपिली पसना फुटे। जाले बले बाबू बाट रेंगतो के नीं छाँडे। आपन बुल में जाय। जाते-जाते गोबिंदपुर अमरलो। पारा-परोसे गेलो आरु बलेसे, ''सुना बाई पारा-परोसिन, सुना बाई माहाल बिती! बुदू पँजेआर चो घर कोन आय, बाई?''

तेबे बाई मन बल्ला, ''काँदा-लाटे माकड़ झुले, जँवरा-भँवरा कुकुर भुकोत, रुमझुम भँवरा आसे जे हुनी माहाल आय।''

बलतो के झोलू पाइक हिंडते हिंडलो। गेलो पँजेआर घरे आरु माँडो मोंगरा उबुन 'दादा' बलते हाक पाड़लो। हाक देतो के दादा घर ले निकरलो आरु पुछेसे, ''काय काम ने इलिस, बाबू? तुय मोके साँग।''

झोलू पाइक बल्लो, ''सुन दादा, बुदू पँजेआर! तुचो जाक के धर, तुचो साजू के धर, दादा। राजा-घरे बलाव आय। एक डँडिक हरदी नँगर जावँ।''

सुनलो बुदू पँजेआर आरु 'हव एयँदे बाबू' बलते बाई के पानी तपातो काजे बल्लो। बाई पुने पानी तपाउन सेदा-भेदा करुन दिली। मन्दन-सिले निली, झारी कसेला दिली, कपुर दतुन दिली। तेबे पँजेआर मन्दन-सिले गेलो। कपुर दतुन धरलो, सुरिज-भेट करलो, मुँहे मुखारी गोबलो। 'हरि-हरि' बलुन नाहा-खोरा करलो। सुका कपड़ा पिंदलो, ओधा कपड़ा खाले गिरली। झारी पानी धरलो आरु गेलो तुलसी-चँवरा ने। तुलसी ने पानी रिकालो आरु बल्लो, ''बाड़-बाड़ बाई, कारी तुलसी! तुय अगास मेलान बाड़ बाई, फकिर पाना फेक। तुय-मयँ बाँहा-जोरी बाई, तुय-मयँ हन्सा-जोरी। जिव भर सेवा करुक मिरो। मोचो जान सुकी रहो।'' बलते पुजा-सेवा करलो, काचा गोरस छिंचलो। फुल-चाउर चेघालो, अगरबती धरालो। होम-आरती दिलो आरु पाँय-पटा पड़ुन तुलसी-चँवरा छाँडलो। आपन माहाले गेलो। बाजे जाउन बसलो आरु बाई के बल्लो, ''तुय मोके बँधेया झापी दे, रानी। मयँ नव सै गाहना पिंदेंदे।''

बलतो के पँजेआरिन बँधेया झापी के दिली। बाबू कुची निकरालो आरु झापी चो तारा के खोल्लो। नव सै गाहना हेड़लो आरु पिंदलो। जोतिस-रमायन धरलो, कठुआ-फारा धरलो, पाँजी-खुट धरलो आरु पाँये खड़ऊ पिंदलो। रानी के बल्लो, ''तुय घर-दुआर के दख, रानी। मयँ हरदी नँगर जायँसे। राजा-घरे बलाव आय। कोन दिन फिरुन एयँदे कोन दिन नईं।'' बल्लो बाई के आउर हाते बेद धरुन घर ले निकरलो। रुमझुम-रुमझुम रेंगलो। एक कलाट मारलो आरु जायसे। गाड़ा-बाट के छाँडलो, सड़क-बाट के छाँडलो आरु कानी मारगे जायसे। सेतबन-हेतबन-बिन्दराबन काजे जायसे। जाते-जाते राजा-माहाले अमरलो।

टिपनी छाता तानकर राजमहल से चल पड़ा। चलता चला गया। जल्दी-जल्दी चला। लम्बे डग भरे और सागरपुर जाने लगा। बैलगाड़ी की राह छोड़ी, पक्की सड़क छोड़ी और पैडगरी पर चलने लगा। सेतबन-हेतबन-बिन्दराबन होता हुआ जाने लगा। उसके पाँव धरती की तपन से जल रहे थे, सिर पर तेज धूप लग रही थी, भूख भी लग आयी थी और सारी देह पसीने से तर-ब-तर हुई जा रही थी किन्तु तो भी वह अपनी राह चला जा रहा था। अपने ध्यान में चला जा रहा था। चलता-चलता जा पहुँचा गोबिंदपुर। अड़ोस-पड़ोस में जाकर महिलाओं से पूछने लगा, "सुनो बाई पारा-परोसिन, सुनो बाई महलवालियों! बूदू पँजेआर का घर कौन-सा है, बाई?"

महिलाओं ने कहा, "जिस घर में काँदा की बेल पर बन्दर झूल रहा है, जहाँ जँवरा-भँवरा नामक कुत्ते भौंक रहे हैं और जहाँ गुंजार करता भौंरा है, वही घर है।"

ऐसा कहने पर झोलू पाइक आगे बढ़ गया। गया पँजेआर के घर में और मोगरा-मंडप के नीचे खड़ा होकर दादा को पुकारा। पुकार सुनकर दादा घर से निकला और पूछने लगा, "किस काम से आया है, बाबू? तू मुझे बता।"

झोलू पाइक ने कहा, "सुनो दादा, बुदू पँजेआर! तुम अपना सामान रख लो, दादा। राजा के घर बुलावा है। थोड़ी देर हरदी नँगर चलो।"

बुदू पँजेआर ने सुनकर 'हाँ आऊँगा बाबू कहा और अपनी पत्नी से पानी गरम करने को कहा। बाई ने पानी गरमकर उसमें ठंडा पानी मिलाया। और स्नानगृह में पहुँचा आयी। झारी पात्र और सुगन्धित दतौन दिए। तब पँजेआर स्नानगृह में गया। सुगन्धित दतौन लेकर सूर्य-नमस्कार किया, दतौन और स्नान किया। सूखे कपड़े पहने, गीले कपड़े नीचे गिर गये। झारी में पानी ले तुलसी-चौरों में गया और तुलसी में पानी डालकर विनती की, "बढ़ो-बढ़ो बाई हे कारी तुलसी! तुम आकाश का स्पर्श करो बाई, नयी कोंपलें निकलें। तुम-मैं दो बाँहों की जोड़ी जैसे, दो हंसों की जोड़ी जैसे। मुझे जीवन भर तुम्हारी सेवा का अवसर मिले। मेरी जान सुखी रहे।" इस तरह पूजा-अर्चना कर कच्चा दूध छिटका। फूल चावल चढ़ाया, अगरबत्ती जलायी। होम-आरती की और प्रणाम कर तुलसी-चौरा से चला। अपने महल में गया। पलंग पर जा बैठा और बाई से बोला, "तुम मुझे बँधेया झापी दो, रानी। मैं नौ सौ गहने पहनूँगा।"

ऐसा कहने पर पँजेआरिन ने उसे बँधेया झापी दी। बाबू ने उसमें से नौ सौ गहने निकालकर पहने। जोतिस-रमायन लिये, पोथी-पत्तर लिये और पाँवों में खड़ाऊँ पहने। अपनी पत्नी से कहा, "तुम घर-द्वार की देख-रेख करो, रानी। मैं हरदी नँगर जा रहा हूँ। राजा के घर बुलावा है। पता नहीं किस दिन लौट कर आऊँगा।" ऐसा कह वह हाथ में बेंत ले घर से निकल पड़ा। जल्दी-जल्दी

दखली रानी माहापातरिन आउर नोनी के बल्ली, "सुन बाबा, रुपनथँवरा! पँजेआर अमरलो, नोनी। तुय सेवा-जोड़ा, पुजा-जोड़ा धर आरु पँजेआर के पाँय धुआव। चाउर-टिका दे, होम आरती दे, पाँय पड़।"

बलतो ने नोनी सुनली आरु सेवा-जोड़ा, पुजा-जोड़ा धरली। आरती आइग धरली, घिंव-गुर धरली आरु दुआरे जाउन चन्दन-काट मँडाली। बाबू हुन थाने ढँग् नाय ठाड़े होलो। नोनी हुनके पाँय धुआली, चाउर-टिका दिली, होम-आरती दिली। पाँय पड़ली। बाबू नोनी चो टोंड चुमलो। नोनी बाबू चो हात के धरली आरु नवखँड माहाले नेउन बाजे बसाली। राजा-रानी बले बसला। बाबू राजा-रानी के पुछलो, "आले काय बलाव आय, राजा-रानी? आले मोके साँगा।"

बलतो के राजा बल्लो, "सुन बाबू, बूदू पँजेआर! मयँ तरई खनाउन गेले बाबू, बावली खनाउन गेले। मान्तर दख नूँ, काहाँय पानी नीं फुटे। माटी नीं उठे। काय बात होली जाले! तुय एकेय पाँजी दख।"

सुनलो पँजेआर आउर रुपनथँवरा के बल्लो, "सुन नोनी, रुपनथँवरा! तुय मोके सेवा-जोड़ा दे, नोनी।"

बलतो के नोनी सेवा-जोड़ा निकराली आरु दिली। तेबे पँजेआर नवा सरकी ओछालो। झारी पानी छिचलो। रमायन के भुँए मँडालो। काचा गोरस छिचलो, जात लाली टिकलो, फुल-चाउर चेघालो। होम-आरती दिलो, भगवान नाँव धरलो, पाँय पड़लो-हात जोड़लो। खालामाती बसलो आरु रमायन के कोरा ने धरलो। पाँजी दखुक मुरयालो। पतालबारु फेकलो, अकासताला दखलो। तेबे पाँजी ने पड़ली। बल्लो, "सुना राजा, सुना रानी! पाँजे बसुन गेली, राजा-रानी। हुता सात आगर सात कोड़ी कैना-कोडो आसोत। कैना-पुजा दिया। आँवरा-मुँदी, बोथा-चुड़ी, चुड़ी-फुँदड़ी, सेंदुर-काजर, जात लाली दिया। भरती लिमई, नवा लिमई दिया, करेया चुड़ी दिया तेबे पानी फुटेदे तेबे माटी उठेदे।" बल्लो आरु पाँजी-खुट सकलते सकल्लो।

तेबे रानी बल्ली रुपनथँवरा के, "सुन नोनी, रुपनथँवरा! तुय रोसई-चाउर जोड़, मुठा रुपया धर आरु पँजेआर के बिदा दे।"

बलतो के नोनी रुपनथँवरा सुनुन भाती रोसई-चाउर जोड़ली, मुठा रुपया धरली आउर पँजेआर के बिदा दिली। पँजेआर मोडरी बाँदलो आउर आपन माहाले गेलो। तेबे राजा बल्लो झोलू पाइक के, "जा बाबू, झोलू पाइक! तुय कैना-पूजा खोज। बोथा-चुड़ी, आँवरा-मुँदी, नवा लिमई, भरती लिमई, सेंदुर-काजर, चुड़ी-फुँदड़ी आन। अरगफुली आन आउर नव सै ओड़या के दे। हुन मन कैना-पुजा देदे।"

बलतो के झोलू पाइक सुनलो आरु हरबर तियार होउन मुठा रुपया धरलो,

चलने लगा। लम्बे डग भरे और जाने लगा। बैलगाड़ी की राह छोड़ी, पक्की सड़क छोड़ी और पैडगरी पर चलने लगा। चलता-चलता राजमहल जा पहुँचा। रानी माहापातरिन ने उसे देखा और नोनी से बोली, ''सुन बाबा, रुपनथँवरा! पँजेआर आ पहुँचा है, नोनी। तू सेवा-सामग्री, पूजा-सामग्री ले और पँजेआर के पाँव धुला। चावल का टीका लगा, होम-आरती कर, पाँव छू।''

सुनकर नोनी ने सेवा-सामग्री, पूजा-सामग्री ली। आरती-आग, घी-गुड़ लेकर द्वार पर चन्दन का पीढ़ा रखा। बाबू उस पीढ़े पर जा खड़ा हुआ। नोनी ने उसके पाँव धुलाये, चावल का टीका लगाया, होम-आरती की। पाँव छुए। बाबू ने नोनी का मुख चूमा। नोनी बाबू का हाथ पकड़कर नौ खंडा महल में ले गयी और पलंग पर बिठाया। राजा-रानी भी बैठे। बाबू ने राजा-रानी से पूछा, ''अच्छा राजा-रानी, किसलिए बुलवाया? मुझे बताएँ।''

राजा ने कहा, ''सुन बाबू, बुदू पँजेआर! मैंने सरोवर खुदवाया, बावली खुदवायी किन्तु देखो तो, किसी में भी पानी नहीं निकला। माटी नहीं उठी। पता नहीं क्या बात हो गयी है! तुम इसी बात का पता पंचांग में करो।''

पँजेआर ने सुना और रुपनथँवरा से कहा, ''सुन नोनी, रुपनथँवरा! तू मुझे सेवा-सामग्री दे, नोनी।''

सुनकर नोनी ने उसे सेवा-सामग्री दी। तब पँजेआर ने नयी चटाई बिछायी। झारी से पानी छिटका। रमायन जमीन पर रखा। कच्चा दूध छिटका, शुद्ध लाली का टीका लगाया, फूल-चावल चढ़ाये। होम-आरती की, भगवान का नाम लिया, प्रणाम किया। पालथी मारकर बैठ गया और रमायन गोद में लिया। वह पंचांग देखने लगा। थोड़ी देर में उसे समस्या की जड़ मिल गयी। बोला, ''सुनिए राजा, सुनिए रानी! पंचांग में दिख गया है, राजा-रानी। वहाँ एक सौ सैंतालीस जल-कन्याएँ हैं। कन्या-पूजन करना होगा। आँवले की अँगूठी, बोथा की चूड़ी, चूड़ी-फुँदड़ी, सिन्दूर-काजल, शुद्ध लाली अर्पित करें। नीबू और अंडा दें, काली चूड़ी दें तब पानी निकलेगा और माटी भी उठेगी।'' ऐसा कह उसने पोथी-पत्तर समेटे।

तब रानी ने रुपनथँवरा से कहा, ''सुन नोनी, रुपनथँवरा! तू रसोई-चावल ले, मुट्ठी भर रुपये ले और पँजेआर को विदा कर।''

नोनी रुपनथँवरा ने रसोई-चावल और मुट्ठी भर रुपये देकर पँजेआर को विदाई दी। पँजेआर ने गठरी बाँधी और अपने घर चला गया। तब राजा ने झोलू पाइक से कहा, ''जा बाबू, झोलू पाइक! तू कन्या-पूजन की सामग्री जुटा। बोथा की चूड़ी, आँवले की अँगूठी, नीबू और अंडा, सिन्दूर-काजल, चूड़ी-फुँदड़ी ला। अरगफुली ला और नौ सौ ओड़यों को दे। वे जल-कन्याओं की पूजा करेंगे।''

झोलू पाइक ने सुना और जल्दी तैयार होकर मुट्ठी भर रुपये और हाथ

हाते बेद धरलो आरु गेलो कैना-पुजा चो जोड़ा खोजुक। पारा-परोसे गेलो आउर कैना-पुजा चो जाक जोड़ेसे। जोड़ा जोड़लो आरु आनुन नव सै ओड़या के दिलो आरु बल्लो, ''सुना दादा, नव सै ओड़या! हुता सात आगर सात कोड़ी कैना-कोडो आसोत। तुमी कैना-पुजा दिया। तेबे माटी उठेदे आरु पानी बले फुटेदे।''

तेबे नव सै ओड़या बल्ला, ''बाबू, झोलू पाइक! तुय डँडिक गाँयता-पुजारी लगे जा आरु हुन मन के हाक देउन आन। हुन मन कैना-पुजा देदे।''

सुनलो झोलू पाइक आउर पिल बगेचा छाँडलो। गेलो गाँयता-पुजारी लगे आरु बल्लो, ''सुना दादा! तुमी एक डँडिक जावँ।''

बलतो के गाँयता-पुजारी हरबर-हरबर तियार होला आरु पिल बगेचा इला। नव सै ओड़ला लगे जाउन बल्ला, ''आले काय बलाव आय, बाबू? तुमी हामके साँगा।''

सुनुन बड़े ओड़या बल्लो, ''सुन दादा गाँयता, सुन दादा पुजारी! इथा सात आगर सात कोड़ी कैनाकोडो आसोत। तुमचोय माटी-गोटी आय दादा मन। तुमी कैना-पुजा के देउन दिया।''

बलतो के गाँयता-पुजारी सुनला आरु सब जोड़ा के धरुन तरई-मँजी बावली-मँजी गेला। हुता अजिक असन जतनाला। झारी पानी छिचला, काचा गोरस छिचला। जात लाली टिकला, अगरबती धराला, होम-आरती दिला आरु पाँय पड़ुन कैनाकोडो के बिनती करला, ''सुना सुना, सात आगर सात कोड़ी कैना-कोडो! हामी तुमचो पुजा देउँसे। माटी उठुन जाओ, पानी फुटुन जाओ।'' बलते आँवरा-मुँदी, बोथा-चुड़ी, नवा लिमई, भरती लिमई सेंदुर-काजर, जात लाली, चुड़ी-फुँदड़ी के दिला। अरगफुली थिपाला। पुजा देतो के जलथल पानी फुटली। पानी चो मारे तरई झलकली। तेबे दादा मन हुन थान ले डुबकी मारुन निकरला। नव सै ओड़या दखला नव सै ओड़िन दखला आरु खँड मुचकी मारला। मुचमुच-मुचमुच हाँसला। झोलू पाइक के बल्ला, ''सुन बाबू, झोलू पाइक! माटी उठली बाबू आरु पानी बले फुटली। एदायँ तुय हामके छुटी दे। हामी आपन माहाले जावाँ।''

तेबे झोलू पाइक बल्लो, ''सुना दादा! छुचा तरई आसे दादा, खाली बावली आसे। असन छुचा-छुचा नीं फोबे। तरई एके भुँआर बागे-बगेचा रहो, बावली एके भुँआर बागे-बगेचा रहो। फुल-फुलवारी रहो दादा, केकती-केंवरा रहो, बाली-मोंगरा रहो। तेबे तरई फोबेदे, तेबे बावली फोबेदे।''

बलतो के नव सै ओड़या सुनला, नव सै ओड़िन सुनला आरु तरई एके भुँआर बागे-बगेचा लगाला। बावली एके भुँआर बागे-बगेचा लगाला। फुल-फुलवारी लगाला, केकती-केंवरा लगाला, बाली-मोंगरा लगाला। तरई-बावली

में बेंत ले कन्या-पूजा की सामग्री जुटाने निकल पड़ा। अड़ोस-पड़ोस में जाकर कन्या-पूजा की सामग्री जुटायी। जुटाकर लाया और नौ सौ ओड़या को देकर बोला, ''सुनो दादा, वहाँ नौ सौ ओड़िया, एक सौ सैंतालीस जल-कन्याएँ हैं। तुम उन जल-कन्याओं की पूजा करो। तभी माटी उठेगी और पानी भी फूटेगा।''

तब नौ सौ ओड़यों ने कहा, ''बाबू झोलू, पाइक! तू थोड़ी देर गाँयता-पुजारी के पास जा और उन्हें बुला ला। वे ही कन्या-पूजन करेंगे।''

यह सुनकर झोलू पाइक ने नन्हा बगीचा छोड़ा। गाँयता-पुजारी के पास गया और बोला, ''सुनो दादा! तुम थोड़ी देर चलो।''

सुनकर गाँयता-पुजारी जल्दी तैयार हो गये और नन्हें बगीचे में पहुँच गये। नौ सौ ओड़यों के पास जाकर बोले, ''अच्छा, किसलिए बुलवाया, बाबू? तुम हमें बताओ।''

बड़े ओड़या ने कहा, ''सुनो दादा गाँयता, सुनो दादा पुजारी! यहाँ एक सौ सैंतालीस जल-कन्याएँ हैं। तुम्हारी ही माटी है, दादा। तुम उन जल-कन्याओं की पूजा कर दो।''

ऐसा कहने पर गाँयता-पुजारी सारी सामग्री लेकर सरोवर और बावली के बीच में गये। वहाँ थोड़ी-सी सफाई की। झारी से पानी छिटका, कच्चा दूध छिटका। शुद्ध लाली लगायी, अगरबत्ती जलायी, होम-आरती की और प्रणाम कर जल-कन्याओं से विनती करने लगे, ''सुनो सुनो, हे सात आगर सात कोड़ी जल-कन्याओं! हम तुम्हारी पूजा-अर्चना कर रहे हैं। माटी उठ जाये और पानी फूट निकले।'' ऐसा कह आँवले की अँगूठी, बोथा की चूड़ी, नीबू, अंडा, सिन्दूर-काजल, शुद्ध लाली, चूड़ी-फुँदड़ी अर्पित की। अरगफुली टपकायी। पूजा सम्पन्न होते ही सरोवर और बावली में पानी लबालब भर गया। तब दादा वहाँ से डुबकी लगाकर बाहर निकल आये। नौ सौ ओड़यों और नौ सौ ओड़ियों ने देखा और हौले से मुस्कराये। वे मन्द-मन्द मुस्कराने लगे। झोलू पाइक से कहा, ''सुन बाबू, झोलू पाइक! माटी उठ गयी और पानी भी फूट निकला। अब तुम हमें जाने दो। हम अपने घर जाएँगे।''

तब झोलू पाइक ने कहा, ''सुनो दादा। सरोवर यों ही खाली है दादा, बावली भी खाली है। यों खाली-खाली अच्छा नहीं लगता। सरोवर और बावली के चारों ओर आग-बगीचे, फूल-फुलवारी लगा दें। फूल-फुलवारी, केकती केंवरा, बाली-मोगरा लगा दें। इससे सरोवर और बावली की सुन्दरता बढ़ जाएगी।''

सुनकर नौ सौ ओड़या और नौ सौ ओड़िनों ने सरोवर और बावली के चारों ओर बाग-बगीचे लगा दिये। फूल-फुलवारी लगाये, केकती-केवड़ा, बाली-

काय मँजा सुँदर दखा दिला। लगाउन भाती बाबू के बलसोत, ''सुन बाबू, झोलू पाइक! हामी तरई एके भुँआर बागे बगेचा लगालू बाबू, बावली एके भुँआर बागे-बगेचा लगाउन दिलू। फुल-फुलवारी लगालू, केकती-केंवरा लगालू, बाली-मोंगरा लगालू। एदायँ हामके छुटी दे। हामी आपलाहान घरे जावाँ।'' बल्ला आरु आपन सब जोड़ा के धरला आउर तरई-पार छाँडला। रुमझुम-रुमझुम रेंगला आरु राजा-माहाले अमरला। लगे जाउन सलाम झोकला लाफी जाउन बसला। राजा-रानी के बल्ला, ''सुना राजा, सुना रानी! पानी फुटुन गेली राजा-रानी, माटी उठुन गेली। हामके छुटी दिया राजा-रानी। हामी आपन माहाले जावाँ।''

सुनलो राजा आरु बाबू के बल्लो, ''सुन बाबू, झोलू पाइक! तुय रापा-गैंती गन बाबू।''

बलतो के झोलू पाइक रापा-गैंती गनलो आरु नवखँड माहाले नेउन ठोवलो। तेबे राजा बल्लो, ''बाबू झोलू पाइक! रोसई-चाउर जोड़ बाबू, मुठा रुपया धर आउर ओड़या बिदा के दे।''

झोलू पाइक रोसई-चाउर जोड़लो, मुठा रुपया धरलो आरु नव सै ओड़या के बिदा दिलो। दादा-बाई मन मोडरा बाँदला आरु आपन माहाले गेला।

असने-असने एक ले दुय, दुय ले तिन, होऊ-होऊ आट दिन होली, पँदरा दिन, एक महेना आउर फेर होते-होते साल-डेढ़ साल होली। रानी पुने गोटोक दिन सेज ने बसुन बिचार करेसे, 'ए राम भगवान! मयँ काय अकल करें, काय गियान करें? धन-धन रे मोचो तकदिर! धन-धन रे मोचो नसिब! मयँ तरई खनाउन गेले, बावली खनाउन गेले। हुनचो पुरे तुलसी-सेवा बले करले मान्तर मोचो काहीं नामना निंहाय। काहीं किरती निंहाय। मोचो नामना बुड़ुन जायदे बे! मोचो किरती बुड़ुन जायदे।' असन बलते रानी धोका करेसे। राजा-रानी बसला। तेबे रानी बल्ली, ''सुना राजा, माहापातर! मयँ नाना पयकार होले राजा। बाना-बिसा होले मान्तर भगवान मोके नीं देय। गुलाय राज, सारी देस के भगवान देयसे आउर मोचोय भाग के काय होली जाले! दखा नूँ, मयँ काय माँगुन इले की! मोचो उरलो करम आय, राजा। नसलो तगदिर आय।'' बलते रानी रद्-रद्-रद्-रद् गागुक धरली। रते-रते आसोत। तुलसी-पुजा करेसे रानी। राजा-रानी उपास आसोत। सोमार उपास। तुलसी-पुजा करोत राजा-रानी। सात सोमार पुजा करोत।

सन्दर्भ

1. भाता : चावल, दाल, तेल, नमक, मिर्च आदि भोजन सामग्री। इसे 'भतिया' भी कहा जाता है।

मोगरा लगाये। तब सरोवर और बावली बहुत खूबसूरत दिखलायी पड़ने लगे। बाग-बगीचे आदि लगाकर बाबू से कहा, ''सुनो बाबू, झोलू पाइक! हमने सरोवर और बावली के चारों ओर बाग-बगीचे, फूल-फुलवारी आदि लगा दिये, बाबू। अब हमें जाने दो। हम अपने घर जाएँगे।'' ऐसा कह वे अपने सामान लेकर सरोवर की मेंड़ छोड़ चल पड़े। जल्दी-जल्दी चलकर राजा के महल जा पहुँचे। पास जाकर राजा को सलाम किया और दूर जाकर बैठ गये। राजा-रानी से कहने लगे, ''सुनिए राजा, सुनिए रानी! पानी फूट निकला है, राजा-रानी और माटी भी उठ गयी। हमें अब जाने दें। हम अपने घर जाएँगे।''

राजा ने सुना और बाबू से कहा, ''सुन बाबू, झोलू पाइक! तू फावड़े और गैंतियाँ गिन।''

सुनकर झोलू पाइक ने फावड़े और गैंतियाँ गिनकर नौ खंडा महल में रख दिया। तब राजा ने कहा, ''बाबू, झोलू पाइक! रसोई-चावल और मुट्ठी भर रुपये देकर ओड़यों को विदा कर।''

झोलू पाइक ने रसोई-चावल और मुट्ठी भर रुपये देकर नौ सौ ओड़यों को विदा किया। दादा-बाई ने गठरी बाँधी और अपने-अपने घर चले गये।

इस तरह एक से दो, दो से तीन दिन और होते-होते आठ दिन बीते, पन्द्रह दिन बीते फिर एक महीना और साल-डेढ़ सात बीत गये। रानी एक दिन सेज पर बैठकर विचार करने लगी, 'हे राम भगवान! मैं कौन-सा उपाय करूँ? वाह री मेरी तकदीर! धिक्कार है मेरे नसीब को! मैंने सरोवर खुदवाया, बावली खुदवायी और इसके पहले तुलसी की पूजा की, तो भी मेरा कोई नाम नहीं है। कोई कीर्ति नहीं है। मेरा नाम डूब जाएगा। मेरी कीर्ति डूब जाएगी। ऐसा विचारती रानी चिन्ता करने लगी। राजा-रानी बैठे तब रानी ने कहा, ''सुनिए राजा, माहापातर! मैंने नाना उपाय किये, कई कष्ट सहे किन्तु भगवान मुझे सन्तान नहीं देता। सारे राज्य को वह सन्तान देता है किन्तु मेरे ही भाग्य में न जाने क्या लिखा है कि वह मुझे नहीं देता। पता नहीं मैं क्या माँग आयी! मेरा भाग्य बहुत ही खोटा है, राजा। बिगड़ी हुई तकदीर है मेरी।'' ऐसा कह रानी फूट-फूटकर रोने लगी। इस तरह वे अपना समय बिताने लगे। रानी तुलसी-पूजा करती। वे दोनों उपवास-व्रत रखते। दोनों मिलकर तुलसी की पूजा करते। सात सोमवार का व्रत भी रखते।

अधया–10

जानादई चो जनम

असने–असने एक दिन ले दुय दिन, दुय ले आट, आट ले पँदरा दिन होली। होऊ–होऊ महेना दिन होली। रानी के भगवान सिरजला। एक ले दुय, दुय ले तिन महेना होली। रानी के माची[1] मारुक धरली। रानी पुने पिचिर–पिचिर थुके। मूँ भर–भर पानी फुटे। आँचर ओछाउन सोये। धायँ पुट् नाय सोउन दखे, धायँ टुँग् नाय उठुन बसे। काहीं के नीं खाय। निरने होली। दखलो राजा माहापातर आरु रानी के बलेसे, "तुय काहीं के नीं खाइस, रानी। आँचर ओछाउन सोवसिस। काय गोठ होली?"

बलतो के रानी बल्ली, "सुना राजा, माहापातर! मोके काहीं के खाउक नीं भाय, राजा।"

असने होऊ–होऊ तिन ले चार महेना, चार ले पाँच, पाँच ले छय महेना होली। तेबे रानी के जुगेय भारु लागे। पिंवर–पिंवर दखे रानी। होऊ–होऊ आँट

अध्याय-10

जानादई का जन्म

इस तरह एक दिन से दो दिन, फिर आठ, पन्द्रह दिन होते-होते एक महीना बीता। रानी गर्भवती हो गयी। उसे गर्भवती हुए एक से दो, दो से तीन महीने बीते। रानी को माची[2] मारने लगी। वह बारम्बार थूकने लगी। मुँह में बारम्बार पानी भर आता। वह कभी आँचल बिछाकर सो जाती तो कभी अचानक उठकर बैठ जाती। उससे कुछ भी नहीं खाया जाता। वह दुर्बल हो गयी। राजा माहापातर ने उसकी अवस्था देखकर उससे कहा, "तुम कुछ भी नहीं खाती हो, रानी। आँचल बिछाकर सोती रहती हो। क्या बात हो गयी?"

रानी ने कहा, "सुनिए राजा, माहापातर! मुझे कुछ भी खाने को मन नहीं करता, राजा।"

इस तरह तीन से चार महीने, फिर पाँच-छह महीने बीत गये। तब रानी को अधिक ही भार लगने लगा। उसका शरीर पीला दिखने लगा। होते-होते आठ

महेना होली। रानी भुँय के थापुन उठे, भुँय के थापुन बसे। घिरघोर नाय ले होली। नव महेना होली रानी चो। रानी चो दिन पुरली। कन्हेया-कोथा दुखुक मुरयाली। आड़स-मोड़स लागे। 'ए आया, ए बुबा' बले रानी। राजा के बल्ली, "सुना राजा, माहापातर! कन्हेया-कोथा दुखेसे, राजा। मोके आड़स-मोड़स लागेसे। तुमी सुइन-माहाले जाहा, राजा। सुइन बलाउन आना।"

बलतो के राजा झोलू पाइक के तियारलो, 'सुन बाबू, झोलू पाइक! रानी दुखा खायसे, बाबू। तुय सुइन-माहाले जा बाबू आरु हुनके हाक देउन आन।"

झोलू पाइक सुनलो आरु हरबर तियार होलो। पाँय ने खड़ऊ पिंदलो, हाते बेद धरलो बाबू आउर राजा-माहाल छाँडलो। जाते-जाते जायसे। रुमझुम-रुमझुम रेंगलो बाबू। एक कलाट मारलो आरु पारा-परोसे अमरलो। बाई मन के पुछेसे, "सुइन-माहाल कोन आय, बाई? तुमी मोके साँगा।"

बाई मन बल्ला, "सुन बाबू, झोलू पाइक! रुमझुम भँवरा, माँडो मोंगरा आसे जे, हुनी माहाल आय।"

तेबे झोलू पाइक पारा-परोस छाँडलो आरु गेलो। सुइन-माहाल अमरलो आरु 'आया' बलते हाक दिलो। हाक देतो के सुइन घर ले निकरली आरु 'काय काम ने इलिस, बाबू?' बलते पुछ्ली। तेबे झोलू पाइक बल्लो, "सुन आया, सुइन लोग! तुय हरबर तियार हो, आया। रानी दुखा खायसे। आड़स-मोड़स लागेसे रानी के। कन्हेया-कोथा बले दुखेसे मने। राजा-घरे बलाव आय, आया। तुय एक डँडिक जावँ।"

बलतो के सुइन बल्ली, "सुन बाबू, झोलू पाइक! मयँ पान टुटाउक जाऊ रहें, बाबू। मोचो पाँये काटा गड़ली। मयँ हिंडुक नीं सकें। रेंगुक नीं सकें।"

झोलू पाइक सुनलो आरु सुइन-माहाल छाँडुन गेलो राजा-घरे। राजा-माहाल अमरलो आरु राजा के साँगलो, "सुना राजा! सुइन पान टोड़ुक जाउन रली। हुता हुनचो पाँय ने काटा गड़ली मने। हुन रेंगुक नीं सकें बल्ली। नीं एउक सकें बल्ली।"

तेबे राजा बल्लो, "सुन बाबू, झोलू पाइक! तुय असन कर। गाड़ी फाँदुन जा हुनके गाड़ी ने बसाउन आन।"

बलतो के झोलू पाइक सुनलो आरु हरबर तियार होलो। गाड़ी फाँदलो आरु गेलो सुइन-माहाले। अमरलो आरु बल्लो, "मयँ गाड़ी फाँदुन आनले, आया। तुय गाड़ी ने बसुन जावँ।"

बलतो के सुइन बल्ली, "मयँ गाड़ी चेघू नोहायँ बाबू। मयँ गाड़ी बसू नोहायँ। मयँ सियान लोग आयँ, बाबू। खेचक-हाचक[3] होयदे।"

तेबे झोलू पाइक बल्लो, "सुन आया, सुइन लोग! आले कसन होले तुय एसे, हुनके मोके साँग।"

सुइन बल्ली, "सुन बाबू, झोलू पाइक! तुय मोचो घर ले धरुन राजा-घर

महीने बीते। रानी अब जमीन को थामकर उठती-बैठती। उसका पेट बड़ा-सा हो गया। उनके नौ महीने हो गये। रानी के गर्भ के दिन पूरे हो गये। उसकी कमर आदि में पीड़ा होने लगी। वह व्याकुलता महसूसने लगी। 'हे आया! हे बाबा!' कहती रानी। राजा से बोली, "सुनिए राजा, माहापातर! मेरी कमर और पेडू में पीड़ा होने लगी है, राजा। मुझे बहुत व्याकुलता का अनुभव होने लगा है। आप सुईन के घर जाएँ, राजा। उसे बुला लाएँ।"

ऐसा सुनकर राजा ने झोलू पाइक से कहा, "सुन बाबू, झोलू पाइक! रानी को पीड़ा हो रही है, बाबू। तू सुईन के महल में जा और उसे बुला ला।"

झोलू पाइक ने सुना और जल्दी तैयार हो गया। पाँवों में खड़ाऊँ पहने, हाथ में बेंत लिया और राजमहल से चल पड़ा। चलता चला गया। जल्दी-जल्दी चला बाबू। लम्बे डग भरे और अड़ोस-पड़ोस में पहुँच गया। महिलाओं से पूछा, "सुईन का महल कौन-सा है, बाई? तुम मुझे बताओ।"

महिलाओं ने कहा, "सुन बाबू, झोलू पाइक! गुंजार करता भौंरा और मोगरा का मंडप जिस घर में है, वही घर है।"

तब झोलू पाइक अड़ोस-पड़ोस से आगे बढ़ गया। सुईन के महल जा पहुँचा और 'आया' कह आवाज दी। पुकार सुनकर सुईन घर से बाहर आयी और पूछने लगी, "किस काम से आया, बाबू?" तब झोलू पाइक ने कहा, "सुनो माता, सुईन! तुम जल्दी तैयार हो जाओ, माता। रानी को पीड़ा हो रही है। वह व्याकुलता का अनुभव कर रही है। उसके कमर और पेडू में दर्द हो रहा है। राजा के घर बुलावा है, माता। तुम थोड़ी देर चलो।"

सुनकर सुईन बोली, "सुन बाबू, झोलू पाइक! मैं पत्ते तोड़ने गयी थी, बाबू। वहाँ मेरे पाँव में काँटा चुभ गया। मैं चल नहीं सकती।"

झोलू पाइक ने सुना और सुईन के घर से चला गया राजा के घर। राजमहल पहुँचकर राजा से बताया, "सुनिए राजा! सुईन पत्ते तोड़ने गयी थी। वहाँ उसके पाँव में काँटा चुभ गया। उसने मैं चल नहीं सकती, कहा। मैं नहीं आ सकती, बोली वह।"

राजा ने कहा, "सुन बाबू, झोलू पाइक! तू ऐसा कर। गाड़ी तैयार कर ले जा। उसे गाड़ी में बिठाकर ला।"

झोलू पाइक ने सुना और जल्दी तैयार हो गया। गाड़ी तैयार कर सुईन के घर जा पहुँचा। उससे कहा, मैं गाड़ी ले आया हूँ, माता। तुम गाड़ी में बैठकर चलो।"

सुईन ने कहा, "मैं गाड़ी में नहीं बैठूँगी, बाबू। मैं सयानी हूँ, बाबू। मेरा शरीर गाड़ी के हिचकोलों से दुखने लगेगा।"

तब झोलू पाइक ने कहा, "सुनो माता, सुईन! अच्छा, तुम ही बताओ कि तुम किस प्रकार चलोगी?"

ले कपड़ा ओछाव। मोचो दुय-दुय डाहँका ने रुपया मँडाउन जा। मयँ उलटी मारते एयँदे, बाबू।''

तेबे सुनलो झोलू पाइक आउर सुइन-माहाल छाँडलो आरु गेलो राजा-माहाले। अमरलो आरु गाड़ी ढिलुन गेलो राजा-रानी लगे। राजा-रानी के साँगलो, ''सुना राजा, माहापातर! सुइन जाले गाड़ी बसू नोहायँ बल्ली। मयँ गाड़ी चेघू नोहायँ। सियान लोग आयँ। हेचक-हाचक होयदे, बल्ली। तेबे मयँ तुय कसन होले एसे, बलते पुछतो के हुन बल्ली की राजा-घर ले धरुन मोचो घर ले कपड़ा ओछाव आरु जानू दुय-दुय डाहँका ने रुपया मँडाव। तेबे मयँ उलटी मारते एयँदे।''

इतरो गोठ के सुनुन माहापातरिन रानी तिनपुर रिस होली आरु बल्ली, ''ए तो बड़े भार करेसे, बाबू! तुय असन कर। गाड़ी फाँदुन जा आरु बेल-काटा आन, पेंडरा-काटा आन। सुइन-घर ले आरु मोचो घर ले काटा के बिछाव। काटा उपरे बाबू लुगा ओछाव आरु एकक डाहँका ने रुपया मँडाव।''

सुनलो झोलू पाइक आउर गाड़ी फाँदुन गेलो सेतबन-हेतबन-बिन्दराबन। हाते टैंगा धरलो आरु बेल-काटा, पेंडरा-काटा गोंदलो। गाड़ी ने जोड़लो आरु राजा-माहाले आनलो। हुता ले फेर गाड़ी फाँदलो आरु राजा-घर ले धरुन सुइन-घर ले बेल-काटा, पेंडरा-काटा के बिछाते गेलो। बिछाउन सारलो आउर राजा-घरे इलो। एतो के रानी बल्ली, ''एदायँ तुय कपड़ा आउर पयसा निकराव बाबू आउर काटा उपरे ओछाउन देस।''

बलतो के झोलू पाइक कपड़ा निकरालो, पयसा निकरालो आरु काटा-उपरे ओछाते गेलो। एकक डाहँका ने रुपया मँडालो आरु सुइन लगे जाउन बल्लो, ''आले आया, तुचो घर ले आउर राजा-घर ले कपड़ा ओछाउन गेले। तुय दुय-दुय डाहँका ने रुपया बल्लिस, मयँ एकक डाहँका ने रुपया मँडाले। एदायँ तुय हरबर तियार हो''

सुनली सुइन आउर घर ले बाहिर निकरुन उलटी मारते जायसे। हुनके बेल-काटा, पेंडरा-काटा गड़ली। लोहू चो धार बोहली। उलटते-पुलटते गेली सुइन राजा-माहाले। अमरली आरु रानी लगे गेली। पुछली, ''आले, काय बलाव आय रानी? तुमी मोके साँगा।''

रानी बल्ली, ''सुन आया, सुइन लोग! कन्हेया-कोथा दुखेसे आया। मोके आड़स-मोड़स लागेसे। तुय तो परले भार होइस, आया। तिनपुर डँड आय, आया। तिनपुर डाहा आय।''

सुनली सुइन आउर नोनी के बल्ली, ''नोनी, रुपनथँवरा! तुय पानी तपाव आरु मोके देस।''

रुपनथँवरा सुनली आरु पानी तपाउन सुइन के दिली। तेबे सुइन तपलो पानी

सुईन ने कहा, ''सुन बाबू, झोलू पाइक! तू मेरे घर से राजा के घर तक कपड़े बिछा। मेरे प्रत्येक दो कदम पर रुपये रख दे। मैं उलटती-पलटती जाऊँगी, बाबू।''

झोलू पाइक ने सुना और सुईन के घर से राजा के महल चल पड़ा। पहुँचकर गाड़ी खोली और राजा-रानी के पास गया। राजा-रानी से बतलाया, ''सुनिए राजा, माहापातर! सुईन ने तो गाड़ी में बैठने से इंकार कर दिया। मैं गाड़ी में नहीं बैठूँगी, बोली। उसने कहा कि वह सयानी है, गाड़ी के हिचकोलों से उसका शरीर दुखने लगेगा। तब मैंने उससे पूछा कि वह किस तरह आएगी? इस पर उसने कहा कि उसके घर से राजा के घर तक कपड़े बिछाकर उस में प्रत्येक दो कदम पर रुपये रखे जाएँ। तब वह उलटती-पुलटती आएगी।''

यह सुनकर माहापातरिन रानी बहुत क्रोधित हुई और बोली, ''यह तो बड़ा तमाशा कर रही है, बाबू! तू ऐसा कर। गाड़ी तैयार कर बेल के काँटे ले आ, पेंडरा के काँटे ला। सुईन के घर से मेरे घर तक काँटे बिछा और उसमें प्रत्येक कदम पर रुपये रख।''

झोलू पाइक ने सुना और गाड़ी तैयार कर सेतबन-हेतबन-बिन्दराबन गया। हाथ में कुल्हाड़ी ली और बेल के काँटे, पेंडरा के काँटे काटे। गाड़ी में रखा और राजमहल ले आया। फिर गाड़ी तैयार की और राजा के घर से सुईन के घर तक काँटे बिछाता चला। काँटे बिछाकर झोलू पाइक राजा के घर लौटा। लौटने पर रानी ने कहा, ''अब तू उन काँटों के ऊपर कपड़े और रुपये बिछा दे।''

ऐसा कहने पर झोलू पाइक ने कपड़े और पैसे लिये और काँटों के ऊपर बिछाता गया। प्रत्येक कदम पर रुपये रखे और सुईन के पास जाकर बोला, ''अच्छा माता, मैंने तुम्हारे घर से राजा के घर तक कपड़े और रुपये बिछा दिये हैं। तुमने प्रत्येक दो कदम पर रुपये रखने को कहा था, मैंने प्रत्येक कदम पर रुपये बिछा रखे हैं। अब तुम जल्दी से तैयार हो जाओ।''

सुईन ने सुना और घर से निकलकर उलटती-पलटती जाने लगी। उसके शरीर में बेल और पेंडरा के काँटे चुभने लगे। लहू की धार बहने लगी। वह उलटती-पुलटती राजा के घर गयी। पहुँचकर रानी के पास गयी। पूछा, ''अच्छा, किसलिए बुलवाया रानी? आप मुझे बताएँ।''

रानी ने कहा, ''सुन माता, सुईन! मेरी कमर और पेडू दुख रहे हैं। मैं व्याकुल हो रही हूँ। तुम तो बड़ा ही तमाशा कर रही थी, माता। बहुत कष्ट है, माता। बहुत पीड़ा है।''

सुईन ने सुना और नोनी से बोली, ''नोनी, रुपनथँवरा! तू पानी गरम कर और मुझे दे।''

रुपनथँवरा ने सुना और पानी गरम कर सुईन को दिया। तब सुईन गरम पानी

धरली आरु रानी तो हात के धरुन बाड़ी बाटे निली। कन्हेया बाटे झलकली, पाठे-पुरे झलकली। पानी झलकुन रानी के नवखँड माहाले निली। रानी के दुखा जितली। आड़स-मोड़स होय रानी। कन्हेया-कोथा दुखे। 'ए आया! ए बुबा। बले।' घिरली-बोमरी होय। काला[4] पसना फुटे। रानी चो हात-पाँय थरथरे। होते-होते रानी पयदास होली। बाबी पयदास होली। टेहों-टेहों गागली बारो। माहापातर राजा चो नवखँड माहाल अन्धल होली। सुइन बल्ली राजा के, "सुना राजा, माहापातर! रानी पयदास होली, राजा। बाबी पयदास होली। तोप-बन्दुक ढिला राजा।"

बलतो के राजा सुनलो आरु हरिक होउन तोप-बन्दुक ढिल्लो। तेबे सुइन बल्ली, "जोड़ी खोदरा खना राजा आरु मोके अजिक सुत दिया। सोन चो छुरी दिया। मयँ नार छिंदुन देयँदे।"

माहापातर राजा सुनलो आरु हाते कुस धरुन बाड़ी बाटे गेलो। जोड़ी खोदरा खनलो। खोदरा खनुन भारी मुठा रुपया, सोन चो छुरी आउर अजिक सुत आनुन सुइन के धराउन दिलो। सुइन धरली आरु सुत के नार ने गुँडयाली। मुठा मोहर धरली, हाते छुरी धरली आरु नार छिंदली। नोनी के बल्ली, "तुय तपलो पानी दे नोनी मोके। मयँ बारो के नाहाउन देयँदे।"

बलतो के नोनी पानी तपाउन सुइन के दिली। सुइन बारो के बोमली-खोदरा ने निली आरु सिकसा लगड़ली, नाहाउन दिली। नवखँड माहाले निली आरु नोनी के आइग आउर तेल देस बल्ली। तेबे नोनी आइग निकराउन दिली, तेल निकराउन दिली। सुइन बारो के पेट छेकुन दिली, तेल घसुन दिली आरु राजा के बलेसे, "तुमी मोके कपड़ा दिया, राजा। मयँ बारो के कोरा धरेंदे।"

तेबे राजा माहापातर सुनलो आरु कपड़ा दिलो, अलंकार दिलो। सुइन फेर बारो के धरली आरु रानी के बल्ली, "तुय हात-गोड़ के धो, रानी। तेल लगाउन जा।"

बलतो के माहापातरिन सुनली आरु बोमली-खोदरा ने जाउन हात-गोड़ धोवली आरु नवखँड माहाले जाउन बाजे बसली। काने-नाके तेल लगाली। तेबे सुइन बारो के धराउन दिली रानी के। रानी बारो के कोरा धरली। सुइन बल्ली, "सुना रानी माहापातरिन! बारो के पना पिआव, रानी।"

रानी बारो के पना खुआली। बारो चुपुर-चुपुर पना खाये। तेबे सुइन फेर बल्ली रानी के, "बारो के अछा सुआव, रानी। मयँ आपन माहाले जायँदे।" बल्ली आरु राजा-माहाल छाँडली सुइन आरु आपन माहाले गेली। कपड़ा सकलते जाय रुपया बेचते जाय। आपन माहाले अमरली।

सन्दर्भ

1.माची : अन्य ध्वनि 'मासी'। 2. माची मारना : मुँह में बारम्बार पानी भर आना और थूकना। 3. खेचक-हाचक : अन्य ध्वनियाँ 'खेचक-खाचक', 'हेचक-हाचक'।

लेकर रानी को पिछवाड़े ले गयी। उसकी कमर में पानी डाला, आगे-पीछे डाला। पानी डालकर रानी को नौ खंडा महल में ले आयी। रानी की पीड़ा बढ़ गयी। वह व्याकुल होने लगी। उसकी कमर और पेडू का दर्द बढ़ गया। वह 'हे आया! हे बाबा!' कहने लगी। घिसटने लगी। उसके शरीर से काला पसीना फूटने लगा। रानी के हाथ-पाँव थरथराने लगे। इस तरह होते-होते राजकुमारी का जन्म हुआ। वह टेहों-टेहों कर रोने लगी। माहापातर राजा का नौ खंडा महल उसके शोर से भर गया। सुईन ने राजा से कहा, "सुनिए राजा, माहापातर! राजकुमारी का जन्म हुआ है, राजा। आप तोप-बन्दूक दागें।"

सुनकर राजा प्रसन्न हुआ और तोप-बन्दूकें दगवायीं। तब सुईन ने कहा, "दो गड्ढे खोदिए राजा और मुझे थोड़ा-सा धागा दीजिए। सोने की छुरी भी दीजिए। मैं नाल काट दूँगी।"

माहापातर राजा ने सुना और हाथ में सब्बल लेकर पिछवाड़े में गया। दो गड्ढे खोदे। गड्ढे खोदकर मुट्ठी भर रुपये, सोने की छुरी और थोड़ा-सा धागा लाकर सुईन को दिया। सुईन ने लेकर धागा नाल से लपेटा। मुट्ठी भर मोहरें ले हाथ में छुरी ली और नाल काट दिया। नोनी से बोली, "तू मुझे गरम पानी दे, नोनी। मैं बच्चे को नहला दूँगी।"

ऐसा कहने पर नोनी ने पानी गरम कर सुईन को दिया। सुईन बच्चे को नालवाले गड्ढे के पास ले गयी और उबटन मलकर नहला दिया। फिर उसे नौ खंडा महल में ले जाकर नोनी से आग और तेल माँगा। नोनी ने आग[5] और तेल निकालकर दिया। सुईन ने बच्चे का पेट सेंक दिया, तेल चुपड़ा और राजा से कहा, "आप मुझे कपड़े दें, राजा। मैं बच्चे को गोद में लूँगी।"

राजा माहापातर ने सुना और कपड़ा दिया, अलंकार दिये। सुईन ने बच्चे को गोद में लिया और रानी से कहा, "तुम हाथ-गोड़ धोओ, रानी। तेल लगा लो।"

माहापातरिन रानी ने सुना और नालवाले गड्ढे में जाकर हाथ-गोड़ धोये और नौ खंडा महल में जाकर पलंग पर बैठ गयी। कान-नाक में तेल लगाये। तब सुईन ने बच्चे को रानी की गोद में दे दिया। रानी ने बच्चे को गोद में लिया। सुईन बोली, "सुनिए रानी, माहापातरिन! बच्चे को दूध पिलाओ, रानी।"

रानी बच्चे को दूध पिलाने लगी। बच्चा चुपुर-चुपुर करता दूध पीने लगा। तब सुईन ने रानी से फिर कहा, "बच्चे को ठीक से सुलाओ, रानी। मैं अपने घर जाऊँगी।" ऐसा कह राजमहल से चल पड़ी और अपने महल गयी। वह कपड़े समेटती और रुपये उठाती जा रही थी। इस तरह वह अपने महल वापस हो गयी।

4.काला : नगरीय प्रभाव से आया शब्द। मूल ध्वनि 'करेया'। अन्य ध्वनियाँ 'करया', 'करिया'। 5. यहाँ आग का तात्पर्य अंगार से है।

अधया–11

जानादई चो तिल–गुर; छटी–बरई

बारो चो जनम करलो एक दिन ले दुय दिन होली। राजा–रानी बाजे बसला। तेबे रानी बलेसे राजा के, ''सुना राजा, माहापातर! बारो चो जनम करलो दुय दिन होली, राजा। गोका खनुक जाहा, राजा। बेल–पाना आना, ककई–डारा, जड़ी–बुटी आना। तिल खातो आय राजा, पानी पिवतो आय।''

माहापातर राजा सुनलो आरु बाबू के बल्लो, ''सुन बाबू, झोलू पाइक! कोड़की निकराव बाबू, फुलर दँवड़ी धर आउर गोका खनुकलाय जा। बेल–पाना आन, बाबू। जड़ी–बुटी आन। ककई–डारा आन।''

बलतो के झोलू पाइक सुनलो आरु हरबर तियार होलो। खाँदे कोड़की हाते टुकना धरलो। पाँये खड़ऊ पिंदलो, हाते बेद धरलो आरु रेंगते रेंगलो। रुमझुम–रुमझुम रेंगलो आरु जाते–जाते जायसे। सेतबन–हेतबन–बिन्दराबन ने गेलो। हुता अमरुन हाते कोड़की धरलो आरु सिंद–गोका खनलो, बेल–पाना टुटालो, ककई–

अध्याय-11

जानादई की छठी-बरही

बच्चे के जन्म को एक से दो दिन बीते। राजा-रानी पलंग पर बैठे थे। तब रानी राजा से कहने लगी, ''सुनिए राजा, माहापातर! बच्चे को जन्म लिये दो दिन बीत गये, राजा। आप गोका खोदने जाएँ, राजा। बेल की पत्तियाँ लाएँ, ककई-डारा, जड़ी-बूटी लाएँ। तिल खाना है राजा, पानी पीना है।''

माहापातर राजा ने सुना और बाबू से कहा, ''सुन बाबू, झोलू पाइक! कुदाली निकाल बाबू और फूलों की दँवड़ी लेकर गोका खोदने जा। बेल की पत्तियाँ ला, बाबू। जड़ी-बूटी ला। ककई-डारा ला।''

सुनकर झोलू पाइक जल्दी तैयार हो गया। कन्धे पर कुदाली, हाथ में टोकरा लिया। पाँवों में खडाऊँ पहने, हाथ में बेंत लिया और चल पड़ा। जल्दी-जल्दी चलता गया। सेतबन-हेतबन-बिन्दराबन में गया। वहाँ पहुँचकर हाथ में कुदाली ली और सिंद-गोका खोदा, बेल की पत्तियाँ तोड़ी, ककई-डारा तोड़ा, जड़ी-

डारा टोड़लो, जड़ी-बुटी खनलो आउर फुलर दँवड़ी ने धरुन बिन्दराबन छाँडलो। कोसक-दापक रेंगलो। कदली-कछारे गेलो आरु हुता सिंद-गोका के धोवलो, जड़ी-बुटी के धोवलो। धोउन फुलर दँवड़ी ने धरलो आरु कदली-कछार छाँडलो। जाते-जाते जायसे। राजा-माहाल अमरलो। सिंद-गोका, जड़ी-बुटी, बेल-पाना, ककई-डारा के ठोवलो आउर राजा-रानी लगे जाउन बल्लो, ''मयँ सिंद-गोका आनले राजा-रानी, बेल-पाना आनले, ककई-डारा आनले, जड़ी-बुटी बले आनले।''

राजा-रानी सुनला आरु नोनी के बल्ला, ''तुय नवा हाँडी आन नोनी आरु आइग बार। हरवाँ निकराव नोनी आउर तुला। गोका मँडा।''

नोनी सुनली अउर हरवाँ निकराली, तुलाली। नवा हाँडी आनली आरु हुता गोका के भरली, बेल-पाना के भरली, हरवाँ रिकाली। आइग बारली आरु गोका के मँडाली।

असने-असने तिसर दिन होली। राजा-रानी बाजे बसुन गेला। तेबे रानी बल्ली राजा के, ''सुना राजा, माहापातर! तुमी नँगाराची-माहाले जाहा, राजा। घड़ी भर नँगारा देउन देयदे। तिनपुर नेवता देओ। लोग मन सँजकारी-सँजकारी एओत। तिल खातो आय, पानी पिवतो आय।''

तेबे राजा हाक दिलो झोलू पाइक के आरु बल्लो, ''बाबू झोलू पाइक! तुय नँगारची-माहाले जा। हुन घड़ी भर नँगारा देओ। तिनपुर नेवता देओ। लोग मन सँजकारी-सँजकारी एओत। तिल खातो आय, पानी पिवतो आय।'

झोलू पाइक सुनलो आरु हरबर तियार होलो। आपन साजू के पिंदलो, आपन जाक धरलो। पाँय ने खड़ऊ पिंदलो, हाते बेद धरलो आरु राजा-माहाल छाँडलो। जाते-जाते जायसे। रुमझुम-रुमझुम रेंगलो बाबू आरु नँगारची-माहाले गेलो। अमरलो आरु माँडो मोंगरा उबुन 'दादा' बलते हाक दिलो। हाक देतो के दादा सुनलो आरु घर ले बाहिर निकरलो। 'काय काम ने इलिस, बाबू?' बलते पुछतो के बाबू बल्लो, ''सुन दादा, नँगारची लोग! तुय घड़ी भर नँगारा दे। तिनपुर नेवता दे। राजा-घरे बाबी होली। तिल खातो आय दादा, पानी पिवतो आय।''

दादा सुनलो आरु 'हव बाबू, मयँ देयँदे' बल्लो आरु बाँडी घोड़ी कसलो, जोड़ी नँगारा चेघालो। हाते काड़ा धरलो आरु गेलो खोरे-डाँडे नँगारा देउक। गुलाय बुलुन-बुलुन नँगारा दिलो, ''सुना बाई, सुना नोनी! राजा-घरे बाबी होली। तिल खातो आय, पानी पिवतो आय। सबय सँजकारी-सँजकारी जाहा।'' बलते तिनपुर के नेवतलो। नँगारा दिलो आरु आपन माहाले गेलो। दादा-बाई सुनला आरु हरबर-हरबर तियार होसोत। कोन तो बाई मुँड रेतेसे, कोन तो कपड़ा काचेसे आउर जानू कोन तो असनाँद होयसे। रलो लोग कपड़ा पिंदला, तेल घसला।

बूटी खोदी और फूलों की दँवड़ी में लेकर बिन्दराबन से चल पड़ा। कोस-दाब भर चला। कदली-कछार में जाकर वहाँ सिंद-गोका धोया, जड़ी-बूटी धोयी। धो कर फूलों की दँवड़ी में रखा और कदली-कछार से चल पड़ा। चलता चला गया। राजमहल पहुँच सिंग-गोका, जड़ी-बूटी, बेल की पत्तियाँ, ककई-डारा रख कर राजा-रानी के पास गया और बोला, ''मैं सिंद-गोका ले आया राजा-रानी, बेल की पत्तियाँ भी ले आया, ककई-डारा ले आया, जड़ी-बूटी ले आया।''

राजा-रानी ने सुना और नोनी से कहा, ''तू नयी हंडी ला नोनी और आग जला। कुल्थी निकाल नोनी और उसे साफ कर। गोका उबाल।''

नोनी ने सुनकर कुल्थी निकाली, उसे साफ किया। नयी हंडी लाकर उसमें गोका भरा, बेल की पत्तियाँ भरीं, कुल्थी भरी। आग जलाकर गोका उबलने के लिए रख दिया।

इस तरह तीसरा दिन आ पहुँचा। राजा-रानी पलंग पर जा बैठे। तब रानी ने राजा से कहा, ''सुनिए राजा, माहापातर! आप नगारची के महल में जाएँ, राजा। वह घड़ी भर मुनादी कर देगा। तीनों लोकों में न्योता दे। सभी लोग जल्दी-जल्दी आएँ। तिल खाना है, पीना पीना है।''

तब राजा ने झोलू पाइक को बुलाया और कहा, ''बाबू, झोलू पाइक! तू नगारची के महल में जा। वह थोड़ी देर मुनादी कर दे। तीनों लोकों को न्यौते। सब लोग जल्दी-जल्दी आएँ। तिल खाना है, पानी है।

झोलू पाइक ने सुना और जल्दी से तैयार हो गया। अपने साज पहने, अपने सामान लिये। पाँवों में खड़ाऊँ पहन हाथ में बेंत लेकर राजमहल से चल पड़ा। चलता चला गया। जल्दी-जल्दी चला बाबू और नगारची-महल जा पहुँचा। पहुँचकर मोगरा-मंडप के नीचे खड़ा हुआ और दादा को पुकारा। पुकार सुनकर दादा घर से बाहर आया। 'किस काम से आया है, बाबू?' पूछने पर बाबू ने कहा, ''सुनो दादा, नगारची! तुम घड़ी भर मुनादी कर दो। तीनों लोकों में न्योता दो। राजा के घर में बाबी[1] का जन्म हुआ है। तिल खाना है दादा, पानी भी पीना है।''

दादा ने सुनकर 'हाँ बाबू, मैं मुनादी कर दूँगा' कहा और अपनी बाँडी घोड़ी कसी। उस पर दोनों नगाड़े चढ़ाए और हाथ में काड़ा लेकर मुनादी करने निकल पड़ा गली-गली में। चारों ओर घूम-घूमकर मुनादी करने लगा, ''सुनो बाई, सुनो नोनी! राजा के घर में बाबी का जन्म हुआ है। तिल खाना है, पानी पीना है। सब लोग जल्दी-जल्दी जाएँ।'' ऐसा कह उसने तीनों लोकों में मुनादी की और अपने घर चला गया। दादा-बाई ने सुना और जल्दी-जल्दी तैयार होने लगे। कोई सिर धोने लगी तो कोई कपड़े। कोई स्नान करने लगी। जिनके पास नये कपड़े

नीं रलो लोग धड़का पिंदला, पानी घसला। रलो लोग हाती चेघला, घोड़ा चेघला। गरीब लोग पैंदल गेला। तियार होला आरु गेला राजा-घरे। अमरला। अमरतो के दखली रानी माहापातरिन आउर नोनी के बल्ली, ''सुन बाबा! फउद अमरला। झारी पानी धर, आरती-आइग घर, घिंव-गुर धर। लोग मन के पाँय धुआव, चाउर-टिका दे।''

रुपनथँवरा सुनली आरु सब जोड़ा धरुन सिंग-दुआरे गेली। झारी पानी धरली आरु सब के पाँय धुआली, चाउर-टिका दिली। होम-आरती दिली, पाँय पड़ली-हात जोड़ली। बाई-नोनी मन नोनी चो टोंड चुमला। नोनी पुने बाई-नोनी मन चो हात के धरली आरु नवखँड माहाले निली। सब झन ओरी-चो-ओरी बसला। राजा-घरे समाव नीं होय असन फउद रला। अरछी-परछी भरली। ओना-कोना भरली। दखली रानी माहापातरिन आउर बाबू के बल्ली, ''सुन बाबू, झोलू पाइक! फउद अमरला, बाबू। तुय तिल-गुर, लसुन, घिंव निकराउन दे।''

बलतो के झोलू पाइक झारी पानी धरलो आरु पाँय धोउन नवखँड माहाल खोल्लो। बारा भँडारे ओल्लो आरु पाँच पँयसरी तिल, दुय पँयसरी गुर, एक पँयसरी लसुन आउर गुमा घिंव निकराउन बाई-नोनी के दिलो। तेबे माहापातरिन रानी बाई-नोनी के बल्ली, ''तुमी तिल भाँजा बाई-नोनी। तिल काँडा, पानी बघारा।''

बाई-नोनी मन सुनला। तिल फुनया तिल फुनला, तिल कँडया तिल काँडला, लसुन छिलया लसुन छिल्ला। पारबती रानी पानी बघारली। बाई मन तिल काँडला। नोनी पानी तपाली आरु मन्दन-सिले नेउन दिली, बोमली-खोदरा ने नेउन दिली। झारी कसेला दिली, कपुर दतुन दिली। राजा-रानी दखला। रानी गेली बोमली-खोदरा ने, राजा-गेलो मन्दन-सिले। कपुर दतुन धरला राजा-रानी, सुरिज-भेट करला। दतुन-पतर चाबला। रानी-लिमऊ-चानी धरली आरु माथ मिंजली। बाल बोहराली, झाटली आरु लदा झुड़ा बाँदली। हरदी-मुँदा, लवनी-मुँदा धरली आरु खिकसा लगड़ली। दुनों झन आँगे असनाँद होला। सुका कपड़ा पिंदला, ओधा कपड़ा खाले गिरली। नवखँड माहाले गेला। बाई-नोनी दखला आरु अजिक पानी धरला, अजिक तिल धरला आउर राजा के बल्ला, ''सुना राजा, माहापातर! पुरखा चो देबी ने जाउन देबी-दुरगा के तिल-गुर दिया, पानी दिया।''

राजा सुनलो आरु तिल-गुर धरलो, पानी धरलो आउर पुरखा चो देबी ने जाउन हुता अजिक असन जतनालो। होम-आरती दिलो, अगरबती धरालो, तिल-छिटकलो, पानी थिपालो आरु देबी चो सुमरना करलो, ''सुना-सुना मोचो पुरखा चो देबी! मयँ तिल-गुर छिटकले आया, पानी थिपाले। मोचो बारो के रकछा करा।

थे उन्होंने नये कपड़े पहने और तेल चुपड़ा। गरीब-दुखी लोगों ने फटे-पुराने कपड़े पहने और पानी चुपड़ा। जिनके पास हाथी-घोड़े थे वे उन पर सवार होकर चले और गरीब-दुखी लोग पैदल ही चल पड़े। सारे लोग अपने-अपने ढंग से तैयार होकर राजा के घर जा पहुँचे। रानी माहापातरिन ने उन्हें देखा और नोनी से कहा, ''सुन बाबा! लोग आ पहुँचे हैं। तू झारी में पानी ले, आरती-आग ले, घी-गुड़ ले और लोगों के पाँव धुला। उन्हें चावल का टीका लगा।''

रुपनथँवरा ने सुना और सारी सामग्री लेकर सिंह-द्वार में गयी। झारी में पानी लेकर सबके पाँव धुलाए, चावल का टीका लगाया। होम-आरती कर उन्हें प्रणाम किया। बोई-नोनी ने नोनी का मुख चूमा। नोनी उनके हाथ पकड़कर उन्हें नौ खंडा महल के भीतर ले चली। सब लोग पंक्तियों में जा बैठे। इतने लोग आ पहुँचे थे कि राजा के घर में जगह ही नहीं रह गयी थी। अरछी-परछी भर गयी, कोना-कोना भर गया महल का। रानी ने देखा और बाबू से बोली, ''सुन बाबू, झोलू पाइक! लोग आ पहुँचे हैं, बाबू। तू तिल-गुड़, लहसुन, घी आदि निकालकर उन्हें दे।''

ऐसा कहने पर झोलू पाइक ने झारी में पानी लेकर पाँव धोये और नौ खंडा महल में गया। बारह भंडार खोले और वहाँ से पाँच पँयसरी तिल, दो पँयसरी गुड़, एक पँयसरी लहसुन और शुद्ध घी निकालकर बाई-नोनी को दिया। तब माहापातरिन रानी ने बोई-नोनी से कहा, ''तुम लोग तिल भूनो बाई-नोनी। तिल कूटो, पानी छौंको।''

बोई-नोनी ने सुना। कुछ महिलाएँ तिल साफ करने लगीं, कुछ ने तिल कूटे और कुछ ने लहसुन छीले। पारबती रानी ने पानी छौंका। महिलाओं ने तिल कूटा। नोनी ने पानी गरम किया और राजा के लिए स्नानगृह में पहुँचा आयी तथा रानी के लिए नालवाले गड्ढे के पास झारी पात्र और सुगन्धित दतौन भी पहुँचाया। राजा-रानी ने देखा और राजा गया स्नानगृह में, रानी गयी नालवाले गड्ढे के पास। दोनों ने दतौन लिये, सूर्य नमस्कार कर दतौन किये। रानी ने नीबू का टुकड़ा लेकर सिर में रगड़ा। बाल धोये और झटककर बड़ा-सा जूड़ा बाँधा। उबटन लेकर शरीर पर मला। दोनों ने स्नान किया। सूखे कपड़े पहने, गीले कपड़े नीचे गिर गये। दोनों स्नानादि से निवृत्त होकर नौ खंडा महल में गये। बोई-नोनी ने देखा और थोड़ा-सा पानी तथा थोड़ा-सा तिल लेकर राजा से कहा, ''सुनिए राजा, माहापातर! पुरखा की देवी में जाकर अपने देवी-देवताओं को तिल-गुड़ और पानी अर्पित कर दें।''

राजा ने सुना और तिल-गुड़ तथा पानी लेकर अपने देव-स्थान में गया। वहाँ थोड़ी-सी सफाई की, होम-आरती की, अगरबत्ती जलायी, तिल छिटका, पानी टपकाया और देवी की स्तुति करने लगा, ''सुनो-सुनो मेरे पुरखों के देवी-

बारो के साहा होआ।''

तेबे बाई-नोनी मन रानी के बले अजिक तिल-गुर दिला, पानी दिला आरु बल्ला, ''बोमली-खोदरा ने ने रानी आउर जँवरा डोकरी के दे।''

बलतो के रानी तिल-गुर धरली, पानी धरली आरु गेली बोमली-खोदरा ने। हुता जाउन जँवरा डोकरी के दिली आरु बलेसे, ''सुन आया जँवरा डोकरी! मयँ तिल-गुर छिटकुन जायँसे आया। मयँ पानी थिपाउन जायँसे। तुय मोचो बारो के नीं गगाव आया, बारो के खेलाव।'' बल्ली रानी आउर आपलो माहाले गेली। जाउन बाजे बसली। बाई-नोनी दखला आउर रानी के तिल दिला। सात भेली तिल-गुर आउर आधा कोपरा पानी दिला आउर बल्ला, ''एके तुय सात दिन ले खा, रानी।''

रानी सुनली आरु तिल-गुर खादली, पानी के पिवली। बाई-नोनी के बल्ली, ''सुना, बाई-नोनी! तुमी बले बाटुन-बिरजुन खाहा। मयँ एचो ले आगर देउक नीं सकें। गरिब रानी आयँ।''

बाई-नोनी बल्ला, ''इतरोय तो देतो आय, रानी। कोन फेर आगर देयसे ता! इतरोय तो सब के पुरेदे।'' बल्ला आउर ओरी-चो-ओरी बसला। लछमी रानी तिल बाटली, पारबती रानी पानी बघारली। सब झन बाटुन-बिरजुन खादला। तिल खाउन, पानी पिउन सारला। तेबे बाई मन रानी के बल्ला, ''सुना रानी, माहापातरिन! बारो के कोरा धरा, रानी। हामी तेल-हरदी देउँदे।''

रानी बारो के कोरा धरली तेबे बाई मन बारो चो बोमली ने तेल-हरदी लगाला आउर आपलाहान घरे-घरे गेला। राजा-रानी घरे आसोत। नवखँड माहाले आसोत। असने-असने तिन ले चार, चार ले पाँच आउर पाँच ले छय दिन होली बारो चो जनम करलो। बाजे बसलासोत राजा-रानी। तेबे रानी बल्ली राजा के, ''सुना राजा, माहापातर! बारो चो जनम करलो छय दिन होली, राजा। तुमी छटी जोड़ा जोड़ा। गाँयतिन-माहाले जाहा राजा, पुजारिन-माहाले जाहा। राँडी-लेड़ी, गरिब-दुखी सबय एओत। छटी-काँडा नेदे।''

बलतो के राजा माहापातर सुनलो आरु बाबू के बल्लो, ''सुन बाबू, झोलू पाइक! मोचो गोठ के सुन। तुय हरबर तियार हो बाबू आउर जा गाँयतिन-पुजारिन लगे। बुलुन-बुलुन साँग। छटी-काँडा नेदे।''

बाबू सुनलो आउर घर ले बाहिर निकरलो। रुमझुम-रुमझुम रेंगलो आरु गेलो पारा-परोसे। गाँयतिन-माहाले गेलो, पुजारिन-माहाले गेलो आरु माँडो मोंगरा उबुन 'बाई' बलते हाक दिलो। बाई मन सुनला आरु घर ले बाहिर निकरुन 'काय काम ने इलिसिस, बाबू?' बलते पुछला। पुछतो के बाबू बल्लो, ''तुमी हरबर तियार होआ, बाई। राजा-घरे बलाव आय। छटी-काँडा आनासे मने। राँडी-लेड़ी,

देवताओं! मैंने तिल-गुड़ और पानी अर्पित किया, माता। मेरे बच्चे की रक्षा करो। मेरे बच्चे की सहायता करो।''

तब बाई-नोनी ने रानी को भी थोड़ा तिल-गुड़ दिया, पानी दिया और कहा, ''नालवाले गड्ढे में ले जाकर जँवरा डोकरी को अर्पित करो।''

ऐसा कहने पर रानी तिल-गुड़ और पानी लेकर नालवाले गड्ढे में गयी। वहाँ जाकर जँवरा डोकरी को अर्पित किया और कहने लगी, ''सुन माता जँवरा डोकरी! मैं तिल-गुड़ अर्पित कर रही हूँ, माता। मैं पानी अर्पित कर रही हूँ। तुम मेरे बच्चे को मत रुलाना। उसे खेल खिलाना।'' ऐसा कह रानी अपने महल में चली गयी। जाकर पलंग पर बैठ गयी। बाई-नोनी ने देखा और रानी को तिल दिया। सात भेली तिल-गुड़ और आधा कोपरा देकर बोलीं, ''इसे तुम सात दिनों तक खाओ, रानी।''

रानी ने सुना और तिल-गुड़ खाया, पानी पिया। बाई-नोनी से कहा, ''सुनो, बाई-नोनी! तुम भी आपस में बाँटकर खा-पी लो। मैं इससे अधिक नहीं दे सकती। मैं गरीब रानी हूँ।''

बाई-नोनी ने कहा, ''इतना ही दिया जाता है, रानी। इससे अधिक कौन देता है, भला! इतना तो सब के लिए पर्याप्त है।'' ऐसा कह वे पंक्तियों में बैठ गयीं। लछमी रानी ने तिल बाँटा, पारबती ने पानी छौंका। सबने आपस में बाँट कर खाया-पिया। तब महिलाओं ने रानी से कहा, ''सुनो रानी, माहापातरिन! बच्चे को गोद में लो, रानी। हम तेल-हल्दी लगा देंगी।''

रानी ने बच्चे को गोद में लिया, तब महिलाओं ने बच्चे की नाभि में तेल-हल्दी लगायी और अपने-अपने घर चली गयीं। राजा-रानी रह गये। वे नौ खंडा महल में हैं। इस तरह तीन से चार, चार से पाँच और पाँच से छह दिन बीत गये बच्चे के जन्म को। राजा-रानी पलंग पर बैठे थे। तब रानी ने राजा से कहा, ''सुनिए राजा, माहापातर! बच्चे को जन्म लिए छह दिन बीत गये, राजा। आप छठी की तैयारी कीजिए। गाँयतिन के महल में जाएँ राजा, पुजारिन के महल में जाएँ। राँडी-लेड़ी, गरीब-दुखी सब लोग आएँ। वे छठी-काँडा ले जाएँ।''

ऐसा कहने पर राजा माहापातर ने सुना और बाबू से कहा, ''सुन बाबू, झोलू पाइक! मेरी बात सुन। तू जल्दी तैयार हो बाबू और गाँयतिन-पुजारिन के पास जा। घूम-घूम कर बता। वे छठी-काँडा ले जाएँगी।''

बाबू ने सुना और घर से बाहर निकला। जल्दी-जल्दी चलकर गया गली -मोहल्ले में। गाँयतिन के महल में गया, पुजारिन के महल में गया और मोगरा-मंडप के नीचे खड़ा होकर बाई को पुकारा। गाँयतिन-पुजारिन सुनकर घर से निकलीं और 'किस काम से आया है, बाबू? कहकर पूछा। बाबू ने कहा, ''तुम लोग जल्दी तैयार होओ, बाई। राजा के घर बुलावा है। छठी-काँडा लाओगी। राँडी-

गरिब-दुखी सब के धरुन इया।''

बलतो के गाँयतिन-पुजारिन बाई मन तियार होला आउर राँडी-लेड़ी के धरुन गेला राजा-घरे। कोन तो टाकरा धरला, कोन तो गपा धरला आउर गेला राजा-घरे। अमरला आउर परछी ने जाउन बसला। अरछी-परछी भरली। राजा-घरे समाव नीं होय असन फउद रला। माहापातरिन रानी दखली आरु राजा के बल्ली, ''सुना राजा, माहापातर! काँडा लोग इला, राजा। तुमी धान हेड़ा, उड़िद-मुँग, राहेड़-बदई हेड़ा।''

बलतो के राजा झोलू पाइक के तियारलो। तेबे झोलू पाइक झारी पानी धरलो आरु हात-पाँय धोउन गेलो बारा-भँडार ने। गँगा-जमुना जोड़ी गदेया ने गेलो। होम-आरती करलो, पाँय पड़लो आरु हाते गपली धरुन धान, उड़िद-मुँग, राहेड़-बदई, चना-बडरा निकरालो आरु गाँयतिन-पुजारिन, बाई-नोनी सब के नापुन दिलो। राँडी-लेड़ी, गरिब-दुखी सब के दिलो आरु बल्लो, ''अछा चाउर छड़ा बाई। राजा-घरो बात आय, बड़े घरो गोठ आय।'' तेबे बाई-नोनी आपलाहान माहाले गेला। धान कँडेया धान काँडला, दार दरेया दार दरला, पिसान पिसेया पिसान पिसला। निंद काजे नीं सोओत। चाउर निमड़ाला आरु 'जावँ, चाउर नेउन देवँ' बलते चाउर नेउन दिला। ओरी-चो-ओरी लामला आरु गेला राजा-घरे। अमरला आरु परछी ने जाउन बसला। अरछी-अरछी भरली। दखली माहापातरिन रानी आउर झोलू पाइक के बल्ली, ''काँडा लोग इला, बाबू। तुय चाउर-दार नाप।''

बलतो के झोलू पाइक पाँय धोवलो आरु हाते पयली धरुन चाउर-दार-पिसान के नापलो। नापतो के सबय बानी मन पयलक-पयलक उरला। झोलू पाइक सब बानी के भितरे ठोउन दिलो। 'अछा बारो आय' बलते बाई-नोनी मन आपलाहान घरे-घरे जाते गेला। राजा-रानी आसोत। असने-असने छय दिन ले सात दिन होली। राजा-रानी उपास आसोत। रानी बल्ली, ''सुना राजा, माहापातर! बारो चो जनम करलो आज सात दिन होली, राजा। आज छटी आय। तुमी धोबी-माहाले जाहा। हुनके बलाउन आना। सोहोड़ कपड़ा नेयदे राजा, छटी कपड़ा नेयदे।''

राजा सुनलो आउर झोलू पाइक के तियारलो। तेबे झोलू पाइक हरबर तियार होउन हाते छाता आउर बेद बड़गी धरुन राजा-माहाल छाँडलो। गेलो पारा-परोसे। जायसे मने। जाऊ-जाऊ गेलो धोबी-माहाले। माँडो मोंगरा उबुन 'दादा' बलते हाक दिलो। सुनुन धोबी दादा घर ले बाहिर निकरलो आरु 'काय काम ने इलिस, बाबू?' बलते पुछलो। के बाबू बल्लो, ''तुय हरबर तियार हो, दादा। राजा-घरे बलाव आय। एक डँडिक जावँ। छटी कपड़ा, सोहोड़ कपड़ा आनसे, दादा।''

धोबी सुनलो आरु 'हव एयँदे, बाबू' बलुन झटाझट तियार होलो, आपन जाक धरलो आरु घर ले निकरलो। गेलो राजा-घरे। अमरलो आरु लगे जाउन

लेड़ी, गरीब-दुखी सबको लेकर आओ।''

सुनकर गाँयतिन-पुजारिन तैयार हो गयीं और राँडी-लेड़ी आदि को लेकर राजा के घर गयीं। किसी ने टाकरा रखा तो किसी ने गपा और चलीं राजा के घर। पहुँचकर परछी में बैठ गयीं। अरछी-परछी भर गयी। इतने लोग थे कि राजा के घर में जगह की कमी पड़ गयी। माहापातरिन रानी ने उन्हें देखा और राजा से कहा, ''सुनिए राजा, माहापातर! काँडा ले जाने ले लिए लोग आ पहुँचे हैं, राजा। आप धान निकालें, उड़द-मूँग, अरहर-बदई निकालें।''

ऐसा कहने पर राजा ने झोलू पाइक से कहा। तब झोलू पाइक ने झारी पानी ले हाथ-पाँव धोये और गया बारह भंडार में। गंगा-जुमना दोनों भंडारों में गया। होम-आरती की, प्रणाम किया और हाथ में गपली ले धान, उड़द-मूँग, अरहर-बदई, चना-मटर आदि निकालकर गाँयतिन-पुजारिन आदि को दिये। राँडी-लेड़ी, गरीब-दुखी आदि सभी को देकर कहा, ''चावल अच्छे से साफ करो, बाई। राजा के घर की बात है, बड़े घर की बात है।'' तब बाई-नोनी अपने-अपने घर चली गयीं। धान कूटनेवालों ने धान कूटा, दाल दलनेवालों ने दाल दले और दाल पीसनेवालों ने दाल पीसा। वे रात भर नहीं सोयीं। चावल तैयार कर राजा के घर ले चलीं। पंक्तिबद्ध होकर चलीं। राजमहल जा पहुँचीं और परछी में बैठ गयीं। अरछी-परछी भर गयी। देखा माहापातरिन रानी ने और झोलू पाइक से कहा, ''काँडावाले आ गये हैं, बाबू। तू चावल-दाल नाप ले।''

झोलू पाइक ने पाँव धोये और हाथ में पायली लेकर चावल-दाल पिसान नापा। नापने पर देखा कि सारी सामग्री अनुमान से अधिक निकली। झोलू पाइक ने सारी सामग्री महल के भीतर रख दी। 'शुभ लक्षणों वाली बालिका है' कहते हुए बाई-नोनी अपने-अपने घर चली गयीं। राजा-रानी रह गये। इस तरह छह से सात दिन बीते। राजा-रानी ने व्रत रखा। रानी बोली, ''सुनिए राजा, माहापातर! बच्चे को जन्म लिये आज सात दिन हो गये, राजा। आज छठी है। आप धोबी के घर जाएँ। उसे बुला लाएँ। वह छूत के कपड़े ले जाएगा राजा, छठी के कपड़े ले जाएगा।''

राजा ने सुना और झोलू पाइक से कहा। तब झोलू पाइक जल्दी से तैयार होकर छाता और बेंत ले राजमहल से चल पड़ा। गया अड़ोस-पड़ोस में। चलता चला गया। जाते-जाते वह जा पहुँचा धोबी के महल में। मोगरा-मंडप के नीचे खड़ा होकर दादा को पुकारा। सुनकर धोबी दादा घर से बाहर आया और 'किस काम से आया है, बाबू?' कह पूछा। बाबू ने कहा, तुम जल्दी तैयार हो जाओ, दादा। राजा के घर बुलावा है। थोड़ी देर चलो। छठी के कपड़े, छूत के कपड़े

सलाम झोकलो, लाफी जाउन बसलो। राजा के बल्लो, ''आले राजा! काय बलाव आय?''

राजा बल्लो, ''तुय रानी लगे जा रे बाबू। रानी के कपड़ा माँग। छटी कपड़ा नेसे, सोहड़ कपड़ा नेसे।''

बलतो के धोबी गेलो रानी लगे आरु बल्लो, ''सुना रानी, माहापातरिन! मोके कपड़ा दिया।''

तेबे रानी सुनली आरु हुनके छटी कपड़ा, सोहड़ कपड़ा दिली। धोबी पुने नोनी के बल्लो, ''नोनी, तुय मोके नवा हाँडी दे। मयँ कपड़ा काचुकलाय नेयँदे।''

सुनली नोनी रुपनथँवरा आउर नवा हाँडी दिली। धोबी नवा हाँडी धरलो, कपड़ा धरलो आरु गेलो कपड़ा काचुकलाय। जाऊ-जाऊ गेलो तरई-पारे। हुता अमरुन आइग बारलो, पानी तपालो आउर कपड़ा डोबलो। काचुन-काचुन निचालो आरु सुकालो। आपन बले आँगे असनाँद करलो। कपड़ा मन सुकतो के सकल्लो आरु मोडरा बाँदलो। मोडरा धरलो आरु तरई-पार छाँडलो। गेलो राजा-माहाले। अमरलो आउर रानी के कपड़ा सुपरित करलो। तेबे रानी नोनी के बल्ली, ''तुय रोसई-चाउर जोड़ नोनी, मुठा रुपया धर आउर धोबी बिदा के दे।''

रुपनथँवरा सुनली आउर रोसई-चाउर जोड़ली, मुठा रुपया धरली आरु धोबी के बिदा दिली। धोबी पुने मोडरी बाँदलो आउर आपन माहाले गेलो। जातो के रानी बल्ली राजा के, ''ए राजा! तुमी एदायँ नाऊ-माहाले जाहा। हुनके एक डँडिक बलाउन आना। बाल बनाउन देयदे। छटी-बाल बनायेदे, सोहड़ बाल बनायेदे।''

राजा सुनलो आउर झोलू पाइक के तियारलो, ''जा रे बाबू, झोलू पाइक! नाऊ-माहाले जा। हुनके एक डँडिक हाक देउन आन। छटी बाल बनाउन देयदे।''

बलतो के झोलू पाइक झटाझट तियार होलो आउर राजा-माहाल छाँडलो। जाते-जाते गेलो नाऊ-माहाले। माँडो मोंगरा उबलो आरु 'दादा' बलते हाक दिलो। नाऊ दादा सुनलो आरु घर ले निकरलो। 'काय काम ने इलिस, बाबू?' बलते पुछतो के झोलू पाइक बल्लो, ''सुन दादा नाऊ लोग! तुचो जाक के धर दादा। राजा-घरे बलाव आय। एक डँडिक जावँ। छटी बाल बनाउन देसे मने।''

सुनलो नाऊ दादा आउर आपलो जाक के धरलो आरु घर ले निकरलो। जाते-जाते गेलो राजा-माहाले। अमरलो आरु लगे जाउन सलाम झोकलो, लाफी जाउन बसलो। राजा के पुछलो, ''आले राजा! काय बलाव आय? मोके साँगा।''

राजा बल्लो, ''आज छटी आय, बाबू! तुय छटी-बाल बनाउन दे।''

नाऊ दादा सुनलो आउर नोनी के 'मोके तपलो पानी दे, सितर पानी दे, नोनी', बल्लो। तेबे नोनी तपलो पानी आउर सितर पानी दिली। देतो के धोबी

लाओगे, दादा।''

धोबी ने सुना और 'हाँ आऊँगा, बाबू' कह झटपट तैयार हो अपने सामान ले घर से निकल पड़ा। गया राजा के घर। पहुँचा और पास जाकर राजा को सलाम किया फिर दूर जा बैठा। राजा से कहा, ''अच्छा राजा! किसलिए बुलवाया है?''

राजा ने कहा, ''तू रानी के पास जा, बाबू। रानी से कपड़े माँग। छठी के कपड़े ले जाना, छूत के कपड़े ले जाना।''

सुनकर धोबी गया रानी के पास और बोला, ''सुनिए रानी, माहापातरिन। मुझे कपड़े दें।''

रानी ने उसे छठी के कपड़े, छूत के कपड़े दिये। धोबी ने तब नोनी से कहा, ''नोनी, तू मुझे नयी हंडी दे। मैं कपड़े धोने ले जाऊँगा।''

नोनी ने सुना और उसे नयी हंडी दी। धोबी ने नयी हंडी और कपड़े लिए और गया कपड़े धोने। वह सरोवर में जा पहुँचा। वहाँ पहुँचकर आग जलायी, पानी गरम किया और कपड़े डुबोये। फिर धो-धो कर निचोड़ा और सुखा दिये। खुद भी स्नानादि से निवृत्त हुआ। कपड़े सूख जाने पर उन्हें समेटा और गठरी बाँधी। गठरी लेकर सरोवर से चल पड़ा। गया राजा के महल में। वहाँ पहुँचकर रानी को कपड़े सौंपे। तब रानी ने नोनी से कहा, ''नोनी! तू रसोई-चावल और मूट्ठी भर रुपये देकर धोबी को विदा कर।''

रुपनथँवरा ने सुना और रसोई-चावल तथा मुट्ठी भर रुपये देकर धोबी को विदाई दी। धोबी ने गठरी बाँधी और अपने घर चला गया। उसके जाने पर रानी ने राजा से कहा, ''हे राजा! आप अब नाई के महल में जाएँ। उसे थोड़ी देर बुला लाएँ। वह बाल बना देगा। छठी के बाल बनाएगा, छूत के बाल बनाएगा।''

राजा ने सुनकर झोलू पाइक से कहा, ''जा बाबू, झोलू पाइक! नाई के महल जा। उसे थोड़ी देर बुला ला। वह छठी के बाल बना देगा।''

झोलू पाइक झटपट तैयार होकर राजमहल से चल पड़ा। गया नाई के महल में। मोगरा-मंडप के नीचे खड़ा होकर दादा को पुकारा। नाई दादा ने सुना और घर से निकला। 'किस काम से आया है, बाबू?' कह पूछने पर झोलू पाइक ने कहा, ''सुनो नाई दादा! तुम अपना सामान रख लो। राजा के घर बुलावा है। थोड़ी देर चलो। छठी के बाल बना दोगे।''

नाई दादा ने सुना और अपने सामान लेकर घर से निकल पड़ा। चलते-चलते जा पहुँचा राजमहल में। पहुँचकर राजा को सलाम किया और दूर जाकर बैठ गया। राजा से पूछा, ''हे राजा, किस लिए बुलवाया है? मुझे बताएँ।''

राजा ने कहा, ''आज छठी है, बाबू। तू छठी के बाल बना दे।''

नाई दादा ने सुनकर नोनी से 'मुझे गरम पानी दे, ठंडा पानी दे, नोनी' कहा।

रानी के बल्लो, ''बारो के कोरा धरा, रानी। मयँ बाल बनाउन देयँदे।''

रानी बारो के कोरा धरली। तेबे नाऊ बारो के बाल बनालो। नवखँड माहाल ने जितरो लोग रहोत, सब के बाल बनालो नाऊ। तेबे नोनी रोसई-चाउर जोड़ली, मुठा रुपया धरली आउर नाऊ के बिदा दिली। नाऊ मोडरी बाँदलो आउर आपन माहाले गेलो। तेबे रानी बलेसे राजा के, ''सुना राजा, माहापातर! तुमी एदायँ नँगारची-माहाले जाहा। हुन घड़ी भर नँगारा देओ। तिनपुर नेवता देओ। लगे-लगे नँगारा देओ आउर लाफी-लाफी डारा बुलाओ। सब झन सँजकारी-सँजकारी एओत।''

राजा सुनलो आउर झोलू पाइक के तियारलो। तियारतो के झोलू पाइक हरबर-हरबर तियार होलो आउर राजा-माहाल छाँडलो। जाते-जाते गेलो नँगारची-माहाले। अमरलो आउर दादा के बल्लो, ''सुन दादा, नँगारची। राजा-घरे बाबी होली। आज छटी आय। तुय घड़ी भर नँगारा दे। तिनपुर नेवता दे। लगे-लगे डिंडरा देस मने आउर जानू लाफी-लाफी डारा बुलाव। सब झन सँजकारी-सँजकारी एओत।''

दादा सुनलो आरु हरबर-हरबर तियार होउन बाँडी घोड़ी कसलो, जोड़ी नँगारा चेघालो आउर हाते काड़ा धरुन घर ले निकरलो। जाते-जाते गेलो खोरे-डाँडे आउर नँगारा दिलो, ''सुना बाई, सुना नोनी! राजा-घरे बलाव आय। आज छटी आय। सब झन सँजकारी-सँजकारी जाहा।'' बलते बुलुन-बुलुन नँगारा दिलो। माटी नँगारा धमधम करे, तमहा झनकार देय। लगे-लगे नँगारा दिलो आउर लाफी-लाफी डारा बुलालो। सुनला बाई-नोनी आउर हरबर तियार होला। कोन तो मुँड रेतली, कोन तो कपड़ा काचली। नाहा-खोरा करला, सुका कपड़ा पिंदला। कपड़ा निचाला। तियार होला। गेला राजा-घरे। रलो लोग हाती-घोड़ा चेघला, नीं रलो लोग मन हिंडते गेला। अमरला राजा-घरे आउर लगे जाउन सलाम झोकला, लाफी जाउन बसला। दखली रानी माहापातरिन आउर राजा के बलेसे, ''सुना राजा, माहापातर! फउद अमरुन गेला, राजा। तुमी धँगड़ा रासी छाटा, राजा। राँदा राँददे। हामी छटी-माँदी देवाँ।''

राजा सुनलो आउर धँगड़ा रासी लगे जाउन बल्लो, ''तुमी झोका मारा बाबू आरु राँदा राँदुन जाहा। आज छटी आय।'' बलतो के धँगड़ा रासी मन झोका मारते मारला। राँदा मँडाते मँडाला। धँगड़ी मन पान आनला, डोकरी मन दोना-पतरी खिल्ला। राजा-रानी हरबर-हरबर होसोत। झोलू पाइक के राजा तियारलो दार-चाउर, लोन-मिरी देतो काजे। तेबे झोलू पाइक नवखँड माहाले गेलो आउर दार-चाउर, लोन-मिरी, तेल-हरदी निकराउन धँगड़ा रासी के दिलो। धँगड़ा रासी राँदा-बाटा करला। तेबे रानी बल्ली रुपनथँवरा के, ''नोनी रुपनथँवरा! तुय मोके तपलो पानी दे, नोनी। मयँ आँगे असनाँद करेंदे, हिरदे असनाँद करेंदे।''

तब नोनी ने उसे गरम और ठंडा पानी दिया। तब धोबी ने रानी से कहा, ''बच्चे को गोद में लें, रानी। मैं बाल बना दूँगा।''

रानी ने बच्चे को गोद में लिया। तब नाई ने बच्चे के बाल बना दिये। नौ खंडा महल में जितने लोग थे सब के बाल बनाए नाई ने। तब नोनी ने रसोई-चावल और मुट्ठी भर रुपये देकर नाई को विदाई दी। नाई ने गठरी बाँधी और अपने घर चला गया। तब रानी ने राजा से कहा, ''सुनिए राजा, माहापातर! आप अब नँगारची-महल जाएँ। वह थोड़ी देर मुनादी कर देगा। तीनों लोकों में न्योता दे। आसपास मुनादी करे और दूर-दूर के लिए डारा घुमा[2] दे। सब लोग जल्दी-जल्दी आएँ।''

राजा ने सुना और झोलू पाइक से कहा। कहने पर झोलू पाइक झटपट तैयार हो गया और राजमहल से चल पड़ा। जाते-जाते वह नगारची के महल में जा पहुँचा। पहुँचकर दादा से बोला, ''सुनो दादा, नगारची! राजा के घर बाबी का जन्म हुआ है। आज छठी है। तुम थोड़ी देर मुनादी कर दो। तीनों लोकों को न्योता दो। आसपास ढिंढोरा पीटो और दूर-दूर के लिए डारा घुमा दो। सब लोग जल्दी-जल्दी आएँ।''

दादा सुनकर जल्दी-जल्दी तैयार हो गया और बाँडी घोड़ी कसी। उस पर दोनों नगाड़े चढ़ाए और हाथ में काड़ा लेकर घर से चल पड़ा। चलता-चलता गली-गली में गया और मुनादी करने लगा, 'सुनो बाई, सुनी नोनी! राजा के घर बुलावा है। आज छठी है। सब लोग जल्दी-से-जल्दी जाएँ।'' कहता घूम-घूम कर मुनादी दी। माटी का नगाड़ा धमधम करता, तमई झंकृत होती। उसने आसपास तो मुनादी की और दूर-दूर के लिए डारा घुमा दिया। बाई-नोनी ने सुना और जल्दी तैयार हो गयीं। किसी ने सिर धोया तो किसी ने कपड़े धोये। स्नानादि से निवृत्त हो सूखे कपड़े पहने। गीले कपड़े निचोड़े। तैयार हो गयीं। गयीं राजा के घर। जिनके पास हाथी-घोड़े थे वे उन पर सवार हुईं, जिनके पास नहीं थे वे पैदल गयीं। पहुँचीं और पास जाकर सलाम किया और दूर जाकर बैठ गयीं। माहापातरिन रानी ने देखा और राजा से कहने लगीं, ''सुनिए राजा, माहापातर! लोग आ पहुँचे हैं, राजा। आप नवयवुकों को छाँटें। वे भोजन राँधेंगे। लोगों को हम छठी का भोज देंगे।''

राजा ने सुना और नवयवुकों के पास जाकर बोला ''तुम लोग झोका बनाओ बाबू और भोजन राँधो। आज छठी है।'' सुनकर नवयुवकों ने झोका बनाया। भोजन राँधने लगे। नवयुवतियाँ पत्ते ले आयीं और बुढ़ियों ने दोने-पत्तल सिये। राजा-रानी जल्दी मचाने लगे। राजा ने दाल-चावल, नमक-मिर्च आदि देने के लिए झोलू पाइक से कहा। तब झोलू पाइक नौ खंडा महल में गया और वहाँ से दाल-चावल, नमक-मिर्च, तेल-हल्दी आदि निकालकर नवयवुकों को दिये। नवयुवकों ने भोजन राँधा। तब रानी ने रुपनथँवरा से कहा, ''नोनी रुपनथँवरा! तू मुझे गरम पानी दे, नोनी। मैं अंग-स्नान करूँगी, हृदय-स्नान करूँगी।''

बलतो के नोनी पानी तपाली, सेदा-भेदा करली आरु बोमली-खोदरा ने नेउन दिली। राजा काजे निली मन्दन-सिले। कपुर-दतुन दिली, झारी कसेला दिली। राजा-रानी गेला आउर कपुर दतुन धरला, सुरिज-भेट करला। दतुन-पतर चाबला आउर नाहा-खोरा करुन तियार होला। बाजे जाउन बसला। तेल-फुल घसला, कोरी-सारी होला। रानी नव सै गाहना पिंदली। काय मँजा सुँदर दखा देय। तेबे सुइन इली आरु बारो के नाहाउन दिली, तेल घसली-पेट छेकली। रानी बल्ली रुपनथँवरा के, ''सुन नोनी, रुपनथँवरा! तुय हाते पोतनी धर आउर चार खुटेया लिप। मँजी बाना लिख। हामी छटी बसवाँ।''

नोनी सुनली आउर झारी पानी धरली, हाते पोतनी धरली। चार खुटेया लिपली। मँजी बाना लिखली। कलस-दिया बारली। सब जोड़ा के धरली आरु निली बाना ने मँडाली। तेबे राजा-रानी गेला आउर बाना ने उबला। रानी 'जोड़ी पतरी आन, नोनी' बल्ली नोनी के। तेबे नोनी जोड़ी पतरी आनुन दिली। राजा-रानी बसला। रानी बारो के राजा चो कोरा ने दिली। तेबे जागा रानी इली, गाँवकारिन, जिमिदारिन, घरगोसिन, बजरँगबली, बिरे हनुमान, राम-लखन, गाँयता-पुजारी, माहादेव, पारबती, सतनरायन, माहालखी, बरमा-बिसनु, महेसर भगवान, गोकुल-नकुल, पाँचे पँडवा सबय इला आरु बारो के छटी टिकला, आइँख फुकला। तिनपुरिन बले टिकला, तिन पुरिया बले टिकला। फेर राजा के पुछला, ''सुना राजा, माहापातर! बारो चो काय नाव रहेदे, राजा? तुमी साँगुन दिया। हामी चाउर रिकावाँ।''

बलतो के राजा बारो के रानी चो कोरा ने दिलो आउर छटी ले उठुन पँजेआर लगे गेलो। पँजेआर के पुछलो। तेबे पँजेआर नोनी के बल्लो, ''तुय मोके सेवा-जोड़ा-पुजा-जोड़ा दे, नोनी।''

बलतो के नोनी सेवा-जोड़ा आनुन दिली। तेबे बाबू नवा सरकी ओछालो, झारी पानी छिचलो, काचा गोरस छिचलो। जात लाली टिकलो, होम-आरती दिलो आउर पाँय पड़ुन खालामाती बसलो। रमायन के कोरा ने धरलो आरु पाँजी दखलो। पाँजी ने पड़ली। राजा के बल्लो, ''सुना राजा! पाँजे पड़ुन गेली। दुसर नाँव नीं रहो, राजा। एचो नाँव जानादई रहो।''

माहापातर राजा सुनलो आउर बाई मन लगे जाउन हुसने साँगलो। तेबे बाई मन दोनी ने चाउर धरला आउर 'बाड़-बाड़ बाई जानादई! मोचो इदलो बाड़' बलते बारो उपरे रिकाउन दिला। फेर सात झान होला आउर सात बिजा चाउर बाछला, रानी के धराउन दिला। रानी के बल्ला, ''सुना रानी माहापातरिन! तुमी बारो के सुआउन दिया। कलस उठावा आरु बोमली-खोदरा ने निंया। हुता कलस के मँडावा।''

रानी सुनली आउर बारो के सुआउन दिली। कलस उठाली आउर बोमली-

ऐसा कहने पर नोनी ने पानी गरमकर उसमें ठंडा पानी मिलाया और नाल वाले गड्ढे के पास पहुँचा आयी। राजा के लिए स्नानगृह में ले गयी। उसने सुगन्धित दतौन और झारी पात्र दिये। राजा-रानी ने जाकर सूर्य नमस्कार किया और दतौन-स्नान आदि से निवृत्त हुए। फिर वे पलंग पर जा बैठे। तेल-फूल लगाया, कंघी आदि की। रानी ने नौ सौ गहने पहने। वह बहुत सुन्दर दिखलायी पड़ने लगी। तब सुईन ने आकर बच्चे को नहला दिया और तेल चुपड़कर उसका पेट सेंका। रानी ने रुपनथँवरा से कहा, ''सुन नोनी, रुपनथँवरा! तू हाथ में पोतनी लेकर चारों चौखाने लीप। बीच में बाना लिख। हम छठी में बैठेंगे।''

नोनी ने सुनकर झारी पानी और हाथ में पोतनी ली। चारों चौखाने लीपे। बीच में बाना लिखा। कलश-दीप जलाये। फिर सारी सामग्री ले जाकर बाना के ऊपर रख दिया। तब राजा-रानी जाकर बाना के ऊपर खड़े हो गये। रानी ने रुपनथँवरा से दो पत्तलें लाने को कहा। तब नोनी दो पत्तलें ले आयी। राजा-रानी बैठे, रानी ने बच्चे को राजा की गोद में दिया। तब जागा रानी आयी, गाँवकारिन, जिमिदारिन, घरगोसिन, बजरंगबली, बिरे हनुमान, राम-लखन, गाँयता-पुजारी, माहादेव-पारबती, सतनरायन, माहालखी, बरमा-बिसनू, महेसर भगवान, गोकुल-नकुल, पाँचे पँडवा सब ने आकर बच्चे को छठी का टीका लगाया और आँखें फूँकीं। तीनपुरिनों और तीनपुरियों ने भी छठी का टीका लगाया। फिर राजा से पूछा, ''सुनिए राजा, माहापातर! बारो का नाम क्या रहेगा, राजा? आप बताएँ। हम चावल डालेंगी।''

सुनकर राजा ने बच्चे को रानी की गोद में दिया और छठी से उठकर पँजेआर के पास गया। पँजेआर से पूछा। तब पँजेआर ने नोनी से कहा, ''तू मुझे सेवा-सामग्री, पूजा-सामग्री दे, नोनी।''

ऐसा कहने पर नोनी ने सेवा-सामग्री लाकर दी। तब बाबू ने नयी चटाई बिछायी, झारी से पानी छिटका, कच्चा दूध छिटका। शुद्ध लाली का टीका लगाया, होम-आरती की, प्रणाम किया और पालथी मारकर बैठ गया। रमायन को गोद में लिया और पंचांग देखने लगा। उसे पंचांग में सूझ गया। राजा ने कहा, ''सुनिए राजा! पंचांग में सूझ गया। इसका कोई दूसरा नाम न रहे, राजा। इसका नाम जानादई रहे।''

माहापातर राजा ने सुना और महिलाओं के पास जाकर वैसा ही बताया। तब महिलाओं ने दोनी में चावल लिया और 'बढ़ो-बढ़ो बाई जानादई! मेरे बराबर बढ़ो' कहते बच्चे के ऊपर चावल डाल दिया। फिर सात महिलाओं ने मिलकर चावल के सात दाने छाँटे और रानी को पकड़ा दिया। रानी से बोलीं, ''सुनिए रानी, माहापातरिन! आप बच्चे को सुला दें। कलश उठाएँ और नालवाले गड्ढे के पास ले जाएँ। वहाँ कलश रखें।''

खोदरा ने गेली। सात बिजा चाउर फिंगली, कलस मँडाली। फेर सब झन के राजा-रानी पाँय पड़ला, हात जोड़ला आउर बल्ला, ''सुना बाई! सुना दादा! हामी छटी ले उठुन गलू, दादा-बाई। हामी सब के पाँय पड़ुँसे, सब के हात जोड़ुँसे।''

बलतो के दादा-बाई बल्ला, ''उठा राजा! उठा रानी! तुचो चुड़ी अमर रहो रानी, सिरे सेन्दुरे रहो, कपारे टिकली रहो। माथे तिलक रहो राजा, सिरे पगड़ी रहो। सुक-सनपती राहा, तुमी जिव रत ले खाहा।'' बलते आसिरबाद दिला आउर छुटी माँगला। तेबे रानी बल्ली रुपनथँवरा के, ''सुन नोनी, रुपनथँवरा! सब जोड़ा के धर नोनी आउर नवखँड माहाले ने।''

नोनी सुनली आउर सब जोड़ा के धरुन निली नवखँड माहाले। राजा-रानी बाजे बसला। तेबे रानी पुने राजा के बल्ली, ''सुना राजा, माहापातर! तुमी सब के पानी दिया, राजा। सब के हात धुआवा। सब के पेज-पसेया खुआवा।''

बलतो के राजा धँगड़ा रासी के तियारलो। तेबे धँगड़ा रासी सब के पानी दिला। हात धुआला। ओरी-चो-ओरी बसला दादा-बाई मन। पतरी बटेया पतरी बादला, दोना बटेया, दोना बाटला। भात बटेया भात, दार बटेया दार बाटला। सब के पुरली। दखलो राजा माहापातर आउर मँजी गोल ने जाउन एक पाँय ने उबलो आरु हात जोड़ुन बिनती करलो, ''सुना दादा! सुना बाई! अमरली जाले खाहा, दादा-बाई। मयँ एचो ले आगर देउक नीं सकें। मयँ गरिब राजा आयँ।''

दादा-बाई बल्ला, ''इतरोय तो देतो आय, राजा। कोन फेर आगर देयसे ता? सब के पुरली। सब के होउन गेली।'' बल्ला आउर खाना-पिना करला। राजा-रानी बले खादला। खाना-पिना करुन दादा-बाई मन आपलाहान माहाले गेला। राती होली। राजा-रानी सोवला। बड़े बिहान होतो के रानी बल्ली राजा के, ''सुना राजा, माहापातर! मेला खोदरा आसे, राजा। गाँयतिन-पुजारिन माहाले जाहा। हुन मन के बलाउन आना। खोदरा के बुजुन देदे।''

राजा सुनलो आउर बाबू के तियारलो। तेबे बाबू झोलू पाइक हरबर तियार होलो आरु गेलो गाँयतिन-पुजारिन माहाले। हुन मन के बल्लो, ''मेला खोदरा आसे, बाई। तुमी डँडिक जावँ। खोदरा के बुजुन दियासे।''

बलतो के गाँयतिन-पुजारिन हरबर तियार होला आउर गेला राजा-घरे। जाउन राजा के बल्ला, ''आले काय बलाव आय, राजा? हामके साँगा।''

राजा बल्लो, ''मेला खोदरा आसे, बाई। खोदरा के बुजुन दिया।''

बलतो के गाँयतिन-पुजारिन बाई मन हाते कोड़की धरला आरु गेला बोमली-खोदरा ने। सात बिजा चाउर फिंगला आउर राजा के बल्ला, ''सुना राजा, माहापातर! अरगफुली दिया, राजा। हामी खोदरा ने थिपावाँ।''

राजा सुनलो आउर अरगफुली दिलो। देतो के बाई धरली आउर खोदरा ने थिपाउन दिली। जागारानी के सुमरली, ''सुन आया तुय जागारानी! सुन आया धरती

रानी ने सुना और बच्चे को सुला दिया। कलश उठाकर नालवाले गड्ढे के पास गयी। चावल के सात दाने वहाँ अर्पित किये, कलश रखा। फिर राजा-रानी ने सब लोगों को प्रणाम आदि किया और कहा, ''सुनो बाई! सुनो दादा! हम छठी से उठ गये हैं, दादा-बाई। हम सब को प्रणाम करते हैं, सब को हाथ जोड़ते हैं।''

दादा-बाई ने कहा, ''उठिए राजा! उठिए रानी! तुम्हारी चूड़ी अमर रहे रानी, सिर में सदा सिन्दूर रहे और माथे पर टिकली। माथे पर तिलक रहे राजा, सिर पर पगड़ी बनी रहे। सुखी और समृद्ध रहो। जीवन भर सुख से रहो।'' ऐसा आशीर्वाद दिया और विदा माँगी। तब रानी ने रुपनथँवरा से कहा, ''सुन नोनी, रुपनथँवरा! सारी सामग्री नौ खंडा महल में ले जा, नोनी।''

नोनी ने सुना और सारी सामग्री ले चली नौ खंडा महल में। राजा-रानी पलंग पर जा बैठे। तब रानी ने राजा से कहा,''सुनिए राजा, माहापातर! आप सब को पानी दें, राजा। सब के हाथ धुलाएँ। सब को भोजन कराएँ।''

ऐसा कहने पर राजा ने नवयुवकों से कहा। तब नवयवुकों ने सब को पानी दिया। हाथ धुलाए। सारे दादा-बाई पंक्तियों में जा बैठे। कुछ ने पत्तल बाँटे तो कुछ ने दोने। कुछ लोगों ने भात और कुछ ने दाल बाँटे। सब को परोसा गया। तब राजा माहापातर ने देखा और पंगत के बीच में जाकर एक पाँव में खड़ा हुआ और हाथ जोड़कर विनती की, ''सुनो दादा! सुनो बाई! आप तक परोसा गया हो तो भोजन आरम्भ करें, दादा-बाई। मैं इससे अधिक नहीं दे सकता। मैं गरीब राजा हूँ।''

दादा-बाई ने कहा, ''इतना ही दिया जाता है, राजा। इससे अधिक कौन देता है भला? सब को परोसा जा चुका है।'' ऐसा कह सबने भोजन किया। राजा-रानी ने भी भोजन किया। भोजन करने के बाद दादा-बाई अपने-अपने घर चले गये। रात हो गयी। राजा-रानी ने विश्राम किया। सवेरा होने पर रानी ने राजा से कहा, ''सुनिए राजा, माहापातर! नालवाला गड्ढा खुला पड़ा है, राजा। गाँयतिन-पुजारिन के पास जाएँ। उन्हें बुला लाएँ। वे गड्ढे को पाट देंगी।''

राजा ने झोलू पाइक से कहा। तब बाबू झोलू पाइक जल्दी से तैयार हुआ और गया गाँयतिन-पुजारिन के महल में। उनसे कहा, ''गड्ढा खुला पड़ा है, बाई। तुम लोग थोड़ी देर चलो। गड्ढे को पाट दोगी।''

सुनकर गाँयतिन-पुजारिन झटपट तैयार हो गयीं और चलीं राजा के घर। जाकर राजा से कहा, ''अच्छा किसलिए बुलाया, राजा? हमें बताएँ।''

राजा ने कहा, ''गड्ढा खुला है, बाई। गड्ढे को पाट दें।''

गाँयतिन-पुजारिन ने सुनकर हाथ में कुदाली ली और गयीं नालवाले गड्ढे के पास। वहाँ उन्होंने चावल के सात दाने अर्पित किये और राजा से कहा, ''सुनिए राजा, माहापातर! अरगफुली दीजिए, राजा। हम गड्ढे में टपकाएँगी।''

राजा ने सुना और अरगफुली दी। तब बाई ने लिया और गड्ढे में टपका दिया। जागारानी को सुमरा, ''सुनो माता तुम जागारानी! सुनो माता धरती माता!

माता! मयँ खोदरा बुजुन जायँसे, आया।" बल्ली आरु हाते कोड़की धरुन खोदरा के बुजुन दिली। फेर गेला नवखँड माहाले। परछी ने जाउन बसला। रानी पुने गाँयतिन-पुजारिन के बिदा दिली।

मैं गड्ढा पाट रही हूँ, माता।'' कहकर हाथ में कुदाली ले गड्ढा पाट दिया। फिर वे गयीं नौ खंडा महल में। परछी में जाकर बैठ गयीं। रानी ने तब गाँयतिन-पुजारिन को विदाई दी।

सन्दर्भ

1. बाबी : राजकुमारी। अँग्रेजी का 'बेबी' शब्द बस्तर की हल्बी-भतरी जनभाषा में 'बाबी' के रूप में आ गया है। राजकुमारी के लिए यही शब्द प्रचलित है।
2. डारा घुमाना : किसी भी पेड़ की पत्तोंयुक्त टहनी 'डारा' कहलाती है। न्योता देने के लिये डारा घुमाया जाता था। एक गाँव का आदमी दूसरे गाँव तक डारा पहुँचाता था और दूसरे गाँव का आदमी तीसरे गाँव तक। इस तरह जहाँ तक सूचना देनी होती थी, यह सिलसिला चलाया जाता था। केवल डारा का अर्थ हुआ करता था किसी खुशी के काम का न्योता जबकि डारा के साथ मिरी (मिर्च) घुमाने का अर्थ था सशस्त्र क्रान्ति का आह्वान या किसी आक्रमण का सामना करने का न्यौता। 1910 ई. में बस्तर की सशस्त्र क्रान्ति जिसे 'भुमकाल' के नाम से जाना जाता है, में 'डारा-मिरी' के माध्यम से ही आदिवासियों का आह्वान किया गया था।

अधया–12

जानादई चो बाड़तो–खेलतो

गाँयतिन–पुजारिन मन आपन माहाले गेला। असने–असने बारो चो जनम करलो आट ले पँदरा, पँदरा ले महेना, सवा महेना होली। तेबे गोटोक दिन रानी बलेसे राजा के, ''सुना राजा, माहापातर! सवा महेना होली, राजा। तुमी धोबी–माहाले जाहा। हुनके हाक देउन आना। हुन छुआ कपड़ा नेयदे।''

बलतो के राजा सुनलो आउर झोलू पाइक के तियारलो। सुनलो झोलू पाइक आउर हरबर–हरबर तियार होलो। आपन जाक के धरलो आउर गेलो धोबी बलाउक। अमरलो धोबी–माहाले आउर 'दादा' बलते हाक दिलो। हाक देतो के धोबी घर ले निकरलो। आरु 'काय काम ने इलिस, बाबू?' बलते पुछलो। पुछतो के झोलू पाइक बल्लो, ''तुय एक डँडिक जावँ, दादा। राजा–घरे बलाव आय। छुआ कपड़ा आनसे मने।''

सुनलो धोबी दादा आउर हरबर तियार होलो आरु गेलो राजा–माहाले। लगे

अध्याय-12

जानादई का बढ़ना-खेलना

गाँयतिन-पुजारिन अपने महल गयीं। इस तरह बच्चे को जन्म लिये आठ से पन्दह और पन्द्रह दिन से एक महीना-सवा महीना बीता। तब एक दिन रानी राजा से बोली, ''सुनिए राजा, माहापातर! सवा महीना हो गया राजा। आप धोबी के महल में जाएँ। उसे बुला लाएँ। वह छूत के कपड़े ले जाएगा।''

राजा ने सुना और झोलू पाइक से कहा। तब झोलू पाइक जल्दी तैयार हो गया। अपने सामान लिये और चला धोबी को बुलाने। धोबी-महल पहुँचकर दादा को पुकारा। पुकार सुनकर धोबी घर से निकला और 'किस काम से आया है, बाबू?' पूछा। झोलू पाइक ने कहा, ''तुम थोड़ी देर चलो, दादा। राजा के घर बुलावा है। छूत के कपड़े लाओगे।''

धोबी दादा ने सुना और जल्दी तैयार होकर गया राजा के महल में। पास जाकर सलाम किया और दूर जाकर बैठ गया। राजा से पूछा, ''अच्छा राजा! मुझे

जाउन सलाम झोकलो, लाफी जाउन बसलो आउर राजा के पुछेसे, ''आले राजा! मोके काय काजे हाक दिलास? साँगा।''

राजा बल्लो, ''तुय रानी लगे जा आउर छुआ कपड़ा माँगुन ने।''

धोबी गेलो रानी लगे आउर छुआ कपड़ा माँगलो। रानी छुआ कपड़ा देतो के हुन मोडरी बाँदलो आरु बन्धा सागरे काचुकलाय निलो। तरई-पारे गेलो आरु कपड़ा-मोडरी मँडालो। आइग धरालो, पानी तपालो, कपड़ा डोबलो। काचुन-काचुन निचालो, सुकालो। आपन बले आँग असनाँद करलो आउर सुका कपड़ा पिंदलो। सुकलो कपड़ा मन के सकल्लो आउर मोडरी बाँदुन तरई-पार छाँडलो। गेलो राजा-माहाले। जाते-जाते अमरलो। रानी के कपड़ा सुपरित करलो। तेबे रानी धोबी के बिदा दिली आरु नोनी के बल्ली, ''सुन नोनी, रुपनथँवरा! तुय पानी तपाव नोनी, मयँ आँगे असनाँद करेंदे।''

बलतो के नोनी पानी तपाली, सेदा-भेदा करली आरु मन्दन-सिले नेउन दिली। कपुर दतुन दिली, झारी कसेला दिली। तेबे रानी गेली मन्दन-सिले आउर कपुर दतुन धरली, सुरिज-भेट करली। मुखारी करली। लिमऊ-चानी धरली रानी आउर साथ मिंजली, बाल बोहराली। लदा झुड़ा बाँदली, हरदी-मुँदा लवनी-मुँदा धरली आरु खिकसा लगड़ली। आँगे असनाँद होली, हिरदे असनाँद करली। सुका कपड़ा पिंदली। ओधा कपड़ा खाले घसली। नाहा-खोरा करुन रानी गेली नवखँड माहाले। बाजे जाउन बसली। तेल-फुल घसली आउर नोनी के बलेसे, ''मोके तपलो पानी दे, नोनी। मयँ बारो के नाहाउन देयँदे।''

नोनी सुनली आउर पानी तपाउन दिली। तेबे रानी बारो के नाहाउन दिली। तेल घसुन दिली, पेट छेकुन दिली आउर बाजे जाउन बसली। राजा के बल्ली, ''सवा महेना होली, राजा। तुमी जानू गाँडा-माहाले जाहा आउर बय डोरी आना। बारो के बय डोरी पिंदावाँ।''

सुनलो राजा माहापातर आउर झोलू पाइक के तियारलो। तियारतो के झोलू पाइक हरबर तियार होलो आउर आपन साजू पिंदलो। आपन जाक धरलो, मुठा रुपया धरलो आरु राजा-माहाल छाँडलो। गेलो गाँडा-माहाले। जाते-जाते अमरलो आरु 'दादा' बलते हाक दिलो। हाक देतो के गाँडा घर ले निकरलो। 'काय काम ने इलिस, बाबू?' बलतो के झोलू पाइक बल्लो, ''मोके तुय बय डोरी दे, दादा। बारो के डोरी पिंदातो आय।''

गाँडा दादा सुनलो आउर 'हव देयँदे, बाबू' बलते पाजनपाई लगे गेलो आउर बय डोरी हेड़ुन बाबू के धराउन दिलो। झोलू पाइक बय डोरी धरलो आउर गाँडा के मुठा रुपया देउन गाँडा-माहाल छाँडलो। जाते-जाते गेलो। कोसक-दाबक रेंगलो, हरना उचट मारलो आउर अमरलो राजा-माहाले। गेलो राजा लगे आउर बय डोरी धराउन दिलो। तेबे राजा आरती आइग आनलो, घिंव-गुर आनलो आउर

किसलिए बुलवाया है? बताएँ।''

राजा ने कहा, ''तू रानी के पास जा और छूत के कपड़े माँगकर ले जा।''

धोबी गया रानी के पास और उससे छूत के कपड़े माँगे। रानी ने छूत के कपड़े दिये तब उसने गठरी बाँधी और धोने के लिए सरोवर में ले गया। सरोवर पहुँचकर कपड़े की गठरी रखी। आग जलायी, पानी गरम किया और कपड़े डुबोये। धो-धोकर निचोड़ा और सुखाए। खुद भी स्नान कर सूखे कपड़े पहने। सूखे कपड़े समेटकर गठरी बाँधी और सरोवर से चल पड़ा। गया राजा के महल में। पहुँचकर रानी को कपड़े सौंपे। तब रानी ने धोबी को विदाई दी और नोनी से कहा, ''सुन नोनी, रुपनथँवरा! तू पानी गरम कर नोनी, मैं स्नान करूँगी।''

सुनकर नोनी ने पानी गरम किया और उसमें ठंडा पानी मिलाकर स्नान-गृह में पहुँचा दिया। सुगन्धित दतौन और झारी पात्र दिया। तब रानी ने स्नान-गृह में जाकर दतौन किया। नीबू का टुकड़ा लेकर सिर धोया और बड़ा-सा जूड़ा बाँधा, उबटन मला और स्नान कर सूखे कपड़े पहने। गीले कपड़े नीचे गिर गये। स्नानादि से निवृत्त हो वह नौ खंडा महल में गयी और पलंग पर बैठ गयी। तेल-फूल लगाया और नोनी से कहा, ''मुझे गरम पानी दे, नोनी। मैं बच्चे को नहला दूँगी।''

नोनी ने सुना और गरम कर दिया। तब रानी ने बच्चे को नहलाया। तेल चुपड़ा और पेट सेंककर पलंग पर जा बैठी। राजा से बोली, ''सवा महीना हो गया राजा। आप गाँडा-महल जाएँ और वहाँ से बय डोरी लाएँ। बच्चे को बय डोरी पहनाएँगे।''

राजा माहापातर ने सुना और झोलू पाइक से कहा। तब झोलू पाइक ने झटपट तैयार होकर अपने साज पहने। अपने सामान और मुट्ठी भर रुपये लेकर वह राजमहल से चल पड़ा। गया गाँडा के महल में। वहाँ पहुँचकर दादा को पुकारा। पुकार सुनकर गाँडा दादा घर से निकला। 'किस काम से आया है, बाबू?' कहने पर झोलू पाइक बोला, ''मुझे तुम बय डोरी दो, दादा। बच्चे को पहनाना है।''

गाँडा दादा ने सुना और 'हाँ बाबू, दूँगा' कहते हुए पाजनपाई के पास गया और वहाँ से बय डोरी निकालकर बाबू को धरा दिया। झोलू पाइक ने बय डोरी लेकर गाँडा को मुट्ठी भर रुपये दिये और गाँडा-महल से चल पड़ा। कोस-दाब भर चला, हिरनों-सी चौकड़ी भरी और जा पहुँचा राजमहल। गया राजा के पास और उसे बय डोरी धरा दी। तब राजा ने आरती-आग, घी-गुड़ लेकर बय डोरी की होम-आरती की। प्रणाम किया। रानी ने बच्चे को गोद में लिया। राजा ने बच्चे को बय डोरी पहना दी। राजकुमारी बहुत सुन्दर दिखलायी पड़ने लगी। रानी बच्चे को लेकर नौ खंडा महल के भीतर चली गयी। राजा-रानी ने भोजन

होम-आरती दिलो। पाँय पड़लो। रानी पुने बारो के कोरा धरली। राजा बारो के बय डोरी पिंदाउन दिलो। बारो काय मँजा सुँदर दखा देय। रानी बारो के धरली आउर नवखँड माहाल भितरे ओल्ली। खाना-पिना करला राजा-रानी आउर आसोत। काय मँजा राज करुन खासोत।

•

असने-असने बारो दिन-दिन बाढ़े। सवा महेना ले डेड़ महेना, डेड़ ले दुय आउर तिन महेना चो होली। तिन महेना चो बारो पिला मूँ के दखुन हाँसे। तिन महेना ले चार महेना होली। बारो उबड़ा पड़ुक धरली। पाँच महेना होतो के पेटसलँडा मारे। पाँच ले छय महेना चो होली जानादई। कुला मँडाउन जाय। सात महेना होली तेबे माँडीखुटा जाय। रनभन बुले। नव महेना होतो के कुड़ के धरुन उबे। दस महेना होतो के जनानादई डाहँका पकाय। असने-असने दस ले इगारा, बारा होऊ-होऊ सवा साल चो होली। थुमथाम-थुमथाम रेंगे। चिखला खेले, धुरला खेले, माहापातर राजा दखलो आरु रानी के बल्लो, ''ए रानी, माहापातरिन! दख नूँ, नोनी चिखला खेलसे, धुरला खेलेसे। ने नूँ, नाहाउन देस।''

बलतो के रानी सुनली आउर बारो के पाउन निली, नाहाउन दिली। जानादई पुने रनभन खेले-बुले। होऊ-होऊ डेड़ साल चो होली फेर दुय साल चो होली जानादई। तिनपुर गगई गागे। तेबे रानी दखली आउर झोलू पाइक के बल्ली, ''सुन बाबू, झोलू पाइक! नोनी अँधेर गगई गागेसे। तुय एके खोरे खेलाउक ने।''

झोलू पाइक सुनलो आउर नोनी के पाउन निलो खोरे खेलाउक। हुता पुने रानी चो जवँरैया मन कोंडी-बुची, जता-चुला खेलोत। जानादई हुन मन सँगे खेले। हुनचो जवँरैया मन लगे कोंडी-बुची, जता-चुला रला मान्तर हुनचो लगे निंहाय। हुनके दखली जानादई आउर 'मयँ बले कोंडी-बुची, जता-चुला घेनक बलेंदे' बलते पराते-पराते गेली आया बिती लगे आउर बलेसे, ''सुन आया, माहापातरिन! मोचो गोठ के सुन। मोचो जँवरेया कोंडी-बुची खेलसोत। जता-चुला खेलसोत मान्तर मोचो लगे कोंडी-बुची निंहाय, जता-चुला निंहाय। मोके बले घेनुन दे, आया।'' बलुन घिरलुन-घोंडरुन गागुक धरली। तेबे माहापातरिन रानी दखली आरु राजा लगे जाउन बल्ली, ''सुना राजा, माहापातर! नोनी कोंडी-बुची घेनुन दिया, जता-चुला घेनुन दिया बलते घिरलुन-घोंडरुन गागेसे, राजा। हुनके बले घेनुन दिया।''

राजा सुनलो आरु बसलो ठान ले उठुन नोनी लगे गेलो आरु बल्लो, ''सुन बेटा, जानादई! तुय रोना-गाना नीं कर, बेटा। गागा-बोगा नीं कर। मयँ तुके कोंडी-बुची, जता-चुला घेनुन देयँदे। मोचो गोटोक बेटी ले बेटी नईं, गोटोक आँखी

किया। वे आनन्दपूर्वक जीवन बिताने लगे।

•

अब राजकुमारी दिन-ब-दिन बढ़ने लगी। सवा महीना से डेढ़ महीना फिर दो और तीन महीने की हो गयी। तीन महीने की वह राजकुमारी लोगों के मुँह को देखकर हँसने लगी। तीन महीने से चार महीने की हो गयी। वह अब पेट के बल पलटने लगी। पाँच महीने की होने पर पेट के बल सरकने लगी। पाँच से छह महीने की हो गयी जानादई। वह कमर उठाने लगी। सात महीने की होने पर घुटनों के बल चलने लगी। वह इधर-उधर घुटनों के बल चलती। नौ महीने की होने पर वह दीवार थामकर खड़ी होने लगी और दस महीने की होने पर कदम बढ़ाने लगी। इस तरह दस से ग्यारह-बारह महीने की होते-होते वह सवा साल की हो गयी। अब वह ठुमक-ठुमककर चलने लगी। कीचड़ और धूल से खेलती। माहापातर राजा ने उसे देखा और रानी से कहा, "हे रानी, माहापातरिन! देखो तो, नोनी कीचड़ और धूल से खेल रही है। उसे ले जाओ और नहला दो।"

रानी ने सुना और जानादई को गोद में उठाकर ले गयी और नहला दिया। जानादई अब इधर-उधर खेलती-घूमती। होते-होते वह डेढ़ वर्ष, फिर दो वर्ष की हो गयी। वह बहुत रोने लगी। तब रानी ने देखा और झोलू पाइक से कहा, "सुन बाबू, झोलू पाइक! नोनी बहुत रोने लगी है। तू इसे गली में खेल खिलाने ले जा।"

झोलू पाइक ने सुना और नोनी को गोद में उठाकर गली में खेल खिलाने ले गया। वहाँ रानी की हमजोलियाँ कोंडी-बुची[1], चक्की-चूल्हा खेल रही थीं। जानादई उनके साथ खेलने लगी। उसने देखा कि उसकी सभी हमजोलियों के पास कोंडी-बुची, चक्की-चूल्हा है किन्तु एक उसी के पास नहीं। उसे देख जानादई ने 'मैं भी कोंडी-बुची, चक्की-चूल्हा खरीदने को कहूँगी' कहती भागती हुई अपनी माँ के पास आयी और कहने लगी, "सुन आया, माहापातरिन! मेरी बात सुन। मेरी हमजोलियाँ कोंडी-बुची खेल रही हैं। चक्की-चूल्हा खेल रही हैं किन्तु मेरे पास नहीं है। मेरे लिए भी खरीद दो, आया।" ऐसा कह वह जमीन पर लोट-पोट होती रोने लगी। तब माहापातरिन रानी उसकी ऐसी दशा देखकर राजा के पास गयी और कहने लगी, "सुनिए राजा, माहापातर! नोनी कोंडी-बुची और चक्की-चूल्हा के लिए रोना-गाना कर रही है, राजा। उसके लिये भी खरीद दें।"

राजा ने सुना और उठकर नोनी के पास गया और बोला, "सुन बेटा, जानादई! तू रोना-गाना मत कर, बेटा। मैं तेरे लिए कोंडी-बुची, चक्की-चूल्हा

ले आँखी नईं।'' बल्लो आरु झोलू पाइक के हाक देउन तियारलो, ''जा बाबू, झोलू पाइक! तुय मुठा रुपया धर आउर जानू कुमार-माहाले जा। जता-चुला आन बाबू, कोंडी-बुची आन।''

झोलू पाइक सुनलो आरु हरबर तियार होलो। मुठा रुपया धरलो, पाँय ने खड़ऊ पिंदलो, हाते बेद धरलो आरु राजा-माहाल छाँडलो। रुमझुम-रुमझुम रेंगलो, एक कलाट मारलो आरु गेलो कुमार-माहाले। अमरलो आउर माँडो मोंगरा उबुन 'दादा' बलते हाक दिलो। हाक देतो के कुमार दादा निकरलो आउर पुछलो, ''काय काम ने इलिस, बाबू? आले मोके साँग।''

बलतो के झोलू पाइक बल्लो, ''मोके तुय कोंडी-बुची, जता-चुला गड़ुन दे, दादा। जानादई खेलुआय।''

सुनलो कुमार दादा आउर 'हव बाबू, देयँदे' बलते हाते कोड़की धरलो, टुकना धरलो आउर गेलो माटी खनुकलाय। माटी खनुन आनलो, भिजालो, खुँदलो-चुँदलो आउर कोंडी-बुची, जता-चुला गड़लो। आवाँ दिलो, आवाँ हेड़लो आउर झोलू पाइक के दिलो। तेबे झोलू पाइक धरलो आउर दादा के मुठा रुपया देउन कुमार-माहाल छाँडलो। जाते-जाते गेलो। रुमझुम-रुमझुम रेंगलो आउर अमरलो राजा-माहाले। राजा के कोंडी-बुची, जता-चुला धराउन दिलो। तेबे राजा गेलो नोनी लगे आउर हुनके कोंडी-बुची, जता-चुला दिलो आरु बल्लो, ''सुन बेटा, जानादई! तुय जता-चुला, कोंडी-बुची काजे गागते रहिस। एदे धर। जा एदायँ मन चो खेल।''

जानादई खँड मुचकी मारली। मुचमुच-मुचमुच हाँसली आउर कोंडी-बुची, जताा-चुला धरुन खोरे गेली खेलुकलाय। हुता जवँरैया-जवँरैया खेलोत। इदलदायँ फेर हुनचो जवँरैया मन सुपली-टुकनी खेलोत। हुनके दखली जानादई आउर 'मोचो जवँरैया सुपली-टुकनी खेलोत मान्तर मोके निंहाय। जायँदे ता नू आया-बाबा लगे आउर घेनुक बलेंदे' बलुन कोंडी-बुची के धरली आउर पराते-पराते घरे गेली। नवखँड माहाले अमरुन कोंडी-बुची के ठोवली आउर आया लगे जाउन बल्ली, ''सुन आया, माहापातरिन! मोचो जवँरैया सुपली-टुकनी खेलसोत मान्तर मोके निंहाय। तुय मोके बले सुपली-टुकनी घेनुन दे।'' बलते जानादई घिरलुन-घोंडरुन गागुक धरली। जाना चो मूँ के बोतनी धरली, आँखी बेल होली। तेबे माहापातरिन रानी बल्ली, ''सुन बेटा, जानादई! तुय तिनपुर टेकही आस, बेटा। बड़ा उपई आस। मयँ नाना पयकार होले, बाना-बिसा होले तेबे मयँ गोटोक बेटी पावले। आउर तुय जानू तिनपुर टेक मताउआस तो। तिनपुर टेक धरुआस।'' बल्ली आरु गेली राजा लगे आउर बलेसे, ''सुना राजा, माहापातर! जानादई सुपली काजे गागेसे राजा, हुन टुकनी काजे गागेसे।''

सुनलो राजा आरु सेज ले उठुन जानादई लगे गेलो। बल्लो, ''सुन बेटा,

ला दूँगा। तू मेरी एक ही तो बेटी है। मेरी आँख की तरह।'' ऐसा कह राजा ने झोलू पाइक को बुलाया और कहा, ''जा बाबू, झोलू पाइक! तू मुट्ठी भर रुपये ले और कुम्हार के महल में जा। चक्की-चूल्हा और कोंडी-बुची लेकर आ।''

यह सुनकर झोलू पाइक जल्दी तैयार हो गया। मुट्ठी भर रुपये लिये, पाँवों में खड़ाऊँ पहने और हाथ में बेंत लेकर राजमहल से चल पड़ा। जल्दी-जल्दी चलने लगा। लम्बे डग भरता वह जा पहुँचा कुम्हार के घर। वहाँ पहुँचकर मोगरा-मंडप के नीचे खड़ा हो दादा को पुकारा। पुकारने पर दादा घर से निकला और पूछने लगा, ''किस काम से आया है, बाबू? तू मुझे बता।''

झोलू पाइक ने कहा, ''तुम मुझे कोंडी-बुची और चक्की-चूल्हा गढ़कर दो, दादा। जानादई खेलेगी।''

कुम्हार दादा ने सुना और 'हाँ बाबू, दूँगा' कहकर हाथ में कुदाली ली, टुकना लिया और गया माटी खोदने। माटी खोद लाया और भिगाकर गूँथा फिर कोंडी-बुची, चक्की-चूल्हा बनाए। आवाँ दिया और थोड़ी देर बाद आवाँ से निकालकर झोलू पाइक को दिये। तब झोलू पाइक ने लेकर दादा को मुट्ठी भर रुपये दिये और कुम्हार-महल से चल पड़ा। चलता चला गया। जल्दी-जल्दी चलकर जा पहुँचा राजमहल। राजा को कोंडी-बुची और चक्की-चूल्हा सौंपा। तब राजा उन्हें लेकर नोनी के पास गया और उसे देते हुए कहा, ''सुन बेटा, जानादई! तू चक्की-चूल्हा और कोंडी-बुची के लिए रो रही थी, न। यह ले। जाकर अब आनन्दपूर्वक खेल।''

सुनकर जानादई हौले से मुस्करायी। वह मन्द-मन्द मुस्कराती हुई कोंडी-बुची, चक्की-चूल्हा लेकर गली में खेलने के लिए चली गयी। वहाँ वह अपनी हमजोलियों के साथ खेलने लगी। तभी उसने देखा कि उसकी हमजोलियाँ सुपली-टुकनी[2] खेल रही हैं। उसे देखकर जानादई ने सोचा, 'मेरी हमजोलियाँ सुपली-टुकनी खेल रही हैं किन्तु मेरे पास नहीं है। मैं भी आया-बाबा से खरीदने को कहूँगी' और वह कोंडी-बुची लेकर भागती हुई घर चली। नौ खंडा महल में पहुँचकर उसने कोंडी-बुची रखे और माँ के पास जाकर कहने लगी, ''सुन आया, माहापातरिन! मेरी हमजोलियाँ सुपली-टुकनी खेल रही हैं किन्तु मेरे पास नहीं है। तू मेरे लिए भी सुपली-टुकनी ला दे।'' ऐसा कह जानादई जमीन पर लोट-पोट होती रोने लगी। जाना का चेहरा विवर्ण हो गया, आँखें बेल के फल की तरह सूज गयीं। तब माहापातरिन रानी ने कहा, ''सुन बेटा, जानादई! तू बड़ी ही हठी है, बेटा। बहुत चंचल है। मैंने नाना उपाय किये, कई कष्ट सहे तब मुझे एक बेटी मिली। और तुम तो बहुत हठ मचाती हो।'' और फिर वह गयी राजा के पास और कहने लगी, ''सुनिए राजा, माहापातर! जानादई सुपली-टुकनी के लिए रो रही है।''

राजा ने सुना और सेज से उठकर जानादई के पास गया और बोला, ''सुन

जानादई! तुय सुपली-टुकनी काजे गागसिस, बेटा। तुय रोना-गानी नीं कर, गागा-बोगा नीं कर। मयँ तुके सुपली-टुकनी घेनुन देयँदे।'' बल्लो आरु झोलू पाइक के हाक दिलो। हुनके बल्लो, ''बाबू, झोलू पाइक! तुय मुठा रुपया धर आउर जा हरदी नँगरे। हुता पारदी-माहाले जा आउर सुपली-टुकनी गथाउन आन।''

बलतो के झोलू पाइक हरबर तियार होलो। मुठा रुपया धरलो, पाँये खड़ऊ पिंदलो, हाते बेद धरलो आउर राजा-माहाल छाँडलो। जाते-जाते गेलो। कोसक-दापक रेंगलो। गाड़ा-बाट के छाँडलो, सड़क-बाट के छाँडलो आउर कानी मारगे जायसे। सेतबन-हेतबन-बिन्दराबन काजे गेलो। खाले भुबुर तपे, उपरे घाम छेके, मँजी भुक लागे। झालिपिली पसना फुटे। बाबू बाट रेंगे। जाऊ-जाऊ अमरलो हरदी नँगरे। पारदी-माहाले गेलो आउर माँडो मोंगरा उबुन 'दादा' बलते हाक दिलो। हाक देतो के दादा घर ले बाहिर निकरलो आरु 'काय काम ने इलिस, बाबू?' बलते पुछलो। पुछतो के झोलू पाइक बल्लो, ''सुन दादा, पारदी लोग! सुपली-टुकनी दे, दादा। जानादई खेलुआय।''

बलतो के 'हव' बल्लो पारदी दादा आरु खाँदे टैंगा धरुन गेलो बाँवस-पटाड़े बाँवस गोंदुक। बाँवस-पटाड़े अमरुन हाते टैंगा धरलो आरु बाँवस गोंदलो। गोंदा-गोंदा करलो आउर खाँद भर बोहुन बाँवस-पटाड़ छाँडलो। रुमझुम-रुमझुम रेंगलो आरु इलो घरे। दुआरे बाँवस के कचाड़लो। बाँवस के खापलो आउर हाते छुरी धरुन सरा हेड़लो, बिरला उरल्लो। सरा के जुरालो, बिरला के जुरालो आउर सुपली-टुकनी गाथलो। गाथुन पुरालो आउर झोलू पाइक के दिलो। झोलू पाइक धरलो आरु हुनके मुठा रुपया देउन पारदी-माहाल छाँडलो। जाते-जाते जायसे। एक कलाट मारलो आरु गेलो राजा-माहाले। राजा-माहाल अमरलो आरु राजा लगे जाउन हुनके सुपली-टुकनी धराउन दिलो। तेबे राजा सुपली-टुकनी धरुन जानादई लेगे गेलो आरु बल्लो, ''एदे बेटा सुपली-टुकनी। एचोय काजे तुय गागते रहिस काय? एदे, जा बे खोरे-डाँडे खेल।''

सुनली जानादई आउर खँड मुचकी मारली। मुचमुच-मुचमुच हाँसली आउर सुपली-टुकनी धरुन गेली खोरे-डाँडे खेलुक। हुता जवँरैया-जवँरैया काय मँजा खेलोत। कोंडी-बुची खेले रानी, जता-चुला खेले, सुपली-टुकनी खेले। रानी चो जवँरैया मन पाटा पिंदोत मान्तर रानी लगे पाटा नीं रहे। हुन पुने छुचा बाँडी रहे। पाटा पिंदलो के दखली रानी आरु बिचारली, 'मोचो जवँरैया मन पाटा पिंदलासोत मान्तर मोचो लगे पाटा निंहाय। जायँदे ता नूँ आया लगे। मोचो काजे बले पाटा घेनुक बलेंदे' बल्ली जानादई आउर कोंडी-बुची, जता-चुला आउर सुपली-टुकनी के धरुन पराते-पराते घरे गेली। सब बानी के नवखँड माहाले ठोवली आउर गेली आया लगे। ''सुन आया, माहापातरिन! मोचो जवँरैया मन पाटा पिंदलासोत मान्तर मोचो लगे पाटा निंहाय। मयँ छुचा बाँडी आसें। तुय मोके बले पाटा घेनुन दे।''

बेटा, जानादई! तू सुपली-टुकनी के लिए रो रही है, बेटा। तू रोना-गाना मत कर। मैं तुझे सुपली-टुकनी लेकर दूँगा।'' ऐसा कह झोलू पाइक को बुलाया। उससे कहा, ''बाबू, झोलू पाइक! तू मुट्ठी भर रुपये ले और जा हरदी नँगर। वहाँ पारदी के महल में जा और सुपली-टुकनी बनवाकर ला।''

ऐसा कहने पर झोलू पाइक जल्दी तैयार हो गया। मुट्ठी भर रुपये लिये, पाँवों में खड़ाऊँ पहन हाथ में बेंत ले राजमहल से चल पड़ा। चलता चला गया। कोस-दाब भर चला। बैलगाड़ी वाला रास्ता छोड़ा, पक्की सड़क छोड़ी और पैडगरी से जाने लगा। सेतबन-हेतबन-बिन्दराबन होकर चला। उसे पाँवों में धरती की तपन जला रही थी, सिर पर तेज धूप चिलक रही थी। चलते-चलते जा पहुँचा हरदी नँगर। पारदी के महल में गया और मोगरा-मंडप के नीचे खड़ा होकर दादा को पुकारा। पुकारने पर दादा घर से बाहर आया और 'किस काम से आया है, बाबू?' कहकर पूछा। पूछने पर झोलू पाइक बोला, ''सुन दादा, पारदी! सुपली-टुकनी दे, दादा। जानादई खेलेगी।''

ऐसा कहने पर पारदी ने 'हाँ' कहा और कन्धे पर कुल्हाड़ी लेकर बाँस के जंगल में गया बाँस काटने। वहाँ पहुँचकर हाथ में कुल्हाड़ी ले बाँस काटा। उसके टुकड़े-टुकड़े किये और कन्धे पर लादकर बाँस के जंगल से चल पड़ा। जल्दी-जल्दी चला और घर आ गया। द्वार पर बाँस रखा। उसे चीरकर छुरी से कमचियाँ निकालीं। उन्हें तपाकर सुखाया और सुपली-टुकनी बनायी। बनाकर झोलू पाइक को दिया। झोलू पाइक ने लेकर उसे मुट्ठी भर रुपये दिये और पारदी-महल छोड़ चला। चलता चला गया। लम्बे डग भरे और गया राजा के महल में। राजमहल पहुँचकर राजा को सुपली-टुकनी थमा दी। तब राजा सुपली-टुकनी लेकर जानादई के पास गया और बोला, ''यह ले बेटा, सुपली-टुकनी। इसी के लिए तू रो रही थी, न? यह ले, जा खेल।''

जानादई ने सुना ओर हौले से मुस्करायी। मन्द-मन्द मुस्कराती हुई सुपली-टुकनी लेकर गली में खेलने चली गयी। वहाँ उसकी हमजोलियाँ खेल रही थीं। रानी भी कोंडी-बुची खेलने लगी, चक्की-चूल्हा, सुपली-टुकनी खेलने लगी। रानी की हमजोलियों ने कपड़े पहन रखे थे किन्तु रानी के पास कपड़े नहीं थे। उसकी देह उघड़ी थी। उसने उन्हें कपड़े पहने देखा और विचार किया, 'मेरी हमजोलियों ने कपड़े पहन रखे हैं किन्तु मेरे पास कपड़े नहीं हैं। जाऊँ तो माँ के पास। मेरे लिए भी कपड़े खरीदने को कहूँ' ऐसा विचार कर जानादई कोंडी-बुची, चक्की-चूल्हा और सुपली-टुकनी लेकर भागती हुई माँ के पास गयी। ''सुन आया, माहापातरिन! मेरी हमजोलियों ने कपड़े पहन रखे हैं किन्तु मेरे पास कपड़े नहीं हैं। मैं उघड़े बदन हूँ। तू मेरे लिए भी कपड़े खरीद दे।'' ऐसा कह वह

बलुन धरी गागेसे। घिरलुन-घोंडरुन गागुक धरली। आपटी-कचाड़ी होयसे। हुसन चरितर के दखली रानी माहापातरिन आउर गेली राजा लगे आउर बलेसे, ''सुना राजा, माहापातर! नोनी आपटी-कचाड़ी होयसे। घिरलुन-घोंडरुन गागेसे। हुनचो जवँरैया मन पाटा पिंदलासोत मान्तर नोनी के पाटा निंहाय। तुमी पाटा घेनुन दिया।''

राजा सुनलो आउर सेज ले उठुन गेलो नोनी लगे। बल्लो, ''सुन बेटा, जानादई! तुय पाटा काजे गागसिस, बेटा। रोना-गाना नीं कर। गागा-बोगा नीं कर। मयँ तुके पाटा घेनुन देयँदे।'' बलते झोलू पाइक के हाक दिलो आरु बल्लो, ''सुन बाबू, झोलू पाइक! नोनी पाटा काजे गागेसे, बाबू। तुय मुठा रुपया धर, गाँडा-माहाले जा आउर पाटा बिनाउन आन।''

झोलू पाइक सुनलो आउर हरबर तियार होलो। मुठा रुपया धरलो, पाँये खड़ऊ पिंदलो, हाते बेद धरलो आउर राजा-माहाल छाँडलो। जाते-जाते गेलो। गाँडा-माहाल अमरलो। 'दादा' बलुन हाक दिलो। सुनुन भाती दादा घर ले बाहिर निकरलो आउर पुछलो, ''तुय काय काम ने इलिस, बाबू? आले मोके साँग।''

झोलू पाइक बल्लो, ''सुन दादा, गाँडा लोग! तुय मोके पाटा बिनुन दे, दादा। जानादई पाटा काजे गागेसे।''

गाँडा दादा सुनलो आरु 'हव मयँ देयँदे' बलुन पाजनपाई करलो, ताना लमालो। पाटा बिनुक मुरयालो। पाटा बिनलो आउर हाते छुरी धरुन पाटा काटलो। घड़ी घड़याउन झोलू पाइक के धराउन दिलो। झोलू पाइक पाटा धरलो आउर गाँडा के मुठा रुपया देउन गाँडा-माहाल छाँडलो। रुमझुम-रुमझुम रेंगते राजा-माहाले गेलो। अमरलो आउर राजा के पाटा धराउन दिलो। राजा पाटा धरुन गेलो जानादई लगे आउर हुनके पाटा देउन बल्लो, ''सुन बेटा, जानादई! तुय पाटा काजे गागते रलिस, बेटा। एदे पाटा, पिंद।''

बलतो के जानादई खँड मुचकी मारली। मुचमुच-मुचमुच हाँसली आरु पाटा के पिंदली। काय सुँदर दखा देय। जानादई दिन-दिन बाड़ते जाये। तिन साल ले चार साल, चार ले पाँच, छय, सात साल होली। तेबे जानादई मने-मने बिचार करली, 'मोचो कन्हेया चो लुगा खाँदे गेली' आरु आया लगे जाउन बल्ली, ''सुन आया, माहापातरिन! मोचो कन्हेया चो लुगा खाँदे गेली, आया। तुय मोके जमजम साड़ी दे।''। बलते साड़ी काजे गागुक धरली। घिरगुल-घोंडरुन गागे। तेबे दखली रानी माहापातरिन आउर गेली राजा लगे। राजा के बल्ली, ''सुना राजा, माहापातर! नोनी साड़ी काजे गागेसे, राजा। तुमी हुनके जमजम साड़ी घेनुन दिया।''

राजा सुनलो आउर सेज ले उठुन गेलो नोनी लगे। बल्लो, ''तुय रोना-गाना नीं कर, बेटा। मयँ तुके जमजम साड़ी आनुन देयँदे।'' असने-असने एक ले दुय दिन होली। तेबे राजा माहापातर हरबर तियार होलो। आपलो साज के

जमीन पर लोट-पोट होती रोने लगी। उसे देखकर रानी माहापातरिन गयी राजा के पास और कहने लगी, ''सुनिए राजा, माहापातर! नोनी बहुत रो रही है। उसकी हमजोलियाँ कपड़े पहने हुए हैं किन्तु नोनी के पास कपड़े नहीं हैं। आप उसके लिये कपड़े खरीद दें।

राजा सुनकर नोनी के पास गया। कहा, ''सुन बेटा, जानादई! तू कपड़े के लिए रो रही है, बेटा। रोना-गाना मत कर। मैं तुझे कपड़ा खरीद कर दूँगा।'' ऐसा कह उसने झोलू पाइक को बुलाकर कहा, ''सुन बाबू, झोलू पाइक! नोनी कपड़े के लिए रो रही है, बाबू। तू मुट्ठी भर रुपये ले और गाँडा-महल जाकर वहाँ से कपड़े बनवाकर ला।''

झोलू पाइक ने सुना और जल्दी तैयार हो गया। मुट्ठी भर रुपये लिये, पाँवों में खड़ाऊँ पहने, हाथ में बेंत लिया और राजमहल से चल पड़ा। चलता चला गया। गाँडा-महल पहुँचकर दादा को पुकारा। पुकार सुनकर दादा घर से बाहर आया और पूछने लगा, ''तू किस काम से आया है, बाबू? तनिक मुझे बता।''

झोलू पाइक ने कहा, ''सुनो हे गाँडा दादा! तुम मुझे कपड़ा बुन दो, दादा। जानादई कपड़े के लिए रो रही है।''

गाँडा दादा ने सुना और 'हाँ, मैं दूँगा' कहकर पाजनपाई की, ताना लम्बा किया। कपड़ा बुनने लगा। कपड़ा बुनकर हाथ में छुरी ली और कपड़ा काटा। तहकर झोलू पाइक को दिया। झोलू पाइक ने कपड़ा लेकर गाँडा को मुट्ठी भर रुपये दिये और गाँडा-महल से चल पड़ा। जल्दी-जल्दी चलकर राजमहल जा पहुँचा। पहुँचकर राजा को कपड़ा धरा दिया। राजा कपड़ा लेकर जानादई के पास गया और उसे कपड़ा देकर कहा, ''सुन बेटा, जानादई! तू कपड़े के लिए रो रही थी, बेटा। यह ले कपड़ा, पहन।''

ऐसा कहने पर जानादई हौले से मुस्करायी। मन्द-मन्द मुस्कराती हुई कपड़े पहने। वह बहुत सुन्दर दिखलायी पड़ने लगी। जानादई दिन-ब-दिन बढ़ने लगी। तीन साल से चार साल, चार से पाँच, छह, सात वर्ष हो गये। तब जानादई मन-ही-मन विचार करने लगी, 'मेरी कमर का कपड़ा अब कन्धे पर जाने लगा है[3]'। और वह अपनी माँ के पास जाकर कहने लगी, ''सुन आया, माहापातरिन! मेरी कमर का कपड़ा अब कन्धे पर जाने लगा है, आया। तू मेरे लिए बड़ी-सी सुन्दर साड़ी लाकर दे।''

राजा ने सुना और सेज से उठकर नोनी के पास गया। बोला, ''तू रोना-गाना मत कर, बेटा। मैं तुझे बड़ी-सी सुन्दर साड़ी लाकर दूँगा।'' इस तरह एक से दो दिन हो गये। तब राजा माहापातर जल्दी तैयार हो गया। अपने साज पहने, अपने सामान लिये। मुट्ठी भर रुपये लिये, पाँवों में खड़ाऊँ पहने, हाथ में बेंत

पिंदलो, आपलो जाक धरलो। मुठा रुपया धरलो, पाँय ने खड़ऊ पिंदलो, हाते बेद धरलो आउर घर ले बाहिर निकरलो। गेलो बनेया-दुकाने। जाते-जाते गेलो। कोसक-दापक रेंगलो आरु अमरलो। माँडो मोंगरा उबलो राजा आउर 'दादा' बलते हाक दिलो। हाक देतो के बनेया दादा घर ले बाहिर निकरलो आरु पुछलो, "काय काम ने इलास, राजा? तुमी मोके साँगा। मोके तो डर लागेसे।"

राजा बल्लो, "सुन बाबू बनेया लोग! मोके तुय जमजम साड़ी दे, बाबू। जानादई पिंदुआय।"

बनेया सुनलो आरु 'हव राजा, देयँदे' बलते भितर ले साड़ी मन निकरालो। राजा साड़ी छाटलो आउर जमजम साड़ी धरलो। बनेया के मुठा रुपया दिलो आउर बनेया-दुकान छाँडलो। जाते-जाते जायसे। कोसक-दापक रेंगलो आरु अमरलो आपलो माहाले। भितरे जाउन नोनी के साड़ी धराउन दिलो आउर बल्लो, "सुन बेटा, जानादई! तुय साड़ी काजे गागते रइस, बेटा। एदे साड़ी पिंद।"

बलतो के जानादई साड़ी के धरली आउर खँड मुचकी मारली। मुचमुच-मुचमुच हाँसली आरु बाबा के बल्ली, "बाबा! तुय मोके जमजम साड़ी दिलिस। एदायँ नव सै गाहना बले दे। नव सै हार दे। अलंकार दे। सोन चो तड़हा दे, सोन चो झुलना आउर रुप चो धरना दे।" बलते तिनपुर गागुक धरली। तिनपुर रोना रोय। घिरलुन-घोंडरुन गागे। आपटी-कचाड़ी होय। तेबे राजा माहापातर दखलो आरु बल्लो, "सुन बेटा, जानादई! रोना-गाना नीं कर बेटा। गागा-बोगा नीं कर। मयँ तुके गाहना बनाउन देयँदे।" बल्लो राजा आउर हरबर तियार होलो। आपन साजू पिंदलो, आपन जाक धरलो। बारा घाना सोना धरलो, बारा घाना चाँदी धरलो। सोना-मोडरा बाँदलो, चाँदी मोडरा बाँदलो। मुठा रुपया धरलो, पाँये खड़ऊ पिंदलो, हाते बेद धरलो राजा आउर घर ले बाहिर निकरलो। आपन माहाल छाँडलो आउर जायसे। जाऊ-जाऊ पारा-परोसे गेलो। बाई के पुछेसे, "सुना बाई, तुमी पारा-परोसिन! सोनार-माहाल कोन आय, बाई? तुमी मोके साँगा।"

बलतो के बाई मन बल्ला, "सुना राजा, माहापातर! माँडो मोंगरा आसे राजा, रुमझुम भँवरा आसे। काँदा-लाटे माकड़ झुलेसे, जँवरा-भँवरा कुकुर आसोत। हुनी माहाल आय।"

सुनलो राजा माहापातर आरु पारा-परोस छाँडलो। हिंडते हिंडलो। एक कलाट मारलो आउर अमरलो सोनार-माहाले। माँडो मोंगरा उबलो आरु 'दादा' बलते हाक दिलो। हाक देतो के सोनार दादा घर ले निकरलो आरु पुछलो, "काय काम ने इलास, राजा? तुमी मोके साँगा।"

बलतो के राजा बल्लो, "सुन बाबू, सोनार लोग! तुय मोके गाहना गड़ुन दे, बाबू। जानादई पिंदुआय।"

सोनार दादा सुनलो आउर 'हव राजा, गड़ुन देयँदे' बल्लो। तेबे राजा हुनके

लिया और घर से चल पड़ा। गया बनिया के दुकान में। चलता चला गया। कोस-दाब भर चलकर वहाँ जा पहुँचा और मोगरा-मंडप के नीचे खड़ा होकर दादा को पुकारा। पुकार सुनकर बनिया दादा ने घर से निकलकर पूछा, ''किस काम से आये, राजा? आप मुझे बताएँ। मुझे डर लग रहा है।''

राजा बोला, ''सुन बाबू बनिया! मुझे तू बड़ी-सी सुन्दर साड़ी दे, बाबू। जानादई पहनेगी।''

बनिया ने सुना और 'हाँ राजा, दूँगा' कहकर भीतर से साड़ियाँ निकालीं। राजा ने साड़ी छाँटी और एक बड़ी-सी सुन्दर साड़ी रख ली। बनिया को मुट्ठी भर रुपये दिये और बनिया-दुकान से चल पड़ा। चलता चला गया। कोस-दाब भर चला और अपने महल जा पहुँचा। भीतर जाकर नोनी को साड़ी पकड़ा दी और कहा, ''सुन बेटा, जानादई! तू साड़ी के लिए रो रही थी, बेटा। यह ले साड़ी, पहन।''

जानादई ने साड़ी ली और हौले से मुस्करायी। मन्द-मन्द मुस्कराती हुई बाबा से बोली, ''बाबा! तुमने मुझे बड़ी सुन्दर साड़ी दी। अब मुझे नौ सौ गहने भी दो। नौ सौ हार दो। अलंकार दो। सोने का तड़ा, सोने का झूला और चाँदी की डोरी दो।'' कहती बहुत रोने लगी। तब राजा माहापातर ने उसे रोती देखकर कहा, ''सुन बेटा, जानादई! तू रोना-गाना मत कर बेटा। मैं तेरे लिये गहने भी बनवा दूँगा।'' ऐसा कह जल्दी तैयार हो गया। अपने साज पहने, अपने सामान लिये। बारह घाना[4] सोना लिया, बारह घाना चाँदी ली। सोने-चाँदी की गठरी बाँधी। मुट्ठी भर रुपये लिये, पाँवों में खड़ाऊँ पहने और हाथ में बेंत ले राजमहल से निकल पड़ा। चलता चला गया और अड़ोस-पड़ोस में जाकर महिलाओं से पूछा, ''सुनो बाई, पारा-परोसिन! सोनार का महल कौन-सा है, बाई? तुम मुझे बताओ।''

महिलाओं ने कहा, ''सुनिए राजा, माहापातर! जिस घर में मोगरा-मंडप हैं और भँवरा गुंजार कर रहा है। काँदा की बेल पर बन्दर झूल रहा है और जहाँ जँवरा-भँवरा नामक कुत्ते हैं, वही महल है।''

राजा माहापातर ने सुना और अड़ोस-पड़ोस से आगे बढ़ गया। लम्बे डग भरे और सोनार के महल जा पहुँचा। मोगरा-मंडप के नीचे खड़ा होकर दादा को पुकारा। पुकार सुनकर सोनार दादा घर से निकला और पूछने लगा, ''किस काम से आये, राजा? आप मुझे बताएँ।''

राजा ने कहा, ''सुनो बाबू, सोनार! तुम मेरे लिए गहने गढ़ दो, बाबू। जानादई पहनेगी।''

सोनार दादा ने सुना और 'हाँ राजा, मैं गढ़ दूँगा' कहा। तब राजा ने उसे

सोना-मोडरा, चाँदी-मोडरा के धराउन दिलो। धराउन देतो के सोनार आपन माहाले गेलो। दतुन-पतर चाबलो, आँगे असनाँद होलो। सुका कपड़ा पिंदलो आउर आपन जाक निकराउन सार धरलो। चाँदी-मोडरा, सोना-मोडरा के झारी पानी छिचलो, काचा गोरस छिचलो। अगरबती धरालो, होम-आरती दिलो आउर पाँय पड़ुन मोडरी मन के ढिल्लो आउर खालामाती बसुन सोना गलालो, चाँदी गलालो। गलाउन गाहना गड़ुक मुरयालो। नव सै गाहना गड़ेसे सोनार। नव सै हार गड़लो, अलंकार गड़लो। सोन चो तड़हा गड़लो सोन चो झुलना चाँदी चो धरना बले गड़लो। गाहना गड़ुन सारलो आउर हुन मन के माँजा-घसा करलो। खरलालो। गाहना मन काय मँजा दखा देओत। चन्दा-सुरिज असन दखोत। फेर सोनार गाहना-मोडरा बाँदलो आउर राजा के धराउन दिलो। राजा पुने गाहना-मोडरा के धरलो आउर सोनार के मुठा रुपया दिलो। सोनार-माहाल छाँडलो आउर आपन माहाले गेलो। अमरलो माहाले आउर जाना लगे जाउन गाहना धराउन दिलो। बल्लो, "सुन बेटा, जानादई! तुय गाहना काजे गागते रहिस, बेटा। एदे गाहना पिंद।"

जानादई गाहना-मोडरा के धरली आउर खँड मुचकी मारली। मुचमुच-मुचमुच हाँसली आउर बाबा के बल्ली, "सुन बाबा! तुय सोन चो झुलना के गाड़ुन देस, चाँदी चो धरना के गाड़ुन देस। मयँ झुलना झुलेंदे।"

बलतो के राजा हाक दिलो झोलू पाइक के आउर बल्लो, "सुन बाबू, झोलू पाइक! तुय झुलना गाड़ुन दे बाबू, धरना गाड़ुन दे।"

झोलू पाइक सुनलो आउर झुलना गाड़ुन दिलो। तेबे जानादई रुपनथँवरा के बल्ली, "सुन नोनी, रुपनथँवरा! तुय मोके पानी तपाउन दे। मयँ आँगे असनाँद होयँदे।"

बलतो के रुपनथँवरा पानी तपाली, सेदा-भेदा करली आउर मन्दन-सिले नेउन दिली। झारी कसेला दिली, कपुर दतुन दिली। तेबे जानादई मन्दन-सिले गेली आउर कपुर दतुन धरली। सुरिज-भेट करली, मुँहे मुखारी गोबली, दतुन-पतर चाबली। आँगे असनाँद होली आउर सुका कपड़ा पिंदली। ओधा कपड़ा खाले घसरली। रानी पुने नवखँड माहाले गेली। तेल-फुल घसली, कोरी-सारी होली, अयना-दरपन दखली। नव सै गाहना पिंदली, नव सै हार पिंदली। अलंकार पिंदली, सोन चो तड़हा पिंदली। काय मँजा सुँदर दखली। सोन चो झुलना झुलेसे रानी। अवभुल झुलना झुलेसे। सात साल चो जानादई आट साल चो होली। असने-असने आट ले नव, नव ले दस, इगारा-बारा साल चो होली। रानी दिन-दिन बाड़ते गेली। होऊ-होऊ रानी कैना जुबत होली। सिग उमर होली।

सोने-चाँदी की गठरी थमा दी। सोनार सोना-चाँदी लेकर अपने महल में गया। दतौन और स्नानादि से निवृत्त होकर सूखे कपड़े पहने और अपने सामान निकालकर गहने गढ़ने बैठ गया। सोने-चाँदी की गठरी पर झारी से पानी छिटका, कच्चा दूध छिटका। अगरबत्ती जलायी, होम-आरती की और प्रणाम कर गठरियाँ खोल कर सोना-चाँदी गलाया। गलाकर गहने गढ़ने लगा। नौ सौ गहने गढ़े, नौ सौ हार, अलंकार गढ़े। सोने का तड़ा, झूला और चाँदी की डोरी भी गढ़ी। गढ़कर उन्हें साफ किया। गहने बहुत सुन्दर दिखने लगे। चाँद-सूरज की तरह चमक आ गयी। फिर सोनार ने गहनों की गठरी बाँधकर राजा को दी। राजा ने गठरी ली और सोनार को मुट्ठी भर रुपये दे सोनार-महल से चल पड़ा। अपने महल जा पहुँचा और जानादई के पास जाकर उसे गहने पकड़ा दिये। बोला, ''सुन बेटा, जानादई! तू गहनों के लिए रो रही थी, बेटा। यह ले गहने, पहन।''

जानादई गहनों की गठरी लेकर हौले से मुस्करायी। मन्द-मन्द मुस्कराती हुई बाबा से बोली, ''सुनो बाबा! मेरे लिए सोने का झूला गाड़ दो, चाँदी की डोरी भी लगा दो। मैं झूला झूलूँगी।''

राजा ने सुना और झोलू पाइक को बुलाकर उससे कहा, ''सुन बाबू, झोलू पाइक! तू झूला गाड़ दे बाबू, डोर भी लगा दे।''

झोलू पाइक ने सुना और झूला गाड़ दिया। तब जानादई ने रुपनथँवरा से कहा, ''सुन नोनी, रुपनथँवरा! तू मुझे गरम पानी दे। मैं स्नान करूँगी।''

रुपनथँवरा ने पानी गरमकर उसमें ठंडा पानी मिलाया और स्नानगृह में पहुँचा आयी। झारी पात्र और सुगन्धित दतौन दिये। तब जानादई ने स्नानगृह में जाकर दतौन किया, सूर्य नमस्कार कर स्नानादि से निवृत्त हुई। सूखे कपड़े पहन नौ खंडा महल में गयी। तेल-फूल लगाया, कंघी आदि की, आईना-दर्पण देखा। नौ सौ गहने पहने, नौ सौ हार पहने। अलंकार पहने, सोने का तड़ा पहना। वह बहुत सुन्दर दिखने लगी। सोने के झूले में झूलने लगी। बहुत मगन होकर झूला झूलने लगी। सात वर्ष की जानादई आठ वर्ष की हो गयी। इस तरह वह दिन-ब-दिन बढ़ती हुई आठ से नौ, नौ से दस होते-होते बारह वर्ष की हो गयी। वह दिन-ब-दिन बढ़ने लगी। फिर कुछ ही दिनों में वह युवावस्था को भी प्राप्त हो गयी।

सन्दर्भ

1. कोंडी-बुची : बच्चों के खेलने के लिये नन्हीं-नन्हीं हंडियाँ, चम्मच, थाली आदि।
2. सुपली-टुकनी : बच्चों के खेलने के लिये नन्हें-नन्हें सूपा और टोकरियाँ।
3. कन्हेया चो लुगा खाँदे जातो (कमर का कपड़ा कन्धे पर जाना) : मुहावरा। अर्थ : आयु का बढ़ना, किशोरावस्था को प्राप्त होना, यौवन का आगमन होना।
4. घाना : एक तौल। 1 घाना का तौल 10 किलो के बराबर माना जाता है।

अधया–13

डाहाँकरैया–जानादई चो माहला[1]

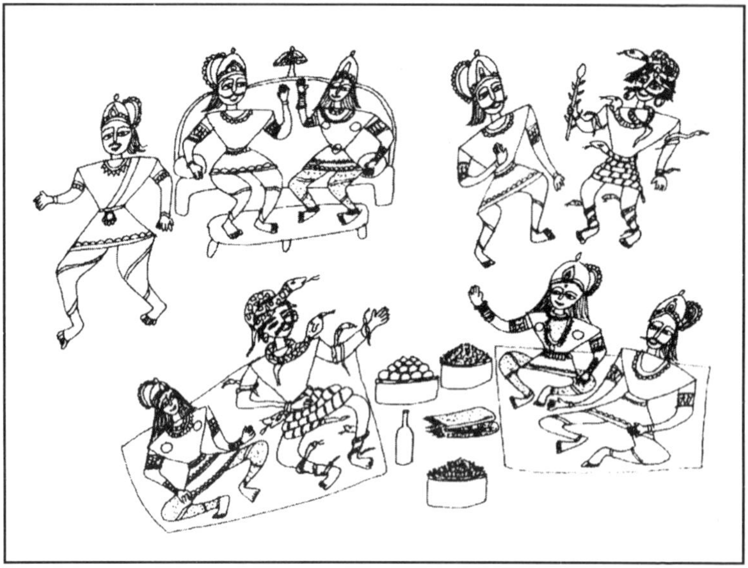

भँवरा नँगर चो राजा–रानी भँवरा नँगरे आसोत। काय मँजा राज धरुन खासोत। देस धरुन आसोत। डाहाँकरैया राजा चो कुमकुम–कुमकुम मेछा फुटेसे। सिग उमर होली राजा चो। बाँजिनरानी मने–मन बिचार करेसे। दिले धोका करेसे रानी, "बेटा बाड़ुन गेलो। मयँ एचो काजे काहाँ कैना माँगेंदे, बे?' बलेसे। असने–असने गोटोक दिन सेज ने बसलो बेरा रानी बलेसे बाँजाराजा के, "सुना राजा, बाँजाराजा! मोचो गोठ के सुना राजा। मोचो बात के माना। दखा नूँ, तुमके कसन अकल निंहाय? कसन गियान निंहाय? बेटा बाड़ुन इलो जानू, राजा। कुमकुम–कुमकुम मेछा फुटली। भरती उमर होलो काय। काहाँ बेटी माँगवाँ, राजा?"

राजा बल्लो, "सुन रानी, राज चो धनी! तुय कसन ने हुसन बल्लिस, रानी? हामी हामचो मन ने कसन माँगवाँ? बेटा चो मन एयदे कसन की? बाबू

अध्याय-13

डाहाँकरैया-जानादई की सगाई

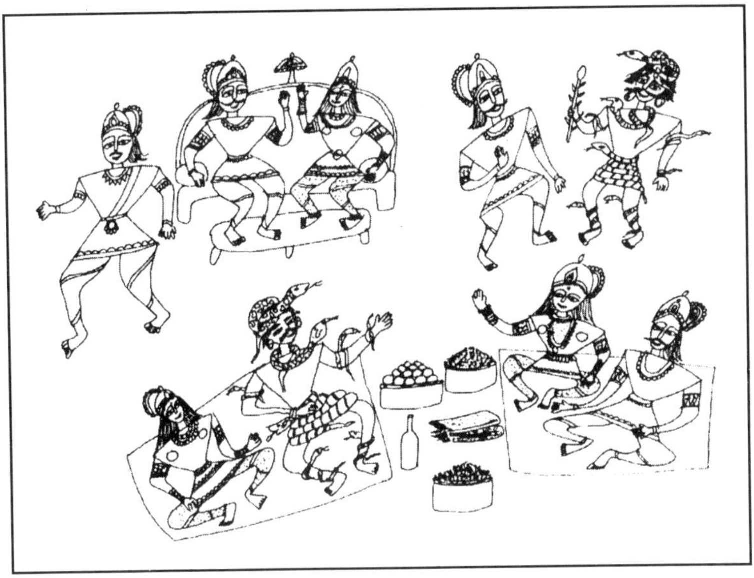

भँवरा नँगर के राजा-रानी भँवरा नँगर में थे। वे राज-काज करते हुए बहुत ही आनन्दपूर्वक जीवन बिता रहे थे। डाहाँकरैया राजा की मूँछें निकल रही थीं। वह किशोरावस्था को प्राप्त कर चुका था। बाँजिनरानी मन-ही-मन विचार करने लगी। दिल में चिन्ता करने लगी रानी, 'बेटा बढ़ गया[2] है, मैं इसके लिए कहाँ से कन्या माँगूँगी, भला?' इस तरह एक दिन जब वह राजा के साथ पलंग पर बैठी थी, उसने राजा से कहा, ''सुनिए राजा, बाँजाराजा! मेरी बात सुनें, राजा। मेरा कहा मानें। देखिये तो, आपको ध्यान कैसे नहीं है? कोई ज्ञान नहीं है। बेटा बढ़ गया है, राजा। उसकी मूँछें भी निकल आयी हैं। वह युवा हो गया है। उसके लिये कहाँ से बहू लाएँगे, राजा?''

राजा ने कहा, ''सुनो हे रानी, राज्य की स्वामिनी! तुमने इस तरह कैसे

के पुछुन दखूँ, रानी।'' हुदलयदायँ डाहाँकरैया आया-बाबा बाटे एतो बिता होलो। तेबे रानी पुने डाहाँकरैया के पुछेसे, ''सुन बेटा, डाहाँकरैया! तुचो भरती उमर इली, बेटा। सिग उमर होली। तुचो काजो हामी काहाँ बेटी माँगवाँ, बाबू? एके तुय साँग। हामी माहला जाउँदे।''

बलतो के डाहाँकरैया बल्लो, ''सुन आया, बाँजिनरानी! कानी होओ खोड़ी होओ, तुमी तुमचो मन ने माँगा। मयँ नीं साँगें।''

रानी बल्ली राजा के, ''सुना राजा, बाँजाराजा! कानी होओ खोड़ी होओ, तुमचो मन ने माँगा, बलेसे बाबू। मयँ साँगूँ नोहायँ, बलेसे।''

तेबे राजा बल्लो, ''ए रानी, देस चो धनी! तुय नीं जानिस, रानी। बाबू मोके डरेसे। तुय एकलाय जा आउर पुछ तेबे हुन साँगेदे।''

बलतो के रानी एकलाय गेली आउर बाबू के पुछली, ''सुन बेटा, डाहाँकरैया! तुचो बाबा के डरसिस आले तुय मोके साँग। हामी काहाँ माँगुक जाउँदे?''

सुनलो डाहाँकरैया आउर बल्लो, ''सुन आया! तुमी हरदी नँगर जाहा। हुता जानादई आसे। हुनकेय होले मयँ बिहाव होउआयँ। आउर के नीं होयँ। मोके आउर के बिहाव करुन दिले आया, मयँ मोचो जिव के बचाऊ नोहायँ।''

रानी सुनली आरु राजा लगे जाउन साँगली, ''नईं राजा! हरदी नँगरे बेटी आसे। जानादई नाँव आय हुनचो। हुनकेय माँगुक जाहा बल्लो। हुनकेय होले बिहाव होउआयँ आउर के नईं, बल्लो। दुसर के करुन दिले मोचो जिव के नीं बचायँ, बल्लो। कोन लगे आसे राजा हरदी नँगर? हामी तो नाजुन दखूँ। कोन माहला जादे, राजा?''

राजा बले हुसने बल्लो। तेबे दुनों झन मने बिचार करसोत। दिल ने धोका करसोत। तेबे रानी बल्ली, ''असन करा राजा। तुमी नईं टुरँडी नँगरे जाहा। हुता अजगलभिमा आसे। हुनके हाक देउन आना। हुनी माहला जायदे। माहला-जोड़ा जोड़ा।''

बाँजाराजा सुनलो आउर झोलू पाइक के तियारलो, ''सुन बाबू, झोलू पाइक! तुय मुठा रुपया धर आउर माहला-जोड़ा जोड़। हल्बा-माहाले जा आउर लाई फोड़ाउन, चिवड़ा कुटाउन आन। मरार-माहाले जा आउर भेला-गुर आन।''

झोलू पाइक सुनलो आरु हरबर तियार होलो। टाँगी धोती मारलो, खाकी कमिंज पिंदलो, उल्टा बुलबुल कोरलो, टेड़ी पगड़ी बाँदलो। मुठा रुपया धरलो, पाँय ने खड़ऊ पिंदलो, हाते बेद धरलो आउर राजा-माहाल छाँडलो। रुमझुम-रुमझुम रेंगलो। एक कलाट मारलो आउर गेलो हल्बा-माहाले। माँडो-मोंगरा उबलो आउर 'बाई' बलते हाक दिलो। हाक देतो के बाई सुनली आउर घर ले बाहिर निकरुन पुछली, ''काय काम ने इलिस, बाबू?''

झोलू पाइक बल्लो, ''सुन बाई हल्बिन! मोके लाई फोड़ुन दे बाई, चिवड़ा

कहा, रानी! हम अपनी इच्छा से कैसे लाएँगे? बेटे को पसन्द आएगी या नहीं? बाबू से पूछ कर देखें रानी।'' उसी समय डाहाँकरैया उधर से गुजरा तब रानी ने डाहाँकरैया से पूछ ही लिया, ''सुन बेटा, डाहाँकरैया! तू युवा हो गया है, बेटा। तेरे लिये हम बहू कहाँ से लाएँ, बाबू? तू बता। हम वहाँ माँगने जाएँगे।''

डाहाँकरैया ने कहा, ''सुनो आया, बाँजिनरानी! चाहे कानी हो या लँगड़ी, तुम लोग अपनी इच्छा से माँगो। मैं नहीं बताऊँगा।''

रानी ने राजा से कहा, ''सुनिए राजा, बाँजाराजा! बाबू ने कहा कि कानी हो या लँगड़ी हो, तुम लोग अपनी इच्छा से माँगो। मैं नहीं बताऊँगा, कहता है।''

तब राजा बोला, ''हे रानी, देश की स्वामिनी! तुम नहीं जानतीं, रानी। बाबू मुझसे डर रहा है। तुम अकेले में जा कर पूछो तब बताएगा।''

तब रानी अकेली गयी और बाबू से पूछने लगी, ''सुन बेटा, डाहाँकरैया! तू अपने बाबा से डर रहा है तो मुझे बता। हम कहाँ जाएँ माँगने?''

डाहाँकरैया ने सुना और कहा, ''सुनो आया! तुम लोग हरदी नँगर जाओ। वहाँ जानादई है। मैं उसी से विवाह करूँगा। दूसरी किसी से नहीं। मेरा विवाह किसी और से कर देने पर मैं जीवित नहीं रहूँगा।''

रानी ने सुना और राजा के पास जाकर बताया, ''सुनिए राजा! हरदी नँगर में लड़की है। जानादई नाम है उसका। उसी को माँगने जाओ, कहता है बाबू। मैं उसी से विवाह करूँगा, किसी और से नहीं, उसने कहा। किसी और से विवाह कर देने पर मैं जीवित नहीं रहूँगा, कहता है। यह हरदी नँगर किस जगह है, राजा? हमने तो नहीं देखा है। कौन जाएगा लड़की माँगने, राजा?''

राजा ने भी उससे सहमति जतायी। तब दोनों विचार करने लगे। वे चिन्ता करने लगे। तब रानी ने कहा, ''ऐसा करें, राजा। आप टुरँडी नँगर जाएँ। वहाँ अजगलभिमा है। उसे बुला लाएँ। वही देखने-माँगने जाएगा। माहला की तैयारी करें।''

बाँजाराजा ने सुनकर झोलू पाइक से कहा, ''सुन बाबू, झोलू पाइक! तू मुट्ठी भर रुपये ले और माहला की तैयारी कर। हल्बा-महल में लाई फोड़वा कर ला, चिवड़ा कुटवा कर ला। मरार-महल से गुड़ की भेलियाँ ले आ।''

झोलू पाइक ने सुना और जल्दी तैयार हो गया। टाँगी धोती और खाकी कमीज पहनी, जुल्फें सँवारी, टेढ़ी पगड़ी बाँधी। मुट्ठी भर रुपये लिये, पाँवों में खड़ाऊँ पहने और हाथ में बेंत लेकर राजमहल से चल पड़ा। जल्दी-जल्दी चला। लम्बे डग भरे और गया हल्बा के महल में। मोगरा-मंडप के नीचे खड़ा होकर बाई को पुकारा। पुकार सुनकर बाई घर से बाहर निकली और पूछा, ''किस काम से आया है, बाबू?''

झोलू पाइक ने कहा, सुनो बाई, हल्बिन! मुझे लाई फोड़कर दो बाई, चिवड़ा

कुटुन दे।''

बाई सुनली आउर लाई फोड़ुन दिली, चिवड़ा कुटुन दिली। झोलू पाइक धरलो आउर बाई के मुठा रुपया देउन हल्बा-माहाल छाँडलो। जाते-जाते गेलो मरार-माहाले। दादा के हाक दिलो। दादा घर ले निकरलो तेबे झोलू पाइक बल्लो, ''मोके भेला गुर दे, दादा।''

बलतो के मरार दादा 'हव बाबू, देयँदे' बल्लो आउर आपन माहाले गेलो आउर भेला गुर आनुन झोलू पाइक के दिलो। झोलू पाइक धरलो आउर मरार दादा के मुठा रुपया देउन मरार-माहाल छाँडलो। रुमझुम-रुमझुम रेंगलो आरु गेलो राजा-माहाले। अमरुन सब जोड़ा के ठोवलो। बाँजाराजा दखलो आरु बाबू के बल्लो, ''तुय टुरँडी नँगर जा बाबू। हुता ले अजगलभिमा के हाक देउन आन। जानादई चो माहला जायदे।''

झोलू पाइक सुनलो आउर हरबर तियार होलो। पाँय ने खड़ऊ पिंदलो, हाते बेद धरलो आउर राजा-माहाल छाँडलो। रुमझुम-रुमझुम रेंगलो बाबू आरु गेलो पारा-परोसे। पारा-परोस छाँडलो आउर जायसे टुरँडी नँगर। गाड़ा-बाट के छाँडलो, सड़क-बाट के छाँडलो आरु कानी मारगे गेलो। सेतबन-हेतबन-बिन्दराबन काजे जायसे। बाबू के खाले भुबुर तपेसे, उपरे घाम छेकेसे, मँजगते भुक लागेसे आउर जानू झालिपिली पसना फुटेसे। बाबू बाट रेंगेसे। आपन बुल में जायसे बाबू। जाऊ-जाऊ टुरँडी नँगर अमरलो। बाई मन के पुछलो, ''अजगलभिसा चो घर कोन आय, बाई?''

बाई मन बल्ला, ''काँदा-लाटे माकड़ झुलेसे, जँवरा-भँवरा कुकुर भुकेसे जे हुनी माहाल आय, बाबू।''

झोलू पाइक पारा-परोस छाँडलो आरु भिमा-माहाले गेलो। अमरलो आउर माँडो-मोंगरा उबुन 'दादा' बलते हाक दिलो। हाक देतो के दादा घर ले बाहिर निकरलो। 'काय काम ने इलिस बाबू?' बलते पुछतो के झोलू पाइक बल्लो, ''सुन दादा, अजगलभिमा! तुय हरबर तियार हो, दादा। राजा-घरे बलाव आय। एक डँडिक जावँ।''

सुनलो अजगलभिमा आउर 'हव बाबू, एयँदे' बल्लो। रानी के बल्लो, ''सुन रानी! तुय मोके तपलो पानी दे। मयँ आँगे असनाँद होयँदे, हिरदे असनाँद होयँदे।''

बलतो के बाई पानी तपाली, सेदा-भेदा करली आउर मन्दन-सिले नेउन दिली। झारी कसेला दिली, कपुर दतुन दिली। तेबे भिमा गेलो मन्दन-सिले आउर कपुर दतुन धरलो, सुरिज-भेट करलो। दतुन-पतर चाबलो, नाहा-खोरा करलो। सुका कपड़ा पिंदलो आउर झारी पानी धरुन गेलो तुलसी-चँवरा ने। पानी रिकालो आउर बल्लो, ''सुन बाई, कारी तुलसी! अगास मेलान बाड़ बाई, फकिर पाना फेक। तुय-मयँ बाँहाँ-जोरी बाई, तुय-मयँ हन्सा-जोरी। मोके जिव भर तुचो सेवा

भी कूट दो।''

बाई ने सुना और लाई फोड़ा, चिवड़ा कूटा और झोलू पाइक को दिया। झोलू पाइक ने लेकर बाई को मुट्ठी भर रुपये दिये और हल्बा-महल छोड़ा। जाते-जाते मरार के महल में गया। दादा को पुकारा। दादा घर से निकला तब झोलू पाइक ने कहा, ''मुझे गुड़ की भेली दो, दादा।''

मरार दादा ने 'हाँ बाबू, दूँगा' कहा और अपने महल में जाकर वहाँ से गुड़ की भेलियाँ लाकर झोलू पाइक को दीं। झोलू पाइक ने गुड़ की भेलियाँ लेकर मरार दादा को मुट्ठी भर रुपये दिये और मरार-महल से चल पड़ा। जल्दी-जल्दी चला और राजमहल जा पहुँचा। वहाँ पहुँचकर सारी सामग्री रखी। बाँजाराजा ने देखा और बाबू से कहा, ''तू टुरँडी नँगर जा बाबू। वहाँ से अजगलभिमा को बुला ला। जानादई से डाहाँकरैया की सगाई के लिए जाएगा।''

झोलू पाइक सुनकर झटपट तैयार हो गया। पाँवों में खड़ाऊँ पहने और हाथ में बेंत लेकर राजमहल से चल पड़ा। जल्दी-जल्दी चला बाबू और गया अड़ोस-पड़ोस में। अड़ोस-पड़ोस छोड़कर आगे बढ़ा टुरँडी नँगर की ओर। बैलगाड़ी वाला रास्ता छोड़ा, पक्की सड़क छोड़ी और पैडगरी पर चलने लगा। सेतबन-हेतबन-बिन्दराबन होता जाने लगा। बाबू के पाँव धरती की तपन से जलने लगे, सिर पर तेज धूप चिलकने लगी, भूख भी लग आयी थी उसे और सारा शरीर पसीने से लथपथ हुआ जा रहा था। तब भी बाबू राह चलता ही जा रहा था। चलते-चलते वह जा पहुँचा टुरँडी नँगर। महिलाओं से पूछा, ''अजगलभिमा का घर कौन-सा है, बाई?''

महिलाएँ बोलीं, ''जिस घर में काँदा की बेल पर बन्दर झूल रहा है और जहाँ जँवरा-भँवरा नामक कुत्ते भौंक रहे हैं, वही घर है, बाबू।''

सुनकर झोलू पाइक ने अड़ोस-पड़ोस छोड़ा और चल पड़ा भिमा के महल की ओर। वहाँ पहुँचकर मोगरा-मंडप के नीचे खड़ा हो दादा को पुकारा। पुकारने पर दादा घर से बाहर आया। 'किस काम से आया है, बाबू?' कह पूछने पर झोलू पाइक बोला, ''सुनो दादा, अजगलभिमा! तुम झटपट तैयार हो जाओ, दादा। राजा के घर से बुलावा है। थोड़ी देर चलो।''

अजगलभिमा ने सुनकर 'हाँ बाबू, आऊँगा' कहा। फिर अपनी पत्नी से कहा, ''सुनो रानी! तुम मुझे गरम पानी दो। मैं अंग-स्नान, हृदय स्नान करूँगा।''

उसकी पत्नी ने पानी गरमकर उसमें ठंडा पानी मिलाया और स्नानगृह में पहुँचा आयी। झारी पात्र और सुगन्धित दतौन दिये। तब भिमा ने स्नानगृह में जाकर सूर्य नमस्कार किया और दतौन एवं स्नानादि से निवृत्त हुआ। सूखे कपड़े पहने और झारी में पानी लेकर तुलसी-चौरा में गया। तुलसी पर पानी डाला और विनती

करुक मिरो। मोचो जान सुकी रहो।'' बलते भिमा होम-आरती दिलो, पाँय पड़लो, हात जोड़लो आरु गेलो आपन माहाले। बाजे जाउन बसलो। बाई के बलेसे, ''सुन रानी, मोचो रानी! बँधेया झापी के दे रानी। मयँ नव सै गाहना पिंदेंदे। मयँ नव सै हार पिंदेंदे।''

बलतो के रैना-कुन्दनी रानी मन सुनला आउर बँधेया झापी के निकराउन दिला। तेबे अजगलभिमा बँधेया झापी के उघाड़लो आरु नव सै गाहना, नव सै हार पिंदलो। बारा डोंगरी चो अजगल साप के धोती मारलो, बारा डोंगरी चो बोड़ा साप के मुँडे पगड़ी बाँदलो। बारा डोंगरी चो नाँग साप के टोडरा ने माला पिंदलो। बारा डोंगरी चो मोटकाल साप के काने कुँडल पिंदलो। बारा डोंगरी चो सुपली साप के बाँहाँ ने बाजुबन्द पिंदलो। बारा डोंगरी चो पाहाड़चिती साप के हाते खाड़ू पिंदलो, बारा डोंगरी चो एहराज साप के कन्हेया ने करधन पिंदलो। बारा डोंगरी चो भुरसा किड़ा के भिमा मेछा अँयठलो। बारा-बरा घाना चोबिस घाना चो चुड़ा पिंदलो। हाते गजडाँग धरलो, पायँ ने खड़ऊ पिंदलो भिमा आउर भोबड़ा बाग के घोड़ा चेघलो। तँग-तियार होलो आरु रानी के बलेसे, ''सुना रानी! तुमी घर-दुआर के दखा, बाड़ी-बकरी के दखा। मयँ राजा-घरे जायँसे। भँवरा नँगर जायँसे मयँ। राजा-घरो बात आय रानी मन! बड़े घरो गोठ आय। कोन जाने केबे बोहड़ुक होयदे केबे नईं!'' बल्लो भिमा। आरु घर ले बाहिर निकरलो। जाते-जाते जायसे भिमा कोसक दापक रेंगलो, एक कलाट मारलो आउर टुरँडी नँगर छाँडलो। जाते-जाते जायसे भँवरा नँगर। पारा-परोसे गेलो। पारा-परोस छाँडलो आउर गेलो राजा-घरे। हुनके दखली रानी आउर नोनी के बल्ली, ''सुन नोनी, रुपनथँवरा! सेवा-जोड़ा धर नोनी, पुजा-जोड़ा धर। अजगलभिमा एयसे नोनी। तुय पाँय धुआव।''

बलतो के रुपनथँवरा सेवा-जोड़ा धरली, आरती आइग धरली आरु सिंग-दुआरे जाउन चन्दन-काट मँडाली। भिमा हुता ठाड़े होलो। तेबे नोनी हुनके पाँय धुआली, चाउर-टिका दिली, होम-आरती दिली आउर पाँय पड़ली। भिमा पुने नोनी के चुमा दिलो। तेबे नोनी भिमा चो हात के धरली आउर नवखँड माहाले नेउन बाजे बसाली। राजा-रानी बले बसला। तेबे अजगलभिमा पुछलो, ''आले राजा-रानी! मोके काय काजे हाक दिलास? साँगा।''

बलतो के राजा बल्लो, ''सुन बाबू, अजगलभिमा! कोन लगे हरदी नँगर आसे जाले बाबू, हामी तो नाजुन दखूँ। तुय जा रे बाबू। जाना चो माहला जातो आय। माहला खुआउन एसे। सब माहला के सारुन एसे। हामी दुला धरुन जावाँ।''

तेबे अजगलभिमा 'हव' बल्लो। राजा-रानी माहला-जोड़ा जोड़तो काजे झोलू पाइक के तियारला। तेबे झोलू पाइक माहला-जोड़ा जोड़लो आउर अजगलभिमा

की, ''सुनो बाई, कारी तुलसी! तुम आकाश का स्पर्श करो बाई, नयी कोंपलें निकलें। तुम-मैं दो बाँहों की जोड़ी हैं। तुम-मैं जैसे दो हंसों की जोड़ी। मुझे जीवन भर तुम्हारी सेवा करने का अवसर मिले। मेरी जान सुखी रहे।'' ऐसा कह भिमा ने होम-आरती की, प्रणाम किया, हाथ जोड़े और अपने महल में गया। पलंग पर जा बैठा और अपनी पत्नी से कहा, ''सुनो रानी, मेरी रानी! मुझे बँधेया झापी दो रानी। मैं नौ सौ गहने पहनूँगा। मैं नौ सौ हार पहनूँगा।''

रैना-कुन्दनी नामक उसकी दोनों पत्नियों ने सुना और बँधेया झापी निकालकर दी। तब अजगलभिमा ने बँधेया झापी खोली और उसमें से नौ सौ हार निकालकर पहने। उसने बारह डोंगरी[3] के अजगल साँप की धोती बाँधी, बारह डोंगरी के बोड़ा साँप की पगड़ी, बारह डोंगरी के नाग साँप की माला, बारह डोंगरी के मोटकाल साँप के कुंडल, बारह डोंगरी के सुपली साँप के बाजूबंद और बारह डोंगरी के पाहाड़चिती साँप को हाथों में कड़े की तरह पहना। बारह डोंगरी के एहराज साँप को करधनी, बारह डोंगरी के कम्बल कीड़ा को मूँछ की तरह धारण किया और पाँवों में 240 किलोग्राम वजनी चूड़े पहन, हाथ में अंकुश लेकर घर से निकला। पाँवों में खड़ाऊँ पहनकर वह भोबड़ा[4] बाघ पर सवार हो गया। तैयार होकर अपनी पत्नियों से कहा, ''सुनो रानी! तुम लोग घर-द्वार, बाड़ी-बखरी का ध्यान रखो। मैं राजा के घर जा रहा हूँ। भँवरा नँगर जा रहा हूँ मैं। राजा के घर की बात है, रानी! बड़े घर की बात है। पता नहीं कब लौटना होगा!'' भिमा ने कहा और घर से बाहर निकल पड़ा। चलता चला गया भिमा। कोस-दाब भर चला और लम्बे डग भरकर टुरँडी नँगर से बाहर आ गया। वह भँवरा नँगर जाने लगा। अड़ोस-पड़ोस में गया। फिर अड़ोस-पड़ोस छोड़कर राजा के घर जा पहुँचा। उसे देखा रानी ने और नोनी से कहा, ''सुन नोनी, रुपनथँवरा! सेवा-सामग्री ले नोनी, पूजा की सामग्री ले। अजगलभिमा आ रहा है, नोनी। तू उसके पाँव धुला।''

ऐसा कहने पर रुपनथँवरा सेवा-सामग्री और आरती-आग लेकर सिंह-द्वार में गयी और वहाँ चन्दन का पीढ़ा रखा। भिमा उस पर खड़ा हो गया। तब नोनी ने उसके पाँव धुलाए, चावल का टीका लगाया, होम-आरती की और प्रणाम किया। भिमा ने नोनी को चुम्बन दिया। तब नोनी भिमा का हाथ पकड़कर नौ खंडा महल में ले गयी और पलंग पर बिठाया। राजा-रानी भी बैठे। तब अजगलभिमा ने पूछा, ''अच्छा राजा-रानी! मुझे किसलिए बुलवाया? बताइए।''

राजा बोला, ''सुन बाबू, अजगलभिमा! यह हरदी नँगर कहाँ है बाबू, हमने तो नहीं देखा है। तू जा बाबू। जानादई का माहला जाना है। माहला खिलाकर आना। सारे माहला की नीति पूरी कर आना। हम दूल्हा लेकर जाएँगे।''

के दिलो। अजगलभिमा धरलो आरु भोबड़ा बाग के घोड़ा चेघुन राजा-माहाल छाँडलो। जाते-जाते जायसे। रुमझुम-रुमझुम रेंगलो बाबू आउर भँवरा नँगर छाँडुन हरदी नँगर जायसे। जाऊ-जाऊ अमरलो। राजा-माहाले गेलो। नवखँड माहाल ने। माहापातर राजा दखलो आउर नोनी के बल्लो, ''सुन नोनी, रुपनथँवरा! आरती-आइग आन, झारी पानी आन। अजगलभिमा इलो नोनी। तुय हुनके पाँय धुआव चाउर-टिका दे।''

बलतो के रुपनथँवरा भिमा के पाँय धुआली, होम-आरती दिली, चाउर-टिकी दिली आरु पाँय पड़ली। भिमा पुने नोनी के चुमा दिलो। नोनी भिमा चो हात के धरली आउर नवखँड माहाले नेउन बाजे बसाली। राजा-रानी बले बसला। तेबे माहापातर राजा बल्लो, ''आले बाबू अजगलभिमा! तुय काय काम ने इलिस, बाबू? मोके साँग।''

बलतो के अजगलभिमा बल्लो, ''तुमचो घरे फुल फुटलिसे, राजा। मयँ फुल खोचुक इलेसे। देउआहास कसन की, आले मोके साँगा। डाहाँकरैया राजा काजे जानादई के माँगुक इलेसे, राजा।''

तेबे राजा बल्लो, ''सुन बाबू, अजगलभिमा! हामी हामचोय मन ने कसन देउँदे, बाबू? बेटी के पुछुन दखवाँ ता। हुन काय बलेदे की?'' तुय जा नोनी लगे। हुनके पुछुन दख। भँवरा नँगर ले डाहाँकरैया काजे माहला इलासोत, तुय जाउआस कसन बलुन पुछ नोनी के।''

बलतो के रानी माहापातरिन सुनली आउर गेली नोनी लगे। बलेसे, ''सुन बेटा, जानादई। तुय मोचो गोठ के सुन। भँवरा नँगर ले डाहाँकरैया काजे तुके माँगुक इलासोत। तुय जाउआस कसन? एके मोके साँग।''

जानादई बल्ली, ''सुन आया, माहापातरिन! मयँ हुनचोय काजे होले जाउआयँ, आउर काजे जाऊ नोहायँ। मोके आउर काजे दिलास जाले मयँ मोचो जिव के नीं बचायँ। मयँ पानी बुड़ुन मरेंदे नाहले जहर-मोहरा खाउन देयँदे।''

रानी माहापातरिन सुनली आरु राजा लगे इली। बल्ली, 'नईं राजा! हुनचोय काजे दिया, बल्ली। हुनचोय काजे होले मयँ जाउआयँ आउर काजे होले नीं जायँ, बल्ली। आउर काजे दिलास जाले मयँ पानी बुड़ुन मरेंदे नाहले जहर-मोहरा खाउन देयँदे, बलेसे।''

तेबे राजा झोलू पाइक के बल्लो, ''सुन बाबू, झोलू पाइक! तुय आरा-पारा ने जा, गाँयता-पुजारी के हाक देउन आन। माँजी-मुकासी के हाक देउन आन। राँडी-लेड़ी, गरिब-दुखी सब फउद एओत। जाना चो माहला आय, बलसे।''

झोलू पाइक सुनलो आरु हरबर तियार होलो। पाँय ने खड़ऊ पिंदलो, हाते

तब अजगलभिमा ने 'हाँ' कहा। राजा-रानी ने माहला की सामग्री जुटाने के लिए झोलू पाइक से कहा। तब झोलू पाइक ने माहला की सामग्री जुटाकर अजगलभिमा को दी। अजगलभिमा ने सामग्री ली और भोबड़ा बाघ पर सवार होकर राजमहल छोड़ा। चलता चला गया। जल्दी-जल्दी चलता हुआ बाबू भँवरा नँगर छोड़कर हरदी नँगर जाने लगा। चलता-चलता वह जा पहुँचा। नौ खंडा महल में गया। माहापातर राजा ने उसे देखा और नोनी से कहा, "सुन नोनी, रुपनथँवरा! आरती-आग ला, झारी पानी ला। अजगलभिमा आया है, नोनी। तू उसके पाँव धुला, चावल का टीका लगा।"

सुनकर रुपनथँवरा ने भिमा के पाँव धुलाए, होम-आरती की, चावल का टीका लगाया और पाँव छुए। भिमा ने नोनी को चुम्बन दिया। नोनी भिमा का हाथ पकड़कर नौ खंडा महल में ले गयी और पलंग पर बिठाया। राजा-रानी भी बैठे। तब माहापातर राजा बोला, अच्छा बाबू, अजगलभिमा! तू किस काम से आया है, बाबू? मुझे बता।"

ऐसा कहने पर अजगलभिमा ने कहा, "आपके घर में फूल खिला है, राजा। मैं फूल खोंसने आया हूँ। आप देंगे या नहीं, मुझे बताएँ। डाहाँकरैया के लिए जानादई का हाथ माँगने आया हूँ, राजा।"

तब राजा ने कहा, "सुन बाबू, अजगलभिमा! हम हमारी ही इच्छा से कैसे दे देंगे, बाबू? बेटी से पूछकर तो देखें। वह क्या कहती है?" फिर अपनी पत्नी से कहा, "अच्छा रानी, माहापातरिन! तुम नोनी के पास जाओ। उससे पूछकर देखो तो भला! भँवरा नँगर से डाहाँकरैया के लिए माहला आये हैं, तुम जाओगी या नहीं? ऐसा नोनी से पूछो।"

सुनकर रानी माहापातरिन गयी नोनी के पास। पूछने लगी, "सुन बेटा, जानादई! तू मेरी बात सुन। भँवरा नँगर से डाहाँकरैया के लिए तुझे माँगने आये हैं। तू जाएगी या नहीं? यह मुझे बता।"

जानादई बोली, "सुनो आया, माहापातरिन! मैं उसी से विवाह करूँगी। दूसरे किसी से नहीं। मेरा विवाह किसी और से करने पर मैं अपनी जान दे दूँगी। मैं पानी में डूबकर या विष पी कर मर जाऊँगी।"

माहापातरिन रानी ने सुना और राजा के पास आयी। कहा, "हे राजा! उसने उसी के लिए देने को कहा है। 'मैं उसी से विवाह करूँगी, किसी और से नहीं' कहती है। किसी दूसरे से विवाह करने पर पानी में डूब कर या विष पीकर मर जाऊँगी कह रही है।"

तब राजा ने झोलू पाइक से कहा, "सुन बाबू, झोलू पाइक! तू गली-मोहल्ले में जा, गाँयता-पुजारी को बुला ला। माँझी-मुखासी[5] को बुला ला। राँडी-लेड़ी,

बेद धरलो आरु घर ले निकरलो। रुमझुम-रुमझुम रेंगलो। एक कलाट मारलो आउर गेलो गाँयता-माहाले, पुजारी-माहाले। हुन मन के बल्लो, "तुमी हरबर तियार होआ, दादा! राजा-घरे बलाव आय। एक डँडिक जावँ।" तेबे हुन मन 'हव बाबू, एउँदे' बल्ला। तेबे झोलू गेलो पारा-परोस ने आउर गिंजरुन-गिंजरुन सब के साँगलो। राँडी-लेड़ी सुनला, गरिब-दुखी सुनला आउर हरबर तियार होला। आपन साज पिंदला दादा-बाई, आपन जाक धरला आउर घर ले निकरला। जाते-जाते जासोत राजा-घरे। एक कलाट मारला आउर अमरला राजा-माहाले। लगे जाउन सलाम झोकला, लाफी जाउन बसला। अरछी-परछी भरली। राजा-घरे समाव नीं होय, असन फउद रला। सब झन ओरी-चो-ओरी, धाड़ी-चो-धाड़ी बसला आउर राजा-रानी के पुछला, "आले राजा-रानी! काय बलाव आय? काय काजे हामके बलाव करलास, तुमी साँगा। हामके डर लागेसे।"

बलतो के राजा-रानी बल्ला, "सुना दादा, सुना बाई। डरा-डरी चो गोठ नोहाय, दादा-बाई। भँवरा नँगर ले माहला इलासोत, दादा-बाई। डाहाँकरैया काजे जानादई के माँगुक इलासोत। देउआयँ की कसन? एई गोठ के तुमी मोके साँगा।"

तेबे दादा-बाई मन बल्ला, "सुना राजा, सुना रानी! आया-बाबा बुझे राजा तेबे लगिन सुझे। सगा के नीं दिले फेर काके देवाँ ता? देऊँ।"

बलतो के राजा पुने कोरलो धुँगेया मिंजलो आउर अजगलभिमा के दिलो आरु बल्लो, "सुन बाबू, अजगलभिमा! मयँ बेटी हारले, बाबू।" बलते सब के मिंजलो बाटलो। तेबे भिमा पहिल माहला धरलो आरु मँजी गोल ने जाउन मँडाउन दिलो आरु बल्लो, "एदे हो, पहिल माहला। सब झन बाटुन-बिरजुन खाहा।"

बलतो के गाँयता-पुजारी गेला आरु सुका पान धरला, अरगफुली थिपाला आरु जागारानी के बिनती करला, "सुन आया, जागारानी! सुन आया, धरती माता! जाना चो माहला आय, आया। अछा-अछा होओ, आया।" फेर झोलू पाइक के बल्ला, "सुन बाबू, झोलू पाइक! तुय सब झन के ओरी-चो-ओरी, धाड़ी-चो-धाड़ी बाट।"

बलतो के झोलू पाइक सब झन के ओरी-चो-ओरी, धाड़ी-चो-धाड़ी बाटलो। पहिल माहला के बाटुन सारतो के अजगलभिमा बल्लो, "सुना राजा। मयँ लाफी दुर चो आयँ, राजा। मयँ घन-घन एउक नीं सकें। माहला चो निती सरो।" बल्लो आरु उहड़ा-दुहड़ा दिलो। सात माहला खुआलो भिमा। सात माहला सरतो के बिहाव मँडाला। आगे दिन माँडो रहो बल्ला, पाछे दिन तेल आउर तिसर दिन लगिन। बिहाव मँडातो के भिमा बल्लो, "मयँ छापर बाँदुक एउक नीं सकें, राजा! तुमी छापर बँदाऊ राहा। मयँ दुला धरुन एउआयँ।" बलतो के

गरीब-दुखी सारे-के-सारे लोग आएँ। जानादई का माहला है, कहना।''

झोलू पाइक ने सुना और जल्दी तैयार हो गया। पाँवों में खड़ाऊँ पहने, हाथ में बेंत लिया और घर से निकल पड़ा। जल्दी-जल्दी चला। लम्बे डग भरे और गया गाँयता-महल, पुजारी-महल। उनसे कहा, ''आप जल्दी तैयार हो जाएँ, दादा! राजा के घर बुलावा है। थोड़ी देर चलो।'' तब उन्होंने 'हाँ बाबू, आएँगे' कहा। फिर झोलू पाइक ने अड़ोस-पड़ोस में जाकर सबको बताया। विधवा-परित्यक्ताओं ने सुना, गरीब-दुखियों ने सुना और जल्दी तैयार हो गयीं। दादा-बाई ने अपने साज पहने और अपने सामान लेकर घर से निकल पड़े। राजा के घर जाने लगे। लम्बे डग भरकर जा पहुँचे राजा के घर। पास जाकर सलाम किया और दूर जाकर बैठ गये। अरछी-परछी भर गयी। इतने लोग थे कि राजा के घर में जगह की कमी पड़ गयी। सब लोग पंक्तियों में जा बैठे और राजा-रानी से पूछा, ''अच्छा राजा-रानी! किसलिए बुलाया है, आप हमें बताएँ। हमें डर लग रहा है।''

राजा-रानी ने कहा, ''सुनो दादा, सुनो बाई! डर-भय की कोई बात नहीं है, दादा-बाई। भँवरा नँगर से माहला आये हैं। डाहाँकरैया के लिए जानादई को माँगने आये हैं। हम उसे दें या नहीं? यही बात आप हमें बताइए।''

तब दादा-बाई ने कहा, ''सुनिए राजा, सुनिए रानी! आया-बाबा बूझें राजा, तब ही लगन सूझे[6]। सगा[7] को नहीं देंगे तो भला किसे देंगे? दे दें।''

राजा ने सुनकर मली हुई तम्बाकू[8] अजगलभिमा को दी और कहा, ''सुन बाबू, अजगलभिमा! मैं बेटी हार गया[9], बाबू।'' ऐसा कह उसने बाकी सभी लोगों को भी तम्बाकू दी। तब भिमा ने पहला माहला लिया और लोगों के बीच में ले जा रख दिया। बोला, ''यह लीजिए, पहला माहला। सब लोग आपस में मिल-बाँट कर खाएँ।''

गाँयता-पुजारी ने सुना और सूखे पत्ते लेकर अरगफुली टपकायी और जागारानी से विनती की, ''सुन आया, जागारानी! सुन आया, धरती माता! जाना का माहला है, आया। सब-कुछ अच्छे से निपटे, आया।'' फिर झोलू पाइक से कहा, ''सुन बाबू, झोलू पाइक! तू सब लोगों को एक पंक्ति में बाँटता चल।''

झोलू पाइक ने सब लोगों में बाँटा। पहला माहला बँट जाने पर अजगलभिमा ने कहा, ''सुनिए राजा! मैं बहुत दूर का रहनेवाला हूँ, राजा। मैं बारम्बार नहीं आ सकता। माहला की नीति सम्पन्न हो जाये।'' ऐसा कह एक के बाद एक माहला खिलाता चला गया। उसने सात माहला खिलाए। सात माहला सम्पन्न होने पर विवाह की तिथियाँ तय की गयीं। पहले दिन मंडप हो, अगले दिन तेल और तीसरे दिन लग्न कहा गया। विवाह की तिथियाँ तय हो जाने पर भिमा

सब झन 'हव' बल्ला। माहला चो निती सरली। तेबे सब झन आपलाहान घरे-घरे गेला।

माहला खुआलो एक दिन ले दुय दिन होली तेबे भिमा बल्लो राजा के, "एदायँ मोके छुटी दिया, राजा! मयँ बले आपन माहाले जायँदे।" बल्लो आउर हरबर तियार होलो। आपन साजू पिंदलो, आपन जाक धरलो भिमा आउर बाग के घोड़ा चेघलो। राजा-माहाल छाँडलो आरु गेलो। जाते-जाते गेलो। हरदी नँगर छाँडलो आउर जायसे भँवरा नँगर। रुमझुम-रुमझुम रेंगलो, एक कलाट मारलो आउर अमरलो भँवरा नँगर। जाऊ-जाऊ राजा-माहाले अमरलो। रानी दखली हुनके आउर नोनी के बल्ली, "सुन नानी, रुपनथँवरा! आरती-आइग धर नोनी। घिंव-गुर धर। अजगलभिमा एयसे, नोनी। तुय हुनके पाँय धुआव।"

बलतो के नोनी सब जोड़ा धरली आउर बाटे जाउन अजगलभिमा के पाँय धुआली। चाउर-टिका दिली, होम-आरती दिली। पाँय पड़ली। भिमा पुने नोनी के चुमा दिलो। तेबे नोनी भिमा चो हात के धरली आउर नवखँड माहाले नेउन बाजे बसाली। राजा-रानी बले बसला। राजा-रानी बल्ला, "सुन बाबू, अजगलभिमा! तुय हरदी नँगर जाऊ रलिस, बाबू। काय-काय होली, हुनके हामके साँग।"

बलतो के भिमा बल्लो, "सुना राजा, सुना रानी! मयँ माहला खोआउन इले, राजा-रानी। सात माहला खोआले। माहला चो निती सरली। बिहाव बले मँडाउन इले राजा-रानी, छापर बले बाँदुक बल्लेसे। हामी दुला धरुन जावाँ, राजा-रानी।"

बलतो के राजा-रानी सुनला आउर खँड मुचकी मारला। मुचमुच-मुचमुच हाँसला राजा-रानी।

सन्दर्भ

1. माहला : माहला का अर्थ दरअसल सगाई तो नहीं है किन्तु इसे सगाई के समान ही माना जाना चाहिए। वस्तुत: माहला का अर्थ 'बेटी माँगने जाना' है। वर-पक्ष के लोग वधू-पक्ष के घर अपने पुत्र या भाई के लिए बहु की याचना लेकर जाते हैं। यह जाना सामान्य नहीं होता। वर-पक्ष के लोग अपने साथ लाई-चिवड़ा, मदिरा आदि लेकर जाते हैं और वधू-पक्ष से 'हाँ' होने पर वह सब उन्हें अर्पित करते हैं। यह प्रक्रिया पहले सात बार दुहरायी जाती थी। सात माहला कहा जाता था। धीरे-धीरे सात माहला की परिपाटी लगभग खत्म हो चली है और एक या अधिक-से-अधिक दो माहला के बाद बात पक्की हो जाती है।
2. बेटा बढ़ना या बेटी बढ़ना : मुहावरा। अर्थ : बेटा या बेटी का युवा हो जाना। विवाह-योग्य हो जाना।
3. डोंगरी : पहाड़ी।

4.भोबड़ा : पोपला। जिसके मुँह में दाँत न हों।

ने कहा, "मैं छापर[10] बनाने नहीं आ सकता, राजा! आप छापर बनवाकर रखें। मैं दूल्हा लेकर ही आऊँगा।" सुनकर सब लोगों ने 'हाँ' कहा। इस तरह माहला की सारी नीतियाँ सम्पन्न हो गयीं। तब सारे लोग अपने-अपने घर चले गये।

माहला सम्पन्न हुए एक से दो दिन बीते तब भिमा ने राजा से कहा, "अब मुझे जाने दें, राजा! मैं भी अपने घर जाऊँगा।" और वह झटपट तैयार हो गया। अपने साज पहने, अपने सामान लिये और बाघ पर सवार हो गया। राजमहल छोड़ चला। चलता चला गया। हरदी नँगर छोड़कर भँवरा नँगर जाने लगा। जल्दी-जल्दी चलते हुए लम्बे डग भरे और जा पहुँचा भँवरा नँगर। राजमहल पहुँचा। रानी ने उसे देखा और नोनी से कहा, "सुन नोनी, रुपनथँवरा! आरती-आग, घी-गुड़ ले। अजगलभिमा आ रहा है, नोनी। तू उसके पाँव धुला।"

सुनकर नोनी सारी सामग्री लेकर सिंह-द्वार में गयी और अजगलभिमा के पाँव धुलाए। चावल का टीका लगाया, होम-आरती की। पाँव छुए। भिमा ने नोनी को चुम्बन दिया। तब नोनी भिमा का हाथ पकड़कर नौ खंडा महल में ले गयी और पलंग पर बिठाया। राजा-रानी भी बैठे। राजा-रानी ने कहा, "सुन बाबू, अजगलभिमा! तू हरदी नँगर गया था, बाबू। क्या हुआ, हमें बता।"

भिमा बोला, "सुनिए राजा, सुनिए रानी! मैं माहला खिलाकर आया हूँ, राजा-रानी। मैंने सात माहला खिलाये। माहला की सारी नीति सम्पन्न हो गयी। विवाह की तिथियाँ भी तय कर लीं, राजा-रानी। छापर बाँधने को कह आया हूँ। हम दूल्हा लेकर जाएँगे, राजा-रानी।"

सुनकर राजा-रानी हौले से मुस्कराये। वे मन्द-मन्द मुस्कराने लगे।

5. माँझी-मुखासी (माँजी-मुकासी) : राज्य-प्रतिनिधि। कई गाँवों के एक समूह की देख-रेख तथा राजाज्ञा के पालन एवं न्याय-प्रणाली में सहायक राज्य कर्मचारी।
6. आया-बाबा बुझे, तेबे लगिन सुझे : मुहावरा।
7. सगा : स्वजातीय। सगा का एक अर्थ और है वह है, स्वजातीय होने के साथ-साथ दादा-भाई रिश्ते से इतर व्यक्ति या परिवार। दादा-भाई रिश्तेवाले परिवार (पितृ सम्बन्धियों) में बेटी नहीं ब्याही जाती। दादा-भाई : पितृ-सम्बन्धी, सगा : मातृ-सम्बन्धी एवं अन्य।
8. मली हुई तम्बाकू देने का अर्थ ही बेटी के विवाह के लिये वचनबद्ध होना है।
9. बेटी हारतो : मुहावरा। अर्थ : अब मेरी बेटी मेरी नहीं रह गयी वह तुम्हारी हो गयी।
10. छापर : छावन, छप्पर।

अधया-14

डाहाँकरैया-जानादई चो बिहाव

भिमा चो माहला खुआलो एक दिन ले दुय दिन, दुय दिन ले आट दिन होली। असने-असने बिहाव अमरुन गेली। राजा-रानी बाजे बसुन गेला। तेबे रानी बल्ली राजा के, "सुना राजा, बाँजाराजा! बिहाव जाले अमरते-अमरली, राजा। तुमी कोन दिन बिहाव-जोड़ा जोड़ासे?"

बाँजाराजा सुनलो आरु झोलू पाइक के बल्लो, "सुन बाबू, झोलू पाइक! तुय हरबर तियार हो बाबू आउर मुठा रुपया धरुन जा कुमार-घरे। बिहाव-हाँडी आन। मायगोड़ आन बाबू, करसा-रुखी आन। पारदी-माहाले जा बाबू, तुय परला-बिछना आन। फुलर दँवड़ी, झाल गपा आन, जोड़ी सुपा आन। गाँडा-माहाले जा बाबू, कपड़ा बिनाउन आन मरार-माहाले जा आउर हुता ले मउड़ गथाउन आन। भेला गुर आन। मुरिया-माहाले जा, जोड़ी मसनी आन। हल्बा-माहाले जा, हुता ले लाई-चिवड़ा कुटाउन आन। तेली-माहाले जा, तेल पेराउन आन। बनेया-माहाले

अध्याय-14

डाहाँकरैया-जानादई का विवाह

भिमा द्वारा माहला खिलाये एक से दो, दो से आठ दिन बीते। फिर विवाह की तिथि आ पहुँची। राजा-रानी पलंग पर बैठे थे। तब रानी ने राजा से कहा, ''सुनिए राजा, बाँजाराजा! विवाह की तिथि आ पहुँची है, राजा। आप कब विवाह की तैयारी करेंगे?''

बाँजाराजा ने सुना और झोलू पाइक से बोला, ''सुन बाबू, झोलू पाइक! तू जल्दी तैयार हो बाबू और मुट्ठी भर रुपये लेकर कुम्हार के घर जा। वहाँ से विवाह की हंडियाँ ला। मायगोड़, करसा-रुखी[1] ला। पारदी-महल जाकर वहाँ से तू परला-बिछना[2] ला। फूलों की दँवड़ी, झाल गपा[3], जोड़ी सूपा[4] ला। गाँडा-महल जाकर वहाँ से कपड़े बुनवाकर ला। मरार-महल से मउड़ गथवा ला। गुड़ की भेली ला। मुरिया-महल से दो चटाइयाँ ले आ। हल्बा-महल से लाई चिवड़ा, तेली-महल से तेल और बनिया-महल से हल्दी की गाँठें, नारियल-सुपारी ले

जा, गठ हरदी आन, नरेर-सुपारी आन। तुय बिहाव-जोड़ा जोड़।''

सुनलो झोलू पाइक आरु हरबर-हरबर तियार होलो। पाँय ने खड़ऊ पिंदलो, हाते बेद धरलो, मुठा रुपया धरलो आउर राजा-माहाल छाँडलो। जाते-जाते जायसे। रुमझुम-रुमझुम रेंगेसे बाबू। एक कलाट मारलो आउर गेलो कुमार-माहाले। अमरलो आरु माँडो मोंगरा उबुन 'दादा' बलते हाक दिलो। हाक देतो के कुमार दादा घर ले निकरलो आउर पुछलो, ''काय काम ने इलिस, बाबू? तुय मोके साँग।''

बलतो के झोलू पाइक कुमार दादा के बल्लो, ''सुन दादा, कुमार लोग! डाहाँकरैया चो बिहाव आय दादा, जानादई चो बिहाव आय। बिहाव-हाँडी दे दादा, मायगोड़ दे, भात-भतई दे, करसा रूखी दे।'' बलतो के कुमार दादा, 'बाबू दयँदे' बल्लो आरु खाँदे कोड़की धरुन गेलो माटी खनुक। माटी खनुन आनलो। भिजालो, खुँदलो-चुँदलो आउर हाँडी गड़लो। जमाय बानी गड़लो आरु आवाँ दिलो। आवाँ हेड़लो आरु झोलू पाइक के हाँडी मन धराउन दिलो। झोलू पाइक हाँडी धरलो आउर कुमार के मुठा रुपया देउन कुमार-माहाल छाँडलो। जाते-जाते गेलो पारदी-माहाले। हुता जाउन पारदी के बल्लो, ''सुन दादा, पारदी लोग! डाहाँकरैया चो बिहाव आय, दादा। जानादई चो बिहाव आय। परला-बिछना दे दादा, जोड़ी सुपा दे, फुलर दँवड़ी, झाल गपा दे।''

तेबे पारदी दादा 'हव बाबू, देयँदे' बल्लो आरु खाँदे टँगेया धरुन गेलो बाँवस-पटाड़े। बाँवस गोंदलो आरु घरे आनलो। बाँस के गोंदा-गोंदा करलो, खापलो, सरा हेड़लो, बिरला उरल्लो। सरा के जुरालो आउर परला-बिछना, सुपा-टुकना, झाल गपा, फुलर दँवड़ी गाथलो। गाथुन सारलो आउर झोलू पाइक के धराउन दिलो। झोलू पाइक धरलो आरु पारदी के मुठा रुपया धराउन पारदी-माहाल छाँडलो। जाते-जाते गेलो गाँडा-माहाले। हुता अमरलो आरु गाँडा दादा के बलेसे, ''सुन दादा, गाँडा लोग! मोके बिहाव-कपड़ा दे, दादा। डाहाँकरैया चो बिहाव आय, दादा। जानादई चो बिहाव आय।''

बलतो के गाँडा दादा सुनलो आरु 'हव बाबू, देयँदे' बलते पाजनपाई करलो, ताना लमालो आउर बिहाव-कपड़ा बिनुक मुरयालो। तेल-अँगछी बिनलो, लगिन-पिछरी, गपा-अँगछी बिनलो। बिनुन भाती हाते छुरी धरलो आउर घड़ी काटलो, घड़ी घड़यालो आउर झोलू पाइक के धराउन दिलो। झोलू पाइक धरलो आउर गाँडा दादा के मुठा रुपया देउन गाँडा-माहाल छाँडलो। जाते-जाते गेलो। रुमझुम-रुमझुम रेंगलो, एक कलाट मारलो आउर अमरलो मरार-माहाले। दादा के बल्लो, ''सुन दादा, मरार लोग! मोके बिहाव-मउड़ दे दादा, भेला गुर दे। डाहाँकरैया चो बिहाव आय।''

मरार दादा सुनलो आउर 'हव बाबू, देयँदे' बलते खाँदे फरसी धरलो आरु

आ। तू विवाह की सामग्री जुटा।''

झोलू पाइक ने सुना और झटपट तैयार हो पाँवों में खड़ाऊँ पहने, हाथ में बेंत लिया और मुट्ठी भर रुपये लेकर राजमहल से चल पड़ा। चलता चला गया। जल्दी-जल्दी चलने लगा बाबू। लम्बे डग भरे और गया कुम्हार के महल में। वहाँ पहुँचकर मोगरा-मंडप के नीचे खड़ा हुआ और दादा को पुकारा। दादा पुकार सुनकर घर से बाहर आया और पूछा, ''किस काम से आया है, बाबू? तू मुझे बता।''

झोलू पाइक ने कहा, ''सुनो कुम्हार दादा! डाहाँकरैया का विवाह है दादा, जानादई का विवाह है। तुम मुझे विवाह की हंडियाँ दो दादा। मायगोड़, भात-भतई[5] दो, करसा-रुखी दो।''

ऐसा कहने पर कुम्हार दादा ने 'हाँ बाबू, दूँगा' कहा और कन्धे पर कुदाली लेकर गया माटी खोदने। माटी खोद लाया, भिगाया और गूँथ-गाँथकर हंडियाँ गढ़ीं। सारी चीजें बनाकर आवाँ दिया। फिर आवाँ निकालकर झोलू पाइक को हंडियाँ दीं। झोलू पाइक ने हंडियाँ लेकर कुम्हार को मुट्ठी भर रुपये दिये और कुम्हार महल से चल पड़ा। वहाँ से वह गया पारदी-महल। वहाँ जाकर पारदी से कहा, ''सुनो, पारदी दादा! डाहाँकरैया का विवाह है, दादा। जानादई का विवाह है। तुम मुझे परला-बिछना, एक जोड़ सूपा, फूलों की दँवड़ी और झाल गपा दो।''

पारदी दादा ने 'हाँ बाबू, मैं दूँगा' कहा और कन्धे पर कुल्हाड़ी ले बाँस के जंगल में गया। बाँस काटा और घर ले आया। बाँस के टुकड़े-टुकड़े किये, चीरा, कमचियाँ निकालीं और उन्हें तपाकर सुखाया। फिर परला-बिछना, सूपा-टोकरा, झाल गपा, फूलों की दँवड़ी आदि बनाये और झोलू पाइक को दिये। झोलू पाइक ने उन्हें लेकर पारदी को मुट्ठी भर रुपये दिये और पारदी-महल से चल पड़ा। चलता-चलता वह जा पहुँचा गाँडा-महल। वहाँ पहुँचकर गाँडा दादा से कहा, ''सुनो, हे गाँडा दादा! मुझे विवाह के कपड़े दो, दादा। डाहाँकरैया-जानादई का विवाह है।''

ऐसा कहने पर गाँडा दादा ने 'हाँ बाबू, दूँगा' कहा और पाजनपाई की, ताना लम्बा किया और विवाह के कपड़े बुनने लगा। तेल-अँगोछी, लगिन-पिछौरी, गपा-अँगोछी[6] बुना। बुनकर हाथ में छुरी ले कपड़े काटकर निकाले और तह कर झोलू पाइक को धरा दिया। झोलू पाइक ने कपड़े लिये और गाँडा दादा को मुट्ठी भर रुपये देकर गाँडा-महल से चल पड़ा। चलता चला गया। जल्दी-जल्दी चला। लम्बे डग भरे और जा पहुँचा मरार-महल। दादा से बोला, ''सुनो, हे मरार दादा! मुझे विवाह के मुकुट दो दादा, गुड़ की भेलियाँ भी दो। डाहाँकरैया का विवाह है।''

गेलो पलेवाँ गोंदुकलाय। पलेवाँ गोंदुन आनलो। हाते छुरी धरलो आउर पलेवाँ काटलो, चुँदलो। माँडो-महुड़ गाथलो, तेल-महुड़ गाथलो। लगिन-महुड़, कोपरेया महुड़ गाथलो। गाथुन सारलो आउर भेला गुर निकरालो। झोलू पाइक के महुड़ आउर गुर दिलो। झोलू पाइक सब बानी के धरलो आउर मरार दादा के मुठा रुपया धराउन मरार-माहाल छाँडलो। जाते-जाते गेलो मुरिया-माहाले। अमरलो आउर मुरिन बाई के बल्लो, ''सुन बाई, मुरिन लोग! तुय मोके जोड़ी मसनी दे। डाहाँकरैया चो बिहाव आय।''

बाई सुनली आउर बोथा निकराउन जोड़ी मसनी मारली। मसनी मारुन हाते छुरी धरली आउर डोरी काटली। बोथा काटली आउर मसनी घड़याउन झोलू पाइक के धराउन दिली। झोलू पाइक धरलो आउर बाई के मुठा रुपया धराउन मुरिया-माहाल छाँडलो। जाते-जाते गेलो राजा-माहाले। अमरलो आरु सब जोड़ा के माहाले ठोवलो। फेर सरसौं निकरालो, तिल निकरालो। खेजा निकरालो आउर मुठा रुपया धरलो। पाँय ने खड़ऊ पिंदलो, हाते बेद धरलो आउर राजा-माहाल छाँडलो। जाते-जाते गेलो तेली-माहाले। अमरलो आरु माँडो मोंगरा उबुन 'दादा' बलते हाक दिलो। हाक देतो के तेली दादा घर ले निकरलो आउर पुछलो, ''काय काम ने इलिस, बाबू? तुय मोके साँग।''

बलतो के झोलू पाइक बल्लो, ''सुन दादा, तेली लोग! तुय मोके तेल पेरुन दे। डाहाँकरैया चो बिहाव आय, दादा।''

बलतो के 'हव' बल्लो तेली दादा आउर घानी समरालो। सरसौं रिकालो, तिल रिकालो। बैला फाँदलो। बैला के टापा[12] बाँदलो आउर घानी गिंजराउन गेलो। तेल पेरलो आउर झोलू पाइक के दिलो। झोलू पाइक धरलो आउर तेली दादा के मुठा रुपया देउन तेली-माहाल छाँडलो। जाते-जाते गेलो बनेया-माहाले। अमरलो आउर बनेया दादा के बल्लो, ''सुन दादा, बनेया लोग! मोके नरेर-सुपारी दे दादा, गठ हरदी दे।''

दादा सुनलो आउर 'हव बाबू, देयँदे' बलते आपन माहाले गेलो आउर गठ हरदी, नरेर-सुपारी धरलो आउर बाबू के दिलो। तेबे झोलू पाइक हुनके मुठा रुपया दिलो आरु बनेया-दुकान छाँड़ुन हिंडते-हिंडलो। जाते-जाते बाबू गेलो हल्बा-माहाले। अमरलो आरु हल्बिन बाई के बल्लो, ''सुन बाई, हल्बिन लोग! मोके लाई फोड़ुन दे बाई, चिवड़ा कुटुन दे।''

बलतो के हल्बिन बाई 'हव' बल्ली आउर चिवड़ा कुटली, लाई फोड़ली आरु झोलू पाइक के धराउन दिली। तेबे झोलू पाइक हुनके खेजा धराउन दिलो आउर हल्बा-माहाल छाँडलो। जाते-जाते गेलो राजा-माहाले। अमरलो आरु सब जोड़ा के ठोउन दिलो। राजा-रानी लगे गेलो आरु बल्लो, ''मयँ सब जोड़ा

मरार दादा ने सुना और 'हाँ बाबू, दूँगा' कहकर कन्धे में फरसी[7] ली और गया पलेवाँ[8] काटने। पलेवाँ काट लाया। हाथ में छुरी ली और पलेवाँ काटा, छीला। मंडप का मुकुट बनाया, तेल का मुकुट, लग्न का मुकुट और कोपरेया मुकुट बनाया[9]। फिर गुड़ की भेलियाँ निकालीं और झोलू पाइक को दिये। झोलू पाइक ने सारी सामग्री लेकर मरार दादा को मुट्ठी भर रुपये दिये और अपनी राह चल पड़ा। गया मुरिया के महल में। वहाँ पहुँचकर मुरिन बाई से कहा, "हे मुरिन बाई! सुनो। तुम मुझे दो चटाइयाँ दो। डाहाँकरैया का विवाह है।"

बाई ने सुनकर बोथा[10] निकाला और दो चटाइयाँ बनायीं। फिर छुरी लेकर डोरी काटी, बोथा काटा और चटाइयाँ तह कर झोलू पाइक को दिये। झोलू पाइक ने चटाइयाँ लेकर बाई को मुट्ठी भर रुपये दिये और मुरिया-महल से चल पड़ा। चलता-चलता जा पहुँचा राजमहल। पहुँचकर सारी-सामग्री महल में रखी। फिर सरसों और तिल निकाला। खेजा निकाला और मुट्ठी भर रुपये लिये। पाँवों में खड़ाऊँ पहन, हाथ में बेंत ले राजमहल से चल पड़ा। चलते-चलते जा पहुँचा तेली के महल में पहुँचकर मोगरा-मंडप के नीचे खड़ा हुआ और दादा को पुकारा। पुकार सुनकर तेली दादा घर से बाहर आया और पूछने लगा, "किस काम से आया है, बाबू? तू मुझे बता।"

झोलू पाइक ने कहा, "सुनो, हे तेली दादा! तुम मुझे तेल पेर[11] कर दो। डाहाँकरैया का विवाह है, दादा।"

सुनकर तेली दादा ने 'हाँ' कहा और घानी तैयार की। सरसों डाला, तिल डाला और बैल जोते। बैलों की आँखों में पट्टी बाँधी और घानी घुमाने लगा। तेल पेरा और झोलू पाइक को दिया। झोलू पाइक ने लेकर उसे मुट्ठी भर रुपये दिये और तेली-महल से चल पड़ा। जाते-जाते बनिया के महल में गया। वहाँ पहुँचकर बनिया दादा से बोला, "सुनो, हे बनिया दादा! मुझे नारियल-सुपारी दो दादा, हल्दी की गाँठें दो।"

दादा ने 'हाँ बाबू, दूँगा' कहा और अपने महल से हल्दी की गाँठें, नारियल-सुपारी लाकर बाबू को दिये। झोलू पाइक ने सारी सामग्री लेकर उसे मुट्ठी भर रुपये दिये और वहाँ से चल पड़ा। अब वह गया हल्बा के महल में। वहाँ पहुँचकर हल्बिन बाई से बोला, "हे हल्बिन बाई! सुनो। तुम मुझे लाई और चिवड़ा दो।"

ऐसा कहने पर हल्बिन बाई ने 'हाँ' कहा और चिवड़ा कूटा, लाई फोड़ी और झोलू पाइक को दिया। झोलू पाइक ने उसे खेजा धरा दिया और हल्बा-महल से चल पड़ा। चला राजा के घर। पहुँचकर सारी सामग्री रख दी और बोला "राजा-रानी! इनके अलावा और कौन-कौन सी वस्तु की आवश्यकता है, आप मुझे बताएँ।"

जोड़ले, राजा-रानी! आउर काय-काय जोड़ा लागुआय जाले, मोके साँगा।''

राजा-रानी बल्ला, ''तुय पारा-परोसे जा बाबू। सब के हाक देस। गाँयतिन-पुजारिन एओत, राँडी-लेड़ी, गरिब-दुखी सब लोग एओत। बिहाव-काँडा नेदे।''

सुनलो झोलू पाइक आउर पाँये खड़ऊ पिंदलो, हाते बेद धरलो आरु राजा-माहाल छाँडलो। जाते-जाते गेलो पारा-परोसे। बुलुन-बुलुन साँगलो, ''सुना बाई पारा-परोसिन! सुना बाई गाँयितन-पुजारिन! राँडी-लेड़ी गरिब-दुखी सब सुना। बिहाव-काँडा आनतो आय, बाई। हरबर तियार होआ आरु जाहा राजा-घरे।''

सुनला आउर सब झन हरबर-हरबर तियार होला। कोन तो गपा धरला, कोन तो टाकरा धरला आउर गेला राजा-माहाले। अमरला आरु परछी ने जाउन दड़प् नाय बसला। अरछी-परछी भरली, ओना-कोना भरली। राजा-घरे समाव नीं होय, हुसन फाउद रला। राजा-रानी दखला आउर झोलू पाइक के बल्ला, ''सुना बाबू, झोलू पाइक! काँडा लोग इला बाबू। तुय धान निकराव, उड़िद-मुँग निकराव, राहेड़-बदई, चना-बडरा निकराव आउर काँडा लोग के देस।''

बलतो के झोलू पाइक सुनलो आरु झारी पानी धरुन पाँय धोवलो। आरती-आइग, घिंव-गुर धरलो आउर गेलो गँगा-जुमना जोड़ी गदेया ने। होम-आरती दिलो, पायँ पड़लो आउर हाते गपली धरुन धान निकरालो, उड़िद-मुँग, राहेड़-बदई, चना-बडरा निकरालो। गाँयतिन बाई के बल्लो, ''तुय आगे काँडा झोक, बाई। पाछे मयँ आउर लोग के देयँदे।'' बलुन आगे गाँयतिन-पुजारिन के काँडा दिलो पाछे फेर आउर-तिसर के। सब झन धरला आरु गेला आपलाहान घरे। धान कँडेया धान काँडला, दार दरेया दार दरला, पिसान पिसेया पिसान पिसला। पेट काजे खाओत नईं ना निंद काजे सोओत नईं। चाउर-चुन निमड़ाला आरु राजा-घरे नेउन दिला। रानी दखली आरु झोलू पाइक के नापुक बल्ली। तेबे झोलू पाइक पयली धरलो आउर चाउर-दार के नापलो, पिसान के नापलो। सब बानी पयलक-पयलक उरली। असने-असने जोड़ा जोड़लो एक ले दुय दिन होली, दुय ले आट दिन। राजा हाक दिलो झोलू पाइक के आरु बल्लो, ''सुन बाबू, झोलू पाइक! मोहोरेया-माहाले जा। हुन बिहाव बजाउन देयदे। नँगारची-माहाले जा बाबू, डँडिक नँगारा देउक बल। तिनपुर नेवता देओ। सब लोग बिहाव-घरे एओत।''

बलतो के झोलू पाइक हरबर तियार होलो। पाँय ने खड़ऊ पिंदलो, हाते बेद धरलो आउर राजा-माहाल छाँडलो। जाते-जाते जायसे। गेलो बजनेया-मोहोरेया माहाले। अमरलो आरु बल्लो, ''सुना दादा, बजनेया-मोहोरेया! बिहाव बजाउन दिया, दादा। डाहाँकरैया चो बिहाव आय दादा, जानादई चो बिहाव आय। हरदी नँगर जावाँ।'' बलतो के बजनेया-मोहोरेया 'हव बाबू' बल्ला।

तेबे झोलू पाइक पुछलो, ''तुय कितरो मोल धरुआस दादा, हुनके साँग।''

बजनेया-मोहोरेया बल्ला, ''अढ़ई रुपया मोल आय, बाबू। तुय चार आना बिड़ा दे।''

राजा-रानी ने कहा, ''तू अड़ोस-पड़ोस में जा बाबू। सब को न्योता दे। गाँयतिन-पुजारिन, राँडी-लेड़ी, गरीब-दुखी सभी आएँ। विवाह-काँडा ले जाएँगी।''

झोलू पाइक ने सुना और पाँवों में खड़ाऊँ पहने, हाथ में बेंत लिया और राजमहल से चल पड़ा। गया अड़ोस-पड़ोस में और घूम-घूमकर बताने लगा, ''सुनो बाई पारा-परोसिन! सुनो बाई गाँयतिन-पुजारिन! असहाय और विधवा, गरीब-दुखी सब सुनो। विवाह-काँडा लाना है, बाई। जल्दी तैयार होकर राजा के घर जाएँ।''

सबने सुना और जल्दी-जल्दी तैयार हो गयीं। किसी ने गपा लिया तो किसी ने टोकरा और चलीं राजा के महल में। पहुँचकर परछी में बैठ गयीं। अरछी-परछी भर गयी, महल का कोना-कोना भर गया। राजा-रानी ने देखा और झोलू पाइक से कहा, ''सुन बाबू, झोलू पाइक! काँडा लोग आ पहुँचे हैं, बाबू। तू धान, उड़द-मूँग, अरहर-बदई, चना-मटर निकाल और काँडा के लिए आये लोगों को दे।''

झोलू पाइक ने सुना और झारी में पानी लेकर पाँव धोये। आरती-आग, घी-गुड़ लिया और जाकर गंगा-जमुना भंडार खोले। होम-आरती कर प्रणाम किया और हाथ में गपली लेकर धान निकाला। उड़द-मूँग, अरहर-बदई, चना-मटर आदि निकाले। गाँयतिन बाई से कहा, ''तुम पहले काँडा लो, बाई। बाद में मैं दूसरे लोगों को दूँगा।'' ऐसा कह उसने गाँयतिन-पुजारिन को काँडा दिया और उनके बाद दूसरे लोगों को। सब लोगों ने लिये और चली गयीं अपने-अपने घर। कुछ लोगों ने धान कूटे, कुछ ने दाल दले और कुछ ने दाल पीसे। उन्होंने न तो भर-पेट भोजन किया और न नींद-भर सोयीं। चावल आदि तैयार कर राजा के घर ले चलीं। रानी ने उन्हें देखा और झोलू पाइक से नापने को कहा। तब झोलू पाइक ने पायत्नी लेकर सारी सामग्री नापी। सबने देखा सारी सामग्री सामान्य से एक-एक पायली अधिक थी। इस तरह सामग्री जुटाए एक से दो दिन और दो से आठ दिन बीते। राजा ने झोलू पाइक को बुलाकर कहा, ''सुन बाबू, झोलू पाइक! तू मोहरिया के महल में जा। वह विवाह का बाजा बजा देगा। नगारची-महल जा बाबू। उससे थोड़ी देर मुनादी करने को कह।''

ऐसा कहने पर झोलू पाइक जल्दी तैयार हो गया। पाँवों में खड़ाऊँ पहने, हाथ में बेंत लिया और राजमहल से चल पड़ा। चलता गया। बजनिया-मोहरिया के महल में गया। पहुँचकर बोला, ''सुनो दादा, बजनिया-मोहरिया! विवाह का बाजा बजा दो, दादा। डाहाँकरैया का विवाह है दादा, जानादई का विवाह है। हरदी नँगर जाएँगे।'' ऐसा कहने पर बजनिया-मोहरिया ने 'हाँ बाबू' कहा।

तब झोलू पाइक ने पूछा, ''तुम कितना मोल लोगे दादा, यह बताओ।''

बजनिया-मोहरिया ने कहा, ''ढाई रुपया मोल है, बाबू। तू चार आना

बलतो के झोलू पाइक चार आना बिड़ा दिलो आउर बजनेया-माहाल छाँडुन नँगारची-माहाले गेलो। अमरलो आउर नँगारची के बल्लो, "सुन दादा, नँगारची लोग! घड़ी भर नँगारा देउन देस, दादा। डाहाँकरैया चो बिहाव आय, जानादई चो बिहाव आय। हरदी नँगरे जातो आय, दादा। सब लोग सनकारी-सनकारी एओत। तिनपुर नँगारा दे।"

बलतो के नँगारची 'हव बाबू' बल्लो आरु हरबर तियार होलो। बाँडी घोड़ी कसलो, जोड़ी नँगारा चेघालो, हाते काड़ा धरलो आउर घर ले बाहिर निकरलो। खोरे-डाँडे गेलो। आरा-पारा बुल्लो आउर नँगारा दिलो, "सुना बाई! सुना दादा! राजा-घरे बलाव आय। डाहाँकरैया चो बिहाव आय, दादा बाई। जानादई चो बिहाव आय। सनकारी-सनकारी जाहा। हरदी नँगर जातो आय।" तिनपुर नँगारा दिलो नँगारची आउर आपन माहाले गेलो। झोलू पाइक बले राजा-माहाले गेलो आउर राजा-रानी के बल्लो, "सुना राजा! सुना रानी! मयँ बजनेया खोजुन इले राजा, मयँ मोहोरेया खोजुन इले। अढ़ई रुपया मोल आय राजा। चार आना बिड़ा दिले।"

असने-असने बजनेया खोजलो एक दिन ले दुय, दुय ले आट दिन होली। तेबे राजा बल्लो झोलू पाइक के, "सुन बाबू, झोलू पाइक! तुय गाँयतिन-माहाले जा, पुजारिन-माहाले जा। हुन मन मोके हरदी काँडुन देदे।"

बलतो के झोलू पाइक हरबर-हरबर तियार होलो आरु गेलो गाँयतिन-पुजारिन माहाले। अमरलो आरु बाई के बल्लो, "सुन बाई, गाँयतिन! सुन बाई, पुजारिन! राजा-घरे बलाव आय, बाई। एक डँडिक जावँ।" बलतो के गाँयतिन-पुजारिन बाई मन 'हव' बल्ला आरु धँगड़ी रासी सँगे गेला राजा-माहाले। परछी ने जाउन बसला। अरछी-परछी भरली। गाँयतिन-पुजारिन राजा के बल्ला, "आले काय बलाव आय, राजा? हामके तुमी साँगा।"

राजा बल्लो, "सुना बाई, गाँयतिन! सुना बाई, पुजारिन! बिहाव अमरुन गेली, बाई। तुमी मोके हरदी काँडुन दिया।"

तेबे गाँयतिन-पुजारिन 'हव' बल्ला। 'हव' बलतो के रानी पुने हरदी निकराउन दिली, चाउर निकराउन दिली। नवा सुपा दिली, नवा हाँडी दिली। तेबे गाँयतिन बाई बाहना ने हरदी रिकाली आरु रानी के बल्ली, "सुना रानी, बाँजिनरानी! बाहना ने अजिक थिपानी दिया।"।

बलतो के बाँजिनरानी सुनली आउर अरगफुली निकराउन दिली। देतो के बाई बाहना ने थिपाली आउर नेंग काजे अजिक असन काँडुन चेलिक-धँगड़ी के दिली। तेबे चेलिक-धँगड़ी मन हरदी काँडुक धरला। हरदी-काँडनी गीत गावला आउर हरदी काँडला। हरदी छनकला आउर नवा हाँडी ने भरला। कोकोड़ी बनाउन दिला। गाँयतिन बाई रानी के बल्ली, "सुन रानी, बाँजिनरानी! तुय मोके तिन ठन

बीड़ा[13] दे।''

झोलू पाइक ने उन्हें चार आने बीड़ा दिये और बजनिया-मोहरिया का महल छोड़कर नगारची के महल जा पहुँचा। वहाँ जाकर नगारची से बोला, ''सुनो दादा, नगारची! थोड़ी देर मुनादी कर दो, दादा। डाहाँकरैया-जानादई का विवाह है। हरदी नँगर जाना है, दादा। सब लोग जल्दी-जल्दी आएँ। तुम ऐसी जोरदार मुनादी कर दो।''

सुनकर नगारची ने 'हाँ बाबू' कहा और जल्दी तैयार हो गया। बाँडी घोड़ी कसी और उस पर दो नगाड़े रखे। फिर हाथ में काड़ा लेकर घर से बाहर निकल पड़ा। अली-गली में गया। अड़ोस-पड़ोस में गया और मुनादी की, ''सुनो बाई! सुनो दादा! राजा के घर बुलावा है। डाहाँकरैया का विवाह है, दादा-बाई। सब लोग जल्दी-जल्दी जाएँ। हरदी नँगर जाना है।'' उसने जोरदार मुनादी की और अपने महल वापस हो गया। झोलू पाइक भी राजमहल चला गया और राजा-रानी से बोला, ''सुनिये राजा! सुनिये रानी! मैं बजनिया-मोहरिया खोजकर आ गया, राजा। ढाई रुपया मोल है, राजा। मैंने चार आने बीड़ा दिये।''

इस तरह बजनिया-मोहरिया खोजे एक से दो, दो से आठ दिन बीते। तब राजा ने झोलू पाइक से कहा, ''सुन बाबू, झोलू पाइक! तू गाँयतिन-पुजारिन के महल में जा। वे मेरे लिए हल्दी कूट देंगी।''

झोलू पाइक जल्दी-जल्दी तैयार हुआ और गया गाँयतिन-पुजारिन के महल में। वहाँ पहुँचकर बाई से बोला, ''सुनो बाई, गाँयतिन-पुजारिन! राजा के घर बुलावा है, बाई। थोड़ी देर चलो।'' ऐसा कहने पर गाँयतिन-पुजारिन ने 'हाँ' कहा और नवयुवतियों के साथ राजमहल गयीं। परछी में जाकर बैठ गयीं। अरछी-परछी भर गयीं। गाँयतिन-पुजारिन ने राजा से कहा, ''हे राजा! किसलिए बुलाया? आप हमें बताएँ।''

राजा ने कहा, ''सुनो बाई, गाँयतिन-पुजारिन! विवाह की तिथि पास आ गयी है, बाई। तुम लोग मेरे लिये हल्दी कूट दो।''

तब गाँयतिन-पुजारिन ने 'हाँ' कहा। उनके 'हाँ' कहने पर रानी ने हल्दी और चावल निकाल दिया। नया सूपा और नयी हंडी दी। तब गाँयतिन बाई ने बाहना[14] में हल्दी डाली और रानी से कहा, ''सुनो रानी, बाँजिनरानी! बाहना में अर्पित करने के लिए थिपानी दो।''

सुनकर बाँजिनरानी ने अरगफुली दी। तब बाई ने बाहना में उसे टपकाया और नेग के लिए थोड़ा-सा कूटकर नवयुवतियों को सौंप दिया। तब नवयुवतियाँ हल्दी कूटने लगीं। उन्होंने हरदी-काँडनी गीत[15] गाते हुए हल्दी कूटा। हल्दी अलग कर नयी हंडी में भरा। फिर कोकोड़ी बनाये। गाँयतिन बाई ने रानी से कहा, ''सुनो रानी, बाँजिनरानी! तुम मुझे तीन दोनियाँ दो।''

दोनी दे।''

बलतो के रानी तिन ठन दोनी दिली। तेबे गाँयतिन बाई तिनों दोनी मन ने हरदी अलगाली आरु रानी के बल्ली, ''ए दोनी के ठो रानी। एके पहिल तेल चेघासे। दुसर दोनी चो हरदी के देव-तेल बाटे नेसे आउर तिसर दोनी के रचन बेरा निकरासे।'' बलुन तिनों दोनी मन के दिली। तेबे रानी हरदी धरली आउर माहाले नेउन ठोउन दिली। पाँच पयली चाउर जोड़ली, दुय सोली दार आय मने आउर मुठा रुपया धरुन गाँयतिन-बिदा के दिली। गाँयतिन-पुजारिन मन धरला आउर आपलाहान घरे-घरे गेला।

हेंव दादा-बाई मन सुनला आरु हरबर-हरबर तियार होसोत। कोन तो कपड़ा काचेसे, कोन तो मुँड रेतेसे, कोन तो आँगे असनाँद होयसे। होऊ-होऊ तियार होला। खाना-पिना करला। रलो लोग कपड़ा पिंदला, तेल घसला। नीं रलो लोग मन धड़का पिंदला, पानी घसला। हाती चेगया हाती चेगला, घोड़ा चेगया घोड़ा चेगला। गरिब-दुखी मन पैंदल गेला। अमरला राजा-माहाले। लगे जाउन सलाम झोकला, लाफी जाउन बसला। ओरी-चो-ओरी, धाड़ी-चो-धाड़ी बसला। एकिस कोटी बाजा बाजेसे, बाइस कोटी मोहरी बाजेसे। धँगड़ा माँदर मारसोत, धँगड़ी रिलो गावसोत। राजा चो दुआरे बाजेसे। कुड़ुमछुटलिसे। तेबे रानी बल्ली, राजा के, ''सुना राजा, बाँजाराजा! धँगड़ा रासी छाटा, राजा। झोका मारदे, राँदा मँडादे। दुला उसकानी भात देवाँ।''

बलतो के बाँजाराजा बसलो ठान ले उठलो आरु गेलो धँगड़ा रासी लगे। छाटलो आरु बल्लो, ''जाहा बाबू, धँगड़ा रासी! झोका मारा, राँदा मँडावा। दुला उसकानी भात देवाँ बाबू।''

बलतो के धँगड़ा रासी उसकला आउर हाते कोड़की धरुन झोका मारला। कोन तो आइग बारला, कोन तो पानी आनला, कोन तो राँदा मँडाला। धँगड़ी मन गेला आउर पान आनला। डोकरी मन दोना-पतरी खिलुन दिला। राँदा-बाटा करला। तेबे रानी बल्ली नोनी मन के, ''तुमी दुला लेका के नाहाउन दिया, नोनी।''

बलतो के नोनी मन डाहाँकरैया के बाड़ी बाटे निला आउर नाहाउन दिला। नवखँड माहाले निला आउर मसनी ओछाला। हुता बसाला आउर तेल घसुन दिला, कोरा-गाथा करुन दिला। नवा लुगा पिंदाला। तेबे डाहाँकरैया राजा सिरे पगड़ी बाँदलो, खाकी कमिंज पिंदलो, खाँदे तलवार धरलो। काय मँजा सुँदर दखा देय।

तेबे रानी बल्ली राजा के, ''सुना राजा, बाँजाराजा! तुमी सब के पानी दिया, राजा। सब के हात धुआवा।''

बाँजाराजा सुनलो आरु धँगड़ा रासी लगे जाउन बल्लो, ''सब के पानी दिया बाबू। सब के हात धुआवा। भात खावाँ।''

ऐसा कहने पर रानी ने तीन दोनियाँ दीं। तब गाँयतिन बाई ने तीनों दोनियों में हल्दी अलग की और रानी से कहा, ''इस दोनी को रखो, रानी। इससे पहला तेल[16] चढ़ाना। दूसरी दोनी की हल्दी तुम देव-तेल[17] के लिए ले जाना और तीसरी दोनी की हल्दी रचन[18] के समय निकालना।'' ऐसा कह तीनों दोनियाँ दीं। तब रानी ने हल्दी की दोनियाँ लीं और उन्हें महल में ले जाकर रख आयी। फिर पाँच पायली चावल, दो सोली दाल और मुट्ठी भर रुपये देकर गाँयतिन को विदा किया। गाँयतिन-पुजारिन विदा पाकर अपने घर चली गयीं।

उधर दादा-बाई ने सुना और जल्दी-जल्दी तैयार हो गये। किसी ने कपड़े धोये तो कोई सिर साफ करने लगा और किसी ने स्नान किया। इस तरह लोग तैयार हो गये। भोजन किया। सक्षम लोगों ने नये कपड़े पहने, तेल चुपड़े। गरीब-दुखी लोगों ने फटे-पुराने कपड़े पहने और पानी चुपड़ा। कुछ लोग हाथियों और घोड़ों पर सवार होकर चले तो कुछ लोग पैदल ही। इस तरह सभी लोग राजमहल जा पहुँचे। पास जाकर सलाम किया और दूर जाकर बैठ गये। पंक्तियों में जा बैठे। इक्कीस कोटि बाजे और बाईस कोटि मोहरियाँ बजने लगीं। नवयुवक माँदर बजाने लगे और नवयुवतियाँ रिलो गाने लगीं। राजा के द्वार में बाजे जोर-शोर से बजने लगे। तब रानी ने राजा से कहा, ''सुनिये राजा, बाँजाराजा! नवयुवक छाँटें, राजा। वे झोका बनाएँगे, भोजन पकाएँगे। हम दूल्हा-प्रस्थान के लिए भोज देंगे।''

ऐसा कहने पर बाँजाराजा उठकर गया नवयुवकों के पास। उनमें से कुछ को उसने छाँटा और कहा, ''जाओ बाबू, नवयुवकों! झोका बनाकर भोजन तैयार करो। हम दूल्हा-प्रस्थान का भोज देंगे, बाबू।''

ऐसा कहने पर नवयुवक वहाँ से उठे और हाथ में कुदाली लेकर झोका बनाया। किसी ने आग जलायी तो कोई पानी ले आया और कोई भोजन राँधने लगा। नवयुवतियाँ जंगल से पत्ते ले आयीं और बुढ़ियों ने दोने-पत्तल सिये। भोजन तैयार कर दिया। तब रानी ने युवतियों से कहा, ''तुम लोग दूल्हे को नहला दो, नोनी।''

सुनकर युवतियाँ डाहाँकरैया को पिछवाड़े ले गयीं और नहला दिया। नौ खंडा महल में ले जाकर चटाई बिछायी। उस पर बिठाया और तेल चुपड़ दिया, उसे कंघी कर दी। नये कपड़े पहनाये। तब डाहाँकरैया राजा ने सिर पर पगड़ी बाँधी, खाकी कमीज पहनी और कन्धे पर तलवार लटकाया। वह बहुत सुन्दर दिखलाई पड़ने लगा था।

तब रानी ने राजा से कहा, ''सुनिए राजा, बाँजाराजा! आप सभी को पानी दें, राजा। सब के हाथ धुलाएँ।''

बाँजाराजा ने सुना और नवयुवकों के पास जाकर बोला, ''सब को पानी दो बाबू। सब के हाथ धुलाओ। भात खाएँगे[19]।''

बलतो के धँगड़ा रासी सब के पानी दिला। दादा-बाई मन हात धोवला आउर खाउक बसला। ओरी-चो-ओरी बसला। पतरी बटेया पतरी बाटला, दोना बटेया दोना, भात बटेया भात, दार बटेया दार बाटला। सब के पुरुन गेली। सब झन काय मँजा खाना-पिना करला। तेबे राजा-रानी बले खादला। खादलो पाछे राजा बल्लो धँगड़ा रासी के, ''सुना बाबू, धँगड़ा रासी! तुमी सब जाक के गाड़ी ने जोड़ा।''

बलतो के धँगड़ा रासी सब जोड़ा के गाड़ी ने जोड़ला। रानी पुने हरबर-हरबर तियार होली। हाते पोतनी धरली आउर चार खुटेया लिपली। मँजी बाना लिखली, चन्दन-काट मँडाली, कलस-दिया बारली। मुँडे ओड़नी दिली रानी आउर डाहाँकरैया राजा चो हात के धरुन चन्दन-काठे उबाली। झारी पानी धरुन राजा चो पाँय धुआली, चाउर-टिका दिली। होम-आरती करली, अड़घाव-पड़घाव करली। दुला पड़घाली आउर गाड़ी ने बसाली। फउद-फटाका सँगे भँवरा नँगर छाँडला आउर हरदी नँगर जासोत। जाऊ-जाऊ हरदी नँगरे अमरला। तेबे रानी बल्ली राजा के, ''हासी एकेदायँ कसन जावाँ, राजा? भाटा ने डेरा रहूँ।'' आउर हुन मन पुने भाटा ने डेरा बनाला। फेर रानी बजनेया-मोहोरेया के धरुन दुली-माहाले गेली। नवखँड माहाले अमरली आरु माहापातर राजा आरु माहापातरिन रानी के बल्ली, ''सुना राजा! सुना रानी! हामी भाटा ने डेरा आसूँ। दुला पड़घाउक जावँ, रानी।''

बलतो के सुनली माहापातरिन रानी आउर हरबर-हरबर तियार होली। कलस-दिया बारली, मुँड ओड़नी दिली आउर घर ले निकरली। जाते-जाते गेला डाहाँकरैया चो डेरा लगे। हुता अमरुन माहापातरिन रानी मुँड चो कलस के उतराली। हाते पोतनी धरली आउर चार खुटेया लिपली। मँजी बाना लिखली, चन्दन-काट मँडाली। फेर मुँडे कलस बोहली आउर भाचा चो हात धरुन चन्दन-काठे, बेल-काठे उबाली। झारी पानी धरली रानी आउर पाँय धुआली। चाउर-टिका दिली, होम-आरती दिली आउर बाबू चो टोंड के चुमली। डाहाँकरैया बुबू चो पाँय पड़लो। तेबे माहापातरिन रानी डाहाँकरैया के अड़घाव-पड़घाव करली आरु धँगड़ा रासी के बल्ली, ''सुना बाबू, धँगड़ा रासी! बाबू के खाँदगोड़ी चघावा बाबू मन आरु दुली-माहाले निंया।''

बलतो के धँगड़ा रासी मन राजा के खाँदगोड़ी चघाला आउर राजा-माहाले निला। रानी हुता मसनी ओछाली आउर डाहाँकरैया के डँडिक बसाली। फेर दुला-छापरे निली आउर सब जोड़ा के ठोवली। हरबर-हरबर होओत राजा-रानी। बाबू मन के बल्ली रानी, ''तुमी सब जोड़ा के धरा बाबू। डारा-छापरे निंया।''

बलतो के धँगड़ा रासी सब जोड़ा के धरला आरु डारा-छापरे निला। बाँजाराजा-बाँजिनरानी डारा-छापरे आसोत। बाँजिनरानी बल्ली बाँजाराजा के, ''सुना राजा,

ऐसा कहने पर नवयुवकों ने सबको पानी दिया। दादा-बाई ने हाथ धोये और भोजन करने बैठ गये। पंक्तियों में जा बैठे। पत्तल बाँटनेवालों ने पत्तल बाँटे, दोने बाँटनेवालों ने दोने, भात बाँटनेवालों ने भात और दाल बाँटनेवालों ने दाल बाँटे। सबको परोसा गया। सब लोगों ने प्रेमपूर्वक भोजन किया। तब राजा-रानी ने भी भोजन किया। भोजन के बाद राजा ने नवयुवकों से कहा, ''सुनो बाबू, नवयुवको! तुम लोग सारी सामग्री गाड़ी में रखो।''

सुनकर नवयुवकों ने सारी सामग्री गाड़ी में रखी। रानी जल्दी तैयार हो गयी। हाथ में पोतनी लेकर चारों चौखाने लीपा। बीच में बाना लिखा, चन्दन का पीढ़ा रखा और कलश-दीप जलाया। रानी ने सिर पर ओढ़नी रखी और डाहाँकरैया के हाथ पकड़कर उसे चन्दन के पीढ़े पर खड़ा किया। झारी पानी लेकर राजा के पाँव धुलाये, चावल का टीका लगाया। होम-आरती की, स्वागत किया। दूल्हे का स्वागत कर गाड़ी में बिठाया। फौज-पटाखे के साथ भँवरा नँगर छोड़कर हरदी नँगर जाने लगे। चलते-चलते हरदी नँगर जा पहुँचे। तब रानी ने राजा से कहा, ''हम अचानक कैसे जाएँगे, राजा? मैदान में डेरा बनाकर रुकें।'' और उन्होंने मैदान में डेरा बनाया। फिर रानी बजनिया-मोहरिया को लेकर दुल्हन के महल में गयी। नौ खंडा महल में पहुँचकर माहापातर राजा और माहापातरिन रानी से बोली, ''सुनिये राजा! सुनिये रानी! हम मैदान में रुके हुए हैं। दूल्हे का स्वागत करने चलें, रानी।''

सुनकर माहापातरिन रानी जल्दी-जल्दी तैयार हो गयी। कलश-दीप जलाया, सिर पर ओढ़नी रखी और घर से निकल पड़ी। जा पहुँची डाहाँकरैया के डेरे पर। वहाँ पहुँचकर माहापातरिन रानी ने सिर का कलश उतारा। हाथ में पोतनी ली और चारों चौखाने लीपा। बीच में बाना लिखा, चन्दन का पीढ़ा रखा। फिर कलश सिर पर ले भाँजे का हाथ पकड़कर उसे चन्दन के पीढ़े पर खड़ा किया। झारी में पानी लेकर रानी ने उसके पाँव धुलाये। चावल का टीका लगाया, होम-आरती की और बाबू का मुख चूमा। डाहाँकरैया ने बुबू[20] के पाँव छुए। तब माहापातरिन रानी ने डाहाँकरैया का स्वागत किया और नवयुवकों से कहा, ''सुनो बाबू, नवयुवको! बाबू को कंधे पर बिठाओ बाबू और दुल्हन के महल में ले जाओ।''

ऐसा कहने पर नवयुवकों ने राजा को कन्धे पर बिठाया और राजा के महल में ले चले। रानी ने वहाँ चटाई बिछायी और डाहाँकरैया को थोड़ी देर बिठाया। फिर दूल्हा के छावन में ले गयी और सारी सामग्री रख दी। राजा-रानी अब जल्दी मचाने लगे। बाबू लोगों से बोली रानी, ''तुम सारी सामग्री डारा-छापर में ले जाओ, बाबू।''

सुनकर नवयुवकों ने सारी सामग्री ली और डारा-छापर में ले गये। बाँजाराजा और बाँजिनरानी डारा-छापर में हैं। बाँजिनरानी ने बाँजाराजा से कहा, ''सुनिये

बाँजाराजा! हामी तेल-हरदी बाटूँ राजा, परला-बिछना बाटूँ। बिहाव-जोड़ा बाटूँ। दुली-माहाले जावँ।''

बल्ला आरु राजा-रानी गेला दुली-माहाले। बाजे बसला। रानी बल्ली माहापातरिन रानी के, ''सुना समधिन, मोचो समधिन! तेल-हरदी बाटूँ समधिन। परला-बिछना बाटूँ।''

राजा-रानी सुनला आउर नवखँड माहाल छाँडला आरु बाँजाराजा-बाँजिनरानी सँगे गेला डारा-छापरे। हुता बाँजिनरानी सब जोड़ा के निकराली। परला-बिछना निकराली, तेल-हरदी निकराली, कलसा-रुखी निकराली, बिहाव-हाँडी निकराली आउर दुनों बाटे बाटते गेली। बाटा-बाटी होला तेबे माहापातरिन रानी धरली जमाय जाक के आउर निली आपलो माहाले। बाँजिनरानी सँगाली डारा छापरे। सब जोड़ा के दुनों रानी मन ठोवला। बाँजिनरानी गेली बाँजाराजा लगे आरु बलेसे, ''सुना राजा, बाँजाराजा! माँडो मारुक बला राजा, झोका मारुक बला। धँगड़ा रासी राँदा राँदोत, राजा। हामी माँडो माँदी देवाँ।''

बाँजाराजा सुनलो आउर धँगड़ा रासी लगे जाउन बल्लो, ''सुना बाबू, धँगड़ा रासी! झोका मारा बाबू, राँदा राँदा। हामी माँडो माँदी देवाँ।''

बलतो के धँगड़ा रासी हाते कोड़की धरला आउर झोका मारला। पानी आनतो लोग पानी आनला, आइग बारतो लोग आइग बारला। धँगड़ी पान आनला। डोकरी दोना-पतरी खिल्ला। तेबे राजा गाँयता-पुजारी के माँडो मारतो काजे बल्लो। दादा मन सुनला आउर हाते टैंगा धरला, हरदी-चाउर धरला आरु धँगड़ा रासी सँगे गेला सेतबन-हेतबन-बिन्दराबन ने। माँडो डेरी दखला आउर हरदी-चाउर फिंगला। हाते टैंगा धरला आरु हुनके गोंदला। नव ठन डेरी गोंदला, नव ठन पाटी गोंदला। माँडो गोंदला। माँडो मारुन सारला आउर डोरी हिरयाउन गेला, भारा बाँदला आरु बोहुन बिन्दराबन छाँडला। सेतबन-हेतबन छाँडला। अमरला आरु भाटा ने उबाला। रानी दखली आरु हरबर-हरबर जोड़ा जोड़ली। दुली-पुतरी बनाली, तेल-हरदी धरली। हाँडी ने हरदी घोरली, अगास दिया बारली, कलस-दिया बारली। परला ने मउड़ धरली, रोसई-चाउर धरली, मुठा रुपया धरली। मुँडे ओड़नी दिली आरु धँगड़ी रासी के बल्ली, ''सुना नोनी, धँगड़ी रासी! परला बोहुन जाहा, नोनी। माँडो पड़घाउक जावँ।'' बल्ली आउर मुँडे कलस बोहुन दुली-बाटे गेली। हुता जाउन माहापातरिन रानी के बल्ली, ''सुना समधिन, माहापातरिन! माँडो पड़घाउक जावँ, समधिन।''

बलतो के माहापातरिन रानी सुनली आउर हरबर-हरबर जोड़ा जोड़ली। आपलो जोड़ा जोड़ली। कलस-दिया बारली, अगास दिया बारली। मुँडे ओड़नी दिली आउर मुँडे कलस बोहली। घर ले बाहिर निकरली। जाते-जाते गेला। माँडो

राजा, बाँजाराजा! हम तेल-हल्दी, परला-बिछना बाँटें राजा। विवाह की सामग्री बाँटें। दुल्हन के महल में चलें।''

ऐसा कहकर राजा-रानी चले दुल्हन के महल में। पलंग पर जा बैठे। तब रानी ने माहापातरिन रानी से कहा, ''सुनिये समधिन, मेरी समधिन! तेल-हल्दी बाँटें, समधिन। परला-बिछना बाँटें।''

राजा-रानी ने सुना और नौ खंडा महल छोड़कर बाँजाराजा-बाँजिनरानी के सँग डारा-छापर[21] में गये। वहाँ बाँजिनरानी ने सारी सामग्री निकाली। परला-बिछना निकाले, तेल-हल्दी निकाली, कलसा-रुखी और विवाह की हंडियाँ निकालीं। फिर सारी सामग्री दोनों ओर बाँटती चली गयी। आपस में बाँटने के बाद माहापातरिन रानी सारी सामग्री लेकर अपने महल में चली गयी। बाँजिनरानी ने अपने हिस्से की सामग्री डारा-छापर में रख ली। फिर बाँजिनरानी गयी बाँजाराजा के पास और कहने लगी, ''सुनिये राजा, बाँजाराजा! मंडप के लिए लकड़ी लाने को कहें, राजा। झोका बनाने को कहें। नवयुवक भोजन तैयार करें, राजा। हम मंडप का भोज देंगे।''

बाँजाराजा ने सुना और नवयुवकों के पास जाकर कहा, ''सुनो बाबू, नवयुवको! झोका बनाकर भोजन तैयार करो, बाबू। हम मंडप का भोज देंगे।''

सुनकर नवयुवकों ने हाथ में कुदाली ली और झोका बनाया। पानी लाने वाले पानी ले आये, आग जलानेवालों ने आग जलायी। नवयुवतियाँ जंगल से पत्ते तोड़ लायीं और बुढ़ियों ने दोने-पत्तल सिये। तब राजा ने गाँयता-पुजारी से मंडप की लकड़ी काटकर लाने को कहा। दादा-बाबू ने सुना और हाथ में कुल्हाड़ी और हल्दी-चावल लेकर कुछ नवयुवकों के साथ सेतबन-हेतबन-बिन्दराबन में गये। मंडप के खम्भे के लिए लकड़ी देखी और हल्दी-चावल अर्पित किया। फिर हाथ में कुल्हाड़ी लेकर उसे काटा। नौ खम्भे और नौ पाटियों के लिए लकड़ी देखी और हल्दी-चावल अर्पित किया। फिर हाथ में कुल्हाड़ी लेकर उसे काटा। लकड़ी काटकर डोरी बनायी और गट्ठा बनाकर बिन्दराबन से चल पड़े। सेतबन-हेतबन छोड़ा और गाँव में आ गये। पहुँच कर मैदान में लकड़ी रख दी। तब रानी ने उन्हें देखा और जल्दी-जल्दी तैयारी की। दुल्हन की पुतली बनायी, तेल-हल्दी ली। हंडी में हल्दी घोली, आकाश-दीप और कलश-दीप जलाये। परला में मुकुट लिया, रसोई और मुट्ठी भर रुपये लिये। सिर पर ओढ़नी रखी और नवयुवतियों से कहा, ''सुनो नोनी, नवयुवतियो! परला उठा लो, नोनी। मंडप का स्वागत करने जाएँ।'' और सिर पर कलश रखकर दुल्हन की ओर गयी। वहाँ जाकर माहापातरिन रानी से बोली, ''सुनिये समधिन, माहापातरिन! मंडप का स्वागत करने जाएँ, समधिन।''

ऐसा कहने पर माहापातरिन रानी ने जल्दी-जल्दी तैयारी की। अपनी सामग्री जुटायी। कलश-दीप और आकाश-दीप जलाये। सिर पर ओढ़नी डाल कलश

लगे गेला रानी मन। मुँड चो कलस उतराला आउर हुन लगे अजिक असन जतनाला। रानी दुली-पुतरी के हुन लगे मँडाली, तेल-हरदी मँडाली। गाँयता-पुजारी दादा मन दखला आउर होम-आरती दिला। चार खुट पइँया पड़ला। भगवान नाँव धरला आउर हाते मउड़ धरुन माँडो के मउड़ बाँदला। तेल चेघाला। रानी मन गाँयता-पुजारी दादा के हरदी रिकाला। फेर माहापातरिन रानी तेल चेघाली, बाँजिनरानी चेघाली। बाँजिनरानी रोसई-चाउर दिली, मुठा रुपया दिली तेबे दादा मन माँडो बोहला आउर राजा-घरे निला। दुली-माहाले निला आउर कचाड़ुन दिला। आरती आइग धरला आउर जागा रानी के सुमरला, "सुन आया, जागा रानी! तुके खोदरा खनें आया, मयँ माँडो डेरी गाड़ें। डाहाँकरैया चो बिहाव आय आया, जानादई चो बिहाव आय।" बलते दादा मन होम-आरती दिला, चार खुट पइँया पड़ला। हाते कुस धरला, मँजी खोदरा खनला। खोदरा खनुन सारला आउर आमा-तोरन बाँदला। दार-चाउर फिंगला आउर मँजी डेरी गाड़ला। नव ठन खोदरा खनला, नव ठन डेरी मन गाड़ला। नव ठन पाटी लथला खनला, नव ठन डेरी मन गाड़ला। नव ठन पाटी लथला। माँडो गाड़ुन सारला। तेबे रानी पाँच पयली चाउर जोड़ली, दुय सोली दार जोड़ली। राजा मुँडबाँदा धरलो, मुठा रुपया धरलो आउर गाँयता-पुजारी के बिदा दिलो। बल्लो, "इतरोय ने मानुन जाहा, दादा! मयँ एचो ले आगर देउक नीं सकें।"

गाँयता-पुजारी मन बल्ला, "इतरोय तो देतो आय, राजा! एचो ले आगर कोन देसोत गुने?"

तेबे रानी बल्ली, "मयँ एकला लोग आयँ, दादा! मोके देव-तेल दे।"

बलतो के दादा 'हव देयँदे' बल्लो आउर 'मोके तेल-हरदी दे रानी, मयँ तुके देव-तेल देयँदे' बलते रानी के तेल-हरदी माँगलो। माँगतो के रानी तेल-हरदी दिली। तेबे दादा तेल-हरदी धरलो आउर माँडो के तेल चेघालो। देव-तेल माँगलो आउर रानी के दिलो। रानी देव-तेल धरली आउर गेली नवखँड माहाले। बाँजिनरानी गेली डारा-छापरे। दुनों बाटे माँडो गाड़ला आरु गाँयता-पुजारी आपलाहान घरे गेला। तेबे रानी धँगड़ी रासी के बल्ली, "सुना नोनी, तुमी धँगड़ी रासी! बाबू के नाहाउन दिया, कोरुन-गाथुन दिया। पाठा-बेनी गाथा, नवा लुगा पिंदावा। माँडो सरावा। मयँ पहिल तेल चेघायँदे।"

बलतो के धँगड़ी रासी सुनला आरु बाबू चो हात धरला, झारी पानी धरला आरु डाहाँकरैया के छापर-रेटे-निला। राजा के नाहाउन दिला। नाहाउन परला ने बसाला आउर निला डारा-छापरे। दुला-मसनी ओछाला आउर राजा के हुता बसाला। रानी के बल्ला, "सुना रानी, बाँजिनरानी! हामके तेल दिया रानी, कोरुक ककई

रखा और घर से निकली। चलते-चलते वे मैदान में जा पहुँचीं जहाँ गाँयता ने मंडप की लकड़ी ला रखी थी। सिर पर से कलश उतारा और वहाँ थोड़ी-सी सफाई की। रानी ने दुल्हन की पुतली और तेल-हल्दी वहाँ रखी। गाँयता-पुजारी ने देखा और होम-आरती की। चारों दिशाओं में प्रणाम किया। भगवान का नाम लिया और हाथ में मुकुट लेकर मंडप की लकड़ी से बाँधा। तेल चढ़ाया। रानियों ने गाँयता-पुजारी पर हल्दी डाली। फिर माहापातरिन रानी और बाँजिनरानी ने भी तेल चढ़ाये। बाँजिनरानी ने रसोई-चावल और मुट्ठी भर रुपये दिये तब दादा-बाबू ने मंडप कन्धे पर उठाया और राजा के घर ले चले। दुल्हन के महल में ले जाकर रख दिया। फिर आरती-आग लेकर जागारानी को सुमरा, ''सुनो आया, जागारानी! तुममें गड्ढा खोद रहा हूँ, मैं मंडप का खम्भा गाड़ रहा हूँ। डाहाँकरैया और जानादई का विवाह है।'' कहते दादा-बाबू ने होम-आरती कर चारों दिशाओं में प्रणाम किये। हाथ में सब्बल लेकर बीच का गड्ढा खोदा। गड्ढा खोदकर आम का तोरण बाँधा। दाल-चावल अर्पित कर बीच का खम्भा गाड़ा। फिर नौ गड्ढे खोदकर नौ खम्भे गाड़े। नौ पाटियाँ लादीं। मंडप गाड़ने का काम समाप्त हुआ। तब रानी ने पाँच पायली चावल, दो सोली दाल लिए। राजा ने साफा और मुट्ठी भर रुपये लिये और गाँयता-पुजारी को विदाई दी और कहा, ''इतने से ही सन्तोष कर लें, दादा! मैं इससे अधिक नहीं दे सकता।''

गाँयता-पुजारी बोले, ''इतना ही तो दिया जाता है, राजा! इससे अधिक कौन देता है भला?''

तब रानी ने कहा, ''मैं अकेली हूँ, दादा! मुझे देव-तेल दो।''

दादा ने 'हाँ, दूँगा' कहा और 'मुझे तेल-हल्दी दो रानी, मैं तुम्हें देव-तेल दूँगा' कहकर रानी से तेल-हल्दी माँगी। माँगने पर रानी ने उसे तेल-हल्दी दी। तब दादा ने तेल-हल्दी ली और मंडप को तेल चढ़ाया। देव-तेल माँगकर रानी को दिया। रानी देव-तेल लेकर नौ खंडा महल में गयी। बाँजिनरानी गयी डारा-छापर में। गाँयता-पुजारी ने दोनों ओंर मंडप गाड़े और अपने घर चले गये। तब रानी नवयुवतियों से बोली, ''सुनो नोनी, नवयुवतियों! बाबू को नहला दो, कंघी कर दो। पीछे की वेणी गूँथो और नये कपड़े पहनाओ। मंडप लीप डालो। मैं पहला तेल चढ़ाऊँगी।''

सुनकर नवयुवतियों ने बाबू का हाथ पकड़ा और झारी पानी लेकर उसे छापर के किनारे ले गयीं। राजा को नहला दिया। नहलाकर परला में बिठाया और ले गयीं डारा-छापर में। दूल्हे की चटाई बिछायी और राजा को उस पर बिठाया। रानी से बोलीं, ''सुनिये रानी, बाँजिनरानी! हमें तेल दें रानी, कंघी करने के लिए ककई[22] दें। हम तेल चुपड़ देंगी, वेणी गूँथ देंगी।''

दिया। हामी तेल घसुन देउँदे, बेनी गाथुन देउँदे।''

बलतो के बाँजिनरानी राई-सरसों चो तेल, काचा तिली चो तेल दिली। हाती दात चो ककवा दिली। तेबे नोनी मन धरला आउर राजा के तेल घसला, कोरुन-गाथुन दिला आउर पाठा बेनी गाथुन दिला। नवा लुगा पिंदाला आउर राजा के समाराउन दिला। तेबे रानी बल्ली राजा के, ''सुना राजा, बाँजाराजा! तुमी बाबू के मउड़ बाँदा।''

बलतो के राजा हाते मउड़ धरलो आरु गेलो बेटा लगे आउर पुरे जाउन उबलो। अरगफुली थिपालो, हाते मउड़ धरलो, चार खुट पाँय पड़लो आउर बाबू के मउड़ बाँदलो। रानी परला ने चाउर धरली, टाँडी ने हरदी घोरली आउर नोनी मन के बल्ली, ''सुना नोनी, धँगड़ी रासी! परला बोहुन जाहा, नोनी।'' बलुन आपन पुने बेटा चो हात धरली आउर माँडो ने नेउन उबाली। नोनी मन के बल्ली, ''तुमी हात धरा-धरी होआ, नोनी। गित गावतो आय।''

बलतो के धँगड़ी रासी सुनला आरु हात धरा-धरी होउन भुँआर बुल्ला। भुँआर गित गावला। एकिस कोटी बाजा-बाजे, बाइस कोटी मोहरी बाजे। धँगड़ा माँदर मारोत, धँगड़ी रिलो गाओत। डारा-छापरे बाजा बाजे। रानी पुने डाहाँकरैया के भुँआर बुलाउन सारली। चन्दन-काट मँडाली आउर हुता डाहाँकरैया के बसाली। परला चो चाउर के मँडाली आउर माहापातरिन रानी के बल्ली, ''सुना समधिन, तुमी माहापातरिन! पहिल बान भरा, समधिन। बान भरतो आय।''

बलतो के माहापातरिन रानी बान भरली। बाँजिनरानी झोकली। असने-असने सात बान भराली। तेबे तेल-हरदी मँडाली रानी आउर डाहाँकरैया के तेल चेघाला। जागारानी चेघाली, धरती माता चेघाली, गाँवकारिन, जिमिदारिन, घरगोसिन, बिरे हनुमान, बजरँगबली, राम-लखन, दन्तेसरी, माता-मावली, बरमा-बिसनू-महेसर भगवान सब लोग चेघाला। हुता जितरो उपरपुरिया रहोत सब झन डाहाँकरैया के तेल चेघाला आउर लाड़-चुमा चुमला। हरदी नँगर चो राजा-रानी पहिल तेल चेघाला। दादा-बाई बले चेघाला। तेल चेघाउन सारलो पाछे रानी बाबू चो हात धरली आउर डारा-छापरे निली। बाबू चो मउड़ हेड़ली, दुला-मसनी ओछाली आउर हुता बसाली। फेर सब झन गेला दुली-बाटे। धँगड़ी रासी मन दुली के नाहाउन दिला, तेल-फुल घसुन दिला। कोरुन-गाथुन दिला, पाठा बेनी गाथुन दिला। नवा लुगा पिंदाला। सब जोड़ा के धरला नोनी मन आरु माँडो सराला। कलस दिया बारला। जानादई के बसाला। माहापातर राजा पुने जानादई के महुड़ बाँदलो। माहापातरिन रानी तेल-हरदी धरली, बेटी चो हात धरली आउर माँडो ने नेउन उबाली। भुँआर बुलाली। भुँआर बुलाउन जानादई के बसाली आउर बान

सुनकर बाँजिनरानी ने राई-सरसों का तेल, कच्चे तिल का तेल दिया। हाथी-दाँत का ककवा[23] दिया। तब नवयुवतियों ने लेकर राजा को तेल चुपड़ कर उसे कंघी कर दी और पीछे की वेणी गूँथ दी। नये कपड़े पहनाये और राजा को तैयार कर दिया। तब रानी ने राजा से कहा, ''सुनिये राजा, बाँजाराजा! आप बाबू को मुकुट बाँधें।''

ऐसा कहने पर राजा हाथ में मुकुट लेकर गया बेटा के पास और सामने खड़ा हो गया। अरगफुली टपकायी, हाथ में मुकुट लिया और चारों दिशाओं में प्रणाम कर बाबू को मुकुट बाँधा। रानी ने परला में चावल लिया, टाँडी में हल्दी घोली और नवयुवतियों से बोली, ''सुनो नोनी, नवयुवतियों! परला उठा लो, नोनी।'' और स्वयं बेटा का हाथ पकड़ा और उसे मंडप में लाकर खड़ा किया। नोनी से बोली, ''तुम लोग आपस में एक-दूसरे के हाथ पकड़ो, नोनी। गीत गाना है।''

ऐसा कहने पर नवयुवतियों ने एक-दूसरे के हाथ पकड़े और भाँवर[24] घूमने लगीं। उन्होंने भाँवर[25] के गीत गाये। इक्कीस कोटि बाजे और बाई कोटि मोहरियाँ बजने लगीं। नवयुवक माँदर बजा रहे थे और नवयुवतियाँ रिलो गा रही थीं। डारा-छापर में बाजे बज रहे थे। रानी ने डाहाँकरैया को फेरे लगवाये। चन्दन का पीढ़ा रखा और माहापातरिन रानी से कहा, ''सुनिये समधिन, माहापातरिन! पहला बान[26] भरें, समधिन। बान भरना है।''

यह सुनकर माहापातरिन रानी ने बान भरा। बाँजिनरानी ने लिया। इस तरह उसने सात बार बान भराये। तब रानी ने तेल-हल्दी रखी और डाहाँकरैया को तेल चढ़ाया। जागारानी ने चढ़ाया, धरती माता, गाँवकारिन, जिमिदारिन, घरगोसिन,बिरे हनुमान, बजरंगबली, राम-लखन, दन्तेसरी, माता-मावली, बरमा-बिसनू-महेसर भगवान आदि सब ने तेल चढ़ाये। वहाँ जितने भी उपरपुरिया[27] थे सब ने डाहाँकरैया को तेल चढ़ाये और लाड़-भरे चुम्बन लिए। हरदी नँगर के राजा-रानी ने पहला तेल चढ़ाया। तेल चढ़ाए और लाड़-भरे चुम्बन लिए। दादा-बाई ने भी चढ़ाया। तेल चढ़ाने के बाद रानी के बाबू का हाथ पकड़ा और डारा-छापर में ले गयी। बाबू का मुकुट निकाला, दूल्हे की चटाई बिछायी और उस पर उसे बिठाया। फिर सब के सब गये दुल्हन की तरफ। नवयुवतियों ने दुल्हन को नहलाया, तेल-फूल लगाया। कंघी कर बाल सँवारे और पीछे की वेणी गूँथ दी। नये कपड़े पहनाये। फिर सारी सामग्री लेकर मंडप लीपा। कलश-दीप जलाये। जानादई को बिठाया। माहापातर राजा ने जानादई को मुकुट बाँधा। माहापातरिन रानी ने तेल-हल्दी ली और बेटी का हाथ पकड़ कर उसे मंडप में ले जाकर खड़ा किया। भाँवर लगवाये। भाँवर लगवाकर जानादई को बिठाया और बान भराया। बान भरवाकर तेल-हल्दी रखी और राजा-

भराली। बान भराउन तेल-हरदी मँडाली रानी आउर राजा-रानी दुनों झन बेटी के तेल चेघाला। जितरो देवगन रहोत, जितरो भगवान लोग रहोत, सब लोग हुनके तेल चेघाला। गाँयता-पुजारी चेघाला, माँजी-मुकासी चेघाला। तिनपुरेया चेघाला, तिनपुरिन चेघाला। तेल चेघाउन नोनी के उठाला आउर नवखँड माहाले निला। दुली-मसनी ओछाला आरु जानादई के हुता बसाला। तेबे बाँजिनरानी पुने बाँजाराजा के बल्ली, "सब के हात धुआवा, राजा। सब के खाना खुआवा।"

बलतो के राजा तियारलो धँगड़ा रासी के। तेबे धँगड़ा रासी सुनला आउर सब के पानी दिला, हात धुआला। दादा-बाई मन ओरी-चो-ओरी बसला। पतरी बटेया पतरी बाटला, दोना बटेया दोना, भात बटेया भात, दार बटेया दार बाटला। सब के पुरुन गेली। सब झन खाउन-पिउन उठला। राजा-रानी डारा-छापरे गेला। रात काजे सब झन सोवला। दुसर दिन कुकड़ाबासी चेतली बाँजिनरानी आउर धँगड़ी रासी के बल्ली, "सुना नोनी मन! बिहान पाहली। उठा।"

बलतो के धँगड़ी रासी तड़बड़ाउन उठला। फापड़ झुड़ा बाँदला आउर ठोटी बाहरी धरुन डारा-छापर के सरा-बड़ा करला। छड़ा-छड़ी दिला। राजा-रानी दतुन-पतर करुन आँगे असनाँद होला। सुका कपड़ा पिंदला, ओधा कपड़ा खाले गिरली। राजा-रानी हरबर-हरबर तियार होला। रानी पुने धँगड़ी रासी के बल्ली, "सुना नोनी मन! देवतेल चघावाँ। तुमी माँडो सरावा। कलस-दिया बारा।"

बलतो के धँगड़ी रासी माँडो सराला, बाना लिखला, कलस-दिया बारला। तेबे रानी बल्ली राजा के, "सुना राजा राजरपती! मोचो बात के सुना राजा। मोचो गोठ के सुना। बाबू के मउड़ बाँदा, राजा। हामी देवतेल चघावाँ।"

बलतो के बाँजाराजा सुनलो आउर हाते मउड़ धरुन बेटा लगे गेलो। बेटा चो पुरे उबलो। हाते मउड़ धरलो, चार खुट पाँय पड़लो, चार खुट हात जोड़लो आउर बाबू के महुड़ बाँदलो। रानी तेल-हरदी धरली, बाबू चो हात धरली आउर माँडो ने नेउन उबाली। तेबे धँगड़ी रासी हात धरा-धरी होला आरु भुँआर बुलाला। रानी चन्दन-काट मँडाली आउर देवतेल चेघायसे। तिनपुरेया चेघाला, तिनपुरिन चेघाला। चाउर-टिका दिला, होम-आरती दिला। डाहाँकरैया सब के पाँय पड़लो। रानी तेल चघाउन सारली आउर मोंगरा फोड़ली। माँडो थान ले बाबू के उठाली आरु निली डारा-छापरे। बाबू चो मउड़ हेड़ली आउर बसाली। फेर 'दुली बाटे जावँ।' बलते बजनेया-मोहोरेया सँग गेला दुली-बाटे। धँगड़ी रासी माँडो सराला, माँडो ने बाना लिखला, कलस-दिया बारला। हरबर-हरबर होसोत। राजा पुने महुड़ धरलो आउर जाना लगे जाउन चार खुट पाँय पड़लो। जाना के महुड़ बाँदलो। तेबे फेर रानी तेल-हरदी धरली आउर जाना चो हात के धरुन माँडो ने निली आउर

रानी दोनों ने बेटी को तेल चढ़ाया। जितने देवगण और भगवान थे वहाँ पर उन सब ने उसे तेल चढ़ाया। गाँयता-पुजारी ने चढ़ाया, माँझी-मुखासी ने चढ़ाया। तीनपुरिया-तीनपुरिनों ने चढ़ाया। तेल चढ़ाकर नोनी को उठाया और नौ खंडा महल में ले गयीं। दुल्हन की चटाई बिछायी और जानादई को उस पर बिठाया। तब बाँजिनरानी ने बाँजाराजा से कहा, ''सब के हाथ धुलाएँ, राजा। सब को भोजन कराएँगे।''

सुनकर राजा ने नवयुवकों से कहा। तब नवयुवकों ने सुना और सबको पानी दिया, हाथ धुलाये। दादा-बाई पंक्तियों में बैठ गये। पत्तल बाँटनेवालों ने पत्तल बाँटे, दोना बाँटनेवालों ने दोने, भात बाँटनेवालों ने भात और दाल बाँटनेवालों ने दाल बाँटे। सब को परोसा गया। सब लोग खा-पीकर उठ गये। राजा-रानी डारा-छापर में गये। रात को सब सो गये। दूसरे दिन मुर्गे की बाँग के साथ बाँजिनरानी जागी और नवयुवतियों से बोली, ''सुनो नोनी! सवेरा हो गया। उठो।''

ऐसा कहने पर नवयुवतियाँ हड़बड़ा कर उठीं। सिर झटककर जूड़ा बाँधा और ठूँठी बुहारी लेकर डारा-छापर की साफ-सफाई की। गोबर का छिटका दिया। राजा-रानी ने दतौन आदि से निवृत्त हो स्नान किया। सूखे कपड़े पहने, गीले कपड़े नीचे गिर गये। राजा-रानी जल्दी-जल्दी तैयार हो गये। रानी ने नवयुवतियों से कहा, ''सुनो नोनी! देव-तेल चढ़ाएँगे। तुम मंडप लीप डालो। कलश-दीप जलाओ।''

ऐसा कहने पर नवयुवतियों ने मंडप लीपा, बाना लिखा और कलश-दीप जलाये। तब रानी ने राजा से कहा, ''सुनिये राजा, राज्य के स्वामी! मेरी बात सुनें, राजा। मेरा कहा मानें। बाबू को मुकुट बाँधें, राजा। हम देव-तेल चढ़ाएँगे।''

सुनकर राजा हाथ में मुकुट लेकर बेटा के पास गया। बेटा के सामने खड़ा हुआ। हाथ में मुकुट लिया और चारों दिशाओं में प्रणाम कर बाबू को मुकुट बाँधा। रानी ने तेल-हल्दी ली और बाबू का हाथ थामकर मंडप में ले गयी और वहाँ खड़ा किया। तब नवयुवतियों ने एक-दूसरे के हाथ पकड़े और फेरे लगाये। रानी ने चन्दन का पीढ़ा रखा और देव-तेल चढ़ाने लगी। तीनपुरिया-तीनपुरिनों ने चढ़ाया। चावल का टीका लगाया, होम-आरती की। डाहाँकरैया ने सबके पाँव छुए। रानी ने तेल चढ़ाया और मोगरा फोड़ा[28]। मंडप से बाबू को उठाकर डारा-छापर में ले गयी। बाबू का मुकुट निकाला और बिठाया। फिर 'दुल्हन की ओर जाएँ' कह बजनिया-मोहरिया के सँग गयी दुल्हन की ओर। नवयुवतियों ने मंडप लीपा, मंडप में बाना लिखा और कलश-दीप जलाये। जल्दी मचाने लगे। राजा ने मुकुट लिया और जानादई के पास जाकर चारों दिशाओं में प्रणाम किया। जाना को मुकुट बाँधा। तब रानी ने तेल-हल्दी ली और जाना का हाथ पकड़कर उसे मंडप में ले जाकर खड़ा किया। नवयुवतियों ने एक-दूसरे के हाथ पकड़कर फेरे

उबाली। धँगड़ी रासी मन हात धरा-धरी होला आउर भुँआर बुल्ला। भुँआर बुलाउन सारला। रानी चन्दन-काट मँडाली आउर हुता नोनी के बसाली। तेल-हरदी चेघाते चेघाला। देव-तेल चेघाला। तेल चेघाउन रानी मोंगरा फोड़ली। फेर नोनी चो हात धरली रानी आउर निली नवखँड माहाले। महुड़ हेड़ली आरु बसाली। धँगड़ी रासी के बल्ली, ''सुना नोनी, धँगड़ी रासी! आज तेल आय, नोनी मन। दिन भर तेल चघावा। नाचुन-नाचुन चघावा नोनी, नचाउन-नचाउन चघावा।''

बलतो के धँगड़ी रासी सुनला आरु दिन भर तेल चघाला। नाचुन-नाचुन चघाला-नचाउन-नचाउन चघाला। दिन बुड़ली। दिन बुड़तो के बाँजाराजा पुने तेल-माँदी दिलो। सब झन बसला, खादला आउर राती होतो के सोवला। बड़े बिहान होतो के सब झन उठला। दतुन-पतर चाबला। राजा-रानी बले दतुन-पतर चाबला, आँगे असनाँद होला आउर बाजे जाउन बसला। रानी बल्ली राजा के, ''सुना राजा राजरपती! आज लगिन आय, राजा। उपास-चाउर टिका।''

बाँजाराजा सुनलो आउर धँगड़ा रासी के बल्लो, ''सुना बाबू, धँगड़ा रासी! आज लगिन आय, बाबू। तुमी उपास-चाउर टिका।''

बलतो के धँगड़ा रासी थारी ने चाउर धरला आउर दुली-दुली के चाउर टिकला। राजा-रानी के टिकला, धँगड़ी रासी के टिकला। राजा-रानी उपास आसोत। हरबर-हरबर होसोत राजा-रानी। झोलू पाइक के बल्लो बाँजाराजा, ''सुन बाबू, झोलू पाइक! खोरे-डाँडे जा, बाबू। आरा-पारा ने जा। बुलुन-बुलुन साँग। आज लगिन आय, बल। पचतेला-घरे एओत बलते साँग।'' हुसने माहापातर राजा बले झोलू पाइक के बल्लो।

बलतो के झोलू पाइक हरबर-हरबर तियार होलो। पाँय ने खड़ऊ पिंदलो, हाते बेद धरलो आउर डारा-छापर छाँडलो। हेंव माहापातर राजा-घरो झोलू पाइक बले हरबर तियार होलो आउर राजा-माहाल छाँडलो। दुनों पाइक मन गेला खोरे-डाँडे, आरा-पारा ने आरु गुलाय गिंजरुन-गिंजरुन बुलुन-बुलुन साँगला, ''सुना बाई, सुना नोनी! आज लगिन आय दादा-बाई। पचतेला-घरे इया।'' गुलाय साँगला आउर गेला राजा-माहाले, डारा-छापरे। बाई-नोनी मन सुनला आरु हरबर-हरबर तियार होला। कोन तो कपड़ा काचला, कोन तो आँगे असनाँद होला, कोन तो मुँड रेतला। खाना-पिना खादला आउर तियार होला। तेल-हरदी धरला, थारी ने चाउर धरला आरु घर ले निकरला। जाते-जाते गेला डारा-छापरे, नवखँड माहाले। जाउन ओरी-चो-ओरी धाड़ी-चो-धाड़ी बसला। माहापातरिन रानी दखली, बाँजिनरानी दखली। रानी मन पुने धँगड़ी रासी के बल्ला, ''सुना नोनी, धँगड़ी रासी! पचतेला लोग इला, नोनी। तुमी माँडो सराउन जाहा। माँडो ने बाना लिखा। कलस-दिया बारा नोनी।''

बलतो के सुनला धँगड़ी रासी आरु माँडो सराला, माँडो ने बाना लिखला।

लगवाये। फेरे लगवाकर रानी ने चन्दन का पीढ़ा रखा और उस पर नोनी को बिठाया। तेल-हल्दी चढ़ाने लगे। देव-तेल चढ़ाया। तेल चढ़ाकर रानी ने मोगरा फोड़ा। फिर नोनी का हाथ पकड़कर रानी उसे नौ खंडा महल में ले गयी। मुकुट निकालकर बिठाया। नवयुवतियों से बोली, ''सुनो नोनी, नवयुवतियो! आज तेल चढ़ाने का दिन है, नोनी। दिन भर तेल चढ़ाओ। नाच-नाचकर चढ़ाओ नोनी, नचा-नचाकर चढ़ाओ।''

नवयुवतियों ने सुना और सारा दिन तेल चढ़ाया। नाच-नाचकर और नचा-नचाकर चढ़ाया। दिन डूब गया। तब बाँजाराजा ने तेल का भोज[29] दिया। सब लोग बैठे और भोजन किया। रात को सब सो गये। सवेरा होने पर सब उठे। दतौन आदि से निवृत्त हुए। राजा-रानी ने भी दतौन आदि किया। स्नान कर पलंग पर जा बैठे। रानी ने राजा से कहा, ''सुनिये राजा, राज्य के स्वामी! आज लग्न है, राजा। आप उपवास-चावल का टीका लगाएँ।''

बाँजाराजा ने सुना और नवयुवकों से कहा, ''सुनो बाबू, नवयुवको! आज लग्न है, बाबू। तुम उपवास के चावल का टीका लगाओ।''

ऐसा कहने पर नवयुवकों ने थाली में चावल लिया और दूल्हा-दुल्हन को टीका लगाया। राजा-रानी को टीका लगाया, नवयुवतियों को टीका लगाया। राजा-रानी ने व्रत रखा। राजा-रानी जल्दी मचाने लगे। झोलू पाइक से बाँजाराजा ने कहा, ''सुन बाबू, झोलू पाइक! अली-गली में जा, बाबू। अड़ोस-पड़ोस में जा। घूम-घूमकर बता। आज लग्न है, कहना। पचतेला[30] के लिए आने को बता।'' इसी तरह माहापातर राजा ने भी झोलू पाइक से कहा।

सुनकर झोलू पाइक जल्दी तैयार हो गया। पाँवों में खड़ाऊँ पहने और हाथ में बेंत लेकर डारा-छापन से चल पड़ा। उधर माहापातर राजा के घर का झोलू पाइक भी जल्दी तैयार होकर राजमहल से चल पड़ा। दोनों पाइक गये अली-गली में, अड़ोस-पड़ोस में और सब तरफ घूम-घूमकर बताया, ''सुनो बाई, सुनो नोनी! आज लग्न है, दादा-बाई। पचतेला के लिए आएँ।'' सब ओर बताकर वे गये राजमहल और डारा-छाप में। बाई-नोनी ने सुना और जल्दी तैयार हो गयीं। किसी ने कपड़े धोये तो किसी ने स्नान किया, किसी ने सिर धोये। सब भोजन आदि से निवृत्त होकर तैयार हो गयीं। तेल-हल्दी और थाली में चावल लेकर घर से निकलीं। गयीं डारा-छापर और नौ खंडा महल में। जाकर पंक्तियों में बैठ गयीं। माहापातरिन रानी ने देखा, बाँजिनरानी ने देखा और नवयुवतियों से कहा, ''सुनो नोनी, नवयुवतियो! पचतेला चढ़ाने के लिए लोग आ पहुँचे हैं, नोनी। तुम लोग मंडप लीप डालो। मंडप में बाना लिखो। कलश-दीप जलाओ।''

नवयुवतियों ने सुना और मंडप लीपे, बाना लिखे। कलश-दीप जलाए।

कलस-दिया बारला। बाबू के महुड़ बाँदला, नोनी के महुड़ बाँदला। दुनों चो हात धरला बाई मन आउर माँडो ने नेउन उबाला। हात धरा-धरी होला बाई मन आउर भुँआर बुलाला। भुँआर गित गावला। भुँआर बुलाउन सारला आरु राजा-रानी के बसाला। पचतेला तेल चघाला। तेल चघाउन बाबू-नोनी के उठाला आरु डारा-छापरे नेउन दिला बाबू के, नवखँड माहाले नेउन दिला नोनी के। दुनों चो मउड़ हेड़ुन दुली-मसनी ओछाला आउर दुनों के बसाला। बाई-नोनी मन बले ओरी-चो-ओरी धाड़ी-चो-धाड़ी बसला। रानी मन पुने टाँडी ने तेल धरला आउर बाई मन चो मुँडे रिकाला। लाई-चिवड़ा दिला। देतो के बाई-नोनी मन आपलाहान घरे-घरे गेला। राजा-रानी फेर हरबर-हरबर होसोत। राजा बल्लो धँगड़ा रासी के, ''सुना बाबू, धँगड़ा रासी! पलटा तेल चघावा, बाबू। काकन बाँदा।''

तेबे धँगड़ा रासी सुनला आरु रानी के बल्ला, ''सुना रानी! हामके तेल-हरदी दिया, नवा अँगछी दिया। अजिक सुत दिया। हामी काकन बाँदुँदे।''

बलतो के रानी मन तेल-हरदी धरला, अजिक सुत धरला आरु धँगड़ा रासी के दिला। तेबे धँगड़ा रासी दुनों के महुड़ बाँदला आउर दुनों चो हात धरुन माँडो ने नेउन बसाला। दुनों के काकन बाँदला। राजा-रानी के बले बाँदला, धँगड़ी रासी के बले बाँदला। फेर पलटा तेल चघाला। नाचुन-नाचुन चघाला, नचाउन-नचाउन चघाला। तेल चघाउन सारला आरु दुनों के भितरे नेउन बसाला। रानी मन पुने हरबर-हरबर तियार होला। सेंदुर-काजर धरला, जात लाली, अगरबती, नवा लिमऊ, अरगफुली धरला। कुस ने अँगछी बाँदला। कलस-दिया बारला, अगासदिया बारला आरु बजनेया-मोहोरेया के बल्ला, ''सुना बाबू, बजनेया-मोहोरेया! चुलमाटी काजे जावँ।'' बल्ला आरु तियार होला। धंगड़ी रासी मन सुनला आरु परला बोहला। डारा-छापर छाँडला, नवखँड माहाल छाँडला। गेला खड़का-डाँडे। अमरला गाय-खड़का ने आउर परला के मँडाला। रानी पुने गाँयतिन-पुजारिन बाई के बल्ली, ''सुना बाई गाँयतिन-पुजारिन! तुमचोय माटी-गोटी आय, बाई। मोके चुलमाटी दे।''

गाँयतिन-पुजारिन सुनला आरु हुन लगे अजिक असन जतनाला। झारी पानी छिचला, काचा गोरस छिचला। जातलाली टिकला, अगरबती धराला। होम-आरती दिला, पाँय पड़ला आउर हाते कुस धरुन जागारानी के सुमरना करला, ''सुन आया जागारानी! सुन आया धरती माता! मयँ तुके खनेंसे, आया। रानी के चुलमाटी देयँसे।'' बलते अजिक असन खनला आरु रानी के चुलमाटी दिला। तेबे रानी मन झोकला। बाई मन पुने अरगफुली थिपाला, काचा लिमई काटला, सेंदुर-काजर दिला। होम-आरती दिला आउर पाँय पड़ला। तेबे सब झन खड़का डाँड छाँडला। जाते-जाते गेला बाई मन। एक कलाट मारला आउर डारा-छापरे अमरला। नवखँड माहाले गेला। तेबे रानी पुने धँगड़ी रासी के भौंती बेचतो काजे बल्ली। राजा-

फिर बाबू-नोनी को मुकुट बाँधे गये। दोनों के हाथ पकड़घर महिलाओं ने उन्हें मंडप में लाया और खड़ा कर दिया। फिर एक-दूसरे के हाथ पकड़कर उन्हें फेरे लगवाये। भाँवर-गीत गाये। भाँवर घुमवाकर राजा-रानी को बिठाया। पचतेला तेल चढ़ाया। तेल चढ़ाकर बाबू-नोनी को उठाया और बाबू को डारा-छापर में ले गयीं तथा नोनी को उसके महल में। दोनों के मुकुट निकालकर दुल्हन की चटाई बिछायी और दोनों को बिठाया। फिर बाई-नोनी पंक्तियों में बैठ गयीं। तब दोनों रानियों ने टाँडी में तेल लेकर सब महिलाओं के सिर पर डाला। उन्हें लाई-चिवड़ा दिये। तब बाई-नोनी अपने-अपने घर चली गयीं। राजा-रानी फिर से जल्दी मचाने लगे। राजा ने नवयुवकों से कहा, "सुनो बाबू, नवयुवको! पलटा तेल[31] चढ़ाओ, बाबू। कंकण बाँधो।"

तब नवयुवकों ने सुना और रानी से कहा, "सुनिये रानी! हमें आप तेल-हल्दी और नयी अँगोछी दें। थोड़ा-सा धागा भी दें। हम कंकण बाँधेंगे।"

सुनकर दोनों रानियों ने तेल-हल्दी और थोड़ा-सा धागा नवयुवकों को दिया। तब नवयुवकों ने दोनों को मुकुट बाँधे और दोनों के हाथ पकड़कर मंडप में ले जाकर बिठाया। दोनों को कंकण बाँधे। राजा-रानी और नवयुवतियों को भी बाँधे। फिर पलटा तेल चढ़ाया। नाच-नाचकर, नचा-नचाकर चढ़ाया। तेल चढ़ाने के बाद दोनों को भीतर ले जाकर बिठाया। रानियाँ जल्दी-जल्दी तैयार हो गयीं। सिन्दूर-काजल, शुद्ध लाली, अगरबत्ती, नीबू, अरगफुली ली। सब्बल में अँगोछी बाँधी। कलश-दीप जलाये, आकाश-दीप जलाये और बजनिया-मोहरिया से कहा, "सुनो बाबू, बजनिया-मोहरिया! चुलमाटी[32] के लिए चलो।" और वे तैयार हो गयीं। नवयुवतियों ने सुना और परला उठाये। डारा-छापर छोड़ा, नौ खंडा महल छोड़ा और चल पड़ीं। गयीं खड़का-डाँड[33] में। गाय-खड़का में पहुँचकर परला रखा। रानी ने गाँयतिन-पुजारिन से कहा, "सुनो बाई, गाँयतिन-पुजारिन! तुम्हारी माटी है, बाई। मुझे चुलमाटी दो।"

गाँयतिन-पुजारिन ने सुना और वहाँ पर थोड़ी-सी सफाई की। झारी से पानी छिटका, कच्चा दूध छिटका। शुद्ध लाली लगायी, अगरबत्ती जलायी। होम-आरती की, प्रणाम किया और हाथ में सब्बल लेकर जागारानी का स्मरण किया, "सुन आया जागारानी! सुन आया धरती माता! मैं तुझे खोद रही हूँ, माता। रानी को चुलमाटी दे रही हूँ।" कहते हुए उन्होंने थोड़ी-सी माटी खोदकर रानी को दी। तब रानियों ने लिया। बाइयों ने वहाँ अरगफुली टपकायी, नीबू काटा, सिन्दूर-काजल अर्पित किये। होम-आरती की और प्रणाम किया। तब सब लोग खड़का-डाँड से चल पड़े। लम्बे डग भरे और डारा-छापर पहुँच गयीं, नौ खंडा महल में जा पहुँचीं। तब रानी ने नवयुवतियों से चौरा बनाने को कहा। राजा-रानी जल्दी

रानी हरबर-हरबर होसोत। रानी फेर धँगड़ी रासी के दुला-दुली के नाहाउन देतो काजे बल्ली। तेबे धँगड़ी रासी सुनला आरु दुला-दुली के नाहाउन दिला। तेल-फुल घसुन दिला, कोरुन-गाथुन दिला। पाठा बेनी गांथला, नवा लुगा पिंदाला। दुला-दुली के समराउन दिला। बाँजिनरानी पुने सब जोड़ा जोड़ली। चार खुटेया लिपली, मँजी बाना लिखली आउर चन्दन-काट मँडाउन राजा के बल्ली, "सुना राजा, बाँजाराजा! बाबू के मउड़ बाँदा राजा। लगिन मारतो आय।"

बलतो के बाँजाराजा डाहाँकरैया के महुड़ बाँदलो। रानी कलस-दिया बारली, मुँड ओड़नी दिली। धँगड़ी मन परला धरला। रानी डाहाँकरैया चो हात के धरली आउर नेउन बाना ने उबाली। झारी पानी धरली आरु पाँय धुआली, चाउर-टिका दिली। होम-आरती दिली। अड़घाव-पड़घाव करली। दुला पड़घाउन सारली रानी आरु धँगड़ा रासी के बल्ली, "सुना बाबू, धँगड़ा रासी! बाबू के खाँदगोड़ी चघाउन दुली-माँडो ने निंया। माँडो छियावा।"

बलतो के धँगड़ा रासी दुला के खाँदगोड़ी चघाला आउर पराते-पराते निला दुली-माँडो ने आउर माँडो छिआला। माँडो छिआउन निला आरु बाना ने उबाला। तेबे जानादई के माहापातर राजा महुड़ बाँदलो। माहापातरिन रानी कलस-दिया बारली। धँगड़ी रासी हुन लगे चार खुटेया लिपला, मँजी बाना लिखला आरु चन्दन-काट मँडाला। तेबे माहापातरिन रानी मुँड ओड़नी दिली आरु जानादई चो हात के धरुन निली आउर बाना ने उबाली। अड़घाव-पड़घाव करली आउर लाड़-चुमा चुमली। फेर दुनों रानी मन अलटा-पलटा होला। माहापातरिन रानी गेली दुला-बाटे आरु बाँजिनरानी गेली दुली-बाटे। दुला पड़घाउन सारला। तिन भुँआर बुलाला दुली के आउर माँडो ने नेउन उबाला। दुनों के भेटाउन दिला। दुनों के चन्दन-काठे, बेल-काठे उबाला। रानी मन कलस मँडाउन दिला आउर जुहार-भेट होला। सुत तागला, गठ जोड़ला आउर दुला-दुली के भुँआर बुलाला। सात भुँआर बुलाला आउर दुला-मसनी आनुन हुता दुनों झन के बसाला। फेर लगिन बान भरला। बान भरुन पाछे थारी ने चाउर धरला रानी मन आउर दुनों के दाइज टिकला। धरती माता टिकली, गाँवकारिन टिकली, जिमिदारिन, घरगोसिन, बिरे हनुमान, राम-लखन टिकला। जितरो रहोत तिनपुरेया, तिनपुरिन सब लोग राजा-रानी के दाइज टिकला। टिकान सरतो के रानी पयसा गनली आउर मुठी रपाली। नाँदी होली की पुरा बलते दखला जे पुरा होऊ रहे। सब चो निती सरली। राजा-रानी के उठाला आरु डारा-छापरे निला। एक डँडिक हुता बसाली बाँजिनरानी हुन मन के आउर फेर दुली-घरे निली। नेतो के धँगड़ी रासी मन झटके जाउन बाट छेकला। भितरे ओलुक नीं देवत दुला-दुली के। तेबे बाँजिनरानी

मचाने लगे। रानी ने फिर दूल्हा-दुल्हन को नहलाने के लिए नवयुवतियों से कहा। तब नवयुवतियों ने दुल्हा-दुल्हन को नहला दिया। तेल-फूल लगाकर बाल सँवार दिये। पीठ पर झूलती वेणी गूँथ दी, नये कपड़े पहना दिये। दूल्हा-दुल्हन को तैयार कर दिया। बाँजिनरानी ने सारी सामग्री तैयार की। चारों चौखाने लीपकर बीच में बाना लिखा और चन्दन का पीढ़ा रखकर राजा से कहा, ''सुनिये राजा, बाँजाराजा! बाबू को मुकुट बाँधें, राजा। लग्न करना है।''

ऐसा कहने पर बाँजाराजा ने डाहाँकरैया को मुकुट बाँधा। रानी ने कलश-दीप जलाये, सिर पर ओढ़नी रखी। नवयुवतियों ने परला उठाये। रानी ने डाहाँकरैया का हाथ पकड़ा और ले जाकर बाना पर खड़ा कर दिया। झारी पानी लेकर पाँव धुलाये और चावल का टीका लगाया। होम-आरती की। स्वागत किया। दूल्हे का स्वागत कर रानी ने नवयुवकों से कहा, ''सुनो बाबू, नवयुवको! बाबू को कन्धे पर बिठाकर दुल्हन के मंडप में ले जाओ। मंडप छुआओ।''

सुनकर नवयुवकों ने दूल्हे को कन्धे पर बिठाया और दौड़कर दुल्हन के मंडप में पहुँचाया। वहाँ ले जाकर मंडप छुआया। मंडप छुआकर वापस ले गये और बाना पर खड़ा कर दिया। तब माहापातर राजा ने जानादई को मुकुट बाँधा। माहापातरिन रानी ने कलश-दीप जलाये। नवयुवतियों ने वहाँ चारों चौखाने लीपा, बीच में बाना लिखा और चन्दन का पीढ़ा रखा। तब माहापातरिन रानी ने सिर पर ओढ़नी रखी, जानादई का हाथ पकड़ा और उसे ले जाकर बाना पर खड़ा कर दिया। उसका स्वागत किया और लाड़-भरा चुम्बन दिया। फिर दोनों रानियों ने अपने स्थान बदले। माहापातरिन रानी गयी दूल्हे की ओर और बाँजिनरानी गयी दुल्हन की तरफ। दूल्हे का स्वागत किया गया। दुल्हन को तीन फेरे लगवाकर मंडप में खड़ा कर दिया गया। फिर दूल्हा-दुल्हन दोनों को एक ही मंडप में लाया गया। दोनों को चन्दन के पीढ़े पर बिठाया। रानियों ने कलश रख दिये और आपस में जोहार-भेंट की। धागा तैयार कर दूल्हा-दुल्हन की गाँठें जोड़ी और फेरे लगवाये। सात भाँवरें लगवाकर दूल्हे की चटाई बिछाकर दोनों को बिठाया। फिर लग्न के बान[34] भरे गये। बान भरने के बाद थाली में चावल लेकर रानियों ने दोनों को दहेज दिये। धरती माता ने दिये, गाँवकारिन, जिमिदारिन, घरगोसिन, बिरे हनुमान, राम-लखन ने भी दहेज दिये। फिर वहाँ जितने भी तीनपुरिया और तीनपुरिनें थीं, उन सबने भी राजा-रानी को दहेज दिये। टिकान[35] समाप्त होने पर रानी ने पैसे गिने और मुट्ठी रपवायी[36]। कम हुआ या पूरा यह देखा गया तो पाया कि पूरा हुआ था[37]। सारी नीतियाँ सम्पन्न हो गयीं तब राजा-रानी को उठाकर डारा-छापर में ले गये। बाँजिनरानी ने उन्हें थोड़ी देर वहाँ बिठाया और फिर दुल्हन के घर ले गयी। उन्हें जाते देख नवयुवतियाँ उत्तकी राह रोककर खड़ी हो गयीं। वे दूल्हा-दुल्हन को भीतर नहीं जाने देतीं। तब बाँजिनरानी ने

डोबली ने लाई धरली, भेला गुर धरली आउर धँगड़ी रासी के दिली। धँगड़ी रासी लाई-गुर धरला आरु बाट ले गुचला। तेबे नवखँड माहाले निला दुला-दुली के। माहापातरिन रानी दुली-मसनी ओछाली आरु दुला-दुली के हुन थाने बसाली। पयली भराली, कौड़ी खेलाली। फेर महुड़ हेड़ला। लगिन सरली। तेबे बाँजाराजा लगिन-माँदी दिलो। सब झन ओरी-चो-ओरी बसला आउर खाना-पिना करला। रात होतो के सोवला। बड़े बिहान होली। दतुन-पतर चाबला, मूँ-कान धोवला। राजा-रानी बले दतुन-पतर चाबला आउर हरबर-हरबर होसोत। रानी धँगड़ी रासी के तेल उतरातो काजे बल्ली। तेबे धँगड़ी रासी तेल उतराउन दिला। रानी दुला-दुली के रचन खेलाली आरु सब जोड़ा के धरली। बन्धासागरे गेला। बन्धासागर अमरला। गितामाई में गेला। हुता दार-चाउर फिंगला, पाँय पड़ला। रानी गाँयता-पुजारी दादा के बल्ली, "मयँ फुल-मउड़ गाड़ेंसे, दादा। तुमी कैना-पुजा दिया।"

बलतो के गाँयता दादा सुनलो आउर पानी-रेटे गेलो। कैना-पुजा दिलो। तेबे रानी मँगर बनाली, सेंदुर-काजर दिली, जातलाली दिली। दुनों के बसाली आउर हुन मन चो बेनी के हेड़ली। धँगड़ा रासी के बल्ली, "महु-खँदा के झिका, बाबू। फुल-मउड़ गाड़ा। जल ने ठँडा करा।"

बलतो के धँगड़ा रासी महु-खँदा झिकला आरु जल ने ठँडा करला। तेल-हरदी गाड़ला। आँगे असनाँद होला राजा-रानी। सुका कपड़ा पिंदला, ओधा कपड़ा खाले गिरली। कपड़ा निचाला। फेर रानी सब जोड़ा के धरली आउर बन्धा सागर छाँडला। जाते-जाते गेला। बाँजिनरानी गेली डारा-छापरे, माहापातरिन रानी गेली नवखँड माहाले। माहापातरिन रानी पुने दुला-दुली दुनों के बसाली। तेबे माहापातर राजा भोज-माँदी दिलो। सब झन काय मँजा खाना-पिना करला। राजा-रानी बले खादला। रात होतो के सब झन सोवला। दुसर दिन पाहली। तेबे बाँजिनरानी बलेसे बाँजाराजा के, "हामचो इलो खुबे दिन होली राजा। एदायँ हामी बर-माहला जावँ।"

तेबे राजा 'हव' बल्लो। डोबली ने लाई धरलो, भेला गुर धरलो राजा। राजा-रानी डारा-छापर छाँडला आउर गाँयता-पुजारी सँगे गेला नवखँड माहाले। हुन मन के दखली माहापातरिन रानी आउर झारी पानी धरली, थारी ने चाउर धरली। पाँय धुआली, चाउर-टिका दिली। राजा-रानी जुहार-भेट होला। नवखँड माहाले गेला। माहापातरिन रानी मसनी ओछाउन राजा-रानी के बसाली। तेबे बाँजाराजा-बाँजिनरानी बल्ला राजा-रानी के, "सुना समधी माहापातर! सुना समधिन माहापातरिन! हामचो इलो खुबे दिन होली समधी-समधिन। हामके एदायँ बिदा दिया। हामी बर-माहला इलुँसे।" बलुन राजा-रानी बर-माहला मँडाउन दिला। सब झन बसला। बर-माहला बाटला। बाटुन-बिरजुन खादला। माहला चो निती के सारुन राजा-

डोबली[38] में लाई तथा गुड़ की भेली लेकर नवयुवतियों को दिया। नवयुवतियाँ लाई-गुड़ लेकर रास्ते से हट गयीं। तब रानी दूल्हा-दुल्हन को नौ खंडा महल के भीतर ले गयी। माहापातरिन रानी ने दुल्हन की चटाई बिछायी और उस पर दूल्हा-दुल्हन को बिठाया। पायली भरायी और कौड़ी का खेल खिलाया। फिर उनके मुकुट निकाले गये। तब बाँजाराजा ने लग्न का भोज दिया। सब लोगों ने पंक्तियों में बैठकर भोजन किया। रात हो जाने पर सब सो गये। सवेरा हुआ। सब लोगों ने दतौन आदि किये। राजा-रानी ने भी दतौन आदि किये। वे जल्दी मचाने लगे। रानी ने नवयुवतियों से तेल उतार देने को कहा। तब नवयुवतियों ने तेल उतार दिया। रानी ने दूल्हा-दुल्हन को रचन खेलाया और सारी सामग्री लेकर सब सरोवर में गये। वहाँ पहुँचकर सरोवर को दाल-चावल अर्पित किये, प्रणाम किया। रानी ने गाँयता-पुजारी से कहा, ''मैं फूल-मुकुट गाड़ रही हूँ, दादा। आप लोग जल-कन्याओं की पूजा करें।''

गाँयता दादा ने सुना और पानी के पास गया। वहाँ उसने जल-कन्याओं की पूजा की। तब रानी ने मगर बनाया, सिन्दूर-काजल और शुद्ध लाली दी। दोनों को बिठाया और दोनों की वेणियाँ खोलीं। नवयुवकों से कहा, ''महुए की शाखा खींचो, बाबू। फूल-मुकुट गाड़ो। जल में ठंडा कर दो।''

ऐसा कहने पर नवयुवकों ने महुए की शाख खींची और जल में ठंडा कर दिया। तेल-हल्दी गाड़ी। राजा-रानी ने स्नान किया। सूखे कपड़े पहने, गीले कपड़े नीचे गिर गये। कपड़े निचोड़े। फिर रानी ने सारी सामग्री ली और सरोवर से चल पड़े। चलते चले गये। बाँजिनरानी गयी डारा-छापर में और माहापातरिन रानी गयी नौ खंडा महल में। माहापातरिन रानी ने दूल्हा-दुल्हन को बिठाया। तब माहापातर राजा ने भोज दिया। सब लोगों ने प्रेमपूर्वक भोजन किया। राजा-रानी ने भी खाया। रात होने पर सब लोग सो गये। अगला दिन हुआ। तब बाँजिनरानी बाँजाराजा से कहने लगी, ''हमें यहाँ आये बहुत दिन बीत गये, राजा। अब हम वर-माहला[39] जाएँ।''

तब राजा ने 'हाँ' कहा और डोबली में लाई और गुड़ लिये। फिर राजा-रानी गाँयता-पुजारी के सँग डारा-छापर से चल पड़े नौ खंडा महल में। माहापातरिन रानी ने उन्हें देखा और झारी में पानी तथा थाली में चावल लिया। उनके पाँव धुलाये और चावल का टीका लगाया। राजा-रानी ने आपस में जोहार-भेंट की। सब नौ खंडा महल के भीतर गये माहापातरिन रानी ने चटाई बिछाकर राजा-रानी को बिठाया। तब बाँजाराजा और बाँजिनरानी ने माहापातर राजा और माहापातरिन रानी से कहा, ''सुनिये समधी माहापातर! सुनिये समधिन माहापातरिन! हमें यहाँ आये बहुत दिन हो गये समधी-समधिन! हमें अब विदा दें। हम वर-वधू को विदा कराने आये हैं।'' ऐसा कह राजा-रानी ने वर-माहला की सामग्री रख दी। सब लोग बैठे। वर-माहला बाँटा। सब ने आपस में बाँटकर खाया। माहला की

रानी डारा-छापरे गेला आरु धँगड़ा रासी के बल्ला, "तुमी सब जोड़ा के धरा बाबू आउर गाड़ी ने जोड़ा। हामी आपन माहाले जावाँ।"

बलतो के धँगड़ा रासी सब जोड़ा धरला आरु गाड़ी ने जोड़ते जोड़ला। राजा-रानी हरबर-हरबर होसोत। जानादई नव सै लुगा पिंदली, नव सै गाहना पिंदली। झमझम साड़ी पिंदली। डाहाँकरैया आरु जानादई तियार होला। तेबे माहापातरिन रानी दुली-मसनी ओछाली आरु दुनों के बसाली। धँगड़ी रासी झारी पानी धरला आरु चार खुटेया लिपला, मँजी बाना लिखला। चन्दन-काट, बेल-काट मँडाला। रानी कलस-दिया बारली। तेबे माहापातर राजा दुनों के महुड़ बाँदलो। माहापातरिन रानी भाचा चो हात धरली आउर बाना उपरे मँडालो चन्दन-काट ने उबाली। झारी पानी धरली आउर पाँय धुआली। चाउर-टिका दिली, होम-आरती दिली। अड़घाव-पड़घाव करली। दुली पड़घाउन सारली आउर बेटी के पोटारी होउन गागेसे, "गोटोक बेटी ले बेटी नईं, गोटोक आँखी ले आँखी नईं। मोचो गोटकी बेटी आस, बेटा।" बलते तिनपुर रोना रोयसे। तेबे जानादई बल्ली, "सुन आया, माहापातरिन! तुय रोना-गाना नीं कर आया। गागा-बोगा नीं कर। बेटा जनम एऊ रते जाले राजगादी ने बसते, आया। राज धरुन खाते। बेटी अँवतार आयँ, आया। पर-घर चो चुला-फुकही आयँ। राज निकरून जायँसे आया। मयँ देस निकरुन जायँसे। तुय रोना-गाना नीं कर, आया। गागा-बोगा नीं कर।"

फेर रानी बर उसकाली। आधा बाट ले माहापातर राजा आउर माहापातरिन रानी बले गेला। बाटे थेबुन राजा-रानी जुहार-भेट होला। बाँजाराजा-बाँजिनरानी मन दुला-दुली, फउद-फटाका सँगे गाड़ी ने बसला आउर हरदी नँगर छाँडला। जाते-जाते गेला राजा-रानी। गाड़ा-बाट के छाँडला, सड़क-बाट के छाँडला आरु कानी मारगे जासोत। सेतबन-हेतबन-बिन्दराबन काजे जासोत। तले भुबुर तपे, उपरे घाम छेके, मँजी भुक लागे। झालिपिली पसना फुटे। राजा-रानी बाट रेंगते-रेंगोत। भँवरा नँगरे जासोत राजा-रानी। जाऊ-जाऊ अमरला। अमरतो के रानी बल्ली राजा के, "सुना राजा, बाँजाराजा! हामी एकेदायँ माहाले कसन जावाँ, राजा? भाटा ने डेरा रहूँ।"

बलतो के भाटा ने डेरा आसोत। तेबे राजा बल्लो झोलू पाइक के, "तुय आरा-पारा ने जा बाबू। खोरे-डाँडे जा। बुलुन-बुलुन साँग। बिहाव-बाट ले इला, बल। दुला पड़घातो आय। दुला दखुकलाय एओत। तुय सब के साँग, बाबू। राँडी-लेड़ी के साँग, गरिब-दुखी के साँग।"

बलतो के झोलू पाइक हरबर तियार होलो। पाँये खड़ऊ पिंदलो, हाते बेद धरलो आरु जाते-जाते गेलो। कोसक-दाबक रेंगलो आरु गेलो आरा-पारा ने। खोरे-डाँडे गेलो आरु सब के साँगलो, "सुना बाई, सुना नोनी! राजा-रानी बिहाव-बाट ले इला। दुला पड़घातो आय। पड़घाउक जावँ।"

नीति सम्पन्न कर राजा-रानी डारा-छापर में गये और नवयुवकों से कहा, "तुम सारी सामग्री लेकर गाड़ी में रखो। हम अपने महल जाएँगे।"

ऐसा कहने पर नवयुवकों ने सारी सामग्री ली और गाड़ी में रखने लगे। राजा-रानी जल्दी मचाने लगे। जानादई ने नौ सौ साड़ियाँ और नौ सौ गहने पहने। बड़ी ही सुन्दर साड़ी पहनी। डाहाँकरैया और जानादई तैयार हो गये। तब माहापातरिन रानी ने दुल्हन की चटाई बिछायी और दोनों को बिठाया। नवयुवतियों ने झारी पानी लेकर चारों चौखाने लीपा, बीच में बाना लिखा। चन्दन का पीढ़ा, बेल का पीढ़ा रखा। रानी ने कलश-दीप जलाया। तब माहापातर राजा ने दोनों को मुकुट बाँधे। माहापातरिन रानी ने भाँजे का हाथ पकड़ उसे बाना के ऊपर रखे चन्दन के पीढ़े पर खड़ा किया। झारी पानी लेकर उसके पाँव धुलाये। चावल का टीका लगाया, होम-आरती की। स्वागत किया। दुल्हन का स्वागत कर उसे लिपटाकर रोने लगी, "मेरी एक बेटी के अलावा और कोई बेटी नहीं है, बेटा।" इस तरह कहती हुई वह बहुत रोने लगी। तब जानादई ने कहा, "सुन आया, माहापातरिन! तू रोना-गाना मत कर, आया। मैंने बेटा के रूप में जन्म लिया होता तो राज-गद्दी पर बैठती, आया। राज- काज करती। मैं तो बेटी हूँ, आया। दूसरे घर की चूल्हा-फूँकने वाली हूँ। राज्य छोड़कर जा रही हूँ, आया! मैं देश छोड़कर जा रही हूँ। तू रोना-गाना मत कर, आया।"

इसके बाद रानी ने वर-प्रस्थान कराया। आधे रास्ते तक माहापातर राजा और माहापातरिन रानी भी गये। रास्ते में रुककर राजा-रानी ने आपस में जोहार-भेंट की। बाँजाराजा और बाँजिनरानी दूल्हा-दुल्हन और फौज-पटाखे के साथ गाड़ी में बैठकर हरदी नँगर से चल पड़े। चलते चले गये राजा-रानी। बैलगाड़ी वाले रास्ते और पक्की सड़क छोड़कर वे पैडगरी से जाने लगे। सेतबन-हेतबन-बिन्दराबन होते चले जा रहे थे। नीचे धरती तप रही थी, ऊपर तेज धूप चिलक रही थी, भूख भी लग आयी थी और सारा शरीर पसीने से लथपथ हुआ जा रहा था। राजा-रानी राह चल रहे थे। भँवरा नँगर जा रहे थे राजा-रानी। चलते-चलते जा पहुँचे। पहुँचने पर रानी ने राजा से कहा, "सुनिये राजा, बाँजाराजा! हम सीधे महल में कैसे जाएँगे, राजा? मैदान में रुकें।"

ऐसा कहकर वे मैदान में रुक गये। तब राजा बोला झोलू पाइक से, "तू अड़ोस-पड़ोस में जा, बाबू। अली-गली में जा। घूम-घूमकर बता। विवाह कर आये हैं, कहना। दूल्हे का स्वागत करना है। लोग दूल्हा देखने आएँ। तू सब को बता, बाबू। राँडी-लेड़ी को बता, गरीब-दुखी को बता।"

सुनकर झोलू पाइक जल्दी तैयार हो गया। पाँवों में खड़ाऊँ पहने, हाथ में बेंत लिया और चलता चला गया। कोस-दाब भर चलकर गया अड़ोस-पड़ोस में। अली-गली में गया और सबको बताया, "सुनो बाई, सुनो नोनी! राजा-रानी विवाह कर लौट आये हैं। दूल्हे का स्वागत करना है। स्वागत करने चलें।"

पारा-परोसिन सुनला। राँडी-लेड़ी, गरिब-दुखी सब सुनला आउर हरबर तियार होउन खाना-पिना खादला। रलो लोग कपड़ा पिंदला, तेल घसला। नाहलो लोग धड़का पिंदला, पानी घसला। हरबर-हरबर तियार होला आउर घर ले निकरला। हाती चेघया हाती चेघला, घोड़ा चेघया घोड़ा चेघला। गरिब-दुखी पैंदल गेला। रुमझुम-रुमझुम रेंगला आउर राजा-रानी लगे जासोत। चाटी चो धार असन लामला लोग। राजा-रानी लगे गेला। लगे जाउन सलाम झोकला, लाफी जाउन बसला। तेबे रानी नोनी के बल्ली, "सुन नोनी, रुपनथँवरा! लोग मन पड़घाव दखुक इला, नोनी। तुय हाते पोतनी धर आउर चार खुटेया लिप। मँजी बाना लिख, चन्दन-काट मँडाव। मयँ दुला पड़घायँदे।"

बलतो के नोनी सुनली आरु हाते पोतनी धरली। चार खुटेया लिपली, मँजी बाना लिखली, चन्दन-काट मँडाली। तेबे रानी कलस-दिया बारली, मुँड ओड़नी दिली, मुँडे कलसा बोहली आउर गेली डाहाँकरैया लगे। जाउन बेटा चो हात के धरली आउर नवखँड माहाले निली। चन्दन-काटे, बेल-काटे उबाली। झारी पानी धरली आउर पाँय धुआली। चाउर-टिका दिली, होम-आरती दिली। एकिस कोटी बाजा बाजे, बाइस कोटी मोहरी बाजे। धँगड़ा माँदर मारोत, धँगड़ी सायलोरी गाओत। रानी दुला पड़घाय। रानी दुला-दुली पड़घाउन सारली आउर पाँयमाँडा ओछाली। नवखँड माहाले निली। दुला-दुली के नवखँड माहाले ओलाली। मसनी ओछाली आउर दुला-दुली के बसाली। राजा के बल्ली, सुना राजा, बाँजाराजा! पड़घाव-माँदी राँदा। सब के खाना खुआवाँ।"

बलतो के बाँजाराजा गेलो धँगड़ा रासी लगे आउर हुन मन के झोका मारतो काजे, राँदा राँदतो काजे बल्लो। तेबे धँगड़ा रासी झोका मारते-मारला। कोन तो आइग बारला, कोन तो पानी आनला आउर कोन तो राँदा मँडाला। धँगड़ी रासी पान आनला, डोकरी मन दोनी-पतरी खिल्ला। राँदा-बाटा करला आउर सब के पानी दिला, हात धुआला। ओरी-चो-ओरी बसला बाई-दादा मन। तेबे पतरी बटेया पतरी बाटला, भात बटेया भात बाटला, दार बटेया दार बाटला। सब के पुरली। सब काय मँजा खाना-पिना करला। राजा-रानी बले खादला। खादलो पाछे दादा-बाई मन राजा-रानी के छुटी माँगला आउर गेला आपलाहान घरे। असने-असने बिहाव करलो पाँच दिन ले छय दिन होली। छय दिन ले सात-आँट, होऊ-होऊ नव दिन होली। रानी बलेसे राजा के, "सुना राजा, बाँजाराजा! धोबी बलाव करा राजा, गाँयतिन-पुजारिन बलाव करा। पिंवरी काचुन देयदे।"

बलतो के राजा झोलू पाइक के धोबी के बलातो काजे, गाँयतिन-पुजारिन के बलातो काजे पठालो। झोलू पाइक गेलो आउर धोबी के बलाउन आनलो, गाँयतिन-पुजारिन के बलाउन आनलो। इला आरु लगे जाउन सलाम झोकला, लाफी जाउन बसला। तेबे राजा बल्लो, "सुन बाबू, धोबी लोग! सुना बाई गाँयतिन-

पारा-परोसिनों ने सुना। राँडी-लेड़ी, गरीब-दुखी सबने सुना और जल्दी तैयार होकर भोजन किया। सक्षम लोगों ने नये कपड़े पहने और तेल चुपड़े। साधनहीन लोगों ने फटे-पुराने कपड़े पहने और पानी चुपड़ा। जल्दी-जल्दी तैयार होकर घर से निकल पड़े। साधन-सम्पन्न लोग हाथी-घोड़ों पर सवार होकर चले। गरीब-दुखी पैदल चले। जल्दी-जल्दी चलकर राजा-रानी के पास जाने लगे। चींटी की धार की तरह लोगों का रेला दिखायी पड़ रहा था। वहाँ पहुँचकर राजा-रानी को पास से सलाम किया और दूर जाकर बैठ गये। तब रानी ने नोनी से कहा, ''सुन नोनी, रुपनथँवरा! लोग स्वागत देखने आये हैं, नोनी। तू हाथ में पोतनी ले और चारों चौखाने लीप। बीच में बाना लिख, चन्दन का पीढ़ा रख। मैं दूल्हे का स्वागत करूँगी।''

सुनकर नोनी ने हाथ में पोतनी ले चारों चौखाने लीपा और बीच में बाना लिखा। चन्दन का पीढ़ा रखा। तब रानी ने कलश-दीप जलाया, सिर पर ओढ़नी रखी और कलश उठाकर डाहाँकरैया के पास गयी। जाकर बेटे का हाथ पकड़ा और उसे नौ खंडा महल में ले गयी। चन्दन के पीढ़े, बेल के पीढ़े पर खड़ा किया। झारी पानी लेकर पाँव धुलाये। चावल का टीका लगाया, होम-आरती की। इक्कीस कोटि बाजे और बाईस कोटि मोहरियाँ बजने लगीं। नवयुवक माँदर बजाने लगे और नवयुवतियाँ रिलो गीत गाने लगीं। रानी दूल्हे का स्वागत करने लगी। दूल्हे का स्वागत कर रानी ने पायदान बिछाया। नौ खंडा महल में ले गयी। दूल्हा-दुल्हन को नौ खंडा महल में प्रवेश कराया। चटाई बिछाकर उस पर दूल्हा-दुल्हन को बिठाया। राजा से बोली, ''सुनिये राजा, बाँजाराजा! स्वागत का भोजन राँधें। सब को भोजन कराएँ।''

ऐसा कहने पर बाँजाराजा नवयुवकों के पास गया और उनमें झोका बनाने तथा भोजन राँधने को कहा। तब नवयुवकों ने झोका बनाया। किसी ने आग जलायी तो कोई पानी ले आया और किसी ने भोजन पकाना शुरू किया। नवयुवतियाँ जंगल से पत्ते ले आयीं और बुढ़ियों ने दोने-पत्तल सिये। भोजन तैयार कर सबको पानी दिया, हाथ धुलाये। सब बाई-दादा पंक्तियों में बैठ गये। तब पत्तल बाँटनेवालों ने पत्तल बाँटे, भात बाँटनेवालों ने भात, दाल बाँटनेवालों ने दाल बाँटे। सब को परोसा गया। सब लोगों ने प्रेमपूर्वक भोजन किया। राजा-रानी ने भी खाया। खाने के बादा दादा-बाई ने राजा-रानी से विदा माँगी और अपने-अपने घर चले गये। इस तरह विवाह हुए पाँच से छह दिन बीते। छह से सात-आठ और नौ दिन बीत गये। तब रानी ने राजा से कहा, ''सुनिये राजा, बाँजाराजा! आप धोबी को बुला दीजिये राजा, गाँयतिन-पुजारिन को बुलवा दीजिये। वे पिंवरी धो देंगी।''

यह सुनकर राजा ने झोलू पाइक से कहा कि वह धोबी और गाँयतिन-पुजारिन को बुला लाये। झोलू पाइक जाकर धोबी और गाँयतिन-पुजारिन को बुला लाया। वे लोग आये और आकर सलाम किया, फिर दूर जाकर बैठ गये। तब

पुजारिन! नौ दिन होली बाबू-बाई बिहाव होलो। तुमी पिंवरी काचुन दिया।'' तेबे ए मन 'हव' बल्ला। 'हव' बलतो के रानी पिंवरी लुगा निकराउन दिली। नवा हाँडी दिली। तेबे धोबी कपड़ा-मोडरा बाँदलो। धोबी आरु गाँयतिन-पुजारिन राजा-माहाल छाँडला। जाते-जाते गेला बन्धासागरे। धोबी पुने कपड़ा-मोडरी मँडालो। आइग बारलो, पानी तपालो आरु कपड़ा डोबलो। धोबी आउर गाँयतिन-पुजारिन कपड़ा काचुन-काचुन सुकाला। आपन मन आँगे असनाँद होला। कपड़ा सुकतो के सकल्ला आउर कपड़ा-मोडरी बाँदुन बन्धासागर छाँडला। जाते-जाते गेला राजा-माहाले। रुमझुम-रुमझुम रेंगला आरु अमरला। धोबी रानी के कपड़ा सुपरित करलो। रानी पुने रोसई-चाउर धरली, मुठा रुपया धरली आउर धोबी के बिदा दिली। गाँयतिन पुजारिन के बिदा दिली। बाबू-बाई मन बिदा धरुन आपलाहान माहाले गेला। राजा-रानी आसोत। राज धरुन खासोत, देस धरुन आसोत।

सन्दर्भ

1. मायगोड़ : बड़ी हंडी। करसा-रुखी : कलश और कलश-दान।
2. परला : बाँस से बनी बड़ी थालीनुमा टोकरी। बिछना : बाँस से बनी छोटी-सी चटाई जो पायदान के काम आती है। अन्य ध्वनि 'बिझना'।
3. झाल गपा : बाँस से बना बड़ा-सा चौड़ा टोकरा जिसमें भात रखा जाता है।
4. सूपा : बाँस से बना उपकरण जो धान या चावल फटकने के काम आता है।
5. भात-भतई : भात राँधने की बड़ी और चौड़ी हंडी।
6. तेल-अँगोछी : तेल चढ़ाने की रस्म के लिए अंग वस्त्र। लगिन-पिछौरी : लग्न के लिए अंग वस्त्र। गपा-अँगोछी : गुरुमायँ सुकदई के अनुसार दूल्हा-दुल्हन को विवाह के अन्तिम दिन तालाब या नदी से नहलाकर वापस लाते समय इसकी आवश्यकता पड़ती है। किन्तु भादूदास मानिकपुरी के अनुसार, चुलमाटी के लिए जाते समय एक गमछा लगता है। यह भी कुस में बाँधा जाता है। इसे गपा अँगोछी कहा जाता है। यह दूल्हा तथा दुल्हन दोनों पक्षों के दो कुसों में बाँधा जाता है।
7. फरसी : परशु। इसे फरसा भी कहा जाता है। फरसी आकार में छोटी होती है, जबकि फरसा बड़ा।
8. पलेवाँ : खजूर प्रजाति के 'छींद' नामक पौधे की टहनी के कोमल हिस्से।
9. मंडप का मुकुट : मंडपाच्छादन के समय मंडप में बाँधा जानेवाला मुकुट। तेल का मुकुट : तेल-हल्दी चढ़ाने की रस्म के समय वर-वधू को पहनाया जाने वाला मुकुट। लग्न का मुकुट : लग्न के समय वर-वधू को पहनाया जानेवाला मुकुट। कोपरेया मुकुट : उपर्युक्त रस्मों के अतिरिक्त अन्य रस्मों के समय वर-वधू को पहनाया जानेवाला मुकुट।
10. बोथा : नदी के किनारे या दलदली जमीन में पायी जानेवाली लम्बी घास। इसे बोथा-लाटा कहते हैं। लाटा : घास।
11. पेरना : निकालना। दबाकर निकालना। दबाना।
12. टापा : समानार्थी 'कापा', 'टोपा'।
13. बीड़ा : बयाना। इससे काम लेनेवाला तथा काम करनेवाला, दोनों ही वचनबद्ध हो जाते हैं।
14. बाहना : मूसल से धान या हल्दी आदि कूटने के लिए जमीन में बना कोटर।
15. हरदी-काँडनी गीत : हल्दी कूटने का गीत। विवाह-गीतों में एक 'हल्दी-काँडनी (हल्दी कूटने का) गीत' भी है।

राजा ने कहा, ''सुन बाबू, धोबी! सुनो बाई गाँयतिन-पुजारिन! नौ दिन हो गये बाबू-बाई विवाह को। तुम लोग पिंवरी धो दो।'' तब इन लोगों ने 'हाँ' कहा। 'हाँ' कहने पर रानी ने पिंवरी की साड़ी निकालकर दी। नयी हंडी दी। तब धोबी ने कपड़ों की गठरी बाँधी। धोबी और गाँयतिन-पुजारिन राजमहल से चले। चलते चले गये और सरोवर जा पहुँचे। धोबी ने वहाँ कपड़ों की गठरी रखी। आग जलाकर पानी गरम किया और कपड़े डुबाये। धोबी और गाँयतिन-पुजारिन ने कपड़े धो-धोकर सुखाये। स्वयं भी स्नान किया। कपड़े सूखने पर समेटे और गठरी बाँधकर सरोवर से चल पड़े। चलते-चलते राजमहल चले। जल्दी-जल्दी चलकर जा पहुँचे। धोबी ने रानी को कपड़े सौंपे। तब रानी ने रसोई-चावल और मुट्ठी भर रुपये देकर धोबी को विदा किया। गाँयतिन-पुजारिन को भी विदाई दी। बाबू-बाई विदा पाकर अपने घर चले गये। राजा-रानी रह गये। वे राज-काज करते रहने लगे। देश पर शासन करने लगे।

16. पहला तेल : दूल्हा और दुल्हन को चढ़ाया जानेवाला पहला तेल।
17. देवतेल : इस महाकाव्य में देवतेल का क्रम दूसरा है। इसका कारण सम्भवतः यही है कि गाँडा जाति में भी यही क्रम है। उल्लेखनीय है कि इस महाकाव्य की गायिका सुश्री सुकदई कोराम इसी समुदाय की हैं और उन्होंने विवाह की सारी रस्मों का वर्णन अपने समुदाय में प्रचलित रस्मों के समान ही किया है। अन्य समुदायों में देवतेल का क्रम पहला है।
18. रचन : वह रस्म जिसमें दूल्हा-दुल्हन एक-दूसरे पर घुली हुई हल्दी डालते हैं।
19. भात खाएँगे : भोजन करेंगे।
20. बुबू : बुआ, मामी। यद्यपि माहापातरिन रानी डाहाँकरैया राजा की बुआ या मामी नहीं है किन्तु चूँकि बस्तर की लोक संस्कृति में बुआ या मामी की बेटी से विवाह करने का रिवाज है, इसलिए इसी रिवाज के चलते सास को बुबू और ससुर को मामा कहा जाता है। इसी तरह दामाद को भाचा (भांजा) कहा जाता है।
21. डारा-छापर : किसी भी पेड़ की पत्तोंयुक्त टहनियों से बना छावन (छप्पर)।
22. ककई : कंघी का ही ग्रामीण रूप।
23. ककवा : कंघी का ही ग्रामीण रूप। यह ककई भी कहलाता है।
24. भाँवर : फेरे।
25. भाँवर (फेरा) : गाँडा, घसिया, मरार और कोस्टा, गोंड आदि जातियों/जनजातियों में माँडो, देवतेल, पचतेला रस्मों में भी भाँवर की रस्म है। इन भाँवरों में केवल वधू या वर की ही उपस्थिति होती है और वे अकेले ही भाँवर घूमते हैं जबकि लगिन भाँवर में वर-वधू दोनों एक साथ फेरे लेते हैं। अन्य समुदायों (उदाहरण के लिए वैष्णव, ब्राह्मण, क्षत्रिय, यादव आदि जातियों) में यह भाँवर केवल लग्न के समय होता है जिसमें वर एवं वधू एक साथ फेरे लगाते हैं।
26. बान : दूल्हा और दुल्हन को चावल पकड़ाया जाता है। यही बान भरना कहा जाता है।
27. उपरपुरिया : ऊपर पुर (ऊर्ध्व लोक) के रहनेवाले।
28. मोंगरा फोड़ा : तेल-हल्दी की दोनी दूल्हा-दुल्हन के सिर में उलट दी जाती है। यही मोंगरा फोड़ना कहलाता है।
29. तेल का भोज : तेल चढ़ाने के लिए आये लोगों को खिलाया जानेवाला भोजन।

30. पचतेला : पचतेला तेल के लिए गाँव के बाकी लोगों को जो सगा नहीं होते, बुलाया जाता है। तब लोग अपनी-अपनी हैसियत के मुताबिक भेंट लेकर आते हैं। कोई कपड़े आदि लाता है और कोई चावल आदि। इस तरह गाँव के लोग आकर दुल्हन के माँडो में दुल्हन को और दूल्हा के माँडो में दूल्हा को तेल चढ़ाते हैं। यह है पचतेला। पचतेला का अर्थ है पाँच जाति के लोगों द्वारा तेल चढ़ाना। अब पाँच जाति का अर्थ रूढ़ नहीं है। इसमें पाँच से कम या अधिक जाति के और पाँच से अधिक लोग भी हो सकते हैं। पचतेला तेल चढ़ाने के लिए आये लोगों को तेल चढ़ाने की रस्म के बाद चावल-दाल आदि दिये जाते हैं और कहा जाता है कि वे भोजन करने के बाद लगिन देखने आएँ। इस तरह उन्हें पुनः अलग से न्योता देने की आवश्यकता नहीं पड़ती। वे चाहें तो उसे वहीं आसपास कहीं भी पका कर खाएँ या कि आपस में बाँट लें (स्रोत : जानकी बाई, पनका, राजागाँव, 2004)

31. पलटा तेल : वर-पक्ष के लोगों द्वारा वधू को तथा वधू-पक्ष के लोगों द्वारा वर को चढ़ाये जाने वाले तेल-हल्दी को पलटा तेल कहा जाता है। इसमें दूल्हे के शरीर से लगी तेल-हल्दी दुल्हन को तथा दुल्हन के शरीर से लगी तेल-हल्दी दूल्हे को लगायी जाती है। यह कुछ इस तरह होता है : पचतेला तेल चढ़ानेवाले लोगों के जाने के बाद पलटा तेल चढ़ाने के लिए युवकों से कहा जाता है। तब दूल्हा पक्ष के युवक जाते हैं दूल्हे के पास और उसके शरीर से चटाई में गिरकर सूख चुकी हल्दी समेटकर जाते हैं दुल्हन की ओर। तब दुल्हन पक्ष की युवतियाँ दुल्हन को कहीं छिपा देती हैं। लड़के दुल्हन को खोजते हैं और उसे माँडो में लाते हैं। वहाँ उसे महुड़ पहना कर उसी हल्दी से तेल चढ़ाते हैं। इसी तरह दुल्हन के पक्ष के युवक दुल्हन की चटाई से वैसी ही हल्दी समेट कर जाते हैं दूल्हे की ओर और उसे माँडो में लाकर महुड़ पहनाकर उसी हल्दी से तेल चढ़ाते हैं। यह होता है पलटा तेल। यानी तेल की अदला-बदली। यह तेल महिलाओं द्वारा नहीं चढ़ाया जाता (स्रोत : भादूदास मानिकपुरी, राजागाँव, 16.04.04)।

32. चुलमाटी : 'चुल' और 'माटी' इन दो शब्दों से बना है 'चुलमाटी'। कुछ लोगों के अनुसार 'चुल' यानी चूल्हा तथा कुछ लोगों के अनुसार केश, और 'माटी' यानी मिट्टी। बस्तर की लोक संस्कृति में विवाह की इस रस्म के अन्तर्गत गोठान या दोराहे से माटी समारोहपूर्वक लायी जाती है, जिसका उपयोग मंडप लीपने एवं झोका (चूल्हा) बनाने में होता है। किन्तु अपवाद स्वरूप कुछ जातियों में इस माटी का उपयोग केवल मंडप लीपने में ही होता है न कि चूल्हा बनाने में भी। 'चुलमाटी' का बस्तर के बाहर भी विवाह में अत्यन्त महत्त्वपूर्ण स्थान है। यह अलग-अलग क्षेत्र में अलग-अलग नामों से जाना जाता है। छत्तीसगढ़ी परिवेश में भी इसे इसी नाम से जाना जाता है। यद्यपि इसे बघेलखंड में 'माटी-माँगर', बुन्देलखंड में (भी) 'माट मागर', 'मटयावनो' या 'छेई माटी' तथा मालवांचल के निमाड़ क्षेत्र में 'खनमाटी' के नाम से जाना जाता है तथापि इस रस्म के मूल-भाव तथा तथा निमित्त में साम्य है। 'मध्य प्रदेश का लोक संगीत' शीर्षक अपनी पुस्तक में शरीफ मोहम्मद ने इनका विवरण इस तरह दिया है : "विवाह में 'माँगरमाटी' भी एक महत्त्वपूर्ण रस्म होती है, जिसे बुन्देलखंड में कहीं 'मटयावनो' या कहीं 'छेई माटी' भी कहा जाता है। इस अवसर पर महिलाएँ रात्रि के प्रथम पहर में सामूहिक रूप से बाजे-गाजे के साथ गाँव के बाहर जाती हैं। किसी स्वच्छ स्थान में मिट्टी खोदने का दस्तूर होता है। इस दस्तूर में मानदान की भी अनिवार्य भूमिका होती है। मिट्टी खोदने का नेग मानदान को दिया जाता है। बुन्देलखंड में मानदान का अर्थ दूल्हा या दुल्हन की फुफ्फी और फुफ्फा होता है। 'माँगरमाटी' के इस दस्तूर में स्त्रियाँ तरह-तरह की अश्लील गारी गाकर मनोविनोद करती हुई मिट्टी लेकर आती हैं।" इसी तरह उन्होंने छत्तीसगढ़ की 'चुलमाटी' का विवरण इस तरह दिया है : "छत्तीसगढ़ की वैवाहिक परम्परा में चुलमाटी का विशेष और आध्यात्मिक महत्त्व होता है। इस लोकाचार के अन्तर्गत घर की स्त्रियाँ, ढेड़हिन (सुवासिनें) तथा गाँव की अन्य महिलाओं के साथ नये परिधान पहिन कर सुवासिनें पर्रा में दीये जलाकर किसी देवस्थल या जलाशय के पवित्र स्थान से कुँआरी मिट्टी लाने के लिए जाती हैं। इस अवसर पर ढेड़हा (सुवासा) की भी विशेष भूमिका रहती है। घर से जाने और

आने तक के मार्ग में महिलाएँ 'चुलमाटी गीत' गाती हैं। उल्लेखनीय है कि शास्त्रों के अनुसार कुँआरी मिट्टी (धरती) उसे माना गया है, जिस पर इन्द्र द्वारा बरसाये गये पानी की एक भी बूँद न पड़ती हो। चुलमाटी या कुँआरी मिट्टी का भावनात्मक महत्त्व यह होता है कि ऐसे स्थान से लायी गयी मिट्टी से निर्मित चूल्हे में बनाये गये भोजन में भावी जीवन लाभदायक एवं सुखद होता है।'' बघेलखंड में 'माटी माँगर' के नाम से निभायी जानेवाली इस रस्म के बारे में विवरण है : रिवाज के अनुसार महिलाएँ घर के पूर्व या उत्तर दिशा से मिट्टी खोदकर लाती हैं। इस अवसर पर महिलाएँ समवेत स्वरों में हास्य-विनोद के गीत गाती हैं।'' मालवांचल के निमाड़ क्षेत्र में 'खनमाटी' के नाम से जाने जानेवाले इस दस्तू के विषय में भी लेखक विवरण देता है : ''विवाह निश्चित हो जानेके पश्चात् 'खनमाटी' का दस्तूर सम्पन्न किया जाता है। महिलाएँ बाजे-गाजे के साथ गाँव के बाहर किसी स्वच्छ स्थान से हाथ से खोदी हुई मिट्टी लाती हैं। इस मिट्टी से विवाह के लिए प्रयोग किये जाने हेतु चूल्हे व कोठियाँ निर्मित की जाती हैं। इस अवसर पर प्राय: हास्य-व्यंग्य पूरित विवाह गीत गाया जाता है।''

33. खड़का-डाँड : गाय-बैलों का विश्रामस्थल।
34. लगिन बान : लग्न के ठीक पहले दूल्हे को सात बार पकड़ाये जानेवाले चावल को दूल्हे की माँ दूल्हे से ले लेती है, इसी तरह दुल्हन को सात बार पकड़ाये जानेवाले चावल को दुल्हन की माँ दुल्हन से ले लेती है।
35. टिकान : वधू के माता-पिता, सगे-सम्बन्धी, इष्ट-मित्र तथा गाँव के लोगों द्वारा वधू को दी जाने वाली भेंट।
36. मुठी रपातो : एक रस्म जिसमें दूल्हा और दुल्हन को चावल समेटने के लिए कहा जाता है।
37. नाँदी होली की पूरा : नाँदी : विषम (लोक-रूढ़ि से सम)। पुरा : सम (लोक-रूढ़ि से विषम)। लोक मान्यता के अनुसार अंक का सम होना अशुभ फलदायी होता है, जबकि विषम होना शुभ। किन्तु यहाँ इसका ठीक उल्टा अर्थ लिया जाता है। वस्तुत: नाँदी का शाब्दिक अर्थ विषम है और पूरा का सम, किन्तु शुभ-अशुभ, का विचार करते समय इनके अर्थ उलट जाते हैं। लोक में रूढ़ होकर नाँदी का अर्थ सम हो गया है और पूरा का अर्थ विषम। इसके उलट कुछ जातियों में 'नाँदी' को अशुभ और 'दुआ' या 'पुरा' को शुभ माना गया है। दिनांक 16.4.04 को राजापारा, बड़े कनेरा के भादुदास मानिकपुरी जो पनका समुदाय के हैं, से हुई बातचीत में उन्होंने बताया कि नाँदी (विषम संख्या) होने पर 'नाँदी आउर घर बाँदी' कहा जाता है। 'नाँदी आउर घर बाँदी' एक कहावत है। इसका अर्थ है कि वर या वधू में से कोई-न-कोई आगे चलकर पुनर्विवाह करेगा/करेगी। लेकिन यदि 'दुआ' या 'पूरा' (सम संख्या) हुआ तो माना जाता है कि उनका दाम्पत्य जीवन सुखपूर्वक बीतेगा। कुछ लोग इसका एकतरफा अर्थ लगाते हुए कहते हैं कि ऐसा होने पर दूल्हे द्वारा पुनर्विवाह करने की सम्भावना बनी रहती है।
38. डोबली : पत्तों से बना कटोरेनुमा पात्र। इससे बड़े आकार के पात्र को 'डोबला' कहा जाता है। पत्तों से बने पात्रों के कई प्रकार हैं। उदाहरणत: चोकोनी दोनी, मुँडी दोनी, दोना, पतरी, चिपड़ी आदि।
39. वर-माहला : विवाह सम्पन्न होने के बाद वर-वधू को वधू के घर से वर के घर ले जाने के लिए पूछने जाना। इस रस्म में भी वर-पक्ष द्वारा वधू-पक्ष के लिए भेंट आदि ले जाई जाती है।

अधया–15

जानादई जो तीजा उपास रतो

असने–असने बिहाव होलो छय महेना होली, साल भर होली। तेबे जानादई दखली, बाबू मन सब झन के उपास–चाउर बाटते रहोत। हुन पुने डाहाँकरैया राजा के बल्ली, ''सुना राजा, डाहाँकरैया! सब झन तिजा उपास आसोत राजा। मयँ बले रहेंदे। तुमी मोके उपास–जोड़ा जोड़ुन दिया।''

बलतो के डाहाँकरैया राजा झोलू पाइक के हाक दिलो आरु बल्लो, ''सुन बाबू, झोलू पाइक! जानादई हट मतायसे, बाबू। हुन बले तिजा उपास रहुआय मने। तुय उपास–जोड़ा जोड़ुन दे। उपास–चाउर बाट।''

बलतो के झोलू पाइक दार–चाउर जोड़लो, आकुड़ कुन्दरु जोड़लो, राम चेरचेंडा जोड़लो, काला मुँग चो दार जोड़लो। खुटीमड़वा भाजी जोड़लो, बैंगन–भाटा जोड़लो, कड़ू करेला जोड़लो। उपास–चाउर बाटलो। रानी के बले उपास–चाउर दिलो।

अध्याय-15

जानादई का तीजा उपवास रखना

इस तरह विवाह हुए छह महीने बीत गये, साल भर बीत गया। तब जानादई ने देखा, नवयुवक सब लोगों को उपवास का चावल बाँट रहे थे। उसने यह देख डाहाँकरैया राजा से कहा, "सुनिये राजा, डाहाँकरैया! सब लोग तीजा का उपवास रख रहे हैं, राजा। मैं भी उपवास रखूँगी। आप मेरे लिए उपवास की सामग्री जुटा दें।"

ऐसा कहने पर डाहाँकरैया राजा ने झोलू पाइक को बुलाया और कहा, "सुन बाबू, झोलू पाइक! जानादई हठ कर रही है, बाबू। वह भी तीजा उपवास रखेगी। तू उपवास की सामग्री जुटा दे। उपवास का चावल बाँट।"

सुनकर झोलू पाइक ने दाल-चावल, आकुड़ कुन्दरु[1], राम चेरचेंडा, काले मूँग की दाल जुटाई। खुटीमड़वा भाजी, बैंगन, कड़ुआ करेला ले आया। उपवास का चावल बाँटा। रानी को भी उपवास का चावल[2] दिया।

सन्दर्भ

1. आकुड़ कुन्दरु : छोटे प्रजाति का कुन्दरु। एक सब्जी। 2. उपास-चाउर : जो लोग व्रत रखने वाले हैं उनके माथे पर चावल का टीका लगाया जाता है। यही है उपास चाउर टिकना।

अधया-16

डिंडानकुल सँगे रुपनथँवरा चो भेट-घाट

फरफर-फरफर पंगर फाटली। गऊ के बाँदन छुटली। बन चो मँजुर बल्ली। बेड़ा चो सारस बले बल्ली। सोनाबाली कुकड़ा डाकली [1]। कैना चो काने उआज इली। उआज एतो के रुपनथँवरा तड़बड़ाउन चेतली। फापड़झुड़ा बाँदली आउर घर ले बाहिर निकरली। ठोटी बाहरी धरली आरु अगवाड़-पिछवाड़ बाहरली। सिंग-दुआर के बड़ाली। फुलर दँवड़ी में रापली आउर गुड़े नेउन डारली। फेर गाँयता दादा के बल्ली, "सुन दादा, गाँयता लोग! मोके लोन-चिपटी, रुपर [2] खुटा, सोनर [3] दावाँ दे, दादा। मयँ निरमल आनुकलाय जायँदे।"

बलतो के गाँयता दादा सुनलो आरु रुप चो खुटा, सोन चो दावाँ, फुल चो दँवड़ी, लोन-चिपटी दिलो। देतो के रुपनथँवरा धरली आरु घर ले निकरली। जाते-जाते गेली थँवरा। गाय-खड़का अमरली। हुता अमरुन सब जोड़ा के मँडाली आउर रुप चो खुटा के गाड़ली, सोन चो दावाँ के धरली आउर कपिला के हाक पाड़ली,

अध्याय-16

डिंडानकुल से रुपनथँवरा की भेंट

पौ फटी और इसके साथ ही गाय-बैल के बन्धन छूट गये। वन का मयूर बोला। खेत के सारस भी बोल पड़े। सोनाबेली मुर्गा भी बाँग देने लगा। कन्या के कान में आवाज आयी। आवाज आने पर रुपनथँवरा हड़बड़ा कर उठी। बालों को झटककर जूड़ा बनाया और घर से बाहर निकली। ठूँठी बुहारी लेकर घर का अगवाड़ा-पिछवाड़ा साफ किया। सिंह-द्वार साफ किया। फूलों की दँवड़ी में कचरा लिया और घूरे में ले जाकर डाल दिया। फिर गाँयता दादा से बोली, "सुन हे दादा, गाँयता! मुझे नमक की पुड़िया, चाँदी का खूँटा और सोने का दावाँ[4] दे, दादा। मैं निर्मल[5] लाने जाऊँगी।"

गाँयता दादा ने सुना और चाँदी का खूँटा, सोने का दावाँ, फूलों की दँवड़ी और नमक की पुड़िया दी। रुपनथँवरा उसे लेकर घर से निकली। चलती चली गयी। गाय-खड़का में जा पहुँची। वहाँ पहुँचकर सारी सामग्री रख चाँदी का खूँटा

''सुन आया, तुय कारी-कपिला! सुन आया, लाली-मुँगी! तुय निरमल डारुन दे, आया। मोके निरमल डारुन दे।'' बल्ली आरु कपिला के रुप चो खुटा ने बाँदली। लोन-चिपटी धरली आरु कपिला के खुआली। तेबे कपिला पुने गोबर डारुन दिली। गोबर डारुन देतो के थँवरा कपिला के ढिलुन दिली, पाठ के पेटली आरु कपिला के असिस दिली, ''जा-जा आया, कारी कपिला। हरियर दुबी चर आया, झरन पानी पी।'' बल्ली आउर निरमल के फुलर दँवड़ी ने जोड़ुन उचट मारुन बोहेसे। मान्तर निरमल नीं उठे। तेबे थँवरा 'ए लगे कोनी होदे तेबे?' बलते आका-बाका दखली। हुनी बाट ले जाते रहे डिंडानकुल। हुन पुने सिसकारी पाड़ते जाते रहे। हुनके दखली रुपनथँवरा आरु हाक दिली, ''सुन दादा डिंडानकुल! मोके निरमल बोहाई[6] दे, दादा।''

बलतो के डिंडानकुल बलेसे, ''मयँ तुचो आया चो बेटा नोहायँ ना तुचो पाठ चो भाई नोहायँ। मोके दादा नीं बल, थँवरा।''

सुनली रुपनथँवरा आरु फेर बल्ली, ''सुन भाटो, डिंडानकुल! मोके निरमल बोहाउन देस, भाटो।''

डिंडानकुल बल्लो, ''मयँ तुचो बइन चो मनुक नोहायँ। मोके भाटो नीं बल, थँवरा।''

तेबे रुपनथँवरा फेर बल्ली, ''सुना मामा, डिंडानकुल! मोके निरमल बोहाउन दिया, मामा।''

बलतो के डिंडानकुल फेर बल्लो, ''मयँ तुचो आया चो भाई नोहायँ, रुपनथँवरा। तुय मोके मामा नीं बल।''

तेबे रुपनथँवरा बलेसे, ''सुन काका, डिंडानकुल! मोके निरमल बोहाउन दे, काका।''

डिंडानकुल बल्लो, ''मयँ तुचो बाबा चो भाई नोहायँ ना तुचो आया चो देवर नोहायँ, थँवरा। तुय मोके काका नीं बल।''

तेबे रुपनथँवरा हरेयान होली आउर मने-मन बलेसे, 'ए राम भगवान! मयँ काय अकल करें, मयँ काय गियान करें?' बलते हुन पुने दिले धोका करेसे। मन ने बिचार करली आरु बल्ली, ''सुना सामी, तुमी डिंडानकुल! मोके निरमल बोहाउन दिया, राजा।''

बलतो के पाछे डिंडानकुल खँड मुचकी मारलो। मुचमुच-मुचमुच हाँसलो आरु थँवरा लगे गेलो। थँवरा के ढम् नाय एक मुटका मारलो। तेबे रुपनथँवरा बल्ली, ''तुमी हाँसी-बुकली नीं करा, नकुल। हाँसी-ढेकली नीं करा। मोचो चोली चिरा जायदे नकुल। मोचो लाहाँगा चिरा जायदे।''

बलतो के डिंडानकुल पुने थँवरा के निरमल बोहाउन दिलो। रुपनथँवरा निरमल बोहुन खड़का-डाँड के छाँडली आउर कोसक-दाबक हिंडली। राजा-

गाड़ा और सोने का दावाँ लेकर गायों को पुकारा, ''सुन आया, तू कारी-कपिला! सुन आया, लाली-मूँगी! तुम निर्मल डाल दो, आया।'' कपिला के आने पर उसे चाँदी के खूँटे से बाँध दिया। नमक की पुड़िया ले कपिला को नमक खिलाया। तब कपिला ने गोबर डाल दिया। रुपनथँवरा ने कपिला को खोल दिया और उसकी पीठ ठोंककर उसे आशीर्वाद दिया, ''जा-जा आया, कारी कपिला। हरी-हरी दूब चर आया, झरने का पानी पी।'' ऐसा कह उसने फूलों की दँवड़ी में गोबर रखा और उठाने लगी। किन्तु वह उससे नहीं उठा। तब थँवरा 'आसपास कोई होगा' सोचती इधर-उधर देखने लगी। उधर से जा रहा था डिंडानकुल। वह सीटी बजाता जा रहा था। उसे देखा रुपनथँवरा ने और पुकारा, ''सुन दादा, डिंडानकुल! मुझे गोबर उठवा दे, दादा।''

ऐसा कहने पर डिंडानकुल कहने लगा, ''मैं तुम्हारी माँ का बेटा नहीं हूँ और न ही तुम्हारा भाई। मुझे दादा मत बोल, थँवरा।''

रुपनथँवरा ने सुना और फिर से बोली, ''सुनो भाटो[7], डिंडानकुल! मुझे गोबर उठवा दो, भाटो।''

डिंडानकुल ने कहा, ''मैं तुम्हारी बहिन का पति नहीं हूँ। मुझे भाटो मत कह, थँवरा।''

तब रुपनथँवरा ने फिर कहा, ''सुनिये मामा, डिंडानकुल! मुझे गोबर उठवा दीजिये, मामा।''

डिंडानकुल ने फिर कहा, ''मैं तुम्हारी माँ का भाई नहीं हूँ, रुपनथँवरा। तुम मुझे मामा मत कहो।''

तब रुपनथँवरा ने कहा, ''सुनो काका, डिंडानकुल! मुझे निरमल उठवा दो, काका।''

डिंडानकुल ने कहा, ''न तो मैं तुम्हारे पिता का भाई हूँ और न ही तुम्हारी माँ का देवर, थँवरा। तुम मुझे काका मत कहो।''

तब रुपनथँवरा परेशान हो गयी और मन-ही-मन विचार करने लगी, 'हे राम भगवान! मैं क्या उपाय करूँ?' ऐसा विचारती वह चिन्ता करने लगी। मन में विचार किया और बोली, ''सुनिये स्वामी, आप डिंडानकुल! मुझे गोबर उठवा दीजिये, राजा।''

यह सुनकर डिंडानकुल हौले से मुस्कराया। मन्द-मन्द मुस्कराते हुए वह थँवरा के पास गया। थँवरा की पीठ पर धम्म् से एक घूँसा मारा। तब रुपनथँवरा बोली, ''आप हँसी-ठिठोली मत करें, नकुल। हँसी-ठट्ठा न करें। मेरी चोली फट जायेगी, नकुल। मेरा लहँगा फट जायेगा।''

ऐसा कहने पर डिंडानकुल ने थँवरा को गोबर उठवा दिया। रुपनथँवरा गोबर लेकर खड़का-डाँड से चल पड़ी। कोस-दाब भर चलकर जा पहुँची राजमहल। पहुँचकर गोबर उतारा। गोबर की हँडिया लायी। गोबर घोला और छिटका दिया।

माहाले गेली। अमरली आउर निरमल उतराली। निरमल-कुँडरी आनली। निरमल घोरली आउर छड़ा दिली। अगवाड़-पिछवाड़ छड़ा छिचली, सिंग-दुआर ने छिचली आउर बलेसे, "आजिर[8] छड़ा टिप्-टाप्-टिप् टाप आय, चन्दन-छड़ा पक्की आय।" फेर हाते पोतनी धरली आउर नवखँड माहाल के लिपते लिपली। माहाल-भौंता के लिपली। तुलसी-चँवरा के लिपली। लिपा-पोता करुन बरतन-भाँडा निकराली थँवरा आउर लिमऊ-चानी ने माँजली। बरतन खरलाली, दुहारली। दुहारुन उबा कुड़े डेरुन दिली। कुड़ पुने बरतन चो मारे भरली। हुसन बरतन माँजली थँवरा। फेर घयली-गुँडरी धरली आरु नवखँड माहाल छाँडली। जाते-जाते गेली। रुमझुम-रुमझुम रेंगली। एक कलाट मारली आरु बेल-बगेचा ने गेली, लिमऊ-बगेचा ने गेली। बेल टोड़ली, लिमऊ टोड़ली, मुखारी टोड़ली रुपनथँवरा आरु गेली बन्धासागरे। घयली मँडाली आरु कपुर दतुन धरली। सुरिज-भेट करली, मुँहे मुखारी गोबली, दतुन-पतर चाबली। कुरला करली। लिमऊ-चानी धरली आरु माथ मिंजली, बाल बोहराली, लदा-झुड़ा बाँदली। हरदी-मुँदा धरली, लवनी-मुँदा धरली आरु खिकसा लगड़ली। आँगे असनाँद होली थँवरा, हिरदे असनाँद होली। सुका कपड़ा पिंदली, ओधा कपड़ा तले[9] घसरली। कपड़ा खरलाली, निचाली। फेर लिमऊ-चानी धरुन नव सै गाहना माँजली, खरलाली। घयली के माँजली, खरलाली आउर मँजी धारे जाउन हलका मारुन पानी डुमली। उचट मारुन घयली के बोहली आउर बन्धासागर छाँडली। कोसक-दाबक रेंगली। लिमऊ-बगेचा ने गेली, बेल-बगेचा ने गेली। फुल-फुलवारी ने गेली। काने फुल खोचली। केकती-केंवरा ने गेली आउर काने केंवरा खोचली, मोंगरा खोचली। जाते-जाते गेली डाँक-डाली ने। गोहा-फर ने गेली, कदम-रुखे गेली। हुसने-हुसने अमरली नवखँड माहाल ने। अमरुन घयली मँडाली आउर दादा के बलेसे, "सुन दादा गाँयता लोग! सुन दादा पुजारी लोग! चन्दन काटुन दे दादा, बेल काटुन दे। मयँ आइग बारेंदे।"

बलतो के दादा सुनलो आउर सोनाबाली कुड्हार धरुन चन्दन गोंदुन दिलो, बेल गोंदुन दिलो। लकड़ी[11] गोंदुन सारलो आरु दुहारुन दिलो। तेबे थँवरा पुने झोलू पाइक के बल्ली, "सुन बाबू, झोलू पाइक! तुय मोके दार-चाउर, लोन-मिरी दे। मयँ भानस रचेंदे। राजा-भोग राँदेंदे, बाबू।"

सुनलो झोलू पाइक आरु नवखँड माहाले जाउन बारा भँडार ने ओल्लो। दार-चाउर जोड़लो, लोन-मिरी जोड़लो, आकुड़ कुँदरु, रामचेरचेंडा, खुटी मड़ुवा भाजी, बयँगन-भाटा, काला मुँग चो दार, कड़ु करेला जोड़लो आरु थँवरा के दिलो। तेबे थँवरा पुने आइग धराउक भानस खोली ने गेली। हुन आगी धरायसे मान्तर आइग नीं बरे। तेबे हुन बलेसे, "बर-बर आया अगिन माता! मयँ घिंव चो मकुट मारेंसे, आया। मयँ घिरी-पुड़ी राँदेंसे। भानस रचुन जायँसे, आया, मयँ राजा-भोग

महल के आगे-पीछे गोबर का घोल छिटका, सिंह-द्वार में भी छिटका और कहने लगी, ''आज के छींटे हल्के हैं, चन्दन का छिटका अच्छा है।'' फिर हात में पोतनी लेकर नौ खंडा महल लीपा। महल के चबूतरे लीप डाले। तुलसी-चौंरा लीपा। लिपाई-पोताई कर बर्तन-भाँडे निकाले और नीबू के टुकड़े से उनकी सफाई की। फिर धोकर भीतर ले गयी और दीवार से टिका दिया। बर्तन इतने थे कि उनसे सारी दीवार भर गयी। फिर गगरी और गुँडरी[10] लेकर नौ खंडा महल से चल पड़ी। चलती चली गयी। जल्दी-जल्दी चलकर बेल-बगीचा में गयी, नीबू के बगीचे में गयी। बेल, नीबू और दतौन तोड़ कर वह गयी सरोवर में। वहाँ गगरी रखी और सुगन्धित दतौन लिया, सूर्य नमस्कार कर दतौन किया। फिर नीबू का टुकड़ा लेकर बाल धोये और बड़ा-सा जूड़ा बाँधा। फिर उबटन लेकर देह पर मला। स्नान कर सूखे कपड़े पहने, गीले कपड़े नीचे गिर गये। फिर उसने कपड़े धोये, गहने धोये, गगरी धोयी और गगरी लेकर गयी मँझधार में। वहाँ जाकर गगरी में पानी भरा और गगरी उठाकर सरोवर से चल पड़ी। कोस-दाब भर चलकर नीबू के बगीचे में गयी, बेल के बगीचे में गयी। फूल-फुलवारी में जाकर कान में फूल खोंसे। केकती-केंवरा के पास जाकर कान में केंवरा खोंसा, मोंगरा का फूल खोंसा। फिर गयी डाँक-दाड़िम के पास, गोहा-फल के पास, कदम के पेड़ के पास। इस तरह चलती-चलती वह जा पहुँची नौ खंडा महल में। वहाँ पहुँचकर दादा से बोली, ''सुन दादा गाँयता! सुन दादा पुजारी! चन्दन की लकड़ी काटकर दे दादा, बेल की लकड़ी काटकर दे। मैं आग जलाऊँगी।''

सुनकर दादा ने सोनाबाली कुल्हाड़ी ली और चन्दन तथा बेल की लकड़ी काट दी। लकड़ी काटकर भीतर पहुँचा दिया। तब थँवरा ने झोलू पाइक से कहा, ''सुन बाबू, झोलू पाइक! तू मुझे दाल-चावल, नमक-मिर्च दे। मैं रसोई तैयार करूँगी। राज-भोग राँधूँगी, बाबू।''

झोलू पाइक ने सुना और नौ खंडा महल में जाकर बारह भंडार खोले। दाल-चावल, नमक-मिर्च, आकुड़ कुन्दरु, राम चेरचेंडा, खुटी मड़ुवा भाजी, बैंगन, काले मूँग की दाल, करेला निकालकर रुपनथँवरा को दिये। तब थँवरा आग जलाने के लिए रसोईघर में गयी। वह आग जलाने लगी किन्तु आग जल ही नहीं रही थी। तब उसने कहा, ''जलो जलो आया, हे अग्नि माता! मैं घी अर्पित करती हूँ, आया। मैं खीर-पूड़ी बना रही हूँ। मैं रसोई तैयार करती हूँ, आया। मैं राज-भोग राँध रही हूँ।'' ऐसा कहने पर आग भक् से जल उठी। तब नोनी ने रसोई की सारी सामग्री तैयार की, आग में घी डाला। तरह-तरह के साग राँधे। झोर[12] वाला साग राँधा। भोजन तैयार कर थँवरा ने पानी गरम किया। उसमें ठंडा पानी मिलाया और स्नानगृह में पहुँचा आयी। राजा-रानी को झारी पात्र और सुगन्धित दतौन दिये। तब राजा-रानी स्नानगृह में गये। दोनों गुरुमाँएँ भी गयीं। जाकर उन्होंने दतौन और स्नान किये।

राँदेंसे।'' बलतो के बुग् नाय आइग बरली। तेबे नोनी पुने भानस रचली, घिंव चो मकुट मारली। आनी-बानी साग राँदली। झोर साग राँदली। राँदा-बाटा करली थँवरा आउर पानी तपाली। हुनके पुने सेदा-भेदा करली आउर मन्दन-सिले नेउन दिली। राजा-रानी के झारी कसेला दिली, कपुर दतुन दिली। तेबे राजा-रानी गेला मन्दन-सिले। जोड़ी गुरुमायँ बले गेला मने। गेला आउर मन्दन-सिले उबुन कपुर दतुन धरला, सुरिज-भेट करला। मुँहे मुखारी गोबला, दतुन-पतर चाबला। आँगे असनाँद होला, हिरदे असनाँद होला। सुका कपड़ा पिंदला, ओधा कपड़ा खाले गिरली। फेर झारी पानी धरला आरु गेला तुलसी-चँवरा ने। चँवरा ने पानी रिकाला आरु सेवा-पुजा करला, ''बाड़-बाड़ बाई, कारी तुलसी! अगास मेलान बाड़ बाई, फकिर पाना फेक। तुय-मयँ बाँहाँ-जोरी बाई, तुय-मयँ हन्सा-जोरी। जिव भर तुचो सेवा करुक मिरो, बाई।'' बलते होम-आरती दिला, पाँय-पटा पड़ला आरु नवखँड माहाले गेला। जाउन बाजे बसला। राजा-रानी चो नाहालो पानी, जोड़ी गुरुमायँ चो नाहालो पानी झुरमुर गँगा बोहेसे। बेड़ा-खाड़ा ने बोहली, नँदी-नाला असन बोहली। हुन पानी ने जोगी दादा पुने डोंगा खेलसे, ढीवर माछ मारेसे। मरार टेंडा टेंडेसे, मरारिन बाई भाजी धोयसे बामन पयता माँजेसे मने आउर जानू बामनिन एड़ी माँजेसे। केंवटा जाल फेकेसे मने आउर केंवटिन बाई मछरी धरेसे। केंवटिन पुने मछरी धरली आरु 'आजिर मछरी के बिकी नीं होय, इतरो आसोत,' बलते मछरी के टिका लागली आउर राँदा-बाड़ा करली। हेंव पुने रुपनथँवरा राँदा-बाड़ा करली आरु राजा-रानी के, जोड़ी गुरुमायँ के खाउक दिली। राजा-भोग हेड़ली, पानी डुमली आरु राजा-रानी के दिली, जोड़ी गुरुमायँ के दिली। हात अचाला आरु खाउक बसला। चन्दन-काटे राजा-रानी बसला, बेल-काटे जोड़ी गुरुमायँ बसला। नोनी पुने भोग मँडाउन दिली, साग मँडाउन दिली। खादला नीं खादला, अढ़ई कवँरा खादला आरु थारी के सरकाउन हात अचाला। उठला आरु बाजे जाउन बसला। तेबे जोड़ी गुरुमायँ बल्ला झोलू पाइक के, ''सुन बाबू, झोलू पाइक! तुय बिड़ा भाँज आरु राजा-रानी के देस। जोड़ी गुरुमायँ के देस।''

बलतो के झोलू पाइक सुनलो आरु बिड़ा भाँजुन राजा-रानी के दिलो, जोड़ी गुरुमायँ के दिलो। राजा-रानी खादला, जोड़ी गुरुमायँ खादला। तेबे रानी बल्ली रुपनथँवरा के, ''सुन नोनी, रुपनथँवरा! तुय सब के तिल-तिल बाल-बाल बाट। सब के जेवनार दे।''

तेबे सुनली रुपनथँवरा आरु नवखँड माहाल ने जितरो लोग रहोत सब के तिल-तिल बाल-बाल बाटली। सब के जेवनार दिली। आपन बले खादली। सब लोग खाउन-पिउन तियार होला। तेबे रुपनथँवरा बरतन-भाँडा सकल्ली, बड़ा-ओंडा करली। गुरुमायँ बल्ली नोनी के, ''तुय अगासदिया बार रे नोनी। सेवा-

सूखे कपड़े पहने और झारी में पानी लेकर तुलसी-चौरा में गये। तुलसी में पानी डाला और सेवा की, ''बढ़ो-बढ़ो बाई, कारी तुलसी! आकाश का स्पर्श करो बाई। नयी कोंपलें निकलें। तुम-मैं जैसे दो बाँहों की जोड़ी बाई, तुम-मैं जैसे दो हँसों की जोड़ी। जीवन भर हमें तुम्हारी सेवा का अवसर मिले, बाई।'' ऐसा कहते होम-आरती की, प्रणाम किया और नौ खंडा महल में चले गये। जाकर पलंग पर बैठे। राजा-रानी और दोनों गुरुमाँयों का नहाया पानी बह चला। नदी-नाले की तरह बह चला खेती-खार में। उस पानी में जोगी[13] दादा डोंगा[14] खेलने लगा। धींवर मछली पकड़ने लगा। मरार[15] टेंडा से पानी निकालकर अपने बाग-बगीचे सींचने लगा और मरारिन बाई भाजी धोने लगी। ब्राह्मण अपने जनेऊ धोने लगा और ब्राह्मणी अपनी एड़ी। केंवट जाल फेंकने लगा और केंवटिन बाई मछली पकड़ने लगी। केंवटिन ने मछली पकड़ी और 'आज तो इतनी मछलियाँ पकड़ी हैं कि इन्हें कहाँ बेचूँ यही समझ नहीं आता' कहती हुई मछली को टीका लगाया और भोजन तैयार किया। उधर रुपनथँवरा ने भोजन तैयार किया और राजा-रानी तथा दोनों गुरुमाँयों को परोसा। वे हाथ धोकर खाने बैठे। राजा-रानी चन्दन-काठ पर बैठे और दोनों गुरुमाँएँ बैठीं बेल के पीढ़ों पर। नोनी ने भोजन परोस दिया। उन्होंने ढाई कौर खाकर थाली सरका दी और हाथ धो लिये! उठकर पलंग पर जा बैठे। तब दोनों गुरुमायों ने झोलू पाइक से कहा, ''सुन बाबू, झोलू पाइक! तू पान के बीड़े बना और राजा-रानी तथा दोनों गुरुमायों को दे।''

सुनकर झोलू पाइक ने पान के बीड़े बनाये और राजा-रानी तथा दोनों गुरुमायों को दिये। राजा-रानी ने खाया, दोनों गुरुमायों ने खाया। तब रानी ने रुपनथँवरा से कहा, ''सुन नोनी, रुपनथँवरा! तू सब लोगों को भोजन परोस, नोनी। कोई भी भूखा न रह जाए।''

तब रुपनधँवरा ने सुना और नौ खंडा महल में उपस्थित सारे लोगों को भोजन परोसा। स्वयं भी खाया। सब लोग खा-पीकर तैयार हो गये। तब रुपनथँवरा ने बर्तन-भाँडे समेटे और साफ-सफाई की। गुरुमायँ ने नोनी से कहा, ''तू आकाश-दीप जला, नोनी। सेवा-सामग्री ले और धनकुल-शाला में ले चल। मैं आसन पर बैठूँगी। गीत गाऊँगी।''

ऐसा कहने पर नोनी ने सेवा-सामग्री ली, आकाश-दीप जलाया और धनकुल-शाला में ले गयी। दोनों गुरुमायों ने देखा और जल्दी-जल्दी तैयार हो गयीं। झारी में पानी लिया और पाँव धोये। धनकुल-शाला में गयीं। झारी से पानी छींटा, कच्चा दूध छींटा। शुद्ध लाली लगायी, फूल-चावल चढ़ाये। होम-आरती की और भगवान का नाम लिया। चारों दिशाओं में प्रणाम कर आसन पर बैठीं और गीत गाने लगीं।

जोड़ा धर आउर धनकुल-सारे ने। मयँ नाँद बसेंदे। गिद बढ़ाएँदे।''

बलतो के नोनी सेवा-जोड़ा धरली, अगासदिया बारली आरु धनकुल-सारे निली। जोड़ी गुरुमायँ दखला आरु हरबर-हरबर तियार होला। झारी पानी धरला आउर पाँय धोवला। धनकुल-सारे गेला। झारी पानी छिचला, काचा गोरस छिचला। जातलाली टिकला, फुल-चाउर चेघाला। होम-आरती दिला गुरुमायँ मन आउर भगवान नाँव धरला। चार खुट पाँय पड़ुन नाँद बसला आरु गिद बढ़ाला।

सन्दर्भ

1. डाकली (भतरी) : हाक दिली, बलाली (हल्बी)
2. रुपर (भतरी) : रुप चो (हल्बी)।
3. सोनर (भतरी) : सोन चो (हल्बी)।
4. दावाँ : पगहा।
5. निर्मल : गोबर।
6. बोहाई (भतरी) : बोहाउन (हल्बी)।
7. भाटो : जीजा।
8. आजिर (भतरी) : आजी चो, आज चो (हल्बी)।
9. तले (भतरी) : खाले (हल्बी)।
10. गुँडरी : गगरी को सिर पर रखने के लिए कपड़े से बना उपकरण।
11. लकड़ी : नगरीय प्रभाव से आया शब्द। मूल शब्द है 'दारू' और 'रुख' या 'रुक'।
12. झोर : झोल, रस।
13. जोगी : एक जाति। यह जाति नाव चलाने का काम करती है।
14. डोंगा : नाव।
15. मरार : एक जाति। इस जाति को 'पनारा' भी कहा जाता है। छत्तीसगढ़ी परिवेश में यह जाति 'माली' के नाम से जानी जाती है।

अधया-17

डाहाँकरैया आउर जानादई चो लंकागड़ जातो

झोलू पाइक उपास-चाउर बाटुन सारलो। भँवरा नँगर चो राजा-रानी भँवरा नँगरे आसोत। रानी तिजा-उपास आसे। झोलू पाइक के बल्ली रानी, "जा बाबू, झोलू पाइक! तुय फुल-पान काजे जा। मयँ पुजा करेंदे।"

बलतो के झोलू पाइक सुनलो आउर फुल-पान आनुन दिलो। तेबे रानी दिन भर उपास रली। नाहा-खोरा करली, आँगे असनाँद करली आउर सुका कपड़ा पिंदली। ओधा कपड़ा खाले घसरली। झारी पानी धरली रानी आउर नवखँड माहाले गेली। हरबर-हरबर तियार होयसे। सब जोड़ा के आनली रानी आउर पुजा करली। तिजा उपास रली। असने रते-रते आसोत राजा-रानी। एक दिन ले दुय दिन, दुय दिन ले आट दिन होली, पँदरा दिन होली। होऊ-होऊ साल-डेड़ साल होली। राजा-रानी भँवरा नँगरे आसोत। रानी पुने मने-मन बिचार करेसे, 'गोटोक राज ने दुय झन राजा कसन करुन रतो आय? भँवरा नँगरे मामा रहोत आरु हामी जाऊँ

अध्याय-17

डाहाँकरैया और जानादई का लंकागढ़ जाना

झोलू पाइक ने उपवास का चावल बाँटा। भँवरा नँगर के राजा-रानी भँवर नँगर में हैं। रानी ने तीजा का व्रत रखा। उसने झोलू पाइक से कहा, "जा बाबू झोलू पाइक! तू फूल-पत्तों के लिए जा। मैं पूजा करूँगी।"

ऐसा कहने पर झोलू पाइक ने सुना और फूल-पत्ते लाकर दिये। तब रानी ने दिन भर उपवास रखा। स्नानादि से निवृत्त हुई और सूखे कपड़े पहने। गीले कपड़े नीचे गिर गये। झारी पानी लेकर रानी नौखंडा महल में गयी। जल्दी-जल्दी तैयार होने लगी। सारी सामग्री लाकर रानी ने पूजा की। तीजा का व्रत रखा। इस तरह राजा-रानी का समय बीतने लगा। एक दिन से दो दिन, दो दिन से आठ दिन बीते, पन्द्रह दिन बीते। फिर इसी तरह साल-डेढ़ साल बीत गये। राजा-रानी भँवरा नँगर में हैं। रानी मन-ही-मन विचार करने लगी, 'एक राज्य में दो राजा कैसे रहेंगे भला? भँवरा नँगर में मामा रहें और हम जाएँ लंकागढ़।"

लंकागड़े।'' बलते गोटोक दिन सेजे बसलो बेरा राजा के बलेसे जानादई, ''सुना राजा! मोचो गोठ के सुना। मोचो बात के माना। गोटोक राज ने दुय झन राजा कसन राहासे, राजा? एचोय काजे मामा मन भँवरा नँगरे रहोत आरु हामी जाऊँ लंकागड़े।''

बलतो के डाहाँकरैया बल्लो, ''सुन रानी, जानादई! हामी हामचो मन ने कसन जावाँ? बाबा के पुंछुक लागेदे। हामी बाबा के पुछुन दखूँ।'' बलते दुनों झन बाँजाराजा-बाँजिनरानी लगे गेला। डाहाँकरैया बल्लो बाँजाराजा-बाँजिनरानी के, ''सुना आया, सुना बाबा! मोचो गोठ के सुना। हामी दुय झन राजा आवँ आरु जानू दुनों झन गोटकी राज ने कसन रवाँ? तुय भँवरा नँगरे रा बाबा, मयँ लंकागड़े जायँदे।''

बलतो के बाँजाराजा-बाँजिनरानी सुनला आरु 'हे राम भगवान! मयँ काय अकल करें, काय गियान करें?' बलते रद्-रद्-रद्-रद् गागुक धरला। तेबे जानादई बल्ली, ''सुना मामा बाँजाराजा! सुना बुबू बाँजिनरानी! तुमी रोना-गाना नीं करा। गागा-बोगा नीं करा। हामी हुता ले बले इहार-जाहार होते रहुँदे। आना-जाना करुँदे।'' फेर डाहाँकरैया के बल्ली, ''सुना राजा, तुमी डाहाँकरैया! गाँयता-पुजारी बलाव करा, राजा। नानी-बड़े सबय एओत। माहाल बनाउन देदे।''

डाहाँकरैया सुनलो आरु झोलू पाइक के बल्लो, ''सुन बाबू, झोलू पाइक! गाँयता-माहाले जा बाबू, पुजारी-माहाले जा। माँजी-मुकासी एओत, रएत लोग एओत। माहाल बनाउन देदे।''

सुनलो झोलू पाइक आउर हरबर-हरबर तियार होलो। टाँगी धोती मारलो, खाकी कमिंज पिंदलो। उलटा बुलबुल कोरलो, टेड़ी पगड़ी बाँदलो। पाँय ने खड़ऊ पिंदलो, टिपनी छाता धरलो, हाते बेद धरलो आरु राजा-माहाल छाँडलो। रुमझुम-रुमझुम रेंगलो आरु गेलो गाँयता-माहाले, पुजारी-माहाले। माँडो-मोंगरा उबलो आरु 'दादा' बलते हाक दिलो। दादा मन सुनला आरु घर ले बाहिर निकरुन पुछला, ''काय काम ने इलिस, बाबू? आले हामके साँग।''

बलतो के झोलू पाइक बल्लो, ''हरबर तियार होआ, दादा। राजा-घरे बलाव आय। एक डँडिक जावँ।''

बलतो के दादा मन 'हव' बल्ला। तेबे झोलू पाइक गुलाय बुलुन-बुलुन गाँव-पारा चो लोग के साँगलो। माँजी-मुकासी सुनला, नानी-बड़े सुनला आरु हरबर-हरबर तियार होउन राजा-घरे गेला। जाते-जाते अमरला। लगे जाउन सलाम झोकला, लाफी जाउन बसला। राजा के पुछला, ''आले काय बलाव आय, राजा? हामके साँगा। हामके तो डर लागेसे।''

राजा बल्लो, ''सुना बाबू, सुना दादा! मोचो बात के सुना। गोटोक राज

सुनकर डाहाँकरैया ने कहा, ''सुनो रानी, जानादई। हम अपनी इच्छा से कैसे जाएँगे? बाबा से पूछना पड़ेगा। हम बाबा से पूछ कर देखें।'' ऐसा विचारकर दोनों बाँजाराजा-बाँजिनरानी के पास गये। डाहाँकरैया ने बाँजाराजा-बाँजिनरानी से कहा, ''सुनो आया, सुनो बाबा! मेरी बात सुनो। हम दो राजा एक राज्य में कैसे रहेंगे? इसलिए आप भँवरा नँगर में रहें बाबा, मैं लंकागढ़ जाऊँगा।''

सुनकर बाँजाराजा और बाँजिनरानी 'हे राम भगवान्! मैं क्या उपाय करूँ?' कहते फूट-फूटकर रोने लगे। तब जानादई ने कहा, ''सुनिये मामा, बाँजाराजा! सुनिये बुबू बाँजिनरानी! आप लोग रोना-गाना न करें। हम वहाँ से भी यहाँ आते-जाते रहेंगे।'' फिर डाहाँकरैया से बोली, ''सुनिये हे राजा, डाहाकरैया! गाँयता-पुजारी को बुलाएँ, राजा। छोटे-बड़े सब आएँ। वे हमारे लिए महल बना देंगे।''

डाहाँकरैया ने सुना और झोलू पाइक से कहा, ''सुन बाबू, झोलू पाइक! गाँयता-महल, पुजारी-महल जा। माँझी-मुखासी आएँ, सारी प्रजा आये। वे हमारे लिए महल बना देंगे।''

सुनकर झोलू पाइक जल्दी तैयार हो गया। उसने टाँगी धोती और खाकी कमीज पहनी। जुल्फें सँवारी और टेढ़ी पगड़ी बाँधी। पाँवों में खड़ाऊँ पहने, टिपनी छाता लिया, हाथ में बेंत लेकर राजा के घर से चल पड़ा। जल्दी-जल्दी चलकर गया गाँयता-पुजारी के महल में। मोगरा-मंडप के नीचे खड़ा होकर दादा को पुकारा। पुकार सुनकर गाँयता-पुजारी घर से बाहर आये और पूछा, ''किस काम से आया है, बाबू? हमें बता।''

झोलू पाइक ने कहा, ''जल्दी तैयार हो जाएँ, दादा। राजा के घर बुलावा है। थोड़ी देर चलो।''

सुनकर दादा-बाबू ने 'हाँ' कहा। तब झोलू पाइक ने सब ओर घूमकर गाँव-मोहल्ले के सारे लोगों को बताया। माँझी-मुखासी, छोटे-बड़े सबने सुना और जल्दी-जल्दी तैयार होकर राजा के घर गये। चलते-चलते जा पहुँचे। पास जाकर राजा को सलाम किया और दूर जाकर बैठ गये। राजा से पूछा, ''किस लिए बुलवाया, राजा? आप हमें बताएँ। हमें डर लग रहा है।''

राजा ने कहा, ''सुनो बाबू, सुनो दादा! मेरी बात सुनो। एक राज्य में दो-दो राजा कैसे रहेंगे, दादा-बाबू? इसलिए भँवरा नँगर में बाबा रहें और हम जाएँगे लंकागढ़। तुम लोग लंकागढ़ में हमारे लिए महल बना दो। गढ़ बना दो।''

ऐसा कहने पर दादा-बाबू ने सुना और 'हाँ राजा, बना देंगे' कहा। फिर सब लोग उठे और चले गये अपने-अपने घर। भोजन किया। तैयार होकर बारस-बिंधना लिए, कुल्हाड़ी-कुदाली ली और गाड़ी तैयार कर घर से निकल पड़े। गये सेतबन-हेतबन-बिन्दराबन में। गाड़ी खोली। डेरी-पाटी, बाँवसा-बलेंगी[1]

ने दादा-बाबू, हामी दुय झन राजा कसन रवाँ? एचोय काजे भँवरा नँगर ने बाबा रहो आउर हामी जाउँदे लंकागड़े। तुमी लंकागड़े हामचो काजे माहाल बनाउन दिया। गड़ बनाउन दिया।''

बलतो के दादा-बाबू सुनला आउर 'हव राजा, बनाउन देउँदे। बल्ला। सब झन उठला आरु गेला आपलाहान घरे-घरे। खाना-पिना करला। तियार होला आरु बारस-बिंदना धरला। टँगेया-कोड़की धरला, गाड़ी फाँदला आरु घर ले निकरला। गेला सेतबन-हेतबन-बिन्दराबन में। गाड़ी ढिल्ला। डेरी-पाटी दखला, बाँवसा, बलँगी दखला। हाते टँगेया धरला आरु डेरी-पाटी गोंदला। बाँवसा-बलँगी गोंदला। गोंदा-गोंदी करला आउर गाड़ी ने जोड़ुन हेतबन-सेतबन-बिन्दराबन छाँडला। जाते-जाते गेला राजा-माहाले। अमरुन राजा के बल्ला, ''सुना राजा, डाहाँकरैया! हामी माहाल बनाउन देउँदे। तुमी हामके भतेया जोड़ुन दिया।''

बलतो के डाहाँकरैया सुनलो आरु झोलू पाइक के भतेया जोड़तो काजे बल्लो। तेबे झोलू पाइक सुनलो आउर दार-चाउर, लोन-मिरी जोड़ुन गाँयता दादा के धराउन दिलो। तेबे गाँयता दादा पुछलो, ''कोन लगे माहाल रहेदे राजा? हामके ठान दखाउन दिया।''

बलतो के डाहाँकरैया राजा आरु जानादई रएत लोग सँगे गेला लंकागड़े। जाते-जाते गेला। कोसक-दाबक हिंडला आरु अमरला। गुलाय बुलुन-बुलुन दखला राजा रानी। अली मैदाँग रहे, डेंगभाटा रहे। काय मँजा सुँदर दखे। तेबे राजा बल्लो, ''सुना दादा, सुना बाबू! ए लगे काय मँजा अली मैदाँग आसे, काय सुँदर डेंगभाटा आसे। माहाल एई लगे रहो दादा-बाबू, गड़ एई लगे रहो।'' बलते ठान दखाउन दिलो राजा। तेबे दादा-बाबू मन गाड़ी ढिल्ला। बाँवसा-बलँगी, डेरी-पाटी उताराला। हाते बारस धरला आरु डेरी-पाटी छोल्ला। बाँवसा के कापन मारला। आरती-आइग धरला, घिंव-गुर धरला आरु होम-आरती दिला। पाँय-पटा पड़ला। गाँयता-पुजारी जागारानी के सुमरला, ''सुन आया, जागारानी! सुन आया, धरती माता! मयँ तुके खोदरा खनेंसे, आया। माहाल निमडुन जाओ।''। बल्ला आरु हाते कुस धरुन मँजी खोदरा खनला। खोदरा खनुन सारला गाँयता-पुजारी आउर आमा-तोरन बाँदला। दार-चाउर फेकला आउर मँजी डेरी गाड़ला। तेबे खोदरा खनेया खोदरा खनला, डेरी गाडेया डेरी गाड़ला। पाटी लथेया पाटी लथला, बाँवसा लथेया बाँवसा लथला बलँगी बँधेया बलँगी बाँदला। माहाल बनाउन दिला। माहाल बनालो एक ले दुय, दुय ले आट दिन होऊ-होऊ पँदरा दिन होली। छय महेना होली। आधा जोजन टेकली माहाल। हुता पुने इड़की-खिड़की लागली, अरछी-परछी बनली। काय मँजा सुँदर दखा देय माहाल। जानादई दखली आउर खँड मुचकी मारली। मुचमुच-मुचमुच हाँसली। तेबे दादा-बाबू मन बल्ला राजा-रानी के, ''माहाल तो

आदि खोजे। हाथ में कुल्हाड़ी लेकर डेरी-पाटी और बाँवसा-बलँगी की लकड़ियाँ काटीं और गाड़ी में लेकर हेतबन-सेतबन-बिन्दराबन से चल पड़े। चलते-चलते राजमहल जा पहुँचे। राजा से कहा, "सुनिये राजा, डाहाँकरैया! हम महल बना देंगे। आप हमें भतेया तैयार कर दें।"

ऐसा सुनकर डाहाँकरैया ने झोलू पाइक से भतेया तैयार करने को कहा। तब झोलू पाइक ने सुना और दाल-चावल, नमक-मिर्च निकालकर गाँयता दादा को दिये। गाँयता-दादा ने पूछा, "किस जगह महल रहेगा। राजा? हमें जगह दिखला दें।"

तब डाहाँकरैया राजा और जानादई सारे लोगों के साथ लंकागढ़ गये। कोस-दाब भर चलकर जा पहुँचे। सब तरफ घूम-घूमकर देखा राजा-रानी ने। वहाँ खुला और ऊँचा मैदान था। बहुत ही सुन्दर दिखलायी पड़ रहा था। तब राजा बोला, "सुनो दादा, सुनो बाबू! यहाँ बहुत सुन्दर खुला और ऊँचा मैदान है। महल इसी जगह रहे, दादा-बाबू। गढ़ इसी जगह रहे।" और उन्हें जगह दिखला दी। तब दादा-बाबू ने गाड़ी खोली। बाँवसा-बलँगी, डेरी-पाटी उतारे। हाथ में बारस लेकर डेरी-पाटी छीले। बाँवसा में खाँचे बनाये। आरती-आग, घी-गुड़ लिया और होम-आरती की। प्रणाम आदि किये। गाँयता-पुजारी ने जागारानी का स्मरण किया, "सुनो आया, जागारानी! सुनो आया, धरती माता! मैं तुझमें गड्ढा खोद रहा हूँ, आया। महल बन जाये।" ऐसा कहकर हाथ में सब्बल ले बीच में गड्ढा खोदा। गड्ढा खोदकर गाँयता-पुजारी ने आम का तोरण बाँधा। दाल-चावल अर्पित किये और बीच का खम्भा गाड़ा। तब गड्ढा खोदनेवालों ने गड्ढे खोदे, डेरी लादनेवालों ने डेरी लादे, पाटी लादनेवालों ने पाटी लादीं और बाँवसा लादने वालों ने बाँवसा लादे तथा बलँगी बाँधनेवालों ने बलँगियाँ बाँधीं। महल बना दिया। महल को बने एक से दो दिन और इस तरह होते-होते आठ-पन्द्रह दिन बीत गये। छह महीने बीते। महल आधे योजन तक टिक गया। वहाँ खिड़की-झरोखे बनाये गये, अरछी-परछी बनायी गयी। महल बहुत सुन्दर दिखलायी पड़ने लगा। जानादई ने देखा और हौले से मुस्करायी। वह मन्द-मन्द मुस्कराने लगी। तब दादा-बाबू बोले राजा-रानी से, "महल तो बन गया राजा-रानी। अब आप हमें विदा दें। हम अपने महल जाएँगे।"

रानी ने सुना और कहा, "सुनो दादा, सुनो बाबू! हम पानी कहाँ से पीएँगे, दादा? आप यहीं पास में कुआँ खोद देते तो अच्छा होता। महल भी खाली है, दादा। महल के चारों ओर बाग-बगीचे, फूल-फुलवारी भी लगा देते तो महल

बनुन गेली राजा-रानी। एदायँ हामके छुटी दिया। हामी आपलो माहाले जावाँ।''

बलतो के रानी सुनली आउर बल्ली, ''सुना दादा, सुना बाबू! हामी पानी काहाँ ले खावाँ, दादा? तुमी ए लगे कुआँ खनुन देतास आले अछा होती। माहाल खाली आसे दादा। माहाल एक भुँआर बागे-बगेचा, फुल-फुलवारी बले लगाउन देतास आले माहाल पक्की फोबती। केकती-केंवरा, बाली-मोंगरा, डाँक-डाली, गोहा फर रहो। बेल-बगेचा, लिमऊ-बगेचा, आमा बनवाड़ी, ठोटा बगेचा रहो। तेबे तो माहाल फोबेदे।'

तेबे दादा-बाबू मन बल्ला, ''सुना राजा, सुना रानी! कोन लगे कुआँ रहेदे राजा? तुमी हामके जगा दखाउन दिया।''

बलतो के राजा बल्लो, ''माहाल चो सिंग-दुआरे कुआँ खनुन दिया।''

तेबे दादा मन सुनला आरु सिंग-दुआरे जाउन होम-आरती दिला, पाँय पड़ला आउर हाते कोड़की धरुन कुआँ खनुक मुरयाला। खनू-खनू पँदरा दिन होली। कुआँ निमड़ली। तेबे फेर दादा मन माहाल एके भुँआर बागे-बगेचा लगाला[2]। फुल-फुलवारी रोपला। केकती-केंवरा, बाली-मोंगरा, डाँक-डाली रोपला। कदम-रुख, बेल-बगेचा, बाली-मोंगरा, डाँक-डाली रोपला। कदम-रुख, बेल-बगेचा, ठोटा बगेचा रोपला आरु आमा बनवाड़ी रोपुन दिला। एदायँ माहाल काय मँजा सुँदर दखा देय। तेबे दादा मन राजा के बल्ला, ''सुना राजा, डाहाँकरैया! हामी कुआँ कोड़ुन दिलू राजा, बागे-बगेचा बले रोपुन दिलू। एदायँ हामके छुटी दिया।'' बलते दादा मन सब जोड़ा के धरला आरु लंकागड़ छाँडला। भँवरा नँगरे गेला। राजा-रानी बले भँवरा नँगर इला। दादा-बाबू मन राजा-माहाले गेला आरु लगे जाउन सलाम झोकला, लाफी जाउन बसला। तेबे राजा झोलू पाइक के हाक दिलो आउर बल्लो, ''सुन बाबू, झोलू पाइक! तुय रोसई-चाउर जोड़, मुठा रुपया जोड़ आउर दादा-बाबू के माहाल-बिदा दे।''

बलतो के झोलू पाइक सुनलो आरु दार-चाउर जोड़लो, मुठा रुपया धरलो आउर गाँयता-पुजारी के दिलो। तेबे हुन मन आपलाहान माहाले गेला।

असने-असने एक दिन ले दुय दिन, दुय ले आट दिन होली। पँदरा दिन होली। राजा-रानी सेज ने बसलासोत। तेबे फेर जानादई बल्ली डाहाँकरैया के, ''सुना राजा, डाहाँकरैया! हामी सब जोड़ा के धरूँ आउर माहाले डेरा जाँव। लंकागड़े जावँ।''

बलतो के डाहाँकरैया सुनलो आरु दादा-बाबू के बल्लो, ''सुना दादा, सुना बाबू! तुमी हामचो सब जाक के गाड़ी ने जोड़ा बाबू। लंकागड़े जावँ, हामचो माहाले जावँ।''

तेबे दादा-बाबू सुनला आरु सब जाक के धरुन गाड़ी ने जोड़ला। गाड़ी

अच्छा दिखलायी पड़ता। केकती-केंवरा, बाली मोगरा, डाँक-डाली, गोहा-फल लगा दें। बेल और नीबू के बाग, अमराई और ठूँठा बगीचा भी लगा दें। तब तो महल सुन्दर दिखलायी देगा।''

तब दादा-बाबू ने कहा, ''सुनिए राजा, सुनिए रानी! किस जगह कुआँ रहेगा राजा? आप हमें जगह दिखा दें।''

राजा ने कहा, ''महल के सिंह-द्वार में कुआँ खोद दें।''

दादा-बाबू ने सुना और सिंह-द्वार में जाकर होम-आरती की, प्रणाम किया और हाथ में कुदाली लेकर कुआँ खोदने लगे। उन्हें कुआँ खोदते पन्द्रह दिन बीत गये। कुआँ बन गया। तब दादा-बाबू ने महल के चारों ओर बाग-बगीचे लगा दिये। फूल-फुलवारी रोप दीं। केकती-केंवरा-बाली-मोगरा, डाँक-दाड़िम रोपे। कदम के पौधे, बेल के बगीचे, ठूँठा बगीचा रोपा और अमराई लगा दी। अब महल बहुत सुन्दर दिखलायी पड़ने लगा। तब दादा-बाबू ने राजा से कहा, ''सुनिए राजा, डाहाँकरैया! हमने कुआँ खोद दिया और बाग-बगीचे भी लगा दिये, राजा। अब हमें जाने दें।'' ऐसा कह दादा-बाबू ने सारी सामग्री ली और लंकागढ़ से चल पड़े। भँवरा नँगर गये। राजमहल पहुँचकर बाँजाराजा को सलाम किया और दूर जाकर बैठ गये। तब बाँजाराजा ने झोलू पाइक को बुलाया और कहा, ''सुन बाबू, झोलू पाइक! तू रसोई-चावल और मुट्ठी भर रुपये लेकर दादा-बाबू को महल की विदाई[3] दे।''

झोलू पाइक ने सुना और दाल-चावल तथा मुट्ठी भर रुपये देकर गाँयता-पुजारी को विदा किया। तब वे सब अपने-अपने घर चले गये।

इस तरह एक से दो, दो से तीन दिन बीते। आठ दिन बीते, पन्द्रह दिन बीते। राजा-रानी सेज में बैठे थे। तभी जानादई ने डाहाँकरैया से कहा, ''सुनिए राजा, डाहाँकरैया! हम सारी सामग्री लेकर अपने महल में जाएँ। लंकागढ़ जाएँ।''

ऐसा सुनकर डाहाँकरैया ने सुना और दादा बाबू से कहा, ''सुनो दादा, सुनो बाबू! तुम सब हमारी सारी सामग्री गाड़ी में लादो। लंकागढ़ चलें। हमारे महल में चलें।''

तब दादा-बाबू ने सुना और सारी सामग्री गाड़ी में लादी। गाड़ी तैयार कर भँवरा नँगर से लंकागढ़ के लिए चल पड़े। राजा-रानी भी गये। जाते-जाते सब लोग लंकागढ़ जाएँ।''

ऐसा सुनकर डाहाँकरैया ने दादा-बाबू से कहा, ''सुनो दादा, सुनो बाबू! तुम सब हमारी सारी सामग्री गाड़ी में लादो। लंकागढ़ चलें। हमारे महल में चलें।''

तब दादा-बाबू ने सुना और सारी सामग्री गाड़ी में लादी। गाड़ी तैयार कर

फाँदला आउर भँवरा नँगर छाँड़ुन लंकागड़े गेला। राजा-रानी बले गेला। जाऊ-जाऊ सब लोग लंकागड़ अमरला। सब जाक के माहाल ने ठोवला। राजा-रानी काय मँजा राजा धरुन खासोत। देस धरुन आसोत।

भँवरा नँगर से लंकागढ़ के लिए चल पड़े। राजा-रानी भी गये। जाते-जाते सब लोग लंकागढ़ जा पहुँचे। सारी सामग्री महल में रखी। राजा-रानी बड़े ही आनन्दपूर्वक जीवन बिताने लगे। वे देश पर शासन करने लगे।

सन्दर्भ

1. डेरी-पाटी, बाँवसा-बलँगी : डेरी : खम्भा, पाटी : छत पर आड़ी लगने वाली मोटी लकड़ी (बीम)। बाँवसा : काँडा (राफ्टर), बलँगी : पतली लकड़ी जो बाँवसा के ऊपर आड़ी लगायी जाती है (बत्ता)।
2. मूल शब्द 'रोपला'। वस्तुतः कोंडागाँव नगरीय क्षेत्र होने के कारण यहँ की हल्बी में नगरीय प्रभाव के कारण हिन्दी के शब्द आ गये हैं। 'लगाना' क्रिया शब्द 'लगातो' हो गया है, जबकि मूल हल्बी क्रिया शब्द है 'रोपतो'।
3. महल की विदाई : महल बना देने के उपलक्ष्य में दी जाने वाली भेंट आदि।

अधया–18

जानादई चो तुलसी–बुटा मँडातो

डाहाँकरैया आउर जानादई चो लंकागड़े रते–रते साल–डेड़ साल होली। तेबे गोटोक दिन जानादई बलेसे डाहाँकरैया के, "सुना राजा, डाहाँकरैया! तुमी मोके तुलसी मँडाउन दिया। मयँ तुलसी–सेवा करेंदे। हामचो काहीं नामना निंहाय, राजा। एई बले तो नाँव रहेदे। किरती बाड़ुन जायदे।" बलते रानी हट मतायसे। दतुन चाबे ना अन खाय। भुके–भुके आसे रानी। तेबे डाहाँकरैया रानी के बल्लो, "सुन रानी, जानादई! तुय तिनपुर टेकही आस, रानी। बड़ा उपई आस। तुय दतुन नीं चाबिस रानी ना अन नीं खाइस। भुके–भुके आसिस। जा, दतुन–पतर चाब। अन खा। मयँ तुके तुलसी मँडाउन देयँदे। तुय तुलसी–सेवा कर।"

बलतो के जानादई सुनली आरु खँड मुचकी मारली। मुचमुच–मुचमुच हाँसली। दतुन–पतर चाबली, आँगे असनाँद होली आरु खाना–पिना खादली। असने–असने

अध्याय-18

जानादई का तुलसी-पौधा रोपना

डाहाँकरैया और जानादई को लंकागढ़ में रहते-रहते साल-डेढ़ साल बीत गये। तब एक दिन जानादई डाहाँकरैया से कहने लगी, ''सुनिये राजा, डाहाँकरैया! आप मेरे लिए तुलसी रोप दें। मैं तुलसी की सेवा करूँगी। हमारा कोई नाम नहीं है, राजा। कम-से-कम इससे नाम तो बना रहेगा। हमारी कीर्ति बढ़ेगी।'' ऐसा कहते रानी हठ मचाने लगी। वह न दतौन करती न भोजन। भूखी रहने लगी। तब डाहाँकरैया ने रानी से कहा, ''सुनो रानी, जानादई! तुम बड़ी हठी हो, रानी। बहुत ही चंचल हो। तुम न तो दतौन करतीं और न भोजन। भूखी रहने लगी हो। जाओ, जाकर दतौन आदि से निवृत्त हो जाओ। मैं तुम्हारे लिए तुलसी रोप दूँगा। तुम तुलसी की सेवा करना।''

ऐसा कहने पर जानादई ने सुना और हौले से मुस्करायी। वह मन्द-मन्द मुस्कराने लगी। दतौन आदि से निवृत्त हुई, स्नान कर भोजन किया। इस तरह

एक दिन ले दुय दिन, दुय दिन ले आट दिन होली। गोटोक दिन बाजे बसलो दायँ जानादई बलेसे डाहाँकरैया के, ''सुना राजा, डाहाँकरैया! उपरभुवन जाहा राजा, साहादेव पँडित के आना। हुन मोके तुलसी मँडाउन देयदे।''

राजा सुनलो आरु झोलू पाइक के बल्लो, ''सुन बाबू, झोलू पाइक! तुय झटके तियार हो आउर उपरभुवने जा। साहादेव पँडित के आन। हुन आपलो जाक के धरो आउर एक डँडिक एओ। हामके तुलसी मँडाउन देयदे बाबू। रानी तुलसी मँडातो काजे टेक मतायसे।''

झोलू पाइक सुनलो आरु हरबर-हरबर तियार होलो। टाँगी धोती मारलो, खाकी कमिंज पिदंलो। उल्टा बुलबुल कोरलो, टेड़ी पगड़ी बाँदलो। टिपनी छाता धरलो, बेद-बड़गी धरलो। पाँय ने खडऊ पिंदलो आरु राजा-माहाल छाँडलो। सिंग-दुआरे जाउन उबलो आउर आका-बाका दखलो। फेर सिंग-दुआर छाँड़ुन जाते गेलो। कोसक-दाबक रेंगलो। टिपनी छाता के टाँगलो। छाता उपरे पुने भँवरा लुरे। उल्टी-पुल्टी[1] दखलो झोलू आउर जाते-जाते जायसे। मकड़ी-माहाले गेलो। माँडो-मोंगरा उबलो आरु 'बाई!' बलते हाक दिलो। हाक देतो के पदमकड़ी घर ले बाहिर निकरली आरु पुछली, ''काय काम ने इलिस, बाबू? आले मोके साँग।''

झोलू पाइक बल्लो, ''तुय मोके सुत लमाउन दे, बाई। मयँ उपरपुरे जायँदे।''

तेबे पदमकड़ी बलेसे, ''सुन बाबू, झोलू पाइक! मोचो बाल-बचा गागसोत, बाबू। मोचो लोलो-बालो गागसोत। मयँ कसन सुत लमायँदे, मयँ कसन करुन ताग लमायँदे!''

बलतो के झोलू पाइक बल्लो, ''तुचो पिला के लाई देयँदे, बाई। मयँ तुचो पिला के खेलाते रहेंदे। तुय मोके सुत लमाउन दे।''

बलतो के पदमकड़ी सरसर-सरसर सुत लमाउन दिली आरु बाबू के बल्ली, ''झटके बस, बाबू।''

तेबे झोलू पाइक सुत ने बसलो आरु जाते-जाते जायसे। बाबू के उपरे घाम छेकेसे, मँजी भुक लागेसे, झालिपिली पसना फुटेसे। बाबू बाट रेंगेसे। जाऊ-जाऊ गेलो उपरपुरे। पारा-परोसे अमरुन बाई मन के पुछलो, ''सुना बाई, पारा-परोसिन! साहादेव पँडित चो घर कोन आय?''

पुछतो के बाई मन बल्ला, ''रनकाकन दिया बाबू, तारामँडल घर। हुता आसे बाँदे माकड़, जँवरा-भँवरा कुकुर। हुता काँदा-लाटे माकड़ झुलेसे, माँडो-मोंगरा आसे, रुमझुम भँवरा आसे। हुनी माहाल आय।''

बलतो के झोलू पाइक पारा-परोस छाँडलो आरु गेलो साहादेव पँडित घरे। अमरलो आरु 'दादा!' बलते हाक दिलो। हाक देतो के साहादेव पँडित घर ले

एक से दो, दो से आठ दिन बीते। एक दिन जब वे सेज पर बैठे थे, जानादई डाहाँकरैया से कहने लगी, ''सुनिए राजा, डाहाँकरैया! आप उपरभुवन जाएँ राजा, साहादेव पंडित को बुला लाएँ। वह मेरे लिए तुलसी रोप देगा।''

राजा ने सुना और झोलू पाइक से कहा, ''सुन बाबू, झोलू पाइक! तू जल्दी तैयार हो और उपरभुवन जा। साहादेव पंडित को ले आ। वह अपने सामान ले और थोड़ी देर के लिए आये। वह मेरे लिए तुलसी रोप देगा। रानी बहुत ही हठ कर रही है, बाबू।''

झोलू पाइक ने सुना और जल्दी-जल्दी तैयार हो गया। टाँगी धोती और खाकी कमीज पहनी। जुल्फें सँवारकर टेढ़ी पगड़ी बाँधी। टिपनी छाता और बेंत लिया। पाँवों में खड़ाऊँ पहन राजमहल से चल पड़ा। सिंह-द्वार में जाकर खड़ा हुआ और इधर-उधर देखा। फिर सिंह-द्वार छोड़कर चल पड़ा। कोस-दाब भर चला। टिपनी छाता टाँगा। छाता के ऊपर भँवरा मँडरा रहा था। झोलू ने उलट-पलट कर देखा और चलने लगा। मकड़ी-महल गया। मोगरा-मंडप के नीचे रुका और 'बाई!' कहकर आवाज दी। पुकार सुनकर मकड़ी घर से बाहर आयी और पूछा, ''किस काम से आया है, बाबू? तू मुझे बता।''

ऐसा कहने पर झोलू पाइक ने कहा, ''तुम मेरे लिए सूत तान दो, बाई। मैं ऊपरपुर जाऊँगा।''

पदमकड़ी बोली, ''सुन बाबू, झोलू पाइक! मेरे बाल-बच्चे रो रहे हैं, बाबू। मैं किस तरह सूत तानूँगी!''

सुनकर बाबू ने कहा, ''मैं तुम्हारे बच्चों को लाई दूँगा, बाई। मैं तुम्हारे बच्चों को खेल भी खिलाता रहूँगा। लेकिन तुम मेरे लिए धागा तान दो।''

तब मकड़ी ने फटाफट सूत तान दिया और बाबू से बोली, ''बाबू, तू जल्दी बैठ जा।''

झोलू पाइक जल्दी से धागे पर जा बैठा। सूत के सहारे चलने लगा। सिर पर तेज धूप चिलक रही थी, बीच में पेट को भूख लग आयी थी और सारा शरीर पसीने से तर-ब-तर हो रहा था किन्तु बाबू ने राह चलना नहीं छोड़ा। वह चलते-चलते ऊपरपुर जा पहुँचा। अड़ोस-पड़ोस में गया। वहाँ पहुँचकर महिलाओं से पूछने लगा, ''सुनो बाई, पारा-पड़ोसिनो! साहादेव पंडित का घर किस जगह है, बाई?''

महिलाओं ने कहा, ''जिस घर में रनकाकन दिया हो, और जो तारामंडल की तरह दमक रहा हो, जहाँ बाँदे नामक बन्दर और जँवरा-भँवरा नामक कुत्ते हों। जहाँ काँदा की लाठी पर बन्दर झूल रहा हो और मोगरा-फूल का मंडप हो, गुंजार करता भौंरा हो, वही घर है।''

बाहिर निकरलो आरु 'काय काम ने इलिस, बाबू?' बलते पूछलो। पुछतो के झोलू पाइक बल्लो, "तुय हरबर तियार हो, दादा। लंकागड़े जावँ। राजा-घरे बलाव आय। तुय तुचो जाक के धर, तुचो साजू के धर।"

सुनलो साहादेव पँडित आरु 'हव बाबू, एयँदे' बलुन आपलो रानी के पानी तपातो काजे तियारलो। तेबे हुनचो रानी पुने पानी तपाली, सेदा-भेदा करली आरु मन्दन-सिले नेउन दिली। झारी कसेला दिली, कपुर दतुन दिली। तेबे पँडित मन्दन-सिले गेलो आरु दतुन-पतर करलो, नाहा-खोरा होलो। सुका कपड़ा पिंदलो, ओधा कपड़ा खाले गिरली। झारी पानी धरलो आरु गेलो तुलसी-चँवरा ने। चँवरा ने पानी रिकालो आरु तुलसी-सेवा करलो, "बाड़-बाड़ बाई कारी तुलसी! अगासमेलान बाड़ बाई, फकिर पाना फेक। तुय-मयँ बाँहाँ-जोरी बाई, तुय-मयँ हन्सा-जोरी। मोचो जान सुकी रहो बाई, मोके जिव भर तुचो सेवा करुक मिरो।" बलते तुलसी-सेवा करलो, चारखुट पाँय पड़लो, हात जोड़लो आरु गेलो आपन माहाले। हरबर-हरबर तियार होलो आरु आपलो रानी के बलेसे, "तुय घर-दुआर के दख, रानी। मयँ राजा-घरे जायँसे। कोन जाने कोन दिन बोहड़ुक होयदे जाले!" बल्लो आरु आपलो जाक के धरुन घर ले निकरलो। जाते-जाते जायसे। पारा-परोस छाँडलो आरु गेलो मकड़ी-माहाले। माँडो मोंगरा उबलो आरु 'बाई!' बलते हाक दिलो। हाक देतो के पदमकड़ी घर ले निकरली आरु 'काय काम ने इलिस, बाबू?' बलते पुछली। पुछतो के साहादेव पँडित बल्लो, "मयँ लंकागड़े जायँसे, बाई। राजा-घरे बलाव होलिसे। तुय मोके ताग लमाउन दे।"

पदमकड़ी बल्ली, "एसू चो बरसा पातर बरसा आय, बाबू। सुत नीं लमे। मयँ कसन करुन सुत लमायँदे?" बल्ली आउर पाछे फेर सरसर-सरसर सुत लमाउन साहादेव पँडित के बल्ली, "झटके बस बाबू। पातर बरस आय।"

बलतो के साहादेव पँडित सुत चो ताग ने बसलो आरु रेंगते रेंगलो। कोसक-दापक रेंगलो आरु अमरलो लंकागड़े। सुत चो ताग ले उतरलो आरु गेलो पारा-परोसे। पारा-परोस छाँडलो आउर गेलो राजा-माहाले। जानादई हुनके दखली आरु नोनी के बल्ली, "सुन नोनी, रुपनथँवरा! पँडित अमरलो। सेवा-जोड़ा धर नोनी आउर तुय हुनके पाँय धुआव। चाउर-टिका दे।"

तेबे रुपनथँवरा सुनली आरु सेवा-जोड़ा धरली आरु चन्दन-काट मँडाली। पँडित हुन थाने उबलो। तेबे रुपनथँवरा हुनके पाँय धुआली, चाउर-टिका दिली, पाँय पड़ली। बाबू पुने नोनी के चुमा दिलो। तेबे रुपनथँवरा हुनचो हात के धरली आउर नवखँड माहाले नेउन बाजे बसाली। राजा-रानी बले बसला। तेबे बाबू

ऐसा कहने पर झोलू पाइक अड़ोस-पड़ोस छोड़कर साहादेव पंडित के घर गया। पहुँचकर 'दादा' की पुकार लगायी। पुकार सुनकर साहादेव पंडित घर से बाहर आया और पूछा, "तू किस काम से आया है, बाबू? मुझे बता।" सुनकर बाबू बोला, "तुम जल्दी तैयार हो जाओ दादा। लंकागढ़ चलें। राजा के घर बुलावा है, दादा। अपने सामान ले लो।"

दादा ने सुनकर 'हाँ बाबू, मैं आऊँगा' कहा और अपनी रानी से पानी गरम करने को बोला। तब उसकी पत्नी ने पानी गरम कर दिया और उसमें ठंडा पानी मिलाकर स्नानगृह में पहुँचा आयी। झारी पात्र और सुगन्धित दतौन दिये। तब पंडित ने स्नानगृह में जाकर दतौन आदि किया, नहाया और सूखे कपड़े पहने। गीले कपड़े नीचे गिर गये। फिर वह झारी पानी लेकर तुलसी-चौरा में गया और तुलसी में पानी डालकर सेवा-पूजा की, "बढ़ो-बढ़ो बाई, हे कारी तुलसी! आकाश का स्पर्श करो, नयी कोंपले निकलें। तुम-मैं बाँहों की जोड़ी जैसे हैं, बाई। तुम-मैं हँसों की जोड़ी-से हैं। मुझे तुम्हारी सेवा करने का अवसर जीवन भर मिले। मेरे प्राण सुखी रहें।" ऐसा कहते तुलसी की सेवा की, चारों दिशाओं में प्रणाम किया, हाथ जोड़े और अपने महल में गया। जल्दी-जल्दी तैयार हुआ और अपनी पत्नी से बोला, "तुम घर-द्वार का ध्यान रखो, रानी। मैं राजा के घर जा रहा हूँ। पता नहीं मैं किस दिन वापस आऊँगा!" ऐसा कह वह अपने सामान लेकर घर से चल पड़ा। चलता चला गया। अड़ोस-पड़ोस छोड़कर मकड़ी के महल में गया। मोगरा-मंडप के नीचे रुका और 'बाई!' कहकर पुकारा। पुकार सुनकर मकड़ी घर से बाहर आयी और 'किस काम से आया, बाबू' कह पूछा। तब साहादेव पंडित बोला, "मैं लंकागढ़ जा रहा हूँ, बाई। मुझे राजा के घर बुलाया गया है। तुम मेरे लिए धागा तान दो।"

पदमकड़ी ने कहा, "इस वर्ष की वर्षा कमजोर है, बाबू। ऐसे में धागा नहीं तनेगा। मैं किस तरह धागा तानूँगी!" कहकर उसने झटपट सूत तान दिया और साहादेव पंडित से कहा, "तू जल्दी बैठ जा, बाबू। कमजोर वर्षा है।"

ऐसा कहने पर साहादेव पंडित ने सुना और सूत पर बैठकर चलने लगा। जल्दी-जल्दी चलकर जा पहुँचा लंकागढ़। धागे से उतरकर अड़ोस-पड़ोस में गया। वहाँ से राजा के महल में। जानादई ने उसे देखा और नोनी से कहा, "सुन नोनी, रुपनथँवरा! पंडित आ पहुँचा है। तू सेवा-सामग्री ले और उसके पाँव धुला। चावल का टीका लगा।"

सुनकर रुपनथँवरा ने सेवा-सामग्री लेकर चन्दन का पीढ़ा रखा। पंडित उस पीढ़े पर खडा हो गया। तब रुपनथँवरा ने उसके पाँव धुलाए, चावल का टीका लगाया, पाँव छुए। बाबू ने उसके मुँह पर चुम्बन किया। नोनी उसका हाथ पकड़कर

बल्लो, ''आले काय बलाव आय, राजा-रानी? तुमी मोके साँगा।''

बलतो के राजा बल्लो, ''सुन बाबू, साहादेव पँडित! रानी तुलसी मँडातो काजे टेक धरलिसे। तुय हामके तुलसी मँडाउन दे, बाबू। कोन दिन तुलसी मँडातो आय जाले हुनके तुय साँग।''

साहादेव पँडित बल्लो, ''खेलघरो नोहाय राजा। ए मँजपुर चो नोहाय। भगवान-दुआर चो आय। एचोय काजे एके सोमार दिन छाँड़ुन दुसर दिन नीं मँडाऊँ।'' तेबे राजा-रानी सोमार दिन चो बाट दखसोत। होऊ-होऊ सोमार अमरली। तेबे सोमार दिन चो कुकड़ाबासी रानी उठली आउर नोनी के बुता-भयना करतो काजे बल्ली। तेबे रुपनथँवरा तड़बड़ाउन चेतली आउर फापड़झुड़ा बाँदुन बड़ा-ओंडा करली, छड़ा-छाट दिली। बरतन-भाँडा माँजली, पानी-काँजी आनली। राजा-रानी पुने उपास आसोत। तेबे पँडित बल्लो राजा के, ''आले राजा! कोन लगे चँवरा रहेदे, हुनके मोके साँगा। ठान दखाउन दिया। मयँ चँवरा बेचेंदे।''

डाहाँकरैया सुनलो आउर रानी के पुछलो। रानी बल्ली, ''सुना राजा, डाहाँकरैया! चँवरा चो दिया घरे एओ, घर चो दिया चँवरा ने जाओ। हुसन नापित रहो, राजा।'' आउर ठान दखाउन दिली। तेबे पँडित रुपनथँवरा के माटी आनुक बल्लो। बलतो के रुपनथँवरा खाँदे कोड़की धरली, हाते टुकना धरली आउर माटी खनुन आनुन दिली। माटी के भिजाउन दिली आरु खुँद-खाँद करुन डोहारुन दिली। तेबे बाबू चँवरा बेचलो। चँवरा बेचुन सारतो के राजा-रानी झोलू पाइक के बल्ला, ''जा रे बाबू झोलू पाइक! तुय ओधा कपड़ा सँगे तुलसी-बुटा आनुकलाय जा। सेवा-जोड़ा, पुजा-जोड़ा धर आउर पिल बगेचा ने जा। हुता ले तुलसी-बुटा आन। तुलसी मँडातो आय।''

बलतो के झोलू पाइक सुनलो आउर हरबर-हरबर तियार होलो। दतुन-पतर चाबलो, आँगे असनाँद होलो। ओधा कपड़ा पिंदलो आरु सेवा-जोड़ा धरलो। पाँय ने खड़ऊ पिंदलो, हाते बेद-बड़गी धरलो आरु राजा-माहाल छाँडलो। जाते-जाते गेलो पिल बगेचा। अमरलो आरु तुलसी-बुटा खोजेसे। खोजू-खोजू भेटलो। सेवा-जोड़ा मँडालो, अजिक असन जतनालो आरु झारी पानी, काचा गोरस छिचलो। जातलाली टिकलो, फुल-चाउर चघालो। होम-आरती दिलो, पाँय पड़लो आरु तुलसी-बुटा झिकलो। ओधा कपड़ा ने धरलो आरु पिल बगेचा छाँडलो। जाते-जाते जायसे। कोसक-दापक रेंगलो आरु राजा-माहाले अमरलो। सब जोड़ा के ठोवलो, तुलसी-बुटा के ठोवलो। तेबे राजा बल्लो, ''मुठा रुपया धर बाबू आउर जा बनेया-दुकान। नरेर, सुपारी, कथा परसाद आन। हल्बा-माहाले जा, लाई-चिवड़ा आन। मरार-माहाले जा, भेला गुर आन।''

नौ खंडा महल के भीतर ले गयी और खाट पर बिठाया। राजा-रानी भी खाट पर जा बैठे। बाबू ने पछा, ''किसलिए बुलवाया है, राजा-रानी? मुझे बताएँ।''

राजा ने कहा, ''सुनो बाबू, साहादेव पंडित! रानी तुलसी रोपने के लिए हठ कर रही है। तुम हमारे लिए तुलसी रोप दो, बाबू। किस दिन तुलसी रोपना है, तुम बताओ।''

साहादेव पंडित बोला, ''तुलसी खेल-खिलौना नहीं है, राजा। यह मँजपुर की नहीं है। यह भगवान-द्वार की है। इसलिए इसे सोमवार के अलावा और किसी दिन नहीं रोपेंगे।'' तब राजा-रानी सोमवार की प्रतीक्षा करने लगे। और फिर सोमवार आ पहुँचा। सोमवार की सुबह रानी मुर्गे की बाँग के साथ ही उठी और रुपनथँवरा से काम-धाम करने को कहा। तब रुपनथँवरा हड़बड़ा कर जागी और बाल झटककर जूड़ा बाँधा। गोबर के घोल का छिटका दिया। बर्तन-भाँडे माँजे, पानी लायी। राजा-रानी ने व्रत रखा। तब पंडित ने राजा से कहा, ''अच्छा राजा! किस जगह पर तुलसी का चौरा रहेगा। आप मुझे बताएँ। मैं चौरा बना दूँगा।''

उसके ऐसा कहने पर राजा ने रानी से पूछा। तब रानी बोली, ''हे राजा, चौरा ऐसी जगह पर रहे जिससे घर का प्रकाश चौरा में जाए और चौरा का प्रकाश घर में।'' और जगह दिखला दी। तब पंडित ने नोनी को माटी लाने को कहा। नोनी हाथ में टोकनी और कन्धे पर कुदाली लेकर माटी खोद लायी। उसे भिगाया, गूँथा और पहुँचा दिया। तब पंडित ने चौरा बना दिया। चौरा बन जाने पर राजा-रानी ने झोलू पाइक से कहा, ''जा बाबू, झोलू पाइक! तू गीले कपड़ों में तुलसी का बूटा लाने के लिए जा। सेवा-पूजा की सामग्री ले और नन्हे बगीचे में जा। वहाँ से तुलसी-बूटा लेकर आ। तुलसी रोपना है।''

सुनकर झोलू पाइक झटपट तैयार हो गया। दतौन आदि किये, स्नान किया। गीले कपड़े पहने और सेवा-सामग्री ली। पाँवों में खड़ाऊँ पहने और हाथ में बेंत लेकर राजमहल से चल पड़ा। चलते-चलते नन्हे बगीचे में जा पहुँचा। वहाँ पहुँचकर तुलसी-बूटा खोजने लगा। खोजकर वहीं सेवा-सामग्री रखी। थोड़ी-सी सफाई की और झारी से पानी छिटका, कच्चा दूध छिटका। शुद्ध लाली का टीका लगाया, फूल-चावल चढ़ाये। होम-आरती की, प्रणाम किया और तुलसी का पौधा उखाड़ा। गीले कपड़े में लेकर नन्हा बगीचा छोड़ा। चलता चला गया। कोस-दाब भर चला और जा पहुँचा राजमहल में। वहाँ पहुँचकर सारी सामग्री रखी, तुलसी का पौधा रखा। तब राजा ने उससे कहा, ''मुट्ठी भर रुपये ले बाबू और बनिया के दुकान जा। नारियल-सुपारी, कथा का प्रसाद ला। हल्बा-महल से लाई-चिवड़ा ला। मरार-महल जाकर गुड़ की भेली ला।''

बलतो के झोलू पाइक मुठा रुपया धरलो, पाँय ने खड़ऊ पिंदलो आरु हाते बेद धरुन राजा-माहाल छाँडलो। गेलो बनेया-दुकाने। 'दादा' बलते हाक देतो के बनेया दादा घर ले निकरलो आरु 'काय काम ने इलिस, बाबू?' बलते पुछलो। पुछतो के झोलू पाइक बल्लो, ''सुन दादा बनेया लोग! मोके नरेर-सुपारी दे, कथा-परसाद दे। जातलाली दे, अगरबती दे। तुलसी मँडातो आय।''

बलतो के बनेया दादा सब जाक के दिलो। तेबे झोलू पाइक सब जाक के धरलो आरु बनेया दादा के मुठा रुपया धराउन बनेया-दुकान छाँडलो। जाते-जाते गेलो हल्बा-माहाले। हुता जाउन हल्बिन बाई के बल्लो, ''सुन बाई हल्बिन लोग! तुय मोके लाई फोड़ुन दे, चिवड़ा कुटुन दे।''

तेबे हल्बिन बाई सुनली आउर लाई फोड़ुन दिली, चिवड़ा कुटुन दिली। झोलू पाइक लाई-चिवड़ा के धरलो आउर हल्बिन बाई के खेजा देउन हल्बा-माहाल छाँडलो। जाते-जाते गेलो मरार-माहाले। हुता अमरुन मरार दादा के बल्लो, ''सुन दादा मरार लोग! मोके भेला गुर दे दादा। तुलसी मँडातो आय।''

बलतो के मरार दादा भेला गुर आनुन दिलो। तेबे झोलू पाइक हुनके मुठा रुपया दिलो आउर मरार-माहाल छाँडलो। जाते-जाते गेलो राजा-माहाले। सब जोड़ा के ठोवलो। राजा-रानी लगे गेलो आरु बल्लो, ''मयँ सब जोड़ा जोड़ले राजा-रानी। आउर काय-काय जोड़ा लागुआय जाले, साँगा।''

बलतो के राजा-रानी बल्ला, ''एदायँ तुय नँगारची-माहाले जा। घड़ी भर नँगारा देओ। तुलसी मँडातो आय, बाबू। सब लोग सँजकारी-सँजकारी एओत।''

सुनलो झोलू पाइक आरु हरबर तियार होउन घर ले निकरलो। जाते-जाते गेलो नँगारची-माहाले। माँडो-मोंगरा उबुन 'दादा' बलते हाक दिलो। हाक देतो के नँगारची दादा घर ले बाहिर निकरलो आरु 'काय काम ने इलिस, बाबू?' बलते पूछलो। पुछतो के झोलू पाइक बल्लो, ''सुन दादा, नँगारची लोग! राजा-घरे तुलसी मँडातो आय। तुय डँडिक नँगारा देउन देस। सब लोग सँजकारी-सँजकारी एओत।''

बलतो के नँगारची 'हव' बल्लो आरु बाँडी घोड़ी कसलो, जोड़ी नँगारा चघालो। हाते काड़ा धरलो आरु घर ले बाहिर होलो। खोरे-डाँडे गेलो, आरा-पारा ने गेलो आरु नँगारा देयसे, ''सुना बाई! सुना दादा! राजा-घरे तुलसी मँडातो आय। हरबर तियार होउन झटके जाहा।'' बलते गुलाय बुलुन-बुलुन नँगारा दिलो आरु आपलो माहाले बोहड़लो। नँगारा के सुनला दादा-बाई आउर हरबर-हरबर तियार होसोत। नाहा-खोरा करला, तेल-फुल घसला, खाना-पिना करला। रलो लोग कपड़ा पिंदला, नीं रलो मन धड़का पिंदला। रलो लोग तेल-फुल घसला, नाहलो लोग पानी के घसी होला। रलो लोग मन हाती-घोड़ा ने चेघुन गेला, नाहालो लोग पैंदल गेला। सब लोग राजा-माहाले गेला। लगे जाउन सलाम

ऐसा कहने पर झोलू पाइक मुट्ठी भर रुपये ले, पाँवों में खड़ाऊँ पहन और हाथ में बेंत लेकर राजमहल से चल पड़ा। गया बनिया की दुकान में। दादा को पुकारा। पुकार सुनकर दादा घर से बाहर आया और 'किस काम से आया है, बाबू?' कह पूछा। झोलू पाइक ने कहा, "सुनो हे बनिया दादा! मुझे नारियल-सुपारी, कथा प्रसाद दो। शुद्ध लाली और अगरबत्ती दो। तुलसी रोपना है।"

सुनकर बनिया दादा ने सारी सामग्री उसे दी। तब झोलू पाइक ने सारी सामग्री लेकर बनिया दादा को मुट्ठी भर रुपये दिये और वहाँ से चल पड़ा। वह गया हल्बा के महल में। वहाँ जाकर हल्बिन बाई से कहा, "सुनो बाई, हल्बिन! तुम मुझे लाई और चिवड़ा दो।"

तब हल्बिन बाई ने सुना और उसे लाई फोड़ कर, चिवड़ा कूटकर दिया। झोलू पाइक ने लाई-चिवड़ा लिया और हल्बिन बाई को खेजा दे कर हल्बा-महल छोड़ दिया। चलता चला गया मरार के महल। वहाँ पहुँच कर मरार दादा से कहा, "सुनो हे मरार दादा! मुझे गुड़ की भेली दो, दादा। तुलसी रोपना है।"

सुनकर मरार दादा ने उसे गुड़ की भेली दी। तब झोलू पाइक ने उसे मुट्ठी भर रुपये दिये और मरार-महल छोड़कर चल पड़ा। चलता चला गया और पहुँच गया राजमहल। सारी सामग्री रखी। राजा-रानी के पास गया और बोला, "मैंने सारी सामग्री जुटा ली है, राजा-रानी। और कौन-कौन-सी सामग्री लगेगी, आप बताएँ।"

राजा-रानी ने कहा, "अब तू नगारची के महल में जा। वह थोड़ी देर मुनादी कर दे। तुलसी रोपना है, बाबू। सब लोग जल्दी आ जाएँ।"

झोलू पाइक ने सुना और जल्दी तैयार होकर घर से निकल पड़ा। गया नगारची के महल में। मोगरा-मंडप के नीचे खड़ा होकर दादा को पुकारा। पुकारने पर नगारची दादा घर से बाहर आया और 'किस काम से आया है, बाबू?' कह पूछा। तब झोलू पाइक ने कहा, "सुनो दादा, नगारची। राजा के घर में तुलसी रोपना है। तुम थोड़ी देर मुनादी कर दो। सब लोग जल्दी-जल्दी आ जाएँ।"

नगारची ने 'हाँ' कहा और बाँडी घोड़ी कसी। उस पर दोनों नगाड़े रखे। हाथ में काड़ा लिया और घर से निकल पड़ा। अली-गली में गया, अड़ोस-पड़ोस में गया और मुनादी करने लगा, "सुनो बाई! सुनो दादा! राजा के घर में तुलसी रोपना है। जल्दी तैयार होकर जाएँ।" उसने चारों ओर घूम-घूमकर मुनादी की और अपने घर चला गया। मुनादी सुनकर दादा-बाई जल्दी-जल्दी तैयार होने लगे। स्नानादि से निवृत्त हो तेल-फूल लगाया। भोजन किया। सक्षम लोगों ने नये कपड़े पहने और गरीब-दुखी ने फटे-पुराने। सक्षम लोगों ने तेल चुपड़े तो गरीब-दुखी ने पानी। जिनके पास हाथी-घोड़े थे वे उन पर सवार होकर चले तो जिनके पास कुछ नहीं था वे पैदल ही चल पड़े। सब लोग राजमहल जा पहुँचे। पास जाकर

झोकला आरु लाफी जाउन बसला। राजा के पुछला, "आले राजा-रानी, काय बलाव आय जाले? तुमी हामके साँगा।"

बलतो के राजा बल्लो, "तुलसी मँडातो आय, दादा-बाई। तुमी मोके तुलसी मँडाउक लागा।" सुनुन सब झन 'हव' बल्ला। तेबे रुपनथँवरा पानी तपाली, सेदा-भेदा करली आरु मन्दन-सिले नेउन दिली। झारी कसेला, कपुर दतुन दिली। तेबे राजा-रानी गेला मन्दन-सिले आरु आँगे असनाँद होला। सुका कपड़ा पिंदला, ओधा कपड़ा खाले गिरली। गेला आपन माहाले आउर बाजे बसला। राजा पुने धँगड़ा रासी के कथा-परसाद भाँजुक तियारलो। तेबे बाबू मन कथा-परसाद भाँजला। राजा-रानी हरबर-हरबर होसोत। आपन साजू के पिंदला। रानी बल्ली रुपनथँवरा के, "सुन नोनी, रुपनथँवरा! तुलसी-चँवरा के लिप नोनी। मँजी बाना लिख।"

सुनली रुपनथँवरा आरु तुलसी-चँवरा के लिपली, मँजी बानी लिखली। राजा-रानी दखला आरु चँवरा ने जाउन उबला। रानी बल्ली रुपनथँवरा के, "सुन नोनी, रुपनथँवरा! तुय सब जोड़ा के आन, नोनी। मयँ तुलसी मँडायँदे।"

बलतो के थँवरा सब जोड़ा के धरली आउर चँवरा ने नेउन मँडाली। तेबे राजा तुलसी-बुटा के धरलो, रानी धरली सब जोड़ा के आउर दुनों जाउन चँवरा लगे उबला। झारी पानी छिचला, काचा गोरस छिचला। होम-आरती दिला, पाँय पड़ला। तेबे दादा मन राजा चो हात के धरला, काचा गोरस आरु झारी पानी छिचला। राजा पुने जातलाली टिकलो, अगरबती धरालो। होम-आरती दिलो, पाँय पड़लो। तेबे दादा मन राजा के तुलसी-बुटा मँडाउक लागला। राजा-रानी होउन तुलसी मँडाला। झारी पानी धरला आरु चँवरा ने पानी रिकाला आरु बिनती करला, "बाड़-बाड़ बाई कारी तुलसी! अगासमेलान बाड़ बाई, फकिर पाना फेक। तुय-मयँ हन्सा-जोरी बाई, तुय-मयँ बाँहाँ-जोरी। जिव भर सेवा करुक होओ।" बलते तुलसी-पुजा करला। तेबे नोनी सब जोड़ा के धरली आउर तुलसी-चँवरा ने मँडाउन दिली। राजा धँगड़ा रासी के नरेर-सुपारी फोड़तो काजे बल्लो। लाई-चिवड़ा बाटतो काजे बल्लो। धँगड़ा रासी सुनला आरु नरेर-सुपारी फोड़ला। सब के नरेर-सुपारी, लाई-चिवड़ा बाटला। तेबे रानी सब जोड़ा के धरली आरु नवखँड माहाले निली। दादा-बाई मन आपलाहान घरे-घरे गेला। राजा-रानी खाना-पिना खादला आरु आसोत।

सन्दर्भ

1. उल्टी-पुल्टी (भतरी) : मूल 'उलटुन-पुलटुन'।

राजा को सलाम किया और दूर जाकर बैठ गये। राजा से पूछा, ''हे राजा-रानी, किसलिए बुलाया? आप हमें बताएँ।''

राजा बोला, ''तुलसी रोपना है, दादा-बाई। तुम लोग मुझे तुलसी रोपने में सहायता करो।'' सुनकर सब ने 'हाँ' कहा। तब रुपनथँवरा ने पानी गरम किया, उसमें ठंडा पानी मिलाया और स्नानगृह में ले गयी। उसने झारी पात्र और सुगन्धित दतौन दिये। तब राजा-रानी स्नानगृह में गये और स्नानादि किया। सूखे कपड़े पहने, गीले कपड़े नीचे गिर गये। फिर वे अपने महल में जाकर पलंग पर बैठ गये। राजा ने नवयुवकों से कथा-प्रसाद भूनने को कहा। तब बाबू लोगों ने कथा-प्रसाद भूना। राजा-रानी जल्दी मचाने लगे। अपने साज पहने। रानी ने रुपनथँवरा से कहा, ''सुन नोनी, रुपनथँवरा! तू तुलसी-चौरा लीप। बीच में बाना लिख।''

रुपनथँवरा ने सुनकर चारों कोने लीपे, बीच में बाना लिखा। राजा-रानी ने देखा और चौरा के पास जाकर खड़े हो गये। रानी ने रुपनथँवरा से कहा, सुन नोनी, रुपनथँवरा! तू सारी सामग्री ला, नोनी। मैं तुलसी रोपूँगी।''

रुपनथँवरा ने सारा सामान लाकर चौरा के पास रख दिया। तब राजा-रानी तुलसी का पौधा लेकर चौरा के पास जा खड़े हुए। उस पर झारी से पानी छींटा। कच्चा दूध छींटा। होम-आरती कर प्रणाम किया। तब गाँयता-पुजारी ने राजा का हाथ पकड़ा, कच्चा दूध और झारी पानी छींटा। राजा ने शुद्ध लाली लगाकर अगरबत्ती जलायी। होम-आरती कर प्रणाम किया। तब दादा-बाबू ने उसे तुलसी रोपने में सहायता की। राजा-रानी ने तुलसी रोपा और उस पर पानी डालकर विनती की, ''बढ़ो-बढ़ो बाई कारी तुलसी! आकाश का स्पर्श करो बाई, नयी कोंपलें निकलें। तुम-मैं हंसों की जोड़ी बाई, तुम-मैं बाँहों की जोड़ी। जीवन भर तुम्हारी सेवा का अवसर मिले।'' कहते तुलसी की सेवा की। तब नोनी ने सारी सामग्री तुलसी-चौरा में रख दी। राजा ने नवयुवकों से नारियल-सुपारी फोड़ने को कहा। लाई-चिवड़ा बाँटने को कहा। नवयुवकों ने सुना और नारियल-सुपारी फोड़ी। सब को नारियल-सुपारी और लाई-चिवड़ा बाँटे। तब रानी सारी सामग्री उठाकर नौ खंडा महल में ले गयी। दादा-बाई अपने-अपने घर चले गये। राजा-रानी ने भोजन किया। इस तरह उनका समय व्यतीत होने लगा।

अधया–19

जानादई चो तरई–बावली खनतो

राजा–रानी चो तुलसी मँडालो एक ले दुय, दुय ले आट दिन होली। रानी तुलसी–सेवा करेसे। असने–असने साल–डेड़ साल होली। गोटोक दिन रानी बलेसे राजा के, ''सुना राजा, डाहाँकरैया! मयँ नाना पयकार होले, राजा। बाना–बिसा होले। मोचो काहीं नामना निंहाय, काहीं किरती निंहाय। जिव रत ले तो खावाँ राजा मान्तर मरले नाँव निंहाय। हामचो किरती डुबन जायदे, हामचो नामना बुड़न जायदे। हामी गोटोक किरती करुन दखले जुग–जुग हामचो नाँव रहेदे। पदबी बाड़न जायदे।''

तेबे राजा बल्लो, ''आले रानी, काय किरती आय जाले तुय साँग।''

रानी बल्ली, ''तुमी मोके तरई खनाउन दिया राजा, मोके बावली खनाउन दिया। हुनी बले नाँव होयदे। जुग–जुग नाँव रहेदे।'' बलते टेक मताउक धरली। दतुन चाबे ना अन खाय। भुके–भुके आसे। तेबे राजा बल्लो, ''सुन रानी जानादई!

अध्याय-19

जानादई का सरोवर-बावली खोदना

राजा-रानी को तुलसी रोपे एक से दो और दो से आठ दिन बीते। रानी तुलसी की सेवा करने लगी। इस तरह उसे सेवा करते साल-डेढ़ साल बीत गये। एक दिन रानी राजा से कहने लगी, "सुनिये राजा, डाहाँकरैया! मैंने नाना उपाय किये, राजा। कई कष्ट सहे। तो भी मेरा कोई नाम नहीं है, कोई कीर्ति नहीं है। जीवन भर खाएँगे किन्तु मर जाने पर नाम न होगा। हमारी कीर्ति डूब जाएगी, हमारा नाम डूब जाएगा। हम एक काम करें तो सम्भवतः हमारा नाम रह जाएगा। पदवी बढ़ जाएगी।"

राजा ने कहा, "वह कौन-सा काम है, रानी? तुम मुझे बताओ।"

रानी ने कहा, "हे राजा! आप मेरे लिये एक सरोवर खुदवा दें और एक बावली भी। इससे हमारा नाम होगा। युगों-युगों तक नाम बना रहेगा।" ऐसा कह रानी हठ करने लगी। वह न दतौन करती न अन्न खाती और न पानी ही पीती। भूखी रहने लगी। यह देखकर राजा बोला, "सुनो रानी, जानादई! तुम बहुत

तुय दतुन चाबिस नईं ना अन खाइस नईं। भुके-भुके आसिस। अटपट टेक मतासिस। उठ, दतुन-पतर कर, भात-पेज खा। मयँ तरई खनाउन देयँदे, बावली खनाउन देयँदे।''

बलतो के रानी खँड मुचकी मारली। मुचमुच-मुचमुच हाँसली। उठली आरु दतुन-पतर करली, आँगे असनाँद होली आउर भात-पेज खादली। असने-असने आट दिन होली। तेबे गोटोक दिन राजा बल्लो झोलू पाइक के, ''सुन बाबू, झोलू पाइक! तुय सागरपुरे जा, बाबू। नव सै ओड़या नव सै ओड़िन के आन। हामके तरई खनुन देदे बाबू, बावली खनुन देदे।''

बलतो के झोलू पाइक सुनलो आउर हरबर-हरबर तियार होलो। आपन साज पिंदलो, आपलो जाक के धरलो आरू पाँय ने खड़ऊ पिंदुन हाते बेद धरून राजा-माहाल छाँडलो। जाते-जाते गेलो सामरपुरे। बाई मन के 'नव सै ओड़या चो घर कोन आय, बाई' बलते पुछलो। पुछतो के बाई मन सांगला, ''सुन बाबू, झोलू पाइक! रुमझुम भँवरा आसे बाबू, माँडो-मोंगरा आसे, काँदा-लाटे माकड़ झुलेसे, जँवरा-भँवरा कुकुर आसे जे हुनी माहाल आय।'' बलतो के झोलू पाइक पारा-परोस छाँडलो आरु रुमझुम-रुमझुम रेंगते नव सै ओड़या घरे गेलो। अमरलो आरु माँडो-मोंगरा ने उबुन 'दादा!' बलते हाक दिलो। तेबे बड़े ओड़या सुनलो आरु घर ले निकरुन पुछलो, ''काय काम ने इलिस, बाबू? आले मोके साँग। मोके डर लागेसे।''

बलतो के झोलू पाइक बल्लो, ''डरा-डरी चो गोठ नोहाय, दादा। राजा-घरे बलाव आय। तरई खनुन दियासे, बावली खनुन दियासे। हरबर तियार होआ। एक डँडिक जावँ।''

बड़े ओड़या बल्लो, ''हुसन आले मयँ नव सै ओड़या लगे जायँदे ता बाबू। नव सै ओड़या नव सै ओड़िन के साँगेंदे। तुय एई लगे रा।'' बल्लो आरु बड़े ओड़या गेलो नव सै ओड़या नव सै ओड़िन लगे। हुन मन के बल्लो, ''सुना बाबू नव सै ओड़या! सुना बाई नव सै ओड़िन! हरबर तियार होआ दादा-बाई। लंकागड़े जावाँ। तरई खनतो आय बाबू, बावली खनतो आय।''

नव सै ओड़या सुनला, नव सै ओड़िन सुनला आरु हरबर तियार होसोत। कोन तो कपड़ा काचेसे, कोन तो मुँड रेतेसे, कोन तो आँगे असनाँद होयसे। हरबर-हरबर तियार होला। राँदा-बाटा करला, भात-साग खादला। आपन साजू पिंदला, आपलो जाक धरला। बागमुँई कपाट के ढाकला आरु आपन माहाल छाँडला। जाते-जाते गेला बड़े ओड़या घरे। हुन मन के दखलो बड़े ओड़या आरु आपन बले हरबर-हरबर तियार होलो। आपलो साजू पिंदलो, आपलो जाक के धरलो आरु बागमुँई कपाट ढाकलो। सब झन घर ले निकरला। सागरपुर छाँडला आरु जासोत लंकागड़े। कोसक-दापक हिंडला आरु अमरला राजा-माहाले। लगे जाउन सलाम झोकला आरु लाफी जाउन बसला। राजा-रानी के पुछला, ''आले राजा-रानी!

ही हठी हो। तुम न तो दतौन करती हो और न भोजन ही। भूखी रहने लगी हो। बहुत हठ करती हो। उठो और दतौन आदि करो। भोजन कर लो। मैं सरोवर और बावली खुदवा दूँगा।''

ऐसा कहने पर रानी हौले से मुस्करायी। मन्द-मन्द मुस्कराने लगी और उठ कर दतौन-स्नान आदि से निवृत्त हुई। भोजन किया। इस तरह आठ दिन बीत गये तब एक दिन राजा ने झोलू पाइक से कहा, ''सुन बाबू, झोलू पाइक! तू सागरपुर जा, बाबू। नौ सौ ओड़या और नौ सौ ओड़िनों को बुला ला। वे हमारे लिये सरोवर और बावली खोद देंगे।''

झोलू पाइक सुनकर जल्दी-जल्दी तैयार हो गया। अपने साज पहने, अपने सामान लिये और पाँव में खड़ाऊँ पहन हाथ में बेंत ले घर से बाहर निकला। थोड़ी देर में वह सागरपुर जा पहुँचा और वहाँ की महिलाओं से पूछा, ''बड़े ओड़या का घर किस जगह है, बाई?'' उन्होंने बतलाया, ''सुन बाबू, झोलू पाइक! जिस घर में गुंजार करता भौंरा, मोगरा का मंडप है, काँदा-लाठी पर बन्दर झूल रहा है, और जहाँ जँवरा-भँवरा नामक कुत्ते हैं, वही घर उसका है।'' सुनकर झोलू पाइक पारा-परोस छोड़कर जल्दी-जल्दी चलता नौ सौ ओड़या के घर जा पहुँचा। मोगरा-मंडप के नीचे रुका और 'दादा!' की पुकार लगायी। पुकार सुनकर दादा घर से बाहर निकला और पूछने लगा, ''किस काम से आया, बाबू? तू मुझे बता। मुझे डर लग रहा है।''

झोलू पाइक ने कहा, ''डर-भय की कोई बात नहीं है, दादा। राजा के घर बुलावा है। सरोवर और बावली खोदना है। तुम झटपट तैयार हो जाओ। थोड़ी देर चलो।''

बड़े ओड़या बोला, ''ऐसा है तो मैं नौ सौ ओड़या के पास जाऊँगा बाबू। उन्हें बताऊँगा। तुम थोड़ी देर यहीं रुको।'' ऐसा कह वह नौ सौ ओड़या-नौ सौ ओड़िनों के पास गया। उनसे कहा, ''सुनो बाबू नौ सौ ओड़या! सुनो बाई नौ सौ ओड़िनो! तुम सब झटपट तैयार हो जाओ, दादा-बाई। लंकागढ़ जाएँगे। राजा के घर बुलावा है। सरोवर और बावली खोदना है।''

यह सुनकर नौ सौ ओड़या और नौ सौ ओड़िनें जल्दी-जल्दी तैयार होने लगे। कोई सिर धोने लगा तो कोई कपड़े और कोई भोजन तैयार करने लगा। इस तरह सब-के-सब तैयार हो गये। भोजन पकाया और खाया। अपने साज पहने, अपने सामान लिये और बागमुंई कपाट ढँककर बड़े ओड़या के पास पहुँच गये। उन्हें देखकर बड़े ओड़या भी जल्दी-जल्दी तैयार हो गया। अपने साज पहने और अपने सामान लेकर बागमुंई कपाट ढँका। सब लोग घर से निकल पड़े। सब सागरपुर छोड़कर लंकागढ़ जाने लगे। कोस-दाब भर चलकर राजमहल जा पहुँचे। पास जाकर सलाम किया और दूर जाकर बैठ गये। राजा से पूछा,''हे राजा-रानी! हमें किसलिए बुलवाया है, हमें बताएँ।''

काय बलाव आय, हामके साँगा।''

राजा बल्लो, ''सुना दादा! सुना बाई! तुमी हामके तरई खनुन दिया, बावली खनुन दिया।''

बलतो के बड़े ओड़या बल्लो, ''हामी खनुन देउँदे, राजा। तुमी हामके भतेया जोड़ुन दिया, ठान दखाउन दिया। रापा-गैंती दिया।''

तेबे राजा बल्लो झोलू पाइक के, ''सुन बाबू, झोलू पाइक! भतेया जोड़ुन दे, रापा-गैंती दे।''

झोलू पाइक सुनलो आरु भतेया जोड़ुन दिलो, रापा-गैंती बाटलो। तेबे राजा बल्लो, ''जा रे बाबू, झोलू पाइक! पिल बगेचा ने जा। हुता एमन के ठान दखाउन देस। अली मैदाँग रहो बाबू, डेंगभाटा रहो।''

बलतो के झोलू पाइक नव सै ओड़या सँगे पिल बगेचा ने गेलो। गुलाय बुलुन-बुलुन दखलो। हुता अली मैदाँग रहे, डेंगभाटा रहे। काय मँजा सुँदर दखा देय। तेबे हुन बड़े ओड़या के बल्लो, ''एई लगे तरई रहो दादा, एई लगे बावली रहो। काय मँजा सुँदर फोबेदे, दादा।'' बलते ठान दखाउन दिलो। तेबे नव सै ओड़या, नव सै ओड़िन हुनी लगे आपलो डेरा-बासा बनाला। बड़े ओड़या बल्लो झोलू पाइक के, ''सुन बाबू, झोलू पाइक! तुय गाँयता-माहाले जा बाबू। पुजारी-माहाले जा। गाँयता-पुजारी के बलाउन आन। हुन मन चो बिगर नीं होय।''

सुनलो झोलू पाइक आउर पिल बगेचा छाँडलो। गेलो गाँयता-पुजारी लगे। अमरलो आरु हुन मन के बल्लो, ''हरबर तियार होआ दादा। राजा-घरे बलाव आय। एक डँडिक जावँ।''

बलतो के गाँयता-पुजारी हरबर-हरबर तियार होला। आपन साजू पिंदला आउर घर ले निकरला। जाते-जाते गेला पिल बगेचा ने। नव सै ओड़या लगे जाउन पुछला, ''आले दादा! हामके काय काजे हाक दिलास?''

बड़े ओड़या बल्लो, ''सुना दादा गाँयता-पुजारी! तरई खनतो आय, दादा। बावली खनतो आय। तुमी एकक रापा खनुन दिया। तुमचो बिगर नीं होय।''

बलतो के गाँयता-पुजारी सुनला आरु सब जोड़ा धरुन मँजगता गेला आउर अजिक असन जतनाला। झारी पानी छिचला, जातलाली टिकला, फुल-चाउर चघाला। होम-आरती दिला, चारखुट पाँय पड़ला आउर जागारानी के सुमरला, ''हे मायँ जागारानी! तुके हामी तरई खनुँसे आया। माटी उठुन जाओ, पानी फुटुन जाओ।'' बल्ला आरु एकक रापा खनुन नव सै ओड़या के दिला। तेबे नव सै ओड़या तरई-बावली खनसोत आरु नव सै ओड़िन माटी फिंगसोत। खनू-खनू कएक दिन होली मान्तर माटी नीं उठे ना पानी नीं फुटे। पिंडरी भर खनला, जाँग भर खनला। एक महेना होली, दुय महेना होली। होऊ-होऊ छय महेना होली

राजा ने कहा, सुनो दादा! सुनो बाई! तुम हमारे लिए सरोवर और बावली खोद दो।''

सुनकर बड़े ओड़या ने कहा, ''हम सरोवर और बावली खोद देंगे, राजा। आप हमें भतेया दीजिए। जगह दिखा दीजिए। फावड़े और गैंती दीजिये।''

तब राजा ने झोलू पाइक से कहा, ''सुन बाबू, झोलू पाइक! भोजन-सामग्री दे, फावड़े और गैंती दे।''

झोलू पाइक ने सुना और भोजन-सामग्री तैयार कर दी, फावड़े और गैंतियाँ बाँटीं। तब राजा ने कहा, ''जा बाबू, झोलू पाइक! नन्हें बगीचे में जा। वहाँ इन लोगों को जगह दिखा दे। खुला-सा और ऊँचा मैदान रहे।''

सुनकर झोलू पाइक नौ सौ ओड़या नौ सौ ओड़िनों को साथ लेकर नन्हें बगीचे में गया और चारों ओर घूम-घूमकर देखने लगा। वहाँ बड़ा-सा खुला मैदान दिखा। तब वह बड़े ओड़या से बोला, ''इसी जगह सरोवर रहे दादा, इसी जगह बावली रहे। यहीं पर बहुत सुन्दर दिखलायी पड़ेगा।'' ऐसा कह उसने जगह दिखा दी। तब नौ सौ ओड़यों और नौ सौ ओड़िनों ने जगह देखकर वहीं पास में अपना डेरा-बासा बनाया। फिर बड़े ओड़या ने झोलू पाइक से कहा, ''बाबू, झोलू पाइक! तू गाँयता के महल में जा बाबू, पुजारी के महल में जा और उन्हें बुलाकर ला। उनके बिना हम नहीं खोद सकते।''

सुनकर झोलू पाइक ने 'हाँ' कहा और नन्हा बगीचा छोड़कर गाँयता-पुजारी को बुलाने चल पड़ा। वहाँ पहुँचकर झोलू पाइक ने उनसे कहा, ''जल्दी तैयार हों, दादा। राजा के घर बुलावा है। थोड़ी देर चलो।''

दोनों ने सुना और जल्दी-जल्दी तैयार हो गये। अपने साज पहने, अपने सामान लिये और घर से निकल पड़े। चलते गये। नन्हें बगीचे में पहुँचे। नौ सौ ओड़या के पास गये और उनसे पूछा, ''अच्छा दादा! हमें किसलिए बुलवाया है?''

बड़े ओड़या ने कहा, ''सुनो दादा गाँयता-पुजारी! सरोवर खोदना है दादा, बावली भी खोदना है। तुम एक-एक फावड़ा चला दो। तुम्हारे बिना यह काम नहीं होगा।''

गाँयता और पुजारी दादा ने सुना और सारी सामग्री लेकर बीच में गये और वहाँ थोड़ी-सी सफाई की। झारी से पानी छींटा, शुद्ध लाली लगायी, फूल-चावल चढ़ाया। होम-आरती की, चारों दिशाओं में प्रणाम किया और जागारानी का स्मरण किया, ''सुन आया, हे जगह रानी! हम तुझ पर सरोवर खोद रहे हैं माँ। पानी फूट निकले।'' कहा और एक-एक फावड़ा खोदकर नौ सौ ओड़यों से खोदने को कहा। तब फिर नौ सौ ओड़या खोदने लगे और नौ सौ ओड़िनें माटी फेंकने लगीं। उन्हें खोदते कई दिन बीत गये किन्तु न माटी उठती और न पानी ही फूटता। पिंडलियों के बराबर खोदा फिर जंघा के बराबर। उन्हें खोदते एक महीना बीता, दो महीने बीते। होते-होते छह महीने बीते किन्तु तो भी न तो माटी कम होती न पानी ही

जाले बले माटी नीं उठे ना पानी नीं फुटे। हाताचापड़ेक खनला मान्तर तेबे ले बले माटी उठे ना पानी फुटे। तेबे नव सै ओड़या मन बड़े ओड़या के बल्ला, "सुन दादा बड़े ओड़या! छय महेना होली दादा हामी तरई-बावली खनुँसे मान्तर माटी उठे ना पानी फुटे। गोटकी काम ने रलू जाले हामचो पिला-झिला भुके मरदे। हामी नीं खनूँ।"

बलतो के बड़े ओड़या बल्लो, "हुसन नीं बलूँ दादा-बाई। राजा-घरो गोठ आय। आले असन करूँ, जावँ राजा-घरे। राजा के साँगवाँ।"

बलतो के सब झन तियार पड़ला। गेला राजा लगे आउर लगे जाउन सलाम झोकला, लाफी जाउन बसला। तेबे राजा बल्लो, "आले बाबू, नव सै ओड़या! काय चो कमती होली, काय काजे तुमी इलास?"

बलतो के बड़े ओड़या बल्लो, "सुना राजा डाहाँकरैया! छय महेना होली राजा हामी तरई-बावली खनुँसे, मान्तर माटी उठे ना पानी फुटे। काय गोठ होली की राजा!"

जानादई सुनली आरु कपार पेटी होली। 'ए राम भगवान! ए काय होली? मयँ तरई खनायँसे, बावली खनायँसे मान्तर माटी नीं उठे ना पानी नीं फुटे बलसोत जे! ए काय करम होली भगवान?' बलते धोका करेसे। फेर राजा के बल्ली, "सुना राजा डाहाँकरैया! तुमी गोबिन्दपुरे जाहा राजा। बुदू पँजेआर के आना। हुन डँडिक पाँजी दखुन देयदे।"

सुनलो डाहाँकरैया आउर झोलू पाइक के बल्लो, "जा रे बाबू, झोलू पाइक! गोबिंदपुरे जा। बुदू पँजेआर के हाक देउन आन। पाँजी-खुट धरो आउर एओ। डँडिक पाँजी दखुन देयदे।"

बलतो के झोलू पाइक सुनलो आउर राजा-माहाल छाँडलो। रुमझुम-रुमझुम रेंगते गेलो गोबिंदपुर। बुदू पँजेआर घरे अमरुन हाक दिलो। हाक देतो के बुदू पँजेआर घर ले निकरलो। तेबे झोलू पाइक बल्लो, "सुन दादा बुदू पँजेआर! तुचो जाक के धर दादा। एक डँडिक लंकागड़े जावँ। राजा-घरे बलाव आय।"

सुनलो बुदू पँजेआर आरु 'हव' बलुन आपलो रानी के पानी तपातो काजे बल्लो। तेबे पँजेआरिन पानी तपाली, सेदा-भेदा करली आरु मन्दन-सिले नेउन दिली। झारी कसेला दिली, कपुर दतुन दिली। तेबे बाबू गेलो मन्दन-सिले आरु दतुन-पतर चाबलो, आँगे असनाँद होलो। झारी पानी धरलो आरु तुलसी-चँवरा ने पानी रिकालो। तुलसी-सेवा करलो होम-आरती दिलो, पाँय पड़लो आउर नवखँड माहाले जाउन बाजे बसलो। बँधेया झापी के माँगुन नव सै गाहना पिंदलो। पाँजी-खुट धरलो, जोतिस-रमायन धरलो। पाँये खड़ऊ पिंदलो, हाते बेद धरलो आरु 'घर-दुआर के दख रानी, मयँ लंकागड़े जायँसे। राजा-घरो गोठ आय रानी।

निकलता। उन्होंने सिर के ऊपर तक खोदा किन्तु तब भी न तो माटी कम हुई न पानी निकला। तब नौ सौ ओड़यों ने बड़े ओड़या से कहा, "सुनो दादा, बड़े ओड़या! छह महीने बीत गये दादा हमें सरोवर और बावली खोदते किन्तु न तो माटी कम होती और न पानी ही निकलता। हम यदि एक ही काम में लगे रहे तो हमारे बाल-बच्चे भूखों मर जाएँगे। हम अब नहीं खोदेंगे।"

बड़े ओड़या ने कहा, "नहीं दादा-बाई। हम ऐसा न कहें। राजा के घर की बात है। चलो, राजा के पास जाएँगे। राजा को बता देंगे।"

तब सारे लोग तैयार हो गये। राजा के घर गये। पास जाकर सलाम किया और दूर जाकर बैठ गये। तब राजा ने उन्हें देखा और पूछा, "कैसे बाबू, नौ सौ ओड़या! किस चीज की कमी हो गयी? तुम लोग किसलिए आये?"

सुनकर बड़े ओड़या ने कहा, "सुनिए राजा, डाहाँकरैया! हम छह महीने से सरोवर और बावली खोद रहे हैं किन्तु तब भी न तो माटी कम होती और न पानी ही फूटता। पता नहीं क्या बात हो गयी, राजा।"

जानादई ने यह सुनकर अपना माथा पीट लिया। 'हे राम भगवान! यह क्या हो गया? मैंने सरोवर खोदवाया बावली खोदवायी किन्तु न तो माटी कम होती और न पानी ही फूटता! यह क्या हो गया भगवान?' वह चिन्ता करने लगी। फिर राजा से बोली, "हे राजा, डाहाँकरैया! आप गोबिंदपुर जाएँ, राजा। वहाँ से बुदू पँजेआर को बुलाकर लाएँ। वह पंचांग देखेगा।"

राजा ने सुना और झोलू पाइक से कहा, "जा बाबू, झोलू पाइक! गोबिंदपुर जा। बुदू पँजेआर को बुला ला। वह अपने सामान ले और थोड़ी देर के लिए आये। पंचांग देखकर बताएगा।"

झोलू पाइक सुनकर राजमहल से चल पड़ा। वह जल्दी-जल्दी चलता गोबिंदपुर जा पहुँचा। बुदू पँजेआर के घर पहुँचकर मोगरा-मंडप के नीचे खड़ा हो दादा को पुकारा। सुनकर बुदू पँजेआर घर से बाहर निकला। तब झोलू पाइक ने कहा, "सुनो दादा, बुदू पँजेआर! अपने सामान लो दादा और थोड़ी देर लंकागढ़ चलो। राजा के घर बुलावा है।"

बुदू पँजेआर ने 'हाँ' कहकर अपनी पत्नी से पानी गरम करने को कहा। बाई ने पानी गरमकर उसमें ठंडा पानी मिलाया और स्नानगृह में पहुँचा आयी। झारी पात्र और सुगन्धित दतौन दिया। तब दादा ने दतौन आदि से निवृत्त हो स्नान किया। झारी में पानी लेकर तुलसी-चौरा में पानी डाला और तुलसी की सेवा की। होम-आरती की, प्रणाम किया और नौ खंडा महल में जाकर पलंग पर बैठ गया। पँजेआरिन से बँधेया झापी माँगी और नौ सौ गहने पहने। पोथी-पंचांग और जोतिस-रमायन लिये। पाँवों में खड़ाऊँ पहनकर हाथ में बेंत ले, अपनी पत्नी से 'तुम घर-द्वार, बाड़ी-बखरी का ध्यान रखो रानी। मैं लंकागढ़ जा रहा हूँ। राजा के घर की बात है। कौन

कोन दिन बोहड़ुक होयदे कोन दिन नईं।' बलते घर ले निकरलो। जाते-जाते गेलो लंकागड़े। राजा-माहाले अमरलो। जानादई दखली आरु रुपनथँवरा के हुनचो पाँय धुआतो काजे बल्ली। तेबे रुपनथँवरा सेवा-जोड़ा धरली, चन्दन-काट मँडाली। पँजेआर पुने चन्दन-काट ने उबलो। तेबे रुपनथँवरा हुनचो पाँय धुआली, होम-आरती दिली, पाँय पड़ली। बाबू नोनी चो टोंड के चुमा दिलो। नोनी बाबू चो हात के धरुन नवखँड माहाले निली आरु बाजे नेउन बसाली। राजा-रानी बले बसला। "आले काय बलाव आय, राजा-रानी?" बलते पुछलो बुदू पँजेआर।

पुछतो के राजा बल्लो, "मयँ तरई खनाउन गेले बाबू, बावली खनाउन गेले मान्तर माटी उठे ना पानी फुटे। कोन जाने काय गोठ होली की! तुय एकेय पाँजी ने दख।"

बलतो के बुदू पँजेआर रुपनथँवरा के सेवा-जोड़ा माँगलो। रुपनथँवरा सेवा-जोड़ा आनुन दिली तेबे बाबू नवा सरकी ओछालो। झारी पानी छिचलो। रमायन के भुँये मँडालो, काचा गोरस छिचलो, जातलाली टिकलो। अगरबती धरालो, फुल-चाउर चघालो। होम-आरती दिलो आरु पाँय पड़ुन खालामाती बसलो। रमायन के कोरा ने धरलो आरु पाँजी दखुक मुरयालो। पतालबारु फेकलो, अगासतारा दखलो। पाँजी ने पड़ली तेबे राजा के बल्लो, "सुना राजा, डाहाँकरैया! सुना रानी, जानादई! हुता सात आगर सात कोड़ी कैना-कोडो आसोत, राजा-रानी। कैना-पुजा दिहा राजा-रानी तेबे माटी उठेदे आरु पानी बले फुटेदे।"

राजा-रानी सुनला आरु पँजेआर बिदा देतो काजे रुपनथँवरा के बल्ला। रुपनथँवरा सुनली आरु रोसई-चाउर जोड़ली, मुठा रुपया धरली आउर पँजेआर-बिदा दिली। पँजेआर मोडरी बाँदलो आरु राजा-माहाल छाँडलो। तेबे राजा झोलू पाइक के कैना-पुजा जोड़तो काजे तियारलो, "सुन बाबू, झोलू पाइक! तुय मुठा रुपया धर बाबू आउर कैना-पुजा जोड़। नव सै ओड़या के दे। हुन मन कैना-पुजा देदे।"

झोलू पाइक मुठा रुपया धरलो आरु कैना-पुजा जोड़ुन पिल बगेचा ने गेलो। कैना-पुजा चो जोड़ा के नव सै ओड़या के धराउन बल्लो, "सुना दादा, नव सै ओड़या! इथा सात आगर सात कोड़ी कैना-कोड़ो आसोत। एदे मयँ कैना-पुजा चो जोड़ा आनुन दिलेसे। तुमी इथा कैना-पुजा दिया।" बलते जोड़ा के धराउन दिलो। तेबे नव सै ओड़या मन गाँयता-पुजारी के कैना-पुजा देतो काजे बल्ला। बलतो के गाँयता-पुजारी पुजा-जोड़ा के धरला आउर तरई-मँजी जाउन अजिक असन जतनाला। होम-आरती दिला, पाँय-पटा पड़ला, हात जोड़ला। कैना-पुजा देतो के हुता जलथल पानी फुटली। तरई झलकली। तेबे गाँयता-पुजारी डुबकी मारुन निकरला। नव सै ओड़या दखला आरु हरिक होला। खँड मुचकी मारला।

जाने कब वापस लौटूँ' कहता घर से निकल पड़ा। चलता चला गया और पहुँचा राजा के महल में। उसे देख जानादई ने रुपनथँवरा से उसके पाँव धुलाने को कहा। तब रुपनथँवरा ने सेवा-सामग्री ली और द्वार पर चन्दन का पीढ़ा रखा। पँजेआर चन्दन के पीढ़े पर जा खड़ा हुआ। तब नोनी ने उसके पाँव धुलाए, होम-आरती की और पाँव छुए। बाबू ने नोनी का मुख चूमा। नोनी उसका हाथ पकड़कर नौ खंडा महल में ले गयी। ले जाकर पलंग पर बिठाया। राजा-रानी भी बैठे। बुदू पँजेआर ने कहा, "आपने मुझे किस काम से बुलाया, राजा-रानी?"

राजा ने कहा, "मैंने सरोवर खुदवाया, बावली खुदवायी किन्तु वहाँ से न तो माटी कम होती न पानी ही निकलता। पता नहीं क्या बात हो गयी है? तुम यही बात पंचांग देखकर बताओ।"

बुदू पँजेआर ने सुना और नोनी से सेवा-सामग्री माँगी। रुपनथँवरा ने पूजा की सामग्री दी तब पँजेआर ने नयी चटाई बिछायी, झारी से पानी छिटका। रमायन को जमीन पर रख कच्चा दूध छिटका, शुद्ध लाली लगायी। अगरबत्ती जलायी, फूल-चावल चढ़ाया, होम-आरती कर प्रणाम किया और फिर पालथी मारकर बैठा। रमायन को गोद में लेकर पंचांग देखने लगा। पोथी-पत्तर देखता चला गया। थोड़ी देर बाद उसे समस्या का समाधान मिल गया। तब उसने राजा से कहा, "सुनिए राजा, डाहाँकरैया! सुनिए रानी, जानादई! वहाँ तो एक सौ सैंतालीस जलकन्याएँ हैं, राजा-रानी। आप उन जलकन्याओं की पूजा कीजिए, राजा-रानी, तब माटी उठेगी और पानी निकलेगा।"

राजा-रानी ने सुना और पँजेआर को विदाई देने के लिए रुपनथँवरा से कहा। सुनकर नोनी ने रसोई-चावल तैयार किया, मुट्ठी भर रुपये लिये और पँजेआर को विदाई दी। विदा पाकर पँजेआर ने गठरी बाँधी और अपने महल के लिए चल पड़ा। तब राजा ने झोलू पाइक से कन्या-पूजन की सामग्री जुटाने को कहा, "सुन बाबू, झोलू पाइक! तू मुट्ठी भर रुपये ले बाबू और कन्या-पूजन की सामग्री जुटा। सारी सामग्री नौ सौ ओड़या को दे। वे कन्या-पूजन करेंगे।"

झोलू पाइक ने मुट्ठी भर रुपये लिये और कन्या-पूजन की सामग्री जुटा कर नन्हें बगीचे में गया। कन्या-पूजा की सारी सामग्री नौ सौ ओड़यों को दी और कहा, "सुनो दादा, नौ सौ ओड़या! यहाँ एक सौ सैंतालीस जलकन्याएँ हैं, दादा। यह लो, मैं सारी सामग्री ले आया हूँ। तुम कन्या-पूजन करो।" कहते हुए सारी सामग्री उन्हें सौंप दी। तब नौ सौ ओड़यों ने गाँयता-पुजारी से कन्या-पूजन करने को कहा। ऐसा कहने पर गाँयता-पुजारी ने कन्या-पूजा की सामग्री ली और सरोवर के बीच में गये। वहाँ थोड़ी-सी सफाई की। होम-आरती की, प्रणाम किया, हाथ जोड़े। कन्या-पूजन करने पर वहाँ पानी लबालब भर गया। तब गाँयता-पुजारी डुबकी मारकर बाहर आये। यह देखकर दादा-बाई आनन्दित हो गये। हौले से मुस्कराये।

झोलू पाइक के बल्ला, ''पानी फुटली बाबू। एदायँ हामके छुटी दे।''

झोलू पाइक बल्लो, ''छुचा तरई आसे दादा, खाली बावली आसे। छुचा तरई, खाली बावली नीं फोबे। तरई एके भुँआर, बावली एके भुँआर बागे-बगेचा, फुल-फुलवारी मँडाउन दिले काय मँजा फोबेदे।''

बलतो के नव सै ओड़या सुनला आरु तरई एके भुँआर, बावली एके भुँआर बागे-बगेचा, फुल-फुलवारी मँडाउन दिला। तेबे तरई-बावली काय मँजा सुँदर दखा दिला। इतरो ने नव सै ओड़या नव सै ओड़िन सब जाक के धरला आरु तरई-पार छाँड़ुन राजा-माहाले गेला। ओरी-चो-ओरी बसला। राजा-रानी के बल्ला, ''माटी उठुन गेली राजा-रानी, पानी फुटुन गेली। एदायँ हामके छुटी दिया।''

बलतो के राजा झोलू पाइक के रापा-गैंती गनुक तियारलो। झोलू पाइक रापा-गैंती गनलो आउर नवखँड माहाले नेउन ठोउन दिलो। रोसई-चाउर जोड़लो आरु ओड़या-बिदा के दिलो। बिदा धरुन नव सै ओड़या नव सै ओड़िन आपलो पुरे गेला।

झोलू पाइक से कहा, ''अब पानी फूट निकला है, बाबू। तू हमें छुट्टी दे।''

झोलू पाइक ने कहा, ''सरोवर खाली है, दादा। बावली भी खाली है। खाली सरोवर और खाली बावली अच्छी नहीं दिखती। सरोवर और बावली के चारों ओर बाग-बगीचे, फूल-फुलवारी लगा देने पर बहुत सुन्दर दिखेगा।''

ऐसा कहने पर नौ सौ ओड़यों ने सरोवर और बावली के चारों ओर बाग-बगीचे, फूल-फुलवारी रोप दिये। तब सरोवर और बावली बहुत सुन्दर दिखलायी पड़ने लगे। इतने में नौ सौ ओड़या और नौ सौ ओड़िनों ने अपने सामान उठाये और सरोवर-बावली छोड़कर राजमहल गये। पंक्तियों में बैठ गये। राजा-रानी से बोले, ''माटी उठ गयी राजा-रानी, पानी भी फूट निकला है। अब हमें जाने दें।''

उनकी बात सुनकर राजा ने फावड़े-गैंती गिनने को कहा। झोलू पाइक ने फावड़े और गैंती की गिनती की और ले जाकर नौ खंडा महल में रखा। रसोई-चावल तैयार कर ओड़यों की विदाई दी। विदा पाकर नौ सौ ओड़या और नौ सौ ओड़िनें अपने-अपने घर चली गयीं।

अधया-20

बाली गौरा चो जनम

तरई-बावली खनालो एक दिन ले दुय दिन, दुय ले आट दिन आउर होऊ-होऊ छय महेना होली। राजा-रानी आसोत। राज धरुन खासोत। तेबे ले बले रानी चो काहीं नामना निंहाय। काहीं किरती निंहाय। रते-रते आसोत। रानी उपास-पियास करेसे। बारा साल तप करली, नाना पयकार होली। बाना-बिसा होली जाले बले रानी चो काहीं नामना निंहाय। काहीं किरती निंहाय। तेबे रानी मने-मने धोका करेसे, 'ए राम भगवान!' बलेसे रानी, 'बाप रे दइया! मयँ नाना पयकार होले, बाना-बिसा होले। बारा साल उपास करले मान्तर तेबे ले बले भगवान मोके नीं देय। मयँ काय माँगुन इले, मयँ काय करुन इले? राज गुलाय के भगवान देयसे मान्तर मोकेय नीं देय। ए काय होली भगवान?' बलते रानी सोस[1] करेसे। तेबेय दखा गोटोक बाबा-बैरागी राजा-माहाले इलो। तेबे हुन बाबा बैरागी के रानी बलेसे, "सुन बाबा, बैरागी बाबा! मयँ नाना पयकार होले, बाबा। मयँ बारा साल उपास

अध्याय-20

बाली गौरा का जन्म

सरोवर-बावली खुदवाये एक से दो दिन, दो से आठ दिन और इस तरह दिन बीतते-बीतते छह महीने बीत गये। राजा-रानी राज-काज करते हुए जीवन बिता रहे थे। लेकिन तो भी रानी का कोई नाम नहीं है। कोई कीर्ति नहीं है। रानी उपवास आदि करती रहती थी। उसने बारह वर्ष तपस्या की, कई उपाय किये। कई कष्ट सहे किन्तु तब भी रानी का कोई नाम नहीं है। कोई कीर्ति नहीं है। तब रानी मन-ही-मन चिन्ता करने लगी, 'हे राम भगवान!' रानी सोचने लगी, 'बाप रे दइया! मैंने नाना उपाय किये, कई कष्ट सहे। बारह वर्षों तक उपवास किये किन्तु तब भी भगवान मुझे सन्तान नहीं देता। मैं क्या माँग आयी, मैंने क्या कर दिया है? सारी दुनिया को भगवान सन्तान देता है किन्तु एक मुझे ही नहीं देता। यह क्या हो गया भगवन?' ऐसा सोचती रानी बहुत दुखी होने लगी। तभी कोई एक बैरागी बाबा राजमहल में आया। उस बाबा से रानी ने कहा, "सुनो

करले मान्तर तेबे ले बले भगवान मोके नीं देय। मयँ काय करुन इले, काय माँगुन इले की?''

हुसन बलतो के बैरागी बाबा बल्लो राजा-रानी के, ''सुना राजा डाहाँकरैया! सुना रानी जानादई! मयँ तुमके गोटोक फल[2] देउन जायँसे, राजा-रानी। ए फल के तुमी मँडावा। फल फरली जाले राजा-रानी, एके तुमी दुये झन बसुन खाहा। तुमके भगवान काहीं-ना-काहीं देयदे।'' बलते बाबा बैरागी गोटोक आमा-बुटा दिलो। राजा-रानी धरला आरु फल के मँडाउन दिला। फल-बुटा दिन-दिन बाढ़ुक धरली। होऊ-होऊ एक साल होली, दुय साल होली। असने-असने दुय ले तिन-चार-पाँच होऊ-होऊ सात साल होली। सात साल होतो के फल फरली। तेबे राजा गेलो आरु आमा फल के टोड़लो[3] आरु नवखँड माहाले निलो। राजा आमा के ठोउन दिलो आउर दुनों झन काय मँजा नाहा-खोरा करला। तेल-फुल घसला आरु दुनों बसुन काय सुँदर आमा के खादला। असने-असने आसोत। आमा खादलो एक दिन ले दुय दिन, दुय ले चार, चार ले आट दिन होली। होऊ-होऊ पँदरा दिन, महेना दिन होली। होतो के भगवान रानी के सिरजुक मुरयाला। होऊ-होऊ एक ले दुय महेना होली, तिन महेना होली। रानी के माची मारुक धरली। मूँ-भर पानी फुटे। रानी पुने पचर-पचर थुके। डँडिक आँचर ओछाउन सोउन दखे, डँडिक टुँग् नाय उठुन बसे। काहीं के नीं खाय। निरने होउन गेली। असने-असने तिन ले चार महेना होली। रानी पिंवर-पिंवर दखा देय। हरदी-हरदी दखे। होऊ-होऊ रानी चो माची टरली। असने-असने चार ले पाँच, छय, सात मयना[4] होली। रानी घिरघोर नाय ले होली। भुँय के थापुन उठे, भुँय के थापुन बसे। उठुक नीं सके रानी ना बसुक नीं सके। होऊ-होऊ सात ले आँट, आँट ले नव मयना होली। रानी चो दिन पुरली। एदायँ रानी के कन्हेया-कोथा दुखुक मुरयाली। आड़स-मोड़स लागे रानी के। तेबे रानी डाहाँकरैया राजा के बल्ली, ''सुना राजा, डाहाँकरैया! मोके कन्हेया-कोथा दुखेसे, राजा। आड़स-मोड़स लागेसे। तुमी सुइन-माहाले जाहा आरु हुनके हाक देउन आना।''

बलतो के राजा झोलू पाइक के बल्लो, ''सुन बाबू, झोलू पाइक! सुइन-माहाले जा, बाबू। सुइन के हाक देउन आन। रानी दुखा खायसे, बाबू।''

बलतो के झोलू पाइक सुनलो आरु हरबर तियार होलो। टाँगी धोती मारलो, खाकी कमिंज पिंदलो। पाँये खड़ऊ पिंदुन हाते बेद बड़गी धरलो आरु राजा-माहाल छाँडलो। जाते-जाते गेलो सुइन-माहाले। माँडो-मोंगरा उबलो आरु 'आया' बलते हाक दिलो। हाक देतो के सुइन घर ले निकरली आरु पुछली, ''काय काम ने इलिस, बाबू? मोके साँग। मोके डर लागेसे।''

बाबा, बैरागी बाबा! मैंने नाना उपाय किये, बाबा। मैंने बारह वर्षों तक उपवास किये किन्तु तब भी भगवान मुझे सन्तान नहीं देता। पता नहीं मैं कौन-सा कर्म कर आयी, क्या माँग आयी भगवान से?''

ऐसा कहने पर बैरागी बाबा ने राजा-रानी से कहा, ''सुनिये राजा डाहाँकरैया! सुनिये रानी जानादई! मैं आपको एक फल देकर जा रहा हूँ, राजा-रानी। इसे आप रोपें। फल लगने पर आप दोनों खाएँ। आपको भगवान कुछ-न-कुछ अवश्य ही देंगे।'' ऐसा कह बैरागी बाबा ने आम का एक पौधा दिया। राजा-रानी ने लिया और रोप दिया। पौधा दिन-प्रतिदिन बढ़ने लगा। बढ़ते-बढ़ते एक साल फिर दो साल का हो गया। इस तरह दो से तीन-चार-पाँच होते सात वर्ष हो गये। सात वर्ष होने पर उसमें फल लगा। तब राजा ने आम तोड़ा और नौ खंडा महल में ले गया। राजा-रानी दोनों ने स्नान किया। तेल-फूल लगाये और फिर दोनों ने बैठकर बड़े ही आनन्दपूर्वक आम खाया। उन्हें आम खाये एक से दो, दो से चार दिन बीते, आठ दिन बीते। फिर पन्द्रह दिन बीते, एक महीना बीता। अब रानी पर भगवान की कृपा-दृष्टि हुई। एक से दो महीने हो गये, तीन महीने हो गये। रानी को माची मारने लगी। उसके मुँहभर पानी फूटने लगा। रानी बारम्बार थूकने लगी। कभी तो वह आँचल बिछाकर सो जाती, तो कभी उठकर बैठ जाती। कुछ भी नहीं खाती। वह एकदम दुर्बल हो गयी। इस तरह तीन से चार महीने बीते। रानी की देह अब पीली दिखने लगी। हल्दी की तरह दिखने लगा उसका शरीर। फिर उसकी माची हट गयी। इस तरह चार से पाँच और पाँच से छह-सात महीने बीते। रानी का पेट बड़ा-सा निकल आया। वह जमीन को थाम कर उठती-बैठती। वह न तो उठ सकती न बैठ सकती। होते-होते सात से आठ और आठ से नौ महीने बीते। रानी के दिन पूरे हुए। अब रानी की कमर और पेड़ू में पीड़ा होने लगी। उसे बड़ी ही व्याकुलता होने लगी। तब रानी ने डाहाँकरैया राजा से कहा, ''सुनिये राजा, डाहाँकरैया! मेरी कमर और पेड़ू में पीड़ा हो रही है, राजा। व्याकुलता बढ़ गयी है। आप सुईन के महल जाएँ और उसे बुला लाएँ।''

सुनकर राजा ने झोलू पाइक से कहा, ''सुन बाबू, झोलू पाइक! सुईन के महल जा, बाबू। सुईन को बुला ला। रानी पीड़ा से व्याकुल हो रही है, बाबू।''

झोलू पाइक जल्दी से तैयार हो गया। टाँगी धोती पहनी, खाकी कमीज पहनी। पाँवों में खड़ाऊँ पहन हाथ में बेंत लेकर राजमहल से चल पड़ा। चलता चला गया सुईन के महल। मोगरा-मंडप के नीचे रुककर आया को पुकारा। पुकार सुनकर सुईन घर से निकली और पूछने लगी, ''किस काम से आया है, बाबू? मुझे बता। मुझे डर लग रहा है।''

झोलू पाइक ने कहा, ''डर-भय की कोई बात नहीं है, आया। राजा के

बलतो के झोलू पाइक बल्लो, ''डरा-डरी चो गोठ नोहाय, आया। राजा-घरे बलाव आय। रानी दुखा खायसे। तुय हरबर तियार हो, डँडिक जावँ।''

बलतो के सुइन 'हव बाबू, मयँ एयँदे' बल्ली आरु हरबर तियार होउन राजा-माहाले गेली। राजा लगे गेली आरु 'काय बलाव आय, राजा?' बलुन पुछली। तेबे राजा बल्लो, ''तुय रानी लगे जा, आया। रानी दुखा खायसे।''

सुइन सुनली आरु गेली रानी लगे। तेबे रानी बल्ली, ''सुन आया, सुइन लोग! मोके तिनपुर, दुखेसे, आया। मयँ मरेंदे काय जिएँदे जाले!''

सुइन बल्ली, ''राज गुलाय के भगवान देयसे, रानी। तुय फेर काय काजे मरसे ता?'' फेर रुपनथँवरा के बल्ली, ''सुन नोनी, रुपनथँवरा! मोके तपलो पानी दे, नोनी। मयँ आगे-पाछे झलकेंदे।''

बलतो के रुपनथँवरा हरबर पानी तपाली आरु सुइन के दिली। देतो के सुइन रानी के पुरे-पाटे झलकली। तेबे रानी के दुखा जितली। लेहालेही दुखा होय रानी के। हात-पाँय थरथरुन जाय। करेया पसना फुटे। होऊ-होऊ बाबी पयदा होली। टेहों-टेहों गागुक धरली बारो। तेबे सुइन राजा लगे गेली आरु बल्ली, ''रानी पयदार[5] होली, राजा। तोप-बन्दुक ढिला।''

सुनुन राजा हरिक होलो आउर तोप-बन्दुक ढिल्लो। फउद-फटाका फोड़लो। सुइन बल्ली राजा के, ''सुना राजा, डाहाँकरैया! सोन चो छुरी, मुठा मोहोर आउर अजिक सुत दिया। मयँ नार छिंदुन देयँदे।''

बलतो के राजा सोन चो छुरी, मुठा मोहोर आउर अजिक सुत धराउन दिलो सुइन के। तेबे सुइन धरली आरु नार छिंदली। राजा के जोड़ी खोदरा खनतो काजे बल्ली। तेबे राजा जोड़ी खोदरा खनुन दिलो। सुइन नार-बोमली के खोदरा ने गाड़ली आरु नोनी के तपलो पानी माँगली। तपलो पानी देतो के बारो के बोमली-खोदरा ने नेउन नाहाउन दिली। नहा-खोरा करुन नवखँड माहाले निली बारो के आरु नोनी के अजिक आइग माँगली, तेल माँगली। बारो के तेल घसली आरु पेट छेकुन दिली। फेर राजा के बल्ली, ''सुना राजा डाहाँकरैया! मोके अलंकार दिया राजा। मयँ बारो के कोरा धरेंदे।''

बलतो के राजा अलंकार दिलो। रानी बले गेली आरु हात-गोड़ धोवली, तेल-फुल घसली। तेबे सुइन बारो के रानी चो कोरा ने दिली आरु बल्ली, ''बारो के अछा पना पिआव, रानी।''

बलतो के रानी बारो के पना पिआली। बारो चुपुर-चुपुर पना पिये। तेबे सुइन बल्ली, ''बारो के अछा सुआव, रानी। मयँ आपन माहाले जायँदे।'' बल्ली आरु सुइन राजा-माहाल छाँडुन आपलो माहाले गेली।

घर बुलावा है। रानी को पीड़ा हो रही है। तुम जल्दी तैयार होकर थोड़ी देर चलो।''

सुनकर सुईन ने 'हाँ बाबू, मैं आऊँगी' कहा और जल्दी तैयार होकर राजमहल गयी। राजा के पास जाकर पूछा, ''किसलिए बुलवाया, राजा?'' तब राजा ने कहा, ''तुम रानी के पास जाओ, आया। रानी को पीड़ा हो रही है।''

सुईन यह सुनकर रानी के पास गयी। तब रानी ने कहा, ''सुन आया, सुईन! मुझे बहुत ही पीड़ा हो रही है, आया। पता नहीं मैं मरूँगी या जीऊँगी!''

सुईन ने कहा, ''सारी दुनिया को भगवान सन्तान देता है, रानी। तुम भला क्यों मरोगी?'' फिर रुपनथँवरा से कहा, ''सुन नोनी, रुपनथँवरा! मुझे गरम पानी दे, नोनी। मैं रानी की कमर और पेड़ू में डालूँगी।''

ऐसा कहने पर रुपनथँवरा ने पानी गरमकर सुईन को दिया सुईन ने पानी लिया और रानी की कमर और पेड़ू में डाला। तब रानी की पीड़ा और बढ़ गयी। वह अत्यन्त व्याकुल होने लगी। उसके हाथ-पाँव काँपने लगे। काला पसीना फूट निकला। इस तरह बाबी का जन्म हुआ। बाबी 'ठ्हें-ठ्हें' रोने लगी। तब सुईन राजा के पास गयी और बोली, ''राजकुमारी का जन्म हुआ है, राजा। तोप-बन्दूक दगवाएँ।''

सुनकर राजा आनन्दित हुआ और तोप-बन्दूकें दगवायीं। पटाखे फोड़े। सुईन ने राजा से कहा, ''सुनिये राजा, डाहाँकरैया! सोने की छुरी, मुट्ठी भर मोहरें और थोड़ा-सा धागा दीजिए। मैं नाल काट दूँगी।''

ऐसा कहने पर राजा ने सुईन को सोने की छुरी, मुट्ठी भर मोहरें और थोड़ा-सा धागा दिया। तब सुईन ने धागा लेकर नाल काट दिया। राजा से दो गड्ढे खोदने को कहा। तब राजा ने दो गड्ढे खोद दिये। सुईन ने नाल गड्ढे में गाड़ दी और नोनी से गरम पानी माँगा। गरम पानी देने पर बच्चे को उसी गड्ढे के पास ले जाकर सुईन ने नहला दिया। नहलाकर नौ खंडा महल में ले गयी और नोनी से थोड़ी-सी आग ले पेट सेंक दिया। फिर राजा से बोली, ''सुनिये राजा, डाहाँकरैया! मुझे अलंकार दें, राजा। मैं बच्चे को गोद में लूँगी।''

ऐसा कहने पर राजा ने उसे अलंकरण दिये। रानी भी गयी और हाथ-गोड़ धोये, तेल-फूल लगाया। तब सुईन ने बच्चे को रानी की गोद में देकर कहा, ''बच्चे को ठीक से दूध पिलाओ, रानी।''

ऐसा कहने पर रानी ने शिशु को दूध पिलाया। बच्चा चुपुर-चुपुर दूध पीने लगा। तब सुईन ने कहा, ''बच्चे की ठीक से सुलाओ, रानी। मैं अपने महल जाऊँगी।'' ऐसा कह सुईन राजमहल छोड़कर अपने महल चली गयी।

सन्दर्भ

1.सोस : नगरीय प्रभाव से इस रूप और इसी अर्थ में आया शब्द 'अफसोस'। 2. फल : मूल ध्वनि 'फर'। 3.मूल शब्द 'टुटालो'। नगरीय प्रभाव के कारण 'तोड़ना' का 'टोड़तो' हो गया है। 4. अन्य रूप 'महेना'। 5.पयदास : यह शब्द 'फायदा' भी उच्चारित होता है।

अधया-21

बाली गौरा चो तिल-गुर; छटी-बरई

बारो चो जनम करलो एक दिन ले दुय दिन होली। तेबे रानी बल्ली राजा के, "सुना राजा, डाहाँकरैया! बारो चो जनम करलो दुय दिन होली। गोका खनुक जाहा, राजा। जड़ी-बुटी आना। तिल खातो आय, राजा। पानी पिवतो आय।"

बलतो के राजा झोलू पाइक के हाक दिलो आरु बल्लो, "सुन बाबू, झोलू पाइक! हाते कोड़की धर, फुलर दँवड़ी धर आरु गोका खनुकलाय जा। बेल-पाना आन, ककई-डारा आन। तुय जड़ी-बुटी आन।"

बलतो के झोलू पाइक खाँदे कोड़की, हाते टुकना धरलो आरु राजा-माहाल छाँडलो। जाते-जाते गेलो हेतबन-सेतबन-बिन्दराबन ने। अमरलो आरु सिंद गोका खनलो, जड़ी-बुटी खनलो। बेल-पाना टोड़लो, ककई-डारा टुटालो आरु फुलर दँवड़ी ने धरुन बिन्दराबन-सेतबन-हेतबन छाँडलो। कोसक-दापक रेंगलो आरु गेलो कदली-कछारे। गोका खरलालो, जड़ी-बुटी धोवलो आरु फुलर दँवड़ी ने

अध्याय-21

बाली गौरा का तिल-गुड़ छठी-बरही

बच्चे को जन्म लिये एक से दो दिन बीते। तब रानी ने राजा से कहा, "सुनिये राजा, डाहाँकरैया! बच्चे को जन्म लिये दो दिन हो गये। आप सिंद-गोका खोदने जाएँ, राजा। जड़ी-बूटी लाएँ। तिल खाना है, राजा। पानी पीना है।"

तब राजा ने सुना और झोलू पाइक से बोला, "जा बाबू, झोलू पाइक! हाथ में कुदाली ले, फूलों की दँवड़ी ले और सिंद-गोका खोदने जा। बेल की पत्तियाँ, ककई-डारा ला। जड़ी-बूटी ला।"

ऐसा कहने पर झोलू पाइक ने कन्धे पर कुल्हाड़ी और हाथ में टोकरी ले राजमहल छोड़ा। चलता चला गया सेतबन-हेतबन-बिंदराबन में। वहाँ पहुँचकर सिंद-गोका खोदा, जड़ी-बूटी खोदी, बेल के पत्ते तोड़े, ककई-डारा तोड़ा, और फूलों की दँवड़ी में लेकर बिन्दाबन-सेतबन-हेतबन छोड़ा। कोस-दाब भर चलकर कदली-कछार में गया। वहाँ सिंद-गोका धोया, जड़ी-बूटी धोयी। धोकर फूलों

धरुन कदली-कछार छाँडलो। जाते-जाते गेलो राजा-माहाले। अमरलो आरु सब जाक के राजा के धराउन दिलो। जानादई दखली आरु नोनी के बल्ली, ''सुन नोनी, रुपनथँवरा! हरवाँ निकराउन जा, नोनी। तुय गोका मँडाव।''

बलतो के रुपनथँवरा सुनली आरु हरवाँ निकराली, तुलाली। नवा हाँडी आनली आरु आइग बारली। सब जोड़ा के नवा हाँडी ने भरली आरु दादरा बाँदुन चुड़ातो काजे मँडाली। गुलाय राती गोका चुड़ाली। बड़े बिहान होतो के राजा-रानी बसला। रानी बल्ली राजा के, ''सुना राजा! तुमी नँगारची-माहाले जाहा। घड़ी भर नँगारा देओ। तिनपुर के नेवता[1] देओ। तिल खातो आय, पानी पिवतो आय। सब लोग सनकारी-सनकारी[2] एओत।''

बलतो के राजा सुनलो आरु झोलू पाइक के बल्लो, ''जा बाबू, झोलू पाइक! तुय नँगारची-माहाले जा। घड़ी भर नँगारा देउक बल। तिनपुर नेवता देओ। तिल खातो आय, पानी पिवतो आय। सब लोग सँजकारी-सँजकारी एओत।''

बलतो के झोलू पाइक हरबर-हरबर तियार होलो। पाँय ने खड़ऊ पिंदलो, हाते बेद धरलो आरु राजा-माहाल छाँडलो। जाते-जाते गेलो नँगारची-माहाले। माँडो-मोंगरा उबलो आरु 'दादा!' बलते हाक दिलो। हाक देतो के दादा सुनलो आरु घर ले बाहिर निकरुन पुछलो, ''काय काम ने इलिस, बाबू? मोके साँग।''

बलतो के झोलू पाइक बल्लो, ''सुन दादा, नँगारची लोग! राजा-घरे बाबी जनम होली। तिल-गुर आय। तिल खातो आय, पानी पिवतो आय। तुय तिनपुर नेवता दे। सब लोग सँजकारी-सँजकारी एओत।''

नँगारची दादा सुनलो आरु 'हव बाबू, मयँ नँगारा देयँदे' बल्लो आउर बाँडी घोड़ी के कसलो, जोड़ी नँगारा चघालो। हाते काड़ा धरलो आरु खोरे-डाँडे गेलो। आरा-पारा बुल्लो आरु तिनपुर नेवता दिला, ''सुना दादा! सुना बाई! राजा-घरे बाबी पयदा होली। तिल-गुर चो बलाव आय, दादा-बाई। सब लोग सनकारी-सनकारी जाहा।''

सब दादा-बाई सुनला आरु हरबर तियार होसोत। कोन तो कपड़ा काचेसे, कोन तो नाहा-खोरा होयसे, कोन तो मुँड रेतेसे। रलो लोग मन कपड़ा पिंदला, नीं रलो लोग धड़का पिंदला। रलो लोग तेल-फुल घसला, कोरी-सारी होला। नाहलो लोग पानी घसला। हाती चेघया हाती चेघला, घोड़ा चेघया घोड़ा चेघला। गरिब-दुखी मन हिंडते गेला। सब लोग चाटी चो धार असन लामला आरु गेला राजा-माहाले। अमरुन परछी ने दड़प् नाय बसला। लोग चो मारे अरछी-परछी भरली। तेबे जानादई दखली हुन मन के आरु बाबू के बल्ली, ''सुन बाबू, झोलू पाइक! लोग अमरुन गेला, बाबू। तुय तिल-गुर निकराउन दे, लसुन-घिंव निकराउन दे।''

झोलू पाइक हरबर-हरबर होलो आरु नवखँड माहाल ले पाँच पँयसरी तिल, दुय पँयसरी गुर, गोमा घिंव आउर एक पँयसरी लसुन निकराउन बाई-नोनी के दिलो आरु 'तिल भाँजा बाई-नोनी' बल्लो। तेबे तिल फुनया तिल फुनला, तिल

की दँवड़ी में रखा और कदली-कछार छोड़ा। चलता चला गया। राजमहल जा पहुँचा। पहुँचकर सारी सामग्री राजा को दे दी। जानादई ने देखा और नोनी से बोली, ''सुन नोनी, रुपनथँवरा! कुल्थी निकाल, नोनी। तू गोका उबाल।''

नोनी ने सुना और कुल्थी निकालकर साफ किया। नयी हंडी लाकर आग जलायी। उसमें सारी सामग्री डालकर हंडी का मुँह बाँधा और उबलने के लिए रख दिया। सारी रात उबाला। सवेरा होने पर राजा-रानी उठ बैठे। रानी ने राजा से कहा, 'सुनिये राजा! आप नगारची के महल जाएँ। वह घड़ी भर मुनादी कर दे। तिल खाना है, पानी पीना है। सब लोग जल्दी-जल्दी आएँ।''

तब राजा ने सुनकर झोलू पाइक से कहा, ''जा बाबू, झोलू पाइक! तू नगारची के महल में जा। उससे कह, वह थोड़ी देर मुनादी कर देगा। तीनों लोकों में मुनादी कर दे। तिल खाना है, पानी पीना है, कहे। सब लोग जल्दी-जल्दी आएँ।''

झोलू पाइक ने सुना और जल्दी तैयार हो गया। पाँवों में खड़ाऊँ पहने, हाथ में बेंत लिया और राजमहल से चल पड़ा। चलता चला गया और जा पहुँचा नगारची के महल में। मोगरा-मंडप के नीचे खड़ा हुआ और दादा को पुकारा। पुकार सुनकर दादा घर से बाहर आया। ''किस काम से आया है, बाबू?'' उसने पूछा।

झोलू पाइक बोला, ''सुन दादा, नगारची। राजा के घर में राजकुमारी का जन्म हुआ है। तिल खाना है, पानी पीना है। तुम थोड़ी देर तीनों लोकों में न्योता दे दो। सभी लोग जल्दी-जल्दी आएँ।''

दादा ने सुना और 'हाँ, मैं मुनादी कर दूँगा' कहा। उसने अपनी बाँडी घोड़ी कसी, उस पर दो नगाड़े चढ़ाये और हाथ में काड़ा लेकर घर से बाहर निकल पड़ा। अड़ोस-पड़ोस में घूम-घूमकर मुनादी करने लगा, ''सुनो दादा! सुनो बाई! राजा के घर राजकुमारी का जन्म हुआ है। तिल खाने और पानी पीने का बुलावा है, दादा-बाई। सब लोग जल्दी-जल्दी जाएँ।''

दादा-बाई ने सुना और वे जल्दी-जल्दी तैयार होने लगे। किसी ने कपड़े धोये, किसी ने स्नान किया, कोई सिर धोने लगी। जिनके पास नये कपड़े थे उन्होंने नये कपड़े पहने, गरीब लोगों ने फटे-पुराने कपड़े पहने। सक्षम लोगों ने तेल-फूल लगाये और गरीब लोगों ने पानी चुपड़ा। धनवान लोग हाथी-घोड़ों पर सवार हुए तो गरीब लोग पैदल चले। सब लोग चींटी की धार की तरह पंक्तिबद्ध होकर गये राजा के महल में। वहाँ पहुँचकर सब परछी में जा बैठे। लोगों से अरछी-परछी भर गयी। तब उन्हें देखकर जानादई ने झोलू पाइक से कहा, ''सुन बाबू, झोलू पाइक! तू तिल-गुड़ निकाल दे, लहसुन-घी निकालकर दे।''

झोलू पाइक ने सुना और जल्दी जाकर नौ खंडा महल से पाँच पँयसरी तिल,

भँजेया तिल भाँजला, लसुन छिलया लसुन छिल्ला। पारबती तिल काँडली, लछमी कसई बघारली। तिल काँडुन सारला। तेबे नोनी पानी तपाली, सेदा-भेदा करली आरु बोमली-खोदरा ने नेउन दिली, मन्दन-सिले नेउन दिली। राजा गेलो मन्दन-सिले, रानी गेली बोमली-खोदरा ने। दुनों कपुर दतुन करला, सुरिज-भेट करला आरु नाहा-खोरा होला। सुका कपड़ा पिंदला आरु नवखँड माहाले गेला। बाजे जाउन बसला। तेबे बाई मन अजिक असन तिल धरला अजिक असन पानी धरला आरु डाहाँकरैया के बल्ला, ''जाहा राजा। तुमचो पुरखा चो देबी ने तिल छिटकुन दिया, पानी थिपाउन दिया।''

तेबे राजा तिल-गुर आउर पानी धरलो आरु गेलो आपलो पुरखा चो देबी ने। अजिक असन जतनालो आरु होम-आरती दिलो। जातलाली टिकलो, अगरबती धरालो आरु 'सुना मोचो पुरखा चो देबी! मयँ तिल छिट्कुन जायँसे पानी थिपाउन जायँसे। तुमी मोचो बारो चो रकछा करा' बलते तिल छिट्कलो आरु पानी थिपाउन पाँय पड़लो। तेबे बाई मन अजिक असन तिल आरु पानी दिला रानी के आरु बल्ला, ''जा रानी बोमली-खोदरा ने। जँवरा डोकरी के तिल आउर पानी थिपाउन दे।''

बलतो के रानी तिल आरू पानी धरुन गेली बोमली-खोदरा ने आरु जँवरा डोकरी के सुमरली, ''सुन आया, जँवरा डोकरी! तुय मोचो बारो के नीं गगाव आया। हुनके खेलाते रा। मयँ तुके तिल छिटकुन जायँसे, पानी थिपाउन जायँसे।'' बल्ली आरु तिल छिटकली, पानी थिपाली आरु गेली नवखँड माहाले। बाजे जाउन बसली तेबे बाई-नोनी मन सात भेली तिल धरला आधा कोपरा पानी धरला आरु जानादई के दिला आरु 'एके सात दिन ले खा, रानी' बल्ला। रानी तिल खादली, पानी पिवली आरु बाई-नोनी के बल्ली, ''तुमी बले बाटुन-बिरजुन खाहा, बाई-नोनी। मयँ एचो ले आगर देउक नीं सकें।''

बाई मन बल्ला, ''इतरोय तो देतो आय, रानी। कोन फेर आगर देसोत ता?'' फेर सब झन ओरी-चो-ओरी बसला आरु तिल बटेया तिल बाटला, पानी बटेया पानी। सब झन काय मँजा बाटुन-बिरजुन खादला। खादला-पिवला आरु रानी के बल्ला, ''आले रानी, तुय बारो के कोरा धर। हामी बारो के बोमली ने तेल-हरदी देउँदे।''

बलतो के रानी बारो के कोरा धरली। तेबे बाई-नोनी मन बारो चो बोमली ने तेल-हरदी लगाला आरु घरे जातो काजे तियार होला। सब झन आपलाहान घरे-घरे गेला। राजा-रानी आपन माहाल ने आसोत। असने-असने तिन ले चार दिन होली, चार ले पाँच आरु छय दिन होली। तेबे रानी बल्ली राजा के, ''सुना राजा डाहाँकरैया! तुमी गाँयतिन-माहाले जाहा, राजा। हुन मन के हाक देउन आना। राँडी-लेड़ी, गरिब-दुखी सबय एओत। छटी-काँडा नेदे, राजा। तुमी छटी-जोड़ा जोड़ा।''

राजा सुनलो आरु बाबू के बल्लो, ''सुन बाबू, झोलू पाइक! छय दिन होली,

दो पँयसरी गुड़, शुद्ध घी और एक पँयसरी लहसुन निकालकर बाई-नोनी को दिये और 'तिल भूनो बाई-नोनी' कहा। तब कुछ महिलाओं ने तिल साफ किया, कुछ महिलाओं ने उसे भूना। कुछ महिलाओं ने लहसुन छीले। पारबती ने तिल कूटा और लछमी ने पानी को छौंका लगाया। तिल कूट डाले। तब नोनी ने पानी गरमकर उसमें ठंडा पानी मिलाया और रानी के लिए नालवाले गड्ढे के पास पहुँचा आयी। राजा के लिए स्नानगृह में ले गयी। तब राजा गया स्नान-गृह में और रानी गयी नालवाले गड्ढे के पास। जाकर दोनों ने सूर्य-नमस्कार कर दतौन किये। स्नानकर सूखे कपड़े पहने और नौ खंडा महल में जाकर पलंग पर बैठ गये। महिलाओं ने थोड़ा-सा तिल और पानी लेकर डाहाँकरैया से कहा, ''हे राजा! आप अपने देवी-देवताओं के आसन में जाएँ ओर उन्हें तिल-पानी अर्पित कर दें।''

राजा तिल-गुड़ और पानी लेकर अपने पुरखों के देवी-देवताओं के आसन में गया। वहाँ थोड़ी-सी सफाई कर होम-आरती की। शुद्ध लाली लगायी, अगरबत्ती जलायी और विनती करने लगा, ''सुनो, सुनो मेरे पूर्वजों के देवी-देवताओ! मैं तिल और पानी अर्पित करता हूँ। मेरे बच्चे की सहायता करो।'' ऐसी विनती कर उसने तिल छिटका और पानी टपकाकर प्रणाम किया। तब महिलाओं ने रानी को थोड़ा-सा पानी और तिल देकर कहा, ''हे रानी! तुम नालवाले गड्ढे में जाकर जँवरा डोकरी को थोड़ा-सा पानी और तिल अर्पित कर दो।''

ऐसा कहने पर रानी तिल और पानी लेकर नालवाले गड्ढे के पास गयी और जँवरा डोकरी से विनती करने लगी, ''सुन आया, हे जँवरा डोकरी! तुम मेरे बच्चे को मत रुलाना। तुम उसे खेल खिलाना। मैं तिल अर्पित करती हूँ, माता। पानी अर्पित करती हूँ, माता।'' कह रानी ने तिल छिटका, पानी टपकाया और अपने महल में जाकर पलंग पर बैठ गयी। तब बाई-नोनी सात भेली तिल, आधा कोपरा पानी रानी को देकर बोलीं, ''तुम आधा भेली गुड़ और एक भेली तिल को सात दिनों तक खाओ, रानी।'' रानी ने सुना और तिल खाकर पानी पिया। फिर महिलाओं से बोली, ''तुम सब भी मिल-बाँटकर खाओ, बाई-नोनी। मैं इससे अधिक नहीं दे सकती।''

महिलाएँ बोल उठीं, ''इतना ही तो दिया जाता है, रानी। इससे अधिक भला कौन देता है?'' फिर सब पंक्तियों में बैठ गयीं। तिल बाँटनेवालों ने तिल बाँटा, पानी बाँटनेवालों ने पानी। सब लोगों ने मिल-बाँटकर खाया-पिया। खा-पीकर रानी से बोलीं, ''सुनो रानी। तुम बच्चे को गोद में लो। हम बच्चे की नाभि में तेल-हल्दी लगा देंगी।''

रानी ने सुना और बच्चे को गोद में ले लिया। तब महिलाओं ने बच्चे की नाभि में तेल-हल्दी लगायी और अपने-अपने घर चली गयीं। राजा-रानी महल

बाबू। तुय छटी-जोड़ा जोड़। गाँयतिन-माहाले जा बाबू, पुजारिन-माहाले जा। गाँयतिन-पुजारिन के बलाउन आन। राँडी-लेड़ी, गरिब-दुखी सब लोग एओत। छटी-काँडा नेदे।''

बलतो के झोलू पाइक हरबर तियार होलो आरु घर ले निकरलो। जाते-जाते गेलो गाँयतिन-पुजारिन माहाले। माँडो-मोंगरा उबुन 'बाई' बलते हाक दिलो। तेबे गाँयतिन-पुजारिन घर ले निकरला आरु 'काय काम ने इलिस, बाबू?' बलते पुछला। पुछतो के बाबू बल्लो, ''सुना बाई गाँयतिन! सुना बाई पुजारिन! छटी-काँडा झोकतो काजे राजा-घरे जाहा बाई।'' बल्लो आरु गुलाय गाँव ने बुलुन-बुलुन सब बाई-नोनी के साँगलो। सब सुनला आरु हरबर-हरबर तियार होला। कोन तो टाकरा धरला, कोन तो गपा धरला आरु गेला राजा-घरे। अमरला आरु परछी ने जाउन बसला। अरछी-परछी, ओना-कोना भरली। जानादई दखली आरु बाबू के बल्ली, ''सुन बाबू, झोलू पाइक! काँडा लोग अमरला बाबू। तुय धान निकराउन दे। उड़िद-मुँग, राहेड़-बदई, चना-बडरा निकराउन दे।''

बलतो के झोलू पाइक सुनलो आरु झारी पानी धरलो, पाँय धोवलो। आरती-आइग धरुन गेलो गँगा-जमुना जोड़ी गदेया ने। होम आरती दिलो, पाँय-पटा पड़लो आरु हाते गपली धरुन धान, उड़िद-मुँग, राहेड़-बदई, चना-बडरा हेड़लो। नापलो आरु आगे दिलो गाँयतिन-पुजारिन के आरु पाछे दिलो बाई-नोनी के। सब झन काँडा झोकला आरु आपलाहान घरे-घरे गेला। घरे गेला आरु धान कँडेया धान काँडसोत, दार दरेया दार दरसोत, पिसान पिसेया पिसान पिससोत। रात काजे सोओत नईं, पेट काजे खाओत नईं। चाउर-दार निमड़ाला आरु राजा-घरे नेउन दिला। तेबे रानी झोलू पाइक के चाउर-चार नापुक बल्ली। झोलू पाइक हाते पयली धरलो आरु चाउर-दार नापलो। पयलक-पयलक चाउर-दार उरली। बाई मन पुने 'अछा बारो आय' बलते आपलाहान घरे-घरे गेला। तेबे फेर झोलू पाइक गेलो धोबी-घरे आरु हुनके बलाउन आनलो। रानी धोबी के कपड़ा दिली। धोबी कपड़ा-मोडरा बाँदलो आरु गेलो बन्धासागरे। कपड़ा-मोडरा मँडालो, आइग धराउन पानी तपालो आरु कपड़ा डोबलो। काचुन-काचुन सुकालो। आपन बले आँगे असनाँद होलो आउर सुका कपड़ा पिंदुन कपड़ा सकल्लो। कपड़ा-मोडरी बाँदलो आरु बन्धासागर छाँडुन राजा-माहाले गेलो। रानी के कपड़ा सुपरित करलो। नोनी पुने रोसई-चाउर, मुठा रुपया जोड़ली आरु धोबी के बिदा दिली। धोबी मोडरी बाँदलो आरु आपन घरे गेलो।

तेबे झोलू पाइक गेलो नाऊ-माहाले। हुनके हाक देउन आनलो। नाऊ इलो आउर नोनी के 'मोके ठँडा पानी तपलो पानी दे' बल्लो। तेबे नोनी हुनके ठँडा

में रह गये। इस तरह तीन से चार दिन, चार से पाँच दिन बीत गये। छठवाँ दिन न आया। तब रानी कहने लगी राजा से, ''सुनिये राजा डाहाँकरैया! आप गाँयतिन-महल जाएँ, राजा। उन्हें बुलाकर लाएँ। राँडी-लेड़ी, गरीब-दुखी सब आएँ। वे छठी-काँडा ले जाएँगी, राजा। आप छठी की तैयारी करें।''

राजा ने सुना और झोलू पाइक से बोला, ''सुन बाबू, झोलू पाइक! छह दिन बीत गये, बाबू। तू छठी की तैयारी कर। गाँयतिन-पुजारिन के महल में जा। गाँयतिन-पुजारिन को बुला ला। राँडी-लेड़ी, गरीब-दुखी सभी आएँ। वे छठी-काँडा ले जाएँगी।''

तब झोलू पाइक जल्दी-जल्दी तैयार होकर घर से निकला। चलता चला गया और जा पहुँचा गाँयतिन-पुजारिन के महल में। मोगरा-मंडप के नीचे खड़ा होकर बाई को पुकारा। तब गाँयतिन-पुजारिन घर से निकलीं और पूछने लगीं, ''तू किस काम से आया है, बाबू?'' बाबू ने कहा, ''सुनो बाई गाँयतिन! सुनो बाई पुजारिन! छठी-काँडा के लिए राजा के घर जाओ, बाई।'' ऐसा कह उसने पूरे गाँव में घूम-घूम कर सब बाई-नोनी को बताया। सब ने सुना और जल्दी तैयार हो गयीं। किसी ने टाकरा तो किसी ने गपा रख लिया और गयीं राजा के घर। वहाँ पहुँचकर परछी में बैठ गयीं। अरछी-परछी भर गयी। कोना-कोना भर गया। जानादई ने देखा और बाबू से कहा, ''सुन बाबू, झोलू पाइक! महिलाएँ आ गयीं बाबू। तू धान निकाल, अरहर-बदई, उड़द-मूँग, चना-मटर निकालकर दे।''

झोलू पाइक ने सुना और झारी में पानी लेकर पाँव धोये। आरती-आग, घी-गुड़ लेकर बाबू गया गंगा-जमुना नामक दोनों भंडारों में। होम-आरती की, प्रणाम किया और हाथ में गपली लेकर धान निकाला, उड़द-मूँग, अरहर-बदई, चना-मटर आदि निकाले और नापा। पहले गाँयतिन-पुजारिन को फिर बाकी बाई-नोनी को दिया। सबने काँडा लिया और अपने-अपने घर चली गयीं। घर जाकर धान कूटने वाले धान कूटने लगे, दाल दलनेवाले दाल दलने लगे और दाल पीसनेवाले दाल की पिसाई करने लगे। वे न तो रात को सोयीं और न भर-पेट भोजन ही किया उन्होंने। चावल आदि तैयार कर वे राजा के घर पहुँचाने चलीं। रानी ने उन्हें देखा और झोलू पाइक से चावल-दाल नापने को कहा। तब झोलू पाइक ने हाथ में पायली ली और चावल-दाल नापे। सभी सामग्री सामान्य से एक-एक पायली अधिक ही थी। तब बाई-नोनी 'अच्छा बच्चा है' कहते अपने-अपने घर चली गयीं। तब झोलू पाइक गया धोबी के घर और उसे बुला लाया। रानी ने धोबी को कपड़े दिये। धोबी कपड़ों की गठरी बाँधकर सरोवर में गया। कपड़ों की गठरी रखी, आग जलाकर पानी गरम किया और कपड़े भिगाये। धो-धोकर सुखाया। स्वयं भी स्नान किया और सूखे कपड़े पहन कपड़े समेटे। कपड़ों की

पानी दिली, तपालो पानी दिली। देतो के नाऊ राजा के बल्लो, ''सुना राजा, डाहाँकरैया! तुमी मोके छुरा ने थिपानी दियास। मयँ बारो के बाल बनायँदे।''

बलतो के राजा अरगफुली दिलो नाऊ के। तेबे नाऊ छुरा ने थिपालो आरु बारो के बाल बनाउन दिलो। नवखँड माहाल ने जितरो लोग रहोत, सब के बाल बनालो। बाल बनाउन सारतो के नोनी रोसई-चाउर धरली, मुठा रुपया धरली आरु नाऊ के बिदा दिली। बाबू मोडरी बाँदलो आरु आपन माहाले गेलो। तेबे राजा-रानी हरबर-हरबर होसोत। बाबू के बल्ला, ''तुय खोरे-डाँडे जा बाबू। आरा-पारा ने जा। छटी-घरे एदे, बाबू। तुय सब के साँग। आज छटी आय।''

सुनलो झोलू पाइक आउर गेलो आरा-पारा ने, खोरे-डाँडे आरु सब के साँगलो, ''सुना बाई! सुना नोनी! आज राजा-घरे छटी आय। राजा-घरे छटी-बलाव आय, बाई-नोनी। सब लोग सँजकारी-सँजकारी जाहा।''

सुनला बाई-नोनी आरु हरबर तियार होसोत। आपन साजू पिंदला बाई-नोनी आरु गेला राजा-घरे। अमरुन भारी परछी ने जाउन बसला। ओरी-चो-ओरी बसला बाई-नोनी। तेबे रानी बल्ली रुपनथँवरा के, ''सुन नोनी, रुपनथँवरा! तुय पानी तपाव, नोनी। मयँ आँगे असनाँद होयँदे।''

सुनली रुपनथँवरा आरु पानी तपाली। सेदा-भेदा करली आरु बोमली-खोदरा ने नेउन दिली। झारी कसेला दिली, कपुर दतुन दिली। तेबे रानी गेली बोमली-खोदरा ने आरु सुरिज भेट करली, कपुर दतुन करली आरु नाहा-खोरा होली। सुका कपड़ा पिंदली आरु गेली नवखँड माहाले। बाजे जाउन बसली। तेबे राजा बल्लो झोलू पाइक के, ''सुन बाबू, झोलू पाइक! धँगड़ा रासी के झोका मारुक बल। राँदा राँदुक बल। हामी सब के खाना-पिना देवाँ।''

बलतो के झोलू पाइक गेलो आरु धँगड़ा रासी के झोका मारुक, राँदा राँदुक बल्लो। तेबे धँगड़ा रासी हरबर-हरबर झोका मारला आरु राँदा मँडाला। धँगड़ी मन पान आनला, डोकरी मन दोनी-पतरी खिलुन दिला। राँदा-बाटा करला। राजा-रानी हरबर-हरबर तियार होला। रानी बल्ली रुपनथँवरा के, ''सुन नोनी, रुपनथँवरा! तुय हाते पोतनी धर नोनी आरु चार खुटेया लिप। मँजी बाना लिख। कलस-दिया बार।''

सुनली रुपनथँवरा आरु हाते पोतनी धरुन चार खुटेया लिपली। मँजी बाना लिखली, कलस-दिया बारली। राजा-रानी नव सै गाहना पिंदला, नव सै हार पिंदला। अलंकार पिंदला, सोन चो तड़हा पिंदला। हरबर-हरबर होसोत। तेबे नोनी सब जोड़ा के धरली आरु बाना ने नेउन मँडाली। रानी पुने बारो के हाते धरुन बाना ने जाउन उबली। तेबे नोनी जोड़ी पतरी दिली। देतो के राजा पतरी ने बसलो। तेबे रानी बारो के राजा चो कोरा ने दिली आउर आपन बले पतरी ने बसली।

गठरी बाँधी और सरोवर छोड़कर राजमहल गया। रानी को कपड़े सौंपे। तब नोनी ने रसोई-चावल और मुट्ठी भर रुपये देकर धोबी को विदा किया। धोबी गठरी बाँधकर अपने घर चला गया।

तब झोलू पाइक गया नाई के महल में। उसे बुला लाया। नाई ने आकर नोनी से 'मुझे ठंडा और गरम पानी दो' कहा। तब नोनी ने उसे ठंडा और गरम पानी दिया। तब नाई ने राजा से कहा, ''सुनिये राजा, डाहाँकरैया! आप मुझे छुरा में अर्पित करने के लिए थिपानी दें। मैं बच्चे के बाल बना दूँगा।''

ऐसा कहने पर राजा ने नाई को अरगफुली दी। तब नाई ने छुरे में अरगफुली टपकायी और बच्चे के बाल बना दिये। नौ खंडा महल में जितने लोग थे, उसने सब के बाल बनाये। बाल बनाने पर नोनी ने रसोई-चावल और मुट्ठी भर रुपये देकर नाई को विदाई दी। बाबू गठरी बाँधकर अपने महल चला गया। तब राजा-रानी जल्दी मचाने लगे। बाबू से कहा, ''तू अली-गली में जा, बाबू! अड़ोस़-पड़ोस में जा। छठी के लिए सब आएँ, बाबू। तू सभी को बता। आज छठी है।''

झोलू पाइक ने सुना और अड़ोस-पड़ोस, अली-गली में जाकर सब को बताया, ''सुनो बाई! सुनो नोनी! आज राजा के घर में छठी है। राजा के घर छठी का बुलावा है, बाई-नोनी। सब लोग जल्दी-जल्दी जाएँ।''

बाई-नोनी ने सुना और जल्दी तैयार होने लगीं। अपने साज पहने बाई-नोनी ने और गयीं राजा के घर। वहाँ पहुँचकर परछी में बैठ गयीं। पंक्तियों में बैठीं तब रानी ने रुपनथँवरा से कहा, ''सुन नोनी, रुपनथँवरा! तू पानी गरम कर, नोनी। मैं स्नान करूँगी।''

रुपनथँवरा ने सुना और पानी गरम कर दिया। उसमें ठंडा पानी मिलाकर नालवाले गड्ढे के पास पहुँचा आयी। झारी पात्र और सुगन्धित दतौन दिया। तब रानी गयी नालवाले गड्ढे के पास और सूर्य नमस्कार कर, सुगन्धित दतौन किया। स्नान कर सूखे कपड़े पहने और गयी नौ खंडा महल में। पलंग पर जा बैठी। तब राजा ने झोलू पाइक से कहा, ''सुन बाबू, झोलू पाइक! नवयुवकों से झोका बनाने के लिए बोल। भोजन राँधने को कह। हम सब को भोजन कराएँगे।''

ऐसा कहने पर झोलू पाइक ने नवयुवकों के पास जाकर उनसे झोका बनाने और भोजन राँधने को कहा। तब नवयुवकों ने जल्दी-जल्दी झोका बनाया और भोजन तैयार करने लगे। नवयुवतियाँ पत्ते ले आयीं और बुढ़ियों ने दोने-पत्तल सी दिये। भोजन पकाया गया। राजा-रानी जल्दी तैयार हो गये। रानी ने रुपनथँवरा से कहा, ''सुन नोनी, रुपनथँवरा! तू हाथ में पोतनी ले नोनी और चारों चौखाने लीप। बीच में बाना लिख। कलश-दीप जला।''

दुनों छटी[3] बसला। तेबे जागारानी इली आरु बारो के छटी टिकली, आइँख फुकली। धरती माता टिकली, घरगोसिन टिकली, बजरँगबली टिकला, नेवतारी देबी मन टिकला। माता-मावली, दन्तेसरी आया, बिरे हनुमान, राम भगवान, बरमा-बिसनू-महेसर भगवान टिकला। गोकुल-नकुल, पाँचे पँडवा, बुदू पँजेआर, साहादेव पँजेआर टिकला। बावड़ाभिमा, अजगलभिमा, अरजुनभिमा, बली भिमसन टिकला। सोनादई गुरुमायँ, गँगादई गुरुमायँ, पाट गुरुमायँ, चेली गुरुमायँ टिकला। तिनपुरेया टिकला, तिनपुरिन टिकला। छटी टिकुन सारला सब झन आरु राजा के बल्ला, ''आले राजा डाहाँकरैया! नोनी चो काय नाँव ठोवाँ? तुमी हामके साँगा।''

तेबे राजा बल्लो, ''सुना बाई मन! मयँ बारा बरख उपास करले पियास करले बाई। नाना पयकार होले, बाना-बिसा होले। आउर नाँव नीं रहो बाई, बाली गौरा रहो।''

बलतो के बाई-नोनी मन चाउर रिकाला आरु नाँव ठोवला। छटी सरली। तेबे रानी पिला के सुआउन दिली आरु कलस के उठाउन दिली। बोमली-खोदरा ने गेली आरु हुता सात बिजा चाउर फिंगली। कलस के मँडाली। राजा-रानी इला आरु सब के पाँय पड़ला, सब के हात जोड़ला। तेबे बाई-नोनी सब झन असिस दिला, ''तुचो चुड़ी अमर रहो, रानी। माथे टिकली रहो, सिर सेन्दुर रहो रानी। सिरे पगड़ी रहो, राजा। तिलक-चन्दन रहो।''

तेबे राजा-रानी सब जोड़ा के धरला आरु निला नवखँड माहाले। छटी-माँदी दिलो राजा। सब झन काय सुँदर बाटुन-बिरजुन खादला। राजा-रानी बले खादला। खाउन-पिउन सब लोग आपलाहान घरे-घरे गेला। बड़े बिहान होतो के रानी बलेसे राजा के, ''सुना राजा! तुमी गाँयतिन-बलाव जाहा। पुजारिन-बलाव जाहा। मेला खोदरा आसे, राजा। खोदरा के बुजुन देदे।''

बलतो के राजा झोलू पाइक के तियारलो। तेबे झोलू पाइक हरबर-हरबर तियार होलो आउर जाते-जाते गेलो। कोसक-दापक रेंगलो आरु अमरलो गाँयतिन-पुजारिन माहाले। माँडो मोंगरा उबलो आरु 'बाई' बलते हाक दिलो। हाक देतो के गाँयतिन-पुजारिन बाई निकरला आरु 'काय काम ने इलिस, बाबू?' बलते पुछला। तेबे झोलू पाइक बल्लो, ''तुमी हरबर तियार होआ, बाई। राजा-घरे बलाव आय। एक डँडिक जावँ।''

गाँयतिन-पुजारिन सुनला आरु 'हव बाबू, एउँदे' बलुन हरबर तियार होला। घर ले निकरला आरु गेला राजा-माहाले। रुमझुम-रुमझुम रेंगला आरु अमरला। राजा के पुछला, ''आले काय बलाव आय, राजा? हामके साँगा।''

तेबे रानी बल्ली, ''मेला खोदरा आसे, बाई। तुमी हुनके बुजुन दिया।''

बलतो के गाँयतिन-पुजारिन बाई मन रानी के अरगफुली माँगला। रानी

रुपनथँवरा ने सुना और हाथ में पोतनी लेकर चारों चौखाने लीपा। बीच में बाना लिखा, कलश-दीप जलाया। राजा-रानी ने नौ सौ गहने पहने, नौ सौ हार पहने। अलंकार पहने, सोने के तड़े पहने। वे जल्दी मचाने लगे। तब नोनी ने सारी सामग्री बाना में ले जाकर रख दी। रानी बच्चे को हाथ में उठाकर बाना में जा खड़ी हुई। तब नोनी ने पत्तलें दीं। राजा पत्तल पर बैठा। तब रानी ने बच्चे को राजा की गोद में दिया और स्वयं भी पत्तल पर बैठ गयी। दोनों छठी में बैठ गये। तब जागारानी ने आकर बच्चे को छठी का टीका लगाया और आँखें फूँकीं। धरती माता, घरगोसिन, बजरंगबली, आमन्त्रित देवी-देवता ने छठी का टीका लगाया। माता मावली, दन्तेसरी आया, बिरे हनुमान, राम भगवान, बरमा-बिसनू-महेसर भगवान ने लगाया। गोकुल-नकुल, पाँचे पँडवा, बुदू पँजेआर, साहादेव पँजेआर ने लगाया। बावड़ाभिमा, अजगलभिमा, अरजुनभिमा, बली भिमसन ने लगाया। सोनादई गुरुमायँ, गंगादई गुरुमायँ, पाट भिमसन ने लगाया। सोनादई गुरुमायँ, गंगादई गुरुमायँ, पाट गुरुमायँ, चेली गुरुमायँ ने लगाया। तीनपुरिया और तीनपुरिनों ने लगाया। छठी समाप्त हो गयी तब सब लोगों ने राजा से कहा, ''हे राजा, डाहाँकरैया! नोनी का नाम क्या रहेगा? आप हमें बताएँ।''

तब राजा ने कहा, ''सुनो बाई! मैंने बारह वर्षों तक उपवास किये, बाई। नाना उपाय किये, बाई। नाना उपाय किये, कई कष्ट सहे। इसका नाम कुछ और नहीं बल्कि बाली गौरा रहे।''

ऐसा कहने पर बाई-नोनी ने चावल डाला और नाम रखा। छठी सम्पन्न हो गयी। तब रानी ने बच्चे को सुलाकर कलश उठा दिया। गयी नालवाले गड्ढे में और वहाँ चावल के सात दाने फेंके। कलश रखा। राजा-रानी ने आकर सबको प्रणाम किये, हाथ जोड़े। तब बाई-नोनी ने उन्हें आशीर्वाद दिया, ''तुम्हारी चूड़ी अमर रहे, रानी। माथे पर सदा बिन्दी रहे। सिर पर सिन्दूर रहे। सिर पर सदा पगड़ी रहे, राजा। तिलक-चन्दन लगा रहे।''

तब राजा-रानी सारी सामग्री लेकर नौ खंडा महल में गये। राजा ने सब को छठी का भोज दिया। सब ने मिल-बाँटकर खाया। राजा-रानी ने भी खाया। खा-पीकर सब लोग अपने-अपने घर गये। सवेरा होने पर रानी ने राजा से कहा, ''सुनिये राजा! आप गाँयतिन को बुलाने जाएँ। पुजारिन को बुलाने जाएँ। नाल वाला गड्ढा खुला है, राजा। वे गड्ढे को पाट देंगी।''

ऐसा कहने पर राजा ने झोलू पाइक से कहा। तब झोलू पाइक जल्दी-जल्दी तैयार होकर चला गया। कोस-दाब भर चलकर जा पहुँचा गाँयतिन-पुजारिन के घर। मोगरा-मंडप के नीचे खड़ा होकर बाई को पुकारा। बुलाने पर गाँयतिन-पुजारिन बाई घर से निकलीं और 'किस काम से आया है, बाबू?' कह पूछा। तब झोलू पाइक बोला, ''तुम लोग जल्दी तैयार हो जाओ, बाई। राजा के घर

अरगफुली दिली आउर सात बिजा चाउर बोमली-खोदरा ने पकाली। तेबे बाई मन अरगफुली थिपाला आरु हाते कोड़की धरुन खोदरा के बुजुन दिला। तेबे रानी नोनी के हुन मन चो बिदा के देतो काजे तियारली। तियारतो के नोनी पुने गाँयतिन-पुजारिन के बिदा दिली। हुन मन गेला। असने-असने आट ले पँदरा दिन, पँदरा दिन ले महेना-सवा महेना होली। तेबे रानी धोबी बलाउक बल्ली। धोबी के हाक देउन आनलो झोलू पाइक। तेबे राजा बल्लो धोबी के, ''तुय बोहरेया कपड़ा माँग बाबू आरु काचुन दे।''

बलतो के धोबी गेलो रानी लगे आरु छुआ कपड़ा माँगलो। रानी कपड़ा देतो के हुन मोडरा बाँदलो आरु गेलो बन्धासागरे। कपड़ा-मोडरा मँडालो, आइग धरालो आरु पानी तपालो। कपड़ा डोबलो आरु काचुन-काचुन सुकालो। आँगे असनाँद होलो आरु सुका कपड़ा पिंदलो, कपड़ा सकलुन मोडरा बाँदलो आरु गेलो राजा-माहाले। रानी के कपड़ा सुपरित करलो। तेबे नोनी बाबू के बिदा दिली। रानी बल्ली नोनी के, ''आले नोनी, रुपनथँवरा! तुय पानी तपाउन दे। मयँ आँगे असनाँद होयँदे।''

बलतो के नोनी पानी तपाली, सेदा-भेदा करली आरु मन्दन-सिले नेउन दिली। कपुर दतुन दिली, झारी कसेला दिली। देतो के रानी गेली मन्दन-सिले आरु दतुन-पतर करली, आँगे असनाँद होली। सुका कपड़ा पिंदली आरु गेली नवखँड माहाले। बारो के नाहाउन दिली, तेल घसली आरु पेट छेकुन दिली। फेर राजा के बल्ली, ''नोनी चो सवा महेना होली, राजा। बय-डोरी आना। बारो के डोरी पिंदावा।''

राजा सुनलो आउर झोलू पाइक के बय-डोरी आनतो काजे तियारलो। तेबे झोलू पाइक हरबर तियार होलो आरु मुठा रुपया धरुन गेलो गाँडा-माहाले। अमरुन गाँडा दादा के बल्लो, ''सुन दादा, गाँडा लोग! मोके बय-डोरी दे दादा। बारो के डोरी पिंदावाँ।'' बलतो के गाँडा दादा पाजनपाई के हेड़ुन बय डोरी निकराउन झोलू पाइक के दिलो। तेबे झोलू पाइक हुनके मुठा रुपया दिलो आरु गाँडा-माहाल छाँडुन राजा-माहाले गेलो। राजा के बय-डोरी धराउन दिलो। तेबे राजा-रानी घिंव-गुर निकराला आरु होम-जोग देउन बारो के डोरी पिंदाला। बारो काय मँजा सुँदर दखे। असने-असने राजा-रानी आसोत। रानी बल्ली राजा के, ''सुना राजा, डाहाँकरैया! हामी नाना पयकार होलू, राजा। बाना-बिसा होलू। हामके भगवान दिला, राजा। हामी गोटोक बेटी पावलू।'' बलते रानी मुचमुच-मुचमुच हाँसली।

सन्दर्भ

1.नेवता : अन्य ध्वनि 'नेओता'। 2. सनकारी-सनकारी : मूल रूप 'सँजकारी-सँजकारी'। 3. छटी : अन्य ध्वनि 'सटी'।

बुलावा है। थोड़ी देर चलो।''

गाँयतिन-पुजारिन ने सुना और 'हाँ बाबू, हम आएँगी' कहकर जल्दी तैयार हो गयीं। घर से निकलीं और गयीं राजमहल। जल्दी-जल्दी चलकर जा पहुँची। राजा से पूछा, ''किसलिए बुलवाया, राजा? हमें बताएँ।''

तब रानी बोली, ''नालवाला गड्ढा खुला है, बाई तुम उसे पाट दो।''

ऐसा कहने पर गाँयतिन-पुजारिन ने रानी से अरगफुली माँगी। रानी ने अरगफुली दी और चावल के सात दाने नालवाले गड्ढे में अर्पित किये। तब दोनों बाई ने अरगफुली टपकायी और हाथ में कुदाली लेकर गड्ढे को पाट दिया। तब रानी ने नोनी से उन्हें विदा करने को कहा। नोनी ने गाँयतिन-पुजारिन को विदाई दी। वे चली गयीं। इस तरह आठ से पन्द्रह और पन्द्रह दिन से महीना-सवा महीना बीता। तब रानी ने धोबी बुलाने के लिए कहा। झोलू पाइक धोबी को बुला लाया। तब राजा ने कहा धोबी से, ''तू छूत के कपड़े माँग बाबू और धो दे।''

सुनकर धोबी गया रानी के पास और छूत के कपड़े माँगे। रानी ने कपड़े दिये तब धोबी ने गठरी बाँधी और सरोवर में गया। कपड़ों की गठरी रखी और आग जलाकर पानी गरम किया। कपड़े डुबाये और धो-धोकर सुखाया। स्नान कर सूखे कपड़े पहने और कपड़े समेटकर गठरी बाँधी और चल पड़ा राजमहल। रानी को कपड़े सौंपे। तब नोनी ने उसे विदाई दी। रानी ने नोनी से कहा, ''अच्छा नोनी, रुपनथँवरा! तू पानी गरम कर दे। मैं स्नान करूँगी।''

नोनी ने पानी गरमकर उसमें ठंडा पानी मिलाया और स्नानगृह में पहुँचा आयी। सुगन्धित दतौन और झारी पात्र दिया। तब रानी ने स्नानगृह में जाकर दतौन आदि किये और स्नान से निवृत्त हुई। सूखे कपड़े पहने और गयी नौ खंडा महल में। बच्चे को नहला दिया, तेल चुपड़ा और पेट सेंका। फिर राजा से बोली, ''नोनी सवा महीने की हो गयी राजा। आप बय-डोरी लाएँ। इसे पहनाएँगे।''

राजा ने सुना और झोलू पाइक से बय-डोरी लाने को कहा। तब झोलू पाइक जल्दी तैयार होकर मुट्ठी भर रुपये ले गाँडा-महल में गया। वहाँ पहुँचकर गाँडा दादा से कहा, ''सुनो गाँडा दादा! मुझे बय-डोरी दो दादा। बच्चे को डोरी पहनाएँगे।'' ऐसा कहने पर गाँडा दादा ने पाजनपाई से बय-डोरी निकालकर झोलू पाइक को दी। झोलू पाइक ने उसे मुट्ठी भर रुपये दिये और गाँडा-महल छोड़कर राजमहल में गया। राजा को बय-डोरी दी। तब राजा-रानी ने घी-गुड़ निकाला और होम-आरती कर बच्चे को डोरी पहनायी। बच्चा बहुत सुन्दर दिखने लगा। इस तरह राजा-रानी का समय बीतने लगा। एक दिन रानी ने राजा से कहा, ''सुनिये राजा, डाहाँकरैया! हमने नाना उपाय किये, राजा। हमने एक बेटी पायी।'' ऐसा कहते रानी मन्द-मन्द मुस्कराने लगी।

अधया-22

बाली गौरा चो बाड़तो-खेलतो

बाली गौरा चो जनम करलो सवा ले डेड़, डेड़ ले दुय आरु तिन महेना होली। गौरा मूँ के दखुन हाँसुक धरली। असने-असने तिन ले चार महेना होली। बाली गौरा दिन-दिन बाढ़े। चार महेना होतो के बारो उबड़ा पडुक धरली। चार ले पाँच-छय महेना होली। छय महेना होतो के बारो पेट सलँडा मारे, कुला मँडाउन जाय। थुमथाम-थुमथाम रेंगे। डाहँका पकाय। होऊ-होऊ साल भर होली। गौरा चिखला खेलुक धरे। तेबे डाहाँकरैया दखलो आरु रानी के बल्लो, ''नोनी चिखला खेलेसे, रानी। तुय हुनके नाहाउन दे।''

बलतो के जानादई बाली गौरा के पाउन निली आरु नाहाउन दिली। असने-असने राजा-रानी आसोत। बाली गौरा दिन-दिन बाढ़ेसे। एक साल चो बाली गौरा दुय साल चो होली। होऊ-होऊ तिन साल चो होली। गौरा दिन-दिन बाढ़े। रनभन

अध्याय-22

बाली गौरा का बढ़ना-खेलना

बाली गौरा को जन्मे सवा से डेढ़ और डेढ़ से दो-तीन महीने बीते। गौरा अब लोगों के मुँह देखकर हँसने लगी। थी। इस तरह तीन से चार महीने बीते। बाली गौरा दिन-ब-दिन बढ़ने लगी। चार महीने की होने पर वह पेट के बल पलटने लगी। चार से पाँच-छह महीने बीते। छह महीने होने पर वह पेट के बल सरकने लगी, बैठने लगी। इस तरह होते-होते वह साल भर की हो गयी। गौरा कीचड़ खेलने लगी। तब डाहाँकरैया ने देखा और रानी से कहा, ''नोनी कीचड़ खेल रही है, रानी। तुम उसे नहला दो।''

ऐसा कहने पर जानादई बाली गौरा को गोद में उठाकर ले गयी और नहला दिया। इस तरह राजा-रानी रहने लगे। बाली गौरा-दिन-ब-दिन बढ़ने लगी। एक साल से दो साल की हो गयी। होते-होते तीन वर्ष की हो गयी। गौरा दिन-प्रतिदिन बढ़ने लगी। वह घर भर में घूम-घूमकर खेलने लगी और रोने लगी।

खेले, तिनपुर रदना धरे। तेबे रानी बलेसे झोलू पाइक के, ''सुन बाबू, झोलू पाइक! नोनी तिनपुर गागेसे बाबू। तुय एके ने नूँ खोरे खेलाउक।''

बलतो के झोलू पाइक पावलो नोनी के आउर निलो खोरे। हुता जवँरैया-जवँरैया खेलोत। रानी चो जवँरैया मन कोंडी-बुची खेलोत, जता-चुला खेलोत। हुन मन के दखली गौरा आरु 'मोचो लगे कोंडी-बुची निंहाय, जता-चुला निंहाय' बलते गागुक धरली आरु पराते-पराते आया-बाबा लगे गेली। आया के बलेसे, ''सुन आया, जानादई! मोचो जवँरैया मन कोंडी-बुची खेलसोत। जता-चुला खेलसोत मान्तर मोचो लगे निंहाय। मोके बले घेनुन दिया।'' बलते गागुक धरली। घिरलुन-घोंडरुन गागे। आपटी-कचाड़ी होय। तेबे राजा बल्लो, ''सुन बेटा, जानादई! तुय रोना-गाना नीं कर, बेटा। मयँ तुके कोंडी-बुची घेनुन देयँदे। जता-चुला घेनुन देयँदे।'' बल्लो राजा आरु फेर झोलू पाइक के बल्लो, ''जा बाबू, झोलू पाइक! तुय मुठा रुपया धर आउर कुमार-माहाले जा। कोंडी-बुची आन, जता-चुला आन। गौरा खेलुआय।''

बलतो के झोलू पाइक हरबर-हरबर तियार होलो, मुठा रुपया धरलो, पाँये खड़ऊ पिंदलो आरु राजा-माहाल छाँडलो। गेलो कुमार-माहाले। माँडो-मोंगरा उबलो आरु 'दादा' बलते हाक दिलो। हाक देतो के कुमार दादा घर ले निकरलो आरु पुछलो, ''तुय काय काम ने इलिस, बाबू? मोके साँग।''

बलतो के झोलू पाइक बल्लो, ''सुन दादा कुमार लोग! मोके कोंडी-बुची दे दादा, जता-चुला दे। बाली गौरा खेलुआय।''

कुमार दादा सुनलो आरु 'हव बाबू, देयँदे' बल्लो आरु खाँदे कोड़की हाते टुकना धरुन गेलो माटी खनुकलाय। माटी खनुन आनलो, भिजालो, खुँदलो-चुँदलो आरु कोंडी-बुची, जता-चुला गड़लो। गड़ुन सारलो आरु आवाँ दिलो। आवाँ हेड़लो आरु झोलू पाइक के कोंडी-बुची, जता-चुला धराउन दिलो। झोलू पाइक धरलो आरु कुमार दादा के मुठा रुपया देउन कुमार-माहाल छाँडलो। जाते-जाते गेलो राजा-माहाले। अमरलो आरु राजा के धराउन दिलो। तेबे राजा गेलो नोनी लगे आरु कोंडी-बुची, जता-चुला धराउन बल्लो, ''तुय एचोय काजे गागिस नोनी। एदे धर कोंडी-बुची, जता-चुला।''

बाली गौरा खँड मुचकी मारली आरु कोंडी-बुची, जता-चुला धरली। मुचमुच-मुचमुच हाँसली आरु सब जाक के धरुन गेली खोरे-डाँडे खेलुकलाय। हुता फेर हुनचो जवँरैया मन सँगे कुधुर भात राँदे गौरा। धुरला रापे। हुनचो जवँरैया मन सुपली-टुकनी खेलोत। हुनके दखली गौरा आरु फेर बिचार करली, 'मोचो लगे सुपली-टुकनी निंहाय' बलते फेर कोंडी-बुची, जता-चुला के धरली आरु पराते-

तब रानी ने झोलू पाइक से कहा, "सुन बाबू, झोलू पाइक! नोनी बहुत रो रही है, बाबू। तू इसे गली में खेल खिलाने ले जा।"

सुनकर झोलू पाइक नोनी को गोद में उठाकर गली में खेल खिलाने ले गया। वहाँ उसकी हमजोलियाँ खेल रही थीं। राजकुमारी की हमजोलियाँ कोंडी-बुची खेल रही थीं, चक्की-चूल्हा खेल रही थीं। उन्हें देखा गौरा ने और 'मेरे पास कोंडी-बुची नहीं है, चक्की-चूल्हा नहीं है' कह रोने लगी और भागती हुई आया-बाबा के पास गयी। आया से कहने लगी, "सुन आया, जानादई! मेरी हमजोलियाँ कोंडी-बुची खेल रही हैं। वे चक्की-चूल्हा खेल रही हैं, किन्तु मेरे पास कुछ भी नहीं है। मुझे भी खरीद दो।" ऐसा कह वह रोने लगी। जमीन में लोट-पोट होने लगी। तब राजा ने कहा, "सुन बेटा, जानादई! तू रोना-गाना मत कर, बेटा। मैं तुम्हें कोंडी-बुची लेकर दूँगा। चक्की-चूल्हा ले दूँगा।" ऐसा कह राजा ने झोलू पाइक से कहा, "जा बाबू, झोलू पाइक! तू मुट्ठी भर रुपये ले और कुम्हार के महल में जा। कोंडी-बुची ला, चक्की-चूल्हा ला। गौरा खेलेगी।"

झोलू पाइक जल्दी तैयार हो गया। मुट्ठी भर रुपये लेकर पाँवों में खड़ाऊँ पहने और राजमहल से चल पड़ा। गया कुम्हार के महल में। मोगरा-मंडप के नीचे खड़ा होकर दादा को पुकारा। पुकारने पर कुम्हार दादा घर से बाहर आया और पूछने लगा, "तू किस काम से आया है, बाबू? मुझे बता।"

ऐसा कहने पर झोलू पाइक बोला, "सुन हे कुम्हार दादा! मुझे कोंडी-बुची दे दादा, चक्की-चूल्हा दे। बाली गौरा खेलेगी।"

कुम्हार दादा ने सुनकर 'हाँ' कहा और कन्धे में कुदाली, हाथ में टोकरी लेकर गया माटी खोदने। माटी खोद लाया, भिगाकर गूँथा और कोंडी-बुची, चक्की-चूल्हा आदि बनाये। बनाकर आवाँ दिया। आवाँ खोलकर झोलू पाइक को कोंडी-बुची, चक्की-चूल्हा दिये। झोलू पाइक ने सारी सामग्री लेकर कुम्हार दादा को मुट्ठी भर रुपये दिये और कुम्हार के महल से चल पड़ा। चलता चला गया और राजमहल पहुँचकर सारी सामग्री राजा को दे दी। तब राजा गया नोनी के पास और कोंडी-बुची, चक्की-चूल्हा उसे देकर कहा, "तू इसी के लिए रो रही थी, नोनी। यह ले कोंडी-बुची, चक्की-चूल्हा।"

बाली गौरा हौले से मुस्करायी और कोंडी-बुची चक्की-चूल्हा लिया। मन्द-मन्द मुस्कराती हुई सारी सामग्री लेकर खेलने के लिए गयी गली में। वहाँ उसकी हमजोलियों के साथ गौरा धूल का भात राँधने लगी। धूल उठाती। उसकी हमजोलियाँ सुपली-टुकनी खेल रही थीं। उसे देखा गौरा ने और विचार किया, 'मेरे पास सुपली-टुकनी नहीं है' ऐसा सोचकर कोंडा-बुची, चक्की-चूल्हा उठाकर भागती हुई आया-बाबा के पास गयी। बोली, "सुनो आया! सुनो बाबा! मेरी

पराते गेली आया-बाबा लगे। बल्ली, ''सुना आया-बाबा! मोचो जवँरैया मन सुपली-टुकनी खेलसोत मान्तर मोके निंहाय। मोके बले घेनुन दे।'' बलते गागुक धरली। आपटी-कचाड़ी होय, अरलई-करलई होय। तेबे राजा बल्लो, ''तुय एचो काजे रोना-गोना नीं कर, बेटा। मयँ तुके सुपली-टुकनी घेनुन देयँदे।'' बलुन फेर झोलू पाइक के बल्लो, ''तुय हरबर तियार हो बाबू झोलू पाइक आउर हरदी नँगर जा। पारदी-माहाले जा आउर नोनी काजे सुपली-टुकनी गथाउन आन।''

बलतो के झोलू पाइक हरबर तियार होलो। मुठा रुपया धरलो, पाँये खड़ऊ पिंदलो, हाते बेद धरलो आउर राजा-माहाल छाँडलो। जाते-जाते गेलो। कोसक-दापक रेंगलो। गाड़ा-बाट के छाँडलो, सड़क-बाट के छाँडलो आउर कानी मारगे जायसे। सेतबन-हेतबन-बिन्दराबन काजे गेलो। खाले भुबुर तपे, उपरे घाम छेके, मँजी भुक लागे। झालिपिली पसना फुटे। बाबू बाट रेंगे। जाऊ-जाऊ अमरलो हरदी नँगरे। पारदी-माहाले गेलो आउर माँडो मोंगरा उबुन 'दादा' बलते हाक दिलो। हाक देतो के दादा घर ले बाहिर निकरलो आरु 'काय काम ने इलिस, बाबू?' बलते पुछलो। पुछतो के झोलू पाइक बल्लो, ''सुन दादा पारदी लोग! मोके तुय सुपली-टुकनी दे, दादा। बाली गौरा खेलुआय।''

बलतो के 'हव' बल्लो पारदी दादा आरु खाँदे टैंगा धरुन गेलो बाँवस-पटाड़े बाँवस गोंदुक। बाँवस-पटाड़े अमरुन हाते टैंगा धरलो आरु बाँवस गोंदलो। गोंदा-गोंदा करलो आउर खाँद भर बोहुन बाँवस-पटाड़ छाँडलो। रुमझुम-रुमझुम रेंगलो आरु इलो घरे। दुआरे बाँवस के कचाड़लो। बाँवस के खापलो आउर हाते छुरी धरुन सरा हेड़लो, बिरला उरल्लो। सरा के जुरालो, बिरला के जुरालो आउर सुपली-टुकनी गाथलो। गाथुन पुरालो आउर झोलू पाइक के दिलो। झोलू पाइक धरलो आरु हुनके मुठा रुपया देउन पारदी-माहाल छाँडलो। जाते-जाते जायसे। एक कलाट मारलो आरु गेलो राजा-माहाले। राजा-माहाल अमरलो आरु राजा लगे जाउन हुनके सुपली-टुकनी धराउन दिलो। तेबे राजा सुपली-टुकनी धरुन बाली गौरा लगे गेलो आरु बल्लो, ''एदे बेटा सुपली-टुकनी। एचोय काजे तुय गागते रहिस काय? एदे, जा बे खोरे-डाँडे खेल।''

सुनली बाली गौरा आउर खँड मुचकी मारली। मुचमुच-मुचमुच हाँसली आउर सुपली-टुकनी धरुन गेली खोरे-डाँडे खेलुक। हुता जवँरैया-जवँरैया काय मँजा खेलोत। कोंडी-बुची खेले रानी, जता-चुला खेले, सुपली-टुकनी खेले। रानी चो जवँरैया मन पाटा पिंदोत मान्तर रानी लगे पाटी नीं रहे। हुन पुने छुचा बाँडी रहे। पाटा पिंदलो के दखली रानी आरु बिचारली, 'मोचो जवँरैया मन पाटा पिंदलासोत मान्तर मोचो लगे पाटा निंहाय। जायँदे ता नूँ आया लगे। मोचो काजे बले पाटा घेनुक बलेंदे' बल्ली बाली गौरा आउर कोंडी-बुची, जता-चुला आउर

हमजोलियाँ सुपली-टुकनी खेल रही हैं किन्तु मेरे पास नहीं है। मेरे लिए भी खरीद दें।'' ऐसा कह वह रोने लगी। तब राजा ने कहा, ''तू इसके लिए रोना-गाना मत कर, बेटा। मैं तुझे सुपली-टुकनी खरीद कर दूँगा।'' ऐसा कह झोलू पाइक से कहा, ''तू जल्दी तैयार हो बाबू झोलू पाइक और हरदी नँगर जा। पारदी-महल जा और वहाँ से नोनी के लिए सुपली-टुकनी बनवा कर ला।''

ऐसा कहने पर झोलू पाइक जल्दी तैयार हो गया। मुट्ठी भर रुपये लिये, पाँवों में खड़ाऊँ पहने और हाथ में बेंत लेकर राजमहल छोड़ा। चलता चला गया। कोस-दाब भर चला। बैलगाड़ी वाला रास्ता छोड़ा, पक्की सड़क छोड़ी और पैडगरी पर चलने लगा। सेतबन-हेतबन-बिन्दराबन होता हुआ चला। नीचे धरती तप रही थी, ऊपर तेज धूप चिलक रही थी और भूख भी लग आयी थी। पूरा शरीर पसीने से तर-ब-तर हुआ जा रहा था। बाबू अपनी राह चला जा रहा था। चलता-चलता जा पहुँचा हरदी नँगर। पारदी के महल में गया और मोगरा-मंडप के नीचे खड़ा होकर दादा को पुकारा। पुकार सुनकर दादा घर से बाहर आया और 'किस काम से आया, बाबू? कहकर पूछा। झोलू पाइक ने कहा, ''सुनो दादा, पारदी! मुझे तुम सुपली-टुकनी दो, दादा। बाली गौरा खेलेगी।''

ऐसा कहने पर पारदी ने 'हाँ' कहा और कन्धे में कुल्हाड़ी लेकर बाँस काटने गया बाँस के जंगल में। वहाँ पहुँचकर हाथ में कुल्हाड़ी ली और बाँस काटा। टुकड़े-टुकड़े किये और कन्धे पर लादकर बाँस का जंगल छोड़ा। जल्दी-जल्दी चलकर घर आया। द्वार पर बाँस पटक दिया। फिर बाँस को चीरकर हाथ में छुरी ली और बाँस की पतली कमचियाँ तैयार कीं। उन्हें तपाकर सुखाया और सुपली-टुकनी बनायी और झोलू पाइक को दिया। झोलू पाइक ने लेकर उसे मुट्ठी भर रुपये दिये और पारदी-महल छोड़ चला। चलता चला गया। लम्बे डग भरे और गया राजा के महल में। राजमहल पहुँचकर राजा को सुपली-टुकनी थमा दी। तब राजा सुपली-टुकनी लेकर बाली गौरा के पास गया और बोला, ''यह ले बेटा, सुपली-टुकनी। इसी के लिए तू रो रही थी, न? यह ले, जा अली-गली में खेल।''

बाली गौरा ने सुना और हौले से मुस्करायी। मन्द-मन्द मुस्कराती हुई सुपली-टुकनी लेकर गली में खेलने चली गयी। वहाँ उसकी हमजोलियाँ बड़े मजे से खेल रही थीं। रानी भी कोंडी-बुची खेलने लगी।, चक्की-चूल्हा, सुपली-टुकनी खेलने लगी। रानी की हमजोलियों ने कपड़े पहन रखे थे किन्तु रानी के पास कपड़े नहीं थे। उसकी देह उघड़ी थी। उसने उन्हें कपड़े पहने देखा और विचार किया, 'मेरी हमजोलियों ने कपड़े पहन रखे हैं किन्तु मेरे पास कपड़े नहीं हैं। जाऊँ तो माँ के पास। मेरे लिए भी कपड़े खरीदने को कहूँ' ऐसा विचार कर बाली गौरा कोंडी-बुची, चक्की-चूल्हा और सुपली-टुकनी लेकर भागती हुई माँ

सुपली-टुकनी के धरुन पराते-पराते घरे गेली। सब बानी के नवखँड माहाले ठोवली आउर गेली आया लगे। "सुन आया जानादई! मोचो जवँरैया मन पाटा पिंदलासोत मान्तर मोचो लगे पाटा निंहाय। मयँ छुचा बाँडी आसें। तुय मोके बले पाटा घेनुन दे।" बलुन धरी गागेसे। घिरलुन-घोंडरुन गागुक धरली। आपटी-कचाड़ी होयसे। हुसन चरितर के दखली रानी जानादई आउर राजा लगे जाउन बलेसे, "सुना राजा, डाहाँकरैया! नोनी आपटी-कचाड़ी होयसे। घिरलुन-घोंडरुन गागेसे। हुनचो जवँरैया मन पाटा पिंदलासोत मान्तर नोनी के पाटा निंहाय। तुमी पाटा घेनुन दिया।"

राजा सुनलो आउर सेज ले उठुन गेलो नोनी लगे। बल्लो, "सुन बेटा, बाली गौरा! तुय पाटा काजे गागसिस, बेटा। रोना-गाना नीं कर। गागा-बोगा नीं कर, मयँ तुके पाटा घेनुन देयँदे।" बलते झोलू पाइक के हाक दिलो आरु बल्लो, "सुन बाबू, झोलू पाइक! नोनी पाटा काजे गागेसे, बाबू। तुय मुठा रुपया धर, गाँडा-माहाले जा आउर पाटा बिनाउन आन।"

झोलू पाइक सुनलो आउर हरबर तियार होलो। मुठा रुपया धरलो, पाँये खड़ऊ पिंदलो, हाते बेद धरलो आउर राजा-माहाल छाँडलो। जाते-जाते गेलो। गाँडा-माहाल अमरलो। 'दादा' बलुन हाक दिलो। सुनुन भाती दादा घर ले बाहिर निकरलो आउर पुछलो, "तुय काय काम ने इलिस, बाबू? आले मोके साँग।"

झोलू पाइक बल्लो, "सुन दादा गाँडा लोग! तुय मोके पाटा बिनुन दे, दादा। बाली गौरा पाटा काजे गागेसे।"

गाँडा दादा सुनलो आरु 'हव मयँ देयँदे' बलुन पाजनपाई करलो, ताना लमालो। पाटा बिनुक मुरयालो। पाटा बिनलो आउर हाते छुरी धरुन पाटा काटलो। घड़ी घड़याउन झोलू पाइक के धराउन दिलो। झोलू पाइक पाटा धरलो आउर गाँडा के मुठा रुपया देउन गाँडा-माहाल छाँडलो। रुमझुम-रुमझुम रेंगते राजा-माहाले गेलो। अमरलो आउर राजा के पाटा धराउन दिलो। राजा पाटा धरुन गेलो बाली गौरा लगे आउर हुनके पाटा देउन बल्लो, "सुन बेटा बाली गौरा! तुय पाटा काजे गागते रइस काय बेटा? एदे पाटा पिंद।"

बलतो के बाली गौरा खँड मुचकी मारली। मुचमुच-मुचमुच हाँसली आरु पाटा के पिंदली। काय सुँदर दखा देय। बाली गौरा दिन-दिन बाड़ते जाये। तिन साल ले चार साल, चार ले पाँच, छय, सात साल होली। तेबे बाली गौरा मने-मने बिचार करली, "मोचो कन्हेया चो लुगा खाँदे गेली' आरु आया लगे जाउन बल्ली, "सुन आया, जानादई! मोचो कन्हेया चो लुगा खाँदे गेली, आया। तुय मोके जमजम साड़ी दे।" बलते साड़ी काजे गागुक धरली। घिरलुन-घोंडरुन गागे। तेबे दखली रानी जानादई आउर गेली राजा लगे। राजा के बल्ली, "सुना राजा,

के पास गयी। सारे खिलौने नौ खंडा महल में रखे और माँ के पास गयी। "सुन आया, जानादई! मेरी हमजोलियों ने कपड़े पहन रखे हैं किन्तु मेरे पास कपड़े नहीं हैं। मैं उघड़े बदन हूँ। तू मेरे लिए भी कपड़े खरीद दे।" ऐसा कह वह जमीन पर लोट-पोट होती रोने लगी। उसे देखकर रानी जानादई गयी राजा के पास और कहने लगी, "सुनिये राजा, डाहाँकरैया! नोनी बहुत रो रही है। उसकी हमजोलियाँ कपड़े पहने हुए हैं किन्तु नोनी के पास कपड़े नहीं हैं। आप उसके लिए कपड़े खरीद दें।"

राजा ने सुना और सेज से उठकर नोनी के पास गया। कहा, "सुन बेटा, बाली गौरा! तू कपड़े के लिए रो रही है, बेटा। रोना-गाना मत कर। मैं तुझे कपड़ा खरीद कर दूँगा।" ऐसा कह उसने झोलू पाइक को बुलाकर कहा, "सुन बाबू, झोलू पाइक! नोनी कपड़े के लिए रो रही है, बाबू। तू मुट्ठी भर रुपये ले और गाँडा-महल जाकर वहाँ से कपड़े बिनवा कर ला।"

झोलू पाइक ने सुना और जल्दी तैयार हो गया। मुट्ठी भर रुपये लिये, हाथ में बेंत लिया और राजमहल से चल पड़ा। चलता चला गया। गाँडा-महल पहुँचकर दादा को पुकारा। पुकार सुनकर दादा घर से बाहर आया और पूछने लगा, "तू किस काम से आया है, बाबू? तनिक मुझे बता।"

झोलू पाइक ने कहा, "सुनो हे गाँडा दादा! तुम मुझे कपड़ा बुन दो, दादा। बाली गौरा कपड़े के लिए रो रही है।"

गाँडा दादा ने सुना और 'हाँ, मैं दूँगा' कहकर पाजनपाई की, ताना लम्बा किया। कपड़ा बुनने लगा। कपड़ा बुनकर हाथ में छुरी ली और कपड़ा काटा। तहकर झोलू पाइक को दिया। झोलू पाइक ने कपड़ा लेकर गाँडा को मुट्ठी भर रुपये दिये और गाँडा-महल से चल पड़ा। जल्दी-जल्दी चलकर राजमहल जा पहुँचा। पहुँचकर राजा को कपड़ा धरा दिया। राजा कपड़ा लेकर गौरा के पास गया और उसे कपड़ा देकर कहा, "सुन बेटा, बाली गौरा! तू कपड़े के लिए रो रही थी न, बेटा? यह ले कपड़ा, पहन।"

ऐसा कहने पर बाली गौरा हौले से मुस्करायी। मन्द-मन्द मुस्कराती हुई कपड़े पहने। वह बहुत सुन्दर दिखलायी पड़ने लगी। बाली गौरा दिन-ब-दिन बढ़ने लगी। तीन साल से चार साल, चार से पाँच, छह, सात वर्ष हो गये। तब बाली गौरा मन-ही-मन विचार करने लगी, 'मेरी कमर का कपड़ा अब कन्धे पर जाने लगा है'। और वह अपनी माँ के पास जाकर कहने लगी, "सुन आया, जानादई। मेरी कमर का कपड़ा अब कन्धे पर जाने लगा है, आया। तू मेरे लिए बड़ी-सी साड़ी खरीद दे।" और ऐसा कह वह रोने लगी। तब रानी जानादई

डाहाँकरैया! नोनी साड़ी काजे गागेसे, राजा। तुमी हुनके जमजम साड़ी घेनुन दियास।''

राजा सुनलो आउर सेज ले उठुन गेलो नोनी लगे। बल्लो, ''तुय रोना-गाना नीं कर बेटा। मयँ तुके जमजम साड़ी आनुन देयँदे।'' असने-असने एक ले दुय दिन होली। तेबे राजा हरबर तियार होलो। आपलो साजू के पिंदलो, आपलो जाक धरलो। मुठा रुपया धरलो, पाँय ने खड़ऊ पिंदलो, हाते बेद धरलो आउर घर ले बाहिर निकरलो। गेलो बनेया-दुकाने। जाते-जाते गेलो। कोसक-दापक रेंगलो आरु अमरलो। माँडो मोंगरा उबलो राजा आउर 'दादा!' बलते हाक दिलो। हाक देतो के बनेया दादा घर ले बाहिर निकरलो आरु पुछलो, ''काय काम ने इलास, राजा? तुमी मोके साँगा। मोके तो डर लागेसे।''

राजा बल्लो, ''सुन बाबू बनेया लोग! मोके तुय जमजम साड़ी दे, बाबू। बाली गौरा पिंदुआय।''

बनेया सुनलो आरु 'हव राजा, देयँदे' बलते भितर ले साड़ी मन निकरालो। राजा साड़ी छाटलो आउर जमजम साड़ी धरलो। बनेया के मुठा रुपया दिलो आउर बनेया-दुकान छाँडलो। जाते-जाते जायसे। कोसक-दापक रेंगलो आरु अमरलो आपलो माहाले। भितरे जाउन नोनी के साड़ी धराउन दिलो आउर बल्लो, ''सुन बेटा, बाली गौरा! तुय साड़ी काजे गागते रइस, बेटा। एदे साड़ी पिंद।''

बलतो के बाली गौरा साड़ी के धरली आउर खँड मुचकी मारली। मुचमुच-मुचमुच हाँसली आरु बाबा के बल्ली, ''बाबा! तुय मोके जमजम साड़ी दिलिस। एदायँ नव सै गाहना बले दे। नव सै हार दे। अलंकार दे। सोन चो तड़का दे, सोन चो झुलना आउर रुप चो धरना दे।'' बलते तिनपुर गागुक धरली। तिनपुर रोना रोय। घिरलुन-घोंडरुन रोय। आपटी-कचाड़ी होय। तेबे राजा दखलो आरु बल्लो, ''सुन बेटा, बाली गौरा! रोना-गाना नीं कर, बेटा। गागा-बोगा नीं कर। मयँ तुके गाहना बनाउन देयँदे।'' बल्लो राजा आउर हरबर तियार होलो। आपन साजू पिंदलो, आपन जाक धरलो। बारा घाना सोना धरलो, बारा घाना चाँदी धरलो। सोना-मोडरा बाँदलो, चाँदी मोडरा बाँदलो। मुठा रुपया धरलो, पाँये खड़ऊ पिंदलो, हाते बेद धरलो राजा आउर घर ले बाहिर निकरलो। आपन माहाल छाँडलो आउर जायसे। जाऊ-जाऊ पारा-परोसे गेलो। बाई के पुछेसे, ''सुना बाई, तुमी पारा-परोसिन! सोनार-माहाल कोन आय, बाई? तुमी मोके साँगा।''

बलतो के बाई मन बल्ला, ''सुना राजा डाहाँकरैया! माँडो मोंगरा आसे राजा, रुमझुम-रुमझुम भँवरा आसे। काँदा-लाटे माकड़ झुलसे, जवँरा-भँवरा कुकुर आसोत। हुनी माहाल आय।''

सुनलो राजा डाहाँकरैया आरु पारा-परोस छाँडलो। हिंडते-हिंडलो। एक

गयी राजा के पास। राजा से बोली, ''सुनिये राजा, डाहाँकरैया! नोनी साड़ी के लिए रो रही है, राजा। आप उसे बड़ी और सुन्दर साड़ी लाकर दें।''

राजा ने सुना और सेज से उठकर नोनी के पास गया। बोला, ''तू रोना-गाना मत कर, बेटा। मैं तुझे बड़ी-सी सुन्दर साड़ी लाकर दूँगा।'' इस तरह एक से दो दिन हो गये। तब राजा डाहाँकरैया जल्दी तैयार हो गया। अपने साज पहने, अपने सामान लिये। मुट्ठी भर रुपये लिये, पाँवों में खड़ाऊँ पहने, हाथ में बेंत लिया और घर से चल पड़ा। गया बनिया के दुकान में। चलता चला गया। कोस-दाब भर चलकर वहाँ जा पहुँचा और मोगरा-मंडप के नीचे खड़ा होकर दादा को पुकारा। पुकार सुनकर बनिया दादा ने घर से निकलकर पूछा, ''किस काम से आये, राजा? आप मुझे बताएँ। मुझे डर लग रहा है।''

राजा बोला, ''सुन बाबू बनिया। मुझे तू बड़ी-सी सुन्दर साड़ी दे, बाबू। बाली गौरा पहनेगी।''

बनिया ने सुना और 'हाँ राजा, दूँगा' कहकर भीतर से साड़ियाँ निकालीं। राजा ने साड़ी छाँटी और एक बड़ी-सी सुन्दर साड़ी रख ली। बनिया को मुट्ठी भर रुपये दिये और बनिया-दुकान से चल पड़ा। चलता चला गया। कोस-दाब भर चला और अपने महल जा पहुँचा। भीतर जाकर नोनी को साड़ी पकड़ा दी और कहा, ''सुन बेटा, बाली गौरा! तू साड़ी के लिए रो रही थी न, बेटा? यह ले साड़ी, पहन।''

बाली गौरा ने साड़ी ली और हौले से मुस्करायी। मन्द-मन्द मुस्कराती हुई बाबा से बोली, ''बाबा! तुमने मुझे बड़ी सुन्दर साड़ी दी। अब मुझे नौ सौ गहने भी दो। नौ सौ हार दो। अलंकार दो। सोने का तड़ा, सोने का झूला और चाँदी की डोरी दो।'' कहती बहुत रोने लगी। तब राजा डाहाँकरैया ने उसे रोते देखकर कहा, ''सुन बेटा, बाली गौरा! तू रोना-गाना मत कर, बेटा। मैं तेरे लिए गहने भी बनवा दूँगा।'' ऐसा कह जल्दी तैयार हो गया। अपने साज पहने, अपने सामान लिये। बारह घाना सोना लिया, बारह घाना चाँदी ली। सोने-चाँदी की गठरी बाँधी। मुट्ठी भर रुपये लिये, पाँवों में खड़ाऊँ पहने और हाथ में बेंत ले घर से निकल पड़ा। अपना महल छोड़कर चलता चला गया। चलता हुआ अड़ोस-पड़ोस में गया। वहाँ पहुँचकर महिलाओं से पूछा, ''सुनो बाई, पारा-परोसिन! सोनार का महल कौन-सा है, बाई? तुम मुझे बताओ।''

महिलाओं ने कहा, ''सुनिये राजा, डाहाँकरैया! जिस घर में मोगरा-मंडप है और भौरा गुंजार कर रहा है। काँदा की बेल पर बन्दर झूल रहा है और जहाँ जँवरा-भँवरा नामक कुत्ते हैं, वही महल है।''

राजा डाहाँकरैया ने सुना और अड़ोस-पड़ोस से आगे बढ़ गया। लम्बे डग

कलाट मारलो आउर अमरलो सोनार-माहाले। माँडो मोंगरा उबलो आरु 'दादा!' बलते हाक दिलो। हाक देतो के सोनार दादा घर ले निकरलो आरु पुछलो, ''काय काम ने इलास, राजा? तुमी मोके साँगा।''

बलतो के राजा बल्लो, ''सुन बाबू, सोनार लोग! तुय मोके गाहना गड़ुन दे, बाबू। बाली गौरा पिंदुआय।''

सोनार दादा सुनलो आउर 'हव राजा, गड़ुन देयँदे' बल्लो। तेबे राजा हुनके सोना-मोडरा, चाँदी-मोडरा के धराउन दिलो। धराउन देतो के सोनार आपन माहाले गेलो। दतुन-पतर चाबलो, आँगे असनाँद होलो। सुका कपड़ा पिंदलो आउर आपन जाक निकराउन सार धरलो। चाँदी-मोडरा, सोना-मोडरा के झारी पानी छिचलो, काचा गोरस छिचलो। अगरबती धरालो, होम-आरती दिलो आउर पाँय पड़ुन मोडरी मन के ढिल्लो आउर खालामाती बसुन सोना गलालो, चाँदी गलालो। गलाउन गाहना गड़ुक मुरयालो। नव सै गाहना गड़ेसे सोनार। नव सै हार गड़लो, अलंकार गड़लो। सोन चो तड़हा गड़लो, सोन चो झुलना, चाँदी चो धरना बले गड़लो। गाहना गड़ुन सारलो आउर हुन मन के माँजा-घसा करलो। खरलालो। गाहना मन काय मँुजा दखा देओत। चन्दा-सुरिज असन दखोत। फेर सोनार गाहना-मोडरा बाँदलो आउर राजा के धराउन दिलो। राजा पुने गाहना-मोडरा के धरलो आउर सोनार के मुठा रुपया दिलो। सोनार-माहाल छाँडलो आउर आपन माहाले गेलो। अमरलो माहाले आउर बाली गौरा लगे जाउन गाहना धराउन दिलो। बल्लो, ''सुन बेटा, बाली गौरा! तुय गाहना काजे गागते रहिस[1], बेटा। एदे गाहना पिंद।''

बलतो के बाली गौरा गाहना-मोडरा धरली आरु खँड मुचकी मारली। गाहना पिंदली, झमझम साड़ी पिंदली। काय मँजा सुँदर दखा देय बाली गौरा। नव सै गाहना पिंदली, नव सै हार पिंदली। अलंकार पिंदली, सोन चो तड़हा पिंदली। नवखँड माहाले आसे गौरा।

सन्दर्भ

1. रहिस : अन्य रुप 'रइस'।

भरे और सोनार के महल जा पहुँचा। मोगरा-मंडप के नीचे खड़ा होकर दादा को पुकारा। पुकार सुनकर सोनार दादा घर से निकला और पूछने लगा, ''किस काम से आये, राजा? आप मुझे बताएँ।''

राजा ने कहा, ''सुनो बाबू, सोनार! तुम मेरे लिए गहने गढ़ दो, बाबू। बाली गौरा पहनेगी।''

सोनार दादा ने सुना और 'हाँ राजा, मैं गढ़ दूँगा' कहा। तब राजा ने उसे सोने-चाँदी की गठरियाँ थमा दीं। सोनार सोना-चाँदी लेकर अपने महल में गया। दतौन और स्नानादि से निवृत्त होकर सूखे कपड़े पहने और अपने सामान निकालकर गहने गढ़ने बैठ गया। सोने-चाँदी की गठरी पर झारी से पानी छिटका, कच्चा दूध छिटका। अगरबत्ती जलायी, होम-आरती की और प्रणाम कर गठरियाँ खोल पालथी मारकर बैठा। सोना-चाँदी गलाया। गलाकर गहने गढ़ने लगा। नौ सौ हार, अलंकार गढ़े। सोने का तड़ा, सोने का झूला और चाँदी की डोरी भी गढ़ी। गढ़कर उन्हें साफ किया। गहने बहुत सुन्दर दिखने लगे। चाँद-सूरज की तरह चमक आ गयी उनमें। फिर सोनार ने गहनों की गठरी बाँधकर राजा को दी। राजा ने गठरी ली और सोनार को मुट्ठी भर रुपये दे सोनार-महल से चल पड़ा। अपने महल जा पहुँचा और बाली गौरा के पास जाकर उसे गहने पकड़ा दिये। बोला, ''सुन बेटा, बाली गौरा! तू गहनों के लिए रो रही थी, बेटा। यह ले गहने, पहन।''

बाली गौरा गहनों की गठरी लेकर हौले से मुस्करायी। गहने पहने, झमाझम साड़ी पहनी। बहुत सुन्दर दिखलायी देने लगी। बाली गौरा। नौ सौ गहने पहने, नौ सौ हार पहने। अलंकार पहने, सोने का तड़ा पहना। बाली गौरा नौ खंडा महल में रहने लगी।

अधया-23

बाली गौरा चो बिहाव

सात साल चो बाली गौरा सात ले आट साल चो होली, नव साल चो होली। दिन-दिन गौरा बाढ़ेसे। होऊ-होऊ दस साल चो होली। असने-असने दस ले इगारा, इगारा ले बारा साल चो होली। कैना जुबत होली। सिग उमर इली। हुन पुने खोरे खेलुकलाय जाय। तेबे गोटोक दिन मायँ बिती बल्ली, "सुन बेटा, बाली गौरा! तुय खोरे नीं जा, बेटा। डाँडे खेलुकलाय नीं जा।"

बलतो के बाली गौरा बलेसे, "तुय मोके बदरा-बदरी नीं कर आया। मयँ बदरना गोठ के नीं धरें। मयँ खोरे खेलुकलाय जाएँदे चे।" बल्ली गौरा आउर खोरे गेली। जवँरैया-जवँरैया खेलोत। कोस्टा-खोर बाटे जाय गौरा आरु कोसटिन सखी बदे। गाँडा-खोर बाटे जाय गँडइन सखी बदे। मुरेया-खोर बाटे जाय मुरिन सखी बदे। पनारा-खोर बाटे जाय पनारिन सखी बदे। राउत-खोर जाय जाले रावतिन सखी बदे। हल्बा-खोर बाटे जाय आउर हल्बिन सखी बदे। हुसने-हुसने

अध्याय-23

बाली गौरा का विवाह

सात वर्ष की बाली गौरा सात से आठ फिर आठ से नौ वर्ष की हो गयी। दिन-ब-दिन बढ़ने लगी गौरा। होते-होते वह दस वर्ष की हो गयी। इस तरह दस से ग्यारह, ग्यारह से बारह वर्ष की हो गयी। युवा होने को आयी। वह तब भी गली में खेलने जाती थी। तब एक दिन माँ ने कहा, ''सुन बेटा, बाली गौरा! तू गली में खेलने मत जा, बेटा। अली-गली में खेलने मत जा।''

ऐसा कहने पर बाली गौरा कहने लगी, ''तू मुझे मत बरज[1] माता। मैं वर्जनाओं को नहीं मानूँगी। मैं गली में खेलने जाऊँगी ही।'' कहा गौरा ने और गली में खेलने गयी। हमजोलियों के साथ खेलने लगी। कोस्टा[2]-गली में जाती गौरा और कोस्टिनों[3] को सखी बनाती। गाँडा[4]-गली में जाती और गँडइनों[5] को सखी बनाती। मुरिया[6]-गली में जाती और मुरिन सखी बनाती। पनारा[7]-गली में जाकर पनारिन सखी बनाती। राऊत[8]-गली में जाकर रवताइन सखी बनाती। हल्बा[9]-

छय झन सँगे सखी बदली गौरा। नवखँड माहाले गेली आरु आया के साँगली, "सुन आया! सुन बाबा! मयँ मुरेया-खोर बाटे गेले आया-बाबा, मुरिन सखी बदले। गाँडा-खोर बाटे गेले आउर गँडइन सखी बदले। कोस्टा-खोरे गेले आया-बाबा मयँ कोस्टिन सखी बदले आउर जानू हल्बा-खोरे जाउन हल्बिन सखी बदले। पनारा खोरे जाउन पनारिन सखी बदले आया-बाबा। मयँ राउत-खोर ने गेले आउर रावतिन सखी बदले। मयँ छय झन सँगे सखी बदले आया-बाबा।"

बलतो के जानादई बल्ली, "तुय मोचो गोटोक बेटी आस बाली गौरा। तुय अटपट टेकही आस। बड़ा उपई आस। गोठ के नीं मानिस।"

असने रऊ-रऊ एक दिन ले दुय दिन, दुय दिन ले आट दिन होली सखी बदलो। गोटोक दिन बाली गौरा फेर बल्ली, "सुन आया! सुन बाबा! मयँ खोरे खेलुकलाय जायँदे। मयँ सागरी नाहाउकलाय जायँदे।"

सुनला आया-बाबा आरु बल्ला, "घरे कुआँ आसे बेटी, घरे बावली आसे। तुय सागरी नाहाउक नीं जा बेटा, बन्धा नाहाउकलाय नीं जा।"

बाली गौरा बल्ली, "मयँ रोजे घरे नाहायँसे, आया। मोके आज काजे बरजा-बरजा नीं करा। बदरना गोठ नीं गोठयावा। मोके जाउक दियास।" बल्ली आरु घयली-गुँडरी धरुन सखी बिती मन लगे गेली। हुन मन के बल्ली, "सुना सखी, मोचो छय झन सखी! सागरी नाहाउक जावँ, सखी। हामी बन्धा नाहाउकलाय जावँ।"

सुनला छय सखी आउर तियार होला। घयली-गुँडरी धरला आरु गेला सागरी नाहाउक। रुमझुम-रुमझुम रेंगते बन्धा नाहाउक जासोत। छय झन सखी मन पाटे-पुरे रहोत आरु गौरा रहे मँजगते। जाऊ-जाऊ बन्धा अमरला। हुता अमरुन घयली-गुँडरी के मँडाउन दिला आउर बेल-रुखे गेला सब झन। बेल-रुखे खेलोत। हुताय रहे जट माहादेव। ए मन पुने बुकलुन-बुकलुन खेलते रहोत। हुदलयदायँ गौरा चो पाँय ने काटा गड़ली। दुखा काजे हरबर होली गौरा आउर सखी मन के बल्ली, "सुना सखी, मोचो छय झान सखी! मोचो पाँय ने काटा गड़ली, सखी। मोके काटा हिटाउन दिया।"

बलतो के सब सखी मन गौरा चो काटा के हिटसोत मान्तर काटा नीं हिटे। तेबे सखी मन बल्ला, "हामी हिटाउन-हिटाउन थाकलू, सखी। ए काटा तो नीं चे हिटे।"

बाली गौरा दुखा काजे कलपडाहा होय। 'ए राम भगवान! मयँ काय करेंदे बे? काय अकल करें, काय गियान करें?' बलते बाली गौरा धोका करुक धरली। हुदलयदायँ हुन लगे गेलो जट माहादेव आउर गौरा के पाउन भाती मामा घरे निलो। हुता नेउन राजा-रानी के बलेसे, "सुना बुबू जानादई! सुना मामा डाहाँकरैया! तुमचो गौरा के काटा गड़ली, मामा। मयँ पाउन आनुन दिलेसे।"

बलतो के जानादई बल्ली, "तुय मोचो गोटकी बेटी आस, बाली गौरा।

गली में जाती और हल्बिनों को सखी बनाती। इस तरह उसने छह युवतियों को सखी बनाया। नौ खंडा महल में गयी और माता-पिता से कहने लगी, ''सुनो आया! सुनो बाबा! मैं मुरिया-गली में गयी और मैंने मुरिन को सखी बनाया। गाँडा-गली में जाकर मैंने गँडइन को सखी बनाया। कोस्टा-गली में जाकर कोस्टिन को, हल्बा-गली में जाकर हल्बिन को, पनारा-गली में जाकर पनारिन को और राऊत-गली में जाकर रवताइन को सखी बनाया। मैंने छह सखी बनाये, आया-बाबा।''

ऐसा कहने पर जानादई ने कहा, ''तू मेरी एक ही तो बेटी है, बाली गौरा। तू बड़ी ही हठी है। बहुत चंचल है। कहना नहीं मानती।''

इस तरह समय बीतता गया और उसे सखी बनाये एक से दो, दो से आठ दिन हो गये। तब एक दिन बाली गौरा कहने लगी, ''सुनो आया! सुनो बाबा! मैं गली में खेलने जाऊँगी। मैं सागर में नहाने के लिए जाऊँगी।''

आया-बाबा ने सुना और कहा, ''घर में कुआँ है बेटी, बावली भी है। तू सागर में नहाने के लिए मत जा बेटा, सरोवर में नहाने मत जा।''

बाली गौरा ने कहा, ''मैं रोज घर में ही नहाती हूँ, आया। मुझे तुम लोग आज के लिए रोक-टोक मत करो। वर्जना की बातें मत करो। मुझे जाने दो।'' ऐसा कह गगरी और गुँडरी लेकर सखियों के पास गयी। जाकर उनसे कहा, ''सुनो मेरी छह सखियों! सागर में नहाने चलो, सखी। हम सरोवर में नहाने चलें।''

छहों सखियों ने सुना और तैयार हो गयीं। गगरी और गुँडरियाँ लेकर चलीं नहाने के लिए सागर में। जल्दी-जल्दी चलकर सरोवर की ओर जाने लगीं। छहों सखियाँ गौरा के आगे-पीछे थीं। चलते-चलते वे सरोवर जा पहुँची। वहाँ पहुँचकर गगरी और गुँडरियाँ रखकर सब गयीं बेल के पेड़ के नीचे। वहाँ सब खेलने लगीं। वहीं पर था जट माहादेव। ये लोग हँसी-ठिठोली करती खेल रही थीं। उसी समय गौरा के पाँव में काँटा चुभ गया। पीड़ा से व्याकुल होकर गौरा ने सखियों से कहा, ''सुनो सखियों, मेरी छह सखियों! मेरे पाँव में काँटा चुभ गया है, सखियों। मेरा काँटा निकाल दो।''

ऐसा कहने पर सखियाँ गौरा के पाँव से काँटा निकालने लगीं किन्तु काँटा नहीं निकला। तब सखियों ने कहा, ''हम तो निकाल-निकाल थक गयीं, सखी। यह काँटा तो निकलता ही नहीं।''

बाली गौरा पीड़ा से व्याकुल होने लगी। 'हे राम भगवान! मैं क्या करूँ? क्या उपाय करूँ?' कहती बाली गौरा चिन्ता करने लगी। तब जट माहादेव वहाँ गया और गौरा को उठाकर मामा[10] के घर ले गया। वहाँ ले जाकर राजा-रानी से कहने लगा, ''सुनिये बुबू जानादई! सुनिये मामा डाहाँकरैया! आपकी गौरा के

तुय तिनपुर उपई होलिस, बेटा। बड़ा टेकही होलिस। मयँ उपास-पियास करले। बारा साल तप करले तेबे गोटोक बेटी पावले मान्तर तुय मोचो पेट ने फोड़ा आनलिस।'' बलते कँदरई होयसे जानादई। तेबे गाँव भर चो लोग इला, खोर-खोर चो लोग इला आरु गौरा चो काटा के हिटासोत मान्तर काटा नीं हिटे। गाँयता-पुजारी इला, माँजी-मुकासी इला, लंकागड़ चो जमाय लोग इला। सबय काटा हिटाउक खोजसोत मान्तर कोनी हिटाउक नीं सकला। काटा ने हिटाओत, चिमटा ने हिटाओत जाले बले कोनीं हिटाउक नीं सकला। गौरा दुखा काजे अरलई-करलई होय। हुनचो करलई के दखुन जानादई कपार पेटी होय, आपटी-कचाड़ी होय। रद्-रद्-रद्-रद् गागे जानादई। तेबे माहादेव गेलो मामा-बुबू लगे आरु बल्लो, ''सुना मामा डाहाँकरैया! सुना बुबू जानादई! मोचो बात के सुना मामा-बुबू। मोचो गोठ के माना। तुमी तो हिटाउन-हिटाउन थकलास मान्तर काटा नीं हिटे। गौरा चो काटा के मयँ हेड़ुन देयँदे मामा-बुबू मान्तर तुमी मोके काय दियासे?''

''मयँ तुमके पयसा देयँदे भाचा, रुपया देयँदे। सोना-चाँदी देयँदे। तुमी गौरा चो काटा के हेड़ुन दिया।''

माहादेव बल्लो, ''पयसा-रुपया तो मोचो लगे बले आसे, मामा। सोना-चाँदी बले मोचो लगे आसे। हुनके मयँ काय बनायँदे गुनुक?''

''हुसन आले मयँ तुमके घर के गोंदुन आधा भाग के देयँदे, भाचा। तुमी काटा के हेड़ुन दिया।'' बल्लो डाहाँकरैया।

माहादेव बल्लो, ''मोचो लगे घर आसे मामा दुआर आसे। राज आसे। मयँ घर के काय करेंदे!''

बलतो के डाहाँकरैया बल्लो, ''सुना भाचा जट माहादेव! तुमी काय मोल धरासे जाले हुनके मोके साँगा।''

माहादेव बल्लो, ''मयँ काटा हेड़ुन देयँदे मामा मान्तर गौरा के मोके दिया। मयँ गौरा के बिहाव होयँदे। देउआहास जाले साँगा। मयँ काटा हेड़ुन देयँदे।''

बलतो के राजा-रानी कपार पेटी होला। मुँड आपटी होओत राजा-रानी। फेर मन ने बिचार करला, 'गोटोक बेटी ले बेटी नईं, गोटोक आँखी ले आँखी नईं। मर-हाज होयदे हुनचो ले तो एकेय बिहाव करुन देऊँ' बल्ला आरु माहादेव के बल्ला, ''सुना भाचा, भोलानाथ! काटा हेड़ुन दिया, भाचा। गौरा के बिहा होआसे।''

सुनलो भोलानाथ आउर खँड मुचकी मारलो। मुचमुच-मुचमुच हाँसते गेलो गौरा लगे। चिनी अँगरी [13] ने धरलो काटा के आउर हेड़ुन दिलो। काटा हेड़लो आरु गेलो आपन माहाले। ए बाटे गौरा आसे। राजा-रानी काय मँजा राज धरुन, देस धरुन आसोत। कमासोत-खासोत। असने-असने कित दिन पाछे आय की, गौरा फेर बल्ली आया-बाबा के, ''सुन आया! सुन बाबा! मयँ सागरी नाहाउक

पाँव में काँटा चुभ गया है, मामा। मैं उसे उठा लाया हूँ।''

सुनकर जानादई बोली, ''तू मेरी एक ही बेटी है, बाली गौरा। तू बड़ी ही शरारती हो गयी है। बहुत हठी हो गयी है। मैंने उपवास आदि किये। बारह वर्षों तक तपस्या की तब मैंने एक बेटी पायी किन्तु तूने मेरे पेट में फोड़ा[11] बना दिया है।'' कहती रुआँसी हो गयी जानादई। तब गाँव के सारे लोग आये, अली-गली के सारे लोग आये और गौरा के पाँव में चुभा काँटा निकालने लगे किन्तु कोई भी न निकाल सका। गाँयता-पुजारी, माँझी-मुखासी, लंकागढ़ के सारे लोग आये। सबने काँटा निकालने की भरपूर कोशिश की किन्तु किसी से भी न निकला। कोई काँटे से निकालता तो कोई चिमठी से लेकिन काँटा था कि निकला ही नहीं। गौरा पीड़ा से अत्यन्त व्याकुल होने लगी। उसकी व्याकुलता देख जानादई अपना माथा पीटने लगी। वह दुखी होने लगी। फूट-फूट कर रोने लगी जानादई तब माहादेव गया मामा-बुबू के पास और बोला, ''मेरी बात सुनें, मामा-बुबू। मेरा कहा मानें। आप लोग तो निकाल-निकाल कर थक गये किन्तु काँटा नहीं निकला। गौरा का काँटा मैं निकाल दूँगा मामा-बुबू किन्तु आप मुझे क्या देंगे?''

''मैं आपको पैसे दूँगा भाँजे, रुपये दूँगा। सोना-चाँदी दूँगा। आप गौरा का काँटा निकाल दें।''

माहादेव ने कहा, ''रुपये-पैसे तो मेरे पास भी हैं, मामा। सोना-चाँदी भी मेरे पास है। उन्हें मैं भला क्या करूँगा?''

''ऐसा है तो मैं अपने घर के दो टुकड़े कर एक हिस्सा आपको दूँगा, भाँजे। आप काँटा निकाल दें।'' डाहाँकरैया ने कहा।

माहादेव ने कहा, ''मेरे पास घर-द्वार है। राज-पाट है। मैं घर को क्या करूँगा!''

ऐसा कहने पर डाहाँकरैया ने कहा, ''सुनिये भाँजे जट माहादेव! आप क्या मोल लेंगे, मुझे बताएँ।''

माहादेव ने कहा, ''मैं काँटा निकाल दूँगा मामा किन्तु गौरा को मुझे दें। मैं गौरा से विवाह करूँगा। देंगे तो बताइये। मैं काँटा निकाल दूँगा।''

सुनकर राजा-रानी ने अपना माथा पीट लिया। वे सिर पटकने लगे। फिर मन में विचार किया, 'एक बेटी को छोड़कर और दूसरी है नहीं, जिसकी एक ही आँख हो उसका दूसरा कोई सहारा नहीं[12]' और माहादेव से कहा, ''सुनिये भाँजे, भोलानाथ! काँटा निकाल दें, भाँजे। गौरा से विवाह कर लेना।''

भोलानाथ ने सुना और हौले से मुस्कराया। मन्द-मन्द मुस्कराते हुए गया गौरा के पास। अपनी कनिष्ठा अँगुली से काँटा को पकड़ा और निकाल दिया। काँटा निकालकर चला गया अपने घर। इधर गौरा रह गयी। राजा-रानी बड़े ही

जायँदे आया-बाबा, मयँ बन्धा नाहाउक जायँदे।''

जानादई बल्ली, ''सुन रे बेटी, बाली गौरा! घरे कुआँ आसे बेटा, घरे बावली आसे। तुय काय काजे सागरी नाहाउक जासे? नीं जा।''

बलतो के बाली गौरा बल्ली, ''मोके बदरना गोठ नीं करा आया-बाबा। मोके बरजना गोठ नीं बला। मयँ रोजे-रोजे घरे नाहायँसे। आज काजे मयँ सागरी नाहाउक जायँदे।'' बल्ली गौरा आउर घयली-गुँडरी धरुन सखी मन लगे गेली। हुन मन के बल्ली, ''सुना सखी, मोचो छय झान सखी मन! आले सगरी नाहाउकलाय जावँ, बन्धा नाहाउक जावँ।''

बलतो के सब सखी मन तियार पड़ला। घयली-गुँडरी धरला आरु गेला बन्धासागरे। डुबकुन-डुबकुन नाहाओत। गाँडा-घाटे गेली गौरा, हल्बा-घाटे गेली, कोस्टा-घाटे गेली। कलार-घाट, बामन-घाट, राउत-घाट गेली आरु डुबकुन-डुबकुन नाहाली। नाहा-खोरा करसत सब सखी मन। सुका कपड़ा पिंदला। ओधा कपड़ा खाले गिरली। कपड़ा निचाला आरु घयली-गुँडरी ने हलका मारुन पानी डुमला, उचट मारुन बोहला आरु बन्धासागर छाँडला आपन माहाले गेला। असने-असने एक दिन ले दुय दिन, दुय दिन ले आट दिन होली बन्धा नाहालो। गोटोक दिने फेर बलेसे गौरा आया बिती के, ''आया! मयँ आज फेर सागरी नाहाउक जायँदे।''

बलतो के जानादई बल्ली, ''सुन बेटा, बाली गौरा! तुय सब घाटे जा बेटा मान्तर माहादेव-घाटे नीं जासे।''

बाली गौरा बल्ली, ''सुन आया, जानादई! मयँ कोसटा-घाटे गेले आया कोसटिन-कोसटिन गँधले। गाँडा-घाटे गेले आया गँडइन-गँडइन गँधले। हल्बा-घाटे गेले आया हल्बिन-हल्बिन गँधले। कलार-घाटे गेले आया कलारिन-कलारिन गँधले। मरार-घाटे जातो के मरारिन-मरारिन गँधले। बामन-घाटे गेले तेबे बामनिन-बामनिन गँधले आया।''

जानादई बल्ली, ''बेटा बाली गौरा! तुय गोटकी बेटी आस मोचो आउर जानू तुय मोचो पेट ने फोड़ा आनलिस, बेटा। तुय खुबे आगर होलिस[17]।''

बाली गौरा काहीं के नीं सुने। हुन फेर बल्ली, ''मयँ सागरी नाहाउक जाउआयँ, आया।'' बल्ली आरु घयली-गुँडरी धरुन गेली आपलो सखी मन लगे। हुन मन के बले सागरी नाहाउक जातो काजे तियार करली। सब सखी मन हरबर-हरबर तियार होला आउर घयली-गुँडरी धरुन सागरी नाहाउक गेला। अमरला सागरी ने। घयली-गुँडरी के मँडाउन दिला आरु ढोबरुन-ढोबरुन नाहासोत, बुकलुन-बुकलुन नाहासोत। नाहातो ने मतभुल होलासोत। पानी भितरे रहे माहादेव। हुनके कोनी गमे नीं जानोत। गौरा के चिप् नाय धरलो माहादेव आउर पानी ने बुड़ाउन दिलो। पानी भितरे रहे माहादेव चो बहिन बिती। हुन आय जलकामनी। माहादेव गौरा के हुनचोय लगे निलो आरु बल्लो, ''सुन दिदी, जलकामनी!

आनन्दपूर्वक राज-काज करते जीवन बिताने लगे। इस तरह कुछ दिनों बाद गौरा फिर से आया-बाबा से कहने लगी, ''सुनो आया! सुनो बाबा! मैं सागर में नहाने जाऊँगी। मैं सरोवर में नहाने जाऊँगी।''

जानादई ने कहा, ''सुन बेटी, बाली गौरा। घर में कुआँ-बावली है, बेटा। तू सागर में नहाने क्यों जाएगी? मत जा।''

सुनकर बाली गौरा बोली, ''मुझे मना मत करो, आया-बाबा। मुझे टोको मत। मैं रोज-रोज घर में ही नहाती हूँ। आज मैं सागर में नहाने जाऊँगी।'' और वह गगरी-गुँडरी लेकर सखियों के पास गयी। उनसे कहा, ''सुनो मेरी छह सखियों! चलो हम सागर में नहाने जाएँ, सरोवर में नहाने जाएँ।''

ऐसा कहने पर सब सखियाँ तैयार हो गयीं। गगरी-गुँडरी लेकर चलीं सरोवर की ओर। वहाँ डुबकी लगा-लगाकर नहाने लगीं। गौरा गाँडा-घाट[14] में गयी, हल्बा-घाट, कोस्टा-घाट, कलार-घाट, राउत-घाट में गयी और सब घाटों में डुबकी लगा-लगाकर स्नान किया। सभी सखियों ने स्नान कर सूखे कपड़े पहने। गीले कपड़े नीचे गिर गये। कपड़े निचोड़े ओर गगरियों में पानी भरकर उठाया और सरोवर से चल पड़ीं। सब अपने-अपने घर आ गयीं। इस तरह एक दिन से दो दिन, फिर दो से आठ दिन बीते उन्हें सरोवर में नहाये। एक दिन गौरा फिर कहने लगी अपनी माँ से, ''आया! मैं आज फिर से सागर में नहाने जाऊँगी।''

सुनकर जानादई ने कहा, ''सुन बेटा, बाली गौरा! तू सब घाट में जाना बेटा किन्तु माहादेव-घाट में मत जाना।''

बाली गौरा ने कहा, ''सुन आया, जानादई! मैं कोस्टा-घाट में गयी आया तो मेरे शरीर से कोस्टिन जैसी गन्ध आने लगी। गाँडा-घाट में गयी तो गँडइन जैसी, हल्बा-घाट में गयी तो हल्बिन जैसी, कलार-घाट में गयी तो कलारिन[15] जैसी, मरार-घाट में गयी तो मरारिन जैसी और बामन[16]-घाट में गयी तो बामनिन जैसी गन्ध आने लगी, आया।''

जानादई ने कहा, ''बेटा, बाली गौरा! तू एक ही बेटी है और तूने मेरे पेट में फोड़ा बना दिया है, बेटा। तू बहुत ही शरारती हो गयी है।''

किन्तु बाली गौरा कुछ भी नहीं सुनती। उसने फिर कहा, ''मैं सागर में नहाने जाऊँगी, आया।'' और गगरी-गुँडरी उठाकर अपनी सखियों के पास गयी। उन्हें भी सागर में नहाने चलने को तैयार किया। सब सखियाँ जल्दी-जल्दी तैयार हो गयीं और गगरी-गुँडरी लेकर नहाने सागर की ओर चल पड़ीं। सागर पहुँचकर अपनी गगरी-गुँडरी रख डुबकी लगा-लगाकर नहाने लगीं। खेल-खेलकर नहाने लगीं। सब हँसी-ठिठोली करतीं नहाने में मस्त थीं। पानी के भीतर था माहादेव।

मयँ गौरा के चोरुन आनले, दिदी। तुय मोके बिहाव करुन देस। मयँ गौरा के बिहा होउआयँ।''

हुन बाटे गौरा चो सखी मन नाहाउन-नाहाउन निकरला आउर गौरा के खोजसोत। 'सखी काहाँ गेला?' बलते सब के धोका धरली। कोन तो बलेसे, ''सखी मन पानी ने बुड़ला।'' बलते सब झान तिनपुर रदना धरला। आपटी-कचाड़ी होओत। मुँड आपटुन-आपटुन गागोत। 'आया-बाबा गारी देदे' बलते सब झन डरला। खुबे खोजला आरु भेटुक नीं सकुन घयली-गुँडरी धरला आरु गेला राजा-माहाले। रानी के बल्ला, ''सुन आया जानादई! सुन बाबा डाहाँकरैया! सखी मन पानी ने बुड़ला।''

सुनुन जानादई आउर डाहाँकरैया मुँड पेटी होउन-होउन गागुक धरला। आपटी-कचाड़ी होओत। 'मयँ उपास करले बेटा, पियास करले। बारा साल तप करतो के गोटोक बेटी पावले आरु तुय केंव गेलिस? बदरना गोठ के नीं धरलिस, बेटा। तुचो मुँड चो भोगना के तुय पावलिस।' बलते राजा-रानी गागसोत। हुन मन चो आँखी बेल होली, मूँ के बोतनी धरली।

हुन बाटे माहादेव गौरा के धरुन पानी भितरे आपलो बहिन लगे आसे। बहिन बिती के बलेसे, ''दिदी मोके बिहा करुन देस। मयँ गौरा के छाँडूँ नोहायँ। मयँ हुनके बिहा होउआयँ।''

बलतो के जलकामनी सुनली आरु माहादेव सँगे बाली गौरा चो बिहाव करुन दिली। मेंडका मन बजनेया-मोहोरेया होला। बाजा बजाला। सात सुआसिन होला मेंडकी मन। पानी भितरे हुन मन चो बिहा होली।

सन्दर्भ

1. बरज : वर्जना। मना करना।
2. कोस्टा : एक जाति।
3. कोस्टिन : कोस्टा जाति की किशोरियाँ, युवतियाँ, महिलाएँ।
4. गाँडा : एक जाति।
5. गँडइन : गाँडा जाति की किशोरियाँ, युवतियाँ, महिलाएँ।
6. मुरिया : गोंड जनजाति की एक शाखा।
7. पनारा : एक जाति।
8. राऊत : रावत या यादव जाति।
9. हल्बा : एक जनजाति।
10. मामा : राजा डाहाँकरैया यद्यपि माहादेव का मामा नहीं है तो भी उसने उन्हें मामा कहा है। ऐसा कहने के पीछे कारण यह है कि वह डाहाँकरैया की बेटी बाली गौरा से विवाह करने का इच्छुक है। बस्तर की लोक संस्कृति में ससुर को मामा कहने का चलन है। इसके पीछे यह कारण है कि बस्तर में मामा/बुबू (बुआ) की बेटी से विवाह की परम्परा है। यदि मामा/बुबू (बुआ) की बेटी से विवाह न भी हुआ हो तो भी इसी चलन के कारण ससुर को मामा ही कहा जाता है। इसी तरह सास को बुबू (बुआ)।

इस बात से सब-के-सब बेखबर थीं। माहादेव ने मौका देखकर गौरा को कस कर पकड़ लिया और पानी में डुबा दिया। पानी के भीतर थी माहादेव की बहिन। वह थी जलकामिनी। माहादेव गौरा को उसी के पास ले गया और बोला, ''सुनो दीदी, जलकामिनी! मैं गौरा को चुरा लाया हूँ, दीदी। तुम उससे मेरा विवाह करा दो। मैं गौरा से विवाह करूँगा।''

उधर गौरा की सखियाँ नहाकर पानी से बाहर निकलीं और गौरा को खोजने लगीं। 'सखी कहाँ गयी?' कहती सब चिन्ता में पड़ गयीं। कोई कहने लगी, ''सखी पानी में डूब गयीं।'' ऐसा कह-सुनकर वे सब बहुत रोने लगीं। सिर पटक-पटक कर रोने लगीं। 'आया-बाबा नाराज होंगे' ऐसा सोच सब डर गयीं। उन्होंने बहुत खोजा और न पाकर गगरी-गुँडरी ले राजमहल में गयीं। राजा-रानी से बोलीं, ''सुनो आया जानादई! सुनो बाबा डाहाँकरैया! सखी पानी में डूब गयीं।''

यह सुनकर जानादई और डाहाँकरैया सिर पीट-पीटकर रोने लगे। वे रोते-रोते गिरने-पड़ने लगे। 'मैंने उपवास किये, बेटा। बारह वर्षों तक तपस्या की तब जाकर एक बेटी पाई और तू कहाँ चली गयी? बरजने पर न मानी, बेटा। तेरे भाग्य में जो लिखा था सो तूने पाया।' कहते राजा-रानी विलाप करने लगे। उनकी आँखें सूजकर बेल के फल-सी हो गयीं। मुख म्लान हो गया।

उधर माहादेव गौरा के साथ पानी के भीतर अपनी बहिन के पास रह गया। बहिन से कहने लगा, ''दीदी मेरा विवाह रचा दो। मैं गौरा को नहीं छोड़ूँगा। मैं उससे विवाह करूँगा ही।''

जलकामिनी ने सुना और माहादेव के साथ बाली गौरा का विवाह करवा दिया। मेंढकों ने बजनिया-मोहरिया बनकर बाजे बजाये। मेढकियाँ बनीं सात सुआसिनें[18]। पानी के भीतर उनका विवाह सम्पन्न हुआ।

11. पेट ने फोड़ा आनतो : तकलीफ देना (मुहावरा)।
12. गोटोक बेटी ले बेटी नईं, गोटोक आँखी ले आँखी नईं : मुहावरा।
13. 'अँगरी' छत्तीसगढ़ी प्रभाव से हुआ है। मूल शब्द है 'अँडखी'।
14. गाँडा-घाट : गाँडा जाति के लोगों के नहाने और पानी भरने की जगह। पुराने समय में गाँवों के तालाबों में प्रत्येक मुख्य जाति के नहाने और पानी भरने का नियत स्थान हुआ करता था। जैसे मरार-घाट, हल्बा-घाट आदि।
15. कलार : एक जाति।
16. बामन : ब्राह्मण जाति।
17. 'आगर होतो' या 'खुबे आगर होतो' (मुहावरा) : ढीठ हो जाना, लज्जाहीन हो जाना, किसी भी बात की अति कर देना।
18. सात सुआसिनें : सात सधवा महिलाएँ जो विवाह के सारे नेग पूरे कराती हैं।

अधया-24

बाली गौरा चो डँड

बिहाव होला आरु राजा-रानी दिदी-घरे आसोत। रऊ-रऊ गोटोक दिन माहादेव मने-मन बिचार करलो आरु दिदी के बल्लो, ''सुन दिदी, जलकामनी! मोचो इथा इलो खुबे दिन होली, दिदी। एदायँ हामी घरे जावाँ।'' बल्लो आरु गौरा के आपलो मँजी जट ने बाँदलो। गोटोक जट ने हरदी-चाउर धरलो, गोटोक जट ने बजनेया-मोहोरेया के धरलो आउर गोटोक जट ने सातो सुआसिन के। सब जट के बाँदलो माहादेव आरु गेलो कैलासपुरे। नवखँड माहाले गेलो आरु जाउन सेज ने सोउन दिलो। हुनके दखली पारबती रानी आरु बिचार करली, ''राजा खुबे दिन ने घरे इला। आले जायँदे ता, राजा के नाहाउन देयँदे' बलते काय मँजा पानी तपाली, सेदा-भेदा करली आरु मन्दन-सिले नेउन दिली। कपुर दतुन निली, झारी कसेला निली आरु राजा लगे जाउन हुनके उठायसे। बल्ली, ''तुमी खुबे दिन ने इलास, राजा। आले जावँ, मयँ तुमके नाहाउन देयँदे।''

अध्याय-24

बाली गौरा के कष्ट

राजा-रानी ने विवाह किया और दीदी के घर में रहने लगे। रहते-रहते एक दिन माहादेव मन-ही-मन ही विचार करने लगा और दीदी से बोला, ''सुनो दीदी, जलकामिनी! मुझे यहाँ आये बहुत दिन बीत गये, दीदी। अब हम घर जाएँगे।'' और गौरा को अपनी जटा के बीचवाली लट में बाँध लिया। एक लट में हल्दी-चावल, दूसरी में बजनिया-मोहरिया और तीसरी लट में सातों सुआसिनों को। सब को जटा में बाँधकर माहादेव गया कैलासपुर। नौ खंडा महल में जाकर सेज पर सो गया। उसे देख पारबती रानी ने विचार किया, 'राजा बहुत दिन बाद घर लौटे हैं। चलूँ तो जरा राजा को नहला दूँ' और उसने पानी गरम कर उसमें ठंडा पानी मिलाया और स्नानगृह में ले गयी। सुगन्धित दतौन और झारी पात्र पहुँचाकर राजा के पास गयी और उसे उठाने लगी। कहा, ''आप बहुत दिनों में लौटे हैं, राजा। चलिए, मैं आपको नहला दूँगी।''

माहादेव बल्लो, "सुन रानी, पारबती। मोके तिनपुर मुँड दुखेसे, रानी। अँधेर जर धरेसे। मयँ नाहाऊ नोहायँ।"

पारबती रानी बल्ली, "सुना राजा, भोलानाथ! सुना राजा, जट माहादेव! मयँ एक आँचर चो बले भगवान लोग आयँ, राजा। तुमी जानू गुलाय नँगर बुलुन इलास, गुलाय सहर बुलुन इलास आरु असने छुत ने कसन राहासे?" बलुन जबड़दस्ती माहादेव चो हात के धरली आरु उठायसे। तेबे माहादेव बल्लो, "सुन रानी, पारबती! आले इतरो टेक करसिस जाले नाहाउन देस जानू मान्तर मोचो मुँड के नीं भिजाव। मोचो जट के नीं भिजाव। नीं उजड़ाव। मोके तिनपुर मुँड दुखेसे, रानी। अँधेरे जर धरेसे।"

तेबे पारबती रानी बल्ली, "आले राजा! तुमी बलासाहास जाले जट के नीं भिजायँ। मयँ मुँड के नीं उजड़ायँ।" बलुन राजा चो हात के धरुन मन्दन-सिले निली आउर नाहाउन देयसे। फेर बिचार करली पारबती, 'काय काजे मुँड के नीं भिजाव बलसोत तेबे? काय आसे गुने राजा चो मुँडे?' बलते मुँडे पानी रिकाउन दिली। पानी रिकातो के तो मुँड बाट ले हरदी-हरदी पिंवर-पिंवर बोहुक धरली। तेबे पारबती बलेसे, "सुना राजा, भोलानाथ! सुना राजा जट माहादेव! पिंवर-पिंवर बोहेसे जे ए काहाँ चो हरदी आय, राजा?"

माहादेव बल्लो, "मयँ नँगर बुलुक जाऊ रहें, रानी। तेबे हुन थाने गोटोक मुरेया-बिहाव होते रहे। मयँ बले बिहाव-घरे गेले। हुता दखला धँगड़ी रासी आरु मोचो मुँडे हरदी रिकाउन दिला। हुनी हरदी आय, रानी।"

बलतो के पारबती रानी राजा चो गोटोक जट के हेड़ली। हेड़तो के हुन जट ने हरदी-चाउर रहे। दुसर जट के हेड़ली, हुन थाने सात सुआसिन रला। आउर जट के हेड़तो के हुन थाने बजनेया-मोहरेया रला। हेड़ू-हेड़ू मँजी जट के हेड़ली। हुता पुने गौरा ठिंया रहे। गौरा जट ले निकरुन राजा चो पाटे उबली। पारबती रानी दखली गौरा के आरु बल्ली, "सुन नोनी, बाली गौरा! तुय इथा खायँदे बलुन इलिस, नोनी। इथा रहेंदे बलुन इलिस मान्तर मयँ तुके तिनपुर डँड देयँदे, नोनी। अगिन-डाहा देयँदे। तुचो चुँदी मोचो हाते आसे। तुय हाँडी ने परई ढाकलिस[1] नोनी! मोचो खातो बाटा के झिकलिस[2]! तुय मोचो उपरे इलिस नोनी, मोचो छाती ने भाला गाड़लिस[3]!" बलते गौरा के ढुम् नाय मुटका मारली। राजा चो हात के धरली रानी आरु नवखँड माहाले निली। तेबे बाली गौरा मने-मन बिचार करेसे, 'एचोय काजे मोके बल्लिस आया, एचोय काजे तुय बल्लिस बाबा मान्तर मयँ तुमचो बरजना गोठ के नीं धरले। मयँ मोचो मुँड चो भोगना के पावले' बलते रद्-रद्-रद्-रद् गागेसे। नैने आँसू ढालेसे।

रानी पुने राजा चो हात के धरली आरु नवखँड माहाले नेउन बाजे बसाली।

माहादेव ने कहा, "सुनो रानी, पारबती! मेरे सिर में बहुत पीड़ा हो रही है। मुझे बहुत ज्वर भी है। मैं नहीं नहाऊँगा।"

पारबती रानी ने कहा, "सुनिये राजा, भोलानाथ! सुनिये राजा, जट माहादेव! मैं तो भगवान का प्रतिरूप हूँ, राजा। आप सारा शहर घूम आये हैं, राजा। फिर इसी तरह छूत में कैसे रहेंगे, भला?" ऐसा कह उसने जबरदस्ती माहादेव का हाथ पकड़ा और उसे उठाने लगी। तब माहादेव बोला, "सुनो रानी, पारबती! अच्छा, तुम इतना हठ कर रही हो तो मुझे नहला तो दो किन्तु मेरी जटा न खोलना। मेरे सिर में बहुत पीड़ा हो रही है। मुझे तेज ज्वर हो आया है।"

तब पारबती रानी बोली, अच्छा राजा! आप कहते हैं तो मैं जटा नहीं भिगाऊँगी। मैं आपके सिर को नहीं छेड़ूँगी।" और राजा का हाथ पकड़कर स्नान-गृह में ले जाकर नहलाने लगी। फिर विचार किया पारबती ने, 'किसलिए सिर को भिगाने से मना कर रहे हैं? क्या है राजा के सिर में?' ऐसा विचार कर उसने सिर पर पानी डाल दिया। पानी डालने पर जटा से हल्दी की धार बहने लगी। तब पारबती कहने लगी, "सुनिये राजा, भोलानाथ! सुनिये राजा, जट माहादेव! यह कहाँ की हल्दी बह रही है, राजा?"

माहादेव ने कहा, "मैं नगर घूमने गया था, रानी। तब वहाँ एक मुरिया के घर में विवाह हो रहा था। मैं भी विवाह देखने लगा। वहाँ नवयुवतियों ने मुझे देखा और मेरे सिर पर हल्दी डाल दी। वही हल्दी है, रानी।"

ऐसा कहने पर पारबती रानी ने राजा की एक जटा खोली। खोलने पर वहाँ से सात सुआसिनें निकलीं। तीसरी जटा खोली तो उसमें से बजनिया-मोहरिया निकले। इस तरह खोलते-खोलते उसने बीचवाली जटा खोल डाली। उस जटा के भीतर गौरा खड़ी थी। गौरा जटा से निकलकर राजा के पीछे जा खड़ी हुई। पारबती रानी ने गौरा को देखा और कहा, "सुन नोनी, बाली गौरा! तू यहाँ मजे से रहूँगी सोचकर आयी है, नोनी। मैं तुझे अग्नि की तरह डाह दूँगी। तेरे केश मेरे हाथ में हैं। तूने खुली हंडी में परई[4] ढँका है, नोनी! मेरे भोजन का भोग छीना है, मुझसे। तूने मेरे रहते मेरे पति से विवाह किया है नोनी! मेरी छाती में भाला भौंका है।" कहती हुई गौरा को धम्म् से जोर का घूँसा मारा और राजा का हाथ पकड़कर उसे नौ खंडा महल में ले गयी। यह सब देख-सुनकर बाली गौरा मन-ही-मन विचार करने लगी, 'इसीलिए तुमने मुझसे कहा आया, इसीलिए तुमने कहा बाबा किन्तु मैंने तुम्हारी बात नहीं मानी। मैंने मेरे भाग्य का लिखा पा लिया है' और फूट-फूटकर रोने लगी। उसकी आँखों से आँसू की धार बह चली।

रानी राजा का हाथ पकड़कर नौ खंडा महल में ले गयी और पलंग पर बिठाया। यह देख-सुनकर राजा दुखी हो गया। वह जल्दी-जल्दी तैयार होकर

राजा चो जिव के खुनुस लागली। हुन पुने हरबर-हरबर तियार होलो आउर गबदा के घोड़ा चेघुन तिलसकराज गेलो। गौरा के घरे छाँडुन दिलो। बाली गौरा कैलासपुरे आसे पारबती रानी सँगे। पारबती रानी हुनके खाउक अनाज नीं देय, पिंदुक कपड़ा नीं देय। भुके-भुके आसे गौरा। तेबे हुन पारबती रानी के बल्ली, ''सुन दिदी, बड़े बइन! मोके भुक लागेसे, दिदी। मोके अजिक पेज देस।''

बलतो के पारबती बल्ली, ''तुचो आया चो कमालो निंहाय ना तुचो बाबा चो ठोवलो निंहाय! तुके मयँ काहाँ चो पेज देयँदे गौरा, काहाँ चो भात देयँदे?'' बलते रानी पयलक तिल के निकराली आउर ढेला-कुड़ा ने नेउन बिखरुन दिली। इली आउर गौरा के बल्ली, ''ढेला-कुड़ा ने पयलक तिल आसे, गौरा। तुय हुन तिल के बेचुन आन तेबे तुके मयँ खाउक देयँदे।''

बाली गौरा सुनली आउर हाते टुकना धरुन ढेला-कुड़ा ने गेली। अमरुन टुकना के मँजगते मँडाली आउर मुँडे हात देउन गागेसे। मुँड पेटी होउन-होउन गागे। हुनके दखला पँडकी रासी आरु 'गौरा असन दखा देयसे' बलते फुर् नाय उड़ुन इला गौरा लगे। गौरा के बल्ला, ''सुन नोनी, बाली गौरा! तुके काय डँड होली, नोनी! तुके काय डाहा होली गुनुक तुय ढेला-कुड़ा ने बसुन गागसिस? काय काजे तुय तिनपुर गगई गागसिस?''

बाली गौरा बल्ली, ''सुना बाई, पँडकी रासी! मयँ तुमके काय डँड के साँगेंदे, बाई? मयँ साँगुक नीं सकें, मयँ बलुक नीं सकें। नाना पयकार चो डँड आय बाई, बेलिबिजरा चो डाहा आय। दिदी पलयक तिल के ढेला-कुड़ा ने आनुन बिखरुन दिली आरु मोके एके बेचुन आन बल्लिसे। एके बेचुन निले जाले तो मोके खाउक देउआय दिदी नाहले मोके भुके राखुआय। मोचो खाँद चो लुगा के धरुआय आउर तिनपुर मरई मारुआय, बाई। मयँ काय माथे तिल बेचेंदे? एई धोका ने मयँ गागेंसे।''

पँडकी रासी सुनला आरु बल्ला, ''तुय एचो काजे नीं गाग, गौरा। टुकना के मँडाउन दे। हामी तिल बेचुन देउँदे।''

बलतो के गौरा टुकना के हुनी लगे मँडाउन दिली। तेबे पँडकी रासी खोरुन-खोरुन, कोदाउन-कोदाउन तिल के बेचुन दिला आरु बल्ला, ''तुय एचोय काजे गागते रइस, गौरा। एदे, तिल के ने।'' बल्ला पँडकी रासी आउर फुर् नाय उड़ुन गेला। तेबे गौरा तिल-टुकना के बोहली आरु ढेला-कुड़ा छाँडुन नवखँड माहाले गेली। तिल-टुकना के उतराली आरु बल्ली, ''एदे दिदी, मयँ तिल बेचुन आनले। तुय पयली आनुन नाप।''

सुनली पारबती आउर पयली आनुन तिल के नापली। नापतो के झेल पड़ली, ओर गिरली। तेबे पारबती बाली गौरा चो मूँ के बग् नाय दखली आरु बल्ली, ''तुय

गबदा[5] पर सवार हुआ और तिलसकराज[6] चला गया। गौरा को घर में छोड़ दिया। बाली गौरा पारबती रानी के साथ कैलासपुर में रहने लगी। पारबती रानी उसे न तो खाने को अनाज देती न पहनने को कपड़े। भूखी रहने लगी गौरा। तब उसने पारबती रानी से कहा, "सुनो दीदी, बड़ी बहिन! मुझे भूख लग रही है, दीदी। मुझे थोड़ी-सी पेज दो।"

सुनकर पारबती बोली, "तेरी आया की कमाई नहीं रखी है यहाँ और न ही तेरे बाबा ने लाकर रखा है। तुझे मैं कहाँ से पेज दूँगी, गौरा? कहाँ का भात दूँगी?" और उसने एक पायली तिल निकालकर ढेलों के बीच बिखेर दिया। वापस आकर गौरा से बोली, "ढेलों के बीच एक पायली तिल बिखरी पड़ी है, गौरा। तू इस तिल को बीनकर ला तब मैं तुझे खाने को दूँगी।"

बाली गौरा ने सुना और हाथ में टोकरी ले ढेलों के ढेर में गयी। वहाँ पहुँचकर टोकरी बीच में रखी और सिर पर हाथ देकर रोने लगी। सिर पीट-पीटकर रोने लगी। उसे देखा पँडकी[7] चिड़ियों ने और 'यह तो गौरा जैसी दिख रही है' कहते हुए फुर्र से उड़कर गौरा के पास आयीं। गौरा से बोलीं, "सुनो नोनी, बाली गौरा! तुम्हें क्या कष्ट हो गया, नोनी? तुम्हें क्या तकलीफ हो गयी जो तुम ढेलों के ढेर पर बैठकर रो रही हो? किसलिए तुम इतना रो रही हो?"

बाली गौरा ने कहा, "सुनो बाई, हे पँडकियों! मैं तुम्हें अपना कौन-सा कष्ट बताऊँ, बाई? मैं बता नहीं सकती। नाना प्रकार के कष्ट हैं बाई, कई किस्म की तकलीफें हैं। दीदी ने एक पायली तिल इस ढेलों के ढेर में बिखेर दिया है और मुझसे इसे बीन लाने को कहा। इसे बीनकर ले जाने पर ही वह मुझे खाने को देगी अन्यथा मुझे भूखी ही रखेगी। मेरा आँचल पकड़कर मुझे बहुत मारेगी, बाई। मैं कैसे तिल बीनूँगी? इसी चिन्ता में रो रही हूँ।"

पँडकियों ने सुना और बोलीं, "तुम इतनी-सी बात के लिए मत रोओ, गौरा। टोकरी रख दो। हम तिल बीन देंगी।"

ऐसा कहने पर गौरा ने टोकरी उसी जगह रख दी। तब पँडकियों ने अपनी चोंचों से एक-एक दाना तिल बीन दिया और बोलीं, "तुम इसी के लिए रो रही थीं, गौरा। यह लो, तिल ले जाओ।" ऐसा कह पँडकियाँ फुर्र से उड़ गयीं। तब गौरा तिल-टोकरी लेकर वहाँ से नौ खंडा महल में गयी। तिल की टोकरी उतारकर बोली, "यह लो दीदी, मैं तिल बीनकर ले आयी। तुम पायली लाकर नाप लो।"

पारबती ने सुना और पायली लाकर नापा। नापने पर तिल पायली से ऊपर आ गिरा। तब पारबती ने बाली गौरा को आग्नेय नेत्रों से देखा और कहा, "तू

मोचो ले आगर होलिस रे गौरा! मयँ तुके तिनपुर डँड देयँदे। तुके मयँ अँधेर डाहा देयँदे।'' बलुन तिल-टुकना के धरुन भितरे नेउन ठोउन दिली। तेबे गौरा बल्ली, ''मोके अजिक भात देस दिदी, अजिक पेज देस। मोके तिनपुर भुक लागेसे।''

बलतो के पारबती रायँ करली[6] आरु बल्ली, ''तुय कमाउन-कमाउन नीं ठोवलिसिस नोनी, ना कमाउन-कमाउन नीं दिलिसिस! मयँ तुके काहाँ चो भात देयँदे आरु काहाँ चो पेज देयँदे?''

पारबती रानी गौरा के भात देय ना पेज देय। भुके-भुके आसे गौरा। असने-असने एक दिन ले दुय दिन, दुय ले आट दिन होली। तेबे गोटोक दिन पारबती पाँच पयली धान दिली गौरा के आरु 'धान काँडुक ने' बल्ली, ''बिगर बाहना बिगर मुसर चो धान कुट। चाउर नीं टुटो आउर सिड़ि असन उजर रहो चाउर।''

बलतो के धान टुकना बोहली गौरा आरु जाते-जाते गेली जोड़ान बाटे। धान टुकना के हुनी लगे उतराली आउर मुँडे हात देउन गागेसे, 'हे राम भगवान! मयँ काय करेंदे? काय अकल करेंदे, काय गियान करेंदे मयँ?' बलेसे। रद्-रद्-रद्-रद् गागेसे गौरा। हुनके दखला चटेया रासी आरु बिचारला, 'ए तो बाली गौरा आय' बलते फुर् नाय उड़ुन इला हुनचो लगे आरु पुछसोत, ''सुन नोनी, बाली गौरा! तुके काय चो कमती होली, नोनी? तुके काय बिपती पड़ली गुनुक तुय जोड़ान बाटे एउन मुँडे हात देउन तिनपुर गगई गागसिस? काय काजे तुय अरलई-करलई होसिस, घिरलुन-घोंडरुन गागसिस? आले तुय हामके साँग।''

सुनली बाली गौरा आरु बल्ली, ''सुना दादा चटेया रासी। मयँ काय डँड के साँगेंदे, दादा? काय डाहा के साँगेंदे? साँगले कहनी आय दादा गावले गित आय। पारबती दिदी मोके पाँच पयली धान दिलिसे आउर हुनके बिगर बाहना बिगर मुसर चो कुटुन आन बल्लिसे। चाउर नीं टुटो आउर सिड़ि असन उजर रहो, बल्लिसे। मयँ काय माथे धान कुटेंदे, दादा? एचोय काजे मयँ गागेंसे।''

बलतो के चटेया रासी बल्ला, ''सुन बाबा, बाली गौरा! तुय टुकना के मँडाउन दे। हामी धान के फोलुन देउँदे।''

बलतो के बाली गौरा धान-टुकना के मँडाउन दिली। तेबे चटेया रासी चुकता धान के फोलुन दिला। चाउर नीं टुटे। सिड़ि असन उजर रहे चाउर। फोलुन दिला आरु चाउर नेतो काजे बाली गौरा के बल्ला। तेबे बाली गौरा चाउर-टुकना के बोहली आरु गेली नवखँड माहाले। चाउर-टुकना उतराली आरु पारबती रानी के बल्ली, ''सुन दिदी, बड़े दिदी! मयँ धान काँडुन आनले दिदी। पयली आन आरु नाप।''

पारबती रानी पयली आनुन चाउर के नापली। नापतो के झेल पड़ली, ओर गिरली। तेबे पारबती बाली गौरा चो मूँ के दखली आरु बल्ली, ''तुय मोचो ले

मुझसे भी बढ़ गयी है गौरा। मैं तुझे बहुत कष्ट दूँगी।'' और तिल की टोकरी भीतर ले जाकर रख आयी। तब गौरा ने कहा, ''मुझे थोड़ा-सा भात दे दीदी, थोड़ी-सी पेज दे। मुझे बहुत भूख लग रही है।''

ऐसा कहने पर पारबती बहुत क्रोधित हुई और बोली, तूने कमाकर यहाँ नहीं रखा है नोनी! मैं भला तुझे कहाँ से भात और पेज दूँगी?''

पारबती रानी गौरा को न तो भात देती न पेज। गौरा भूखी रहने लगी। इस तरह एक से दो, दो से आठ दिन बीते। तब एक दिन पारबती ने गौरा को पाँच पायली धान देकर उसे कूट लाने को कहा, ''बिना बाहना और बिना मूसल के धान कूट। चावल न टूटे और एकदम साफ रहे।''

गौरा ने सुना और धान की टोकरी उठाकर गयी दोराहे में। धान की टोकरी वहीं पास में उतार सिर पर हाथ देकर रोने लगी, 'हे राम भगवान! मै क्या करूँ? कौन-सा उपाय करूँ?' गौरा फूट-फूटकर रोने लगी। तब उसे देखा गौरैया चिड़ियों ने और विचार किया, 'यह तो बोली गौरा है' और फुर्र से उड़कर उसके पास आयीं। आकर पूछने लगीं, ''सुन नोनी, बाली गौरा! तुझे किस चीज की कमी हो गयी, नोनी? तुझ पर कौन-सी विपत्ति आ पड़ी है जिसके कारण तुम यहाँ दोराहे में आकर इतना रो रही हो? तुम क्यों दुखी हो रही हो, क्यों इतना रो रही हो? तुम हमें बताओ।''

बाली गौरा ने सुना और बोली, ''सुनो दादा चटिया[9] लोगों। मैं अपना कौन-सा कष्ट आपको बताऊँ, दादा? कौन-से दुःख बताऊँ? कहूँगी तो कहानी होगी दादा और गाने पर गीत बन जाएगा। पारबती दीदी ने मुझे पाँच पायली धान देकर उसे कूटने भेजा है। बिना बाहना और मूसल की सहायता से धान कूटने को कहा है। चावल साफ रहे और टूटे नहीं, कहा है। मैं किस तरह धान कूटूँगी, दादा? इसलिए मैं रो रही हूँ।''

ऐसा कहने पर चटिया चिड़ियों ने कहा, ''सुनो बाबा, बाली गौरा। तुम टोकरी रख दो। हम धान को फोल देंगी।''

यह सुनकर बाली गौरा ने धान की टोकरी रख दी। तब चटिया चिड़ियों ने सारा धान अपनी चोंचों से फोल दिया। चावल का एक भी दाना नहीं टूटा। एकदम साफ था चावल। फोलने के बाद गौरा से कहा कि वह चावल घर ले जाये। तब बाली गौरा ने चावल की टोकरी उठायी और चली गयी नौ खंडा महल में। पहुँचकर चावल की टोकरी रखी और पारबती रानी से बोली, ''सुनो दीदी, बड़ी दीदी! मैं धान कर ले आयी, दीदी। पायली लाकर नाप लो।''

पारबती रानी ने सुना और पायल्ती लाकर चावल नापा। नापने पर चावल अनुमान से अधिक निकला। तब पारबती ने बाली गौरा को देखते हुए कहा, ''तू

आगर होलिस, गौरा! मयँ तुके तिनपुर डँड देयँदे, अगिन-डाहा देयँदे।'' बलुन चाउर-टुकना के धरली आउर नेउन भितरे ठोवली। तेबे बाली गौरा बल्ली, ''मोके अजिक पेज देस दिदी, अजिक पानी देस। मोके अँधेर भुक लागेसे।''

सुनली पारबती रानी आरु बल्ली, ''तुचो बाबा चो कमालो निंहाय ना तुचो आया चो आनलो निंहाय। मयँ तुके काहाँ ले पानी देयँदे, काहाँ ले पेज देयँदे?''

बलतो के बाली गौरा ओगाय होली। भुके-भुके आसे। पारबती रानी हुनके सोड़मी ने पानी देय ना चिपड़ी ने पेज। असने-असने धान काँडलो, आट दिन होली। तेबे पारबती रानी बलेसे बाली गौरा के, ''घरे गोटोक दारु निंहाय, नोनी। तुय दारु काजे जा। बिगर टैंगा बिगर बाँदन चो दारु आन। चिरवाँ दारु आन।''

बाली गौरा सुनली आरु हरबर तियार होउन नवखँड माहाल छाँडली। रुमझुम-रुमझुम रेंगली। गाड़ा-बाट, सड़क-बाट के छाँडली आरु गेली कानी मारगे। सेतबन-हेतबन-बिन्दराबन काजे गेली। तले भुबुर तपे, उपरे घाम छेके, मँजगते भुक लागे आउर झालिपिली पसना फुटे जाले बले गौरा बाट रेंगे चे। जाऊ-जाऊ बिन्दराबने अमरली आरु हुता बसुन गागेसे। मुँडे हात दिलिसे गौरा आउर मुँड के पेटी होउन-होउन गागेसे। हुनके दखलो सिंदकोड़का आरु हुनचो लगे एउन बलेसे, ''सुन नोनी, बाली गौरा! तुके काय डँड होली, नोनी? तुके काय चो कमती होली बइन गुनुक तुय बिन्दराबने इलिसिस आरु तिनपुर रोना रोवसिस? गगई चो मारे तुचो आँखी बेल होलिसे, मूँ के बोतनी धरलिसे। तुचो देंहे लाखड़ी असन दखा देयसे, मुँड के गुड़ा धरलिसे। तुके काय बिपती पड़ली गौरा, तुय मोके साँग।''

बाली गौरा बल्ली, ''सुना दादा बड़े भाई! मोचो काय डँड के साँगेंदे, दादा? मयँ काय डाहा के साँगेंदे? साँगले कहनी आय दादा, गावले गित आय। बड़े दिदी चो डँड दादा, पारबती रानी चो डँड तिनपुर आय। बिगर बाँदन बिगर टैंगा चो लकड़ी काजे मोके पठालिसे, दादा। चिरवाँ लकड़ी आन, फोड़वाँ लकड़ी आन बल्लिसे। नीं निले दादा मोचो सिर-चुँदी के धरुआय आउर अमली-झुटी ने झोड़ुआय। तिनपुर मरई मारुआय, दादा। घर ले निकराउन देउआय। मयँ काय माथे लकड़ी नेयँदे, दादा? मयँ एचोय काजे गागेंसे।''

सुनलो सिंदकोड़का आरु बल्लो, ''तेचो काजे तुय नीं गाग, नोनी। मयँ लकड़ी गोंदुन देयँदे, गाड़ी भर लकड़ी गोंदुन देयँदे।'' बलुन सिंदकोड़का लकड़ी गोंदुन जायसे। गाड़ी भर लकड़ी कोड़कलो सिंदकोड़का। चिरवाँ लकड़ी गोंदलो आरु बाली गौरा के बल्लो, ''तुय एचोय काजे गागिस, नोनी। एदे लकड़ी ने। चिरवाँ लकड़ी ने, फोड़वाँ लकड़ी ने।'' बलुन सिंदकोड़का दादा जाते गेलो।

तो मुझ से भी अधिक बढ़ गयी है, गौरा! मैं तुझे बहुत कष्ट दूँगी। आग-सी डाह दूँगी।'' और चावल की टोकरी भीतर ले गयी। तब बाली गौरा ने कहा, ''मुझे थोड़ी-सी पेज दो, दीदी। थोड़ा-सा पानी दो। मुझे बहुत भूख लगी है।''

पारबती ने सुना और बोली, ''तेरे बाप की कमाई नहीं रखी है, और न तुम्हारी माँ की ही। मैं तुझे कहाँ से पानी दूँगी और कहाँ से पेज?''

सुनकर बाली गौरा चुप हो गयी। वह भूखी ही रह गयी। पारबती उसे न तो सोड़मी[10] में पानी देती न चिपड़ी[11] में पेज। इस तरह उसे धान कूटे आठ दिन बीते। तब पारबती रानी बाली गौरा से कहने लगी, ''घर में एक भी लकड़ी नहीं है, नोनी। तू लकड़ी के लिए जा। बिना कुल्हाड़ी और रस्सी की सहायता से लकड़ी ला। चिरी हुई लकड़ी लाना।''

बाली गौरा ने सुना और जल्दी तैयार होकर नौ खंडा महल से चल पड़ी। जल्दी-जल्दी चलने लगी। बैलगाड़ी वाली राह और पक्की सड़क छोड़कर पैडगरी पर जाने लगी। सेतबन-हेतबन-बिन्दराबन होती हुई चलने लगी। उसके पाँव धरती की तपन से जलने लगे, सिर पर तेज धूप चिलकने लगी, भूख लग आयी और सारा शरीर पसीने से लथपथ हो गया। किन्तु गौरा तब भी चली जा रही थी। जाते-जाते वह बिन्दराबन जा पहुँची और वहाँ बैठकर रोने लगी। गौरा सिर पीट-पीटकर रो रही थी। तब उसे देखा सिंदकोड़का[12] ने और उसके पास आकर कहने लगा, ''सुन नोनी, बाली गौरा! तुझे क्या कष्ट हो गया, नोनी? तुझे किस चीज की कमी हो गयी जिसके कारण तुम बिन्दराबन में आयी हो और रो रही हो? रोते-रोते तुम्हारी आँखें सूज गयी हैं और मुख म्लान हो गया है! तुम्हारी देह राख की तरह दिख रही है, सिर पर घोंसला-सा बना हुआ है! तुझ पर कौन-सी विपत्ति आ पड़ी है गौरा, मुझे बता।''

बाली गौरा ने कहा, ''सुनो दादा, बड़े भाई! मैं अपने किस कष्ट की बात तुम्हें बताऊँ, दादा? बताऊँगी तो कहानी बन जाएगी दादा, गाऊँगी तो गीत बनेगा। बड़ी दीदी द्वारा दिये गये कष्ट हे दादा, बहुत भयंकर हैं। उसने मुझे कुल्हाड़ी और रस्सी की सहायता लिए बिना लकड़ी लेने को भेजा है, दादा। चिरी लकड़ी के लिए भेजा है। नहीं ले गयी दो वह मेरे केश पकड़कर इमली की टहनी से मुझे बहुत मारेगी। वह मुझे घर से निकाल देगी। मैं किस तरह लकड़ी ले जाऊँ, दादा? यही सोचकर रो रही हूँ।''

सिंदकोड़का ने सुना और कहा, ''इतनी-सी बात के लिए तुम मत रोओ, नोनी। मैं लकड़ी काट दूँगा। पूरी एक गाड़ी लकड़ी काट दूँगा।'' ऐसा कह उसने लकड़ी कुतर दी। गाड़ी भर लकड़ी कुतरी। फिर चीर दिया और बाली गौरा से कहा, ''तू इसी के लिए रो रही थी, नोनी। यह ले, लकड़ी ले जा। चिरी लकड़ी

लकड़ी के दखली बाली गौरा आउर 'एके काय ने बाँदुन नेयँदे?' बलते फेर तो गागुक धरलिसे। इतरो ने हुनके दखली नाँग साप आउर हुनचो लगे एउन पुछली, ''सुन नोनी, बाली गौरा! तुय काय काजे गागसिस, नोनी? तुके काय बिपती पड़ली, तुय मोके साँग।''

बलतो के बाली गौरा बल्ली, ''मयँ तुके काय डँड के साँगेंदे दादा, काय डाहा के साँगेंदे? पारबती दिदी चो डँड दादा अटपट आय। तिनपुर डँड करेसे, दादा। बिगर बाँदन बिगर टैंगा चो लकड़ी काजे पठालिसे। चिरवाँ लकड़ी फोड़वा लकड़ी आन बल्लिसे। बड़े दादा इलो आरु लकड़ी छिलपुन दिलो मान्तर मयँ काय ने बाँदुन एके घरे नेयँदे? चिरवाँ लकड़ी-फोड़वाँ लकड़ी निले जाले तो मोके खाउक-पिउक देउआय दादा, नाहले मोचो खाँद चो लुगा के धरुआय आउर तिनपुर मरई मारुआय। मोक घर ले बाहिर निकराउन देउआय, दादा। मयँ काय माथे लकड़ी नेयँदे बलते गागेंसे।''

सुनली नाँग साप आरु बल्ली, ''तेचो काजे नीं गाग, नोनी। मयँ लामे-लाम होयँदे। तुय मोचो उपरे लकड़ी रच। रचलो पाछे मयँ आरी-भिरी होयँदे। तुय लकड़ी के बोहुन ने आउर धिरे मँडाव। मयँ पाछे हुन थान ले निकरुन एयँदे।'' बलुन नाँग साप लामे-लाम होली। तेबे बाली गौरा हुनचो उपरे दारु के रचली। रचतो के नाँग साप आरी-भिरी होली। तेबे बाली गौरा उचट मारुन दारु-भारा के बोहली आरु नवखँड माहाले नेउन धिरे मँडाउन दिली। मँडाउन देतो के नाँग साप निकरुन जाते गेली। जातो के गौरा पुने पारबती रानी के हाक दिली आरु बल्ली, ''सुन दिदी, बड़े दिदी! मयँ चिरवाँ लकड़ी आनले दिदी, फोड़वाँ लकड़ी आनले। एदायँ मोके अजिक पेज दे, अजिक भात दे दिदी। मोके अँधेर भुक लागेसे।''

पारबती सुनली आरु बल्ली, ''तुय कमाउन आनुन नीं ठोवलिसिस गौरा। मयँ तुके काहाँ चो पेज देयँदे आरु काहाँ चो भात देयँदे?''

बलतो के गौरा फेर भुके-भुके आसे। पारबती हुनके खाउक पेज देय ना घसुक तेल, ना कोरुक ककई नीं देय। गौरा चो मुँड के गुड़ा धरलिसे, देंहे लाखड़ी होलिसे आउर तिनपुर भुक लागलिसे हुनके। असने-असने एक दिन ले दुय दिन, दुय ले आट दिन होली। पारबती पुने गोटोक हाँडी के सात ठान काना करली आउर बाली गौरा के बल्ली, ''सुन नोनी बाली गौरा! घरे चुलू भर पानी निंहाय, नोनी। बुँद भर पानी निंहाय। तुय गँगा नाँद के भर, जोड़ी नाँद के भर।''

बलतो के गौरा मुँडे बाहनी धरली, पानी हाँडी धरली आरु गेली बन्धासागरे। घाटे बसुन गागुक धरली। हुनके दखला मेंडका रासी आरु इला गौरा लगे। पुछला,

ले जा।'' और चला गया। लकड़ी को देखकर बाली गौरा 'इसे किसमें बाँधकर ले जाऊँ?' कहती फिर से रोने लगी। तब उसे देखा नाग साँप ने। वह रेंगता हुआ उसके पास गया और बोला, ''सुन नोनी, बाली गौरा! तू किसलिए रो रही है, नोनी? तुझ पर कौन-सी विपत्ति आ पड़ी है, तू मुझे बता।''

ऐसा कहने पर बाली गौरा बोली, ''मैं तुमसे अपने किस कष्ट की बात करूँ, दादा? पारबती दीदी द्वारा दिये गये कष्ट अपरिमित हैं। वह बहुत दुःख देती है, दादा। बिना रस्सी और बिना कुल्हाड़ी की सहायता से लकड़ी लाने को कहा। चिरी लकड़ी के लिए भेजा है उसने। बड़े दादा ने आकर लकड़ी काट और चीर दी। किन्तु इसे मैं किसमें बाँधकर ले जाऊँगी? चिरी लकड़ी ले जाने पर वह मुझे भोजन देगी अन्यथा मेरा आँचल पकड़कर मुझे बहुत मार मारेगी। मुझे घर से बाहर निकाल देगी, दादा। मैं कैसे लकड़ी ले जाऊँगी, यही सोच कर रो रही हूँ।''

नाग साँप ने सुना और कहा, ''इतनी-सी बात के लिए मत रो, नोनी। मैं लम्बा हो जाता हूँ। तू मेरे ऊपर लकड़ियाँ रख। फिर मैं लकड़ी से लिपट जाऊँगा तब तू लकड़ी उठाकर ले जाना और धीरे से रखना। मैं वहाँ से निकलकर आ जाऊँगा।'' ऐसा कह नाग साँप लम्बा हो गया। तब बाली गौरा ने उसके ऊपर लकड़ियाँ रखीं। नाग साँप लकड़ी के ढेर से लिपट गया। तब बाली गौरा ने लकड़ी का गट्ठा उठाया और नौ खंडा महल में ले जाकर धीरे से रख दिया। नाग साँप वहाँ से निकलकर वापस चला गया। उसके जाने पर गौरा ने पारबती रानी को बुलाया और कहा, ''सुनो दीदी, बड़ी दीदी! मैं चिरी हुई लकड़ी लेकर आ गयी, दीदी। अब मुझे थोड़ा-सा पेज और थोड़ा-सा भात दो। मुझे बहुत भूख लगी है।''

पारबती ने सुना और बोली, ''तूने कमाकर नहीं ला रखा है, गौरा। मैं तुझे कहाँ से पेज और भात दूँगी?''

सुनकर गौरा चुप हो गयी। वह भूखी रह गयी। पारबती उसे न तो खाने को पेज देती न चुपड़ने को तेल और न केश सुलझाने को कंघी। गौरा का सिर घोंसले की तरह दिखने लगा था और शरीर राख की तरह। उसे अत्यधिक भूख लगी थी। इस तरह एक से दो और दो से आठ दिन बीत गये। पारबती ने अब एक हंडी में सात छेद किये और उसे बाली गौरा को देकर कहा, ''सुन नोनी, बाली गौरा! घर में चुल्लू भर पानी नहीं है, नोनी। बूँद भर पानी नहीं है। तू दोनों हंडों को पानी से भर।''

ऐसा कहने पर गौरा ने सिर पर गुँडरी रखी और हंडी लेकर गयी सरोवर में। पनघट में बैठकर रोने लगी। उसे रोते देख मेंढकों का दल उसके पास आया।

"सुन नोनी, बाली गौरा! तुके काय चो कमती होली, नोनी? तुके काय बिपती पड़ली गुने तुय घाटे बसुन गागसिस? तुय हामके साँग।"

बलतो के बाली गौरा बल्ली, "सुना बाई मेंडकी रासी! पारबती दिदी गोटोक हाँडी के सात ठान काना करली आरु मोके हुनी हाँडी ने पानी आन बल्लिसे। जोड़ी नाँद के भर बल्लिसे। मयँ काना हाँडी ने कसन करुन बले पानी नेयँदे, बाई? एचोय काजे गागेंसे।"

मेंडका रासी बल्ला, "तुय एचो काजे नीं गाग, नोनी। हामी काना मन ने बुजी होउँदे। तुय पानी भर आउर नेउन धिरे मँडाउन दे। हामी हुता ले उठुन एवाँ।" बल्ला आरु काना मन ने बुजी होला मेंडका रासी। तेबे बाली गौरा पानी डुमली आरु होहड़ा-दुहड़ा नेउन गँगा नाँद के भरली। आखरी हार नेउन हाँडी के धिरे मँडाउन दिली। तेबे मेंडका रासी हाँडी ले निकरला आरु गेला। तेबे बाली गौरा पारबती रानी के हाक दिली आरु बल्ली, "एदे दिदी, मयँ गँगा नाँद भरले। जोड़ी नाँद भरले। मोके चिपड़ी ने पेज देस दिदी, सोड़मी ने पानी देस। मोके तिनपुर भुक लागेसे, दिदी। उठुक भाय ना बसुक भाय। मोचो चोला थरथरुन जायसे।"

बलतो के पारबती रानी बल्ली, "तुचो आया-बाबा चो कमालो नोहाय, बाली गौरा! मयँ तुके काहाँ ले पेज-पानी देयँदे?"

बाली गौरा सुनली आरु रद्-रद्-रद्-रद् गागुक धरली। नै-नै आँचू ढाले गौरा। अरलई-करलई होय। तिनपुर रोना रोय। हुसने-हुसने एक दिन ले दुय दिन, दुय ले आट दिन होली। तेबे गोटोक दिन पारबती रानी भेलवाँ तेल ने लुगा लगाली आरु हुनके काचुन आन बलते बल्ली बाली गौरा के, "सुन नोनी, बाली गौरा! लुगा काचुकलाय ने नोनी। लुगा काचुन आन। कोरा कागज असन रहो, लएनसुक असन रहो। कपड़ा ने अजिक बले दाग रली जाले नोनी तुके मयँ भलई नीं करें। घर ले निकराउन देयँदे।'

सुनली बाली गौरा आउर लुगा-हाँडी बोहुन रुमझुम-रुमझुम रेंगली। गेली बन्धासागरे। लुगा-हाँडी मँडाली आरु घाटे बसुन गागेसे। समुँद हुन पाट रहे बकुला। हुन दखलो आरु 'नोनी काय काजे गागेसे?' बलते हुनचो लगे इलो। पुछलो, "सुन नोनी, बाली गौरा! तुके काय चो कमती होली, बइन? तुके काय बिपती पड़ली गुनुक तुय बन्धासागरे इलिस आरु घाटे बसुन गागसिस?"

बलतो के बाली गौरा बल्ली, "सुन दादा बकुला! मयँ तुके काय डँड के साँगेंदे, दादा? काय डाहा के साँगेंदे? बड़े दिदी चो डँड दादा तिनपुर आय। हुन भेलवाँ तेल ने लुगा लगाली आरु मोके हुनके काचुन आन बल्लिसे। कोरा कागज असन रहो, लएनसुन असन रहो बल्लिसे। कपड़ा ने छिटका नीं रहो ना दाग नीं रहो, बल्लिसे। कपड़ा ने अजिक असन बले दाग रली जाले हुन मोके तिनपुर

मेंढक उससे पूछने लगे, ''सुन नोनी, बाली गौरा! तुझे किस वस्तु की कमी पड़ गयी है, नोनी? तुझ पर कौन-सी विपत्ति आ पड़ी है जिसके कारण तू पनघट में बैठकर रो रही है तू हमें बता।''

यह सुनकर बाली गौरा बोली, ''सुनो बाई मेंढकियों! पारबती दीदी ने इस हंडी में सात छेदकर मुझे इसमें पानी भरने का कहा है। दोनों हंडों को इसी हंडी में पानी ले जाकर भरने को बोली है। मैं छेदोंवाली इस हंडी में पानी कैसे ले जाऊँगी, बाई? इसीलिए मैं रो रही हूँ।''

मेंढकों ने कहा, ''तू इतनी-सी बात के लिए मत रो, नोनी। हम छेदों में चिपक जाएँगे। तू पानी भरकर ले जा और धीरे से रख देना। हम वहाँ से उठ कर आ जाएँगे।'' ऐसा कहकर सारे मेंढक हंडी के भीतर जा छेदों में चिपक गये। तब बाली गौरा ने पानी भरा और ले जाकर दोनों हंडे भरे। अन्तिम बार उसने हंडी धीरे से रख दी। तब सारे मेंढक हंडी से निकलकर चले गये। तब बाली गौरा ने पारबती रानी को आवाज दी, ''यह लो दीदी, मैंने दोनों हंडे पानी से भर दिये। मुझे अब चिपड़ी में पेज और सोड़मी में पानी दो। मुझे अत्यधिक भूख लग रही है, दीदी। न उठने का मन करता न ही बैठने का। मेरी देह काँप रही है।''

यह सुनकर पारबती रानी बोली, ''तेरे आया-बाबा की कमाई नहीं, बाली गौरा! मैं तुझे कहाँ से पेज-पानी दूँगी भला?''

बाली गौरा ने सुना और फूट-फूटकर रोने लगी। उसकी आँखों से आँसू की धार बह चली। वह आकुल-व्याकुल होने लगी। बहुत रोने लगी। इस तरह एक से दो, दो से आठ दिन बीते। तब एक दिन पारबती रानी ने भेलवाँ[13] के तेल में कपड़े डुबाये और बाली गौरा से उन्हें धो लाने को कहा, ''सुन नोनी, बाली गौरा! कपड़े धोने ले जा, नोनी। कपड़े धोकर ला। कपड़े कोरे कागज की तरह साफ दिखें। कपड़ों में थोड़ा-सा भी दाग रह गया तो नोनी तुम्हारी खैर नहीं। घर से निकाल दूँगी।''

यह सुनकर बाली गौरा ने कपड़ों की हंडी उठायी और जल्दी-जल्दी चली गयी सरोवर में। कपड़ों की हंडी रखकर पनघट पर बैठ रोने लगी। समुद्र के उस पार था बगुला। उसने देखा और 'नोनी किसलिए रो रही है?' कहता उसके पास गया। पूछा, ''सुन नोनी, बाली गौरा! तुझे किस चीज की कमी हो गयी, बहिन? तुझ पर कौन-सी विपत्ति आ पड़ी जिसके कारण तू सरोवर में आयी और पनघट पर बैठकर रो रही है?''

ऐसा कहने पर बाली गौरा ने कहा, ''सुन बगुला दादा! मैं तुम्हें अपना कौन-सा कष्ट बताऊँ, दादा? कौन-सी तकलीफ बताऊँ? बड़ी दीदी के द्वारा दिये जानेवाले कष्ट अपरिमित हैं। उसने भेलवाँ के तेल में कपड़े डुबाकर उन्हें मुझे

मरई मारुआय, दादा। मोके घर ले निकराउन देउआय। मयँ काय माथे कपड़ा काचेंदे बलते गागेंसे, दादा।''

तेबे बकुला बल्लो, ''तेचो काजे नीं गाग, गौरा। मयँ मँजी दिगे जाउन पुरन-पान ने उबेंदे। तुय मोके दखुन-दखुन कपड़ा काच।'' बल्लो आरु मँजी दिगे जाउन पुरन-पाना ने उबलो। तेबे हुनके दखुन-दखुन गौरा कपड़ा काचली। काचतो के भेलवाँ दाग लएनसुक असन हिटली। कपड़ा ने कोनी लगे दाग दखा नीं देय असन छुकछुका होली। तेबे गौरा पुने आँगे असनाँद होली, सुका कपड़ा पिंदली। सुकालो कपड़ा मन के सकल्ली आरु मोडरी बाँदुन बन्धासागर छाँडली। गेली नवखँड माहाले। कपड़ा-मोडरा उताराली आरु दिदी के बल्ली, ''एदे दिदी, मयँ कपड़ा काचुन आनले। कपड़ा के उगालुन दख।''

बलतो के पारबती कपड़ा के उगालुन दखेसे जे कपड़ा छुकछुका रहे। कोनी लगे तिल इतरो बले दाग नीं रहे। एके दखुन पारबती बाली गौरा के खयरा-खयरा, टेड़गा-टेड़गा दखली आरु बल्ली, ''तुय तो मोचो ले बले आगर होलिस, गौरा। जा, तुके मयँ तिनपुर डँड करेंदे। मयँ अगिन-डाहा देयँदे तुके।'' बलते पारबती गौरा के खाउक अनाज नीं देय ना पिंदुक कपड़ा नीं देय। गौरा भुके-भुके आसे। होऊ-होऊ आट दिन होली, पँदरा दिन होली। पारबती लाखड़ी-लुगा लगाली आरु बाली गौरा के हुनके काचुन आन बल्ली। बलतो के काय तो करती ता गौरा! लुगा-हाँडी बोहली आरु गेली कपड़ा काचुकलाय बन्धासागरे। गेली आरु कपड़ा काचुन आनली आरु 'मोके खाउक दे, दिदी' बल्ली। मान्तर तेबे ले बले पारबती गौरा के खाउकलाय नीं चे देय। भुके-भुके आसे गौरा। असने-असने एक दिन ले दुय दिन, दुय दिन ले होऊ-होऊ आट दिन होली। होतो के पारबती बलेसे, ''जा रे नोनी बाली गौरा। गोबर पकाव।'' बल्ली आरु गौरा के गाय-अड़गना ने मारली। मारतो के गौरा के लहू-धार बोहली। गौरा पुने घिरलुन-घोंडरुन गागे। तिनपुर मरई मारली पारबती गौरा के। गौरा मार खादली आउर गोबर पकाली। गोबर पकालो आट दिन पाछे पारबती फेर दुआर बड़ाउक बल्ली गौरा के। तेबे गौरा दुआर बड़ाते रहे आउर हुदलयदायँ पारबती हुनके बाहरी-मुठा ने मारली। मारतो के गौरा फुट् नाय घसरली आउर फेर डर काजे टुँग् नाय उठली। फेर असने-असने पारबती हुनके बरतन माँजतो काजे तियारली। गौरा बरतन माँजते रहे आरु पारबती हुनके लात ने खुँदली। खुँदतो के गौरा बरतन सँगे घसरली। फेर गोटोक दिन तियारली छेरी-कोठरली के बड़ातो [14] काजे। सुनली गौरा आउर छेरी-कोठरली के बड़ाते [15] रहे तेबे पारबती फेर हुनके अड़गना-अड़गना मारली। मारतो के लहू-लोहान होली गौरा। बिचार करली, ''एचोय काजे मोके आया-बाबा बरजना गोठ बलते रहोत मान्तर मयँ हुन मन चो गोठ के नीं धरले। एदायँ इथा मोके तिनपुर

धोने को कहा है। कपड़े कोरे कागज की तरह साफ हों, कहा है। कपड़ों में थोड़ा-सा भी दाग रह जाने पर वह मुझे बहुत मारेगी, दादा। मुझे घर से निकाल देगी। मैं किस तरह कपड़े धोऊँ, यही सोचकर रो रही हूँ, दादा।''

तब बगुले ने कहा, ''इस बात के लिए मत रो, गौरा। मैं समुद्र के बीच में जाकर पुरइन के पत्ते पर खड़ा हो जाऊँगा। तू मुझे देख-देखकर कपड़े धो।'' और उड़कर समुद्र के बीच में पुरइन के पत्ते पर जा खड़ा हुआ। तब गौरा ने उसे देख-देखकर कपड़े धोये। कपड़ों के सारे दाग धुल गये। एकदम साफ-शफ्फाक हो गये कपड़े। तब गौरा ने स्नान कर सूखे कपड़े पहने। सूखे कपड़े समेटे और गठरी बाँधकर सरोवर से चल पड़ी। गयी नौ खंडा महल में। कपड़ों की गठरी रखी और दीदी से कहा, ''यह लो दीदी, मैं कपड़े धो आयी। तुम ये कपड़े देख लो।''

यह सुनकर पारबती ने कपड़ों की गठरी खोली तो देखा, सारे-के-सारे कपड़े एकदम साफ थे। कहीं पर भी दाग का कोई चिह्न तक न था। इसे देख पारबती बाली गौरा की ओर आग्नेय नेत्रों से देखती हुई बोली, ''तू तो मुझसे भी आगे निकल गयी है, गौरा। जा, तुझे तो मैं बहुत कष्ट दूँगी। मैं तुझे आग की तरह ताप दूँगी।'' वह गौरा को न तो खाने को अनाज देती और न पहनने को कपड़े। गौरा भूखी रहने लगी। इस तरह आठ-पन्द्रह दिन बीते। पारबती ने अब राख में कपड़े डुबाये और बाली गौरा से उन्हें धो लाने को कहा। क्या करती गौरा! कपड़ों की हंडी उठाकर गयी उन्हें धोने सरोवर में। वहाँ से कपड़े धोकर आयी और 'मुझे खाने को दो, दीदी' कहा। किन्तु तब भी पारबती ने गौरा को भोजन नहीं दिया। वह भूखी ही रह गयी। इस तरह फिर एक से दो, दो से तीन होते-होते आठ दिन बीते। तब पारबती कहने लगी, ''जा नोनी, बाली गौरा। गोबर फेंक।'' और गौरा को गाय-अड़गना[16] से मारा। गौरा के शरीर से लहू की धार बहने लगी। गौरा वहीं गिर पड़ी और रोने लगी। पारबती ने तब भी उस पर कोई दया नहीं दिखायी और उसे मारती ही चली गयी। तब गौरा ने मार खाकर भी गोबर फेंका। गोबर फेंके आठ दिनों के बाद पारबती ने द्वार झाड़ने को कहा। तब वह द्वार झाड़ने लगी। तभी पारबती ने उसे झाड़ू से मारा। मारने पर गौरा फट् से गिर पड़ी किन्तु मारे डर के तुरन्त उठ खड़ी हुई। इस तरह पारबती ने एक दिन उसे बर्तन माँजने को कहा। गौरा बर्तन माँज ही रही थी कि पारबती ने उसे लात से मारा। मार खाकर गौरा बर्तन के साथ ही गिर पड़ी। फिर एक दिन पारबती ने गौरा से बकरी का कोठा साफ करने को कहा। वह अभी साफ-सफाई कर ही रही थी कि पारबती ने फिर उसे अड़गना से पीटा। वह लहूलुहान हो गयी। तब गौरा विचार करने लगी, 'इसीलिए आया-बाबा मुझे मना करते थे

डँड जायसे' बलते रद्-रद्-रद्-रद् गागुक धरली। बले काय तो करती ता! रहुके पड़लिसे हुनके हुता। डँड होओ की दुख होओ। आसे भुके-भुके गौरा। हुनचो मुँड के गुड़ा धरलिसे, देंहे लाखड़ी असन दखा देय। अगिन-डाहा होय हुनके। गोटोक दिन फेर गौरा घर बड़ाते रहे आउर पारबती फेर बाहरी-मुठा सँगे मारली हुनके। करेया पसना फुटली गौरा के। आइँख-कान अँधार पड़ली। तेबे गौरा गागते-गागते बल्ली पारबती के, ''सुन दिदी, बड़े बइन! मोचो कान-नाक बुजी होयसे, दिदी। मोचो आइँख-कान अँधार पड़ेसे। मोके चिपड़ी ने पेज देस, सोड़मी ने पानी देस।''

बलतो के पारबती बलेसे, ''तुके मयँ चिपड़ी ने पेज देऊ नोहायँ गौरा ना सोड़मी ने पानी देऊ नोहायँ। तुय मोचो छाती ने भाला गाड़लिस। हाँडी ने परई ढाकलिस। मोचो खातो बाटा के झिकलिस! मोचो ले आगर होलिस तुय। तुय जा नूँ गाय चराउक ने तेबे तुके मयँ पेज देयँदे।''

सुनली गौरा आरु गेली गाय-कोठा ने। गाय-बैला के ढिलुन निली चराउक। खमन ने जाउन सिरबुड़गी गाय के बल्ली, ''सुन आया, सिर बुड़गी! मोके तिनपुर भुक लागेसे, आया। काहाँय बुलुक नीं भाय मोके। तुमी इथाय बसू राहा। मोके छाँडुन नीं जाहा। छाँडुन गेले मोके दिदी अयसा मारेदे।''

बलतो के सिरबुड़गी गाय बल्ली, ''सुन नोनी, बाली गौरा! तुय रुख-छाँय ने रा। हामी एई लगे-लगे बुलुन-बुलुन चारा चरुँदे। दिन बुड़ले हामी तुचो लगे बोहड़ुन एउँदे। तेबे सँगे घरे जावाँ।'' बलतो के 'हव' बल्ली गौरा। तेबे सिरबुड़गी गाय सब-गाय बैला के निली चराउक। गौरा पुने रुख-छाँये आँचर ओछाउन सोउन दिली। तिनपुर डाहा मारे गौरा के। गाय-बैला मन गुलाय मँजन चरला आरु साँज होतो के गौरा लगे बोहड़ुन इला आरु 'दिन बुड़ली गौरा, घरे जावँ' बल्ला। बलतो के गौरा लोंहदर लमाउन गाय-बैला के घरे आनली। कोठा ने ढाकली आरु दिदी लगे जाउन बल्ली, ''दिदी! मयँ गाय चराउन आनले। एदायँ मोके सोड़मी ने पानी, चिपड़ी ने पेज दे।''

सुनली पारबती आरु रिसे-रिस बल्ली, ''तुचो आया चो आनलो नोहाय ना तुचो बाबा चो ठोवलो नोहाय। मयँ काहाँ ले पेज देयँदे आउर काहाँ ले पानी देयँदे तुके? तुय काय समँजलिसिस, नोनी? मयँ तुके तिनपुर डँड करेंदे। अगिन-डाहा देयँदे तुके मयँ।''

असने-असने एक दिन ले दुय, दुय दिन ले आट दिन होली। तेबे पारबती फेर बल्ली, ''सुन नोनी, बाली गौरा। छेरी चराउक ने। छेरी चराउन इलिस जाले तुके खाउक देयँदे।''

बलतो के गौरा छेरी-कोठरली ने गेली आरु छेरी मन के ढिलुन चराउक निली। निली तो मान्तर हुनके रेंगुक भाय ना उबुक भाय। करेया पसना छुटे।

किन्तु मैंने उनकी बात नहीं मानी। अब मुझे यहाँ असहनीय कष्टों का सामना करना पड़ रहा है' और फूट-फूटकर रो पड़ी। लेकिन अब वह क्या कर सकती थी भला! उसे वहाँ रहना ही पड़ा। चाहे कष्ट हो या दु:ख। गौरा भूखी रहने लगी। उसका सिर घोंसला-सा हो गया था और शरीर राख की तरह। आग की जलन-सा कष्ट होने लगा था उसे। फिर एक दिन की बात। गौरा घर की सफाई कर रही थी कि पारबती ने उसे फिर से बुहारी से पीटा। गौरा के शरीर से काला पसीना निकलने लगा। तब गौरा ने रोते-रोते पारबती से कहा, ''सुनो दीदी, बड़ी बहिन! मेरे कान-नाक बन्द होने लगे हैं, दीदी। मेरी आँखों के सामने अँधेरा छाने लगा है। मुझे चिपड़ी में पेज और सोड़मी में पानी दो।''

यह सुनकर पारबती कहने लगी, ''तुझे मैं न तो चिपड़ी में पेज दूँगी गौरा न सोड़मी में पानी। तूने मेरी छाती में भाला गाड़ा है। हंडी में परई ढँका है। मेरे भोजन का हिस्सा झटका है। तू मुझसे आगे बढ़ गयी है। तू गाय चराने जा तब मैं तुझे पेज दूँगी।''

बाली गौरा ने सुना और गाय-कोठा में गयी। गाय-बैलों को खोलकर चराने ले चली। जंगल में जाकर सबसे बूढ़ी गाय से बोली, ''सुन आया, सिरबुड़गी[17]! मुझे अत्यधिक भूख लग रही है, आया। मुझे कहीं भी जाने का मन नहीं करता। तुम सब यहीं बैठी रहो। मुझे छोड़कर मत जाना। छोड़कर जाने पर दीदी मुझे बहुत मारेगी।''

ऐसा कहने पर सिरबुड़गी गाय बोली, ''सुन नोनी, बाली गौरा! तू पेड़ की छाँव तले रह। हम यहीं आस-पास घूम-घूमकर चारा चरेंगे। दिन डूबने पर तुम्हारे पास वापस आ जाएँगे। तब सँग में घर जाएँगे।'' सुनकर गौरा ने 'हाँ' कहा। तब सिरबुड़गी गाय बाकी सभी गाय-बैलों को चराने ले गयी। गौरा पेड़ की छाँव में आँचल बिछाकर सो गयी। गौरा को बहुत व्याकुलता होने लगी। गाय-बैलों ने सारा दिन चारा चरा और साँझ होने पर गौरा के पास वापस आ गये। आकर गौरा से कहा, ''दिन डूब गया, गौरा। घर चलो।'' तब गौरा गाय-बैलों को हकाल कर घर ले आयी। कोठे में बंदकर दीदी के पास गयी और बोली, ''दीदी, मैं गाय चराकर आ गयी हूँ। अब तुम मुझे सोड़मी में पानी और चिपड़ी में पेज दो।''

पारबती ने सुना और गुस्से से बोली, ''न तो तेरी माँ का लाया हुआ है और न तेरे बाबा का लाकर रखा हुआ। मैं कहाँ से तुझे पेज और पानी दूँगी? तूने मुझे समझ क्या रखा है, नोनी? मैं तुझे बहुत कष्ट दूँगी। आग-सी तपन से जलाऊँगी तुझे।''

इस तरह एक दिन से दो, दो से आठ दिन बीते। तब पारबती ने फिर से कहा, ''सुन नोनी, बाली गौरा। तू बकरी चराने ले जा। बकरियाँ चराकर आने पर तुझे मैं खाने को दूँगी।''

यह सुनकर गौरा ने बकरियों के कोठे से बकरियों को खोला और चराने

आँखी-कान अँधार पड़े। तेबे हुन छेरी के बलेसे, "सुन बाई बुड़गी छेरी! मोके तिनपुर भुक लागेसे, बाई। अँधेरे भुक लागेसे। मोचो आँखी-कान अँधार पड़ेसे। कान-नाक चुटी होयसे। मोके उबुक भाय ना बसुक भाय। मोके दिदी चिपड़ी ने पेज देय ना सोड़मी ने पानी देय, बाई। घसुक तेल नीं देय बाई, कोरुक ककई नीं देय। पिंदुक कपड़ा नीं देय ना खाउक अनाज नीं देय। मयँ भुके-भुके आसें बाई। तुमी इथाय रले मयँ डँडिक आया-घरे जाते बाई आउर हुता ले पेज खाउन एते। मोके छाँडुन गेलास जाले दिदी मोके गारी देयदे। मोके मरते मारेदे।"

बलतो के बुड़गी छेरी बल्ली, "सुन नोनी, बाली गौरा! हामी तुके छाँडुन नीं जाऊँ। एई लगे चरते रहुँदे। तुय तुचो आया-बाबा घरे जा आउर पेज खाउन आव।"

बाली गौरा बल्ली, "नईं बाई, तुमी मोके छाँडुन गेले दिदी मोके मारुन फिंगुन देयदे।"

बुड़गी छेरी बल्ली, "माटी किरिया गौरा, हामी नीं जाऊँ। बुबा किरिया, भाई किरिया नीं जाऊँ। हामी तुचो एवत ले इथाय रहुँदे। तुय इले सँगे घरे जावाँ।"

बलतो के बाली गौरा आया-बाबा घरे गेली। 'आया-बाबा' बलते चिचयाउन-चिचयाउन थाकली मान्तर कोनी नीं उठोत। 'कपाट उघाड़ा' बले गौरा आरु हलोहाल होय मान्तर तेबे ले बले कोनी नीं चेतोत। तेबे गौरा असकट होली आरु उठाउन लात मारली कपाट के। मारतो के कपाट दुय भाग होली। गौरा नवखँड माहाले ओल्ली आरु आया-बाबा के चेतायसे मान्तर नीं चे चेतोत। तेबे गुलाय बुलुन-बुलुन दखेसे जे! चुकसा हाँडी मन उमठारलो रए। चुलू भर पानी रए ना थिपाएक पेज रए। एके दखुन गौरा बिचारली, 'छी रे मोचो तगदिर! मयँ पेज खायँदे बलते आया-बाबा घरे इले मान्तर इथा थिपाएक पेज निंहाय ना चुलू भर पानी निंहाय। मोके बसुक भाय ना उबुक भाय। आया-बाबा बले नीं चेतोत। मोचो उरलो करम आय। भोंडेया तगदिर आय' बलते तुरते बोहड़ली छेरी मन लगे। जातो के बुड़गी छेरी बल्ली, "आया-बाबा घरे गेलिस गौरा, पेज खाउन इलिस। आले एदायँ जावँ बे घरे।"

गौरा बल्ली, "सुन बाई, बुड़गी छेरी! मयँ आया-बाबा के उठाउन-उठाउन थकले बाई मान्तर हुन मन नीं चेतला। बारा साल चो निंद धरलिसे हुन मन के। मयँ टामँडुन-खोड़पुन दखले बाई, खोजुन-ढुँडुन[20] दखले। चुकता हाँडी मन उमठारलो रहे। चुलू भर पानी नीं रहे ना बुँद भर पेज नीं रहे। काहाँ ले फेर खाउन एते ता! जावँ नवखँड माहाले। दिदी के पेज माँगेंदे।" बल्ली गौरा आउर छेरी मन के सकलुन निली घरे। छेरी-कोठरली ने ढाकुन दिली आरु गेली दिदी लगे। बल्ली, "दिदी! मयँ छेरी चराउन आनले। मोके अजिक पेज दे, अजिक

ले चली। वह ले तो गयी किन्तु उससे न तो चला जाता था और न ही खड़ा रहते बनता था। उसकी आँखों के आगे अँधेरा छाने लगा। कान बहरे होने लगे। तब उसने बूढ़ी बकरी से कहा, ''सुन बाई बुड़गी छेरी[18]! मुझे बहुत अधिक भूख लग रही है, बाई। मेरी आँखों के सामने अँधेरा छा रहा है, कान बहरे हुए जा रहे हैं। नाक बन्द होने लगी है। मुझसे न तो खड़े होते बनता और न ही चलते। मुझे दीदी न तो चिपड़ी में पेज देती और न ही सोड़मी में पानी। वह न तो चुपड़ने को तेल देती बाई और न ही केश सुलझाने को ककई। पहनने को कपड़े देती न खाने को अनाज। मैं भूखी हूँ, बाई। तुम लोग यदि यहीं पर रहतीं तो मैं थोड़ी देर आया के घर जाकर वहाँ से पेज खाकर[19] आती। मुझे छोड़कर जाने पर दीदी मुझे मार डालेगी।''

ऐसा कहने पर बुड़गी छेरी ने कहा, ''सुन नोनी, बाली गौरा! हम तुझे छोड़कर नहीं जाएँगे। यहीं पास ही में चरते रहेंगे। तुम अपने आया-बाबा के घर जाओ और पेज पीकर आ जाओ।''

बाली गौरा ने कहा, ''हे बाई! तुम लोग यदि मुझे छोड़ जाओगे तो दीदी मुझे मारकर फेंक देगी।''

बुड़गी छेरी ने कहा, ''माटी की सौगन्ध गौरा, हम नहीं जाएँगे। बाबा की सौगन्ध, भाई की सौगन्ध; हम नहीं जाएँगे। हम तुम्हारे वापस आने तक यहीं रहेंगे। तुम आओगी तब सँग में घर जाएँगे।''

आश्वासन पाकर बोली गौरा आया-बाबा के घर गयी। आया-बाबा को पुकारती थक गयी किन्तु कोई भी नहीं उठा। 'कपाट खोलो' कहती वह परेशान होने लगी किन्तु तब भी कोई नहीं चेता। तब गौरा ने परेशान होकर कपाट पर लात मारी। लात मारने पर कपाट दो हिस्सों में बँट गया। तब गौरा नौ खंडा महल में घुसी और आया-बाबा को जगाने लगी किन्तु तो भी वे नहीं जागे। तब वह सब ओर घूम-घूमकर देखने लगी। सारी हंडियाँ उलटी रखी हुई थीं। उनमें न तो चुल्लू भर पानी था न बूँद भर पेज। यह देखकर गौरा ने विचार किया, 'छी: रे मेरे भाग्य! मैं। पेज पीऊँगी सोचकर आया-बाबा के घर आयी किन्तु यहाँ न तो बूँद भर पेज है और न चुल्लू भर पानी। मुझसे न तो बैठते बनता न खड़े होते। आया-बाबा भी नहीं जागते। मेरा भाग्य ही खोटा है। मेरी तकदीर खराब है' कहती वह तुरन्त बकरियों के पास वापस हो गयी। उसे देखकर बुड़गी छेरी ने कहा, ''आया-बाबा के घर गयी, गौरा। पेज खाकर आ गयी। अच्छा, अब चलो घर।''

गौरा ने कहा, ''सुन बाई, बुड़गी छेरी! मैं आया-बाबा को उठा-उठाकर थक गयी बाई किन्तु वे नहीं जागे। वे बारह वर्षों की नींद में हैं। मैंने खोज डाला। सारी हंडियाँ देख लीं मैंने किन्तु उनमें न तो चुल्लू भर पानी था न बूँद भर पेज। कहाँ से मैं खाकर आती भला! चलो नौ खंडा महल में। दीदी से पेज माँगूँगी।''

पानी दे।''

सुनली पारबती रानी आरु बल्ली, ''सुन नोनी बाली गौरा! तुय मोके नीं छल। तुय तुचो आया-बाबा घरे जाउन रलिस। हुता ले पेट-भर खाउन इलिसिस आरु इथा भुक लागेसे, बलसिस! दई-मई खादलिस गौरा, घिरी-पुरी खादलिस आरु जानू उबुक नीं होय बलसिस। तुय तिनपुर छलवारिन आस। तिनपुर खेलवारिन आस।''

बलतो के बाली गौरा बल्ली, ''माटी किरिया दिदी! मयँ जातो काजे आया-बाबा घरे गेले मान्तर हुता काहीं खाउक नीं पावले। सोड़मी ने पानी नीं रए ना चिपड़ी ने पेज नीं रहे। चुकता हाँडी मन उमठारलो रहे।''

सुनली पारबती आरु बल्ली, ''तुय तिनपुर छलसिस, गौरा। आले मयँ दतुन किटका देयँदे, तुय उल्टी कर नूँ। एब्बे दखा देयदे।''

बलतो के गौरा 'आले दे, दिदी' बल्ली। तेबे पारबती रानी हुनके दतुन किटका दिली। देतो के गौरा दतुन किटका ने कोचक-कोचक करुन उल्टी करली। उल्टी करतो के घिरी-पुड़ी, दुध-खिर, दई-मई निकरली। हुनके दखुन पारबती रानी गौरा के बल्ली, ''दखलिस, गौरा! तुय नीं खायँ नीं खायँ बलते रहिस जे! ए सब काय आय तेबे? काहाँ चो खिर-भात आय, काहाँ चो दई-मई आउर घिरी-पुड़ी आय? तुय तो तिनपुर खेलवारिन आस।'' बलते घिरलाउन-घोंडराउन गौरा के मारली। तिनपुर मरई मारली हुनके। आपटुन-कचाड़ुन मारली आउर हुनचो पनेया, चुड़ी, ककई, कान चो खिलवाँ आउर टोडरा-माला के छाँडुन सब गाहना के झिकुन 'हुनी बाटे जा' बलते घर ले निकराउन दिली।

सन्दर्भ

1. हाँडी ने परई ढाकतो (मुहावरा)।
2. खातो बाटा के झिकतो (मुहावरा)।
3. छाती ने भाला गाड़तो (मुहावरा)।
4. परई : हंडी ढँकने के लिए मिट्टी से बना ढक्कन।
5. गबदा : कोई पशु। इसे स्वयं गुरुमायँ भी स्पष्ट नहीं कर सकी हैं।
6. तिलसकराज : गुरुमायँ के अनुसार सम्भवत: मकर रेखा पर स्थित कोई नगर।
7. पँड़की : कबूतर प्रजाति की जंगली चिड़िया। छत्तीसगढ़ी परिवेश में इसे 'पँड़की' कहा जाता है।
8. रायँ करतो (मुहावरा)।
9. चटिया : गौरेया चिड़िया। इसे 'बाम्हन चड़ई' भी कहते हैं और इसे मारा या खाया नहीं जाता।
10. सोड़मी : एक बहुत ही छोटा-सा पात्र जिसमें चुल्लू भर से अधिक पानी या कोई तरल पदार्थ नहीं आ सकता।
11. चिपड़ी : एक पत्ते के दोनों सिरों को मोड़कर उसमें मदिरा पी जाती है। पत्ते के इसी रूप को 'चिपड़ी' कहा जाता है। इसमें बमुश्किल चुल्लू भर मदिरा आती है।

और सारी बकरियों को हकाल कर घर से चली। ले जाकर सबको कोठा में ढँक दिया और गयी दीदी के पास। बोली, ''दीदी! मैं बकरियाँ चरा आयी हूँ। मुझे थोड़ा-पेज और पानी दो।''

पारबती ने सुनकर कहा, ''सुन नोनी, बाली गौरा! तू मुझे मत छल। तू अपने आया-बाबा के घर गयी थी। वहाँ से भर-पेट खाकर आयी है और यहाँ भूख लग रही है, कहती है। तूने दही-मही[21] खायी, खीर-पूड़ी खायी और फिर भी खड़े होते नहीं बन रहा है, कहती है। तू बहुत छली है।''

बाली गौरा बोली, ''माटी की सौगन्ध दीदी। यह सही है कि मैं आया-बाबा के घर गयी थी किन्तु वहाँ खाने को कुछ भी न मिला। न तो सोड़मी में पानी था और न चिपड़ी में पेज। सारी हंडियाँ उलटकर रखी हुई थीं।''

पारबती ने सुना और बोली, ''तू बहुत छली है, गौरा। अच्छा, मैं तुम्हें दतौन देती हूँ। तुम उल्टी करो। अभी सब दिख जाएगा।''

ऐसा कहने पर गौरा ने 'अच्छा, दो दीदी' कहा। तब पारबती रानी ने उसे दतौन दिया। बाली गौरा ने दतौन से गले में कोंच-कोंचकर उल्टी की। देखा, खीर-पूड़ी, दही-मही की उल्टी हो रही है। उसे देखकर पारबती रानी बाली गौरा से बोली, ''देखा, गौरा! तूने नहीं खाया है कहा न! तो फिर यह सब क्या है? कहाँ की खीर है और कहाँ की दही-मही, खीर-पूड़ी है यह? तू तो बहुत ही छली है।'' ऐसा कहती वह गौरा को जमीन में घसीट-घसीटकर मारने लगी। बहुत मारा उसे। पटक-पटककर मारा और उसके पनिया[22], चूड़ी, ककई, कान के खिलवाँ[23] और गले की माला को छोड़ बाकी सारे गहने उससे छीनकर उसे 'उधर ही जा' कहती घर से निकाल दिया।

12. सिंदकोड़का : एक पक्षी जो अपनी नुकीली चोंच से लकड़ी को कुतरता है।
13. भेलवाँ : भिलवाँ। काजू प्रजाति का एक फल। इस फल का तेल कहीं लग जाये तो उसका दाग नहीं निकलता। इस फल का तेल जख्म में दवाई के रूप में काम में लाया जाता है।
14. बड़ातो : अन्य ध्वनि 'बढ़ातो'।
15. बड़ाते : अन्य ध्वनि : 'बढ़ाते'।
16. गाय-अड़गना : चोर प्रवृत्ति की गायों के गले में बाँधा जानेवाला लकड़ी का टुकड़ा।
17. सिरबुड़गी : उम्र में सबसे बड़ी, सबसे अधिक बूढ़ी।
18. बुड़गी : बूढ़ी। छेरी : बकरी।
19. पेज खाना : वस्तुतः पेज पिया जाता है, खाया नहीं। किन्तु बस्तर में तरल पदार्थ के लिए भी 'खाना' क्रिया ही प्रचलन में है।
20. ढुँडुन : नगरीय प्रभाव से आया 'ढूँढ़ना' शब्द।
21. मही : मठा।
22. पनिया : एक किस्म की छोटी कंघी। यह जूँ निकालने के काम आती है।
23. खिलवाँ : कान का आभूषण।

अधया–25

बाली गौरा चो पताल ने धसतो

घर ले निकराउन देतो के बाली गौरा गागते–बोगते जायसे। जाऊ–जाऊ मुरेया–खोर बाटे गेली। गोटोक घरे जाउन बाई के बल्ली, "मोचो मुँड चो चँवरी के धर बाई आरु मोके एक दोनी पेज देस। मोके अँधेरे भुक लागेसे बाई। मोके भुक काजे उबुक भाय ना बसुक भाय।"

बाई बल्ली, "तुय चँवरी के बिकुन खायँदे। बलसिस, गौरा? तुय चँवरी के बिकुन नीं खाइस की तुय माहादेव के बिकुन खासिस।"

बलतो के गौरा खर् नाय हुता ले बोहड़ली आरु गाँडा–खोर बाटे गेली। गोटोक घरे जाउन गँडइन बाई के बल्ली, "सुन बाई गँडइन लोग! मोके दोनाएक पेज देस, बाई। मोके तिनपुर भुक लागेसे। तुय पेज काजे मोचो पनेया के धर।"

सुनली गँडइन बाई आरु बल्ली, "तुय पनेया के बिकुन नीं खाइस गौरा!

अध्याय-25

बाली गौरा का पाताल में धँसना

घर से निकाल देने पर बाली गौरा रोती-कलपती जाने लगी। जाते-जाते वह मुरियों की गली में गयी। एक घर में जाकर बाई से कहा, ''मेरे सिर की चँवरी ले लो बाई और मुझे एक दोनी पेज दो। मुझे बहुत जोरों की भूख लगी है, बाई। भूख के मारे मुझसे खड़े होते बनता न बैठते।''

बाई बोली, ''तू अपनी चँवरी[1] को बेच खाना चाहती है, गौरा? तू चँवरी को नहीं बल्कि माहादेव को बेच खाना चाहती है।''

ऐसा कहने पर गौरा वहाँ से उल्टे पाँव लौट पड़ी और गयी गाँडा लोगों की गली में। वहाँ जाकर गँडइन बाई से कहने लगी, ''सुनो बाई गँडइन! मुझे एक दोना पेज दो, बाई। मुझे बहुत भूख लगी है। तुम पेज के लिए मेरी पनिया रख लो।''

तुय माहादेव के बिकुन खासिस!''

बलतो के गौरा हुता ले बले खर् नाय बोहड़ली आरु गेली पनारा-खोर बाटे। गोटोक घरे गेली आरु पनारिन बाई के बलेसे, ''सुन बाई, पनारिन लोग! मयँ भुक काजे मरून जायँदे बे। तुय मोचो पाँय चो पँयड़ी के धर आरु मोके दोनाएक पेज देस।''

पनारिन बाई बल्ली, ''सुन नोनी, बाली गौरा! तुय पाँय चो पँयड़ी के बिकुन नीं खाइस नोनी! माहादेव के बिकुन खासिस!''

असन बलतो के गौरा हुता ले बले बोहड़ली आरु गेली हल्बा-खोर बाटे। गेली आरु हल्बिन बाई के बल्ली, ''तुय मोचो हात चो चुड़ी पाँय चो पँयड़ी के धर, बाई। मोके दोनाएक पेज देस। मयँ भुक काजे डाहाल-बिकल होयँसे। मोचो जिव जायदे बे।''

हल्बिन बाई बल्ली, ''तुय चुड़ी आउर पँयड़ी के बिकुन नीं खाइस गौरा! माहादेव के बिकुन खासिस!''

बलतो के गौरा हुता ले बले बोहड़ली आरु गेली कलारिन-घरे। कलारिन बाई के बल्ली, ''सुन बाई, कलारिन! तुय मोचो हात चो चुड़ी आउर कान चो खिलवाँ के धर बाई। मोके दोनाएक पेज देस।''

बलतो के कलारिन बल्ली, ''तुय एक डँडिक बस, नोनी।'' आरु गोटोक पोता निकराउन दिली। तेबे बाली गौरा हुता बसली। बसतो के कलारिन बल्ली, ''सुन बाबा, बाली गौरा! तुय चँवरी के बिकुन कसन खासे नोनी, पनेया के बिकुन कसन खासे? तुके काय बिपती पड़ली, नोनी! तुके काय चो कमती होली?''

बाली गौरा बल्ली, ''मयँ तुके मोचो काय डँड के साँगेंदे बाई आउर काय डाहा के साँगेंदे? साँगले कहनी आय बाई, गावले गित आय। मोके पारबती दिदी तिनपुर डँड दिली बाई, अँधेर डाहा दिली। अगिन-डाहा दिली।'' बलते जितरो डँड रहे सबके लिखी-लिखी, बिदी-बिदी करुन साँगली, ''मयँ गाय चराउक निले बाई, छेरी चराउक निले बाई जाले बले मोके सोड़मी ने पेज नीं दिली ना चिपड़ी ने पानी नीं दिली। मोके घसतो काजे तेल, कोरुक ककई, पिंदुक कपड़ा, खाउक अनाज नीं दिली। तिनपुर डँड जाते रहे मोके, अँधेर डँड होते रयँ मयँ बाई। मोके उबुक नीं भाय ना बसुक नीं भाय। करेया पसना छुटेसे, बाई। आँखी-कान अँधार पड़ेसे।''

बाली गौरा चो डँड के सुनुन कलारिन बलेसे, ''ओगाय रा नोनी, ओगाय रा। नीं साँग बे। मोचो आँखी बाट ले आँसू निकरेसे, नोनी।'' बल्ली आरु डोबली ने चाउर दोनी ने दार, लोन-मिरी निकराउन गौरा के दिली आरु बल्ली, ''एदे

गँडइन ने सुना और बोली, ''तू पनिया को नहीं बेच खाती गौरा! तू तो माहादेव को ही बेच खा रही है!''

यह सुनकर गौरा वहाँ से उल्टे पाँव वापस हो गयी और गयी पनारों की गली में। एक घर में जाकर पनारिन बाई से कहने लगी, ''सुनो बाई, पनारिन! मैं भूख से मर जाऊँगी, बाई। तुम मेरे पाँव की पायल रख लो और मुझे एक दोना पेज दो।''

पनारिन बाई बोली, ''सुन नोनी, बाली गौरा! तू अपने पाँव की पायल को नहीं बेच खाती नोनी! तू तो माहादेव को बेच खा रही है!''

ऐसा कहने पर गौरा वहाँ से भी वापस हो गयी और गयी हल्बों की गली में। जाकर हल्बिन बाई से कहा, ''तुम मेरे हाथ की चूड़ी और पाँव की पायल रख लो, बाई। मुझे एक दोना पेज दो। मैं भूख से व्याकुल हो रही हूँ। मेरे प्राण निकल जाएँगे।''

हल्बिन बाई ने कहा, ''तू अपनी चूड़ी और पायल नहीं बेच खाती गौरा! तू तो माहादेव को ही बेच खा रही है!''

ऐसा कहने पर गौरा वहाँ से वापस हुई और कलारिन के घर गयी। उससे बोली, ''सुनो बाई, कलारिन! तुम मेरे हाथ की चूड़ी और कान के खिलवाँ रख लो, बाई। बदले में मुझे एक दोना पेज दो।''

ऐसा कहने पर कलारिन बोली, ''तू थोड़ी देर बैठ, नोनी।'' और उसने बोरा निकाल दिया। तब बाली गौरा उस पर बैठी। उसके बैठने पर कलारिन बोली, ''सुन बाबा, बाली गौरा! तू चँवरी को कैसे बेच खाएगी नोनी, पनिया को कैसे बेच खाएगी? तुझ पर कौन-सी विपत्ति आ पड़ी है, नोनी? तुझे किस चीज की कमी हो गयी है?''

बाली गौरा ने कहा, ''मैं तुम्हें अपना कौन-सा दुःख सुनाऊँ बाई? बताऊँगी तो कहानी बन जाएगी, गाऊँगी तो गीत बन जाएगा। मुझे पारबती दीदी ने बहुत अधिक कष्ट दिये, बाई। आग-सी जलन दी मुझे।'' ऐसा कहते हुए उसने सारी बीती एक-एक कर कह सुनायी, ''मैं गाय चराने गयी, बकरियाँ चराने गयी, बाई। लेकिन दीदी ने मुझे न तो चुपड़ने को तेल दिया न केश सुलझाने को ककई, न पहनने को कपड़े दिये और न खाने को अनाज। मुझे बहुत कष्ट हो रहा था, बाई। मुझसे न तो खड़े होते बनता न बैठते। मेरी देह से काला पसीना छूट रहा है, बाई। मेरे आँख-कान काम करना बन्द करने लगे हैं।''

बाली गौरा का दुःख सुनकर कलारिन बोलने लगी, ''चुप रह नोनी, चुप रह। आगे मत बता। मेरी आँखों से आँसू निकल रहे हैं, नोनी।'' और ऐसा कहते हुए उसने डोबली में चावल, दोनी में दाल और नमक-मिर्च आदि निकालकर

नोनी, तुय एके राँदुन खा।''

बाली गौरा दार-चाउर, लोन-मिरी के धरली आरु गेली बन्धासागरे। घाटे बसुन 'मोके दार-चाउर दिलिस बाई, मोके लोन-मिरी दिलिस मान्तर मयँ काय ने राँदुन खायँदे?' बलते गागुक धरली। रद्-रद्-रद्-रद् गागेसे गौरा। गागते-गागते बिचार करली, 'मयँ फेर एदायँ इथा काय काजे रहेंदे ता? जायँदे, पताले धसुन जायँदे' बल्ली आरु बन्धासागर ने बुड़ुन दिली।

बुड़ुन देतो के हुन बाटे माहादेव के गौरा चो सुरता पड़ली। तेबे माहादेव गबदा के घोड़ा चेघुन तिलसकराज ले कैलासपुर गेलो। नवखँड माहाले गेलो आरु पारबती रानी के 'मोचो गौरा काहाँ आसे?' बलते पुछेसे। तेबे पारबती बल्ली, ''सुना राजा भोलानाथ! सुना राजा जट माहादेव! तुमचो गौरा जाले बड़ा खेलवारिन आय, राजा। बड़े छलवारिन आय। हुन एदे एई खोर बाटे गेलिसे।''

सुनलो माहादेव आरु ख्र नाय फिरुन मुरेया-खोर बाटे गेलो। बाई के पुछलो, ''मोचो गौरा के दखलिस, बाई? दखलिस जाले साँग।''

मुरिन बाई बल्ली, ''होय, माहादेव राजा। मयँ तुमचो गौरा के दखले। हुन आपलो चँवरी के बिकुन नीं खाय राजा तुमके बिकुन खाते रहे।''

बलतो के माहादेव हुनके असित[2] दिलो, ''जा रे मुरिन बाई! तुय रात-दिन डोबरा छिचुन जिवना करसे।'' बलुन गाँडा-खोर के धरलो। गेलो गाँडा-खोरे आरु गँडइन बाई के पुछलो, ''सुन बाई गँडइन लोग! तुय मोचो गौरा के दखलिस बाई?''

गँडइन बल्ली, ''होय, माहादेव राजा। मयँ तुमचो गौरा के दखले। हुन आपलो चुड़ी आउर खिलवाँ के बिकुन नीं खाय राजा, तुमके बिकुन खाते रहे।''

माहादेव सुनलो आरु हुनके बले असिस दिलो, ''जा रे बाई गँडइन! तुय गाय चराउन जिवसे। बासी पसेया ने जिवसे। दिन-रात पसेया ने रसे बाई। गाय-ठेंगा आय तुचो।'' बल्लो आरु गेलो हल्बा-खोर बाटे। जाउन हल्बिन बाई के पुछलो, ''तुय मोचो गौरा के दखलिस, बाई?''

बलतो के हल्बिन बाई बल्ली, ''होय, माहादेव राजा। मयँ तुमचो गौरा के दखले। हुन आपलो चुड़ी आउर पँयड़ी के बिकुन नीं खाय राजा, तुमके आपलो चुड़ी आउर पँयड़ी के बिकुन नीं खाय राजा, तुमके बिकुन खाते रहे।''

सुनलो माहादेव आरु हुनके बले असिस दिलो, ''जा रे बाई हल्बिन! तुय दिन-रात चिवड़ा कुटसे। लाई फोड़ुन जिवना करसे।'' बल्लो आरु गेलो कोस्टा-खोर बाटे। कोस्टिन बाई के पुछलो, ''सुन बाई कोस्टिन लोग! तुय मोचो गौरा के दखलिस तेबे?''

कोस्टिन बाई बल्ली, ''होय, राजा। तुमचो गौरा के दखले। हुन तो आपलो

गौरा को दिये और कहा, ''यह ले नोनी, तू राँध कर खा।''

बाली गौरा दाल-चावल, नमक-मिर्च आदि लेकर गयी सरोवर में। पनघट में बैठकर 'तुमने मुझे दाल-चावल दिया बाई, मुझे नमक-मिर्च दी किन्तु मैं इसे किसमें पकाकर खाऊँगी?' कहती रोने लगी। फूट-फूट कर रोने लगी गौरा। रोते-रोते विचार करने लगी, 'मैं अब यहाँ क्यों रहूँगी, भला? जाकर पाताल में धँस जाती हूँ' और यह सोचकर सरोवर में डूब गयी।

उसके डूब जाने पर उधर माहादेव को गौरा की याद आयी। तब माहादेव गबदा पर सवार होकर तिलसकराज से कैलासपुर गया। नौ खंडा महल में जाकर पारबती रानी से 'मेरी गौरा कहाँ है?' कह पूछा। तब पारबती बोली, ''सुनिये राजा, भोलानाथ! सुनिये राजा, जट माहादेव! आपकी गौरा तो बड़ी ही छली है, राजा। वह इस गली की ओर गयी है।''

माहादेव ने सुना और उल्टे पाँव वापस लौटकर मुरियों की गली में गया। वहाँ जाकर बाई से पूछने लगा, ''तुमने मेरी गौरा को देखा, बाई? देखा हो तो बताओ।''

मुरिन बाई ने कहा, ''हाँ, माहादेव राजा। मैंने आपकी गौरा देखी। वह अपनी चँवरी नहीं बल्कि आपको बेच खा रही थी।''

यह सुनकर माहादेव ने उसे आशीर्वाद दिया, ''जा हे मुरिन, बाई। तू रात-दिन डबरा का पानी फेंककर अपना जीवनयापन करना।'' और गाँडा-गली की राह ली। गाँडा-गली में जाकर गँडइन बाई से पूछने लगा, ''सुन बाई, गँडइन! तुमने मेरी गौरा देखी?''

गँडइन बोली, ''हाँ, माहादेव राजा। मैंने आपकी गौरा देखी। वह अपनी चूड़ी और खिलवाँ को नहीं बल्कि आपको बेच खा रही थी।''

माहादेव ने सुना और उसे भी आशीर्वाद दिया, ''जा हे गँडइन बाई! तू गाएँ चराकर जीवन बिताना। बासी माड़ पीते तुम्हारा सारा जीवन बीते। तुम्हारे लिये गाय-ठेंगा[3] है।'' और हल्बों की गली में गया। वहाँ जाकर हल्बिन बाई से भी पूछा, ''तुमने मेरी गौरा देखी, बाई?''

सुनकर हल्बिन बाई बोली, ''हाँ, माहादेव राजा। मैंने आपकी गौरा देखी। वह अपनी चूड़ी और पायल नहीं बल्कि आपको बेच खा रही थी।''

माहादेव ने सुना और उसे भी आशीर्वाद दिया, ''जा हे हल्बिन बाई! तू रात-दिन चिवड़ा कूटकर जीवन बिताना। लाई फोड़ते तुम्हारा सारा जीवन बीते।'' और वहाँ से कोस्टा लोगों की गली में गया। वहाँ जाकर कोस्टिन बाई से भी पूछा, ''तुमने मेरी गौरा देखी, बाई?''

कोस्टिन बाई बोली, ''हाँ, राजा। मैंने आपकी गौरा देखी। वह अपनी पनिया

पनेया आउर ककई के बिकुन नीं खाय की तुमके बिकुन खाते रहे।''

बलतो के माहादेव हुनके असिस दिला, ''तुय रात-दिन बरहा पेटसे, बाई। तुचो बरहा-गुड़ा रहेदे। तुय हुनी ने जिवना करसे।'' बल्लो माहादेव आरु गेलो कलारिन-खोर बाटे। कलारिन बाई के पुछेसे, ''सुन बाई, कलारिन! तुय मोचो गौरा के दखलिस?''

कलारिन बल्ली, ''सुना राजा भोलानाथ! मयँ तुमचो गौरा के दखले राजा। इया, मयँ तुमके हुनचो पता[4] साँगेंदे।'' बल्ली आरु पोता निकराउन दिली। तेबे भोलानाथ बसलो। बसतो के कलारिन बल्ली, ''मयँ तुमचो गौरा के दखले, राजा। हुनके तिनपुर डँड जाय, राजा। अँधेर डँड होय। हुनके खाउक अनाज नईं, पिंदुक कपड़ा नईं। घसुक तेल नीं देय राजा पारबती हुनके, कोरुक ककई नीं देय। हुनचो मुँड के गुड़ा धरलिसे। देंहे लाखड़ी उलटलिसे।'' बलते गौरा चो सब डँड के साँगली आरु बल्ली, ''पारबती रानी हुनके घिरलाउन-घोंडराउन मारली राजा आरु हुनचो सब गाहना के झिकुन घर ले निकराउन दिली। गौरा के तिनपुर भुक लागते रय, राजा। तेबे मयँ राँदुन खा बलते हुनके डोबली ने चाउर, दोनी ने दार आउर लोन-मिरी दिले।''

माहादेव सुनलो आरु कलारिन के असिस दिलो, ''सुन बाई, कलारिन! तुय छुचा पानी के बिकसे बाई मान्तर तुके केबेय बले पयसा सँग नीं छाँडेदे। तुय जिव-भर सुक ने रसे। जिव रत ले खासे बाई आरु मरले फुल-रथ ने जासे।'' बल्लो आरु माहादेव गौरा के खोजुकलाय गेलो। बन्धासागरे गेलो राजा आरु घाटे उतरलो। हुता दखेसे जे डोबली ने चाउर आसे, देनी ने दार आउर लोन-मिरी आसे। हुन बिचार करलो, 'मोचो गौरा इथाय धसुन गेली' बलते रद्-रद्-रद्-रद् गागुक धरलो। गागलो-गागलो आरु तरई-पार छाँडुन गेलो नवखँड माहाले। राजा-रानी राज करुन खादला।

और ककई को नहीं बल्कि आपको बेच खा रही थी।''

यह सुनकर माहादेव ने उसे भी आशीर्वाद दिया, ''तू रात-दिन सुअरों को पीटेगी बाई। तुम्हारा जीवन सुअरों के बाड़ों के साथ बीते। तुम उन्हीं से अपना जीवनयापन करो।'' और गया कलारों की गली में। कलारिन बाई से पूछने लगा, ''सुन बाई, कलारिन! तुमने मेरी गौरा देखी?

कलारिन बोली, ''सुनिये राजा, भोलानाथ! मैंने आपकी गौरा देखी, राजा। आइये, मैं आपको उसका पता-ठिकाना बताऊँगी।'' ऐसा कह उसने एक बोरा निकाल दिया। तब भोलानाथ उस पर जा बैठा। कलारिन बोली, ''मैंने आपकी गौरा देखी, राजा। उसे बहुत कष्ट हो रहा था, राजा। बहुत तकलीफ हो रही थी। उसके पास न तो खाने को अनाज था न पहनने को कपड़े। पारबती उसे न तो चुपड़ने को तेल देती और न केश सुलझाने को ककई। उसके सिर पर चिड़ियों का घोंसला बना हुआ है। शरीर राख में परिवर्तित हो गया है।'' ऐसा कहते गौरा के सारे कष्ट कह सुनाये और कहा, ''पारबती रानी ने उसे जमीन में घिसट-घिसट कर मारा और उसके सारे गहने छीनकर उसे घर से निकाल दिया। गौरा को बहुत भूख लग रही थी, राजा। तब मैंने उसे राँधकर खाने के लिए डोबली में चावल, दोनी में दाल और नमक-मिर्च आदि दिये।''

माहादेव ने सुना और कलारिन को आशीर्वाद दिया, ''सुन बाई, कलारिन! तू विशुद्ध पानी को बेचेगी लेकिन रुपये-पैसे कभी भी तेरा साथ नहीं छोड़ेंगे। तू जीवन भर सुखी रहेगी। जीवन रहते तक सुख भोग करेगी और मरने पर फूल-रथ में जाएगी।'' ऐसा कह माहादेव गौरा को खोजने चल पड़ा। सरोवर में पहुँचा और घाट पर गया। वहाँ देखा कि डोबली में चावल और दोनी में दाल तथा नमक-मिर्च जैसे-के-तैसे रखे हुए हैं। उसने विचार किया, 'मेरी गौरा यहीं डूब गयी' और वह फूट-फूट कर रोने लगा। काफी देर तक रोता रहा फिर सरोवर से चल पड़ा नौ खंडा महल में। राजा-रानी रहने लगे।

सन्दर्भ

1. चँवरी : महिलाओं के केश-विन्यास का एक उपकरण।
2. असित : अन्य ध्वनि 'असिस'।
3. गाय-ठेंगा : गाय (मवेशी) हाँकने के लिये प्रयुक्त डंडा।
4. पता : नगरीय प्रभाव से आया शब्द। मूल ध्वनि 'सोर'।

❑ ❑ ❑

णाणं
पयासयं

वीर नि.सं.
2470

ई.सन्
1944

भारतीय ज्ञानपीठ